HEYNE BÜCHER

SCIENCE FICTION

Herausgegeben
von Wolfgang Jeschke

Von Brian W. Aldiss erschienen in der Reihe
HEYNE SCIENCE FICTION & FANTASY:

Am Vorabend der Ewigkeit · 06/3030
Aufstand der Alten · 06/3107
Der Sternenschwarm · 06/3124
Fahrt ohne Ende · 06/3191
Die neuen Neandertaler · 06/3195
Tod im Staub · 06/3332
Raum, Zeit und Nathaniel · 06/3406
Der Malacia-Gobelin · 06/3625
Die dunklen Lichtjahre · 06/3945
Der entfesselte Frankenstein · 06/4103
Dr. Moreaus neue Insel · 06/4205

DIE HELLICONIA-TRILOGIE:

Helliconia: Frühling · 06/4678
Helliconia: Sommer · 06/4679
Helliconia: Winter · 06/4680

Als Herausgeber (mit Wolfgang Jeschke):

Titan 18 · 06/3920
Titan 19 · 06/3949
Titan 20 · 06/3991
Titan 21 · 06/4036
Titan 22 · 06/4118
Titan 23 · 06/4171

In den WELTEN (CHRONIKEN) DER ZUKUNFT:

Feinde aus dem Kosmos · 06/1003

In der BIBLIOTHEK DER SCIENCE FICTION LITERATUR:

Tod im Staub · 06/17
Graubart · 06/74

DIE HELLICONIA-TRILOGIE:

Helliconia: Frühling · 06/50
Helliconia: Sommer · 06/51
Helliconia: Winter · 06/52

Brian W. Aldiss

HELLICONIA: FRÜHLING

Erster Roman
der Helliconia-Trilogie

Science Fiction

Mit Karten und einem Anhang
zusammengestellt und gezeichnet von
Erhard Ringer
nach Vorlagen von Brian W.
und Margaret Aldiss

WILHELM HEYNE VERLAG
MÜNCHEN

HEYNE SCIENCE FICTION & FANTASY
Band 06/4678

Titel der englischen Originalausgabe
HELLICONIA SPRING

Deutsche Übersetzung von Walter Brumm
Das Umschlagbild schuf Thomas Thiemeyer

Die Innenillustrationen
zeichnete Klaus D. Schiemann

Redaktion: Wolfgang Jeschke

Printed in Germany 1990
Umschlaggestaltung: Atelier Ingrid Schütz, München
Satz: Schaber, Wels
Druck und Bindung: Presse-Druck, Augsburg

ISBN 3-453-03928-9

Mein lieber Clive,

in meinem vorausgegangenen Roman *Life in the West* versuchte ich etwas von dem Elend zu schildern, das die Welt überschwemmt, und malte ein so breites Gemälde, wie ich es bewältigen zu können glaubte.

Mein Teilerfolg ließ mich ehrgeizig und unbefriedigt zurück. Ich beschloß noch einmal anzufangen. Alle Kunst ist metaphorisch, aber einige Kunstformen sind metaphorischer als andere; vielleicht, so dachte ich, würde ich mit einem mehr indirekten Ansatz besser fahren. So entwickelte ich Helliconia: eine Welt, die sehr der unsrigen gleicht und in der nur ein wesentlicher Faktor geändert ist – die Länge des Jahres. Es sollte eine Bühne für ein Drama von der Art dessen sein, darein wir in unserem Jahrhundert verstrickt sind.

Um Wirklichkeitsnähe zu erreichen, befragte ich Fachleute, die mich überzeugten, daß mein kleines Helliconia ein bloßes Phantasiegebilde sei; ich benötigte etwas Fundierteres.

Die Allegorie mußte der Phantasie weichen. Und es hatte sein Gutes. Ausgelöst von wissenschaftlichen Tatsachen, drängten ganze Serien zusammenhängender neuer Bilder in mein Bewußtsein. Ich habe sie entwickelt, so gut ich es vermochte. Als ich mich von meiner ursprünglichen Konzeption am weitesten entfernt hatte und im Apastron meiner ursprünglichen Absichten war, entdeckte ich, daß ich Dualismen ausdrückte, die für unser Jahrhundert so relevant waren wie für Helliconia.

Es konnte kaum anders sein. Denn die Menschen und die

Nichtmenschen von Helliconia, die Tiere und anderen Gestalten interessieren uns nur, wenn sie unsere Sorgen und Gedanken spiegeln. Niemand will einen Paß für eine Nation sprechender Schnecken.

So biete ich dir diesen Band zu deiner Freude und hoffe, du wirst darin mehr finden, dem du zustimmen kannst, als du es in *Life in the West* fandest – und vielleicht sogar mehr zu deinem Vergnügen.

Begbroke, Oxford — Dein dich liebender Vater

INHALT

Warum sind so viele heroische Taten immer wieder in Vergessenheit geraten und fanden keinen Schrein in überdauernden Monumenten des Ruhmes? Die Antwort ist, so glaube ich, daß diese Welt neu gemacht ist; ihr Ursprung ist ein jüngst vergangenes Ereignis, nicht eines aus ferner Vorzeit.

Dies erklärt, warum manche Künste noch jetzt vervollkommnet werden: der Prozeß der Entwicklung dauert noch an. Ja, und es ist nicht lange her, seit die Wahrheit über die Natur zuerst entdeckt wurde, und ich selbst bin noch heute der erste, der sich fand, diese Erkenntnis in meine Muttersprache zu fassen …

Lukrez: *De rerum natura*
55 v. Chr.

EINLEITUNG

YULI

Wie Yuli, Sohn des Alehaw, zu einem Ort namens Oldorando kam, wo seine Nachfahren in besseren zukünftigen Zeiten leben und wirken sollten.

Yuli war neun Jahre alt, fast ein Erwachsener, als er neben seinem Vater in einem aus Häuten genähten Zelt kauerte und über die Wildnis eines Landes hinblickte, das schon damals als Campannlat bekannt war. Vom Ellbogen des Vaters aus seinem leichten Schlummer wachgestoßen, hörte er seine rauhe Stimme sagen: »Der Sturm läßt nach.«

Der Sturm blies seit drei Tagen aus dem Westen und führte Schnee und Eispartikel von der Barriere mit. Wie eine gewaltige Stimme, der kein Mensch standhalten konnte, füllte er die Welt mit heulender Energie und verwandelte sie in grauweiße Dunkelheit. Die Felsleiste, auf der sie biwakierten, bot wenig Schutz vor dem schlimmsten Toben des Schneesturmes; Vater und Sohn konnten nichts tun als in der Enge unter den Häuten liegen, schlafen und von Zeit zu Zeit an einem Stück Räucherfisch kauen, während das Unwetter über ihren Köpfen brauste.

Mit dem Nachlassen des Windes lockerten die Wolken auf, und der Schnee kam in Schauern, die als weiße Wolken über die öde Landschaft hinzogen. Obgleich Freyr hoch am Himmel stand – denn die Jäger befanden sich in den tropischen Breiten –, schien er wie gefroren dort zu hängen. Das Licht schimmerte in golden wallenden Bändern, deren Säume bisweilen den Boden zu berühren schienen, um sich zurückzuziehen, bis sie im bleiernen Zenit verschwanden. Trotz des prächtigen Schauspiels verbreitete das Licht wenig Helligkeit und keine Wärme.

Vater und Sohn erhoben sich, reckten sich, stampften mit den Füßen und schlugen sich die Arme um die tonnenförmigen Oberkörper. Keiner der beiden sprach. Es gab nichts zu sagen. Der Sturm war vorüber. Dennoch mußten sie warten. Bald, das wußten sie, würden die Yelke hier sein. Sie brauchten ihre Wache nun nicht viel länger aufrechtzuerhalten.

Obwohl das Gelände uneben und zerrissen war, zeigte es unter der Decke aus Eis und Schnee kaum auffällige Merkmale. Nur im Norden, wo eine Wolkenbank vor dem Bergland hing und gleich einem übermäßig gedehnten Arm auf die See herabhing, gab es kahle, dunkelgraue Felsabsätze. Hinter den beiden Männern lag höheres Hügelland, gleichfalls bedeckt mit eintönigem Weiß. Die Blicke der beiden gingen jedoch immer wieder nach Osten. Nach einer Weile des Herumstampfens und Mit-den-Armen-Schlagens, als sie die Luft mit dem nebligen Dampf ihres Atems angefüllt hatten, krochen sie wieder unter die Häute, um zu warten.

Alehaw legte sich auf den Bauch, einen pelzumhüllten Ellbogen auf den Felsboden gestützt, stemmte den Daumen in die Höhlung der Wange unter dem Jochbein und stützte so den Kopf, während er die Augen mit vier behandschuhten Fingern beschirmte.

Sein Sohn wartete mit weniger Geduld. Er wand und regte sich unruhig in seinen zusammengenähten Fellen. Weder er noch sein Vater waren für diese Art von Jagd geboren. Ihr Leben und das ihrer Vorväter war die Bärenjagd in den unwegsamen Hochländern entlang der Eisbarriere gewesen. Aber eine durchdringende, aus den hohen Sturmscharten der Barrieren fegende Kälte, begleitet von immer häufigeren Schneestürmen, hatte sie zusammen mit der kranken Onesa herunter in die Ebenen getrieben, wo milderes Wetter herrschte. So war Yuli unruhig und aufgeregt.

Seine leidende Mutter und seine Schwester waren mit der Familie seiner Mutter einige Meilen entfernt; die Onkel hatten sich mit dem Schlitten und ihren Speeren aus Knochen und Elfenbein hoffnungsvoll zur Küste aufgemacht, um ihr Glück auf der zugefrorenen See zu versuchen. Yuli überlegte, wie es ihnen in dem tagelangen Sturm ergangen sein könnte, und ob sie zu dieser Stunde fröhlich schmausten und Fisch und Brocken von Seehundfleisch im Bronzekessel seiner Mutter kochten. Er träumte vom Fleischgeschmack im Mund, wie die rauhen Fasern sich vor dem Hinunterschlucken mit Speichel sättigten und glätteten, und in seinem hohlen Magen entstand ein unangenehm ziehendes Gefühl.

Sein Vater stieß ihn mit dem Ellbogen an. »Da, sieh!«

Eine hohe, eisenfarbene Wolkenfront erhob sich rasch in den Himmel, verdunkelte Freyr und breitete Schatten über die Landschaft. Alles war ein verschwimmendes Weiß, ohne klare Konturen. Unter der Felsbank, auf der sie lagen, erstreckte sich ein mächtiger, zugefrorener Strom – der Vark, wie Yuli ihn nennen gehört hatte. So dick war der Fluß mit Schnee bedeckt, daß niemand ihn als einen solchen erkennen konnte, es sei denn, er ging hinüber. Bis zu den Knien im pulvrigen Schnee einherstapfend, hatten sie unter ihren Tritten ein leises Dröhnen vernommen; Alehaw war stehengeblieben, hatte das spitze Ende seines Speeres auf das Eis gesetzt, das stumpfe Ende ans Ohr gelegt und dem dunklen Fließen des Wassers irgendwo unter ihren Füßen gelauscht. Das jenseitige Ufer des Vark war undeutlich markiert von Hügeln und Böschungsstreifen, die hier und dort schwarze Abbruchstellen und gefallene Baumstämme zeigte, halb verborgen unter dem Schnee. Dahinter dehnte sich die Ebene eintönig unter ihrer weißen Decke bis zum östlichen Horizont, wo unter den tiefhängenden Wolken eine braune Linie zu erkennen war.

Yuli zwinkerte, spähte zu der Linie hin und strengte seine

Augen an. Natürlich hatte sein Vater recht. Sein Vater wußte alles. Vor Stolz ging ihm das Herz auf, wenn er daran dachte, daß er Yuli war, Alehaws Sohn. Die Yelke kamen.

Wenige Minuten später waren die Leittiere auszumachen, die auf breiter Front der Herde vorausgingen und den Schnee mit ihren eleganten Hufen wie in einer Bugwelle aufwirbelten. Sie hatten die Köpfe gesenkt, und hinter ihnen kamen mehr und immer mehr von ihrer Art, ein Zug ohne Ende. Es schien Yuli, daß sie ihn und seinen Vater gesehen hatten und direkt auf sie zukamen. Besorgt blickte er zu Alehaw, der mit erhobenem Finger Vorsicht signalisierte.

»Warte!«

Yuli fröstelte in seinem Bärenfell. Was dort heranströmte, war genug Fleisch, um jeden Angehörigen eines jeden Stammes zu ernähren, auf den Freyr und Batalix jemals geschienen, oder Wutra gelächelt hatte.

Als die wandernde Herde näherkam, gleichmäßig mit dem Tempo eines schnellen Fußgängers dahinziehend, versuchte er zu begreifen, welch eine enorme Herde es war. Inzwischen war die halbe Landschaft angefüllt mit wandernden Tieren, mit den weißlichen und gelbbraunen Farben ihrer Felle, und noch immer erschienen weitere Tiere am östlichen Horizont. Wer konnte wissen, was dort lag, welche Geheimnisse, welche Schrecken? Aber nichts konnte schlimmer sein als die Barrieren mit ihrer vernichtenden Kälte und diesem riesigen roten Mund, den Yuli einmal flüchtig durch die dahinjagenden Wolkenfetzen erblickt hatte, der glühende Lava über den rauchenden Berghang spie...

Nun konnte man sehen, daß die riesige Herde nicht nur aus Yelken bestand, obgleich diese die Hauptmasse ausmachten. Inmitten der Herde waren Trupps größerer Tiere, die wie Ansammlungen von Steinblöcken auf einer in Bewegung befindlichen Ebene von ihrer Umgebung abstachen. Dieses größere Tier ähnelte einem Yelk, besaß den gleichen langschädligen Kopf mit dem eleganten Geweih, das auf beiden Seiten schützend vorgebogen war, der gleichen zottigen Mähne, die ein dickes, verfilztes Fell überdeckte, dem gleichen Rückenhöcker über den Schultern. Aber diese Tiere waren eineinhalbmal größer als die Yelke, die sie umringten. Es waren die gigantischen Biyelke, prachtvolle und zugleich furchterregende Tiere, die zwei Männer zugleich tragen konnten, wie einer seiner Onkel ihm berichtet hatte.

Und ein drittes Tier fand sich in der Herde. Es war das Gunnadu, dessen hocherhobenen Hals Yuli nun allenthalben entlang den Seiten des wandernden Zuges sehen konnte. Während die Masse der Yelke gleichmütig dahintrottete, rannten die Gunnadus auf beiden Seiten wie in ständiger Aufregung hin und her, daß die kleinen Köpfe auf den langen Hälsen zu tanzen schienen. Ihr auffälligstes Merkmal, ein Paar gigantischer Ohren, drehten sich hierhin und dorthin und lauschten den Geräuschen ungesehener Gefahr. Die Gunnadus waren die ersten zweibeinigen Tiere, die Yuli gesehen hatte; die langhaarigen Körper wurden von zwei kraftvollen, sehnigen Beinen getragen. Die Gunnadus bewegten sich mit der zweifachen Geschwindigkeit der übrigen Herde und legten die doppelte Strecke zurück, durch das ständige Hin- und Herlaufen aber blieb jedes Tier im Verhältnis zur Herde, wo es war.

Ein dumpfes Rumpeln wie fernes Donnergrollen begleitete die Annäherung der Herde. Von der Stelle, wo Yuli neben seinem Vater lag, konnten die drei Arten von Tieren nur unterschieden werden, weil er wußte, wonach er Ausschau zu halten hatte. Im trüben, ungewissen Licht verschmolzen alle miteinander. Die schwarze Wolkenfront war rascher vorangekommen als die Herde und bedeckte Batalix nun vollständig: dieser tapfere Wachtposten würde erst nach Tagen wieder zu sehen sein. Ein unordentlicher Teppich aus Tierleibern legte sich über das Land, und die individuellen Bewegungen waren so wenig auszumachen wie die Strömungen in einem turbulenten Fluß.

Über der Herde hing eine Dunstwolke, die sie weiter verhüllte. Sie bestand aus Schweiß, Wärme, Atemdampf und kleinen geflügelten Stechinsekten, die sich nur in der Körperwärme der Herde fortpflanzen konnten.

Staunend und erfüllt von einer rasch zunehmenden Erregung, sah Yuli die Tiere der vordersten Reihe auf das Ufer des zugeschneiten Flusses zukommen. Die Herde kam näher und näher, die Welt schien ein einziges unentrinnbares Tiergewimmel. Yuli wandte den Kopf und blickte in ungeduldiger Bitte zu seinem Vater. Obwohl er die Bewegung seines Sohnes bemerkte, starrte Alehaw unverwandt geradeaus, die Augen unter den knochig vorspringenden Brauenbogen zu schmalen Schlitzen zusammengekniffen.

»Still!«

Die Herde brandete zum Ufer heran, floß über und strömte über die Böschung herab auf das zugeschneite Eis. Einzelne Tiere, schwerfällige alte und übermütige junge, strauchelten über verborgene Baumstämme, kamen zu Fall und zappelten verzweifelt mit den zierlichen Läufen, bevor sie von der unaufhaltsam nachdrängenden Herde niedergetrampelt wurden.

Nun konnte Yuli Einzelheiten erkennen. Fast alle Tiere trugen die Köpfe gesenkt, und ihre Augen blickten stier, daß das Weiße darin sichtbar war. Von vielen Mäulern tropfte grünlich schaumiger Speichel. Die Kälte ließ den Dampf ihres Atems gefrieren, so daß er sich als Rauhreif auf Köpfen und Fellen niederschlug. Die Mehrzahl der Tiere schien erschöpft und in schlechtem Zustand, mühte sich keuchend und hustend dahin, die Felle verklebt von angetrocknetem Schlamm oder Blut, wo die Geweihstangen eines Nachbartieres sie verletzt hatten.

Die von ihren geringeren Brüdern umringten Biyelks, deren dichtes graues Fell zottig von den massigen Schultern hing, bewegten sich mit nervösem Unbehagen, rollten mit den Augen und warfen die Köpfe hoch, wenn sie die schrillen Todesschreie der gefallenen Tiere hörten und begriffen, daß vor ihnen eine Gefahr drohte, der sie nicht ausweichen konnten.

Nun überquerte die Herde auf breiter Front den zugefrorenen Fluß und wühlte den lockeren Schnee auf. Die Geräusche drangen in der Stille überdeutlich zu den zwei Beobachtern herüber, nicht allein das vieltausendfache Hufgetrappel, sondern auch das heisere Schnaufen und Keuchen, und ein unablässiger Chor von Grunzlauten, schnaufenden und hustenden Geräuschen, dem Klicken aneinanderschlagender Geweihstangen und dem Geraschel ständig geschüttelter Ohren, um die zudringlichen Stechfliegen zu verscheuchen.

Drei Biyelks kamen die Böschung herab und sprangen auf das Eis. Die Eisdecke knisterte und brach mit wiederholtem, weithin hallendem Bersten. Scharf gezackte Schollenränder von mehr als einem Fuß Stärke schoben sich steil aufwärts, als die schweren Tiere einbrachen. Panik ergriff die anderen. Diejenigen, die auf dem Eis waren, jagten in alle Richtungen auseinander. Viele kamen zu Fall und wurden von den Hufen der nachfolgenden in den Schnee getrampelt. Der Bruch erweiterte sich unter der Last der nachströmenden Herde. Graues Wasser spritzte in die Luft – unter der Eisdecke zog der wasserreiche Fluß noch immer rasch dahin. Nun rauschte und schäumte er zwischen dem aufgebrochenen Eis, als ob er sich über die unverhoffte Freiheit begeisterte, und die Tiere versanken zu Dutzenden.

Nichts konnte die Wanderung der Herde aufhalten; sie war ebensosehr eine Naturgewalt wie der Fluß. Unaufhaltsam zog sie weiter, löschte die Tiere aus, die zu Fall kamen und im eisigen Wasser versanken, löschte auch die scharfe Wunde aus, die sich in der Eisdecke des Vark geöffnet hatte, füllte sie mit übereinandergefallenen Körpern, bis sie geschlossen war, zog weiter und brandete die diesseitige Uferböschung herauf.

Nun richtete sich Yuli auf, so daß er kniete, und hob seinen elfenbeinernen Speer. Jagdlust blitzte in seinen Augen. Sein Vater aber packte ihn beim Arm und zog ihn herunter.

»Phagoren, du Dummkopf, siehst du sie nicht?« knurrte er mit einem zornigen, verächtlichen Seitenblick zu seinem Sohn. Dann nickte er zur Herde hin, um ihm die Gefahr zu weisen.

Yuli sank zurück, verwirrt und vom Zorn des Vaters ebenso in Furcht versetzt wie von dem Gedanken an die Phagoren.

Die Herde erreichte ihre Felsbank und teilte sich, um die vom Frost verwitterte Basis der alten Flußterrasse zu umgehen. Die Wolke von Stechfliegen, die im Dunst über den unablässig zuckenden Tierleibern summte, hüllte Yuli und Alehaw ein, und durch diesen Schleier spähte Yuli nun, um die Phagoren zu Gesicht zu bekommen. Zuerst konnte er keinen entdecken.

Vor ihnen war nichts zu sehen als die Lawine der zottigen Tierleiber, vorwärtsgetrieben von Zwängen, die ein Mensch nicht verstand. Sie bedeckte den gefrorenen Fluß, sie bedeckte beide Ufer, sie bedeckte die weißgraue Welt bis hin zum fernen Horizont, wo sie unter den dunkelfarbenen Wolken verschwanden wie ein Teppich unter einem Kissen. Hunderttausende von Tieren mußten an dieser Wanderung teilnehmen, und die Stechfliegen hingen wie schwärzlicher Rauch über ihnen.

Alehaw zog seinen Sohn herunter und deutete mit einer Bewegung der buschigen Brauen zur Linken. Halb versteckt unter den eingeschneiten Häuten, die ihnen als Zelt dienten, starrte Yuli in die heranströmende Herde. Zwei riesenhafte Biyelke trotteten schwerfällig auf ihr Versteck zu. Ihre massigen, pelzverhüllten Schultern waren beinahe in einer Ebene mit der Oberfläche der Felsbank. Als Yuli die Stechfliegen wegblies, die ihm vor den Augen tanzten, sah er plötzlich, daß der weiße Pelz nicht den Tieren gehörte, sondern ihren Reitern. Vier Phagoren, zwei auf jedem Biyelk, klammerten sich am zottigen Haar ihrer Reittiere fest.

Er wunderte sich, daß er sie zuvor übersehen hatte. Obwohl sie mit ihren mächtigen Reittieren beinahe verschmolzen, fielen sie als Reiter gegenüber denen, die zu Fuß gingen, naturgemäß mehr auf. Eng beisammen saßen sie auf den Schultern der Biyelke und wandten ihre grämlichen Stiergesichter dem höheren Gelände im Rücken der Flußterrassen zu, wo die Herde halten sollte, um abzuweiden, was unter der Schneedecke an Vegetation vorhanden war. Große Augen glänzten unter aufwärts gekrümmten Hörnern. Dann und wann streckte einer die lange biegsame Zunge heraus und leckte blitzschnell nach der Schlitzöffnung der Nasenlöcher, um lästige Stechfliegen zu entfernen.

Die schwerfälligen Köpfe drehten sich fast ohne Halsansatz auf den kräftigen Rümpfen, die ebenso wie die Gliedmaßen mit langem weißen Fell bedeckt waren. Bis auf ihre rosabis scharlachroten Augen waren sie ganz weiß. Sie ritten die majestätisch schreitenden Biyelks, als wären sie Teil von ihnen. Hinter ihnen baumelten grob gearbeitete Lederbehälter, die Keulen und andere Waffen enthielten.

Nun, da Yuli auf die Natur der Gefahr aufmerksam geworden war, machte er andere Phagoren aus. Nur die Privilegierten ritten; das gemeine Volk ging zu Fuß, in einem Schritt, der jenem der Tiere angepaßt war. Yuli beobachtete sie so angespannt, daß er nicht einmal wagte, die Fliegen von seinen Augenlidern zu streifen. Eine Gruppe von vier Phagoren ging wenige Schritte an dem Versteck vorüber, wo er und sein Vater lagen. Es wäre ihm ein Leichtes gewesen, dem Anführer seinen Speer zwischen die Schulterblätter zu stoßen, hätte Alehaw den Befehl gegeben.

Mit besonderem Interesse betrachtete Yuli die Hörner, die jeweils zu Paaren an ihm vorüberzogen. Obwohl sie im schlechten Licht glatt schienen, hatte jedes Horn scharfe Kanten, die innen und außen von der Basis bis zur Spitze verliefen.

Er begehrte eines von diesen Hörnern. In den abgelegenen Wildnissen der Barrieren wurden die Gehörne toter Phagoren als Waffen gebraucht. Ihrer Gehörne wegen wurden die Phagoren von gelehrten Männern in fernen Orten, die gegen Stürme geschützt in Höhlen eingebettet lagen, die Ancipitalen genannt: die Zweischneidigen.

Unerschrocken und gleichmütig schritten sie einher, doch ließ das Fehlen eines gewöhnlichen Kniegelenks ihre Gangart unnatürlich erscheinen. Entfernung war für diese zähen und abgehärteten Wanderer kein Hindernis.

Die langen, tief zwischen den Schultern sitzenden Schädel waren in typischer Haltung vorgereckt. An beiden Armen trugen sie Ledermanschetten, an denen auswärts weisende Hörner mit Metallspitzen befestigt waren. Mit diesen stießen sie jedes Tier zurück, das sie anzudrängen drohte, und bewahrten sich mitten im Strom der Herde eine gewisse Bewegungsfreiheit. Abgesehen davon gingen sie unbewaffnet; ihre Habseligkeiten wurden von Yelken getragen, die sie an geflochtenen Rohlederseilen führten. Yuli konnte sehen, daß die Bündel Jagdharpunen und Speere enthielten.

In einer Gruppe von vier Treibern entdeckte Yuli einen weiblichen Phagor. Sie war nur wenig schmächtiger als ihre männlichen Begleiter und hatte eine Art Beutel umgebunden. Unter dem langen weißen Deckhaar schwangen fellbewachsene rosa Zitzen. Auf ihren Schultern kauerte ein Phagorsäugling, der sich an das Nackenfell der Mutter klammerte und dessen lange Kinnlade auf ihrem Kopf ruhte. Er hatte die Augen geschlossen. Seine Mutter bewegte sich mechanisch, wie in einem Zustand von Benommenheit. Wie viele Tage sie und die anderen schon auf Wanderschaft waren und welche Strecke sie dabei zurückgelegt hatten, blieb der Mutmaßung überlassen.

Weitere Phagoren flankierten den breiten Strom der Herde in weit auseinandergezogenen Reihen. Die Tiere nahmen keine Notiz von ihnen, nahmen sie hin, wie sie die Fliegen duldeten, weil es keine Alternative dazu gab.

Ein weiteres Geräusch mischte sich in das dumpfe Getrommel der Hufe, das Husten und Keuchen, das Klappern der gegeneinanderschlagenden Geweihstangen. Ein Phagor, der eine kleine Gruppe führte, stieß eine Art Summen oder Knurren aus, ein rauhes, von der vibrierenden Zunge moduliertes, an- und abschwellendes Geräusch; vielleicht sollte es die drei Begleiter aufmuntern, Yuli aber entsetzte es. Das Geräusch verlor sich, als der Phagor sich entfernte, und wieder strömte die Herde vorüber, gehütet und geleitet von weiteren Phagoren. Yuli und sein Vater lagen bewegungslos, spuckten von Zeit zu Zeit Fliegen aus, die sich auf ihren Lippen niedergelassen hatten, und warteten geduldig auf den Augenblick, da sie ihr Versteck verlassen und das Fleisch gewinnen könnten, das sie so verzweifelt benötigten.

Vor Sonnenuntergang frischte der Wind wieder auf und blies wie vorher von den Eisfeldern der Barrieren herab, der wandernden Herde entgegen. Die Phagoren marschierten mit gesenkten Köpfen, die Augen zu Schlitzen zusammengekniffen. Lange Bahnen von Speichel zogen sich von ihren Mundwinkeln abwärts und gefroren im zottigen Brustfell, wie Fett gefriert, wenn es auf Eis geworfen wird.

Der Himmel war wie aus Eisen. Wutra, der Gott der himmlischen Gefilde, hatte seine wogenden Lichtbänder zurückgezogen und hüllte seine Domäne in Wolken. Vielleicht hatte er einen weiteren Kampf verloren.

Unter dieser dunklen Decke wurde Freyr erst sichtbar, als er den Horizont erreichte. Dort riß die Wolkendecke auf und zeigte den schwelenden Wachtposten in einer Aureole aus goldener Asche. Dennoch schien er hell über die verschneiten Einöden. Klein, aber von strahlender Leuchtkraft, mit einer Scheibe, die nicht mehr als ein Drittel so groß war wie diejenige seines Begleitsterns Batalix, besaß Freyr dennoch das stärkere, strahlendere Licht.

Er sank in die Eingeweide des Erdbodens und war verschwunden.

Nun war die Zeit der hellen Nächte, die im Sommer und Herbst vorherrschte und diese Jahreszeiten beinahe als einziges von noch unbarmherzigeren Perioden unterschied. Während der hellen Nächte erfüllte ein unbestimmtes Dämmerlicht den Himmel. Nur zur Jahreswende gingen Batalix und Freyr gleichzeitig auf und unter. Gegenwärtig führten sie ein einzelgängerisches Leben und waren oft verborgen hinter Wolkenmassen, die der wogende Rauch von Wutras Krieg waren.

Aus den Erscheinungen, die mit dem Übergang vom Tag zur hellen Nacht verbunden waren, las Yuli das Wetteromen. Scharfe Winde beschworen Schnee herauf. Er erinnerte sich des Reimes, den sie in Altolonet gesungen hatten, der magischen Sprache, die von Vergangenem handelte, von roten Rubinen, schönen Frauen, Riesen und reichhaltiger Nahrung; der Sprache der Katastrophe, der Sprache eines unerreichbaren Gestern. Der Reim hatte in den krankheitsträchtigen Höhlen der Barrieren überdauert:

»Wutra in Klage
Bringt Freyr zu Grabe
Und uns nasse Tage.«

Wie in einer Reaktion auf das veränderte Licht ging etwas wie ein allgemeines Erschauern durch die Herde, und die Tiere machten halt. Stöhnend und mit knackenden Gelenken ließen sie sich auf den zertrampelten Schnee nieder, wo sie gerade standen, und zogen die Läufe unter ihre Leiber. Den riesenhaften Biyelken war dieses Manöver nicht möglich. Sie schliefen im Stehen, wo sie waren, und ließen dabei die Köpfe hängen, daß die Ohren ihnen über die Augen fielen. Einige der Phagorentrupps setzten sich gesellig zusammen, doch die meisten warfen sich gleichgültig vor Erschöpfung in den Schnee, wo sie standen, und schliefen, die Rücken an den warmen Flanken ruhender Yelke.

Alles schlief. Die zwei Gestalten auf der verschneiten Felsbank zogen sich das Felldach ihres Zeltes über die Köpfe und träumten mit leeren Mägen, die Gesichter in den Armbeugen vergraben. Alles schlief, bis auf die Wolke der beißenden und saugenden Insekten.

Lebewesen, die des Träumens fähig waren, mühten sich durch die quälenden, unbehaglichen Vorstellungsbilder, die die hellen Nächte mit sich brachten.

Mit ihrem arktischen Klima, den fehlenden Schatten und dem ständigen Leidensdruck wäre diese Welt wahrscheinlich jedem, der sie zum ersten Mal betrachtete, wie eine Vorhölle vorgekommen, oder ein Ort, der noch seiner eigentlichen Schöpfung harrte.

Der allgemeine Ruhezustand schien sich sogar dem Himmel mitzuteilen, dessen einförmige Wolkendecke wie bewegungslos war und das Spiel des Nordlichts verhüllte, das sich zuvor über dem Schauplatz entfaltet hatte. Aus der Richtung der See kam ein einzelner Childrim und flog in niedriger Höhe über die regungslos schlafende Erde hinweg. Dem Betrachter bot sich nur das Bild eines weit ausladenden riesigen Flügels, der rot wie die Glut eines erlöschenden Feuers glomm und mit gleichmäßiger Lethargie auf und nieder schlug. Als er die Herde überflog, zuckten und schnauften die Tiere unruhig im Schlaf. Er strich niedrig über die Felsbank hinweg, wo die zwei Menschen lagen, und Yuli und sein Vater zuckten und seufzten, und genau wie die Yelke hatten sie im Schlaf seltsame Gesichter. Dann war die Erscheinung fort, flog einsam weiter den Bergen im Süden zu, eine feine Spur roter Funken in der Atmosphäre zurücklassend, die wie ein Echo ihrer selbst wenig später erstarb.

Stunden darauf erhob sich die Herde und zog weiter. Die

Tiere schüttelten ihre Ohren, die von den Angriffen der Stechfliegen bluteten, standen steifbeinig auf und setzten stumm und geduldig ihre Wanderung fort. Mit ihnen gingen die Phagoren. Yuli und sein Vater erwachten und beobachteten den Aufbruch der Herde.

Den ganzen folgenden Tag dauerte die große Wanderung an, während Schneestürme tobten und die Tiere mit Schnee bepflasterten. Gegen Abend, als der Wind aufgerissene Wolkenfetzen über den Himmel blies und die Kälte eine schneidende Schärfe gewann, sichtete Alehaw das Ende des Zuges.

Es war bei weitem nicht so geschlossen, wie die Vorhut es gewesen war. Nachzügler hingen mehrere Meilen zurück, hinkten, husteten mitleiderregend. Hinter und neben ihnen glitten lange, niedrig gebaute Pelztiere durch den aufgewühlten Schnee, die Bäuche nahe am Boden, und warteten auf die Gelegenheit, sich in ein Fesselgelenk zu verbeißen und ein geschwächtes Opfer zu Fall zu bringen.

Die letzten Phagoren wanderten an dem Versteck vorbei. Sie bildeten nicht den Schluß, entweder aus Respekt vor den niedriggebauten Raubtieren, oder weil das Vorankommen im zertrampelten und überall mit Kot verunreinigten Schnee schwierig war und sie die Nachzügler ohnehin aufgegeben hatten.

Und nun stand Alehaw auf und bedeutete dem Sohn, das gleiche zu tun. Sie standen, die Waffen umklammert, und ließen sich über die Felsbank auf ebeneren Boden hinuntergleiten.

»Gut!« sagte Alehaw.

Der Schnee war übersät mit verendeten Tieren, insbesondere an den Ufern des Vark. Der Bruch in der Eisdecke war mit den Kadavern ertrunkener Tiere verstopft. Nicht wenige Tiere waren während der Nachtruhe an Unterkühlung gestorben und lagen nun wie schlafend, waren aber steinhart gefroren. Alle Tiere, die schon vor dem nächtlichen

Schneesturm verendet waren, erhoben sich als kaum der Form nach erkenntliche Buckel aus dem Schnee.

Froh über die wiedergewonnene Bewegungsfreiheit, rannte und hüpfte Yuli mit lautem Geschrei herum. Er sprang zum zugefrorenen Fluß, setzte in waghalsigen Sprüngen von einer nicht identifizierbaren Erhebung zur nächsten, fuchtelte mit den Armen und lachte. Sein Vater rief ihn scharf zur Ordnung und befahl ihn zu sich.

Als der Junge bei ihm anlangte, zeigte Alehaw durch die Eisdecke, wo er sie vom aufliegenden Schnee befreit hatte. Schwarze Schattengestalten bewegten sich dort unten, nur undeutlich sichtbar und bisweilen an feinen Blasenspuren auszumachen, die sie beim Schwimmen zurückließen. Sie streiften das dunkle Wasser, darin sie schwammen, mit Karmesinrot und versuchten sich durch die Eisdecke zu bohren, um das bereitliegende Festmahl in die Tiefe zu ziehen.

Andere Räuber kamen aus der Luft, große weiße Vögel, die mit schwerfällig klatschenden Flügelschlägen aus dem Osten und dem düsteren Norden anflogen und zwischen den weitverstreuten Kadavern niedergingen, um sich mit ihren großen scharfen Schnäbeln durch Schnee und Eis und Fell an das Fleisch heranzuarbeiten. Bald rissen sie Fleisch und Eingeweide in großen, halb gefrorenen Fetzen aus den Kadavern und verschlangen sie, dabei fixierten sie den Jäger und seinen Sohn mit ihren starren, kaltglänzenden Vogelaugen.

Aber Alehaw vergeudete keine Zeit auf sie. Er bedeutete Yuli, ihm zu folgen, und ging hinüber zum anderen Ufer, wo viele Herdentiere über umgestürzte Bäume gefallen und von den nachfolgenden Artgenossen zu Tode getrampelt worden waren. Während er über das Eis ging, schwenkte er den Speer und stieß gellende Rufe aus, um Raubtiere zu verscheuchen. Als sie an Ort und Stelle standen, begriff Yuli die kluge Überlegung seines Vaters. Hier waren die toten Tiere leicht zugänglich. Obschon übel zugerichtet, war ein

Teil ihres Körpers durchweg intakt, nämlich der Schädel, und diesem wandte Alehaw seine Aufmerksamkeit zu. Mit der Klinge seines Jagdmessers brach er die Kiefer auf und schnitt geschickt die dicke Zunge heraus. Blut ergoß sich über seine Handgelenke auf den Schnee.

Unterdessen stieg Yuli zwischen den gefallenen Stämmen umher und sammelte Fallholz. Er befreite eine windgeschützte Stelle vom Schnee und trug Material für ein Feuer zusammen. Er schlang seine Bogensehne um einen zugespitzten Stock und rieb in hin und her. Bald begann das trockene, morsche Holz zu schwelen. Er blies behutsam, und eine winzige Flamme erhob sich aus dem Glimmen, wie er es häufig unter Onesas magischem Atem gesehen hatte. Als das Feuer gut brannte, stellte er seinen bronzenen Topf darüber, füllte ihn mit Schnee zum Schmelzen und fügte Salz aus einer Ledertasche in seinen Pelzen hinzu. Er war bereit, als sein Vater sieben schleimige Zungen auf den Armen herbeitrug und in den Topf gleiten ließ.

Vier von den Zungen waren für Alehaw, drei für Yuli. Sie aßen mit befriedigten Grunzlauten; Yuli versuchte einen Blick seines Vaters zu erhaschen und durch ein Lächeln Zufriedenheit zu zeigen, aber Alehaw kaute geistesabwesend und blickte stirnrunzelnd auf den zertrampelten Boden.

Es gab noch viel Arbeit zu tun. Kaum hatten sie gegessen, da stand Alchaw auf und griff zu seinem Gepäck. Die Aasvögel in der Nähe flogen träge von ihrer Beute auf, um sich gleich darauf wieder zum Mahl niederzulassen. Yuli leerte den Bronzetopf und befestigte ihn am Gürtel.

Sie befanden sich am Rande des Gebietes, wo die Herde die Westgrenze ihrer Wanderung erreichte. Hier, in einem ausgedehnten Hügelland, das von hohen Gebirgszügen gegen die extrem kalten Nordwinde geschützt war, scharrten sie Rentierflechten unter der Schneedecke hervor und weideten die zottige Bartflechte von den Stämmen und tiefhängenden Ästen der Lärchenwälder ab. Hier wurden auch die Jungen zur Welt gebracht. In dieses weite, von Lößhügeln, Plateaus und tiefen Talsenken gegliederte Land, dessen Durchgang viele Tagesmärsche erforderte, drangen Alehaw und sein Sohn im diesigen grauen Licht des frühen Tages ein. In der Ferne sahen sie wiederholt Gruppen anderer Jäger, die in die gleiche Richtung zogen; jede Gruppe ignorierte die andere geflissentlich. Yuli bemerkte, daß keine andere Gruppe aus nur zwei Personen bestand; das war die Buße, die seine Familie dafür zahlte, daß sie nicht von der Ebene war, sondern von der Barriere. Für sie war alles mühseliger.

Gebeugt stapften sie das allmählich ansteigende Terrain aufwärts. Überall schauten glattgeschliffene Blöcke aus dem Schnee, stumme Zeugen einer vorzeitlichen Meeresküste, von der Brandung umspült, ehe die See sich angesichts des abkühlenden Klimas zurückgezogen hatte – doch von diesem Aspekt wußten sie nichts, und er kümmerte sie auch nicht; für Alehaw und seinen Sohn war nur die Gegenwart von Bedeutung.

Auf der Höhe angelangt, machten sie halt und spähten, die Augen gegen die beißende Kälte mit den behandschuhten Händen beschirmt, über die unebene, von Schichtstufen und Trockenbetten zerrissene Hochfläche hin. Das Gros der Herde war verschwunden. Zurückgeblieben waren neben zerstampftem Schnee, Kot und einem durchdringenden Geruch diejenigen Tiere, für welche die Stunde der Fortpflanzung gekommen war.

Unter diesen todgeweihten Tieren waren nicht nur Yelke, sondern auch die zierlichen Gunnadu und die massigen Leiber der riesigen Biyelke. Die Tiere lagen reglos, über eine weite Fläche verstreut, tot oder dem Tode nahe, bisweilen noch mit qualvoller Anstrengung und pumpenden Flanken atmend. Eine andere Gruppe von Jägern bewegte sich zwischen den sterbenden Tieren näher. Alehaw wies grunzend zur anderen Seite, und er und Yuli stapften auf ein unter

Schnee und Frost niedergebrochenes Nadelgehölz zu, in dessen Nähe einige Yelke lagen. Yuli sah zu, wie sein Vater eines der hilflosen Tiere tötete, das schon auf dem Weg in die graue Welt ewigen Vergessens war.

Wie seine ungleichen Vettern, der Biyelk und das Gunnadu, war der Yelk nekrogen und brachte nur durch seinen Tod Junge zur Welt. Die Tiere waren überdies hermaphroditisch, wobei manchmal das männliche, manchmal das weibliche Element überwog. Sie befanden sich auf einer entwicklungsgeschichtlich zu primitiven Stufe, um komplizierte Fortpflanzungsorgane wie Gebärmutter und Eierstöcke zu bilden. Nach der Paarung entwickelten sich die Spermien im warmen Inneren zu kleinen madenartigen Lebewesen, die im Magen-Darmtrakt ihres mütterlichen Wirtstieres heranwuchsen und sich dabei nicht nur von Inhalt, sondern auch von den Organen selbst nährten.

Sobald sie Magen und Darm weitgehend aufgezehrt hatten, breiteten die Yelkmaden sich rasch durch den Körper des Wirtstieres aus und gelangten sogar in die Blutbahn, was binnen kurzem zum Tode führte. Dieses Geschehen ereignete sich unfehlbar dann, wenn die großen Herden diesen westlichen Teil ihres Lebensbereichs aufsuchten. So war es schon vor Zeitaltern gewesen, die kein Mensch überblicken, geschweige denn zählen konnte.

Das Tier, über dem Alehaw und Yuli standen, war abgemagert und ausgezehrt, dem Tode nahe, und daß Alehaw es mit seinem Speer durchbohrte, geschah mehr des Zeremoniells als der Notwendigkeit halber. Darauf knieten sie im Schnee nieder und schnitten mit ihren Jagdmessern den Tierleib auf.

Die Yelkmaden durchwimmelten den Bauch des Tieres, nicht größer als ein Fingernagel, beinahe zu klein, um sie zu unterscheiden, aber in der Masse von köstlichem Geschmack und hohem Nährwert. Sie würden Onesa helfen, von ihrer Krankheit zu genesen. Der frostkalten Luft ausgesetzt, starben sie sofort, sich selbst überlassen, lebten die Yelkmaden jedoch sicher in den Kadavern ihrer Wirte. In ihrem dunklen kleinen Universum, das sie heißhungrig durchwimmelten, zögerten sie nicht, einander aufzufressen, und zahlreich waren die Kämpfe um Leben und Tod, die in Arterien, Muskelfasern und Lungengewebe ausgefochten wurden. Die Überlebenden machten nacheinander mehrere Metamorphosen durch und nahmen in dem Maße an Größe zu, wie sie an Zahl abnahmen. Zuletzt drangen zwei oder vielleicht drei kleine, sehr lebendige und schnelle Yelke aus Kehle oder Anus des völlig ausgehöhlten Wirtstieres, um in der Unwirtlichkeit der äußeren Hungerleiderwelt zu bestehen. Dieses »Ausschlüpfen« ereignete sich mit der Präzision eines Uhrwerks kurz bevor die Herden sich zur Rückwanderung nach Nordosten zum fernen Chalce sammelten und bewahrte den Nachwuchs vor dem Schicksal, in den Wirtskadavern unter den Hufen der wandernden Herde zermalmt zu werden.

Über die Hochfläche verstreut, unter den Tieren, die gleichzeitig starben und sich fortpflanzten, standen dicke Steinsäulen. Diese Säulen waren dort von einer früheren Menschenrasse aufgerichtet worden. In jede dieser Säulen war eine einfache symbolische Darstellung gemeißelt: ein Kreis oder ein Rad mit einem kleineren Kreis in der Mitte. Vom mittleren Kreis gingen zwei gegenläufig gebogene Speichen aus, die ihn mit dem äußeren verbanden. Weder Jäger noch Tiere schenkten diesen geschmückten Säulen auch nur die geringste Beachtung.

Yuli war von ihrer Beute völlig in Anspruch genommen. Er schnitt Streifen aus einem Tierfell, flocht sie kunstlos zu einem Beutel, in den er dann die sterbenden Yelkmaden schabte. Unterdessen zerlegte sein Vater den Kadaver. Jedes Stück des toten Körpers wurde verwertet. Aus den längsten Knochen konnte man einen Schlitten bauen, dessen Teile von Fellstreifen zusammengehalten wurden. Gebogene

Geweihstangen dienten als Kufen und erleichterten ihnen das mühselige Ziehen des Schlittens im unebenen Gelände. Denn sobald sie mit ihrer Arbeit fertig wären, würde der kleine Schlitten mit guten, soliden Fleischstücken von Schultern, Brust und Keulen schwer beladen sein, zugedeckt mit den Fellen der erbeuteten Tiere.

Beide arbeiteten zusammen, grunzend vor Anstrengung, die Hände rot von Blut, die Köpfe eingehüllt in dampfenden Atem, geplagt von zudringlichen Stechfliegen.

Auf einmal stieß Alehaw einen furchtbaren Schrei aus, fiel rücklings in den Schnee, raffte sich auf und versuchte davonzulaufen.

Yuli sah sich bestürzt um. Drei große weiße Phagoren waren aus einem Versteck zwischen den Nadelbäumen herangeschlichen und standen über ihnen. Zwei sprangen auf Alehaw zu, als er auf die Beine kam, und streckten ihn mit Keulenschlägen in den Schnee. Der dritte ließ seine Keule auf Yuli niedersausen, der sich mit einem entsetzten Hilferuf zur Seite warf.

Sie hatten die Gefahren, die von Phagoren drohten, vollständig vergessen und jede Wachsamkeit vernachlässigt. Als er sich durch den Schnee wälzte, aufsprang und der geschwungenen Keule auswich, bemerkte Yuli unweit von ihnen andere Jäger, die ruhig mit dem Zerlegen ihrer Jagdbeute fortfuhren, als sei nichts geschehen. So entschlossen waren sie, mit der Arbeit voranzukommen, ihre Schlitten zu bauen und die Heimreise anzutreten – so nahe war der Hungertod –, daß sie ihre Arbeit nicht unterbrachen und nur von Zeit zu Zeit aufblickten, um das Geschehen zu verfolgen. Anders hätte die Sache ausgesehen, wären sie Verwandte von Alehaw und Yuli gewesen. Aber diese Leute waren Bewohner der Ebene, gedrungene, unfreundliche Männer. Yuli schrie ihnen zu, daß sie kommen und ihm helfen sollten, doch ohne Erfolg. Ein Mann aus der benachbarten Gruppe, die kaum fünfzig Schritte entfernt einen

Kadaver zerlegte, schleuderte einen blutigen Knochen nach den Phagoren. Das war alles.

Um sich den sausenden Keulenschlägen zu entziehen, ergriff Yuli schließlich die Flucht, glitt aber nach wenigen Schritten aus und fiel. Der Phagor setzte ihm nach, und Yuli erhob sich in instinktiver Abwehrhaltung auf ein Knie, den linken Arm schützend über den Kopf erhoben. Dann warf er sich dem Angreifer entgegen, um die Keule zu unterlaufen, und stieß sein Jagdmesser aufwärts in den breiten Leib seines Gegners. Mit erschrockener Verblüffung sah er seinen Arm in den strähnigen steifen Deckhaaren verschwinden und einen Schwall gelblich-schleimiger Flüssigkeit aus diesem Fell hervorquellen. Dann fiel der schwere Körper auf ihn, und er wälzte sich mit keuchender Kraftanstrengung frei und hinter die nächstbeste Deckung, die sich ihm bot – die aufragende Schulter eines toten Yelk, von wo er eine Welt erblickte, die ihm plötzlich zum Feind geworden war.

Sein Angreifer war gefallen. Nun erhob er sich mit Mühe, die enormen hornigen Hände an seinen Leib gedrückt. Er taumelte ziellos umher, stöhnte mit tiefer, rauher Stimme: »Aoh, aoh, aohh, aohhhh ...« Dann fiel er vornüber auf das Gesicht und regte sich nicht mehr.

Hinter dem gefallenen Phagor lag der zu Boden geschlagene Alehaw. Er schien bewußtlos, aber die zwei anderen Phagoren hoben ihn sofort auf, und einer von ihnen legte ihn sich über die Schultern. Darauf sahen die beiden sich um, als rechneten sie mit einem Angriff, blickten zu ihrem gefallenen Kameraden zurück, sahen einander an, grunzten, kehrten Yuli den Rücken und gingen.

Yuli stand auf. Er merkte, daß seine Beine, umwickelt in den Pelzhosen, heftig zitterten. Er wußte nicht, was er tun sollte. Von einer quälenden Unruhe erfaßt, lief er um den Körper des Phagoren, den er getötet hatte – wie würde er sich mit dieser Tat vor seiner Mutter und den Onkeln brüsten! – und eilte zum Schauplatz des Überfalls zurück. Er nahm seinen Speer auf und dann, nach kurzem Zögern, auch den Speer seines Vaters. Schließlich folgte er den Phagoren.

Sie stapften nebeneinander dahin und fanden es offenbar mühselig, mit ihrer Last bergauf zu gehen. Bald fühlten sie, daß der Junge ihnen folgte, und wandten sich hin und wieder nach ihm um und versuchten ihn halbherzig mit Drohungen und Gesten fortzujagen. Anscheinend meinten sie, daß es sich nicht lohne, einen Speer an ihn zu vergeuden.

Als Alehaw zu sich kam, machten die zwei Phagoren halt, stellten ihn auf die Beine und zwangen ihn, zwischen ihnen weiterzugehen, indem sie ihn mit Schlägen vorwärtstrieben. Yuli stieß eine Anzahl von Pfiffen aus und gab seinem Vater damit zu verstehen, daß er in der Nähe war; aber wann immer der ältere Mann über die Schulter zurückblicken wollte, erhielt er von einem der Phagoren einen Schlag gegen den Kopf, der ihn taumeln machte.

Langsam holten die Phagoren eine andere Gruppe ihrer Artgenossen ein, die aus einem weiblichen und zwei männlichen Exemplaren bestand; einer der letzteren war alt und ging mit einem Stab, der so lang war wie er selbst und auf den er sich beim Gehen schwer stützte. Dann und wann strauchelte er über die Kothaufen der Yelke.

Nach einiger Zeit wurden diese verstreuten Überbleibsel der Herde seltener, und der Geruch verlor sich aus ihren Nasen. Sie folgten einem hügelauf ziehenden Pfad, den die wandernde Herde nicht genommen hatte. Der Wind hatte sich gelegt, und an den Hängen wuchsen Lärchen und Arven. Inzwischen waren mehrere kleine Gruppen von Phagoren in Sicht gekommen, die alle demselben Ziel zuzustreben schienen, viele von ihnen gebeugt unter ganzen Yelkkadavern. Und hinter ihnen folgte ein neunjähriger Junge, Angst im Herzen, der offensichtlich versuchte, seinen Vater nicht aus den Augen zu verlieren.

Die Luft wurde schwer und drückend, als stünde sie unter

einem Zauber. Der Schritt der Phagoren verlangsamte sich, die Lärchen standen dichter und zwangen die Wanderer, sich enger zusammenzuschließen. Ihr rauher Gesang, untermalt mit kratzenden Schnalzlauten ihrer hornigen Zungen, ertönte laut, ein Summen, das von Zeit zu Zeit zu einem furchterregenden Crescendo anschwoll und dann wieder erstarb. Yuli blieb schreckerfüllt weiter zurück und suchte instinktiv die Deckung der Baumstämme.

Er konnte nicht verstehen, warum Alehaw sich nicht von seinen Bewachern losriß und zurückrannte; dann könnte er seinen Speer wieder aufnehmen, und gemeinsam würden sie Seite an Seite die zottigen Phagoren abwehren und töten. Doch statt dessen blieb sein Vater in Gefangenschaft, und nun verlor sich seine schmächtigere Gestalt im Dämmerlicht unter den Bäumen zwischen den zusammengedrängten Phagoren.

Das summende Lied brandete ein letztes Mal in rauher Kadenz auf und erstarb. Voraus glomm ein rauchig grünliches Licht und verhieß Yuli eine neue Krise. Er rannte geduckt von Baum zu Baum weiter vorwärts. Eine Art von Gebäude stand dort, mit einem zweiflügeligen Tor, das sich ein wenig öffnete. Der schwache Feuerschein drang aus dem Inneren. Die Phagoren riefen mit lauten Stimmen, und das Tor öffnete sich weit. Sie drängten hinein. Das Licht erwies sich als eine Fackel, die einer ihrer Artgenossen in die Höhe hielt.

»Vater, Vater!« schrie Yuli. »Lauf, Vater! Ich bin hier.«

Er blieb ohne Antwort. In dem dämmrigen Licht, das vom Fackelschein kaum aufgehellt wurde, war es unmöglich zu sehen, ob Alehaw bereits durch das Tor gestoßen worden war oder nicht. Ein paar Phagoren wandten sich auf seine Rufe gleichgültig um und scheuchten Yuli ohne wirkliche Feindseligkeit fort.

»Geh und zzhrei in den Wind!« rief einer auf Olonet. Sie wollten nur völlig ausgewachsene menschliche Sklaven.

Die letzte stämmige Gestalt verschwand in dem Gebäude. Unter weiterem Rufen und Lärmen wurde das Tor geschlossen. Yuli rannte weinend näher und schlug mit den Fäusten gegen das rohe Holz, dann hörte er, wie auf der anderen Seite ein Riegel vorgeschoben wurde. Lange stand er da, die Stirn gegen die Planken des Torflügels gedrückt, und konnte nicht begreifen noch hinnehmen, was geschehen war.

Die Torflügel waren in eine Mauer aus großen, unregelmäßigen Blöcken eingelassen, die ohne Mörtel zusammengefügt waren. Die Ritzen hatte man mit Moosen und Bartflechten zugestopft. Das Gebäude schien nur als Eingang zu einer der unterirdischen Höhlen zu dienen, in denen, wie Yuli wußte, die Phagoren lebten. Sie waren träge Geschöpfe und zogen es vor, Menschen für sich arbeiten zu lassen.

Eine Weile lungerte er bei dem Tor herum, dann erkletterte er die steinige Hügelkuppe hinter dem Eingang, bis er fand, was er zu finden erwartet hatte: einen Rauchabzug, dessen Höhe das Dreifache seiner Körperlänge ausmachte und der außerdem von eindrucksvollem Umfang war. Er konnte den Schornstein leicht erklettern, weil dieser sich nach oben zu verjüngte und weil die Steinblöcke, aus denen er erbaut war, kunstlos aufeinandergeschichtet waren und reichlich Griffe und Tritte boten. Überdies waren die Steine nicht so eisig kalt, wie man hätte erwarten können, und frei von Schnee.

Oben angelangt, steckte er unvorsichtig den Kopf über die Öffnung, um hinunterzuschauen, und prallte augenblicklich zurück, so daß er den Halt verlor, rücklings hinunterfiel und auf der Schulter im Schnee landete.

Ein Schwall heißer, stinkender Luft, vermischt mit Holzrauch und ranzigen Ausdünstungen, war ihm entgegengeschlagen. Der Abzug diente als Entlüftung für die unterirdischen Baue der Phagoren. Er begriff, daß er auf diesem Weg nicht hineinklettern konnte. Er war ausgesperrt, der Vater ihm für immer verloren.

Er setzte sich in den Schnee, elend und ratlos. Seine Füße steckten in Fellschuhen, die mit kreuzweise gebundenen Rohlederstreifen an den Beinen befestigt waren. Er trug eine Hose und eine Jacke aus Bärenfell, die seine Mutter ihm angemessen und zusammengenäht hatte, mit dem Pelz nach innen. Als zusätzlichen Wetterschutz hatte er eine Parka mit einer Pelzkapuze an. Als es Onesa noch besser gegangen war, hatte sie die Parka um die Schultern mit den weißen Schwänzen des Schneehasen geschmückt, drei auf jeder Schulter, und hatte den Halsausschnitt mit roten und blauen Perlen bestickt. Trotzdem bot Yuli einen traurigen Anblick, denn die Parka war fleckig von Essensresten und vertropftem Fett, während Schmutz das Fell seiner Kleidung verklebte; sie roch stark nach Yuli. Sein Gesicht, von einem leichten Olivgelb oder Beige, wenn es sauber war, wies bräunliche und schwärzliche, von feinen Runzeln durchbrochene Schmutzverfärbungen auf, und sein Haar hing ihm in fettigen Strähnen um Schläfen und Kragen. Er hatte eine Plattnase, die er zu reiben begann, und einen breiten, gefühlvollen Mund, der nun zuckte und bebte und einen abgebrochenen Schneidezahn zwischen seinen weißen Nachbarn zeigte, als er anfing zu weinen und mit der Faust in den Schnee zu schlagen.

Nach einiger Zeit stand er auf und ging einsam unter den Lärchen umher, den Speer des Vaters nachschleifend. Es blieb ihm nichts übrig als seiner Fährte in umgekehrter Richtung zu folgen und zu seiner kranken Mutter zurückzukehren, falls es ihm gelänge, den Heimweg durch die verschneiten Ödländer zu finden.

Er merkte auch, daß er hungrig war.

In seiner verzweifelten Verlassenheit fing er an, vor dem verschlossenen Tor zu lärmen. Niemand reagierte. Es begann zu schneien, leicht, aber ohne Unterlaß. Er hob die Fäuste über den Kopf und spuckte gegen das Tor. Das für seinen Vater. Er haßte ihn, weil er ein Schwächling war. Er erinnerte sich an alle Prügel, die er von seinem Vater bezogen hatte – warum hatte Alehaw sich nicht gegen die Phagoren gewehrt, nicht sie geschlagen?

Endlich wandte er sich entmutigt und erbittert vom Tor ab und ging durch den fallenden Schnee den Hügel hinab.

Den Speer seines Vaters schleuderte er zornig in einen Busch.

Der Hunger war stärker als seine Müdigkeit und führte ihn bis an den Vark zurück. Die unterwegs genährten Hoffnungen wurden augenblicklich zunichte: keiner der gefallenen Yelke war unversehrt geblieben. Nur ausgefleischte Kadaver und abgenagte Knochen erwarteten ihn am Fluß. Er heulte vor Zorn und Enttäuschung.

Die aufgebrochene Stelle war übergefroren, und Schnee lag auf dem festen Eis. Yuli scharrte ihn mit dem Stiefel fort und spähte durch das frisch gebildete glasige Eis. Die Körper einiger ertrunkener Tiere waren noch zu sehen; offenbar waren sie teilweise festgefroren und konnten von der Strömung nicht fortgetrieben werden. Er sah eine Stelle, wo der Kopf eines Yelk dicht unter dem neuen Eis in die dunkle Strömung hing. Große Fische rissen an der Zunge und fraßen an den Augen.

Mit seinem Speer und einem scharfen Horn bohrte Yuli in mühsamer Arbeit ein Loch ins Eis, vergrößerte es und wartete mit stoßbereitem Speer. Nicht lange, und die Fische stellten sich wieder ein. Flossen und Schuppen blitzten im Wasser. Er stieß zu. Ein silbriger Fisch mit bläulichen Flecken, das Maul in Verblüffung aufgesperrt, glänzte an der Speerspitze, als er sie tropfend herauszog. Das Tier war so lang wie seine beiden gespreizten und mit den Daumennägeln aneinandergelegten Hände. Er briet ihn über einem kleinen Feuer, und es schmeckte köstlich. Er rülpste befriedigt und schlief eine Stunde zwischen morschen umgestürzten Stämmen. Dann machte er sich auf den Weg nach Süden, einer

Wegspur folgend, die von der wandernden Herde so gut wie völlig ausgelöscht worden war.

Freyr und Batalix wechselten sich im Wachdienst am Himmel ab, und noch immer wanderte er dahin, die einzige Gestalt, die sich bewegte, in der weiten Wildnis.

»Mutter«, rief der alte Hasele zu seiner Frau, noch ehe er seine Hütte erreichte, »Mutter, sieh nur, was ich bei den Drei Harlekinen gefunden habe!«

Und seine alte Vettel von einer Frau, Lorel mit Namen und seit ihrer Kindheit lahm, humpelte zur Tür, steckte die Nase hinaus in die beißend kalte Luft und sagte: »Laß gut sein, was du gefunden hast. Da sind Herren aus Pannoval, die dir was abkaufen wollen.«

»Aus Pannoval, eh? Warte, bis sie sehen, was ich bei den Drei Harlekinen gefunden habe! Ich brauche hier Hilfe, Mutter. Komm, so kalt ist es nicht! Du verschwendest dein Leben, so wie du in diesem Haus festsitzt.«

Das Haus war außerordentlich roh und kunstlos. Es bestand aus aufeinandergelegten Blöcken, von denen mehrere Mannshöhe überschritten, ergänzt durch Planken und Rundstämme und überdacht mit Tierhäuten, die eine Schicht mit Gräsern und Moosen bewachsener Erde trugen. Die Ritzen und Fugen zwischen Blöcken und Stämmen waren mit Lehm und Flechten verstopft, um ein Eindringen des eisigen Windes zu verhindern. Sparren und Baumäste stützten das Dach und die Wände des Gebäudes an vielen Punkten, so daß das Ganze einem dahingeschiedenen Stachelschwein ähnelte. Dem Hauptgebäude waren mit demselben Improvisationstalent, das bei seiner Errichtung Pate gestanden hatte, zusätzliche Räume hinzugefügt worden. Zwei Kamine entragten dem Dach und schickten sanft gekräuselten Rauch in den wolkenverhangenen Himmel; in einigen Räumen wurden Pelze und Häute getrocknet, in anderen verkauft. Hasele war Fallensteller und Händler und hatte es so weit gebracht, daß er sich nun, da sein Leben sich dem Ende zuneigte, eine Frau und einen von drei Hunden gezogenen Schlitten leisten konnte.

Haseles Haus stand auf einer niedrigen Schichtstufe aus stark verwittertem Urgestein, die sich mehrere Meilen weit nach Osten hinzog. Diese Schichtstufe war voll von natürlichen Verwitterungsspalten, Erosionshöhlen, Schutt und teils ganzen, teils gespaltenen und aufeinandergetürmten Blöcken. Diese Oberflächenformen boten kleineren Tieren reichlich Schutz und Unterschlupf und gaben für den alten Fallensteller, der keine Neigung mehr verspürte, so weite Wanderungen zu unternehmen, wie er es in den Tagen seiner Jugend getan hatte, gute Jagdgründe ab. Einigen auffallenden Steingebilden hatte er Namen beigelegt, von denen einer die Drei Harlekine waren. Bei den Drei Harlekinen pflegte er in Salzablagerungen nach dem Mineral zu graben, das er zum Haltbarmachen seiner Felle und Häute benötigte.

Alle Blöcke und größeren Steine trugen auf den Ostseiten vom Wind modellierte Schneemützen die genau von der Richtung fortzustreben schienen, aus welcher der Westwind von den fernen Barrieren pfiff. Diese Schichtstufe war einst vom Meer freigelegt worden, das die lockeren aufliegenden Schichten abgetragen und vor dem Kliff nur die rundgeschliffenen Felsen, Blöcke und Geröllhalden der Strandplatte zurückgelassen hatte. Der Uferstreifen war in jenen fernen Tagen Teil einer längst verschwundenen Meeresküste gewesen, die Nordküste des Kontinents Campannlat.

Östlich von den Drei Harlekinen gab es im Schutz der verwitterten Gneis- und Granitgesteine ein kleines Dickicht von Dornbüschen, die in der Sommerzeit ein bescheidenes Grün hervorbrachten. Der alte Hasele schätzte ihre Blätter als Gemüse und stellte Fallen rings um das Buschdickicht, um pflanzenfressende Tiere fernzuhalten. Dort in den spitzigen, ineinander verwachsenen Zweigen hatte er den bewußtlosen Jungen entdeckt, den er nun mit Lorels Hilfe in das verräucherte Heiligtum seiner Hütte schleifte.

»Er ist kein Wilder«, sagte Lorel bewundernd. »Sieh nur, wie seine Parka mit roten und blauen Perlen geschmückt ist. Hübsch, nicht wahr?«

»Das hat Zeit. Gib ihm einen Mundvoll Suppe, Mutter!«

Sie tat es und strich dem Jungen über die Kehle, bis die Suppe ihren Weg in den Magen fand. Gleich darauf regte sich ihr Patient, hustete, setzte sich auf und bat mit schwacher Flüsterstimme um mehr. Während sie ihn fütterte, betrachtete sie mit geschürzten Lippen die geschwollenen Augenlider, Wangen und Ohren, wo ungezählte Insektenstiche Blut zum Vorschein gebracht hatten, das da und dort unter seinen Kragen geronnen war. Er schluckte mehr Suppe, dann sank er stöhnend zurück in Bewußtlosigkeit. Die alte Frau hielt seinen Oberkörper im Arm, als wäre er ein Säugling, schaukelte ihn sanft und einschläfernd und erinnerte sich längst vergangener Glücklichkeiten, für die sie keinen Namen mehr hatte.

Als sie sich etwas später schuldbewußt nach Hasele umsah, bemerkte sie, daß er schon hinausgegangen war, um mit den Herren aus Pannoval zu verhandeln.

Sie ließ den dunklen Kopf des Jungen sanft auf das Fellager gleiten, seufzte und folgte ihrem Mann in den Nebenraum. Er trank Schnaps mit den beiden großen, schwergebauten Händlern, deren Parkas in der Wärme dampften. Lorel hinkte näher und zupfte Hasele am Ärmel.

»Vielleicht können diese zwei Herren den kranken Jungen, den du gefunden hast, mit nach Pannoval nehmen. Wir können ihn hier nicht durchfüttern. Wir sind schon so am Verhungern. Pannoval ist reich und fett.«

»Laß uns allein, Mutter! Wir verhandeln«, erwiderte Hasele in gebieterischem Ton.

Sie humpelte zur rückwärtigen Tür hinaus und beobachtete, wie ihr gefangener Phagor, dem seine Ketten nur einen schlurfenden Gang erlaubten, die Hunde im Schneezwinger festmachte. Ihr Blick schweifte über seinen gebeugten Rücken hinaus zu der griesigen grauen Landschaft, die sich meilenweit in Verlassenheit erstreckte, um fast übergangslos in einen trüben und ebenso trostlosen Himmel überging. Von irgendwo in dieser öden Wildnis war der Junge gekommen. Einmal oder zweimal im Jahr kam es vor, daß Leute, allein oder in Paaren, sich sterbend von den Eiswüsten hierherschleppten. Lorel vermochte nie einen klaren Eindruck davon zu gewinnen, woher sie kamen, und wußte nicht viel mehr, als daß jenseits der Schneewüsten noch kältere Gebirge ragten. Ein Flüchtling hatte von einem zugefrorenen Meer geschwätzt, das überquert werden könne. Sie hob die Rechte und machte das heilige Kreiszeichen vor ihren ausgetrockneten Brüsten.

In ihren jüngeren Tagen hatte sie ihre Unkenntnis quälend empfunden. Oft hatte sie sich in ihre Pelzkleidung gewickelt, war den oberen Rand des Kliffs entlang gewandert und hatte immer wieder nach Norden gestarrt. Und bisweilen waren Childrim über sie hinweggeflogen, mit ihren einsamen Flügelschlägen, und sie war auf die Knie gefallen, benommen von einer seltsamen Vision vieler heiliger Männer, die das riesige flache Rad der Welt zu einem Ort ruderten, wo der Schnee nicht immer fiel und der Wind nicht immer blies. Mehr als einmal war sie weinend ins Haus zurückgekehrt, zornig auf die Hoffnung, welche die Childrim ihr gebracht hatten.

Obgleich der alte Hasele seine Frau in herrischer Art hinausgeschickt hatte, von ihren Worten hatte er Notiz genommen, wie er es immer tat. Als er mit den zwei Herren aus Pannoval handelseinig geworden war und ein kleiner Stapel wertvoller Kräuter und Gewürze, Wollfasern und Mehl im Austausch gegen die Felle, welche die Männer auf ihren Schlitten laden würden, übergeben worden war, brachte Hasele den Fall des kranken Jungen zur Sprache und schlug vor, daß sie ihn in die Stadt mitnehmen sollten. Er erwähnte, daß der Bursche eine gute, mit Perlenstickerei verzierte Parka trage und daher möglicherweise jemand von Rang sein könnte, oder zumindest der Sohn einer Persönlichkeit von Rang.

Zu seiner Überraschung stimmten die beiden Herren zu und erklärten, daß sie den jungen Mann sehr gern mitnehmen würden. Freilich müßten sie eine kleine Gebühr in Gestalt einer zusätzlichen Yelkhaut erheben, um die Ausgaben abzudecken, die ihnen aus der Beköstigung ihres Schützlings erwüchsen. Hasele murrte ein wenig, gab aber bald nach; er konnte es sich nicht leisten, den Jungen durchzufüttern, wenn er am Leben bliebe, und wenn er stürbe – es bereitete ihm kein Vergnügen, seine Hunde mit den Überresten eines Menschen zu füttern, und der heimische Brauch der Mumifizierung durch Luftbegräbnis war nicht nach seinem Geschmack.

»Gemacht«, sagte er und ging die am wenigsten gute Tierhaut holen, die er zur Hand hatte.

Der Junge war jetzt wach. Er hatte mehr Suppe bekommen und das aufgewärmte Bein eines Schneehasen. Als er die Männer kommen hörte, ließ er sich zurücksinken und schloß die Augen, eine Hand in der Parka.

Sie musterten ihn nur beiläufig und wandten sich wieder ab. Ihr Plan war, den Schlitten mit ihren Erwerbungen zu beladen, noch ein paar Stunden mit Hasele und seiner Frau zu verbringen, sich zu betrinken, den Rausch auszuschlafen und dann die lange und anstrengende Reise nach Pannoval anzutreten.

So geschah es, und ein gewaltiger Lärm erhob sich, als es an Haseles Schnaps ging, und als die Herren auf einem Fellstapel schliefen, war ihr Schnarchen laut und dröhnend. Lorel nahm sich insgeheim Yulis an, setzte ihm Leckerbissen vor, wusch ihm das Gesicht, kämmte sein dichtes Haar und streichelte ihn.

Früh am Morgen des nächsten grauen Tages wurde er ihr genommen. Er täuschte noch immer Bewußtlosigkeit vor, als die Herren ihn auf ihren Schlitten hoben, mit den Peitschen knallten und finstere Mienen schnitten, um eine Befestigung zwischen ihrem Katzenjammer und der beißenden Kälte zu schaffen, und fuhren davon.

Die zwei Herren, deren Leben hart war, beraubten Hasele und jeden anderen Fallensteller, den sie besuchten, bis zum Maximum dessen, wessen jene sich berauben ließen, wußten sie doch nur zu gut, daß auch sie beraubt und betrogen würden, wenn sie die Felle weiterverkauften. Betrügerei war eine ihrer Überlebensmethoden, wie das Anlegen warmer Kleidung. Ihr einfacher Plan bestand darin, daß sie, sobald sie außer Sichtweite von Haseles zusammengeflickter Behausung wären, ihrem neuerworbenen Invaliden die Luftröhre aufschlitzen, seinen Leichnam in die nächste Schneewehe werfen und so dafür Sorge tragen wollten, daß nur die gute, verzierte Parka – vielleicht zusammen mit der übrigen Fellbekleidung – den Markt in Pannoval erreichten.

Sie hielten die Hunde an und bremsten den Schlitten. Einer von ihnen zog einen blitzenden Metalldolch und wandte sich zu der regungslos liegenden Gestalt zurück.

In diesem Augenblick sprang letztere mit einem Schrei auf, warf das Fell, das sie bedeckt hatte, dem Herrn über den Kopf, trat ihn hart in den Magen, sprang vom Schlitten und rannte im Zickzack davon, um nachgeschleuderten Speeren zu entgehen.

Als er sich in Sicherheit wähnte, kauerte er hinter einem grauen Steinblock nieder und spähte zurück, um zu sehen, ob sie ihn verfolgten. Die verschneite Landschaft lag erstorben im trüben Licht. Der Schlitten war bereits außer Sicht gekommen, von den zwei Herren war weit und breit nichts zu sehen. Bis auf das raschelnde Säuseln des Westwindes war alles still. Er war allein in der gefrorenen Einöde, mehrere Stunden vor Freyraufgang.

Ein großer Schrecken kam über Yuli. Nachdem die Phagoren seinen Vater in ihren unterirdischen Bau geschleppt hatten, war er mehr Tage, als er zählen konnte, durch die Wildnis gewandert, benommen von Kälte und Schlafmangel, gepeinigt von blutdürstigen Insekten, die sich in seiner Pelzkleidung eingenistet hatten. Er hatte sich hoffnungslos verirrt und war dem Tod nahe gewesen, als er sich in das Gesträuch geschleppt und die Besinnung verloren hatte.

Ein wenig Ruhe, Wärme und Nahrung hatte seine Gesundheit rasch wiederhergestellt. Er hatte sich widerstandslos auf den Schlitten laden lassen, nicht weil er auch nur das mindeste Zutrauen zu den zwei Herren aus Pannoval – die ihm ganz und gar nicht geheuer waren – gehabt hätte, sondern weil er die alte Vettel nicht ertragen konnte, die ihn in einer Weise bemutterte und streichelte, die ihm zuwider war.

Nun war er nach diesem kurzen Zwischenspiel wieder in der Wildnis, und ein frostkalter Wind zupfte ihn an den Ohren. Er dachte an seine Mutter Onesa und an ihre Krankheit. Als er sie das letzte Mal gesehen hatte, hatte sie Blut gehustet. Und sie hatte ihn so totenbleich und schrecklich angesehen, als er mit Alehaw aufgebrochen war. Erst jetzt wurde Yuli klar, was dieser Blick bedeutet hatte: sie hatte nicht damit gerechnet, ihn wiederzusehen. Selbst wenn er gewußt hätte, in welche Richtung er sich wenden sollte, wäre es nutzlos, den Rückweg zu seiner Mutter zu suchen, wenn sie inzwischen ein Leichnam war.

Was also war zu tun?

Wenn er überleben wollte, gab es nur eine Möglichkeit.

Er stand auf und trottete dem Schlitten nach.

Sieben große gehörnte Hunde von der Art, die als Asokin bekannt waren, zogen den Schlitten. Das Rudel wurde von einer Hündin namens Gripsy geführt, und sie alle waren kollektiv als Gripsys Gespann bekannt. In jeder Stunde rasteten sie zehn Minuten lang; bei jeder zweiten Ruhepause wurden sie mit faulig riechendem Trockenfisch aus einem Sack gefüttert. Die zwei Herren wechselten sich ab im Dahinstapfen neben dem Schlitten und dem Liegen darauf.

Dies war ein gewohnheitsmäßiges Verfahren, das Yuli bald verstand. Er folgte den Reisenden in sicherem Abstand, und selbst wenn sie außer Sicht waren, hatte er die frische Fährte und, solange es windstill war, den ranzigen Gestank der Männer und Hunde in der Nase. Bisweilen schloß er auf, um zu sehen, wie Hunde und Schlitten gehandhabt wurden. Er wollte lernen, wie man ein Hundegespann lenkte.

Nach drei Tagen ununterbrochener Reise, als die Asokin längere Ruhepausen benötigten, erreichten sie das Haus eines weiteren Fallenstellers. Dieser hatte sich ein kleines hölzernes Fort gebaut und mit den Hörnern und Geweihen von Wildtieren geschmückt. Lange Reihen aufgehängter Häute bewegten sich steif in der Brise. Die Herren blieben bei diesem Fallensteller, während Freyr unterging, der bleiche Batalix ebenfalls starb, und der hellere Wachtposten wieder aufging. Die zwei Herren machten ein betrunkenes Geschrei mit dem Fallensteller oder schliefen. Yuli stahl etwas Proviant vom Schlitten und nächtigte, eingerollt in ein Fell, im Windschutz des Schlittens. Aber sein Schlaf war unruhig.

Dann ging es weiter.

Es gab zwei weitere Aufenthalte, zwischen denen jeweils mehrere Tagereisen lagen. Immer weiter nach Süden ging die Fahrt. Die Winde wurden weniger kalt.

Zuletzt zeigte sich, daß Pannoval nicht mehr fern war. Die Nebelbänke, auf die das Hundegespann zuhielt, erwiesen sich als massive Gebirgszüge.

Berge erhoben sich aus der Ebene voraus, die Flanken tief verschneit. Die Ebene selbst stieg allmählich an, und bald arbeiteten sie sich durch ein vorgelagertes Hügelland, wo beide Herren neben dem Schlitten gehen oder ihn sogar schieben mußten, um den Hunden zu helfen. Und es gab steinerne Wachttürme, einige besetzt mit Wächtern, die sie anriefen. Sie riefen auch Yuli an.

»Ich folge meinem Vater und meinem Onkel«, rief er.

»Du bleibst zurück. Die Childrim werden dich erwischen.«

»Ich weiß, ich weiß. Vater hat es eilig, nach Hause zu kommen.«

Sie winkten ihn weiter und lächelten über seine Jugend.

Endlich hielten die Reisenden. Gripsy und ihr Gespann wurde mit Trockenfisch gefüttert und angebunden. Die beiden Herren suchten sich eine windgeschützte kleine Mulde am Hang, deckten sich mit Fellen zu, behandelten ihr Inneres mit Alkohol und schliefen ein.

Sobald er ihr Schnarchen hörte, schlich Yuli näher.

Beide mußten möglichst gleichzeitig erledigt werden. In einem Kampf konnte er gegen keinen der beiden bestehen, also durften sie nicht gewarnt sein. Er überlegte, ob er sie mit seinem Dolch erstechen oder ihnen die Schädel mit einem Felsbrocken einschlagen solle; jede dieser Methoden hatte ihre Gefahren.

Nachdem er sich vergewissert hatte, daß er nicht beobachtet wurde, band er einen Rohlederriemen vom Schlitten los, kroch zu den Schläfern und brachte es fertig, den rechten Fußknöchel des einen und den linken Knöchel des anderen zusammenzubinden, ohne daß die zwei Herren aus ihrem Schlaf erwachten. Wenn einer der beiden erwachte und aufsprang, würde er durch seinen Gefährten behindert sein.

Beim Losbinden des Riemens war ihm eine Anzahl Speere aufgefallen, die zur Schlittenlast gehörten. Vielleicht waren es Handelsartikel, die keine Abnehmer gefunden hatten; er dachte nicht lange darüber nach. Kurzerhand zog er einen aus der Verschnürung hervor, balancierte ihn in der ausgestreckten Hand und kam zu dem Ergebnis, daß die Waffe zum Werfen nicht viel taugte. Dagegen besaß sie eine recht scharfe Spitze.

Er kehrte zu der Hangmulde zurück und stieß einen der

beiden Herren mit dem Fuß an, bis der Schläfer sich ächzend auf den Rücken wälzte. Nun holte Yuli aus, als gelte es, einen Fisch zu speeren, und durchbohrte Parka, Rippen und Brustkorb des Herrn. Dieser zog den ganzen Körper in einer schrecklichen, krampfartigen Bewegung zusammen und richtete sich halb auf. Seine Augen waren weit aufgerissen, das Gesicht grauenhaft verzerrt. Er umfaßte den Speerschaft, sackte darüber und sank dann mit einem langen Seufzer, der in ein Husten überging, zurück. Erbrochenes und Blut quollen ihm aus dem Mund. Sein Gefährte regte sich und murmelte im Schlaf.

Der Speer war mit solcher Gewalt durch den Herrn gefahren, daß ein fußlanges Stück mit der geschmiedeten Spitze aus dem Rücken ragte. Er ließ sich nicht wieder herausziehen. Yuli kehrte zum Schlitten zurück, versah sich mit einem zweiten Speer und verfuhr mit dem anderen Herrn, wie er es mit dem ersten getan hatte – mit gleichem Erfolg. Nun war der Schlitten sein Eigentum. Und das Hundegespann.

Eine Ader pochte in seiner Schläfe. Er bedauerte, daß die Herren keine Phagoren waren.

Er schirrte die knurrenden und jaulenden Asokins an, spannte sie vor den Schlitten und trieb sie von der Stelle fort.

Es hatte aufgeklart, und trübe Lichtschleier woben am Himmel über der massigen Schulter eines Gebirgsstocks. Es gab nun einen deutlichen Pfad, eine Wegspur, die von Meile zu Meile ausgeprägter und breiter wurde. Sie wand sich aufwärts, bis sie an einem mächtigen Felsvorsprung vorbeiführte. Jenseits dieser Bastion öffnete sich ein geschütztes Hochtal, bewacht von einer furchteinflößenden Burg.

Diese Burg war überwiegend aus behauenen Steinen errichtet und zu einem Teil aus dem anstehenden Fels herausgehauen. Die Traufen der Wohngebäude waren weit überhängend konstruiert, so daß Schneelawinen von den Dächern die Gehwege entlang den Hauswänden nicht verschütten konnten. Vor der Burg stand eine Wache von vier

Bewaffneten an einer hölzernen Schranke, die den Weg sperrte.

Yuli machte halt, als einer der Wächter die Hand hob und auf ihn zutrat.

»Wer bist du, Bursche?«

»Ich bin mit zwei Freunden unterwegs. Wir haben Felle und Häute eingehandelt, wie du siehst. Die anderen kommen mit einem zweiten Schlitten nach.«

»Ich sehe sie nicht.« Sein Akzent war seltsam; er sprach nicht das Olonet, das Yuli von der Region der Barrieren gewohnt war.

»Sie werden schon noch kommen. Kennst du Gripsy und ihr Gespann nicht?« Er ließ die Peitsche über die Tiere schnalzen.

»Natürlich. Ich kenne sie gut. Diese Hündin heißt nicht umsonst Gripsy.« Er trat zur Seite und hob einen dicken Arm.

»Laßt ihn durch!« rief er. Der Schlagbaum hob sich, die Peitsche knallte, Yuli feuerte die Hunde mit einem Zuruf an, und sie waren durch.

Der Atem stockte ihm, als er zum ersten Mal Pannoval erblickte.

Voraus ragte eine gewaltige Steilwand auf, so steil, daß kein Schnee daran haften blieb. In diese war eine gigantische Darstellung des Großen Akha gemeißelt. Der Gott kauerte in der traditionellen Haltung, die Knie nahe den Schultern, die Arme um die Knie gelegt, die nach oben gekehrten Handflächen vor sich. In seinen Händen brannte die heilige Flamme des Lebens. Sein Kopf war groß, das Haar in einem Knoten auf dem Scheitel zusammengefaßt. Sein halbmenschliches Gesicht erfüllte den Betrachter mit Schrecken. Sogar seine Wangen flößten Ehrfurcht ein. Aber seine großen mandelförmigen Augen blickten sanft, und in dem aufgeworfenen Mund und den majestätischen Augenbrauen war Heiterkeit ebenso zu lesen wie Wildheit.

Neben seinem linken Fuß und neben diesem winzig aussehend, war eine Öffnung in der Felswand. Als der Schlitten näherkam, sah Yuli, daß diese Öffnung ihrerseits gigantisch war, vielleicht dreimal so hoch wie ein Mensch. Im Inneren waren Lichter zu sehen, und Wachtposten mit seltsamen Gewohnheiten und Akzenten, und seltsamen Gedanken in den Köpfen.

Er straffte seine jungen Schultern und schritt kühn vorwärts.

So kam Yuli nach Pannoval.

Niemals sollte er seinen Einzug in Pannoval vergessen, und seinen Abschied von der Welt unter dem Himmel. Wie in einer Benommenheit steuerte er den Schlitten an Wachtposten vorüber, vorbei an einer Gruppe ärmlicher Bäume, und hielt schließlich an, um die überdachte Weite vor ihm in sich aufzunehmen, unter der so viele Menschen ihr Leben verbrachten. Dunst vermischte sich mit Dunkelheit, als er das Tor hinter sich ließ, und schuf eine skizzenhafte Welt voller Formen, doch ohne Umrisse. Es war Nacht; die wenigen Menschen, die er sehen konnte, waren in dicke Kleidung gehüllt, die ihrerseits in dampfende Nebel eingehüllt schien, welche die Gestalten umgaben, über ihren Köpfen schwebten und ihnen in trägen Wirbeln nachhingen, fadenscheinigen Schleppen gleich. Überall war Stein. Man hatte Wände und Durchgänge, Stallungen, Häuser, Treppenfluchten und Arkaden aus dem Fels rings um eine riesige geheimnisvolle Höhle gehauen, eine Höhle, die sich schräg aufwärts in das Innere des Berges fortsetzte und im Laufe der Jahrhunderte in eine Art Bienenwabe umgewandelt worden war, ein dreidimensionales Labyrinth aus kleinen ebenen Plätzen und Gassen mit Wohnungen und Werkstätten, untereinander verbunden durch flankierende Wände und Treppen.

In erzwungener Sparsamkeit flackerten einzelne Fackeln über jedem Treppenabsatz, die Flammen schräg in einer leichten Zugluft, so daß sie weniger den Weg als die dunstige

Luft erhellten, welcher ihr Rauch weitere Trübung mitteilte. Die unaufhörliche Einwirkung des Wassers während langer Zeitalter hatte eine Anzahl miteinander verbundener Höhlen in verschiedenen Größen und auf verschiedenen Ebenen aus dem Fels gewaschen. Manche von diesen Höhlen waren bewohnt und durch menschliche Arbeit erweitert und ausgestaltet worden. Sie trugen Namen und waren für die Bedürfnisse eines rudimentären urbanen Lebens eingerichtet.

Der Fremde blieb stehen und konnte nicht weiter in diese riesige dunkle Unterwelt vordringen, bis er jemanden fand, der ihn begleitete. Die wenigen Fremden, die gleich Yuli Pannoval besuchten, sahen sich in einer der größten Höhlen, die von den Einheimischen »der Markt« genannt wurde. Hier wurde ein großer Teil der notwendigen Arbeiten für die Gemeinschaft ausgeführt, denn man benötigte wenig oder kein künstliches Licht, sobald die Augen sich an das trübe Dämmerlicht gewöhnt hatten. Tagsüber summte die weite Höhle von Geschäftigkeit und ungezählten Stimmen, untermalt von hämmernden und schleifenden Geräuschen aus den Werkstätten. Auf dem Markt konnte Yuli die Asokin und die Waren auf dem Schlitten gegen Dinge eintauschen, die für sein neues Leben notwendig waren. Hier mußte er bleiben. Es gab keinen anderen Ort, wohin er sich wenden konnte. Allmählich gewöhnte er sich an das Halbdunkel, an den Rauch, an brennende Augen und an das Husten der Einwohner; er war bereit, sich mit allem abzufinden, solange es ihm Sicherheit bieten konnte.

Sein Glück wollte es, daß er mit einem anständigen und väterlichen Händler namens Kyale bekannt wurde, der mit seiner Frau ein kleines Geschäft am Markt betrieb. Kyale war ein kummervoller Mann mit herabgezogenen Mundwinkeln, die unter einem dunklen Schnurrbart halb verborgen waren. Er nahm sich Yulis aus Gründen an, die dieser nicht verstehen konnte, und schützte ihn vor Betrügern. Er nahm auch einige Mühe auf sich, um Yuli mit dieser neuen Welt bekannt zu machen.

Etwas von der hallenden Geräuschvielfalt des Marktes war einem Fluß zuzuschreiben, dem Vakk, der tief in seiner Schlucht durch das rückwärtige Ende des Marktes rauschte. Dies war der erste frei strömende Fluß, den Yuli je gesehen hatte, und der Vakk blieb für ihn eines der Wunder dieser neuen Welt. Die rauschenden, plätschernden und schmatzenden Wasser bereiteten ihm ein Vergnügen, dessen er niemals überdrüssig wurde, und mit seinem animistischen Glauben betrachtete er den Fluß beinahe als etwas Lebendiges.

Über eine Brücke gewann man Zugang zum hintersten Teil des Marktes, wo der Höhlenboden steil anstieg und eine Bauweise mit Terrassen und zahlreichen Treppen notwendig machte. Das Stadtviertel endete dort in einem breiten Balkon, der eine gigantische Statue von Akha beherbergte, die als Relief aus dem Fels herausgehauen war. Diese Gestalt, deren Schultern sich aus den Schatten erhoben, war sogar von der anderen Seite des Marktes aus zu sehen. In den ausgestreckten Händen hielt Akha eine echte Flamme, die in regelmäßigen Abständen von einem Priester mit frischem Öl genährt wurde. Zu diesem Zweck erschien der Priester aus einer Tür in Akhas Leib. Das Volk fand sich an allen Festtagen zu Füßen seines Gottes ein; dort brachte es seine Opfergaben dar, die von Priestern in schwarzweiß gestreiften Gewändern entgegengenommen wurden. Die Bittsteller warfen sich auf die Knie, und ein Novize fegte den Steinboden mit einem Federwisch, ehe sie es wagten, hoffnungsvoll zu den schwarzen Steinaugen aufzublicken, die hoch über ihnen aus dem Schatten starrten, um sich dann auf weniger heiligen Boden zurückzuziehen.

Derartige Zeremonien erschienen Yuli geheimnisvoll. Er fragte Kyale danach und erhielt einen Vortrag, der ihn verwirrter zurückließ, als er es zuvor gewesen war. Niemand kann seine Religion einem Fremden erklären. Nichtsdestoweniger gewann Yuli einen starken Eindruck, daß dieses uralte Wesen, das in Stein dargestellt war, die Mächte abwehrte, welche in der äußeren Welt tobten, insbesondere Wutra, der über die Himmel und alle Übel herrschte, die mit ihnen zusammenhingen. Akha kümmerte sich nicht sonderlich um die Menschen; sie waren zu unbedeutend, als daß sie seine Sorge verdient hätten. Was er wollte, das waren ihre regelmäßigen Opfergaben, die ihm Kraft verliehen für das Ringen mit Wutra, und es gab eine mächtige akhanische Priesterschaft, die dafür zu sorgen hatte, daß Akhas Wünsche in dieser Hinsicht erfüllt wurden und kein Unheil über die Gemeinde der Gläubigen kam.

Pannoval wurde von einer Allianz von Priesterschaft und Miliz beherrscht; es gab keinen mit absoluter Macht ausgestatteten Monarchen oder Häuptling, es sei denn, man betrachtete Akha selbst als einen solchen, doch wurde allgemein angenommen, daß er mit einer himmlischen Keule bewaffnet draußen die Berge durchstreife, um nach Wutra und dessen schrecklichen Verbündeten Ausschau zu halten, von denen der Wurm einer der gefürchtetsten war.

Für Yuli war dies sehr überraschend. Er kannte Wutra. Wutra war der große Geist, vor dem sich seine Eltern, Alehaw und Onesa, im Gebet verneigten und dem sie in Zeiten der Gefahr Opfergaben darbrachten. Sie hatten Wutra als einen wohlwollenden Gott verehrt, als den Bringer des Lichts. Und so weit er sich erinnerte, hatten sie Akha niemals erwähnt.

Verschiedene Passagen und Gänge, so labyrinthisch wie die von der Priesterschaft erlassenen Gesetze, führten zu verschiedenen Kammern im Umkreis des Marktes. Einige dieser Kammern waren zugänglich, andere durften vom gemeinen Volk nicht betreten werden. Über die verbotenen Regionen sprachen die Leute nicht gern, aber bald schon beobachtete er Übeltäter, die dorthin fortgeschleppt wurden, die Hände auf den Rücken gebunden, um über finstere

Treppen und durch gewundene Gänge vor den geistlichen Richter oder gleich zur Zwangsarbeit nach Twink geführt zu werden, einen abgeschlossenen Bezirk hinter dem Markt.

Im Laufe der Zeit lernte Yuli seine neue Umgebung kennen und beging auch eine enge, stufenreiche Passage, die zu einer ausgedehnten, zu regelmäßigen Formen ausgehauenen Höhle führte, die Reck genannt wurde. Auch hier gab es eine gewaltige Statue von Akha, doch sah man ihn hier mit einem Tier, das er an einer Kette hielt. Reck war der Ort, wo Scheingefechte, Schaustellungen, athletische Wettbewerbe und Gladiatorenkämpfe abgehalten wurden. Die Wände waren mit verwirrenden Ornamenten bemalt, unter denen die Farben Karmesinrot und Dunkelpurpur vorherrschten. Die meiste Zeit war Reck menschenleer, und die Stimmen der wenigen Besucher hallten durch die weiträumigen Gewölbe; bisweilen kamen Einwohner mit einer besonderen Neigung zu heiligmäßigem Leben und richteten mit winselnden Stimmen Bittgesänge hinauf zu der dunklen Kuppelwölbung. Wenn aber zu den festlichen Anlässen Spiele oder Wettkämpfe abgehalten wurden, ertönte Musik, und der weite Höhlenraum war bis zum Bersten gefüllt.

Vom Markt waren noch andere wichtige Höhlenräume zugänglich. Auf seiner Ostseite führte eine Reihe von kleinen Plätzen, Arkaden und Mezzaninen zwischen Treppenfluchten und steinernen Ballustraden zu einer gleichfalls ausgedehnten Wohnhöhle, die nach dem Fluß, der hier zu Tage trat, Vakk genannt wurde. Über dem großen Eingangsbogen zu Vakk war viel kunstvolle Steinmetzarbeit zu sehen, vor allem rundliche Körper, die sich zwischen fließenden Wellen und Sternen wanden, doch vieles davon war bei irgendeinem vergessenen Deckeneinsturz zerstört worden.

Vakk war nach dem Markt die älteste Höhle, und viele seiner Wohnungen hatten im Laufe von Jahrhunderten viele Generationen kommen und gehen sehen. Dem Neuankömmling von der Außenwelt, der die ansteigenden und verwirrend ineinandergeschachtelten Terrassen erblickte – oder besser, erriet –, die sich hangaufwärts im Dunkel verloren, erschien Vakk im ungewissen Licht als ein drückender Traum, wo Substanz nicht von Schatten unterschieden werden konnte, und das Kind von der Barriere fühlte sein Herz in der Brust flattern. Wahrhaftig, es bedurfte einer Macht wie derjenigen des großen Akha, um jemanden zu erlösen, der in einer solchen wimmelnden Nekropole hauste!

Aber er paßte sich mit der Flexibilität der Jugend an. Bald gewöhnte er sich an, Vakk als eine an Überraschungen reiche und wohlhabende Stadt anzusehen. Er befreundete sich mit Lehrlingen seines Alters, die verschiedenen Zünften angehörten, und durchstreifte die vielstöckig über- und ineinandergebauten Höhlenwohnungen, die häufig nur durch andere Wohnungen zugänglich waren. Das Mobiliar war unverrückbar fest, denn man hatte es aus dem selben anstehenden Fels gehauen, der Fußböden, Wände und Decken bildete. In diesen labyrinthischen Höhlen gab es komplizierte Eigentums- und Wegerechte, die jedoch immer an das Zunftsystem von Vakk gebunden waren und im Falle von Streitigkeiten durch das Urteil eines Priesters geregelt wurden.

In einer dieser Wohnungen fand Tusca, Kyales freundliche Frau, eine Kammer für Yuli, nur drei Türen von ihrer und Kyales Wohnung entfernt. Sie war ohne Dach, aber ihre Wände wölbten sich wie zu einer unvollendet gebliebenen Kuppel nach innen; er kam sich vor, als hätte man ihn in eine steinerne Blume hineingesetzt.

Vakk war in den steil zurückweichenden Felshang einer schluchtartigen Höhle gebaut, und das schwache Licht, das für ein düsteres Halbdunkel sorgte, schien einer natürlichen Quelle zu entstammen. Die Luft war rußig von Talglichtern und Öllampen, dennoch nahmen die Kleriker für jede Lampe, deren tönerne Standfläche mit eingeprägten Nummern versehen war, Steuern ein. Die Folge davon war, daß die Lampen sparsam verwendet wurden. Die meisten Haushalte besaßen nur eine. Die geheimnisvollen Nebel, die den Marktbereich heimsuchten, hatten in Vakk weniger Macht.

Von Vakk führte eine Galerie unmittelbar nach Reck. Auf einer tieferen Ebene gab es außerdem einen ungleichmäßig ausgehauenen Arkadengang, der zu einer sehr hohen Höhle namens Groyne führte, wo es gute reine Luft gab, was die Bewohner von Vakk nicht hinderte, ihre Nachbarn aus Groyne als Barbaren zu betrachten, weil sie überwiegend den weniger geachteten Zünften der Schlachter, Gerber, Wollfärber und Bergleute angehörten, die nach Feuerstein, Ton und fossilem Holz gruben.

In dem an Groyne und Reck grenzenden, wabenartig durchlöcherten Fels gab es eine weitere große Höhle voll von Wohnungen und Ställen für Vieh. Dieser Ortsteil hieß Prayn und wurde von vielen gemieden. Hier arbeiteten viele Zunftmitglieder der Bergleute an der Ausweitung und Vergrößerung der Räumlichkeiten, als Yuli eintraf. Die gering geachtete Zunft der Abfallsammler und Grubenentleerer schaffte die Fäkalien und sonstigen Abfälle der anderen Stadtviertel nach Prayn, wo mit Speiseabfällen Schweine gehalten und mit den übrigen Abfallstoffen Mistbeete angelegt wurden. Auf diesen baute man im Dunkeln gedeihende Pflanzen an, welche die Wärmeenergie der Zersetzungsprozesse nutzten. Auch wurde in Prayn ein Vogel gezüchtet, der Preet, ein der Dunkelheit angepaßtes Tier mit leuchtenden Augen und phosphoreszierenden Flecken entlang den Flügelkanten. Preete erfreuten sich als Käfigvögel einiger Beliebtheit; sie brachten ein wenig Helligkeit in die Wohnungen von Vakk und Groyne – freilich wurden auch sie von den Priestern Akhas besteuert.

»In Groyne fahren sie dir mit Worten über den Mund, in Prayn mit der Keule über den Schädel«, lautete ein Sprichwort. Aber Yuli fand die Bewohner freundlich und zur

Lethargie neigend, außer wenn es ums Glücksspiel ging. Eine gewisse Leblosigkeit und Apathie schien überhaupt charakteristisch für die Bewohner Pannovals, und jene wenigen Händler und Fallensteller, die im Markt in Wohnterrassen ihrer eigenen Zunft lebten und regelmäßig Gelegenheit hatten, ihren Geschäften in der Außenwelt nachzugehen, wie dies bei den zwei Herren aus seiner Bekanntschaft der Fall gewesen war, stellten mit ihrem Unternehmungsgeist, der keine Strapazen scheute, seltene Ausnahmen dar.

Von den größeren und kleineren Höhlen führten Gänge und natürliche Höhlenwege in den gewachsenen Fels hinein, aufwärts, abwärts und in alle Himmelsrichtungen. Pannoval war voll von Legenden über magische Tiergestalten, die aus der uranfänglichen Dunkelheit des felsigen Untergrunds kamen, oder über Menschen, die aus ihren Wohnungen in den Berg verzaubert wurden. Am besten war es, man blieb in Pannoval, wo Akha mit blinden Augen nach den Seinen sah. Besser auch ein Pannoval mit Steuern, als die kalte grelle Helligkeit der Außenwelt.

Diese Legenden wurden von der Zunft der Geschichtenerzähler am Leben erhalten, deren Mitglieder auf jeder Treppe und Terrasse anzutreffen waren, wo sie vor ihren meist zahlreichen Zuhörern phantastische Geschichten ausspannen. In dieser Welt dunstigen Halbdunkels waren Worte wie Lichter.

Ein Ortsteil von Pannoval, der in den geflüsterten Gesprächen der Bewohner eine große Rolle spielte, blieb Yuli verschlossen: die Heiligtümer. Sie waren über Galerien und Treppen vom Markt her zugänglich, wurden aber von der Miliz bewacht und nahmen schon durch den Ruf, den sie genossen, eine besondere Stellung ein. Niemand betrat sie aus freien Stücken. In den Heiligtümern wohnten die Miliz als Wächter über die Gesetze Pannovals und die Priesterschaft als Wächter über seine Seele.

Alle diese Einrichtungen und Vorkehrungen erschienen

Yuli so sinnreich und großartig, daß er ihre Niedertracht nicht sehen konnte.

Gleichwohl blieb ihm nicht lange verborgen, daß die Menschen in Pannoval streng regiert und scharf überwacht wurden. Sie selbst zeigten kein Erstaunen über ein System, in das sie hineingeboren worden waren; Yuli hingegen, der offene Räume, menschenleere Landschaften und die leicht verständlichen Naturgesetze des Überlebens gewohnt war, konnte sich nicht genug wundern, wenn er sah, wie jede Bewegung dieser Menschen durch Brauchtum, Zunftvorschriften und Gesetze reglementiert war. Bei alledem hielten sie sich für einzigartig privilegiert.

Mit seinem legitim erworbenen Vorrat von Häuten und Vorrat, wollte Yuli einen Verkaufsraum neben Kyale erwerben und ein Geschäft eröffnen. Er mußte die Erfahrung machen, daß es viele Bestimmungen gab, die einem derart einfachen Verfahren entgegenstanden. Er durfte auch nicht ohne einen Geschäftsraum Handel treiben, es sei denn, er hätte eine besondere Lizenz, und um diese zu bekommen, hätte er in die Zunft der fliegenden Händler und Hausierer hineingeboren sein müssen. Er brauchte die Mitgliedschaft in einer Zunft, einen Lehrvertrag und gewisse Qualifikationen – eine Art von Examen –, die nur die Priesterschaft verleihen konnte. Ferner benötigte er ein Leumundszeugnis von der Miliz, unterstützt durch Referenzen. Schließlich durfte er nicht Handel treiben, so lange er in der Stadt keine Wohnung besaß. Doch konnte er den Raum, den Tusca für ihn gemietet hatte, nicht als Eigentümer erwerben, so lange er nicht von der Miliz überprüft und für zuverlässig befunden war. Wie sich zeigte, war er unfähig, auch nur der elementarsten Qualifikation zu genügen: dem Glauben an Akha und dem Nachweis regelmäßiger Opfergaben für den Gott.

»Es ist ganz einfach. Zuerst mußt du, als ein Wilder, einen Priester aufsuchen.« Das war der Spruch eines spitzgesichtigen Milizhauptmannes, vor dem Yuli hatte erscheinen müssen. Er stand Yuli in einem kleinen Raum gegenüber, dessen Balkon einige Ellen über den Marktterrassen lag und von dem man das ganze lebhafte Geschehen überblicken konnte.

Der Hauptmann trug einen bodenlangen Umhang aus schwarz und weiß gestreifter Wolle über den üblichen Fellkleidern. Auf seinem Kopf saß ein Bronzehelm mit dem heiligen Symbol Akhas, einem zweispeichigen Rad. Seine Fellstiefel reichten ihm kaum über die Waden. Hinter ihm stand ein Phagor, dem man ein schwarz-weiß gewebtes Band um die zottige weiße Stirn gebunden hatte.

»Achte auf mich und das, was ich sage«, gollte der Hauptmann. Yuli aber konnte seine Augen nicht von dem stummen Phagor abwenden, und er fragte sich, welches der Sinn seiner Anwesenheit war.

Der Ancipitale stand mit einem Ausdruck schweigsamer Gelassenheit da, den plumpen Kopf vorgereckt. Seine Hörner waren stumpf; man hatte sie abgesägt und die scharfen Schneidekanten mit einer Feile gerundet. Yuli sah, daß der Phagor ein ledernes Halsband unter dem langhaarigen Fell trug, und daß an diesem Halsband ein geflochtenes Rohlederseil befestigt war. Dies mußte ein Zeichen seiner Unterwerfung unter die Herrschaft der Menschen sein, gleichzeitig war aber der Phagor eine Drohung, die den Bewohnern von Pannoval galt. Viele Offiziere ließen sich auf allen Wegen von gehorsamen Phagoren begleiten; die Phagoren wurden besonders geschätzt wegen ihrer überlegenen Fähigkeit, im Dunkeln zu sehen. Normale Menschen fürchteten die ungeschlachten Tiere, die oft ein primitives Olonet sprachen. Wie war es möglich, überlegte Yuli, daß Menschen sich mit den gleichen Bestien zusammentaten, die seinen Vater gefangen und versklavt hatten – Bestien, die draußen in der Wildnis jedermann von Geburt auf haßte?

Das Gespräch mit dem Hauptmann war entmutigend, und Schlimmeres stand ihm bevor. Er konnte hier nicht leben, es

sei denn, er gehorchte den Bestimmungen und Gesetzen, und diese schienen kein Ende zu nehmen; es gab keinen anderen Weg als den der Anpassung. Um ein Bürger von Pannoval zu werden, wurde Kyale nicht müde, ihm zu erklären, mußte man wie ein Pannovalier denken und fühlen.

Also wurde er in die Obhut des Priesters übergeben, der für die Gegend zuständig war, wo er seinen Raum hatte. Nun mußte er zahlreiche Unterrichtsstunden besuchen, in denen ihm eine ritualisierte Geschichte von Pannoval gelehrt wurde (»geboren aus dem Schatten des Großen Akha auf dem ewigen Schnee ...«) und er viele von den heiligen Schriften auswendig lernen mußte. Außerdem mußte er tun, was immer Sataal, der Priester, zu tun ihm befahl, und dazu gehörten viele ermüdende Botengänge, denn Sataal war träge. Für Yuli war es kein Trost, zu erfahren, daß die Kinder aus Pannoval in einem frühen Alter ähnliche Unterweisungen empfingen.

Sataal war ein stämmig gebauter Mann von blasser Gesichtsfarbe, mit kleinen Ohren und einer harten Hand, mit der Yuli anfangs des öfteren Bekanntschaft schließen mußte. Sein Schädel war rasiert, sein Bart, von weißen Strähnen durchzogen, nach der Art vieler Priester seines Ordens geflochten. Er trug ein knielanges Übergewand aus schwarz und weiß gestreifter Wolle. Tiefe Pockennarben entstellten sein Gesicht. Es dauerte einige Zeit, bis Yuli begriff, daß Sataal trotz der weißen Haare noch nicht über ein mittleres Lebensalter hinaus war, als dessen Ende das zwanzigste Jahr galt. Doch ging er mit einer gebeugten Haltung, die Alter und Frömmigkeit suggerierte.

Wenn er sich an Yuli wandte, sprach Sataal stets freundlich, aber vage, und es blieb eine Kluft zwischen ihnen. Yuli fühlte sich durch die Haltung des Mannes ermutigt, die zu sagen schien: Dies ist unsere gemeinsame Aufgabe, aber ich werde sie nicht dadurch komplizieren, daß ich deinen inneren Empfindungen nachspüre. Yuli war es recht so, und er blieb still und widmete sich der Aufgabe, alle notwendigen hochtrabenden Verse zu lernen.

»Aber was bedeutet alles das?« fragte er einmal in Verwirrung.

Sataal erhob sich bedächtig und drehte sich um, so daß seine Schultern sich schwarz gegen eine entfernte Lichtquelle abhoben und der Rest seiner Gestalt mit den alles einschließenden Schatten verschmolz. Ein stumpfer Widerschein schimmerte auf seinem kahlen Schädel, als er den Kopf zu Yuli neigte und in mahnendem Ton sagte: »Zuerst kommt das Lernen, junger Freund, dann die Interpretation. Nach dem Lernen ist sie weniger schwierig. Bewahre, was du lernst, in deinem Herzen; hast du es nur im Kopf, so nützt es wenig. Akha verlangt kein Verständnis von seinem Volk, nur Gehorsam.«

»Du sagtest, Akha kümmere sich um niemanden in Pannoval.«

»Wichtig ist nur, daß Pannoval sich um Akha kümmert, Yuli. Nun also, noch einmal:

Wer immer leckt von Freyrs Verderben,
Dem Fische gleich den Köder schlingt,
Wenn müde einst die Zeit hinsinkt,
Wird unsrer schwachen Körper Last
Im Gluthauch seines Feuers sterben.«

»Aber was bedeutet es?« fragte Yuli wieder. »Wie kann ich es lernen, wenn ich es nicht verstehe?«

»Wiederhole es, mein Sohn«, sagte Sataal streng. »›Wer immer leckt ...‹«

Yuli war untergetaucht in der dunklen Stadt. Ihre Schatten warfen Netze nach seiner Seele aus, wie er in der äußeren Welt Männer gesehen hatte, die Fische mit Netzen unter dem Eis herausfischten. In Träumen kam seine Mutter zu ihm, und blutiger Speichel flog ihr von den Lippen. Dann wachte er auf und lag auf seinem schmalen Lager und starrte empor, weit hinauf, über die Grenzen seines blütenförmigen Raumes hinaus, zum Dach von Vakk. Bisweilen, wenn die Luft hinreichend klar war, konnte er entfernte Einzelheiten wahrnehmen, Fledermäuse etwa, die dort oben hingen, und Stalaktiten, und das Felsgestein, auf dem eine Flüssigkeit glänzte, die aufgehört hatte, flüssig zu sein; und er wünschte, er könne aus den Fallen davonfliegen, in denen er sich gefangen sah. Aber es gab nichts, wohin er hätte gehen können.

Einmal kroch er in mitternächtlicher Verzweiflung zu Kyales Wohnung hinüber, um Trost zu finden. Kyale war verdrießlich, daß er ihn geweckt hatte, und wollte ihn fortschicken, aber Tusca sprach freundlich zu ihm, als wäre er ihr leiblicher Sohn. Sie legte ihm die Hand auf den Kopf und drückte ihm den Arm.

Nach einer Weile begann sie leise zu weinen und verriet ihm, daß sie in der Tat einen Sohn habe, einen guten, anständigen Jungen, ungefähr in Yulis Alter, der Usilk heiße. Aber die Miliz habe ihr Usilk wegen eines Verbrechens weggenommen, welches er, wie sie wisse, niemals begangen hatte. Jede Nacht liege sie wach und denke an ihn, wie er an einem dieser schreckenerregenden Orte in den Heiligtümern verborgen liege, bewacht von Phagoren, und frage sich, ob sie ihn jemals werde wiedersehen dürfen.

»Die Miliz und die Priester sind hier so ungerecht«, flüsterte Yuli ihr zu. »Meine Leute draußen in der Wildnis haben wenig zum Leben, aber alle sind gleich. Im Angesicht der Kälte ist einer wie der andere.«

Nach einer Pause sagte Tusca: »Es gibt Menschen in Pannoval, Frauen und Männer, welche die Schriften nicht lernen und jene zu stürzen trachten, die herrschen. Doch ohne unsere Herrscher würden wir von Akha vernichtet.«

Yuli starrte angestrengt durch die Dunkelheit in den Umriß ihres Gesichts. »Und glaubst du, daß Usilk fortgebracht wurde, weil ... weil er die Herrscher stürzen wollte?«

Sie ergriff seine Hand und drückte sie. »Du darfst solche Fragen nicht stellen, oder du wirst in Schwierigkeiten geraten«, erwiderte sie mit gedämpfter Stimme. »Usilk war immer rebellisch – ja, vielleicht geriet er in falsche Gesellschaft ...«

»Hör auf mit dem Geschwätz!« rief Kyale. »Geh in dein Bett, Frau – und du in das deinige, Yuli!«

Diese Dinge bewegten Yuli in seinem Geist, während er Sataals Unterricht folgte. Nach außen hin war er dem Priester gehorsam.

»Du bist kein Dummkopf, wenn du auch ein Wilder bist – und das können wir ändern«, sagte Sataal. »Bald wirst du zur nächsten Stufe fortschreiten. Denn Akha ist der Gott der Erde und des Untergrunds, und du wirst etwas davon verstehen, wie die Erde lebt, und wir in ihren Adern. Diese Adern werden Land-Oktaven genannt, und niemand kann glücklich oder gesund sein, solange er nicht entlang seinen eigenen Land-Oktaven lebt. Nach und nach kannst du eine Offenbarung erwerben, Yuli. Und vielleicht, wenn du gut genug bist, könntest du selbst ein Priester werden und Akha in einer höheren Weise dienen.«

Yuli sagte nichts. Es lag außerhalb seiner Fähigkeit, dem Priester zu erklären, daß er keiner besonderen Aufmerksamkeit von seiten Akhas bedurfte: sein ganzes neues Leben in Pannoval war eine Offenbarung.

Friedlich folgten die Tage aufeinander. Yuli wurde beeindruckt von der unwandelbaren Geduld des Priesters und begann seine Unterrichtsstunden weniger zu verabscheuen. Selbst wenn er nicht bei Sataal war, dachte er über dessen Lehren nach. Alles war frisch und eigentümlich aufregend. Sataal hatte ihm gesagt, daß gewisse Priester, die strenge Fastenübungen auf sich nahmen, imstande seien, mit den Toten Umgang zu pflegen, und sogar mit historischen Persönlichkeiten; von solchen Dingen hatte Yuli nie gehört, mochte sie aber nicht einfach als Unsinn bezeichnen.

Er nahm die Gewohnheit an, allein die Bezirke der Stadt zu durchstreifen, bis ihre tiefen Schatten für ihn die Farben einer Vertrautheit annahmen. Er hörte den Leuten zu, die oft über Religion sprachen, oder den Geschichtenerzählern, die an Straßenecken und auf Treppenabsätzen ihr Publikum unterhielten und ihre Geschichten häufig mit religiösem Beiwerk verbrämten.

Religion war die Romantik der Dunkelheit, wie der Schrecken die Religion der Barrieren gewesen war, wo die Trommeln des Stammes viele Stunden hindurch dröhnten, um böse Geister fernzuhalten. Allmählich begann Yuli in den religiösen Gesprächen nicht ein Vakuum zu sehen, sondern einen Kern von Wahrheit: die Art und Weise, wie die Menschen lebten und starben, mußte erklärt werden. Nur Wilde benötigten keine Erklärung. Die Erkenntnis war wie das Auffinden einer Tierfährte im Schnee.

Einmal war er in einem übelriechenden Teil Prayns, wo menschliche Exkremente in lange Gräben geschüttet wurden, wo sie einem Prozeß der Fäulnis und Zersetzung überlassen wurden, bevor sie als Nährboden für die in der Dunkelheit gedeihenden Pflanzen dienten. Hier, wo die Leute sich nicht lange mit Reden aufhielten, sondern handgreiflich wurden, wie die Redensart ging, wurde Yuli Zeuge eines seltsamen Vorfalls. Ein Mann mit kurzgeschnittenem, unbedecktem Haar und daher weder ein Priester noch ein Geschichtenerzähler, sprang auf einen umgestürzten Schubkarren und wandte sich an alle, die in seinem Umkreis arbeiteten.

»Freunde«, rief er ihnen zu, »hört mich einen Augenblick an, bitte! Legt eure Arbeit aus den Händen und hört, was ich zu sagen habe! Ich spreche nicht für mich selbst, sondern für den Großen Akha, dessen Geist mich beseelt. Ich muß für ihn sprechen, obgleich ich mein Leben in Gefahr bringe, denn die Priester verzerren Akhas Worte für ihre eigenen Zwecke.«

Die Leute hielten in ihrer Arbeit inne und lauschten. Zwei versuchten einen Scherz auf Kosten des jungen Mannes zu machen, aber die anderen standen ruhig da und warteten in ergebenem Interesse, Yuli mit eingeschlossen.

»Freunde, die Priester sagen, daß wir Akha Opfer bringen sollen und nichts sonst, und daß er uns dann sicher im großen Herzen dieses Berges bewahren werde. Ich sage, das ist eine Lüge! Die Priester leben zufrieden, und es kümmert sie nicht, wie wir, das gewöhnliche Volk, leiden. Akha verkündet euch durch meinen Mund, daß wir mehr tun sollen. Wir sollten in uns selbst besser sein. Unser Leben ist zu einfach – haben wir unsere Opfer dargebracht und die Steuern bezahlt, kümmert uns nichts weiter. Wir erfreuen uns des Nichtstuns oder gehen zu den Spielen. Ihr hört so häufig, daß Akha sich nicht um uns kümmere, weil seine ganze Aufmerksamkeit dem Ringen mit Wutra gelte. Wir müssen ihn dahin bringen, daß er sich unser annimmt – wir müssen seiner Fürsorge würdig werden. Wir müssen uns bessern! Ja, bessern! Und die bequem lebenden Priester müssen sich auch bessern ...«

Jemand rief ihm zu, daß die Miliz komme.

Der junge Mann hielt inne. »Mein Name ist Naab. Vergeßt nicht, was ich sage! Auch wir haben eine Rolle in dem großen Krieg zwischen Himmel und Erde. Ich werde wiederkommen und sprechen, wenn ich kann – werde meine Botschaft ganz Pannoval bringen. Bessern wir uns! Jeder fange bei sich selbst an! Bessern wir uns, ehe es zu spät ist ...« Als er vom Schubkarren sprang, ging eine wogende Bewegung durch die Menge, die sich versammelt hatte. Ein riesiger angeketteter Phagor bahnte sich im Laufschritt den Weg durch das Publikum, gehalten von einem Soldaten am anderen Ende der Kette. Er streckte die Arme aus und packte Naab mit seinen kraftvollen hornigen Händen. Naab stieß einen Schmerzensschrei aus, aber ein zottiger weißer Arm hakte sich um seine Kehle, und er wurde in die Richtung des Marktes und der Heiligtümer abgeführt.

»Er hätte so etwas nicht sagen sollen«, stieß ein grauhaariger Mann hervor, als die Menge sich verlief.

Yuli folgte dem Alten und zupfte ihn am Ärmel. »Dieser Naab sagte nichts gegen Akha – warum sollte die Miliz ihn abführen?«

Der Mann blickte verstohlen umher. »Ich erkenne dich, du bist ein Wilder, sonst würdest du nicht solch dumme Fragen stellen.«

Yuli hob die Faust. »Ich bin nicht dumm! Wäre ich dumm, so würde ich meine Frage nicht stellen.«

»Wärst du nicht dumm, würdest du den Mund halten! Wer, meinst du, hat hier Macht? Die Priesterschaft, natürlich. Wenn du gegen sie sprichst ...«

»Aber das ist Akhas Macht ...«

Der grauhaarige Mann hatte sich losgemacht und war in die Dunkelheit geschlüpft, und in dieser Dunkelheit, dieser stets wachsamen Dunkelheit, war die Anwesenheit von etwas Ungeheuerlichem spürbar. Akha?

Eines Tages sollte in Reck ein großes Schauspiel stattfinden. Yuli, der sich inzwischen in Pannoval akklimatisiert hatte, erfuhr an diesem Tag eine bemerkenswerte Kristallisation seiner Empfindungen. Er eilte mit Kyale und Tusca zu dem Schauspiel der sportlichen Darbietungen. Fettlampen brannten in Nischen und beleuchteten den Weg von Vakk nach Reck, und Menschenmengen stiegen durch die schmalen Felsgänge, mühten sich die abgetretenen Stufen hinauf, riefen einander erwartungsvoll zu und strömten schließlich in die große Arena.

Mitgerissen von der strömenden Menge, gleich ihr erfüllt von erwartungsvoller Spannung, sah Yuli plötzlich den weiten Höhlenraum von Reck vor sich, die gewaltigen Wände erhellt von ungezählten flackernden Lichtern. Zuerst, eingeengt von den geäderten Wänden des Gangs, durch den die Menschen strömten, sah er nur einen Ausschnitt der Höhle. Als er aber näherkam, schob sich Akha selbst in diesen gerahmten Fernblick, hoch über den Köpfen der Menschen.

Er hörte auf, Kyales Bemerkungen Aufmerksamkeit zu schenken. Akhas Blick war auf ihm; die ungeheuerliche Anwesenheit der Dunkelheit war sichtbar gemacht.

Musik spielte in Reck, schrill und aufpeitschend. Sie spielte für Akha. Dort stand Akha, breit und von schrecklichem Angesicht, dessen große Steinaugen blicklos starrten und doch alles sahen, von unten durch Fackeln erhellt. Seine Lippen troffen von hochmütiger Geringschätzung.

Die Wildnis kannte nichts dergleichen. Yulis Knie waren schwach. Eine machtvolle Stimme in ihm, die er kaum als seine eigene erkannte, rief aus: »Oh, Akha, endlich glaube ich an dich. Dein ist die Macht! Vergib mir, laß mich dein Diener sein!«

In die Stimme des entflammten Jünglings aber, der sich nach Versklavung sehnte, mischte sich eine andere, die gleichzeitig und berechnender sprach. Sie sagte: »Das Volk von Pannoval muß eine große Wahrheit begreifen, zu deren Verständnis es nützlich sein würde, Akha zu folgen.«

Er war bestürzt über die Verwirrung seiner Gefühle, einen Zwiespalt, der sich nicht auflöste, als sie den weiten Höhlenraum betraten und der steinerne Gott ganz ins Blickfeld kam. Naab hatte gesagt: »Die Menschen haben eine Rolle in dem Krieg zwischen Himmel und Erde.« Nun fühlte er, daß dieser Krieg in ihm ausgebrochen war.

Die Spiele waren ungemein aufregend. Auf Wettläufe und einen Wettkampf im Speerwerfen folgten Ringkämpfe zwischen Menschen und Phagoren, denen die Hörner amputiert worden waren. Dann kam der Fledermausschuß, und Yuli erwachte aus seinen frommen Verwirrungen, um das erregende Schauspiel zu beobachten. Er fürchtete Fledermäuse. Hoch über der Menge hingen Hunderte der pelzigen Geschöpfe an der Decke, baumelten herab, die lederigen Flügel über die Köpfe gezogen. Bogenschützen traten vor und schossen einer nach dem anderen auf die Fledermäuse. An den Pfeilen waren feine Seidenfäden festgemacht. Die getroffenen Fledermäuse fielen herab und waren für den Kochtopf bestimmt.

Die Siegerin war ein Mädchen in einem hellroten, anliegenden Gewand, das bis zum Boden reichte. Sie hatte Kraft, den Bogen zu spannen, und schoß genauer als jeder Mann. Sie hatte langes dunkles Haar und hieß Iskador, und die Menge spendete begeistert Beifall. Keiner aber war begeisterter als Yuli.

Dann gab es Gladiatorenkämpfe von Männern gegen Männer, von Männern gegen Phagoren, und Blut und Tod regierten die Arena. Doch die ganze Zeit über, selbst als Iskador ihren Bogen und ihren lieblichen Körper spannte – selbst da war Yuli erfüllt von großer Freude darüber, daß er einen wunderbaren Glauben gefunden hatte. Die Verwirrungen, die jetzt noch damit verbunden waren, ließen sich durch größeres Wissen bannen, dessen war er sich gewiß.

Er entsann sich der Legenden, denen er am Lagerfeuer der Familie gelauscht hatte. Die Eltern hatten von den zwei Wachtposten im Himmel gesprochen, und wie die Menschen auf der Erde einst den Gott des Himmels beleidigt hätten, dessen Name Wutra war, so daß Wutra seine Wärme von der Erde abgezogen hatte. Nun warteten die Wachtposten auf die Stunde, da Wutra wiederkehrte, um wieder mit Zuneigung auf die Erde zu schauen und zu sehen, ob die Menschen sich besser benahmen. Sollte er zu diesem Ergebnis kommen, würde er Schnee und Frost von der Welt nehmen.

Nun, Yuli mußte sich eingestehen, daß seine Leute Wilde waren, geradeso wie Sataal behauptete; wie sonst hätte sein Vater sich von Phagoren fortschleppen lassen? Dennoch mußte in den Erzählungen ein wahrer Kern sein. Denn hier in Pannoval gab es eine überlegtere Version der Geschichte. Wutra war nun lediglich eine geringere Gottheit, aber er war rachsüchtig und er trieb sein Unwesen in den Himmeln. Und von den Himmeln kam die Gefahr. Akha war der große Erdgott, der im Untergrund regierte, wo es sicher war. Die beiden Wachtposten waren nicht wohlwollend; da sie in den Himmeln wohnten, gehörten sie zu Wutra und konnten sich gegen die Menschheit wenden.

Nun begannen die auswendig gelernten Verse einen Sinn zu ergeben. Erhellung strahlte aus ihnen, so daß Yuli mit freudigem Empfinden murmelte, was ihm zuvor Qualen verursacht hatte, und er blickte zu Akhas Gesicht auf, als er rezitierte:

> »Trug in der Himmel reinem Bilde,
> Sie täuschen uns mit Glut und Eis,
> Verschonen weder Kind noch Greis.
> Vor aller Unbill aber schützt
> Der Erde Dach durch Akhas Milde.«

Am nächsten Tag ging er demütig zu Sataal und sagte dem Priester, daß er bekehrt sei.

Das bleiche Gesicht seines Seelenhirten betrachtete ihn, und Sataal trommelte mit den Fingern auf sein Knie.

»Wie wurdest du bekehrt? Heutzutage flattern die Lügen Fledermäusen gleich durch Gassen und Wohnungen.«

»Ich schaute in Akhas Gesicht. Zum ersten Mal sah ich es klar vor mir. Nun ist mein Herz offen.«

»Kürzlich wurde wieder ein falscher Prophet festgenommen.«

Yuli schlug sich an die Brust. »Was ich in mir fühle, ist nicht falsch, Vater.«

»Es ist nicht so einfach«, sagte der Priester.

»O doch, es ist einfach, es ist wirklich einfach – nun wird alles leicht sein!« Er fiel zu Füßen des Priesters nieder und weinte vor Freude.

»Nichts ist so leicht.«

»Vater, ich verdanke dir alles. Hilf mir! Ich möchte Priester sein und werden wie du.«

Während der folgenden Tage durchwanderte er die Gassen und Treppen und bemerkte vieles, was ihm bis dahin entgangen war. Nicht länger empfand er die Dunkelheit als lastend, fühlte sich selbst lebendig begraben. Im Gegenteil: er befand sich in einer begünstigten Religion, war geschützt gegen alle grausamen Elemente, die ihn zum Wilden gemacht hatten. Er sah, wie freundlich und willkommen das trübe Halbdunkel war.

Er sah auch, wie schön Pannoval war, mit seinen großen und kleinen Höhlen, den Plätzen, Treppen, Arkaden und verschachtelten Wohnungen. Im Lauf vieler Generationen waren die Höhlen von Künstlern ausgeschmückt worden. Ganze Wände waren bedeckt mit Malereien und Bildwerken, von denen viele das Leben Akhas und die gewaltigen Kämpfe schilderten, die er ausgefochten hatte, ebenso wie die Kämpfe, die er noch kämpfen würde, wenn genug Menschen ihr Vertrauen in seine Stärke setzten. Wo die Malereien alt und dunkel geworden waren, hatten Künstler sie mit neuen übermalt. Noch immer konnte man Künstler bei der Arbeit antreffen, häufig in gefährlichen Höhen auf Gerüsten kauernd, die wie das Skelett eines mythischen langhalsigen Tieres zur Höhlendecke reichten.

»Was fehlt dir, Yuli? Du unternimmst nichts«, sagte Kyale.

»Ich will Priester werden. Ich habe mich dazu entschlossen.«

»Sie werden dich nicht lassen – du bist von draußen.«

»Mein Priester will mit seinen Oberen sprechen.«

Kyale zupfte an seiner melancholischen Nase, dann an einem Ende seines Schnurrbarts, während er Yuli nachdenklich betrachtete. Mittlerweile hatten Yulis Augen sich dem trüben Halbdunkel so angepaßt, daß er jede Nuance des

Ausdrucks im Gesicht seines väterlichen Freundes deutlich erkennen konnte. Als Kyale sich wortlos umwandte und zum rückwärtigen Teil seines Verkaufsraumes ging, folgte Yuli ihm.

Nachdem er abermals seinen Schnurrbart gepackt und Sicherheit darin gefunden hatte, legte Kyale die andere Hand auf Yulis Schulter. »Du bist ein guter Junge. Du gemahnst mich an Usilk, aber davon wollen wir jetzt nicht sprechen ... Hör mich an: Pannoval ist nicht mehr, was es in meiner Kindheit war, als ich barfuß durch die Basare rannte. Ich weiß nicht, was geschehen ist, aber es gibt keinen Frieden mehr. All dieses Gerede von Veränderung – Unsinn, wenn du mich fragst. Selbst die Priester sind davon angesteckt und eifern über Reformen und dergleichen. Ich sage, laß die Finger davon! Verstehst du, was ich meine?«

»Ich weiß, was du meinst, ja.«

»Gut. Du magst denken, daß du als Priester ein angenehmes Leben führen wirst. Das kann sein. Aber ich würde es gegenwärtig nicht empfehlen. Es ist nicht so – so sicher, wie es früher war, wenn du mir folgen kannst. Viele unter ihnen sind unruhig geworden. Ich höre, daß in den Heiligtümern häufig häretische Priester hingerichtet werden. Du würdest besser daran tun, wenn du weiter bei mir hier in die Lehre gehen und dich nützlich machen würdest, verstehst du? Ich sage dir das zu deinem eigenen Besten.«

Yuli schlug den Blick nieder und starrte auf den abgetretenen Boden.

»Ich kann nicht erklären, wie mir zumute ist, Kyale. Irgendwie hoffnungsvoll ... Ich denke, manches sollte sich ändern. Ich möchte mich selbst ändern, aber ich weiß nicht wie.«

Seufzend nahm Kyale die Hand von Yulis Schulter. »Nun, Junge, wenn du diese Haltung einnimmst, mußt du selbst wissen, was du tust. Aber sage später nicht, ich hätte dich nicht gewarnt ...«

Trotz Kyales Verdrießlichkeit war Yuli gerührt, daß der Mann sich um ihn sorgte. Und Kyale gab die Neuigkeit von

Yulis Plänen an seine Frau weiter. Als Yuli am Abend in seine kleine Kammer ging, erschien Tusca in der Türöffnung.

»Priester haben überall Zutritt. Alle Wege würden dir offenstehen. Du könntest in den Heiligtümern aus und ein gehen.«

»Das mag sein.«

»Dann könntest du herausfinden, was mit Usilk geschehen ist. Versuche es, um meinetwillen. Sag ihm, daß ich noch immer an ihn denke. Und komm und sag es mir, wenn du Nachricht über ihn in Erfahrung bringen kannst.«

Sie legte die Hand auf seinen Arm. Er lächelte ihr zu. »Du bist eine gute Frau, Tusca. Haben deine Rebellen, die die Herrscher von Pannoval stürzen möchten, keine Nachrichten von deinem Sohn?«

Sie wurde ängstlich. »Yuli, du wirst dich in jeder Weise ändern, wenn du ein Priester bist. Also will ich nicht mehr sagen, um nicht noch mehr Unglück über meine Familie zu bringen.«

Er senkte seinen Blick. »Akha soll mich strafen, wenn ich euch jemals Schaden zufüge.«

Als er das nächste Mal vor dem Priester erschien, war auch ein Soldat zugegen, der hinter Sataal in dem Schatten stand, einen Phagor an der Leine. Der Priester fragte Yuli, ob er bereit sei, alles zu geben, was er besitze, um den Pfad Akhas zu gehen. Yuli sagte, er sei bereit.

»Dann soll es geschehen.« Der Priester klatschte in die Hände, und der Soldat marschierte hinaus. Yuli begriff, daß er nun seine wenigen Habseligkeiten eingebüßt hatte; alles bis auf die Kleider, die er am Leibe trug, und das Messer, dessen Griff seine Mutter geschnitzt hatte. Sataal wandte sich um, winkte ihm mit einem Finger und ging voraus zum rückwärtigen Teil des Marktes. Yuli blieb nichts übrig, als ihm zu folgen, und der Puls pochte rasch in seinen Schläfen.

Als sie zu der Brücke kamen, die den Abgrund des tosenden und schäumenden Vakk überspannte, blickte Yuli zurück, hinaus über die Bilder geschäftigen Handelns und Feilschens durch den fernen Torbogen des Eingangs, wo er einen flüchtigen Blick auf Helligkeit und gleißenden Schnee erhaschte.

Aus irgendeinem Grund dachte er an Iskador, das Mädchen mit dem wehenden dunklen Haar. Dann eilte er seinem Priester nach.

Sie erstiegen die Terrassen unter dem Opferaltar, wo Menschen sich drängten, um ihre Gaben zu Füßen von Akhas Ebenbild niederzulegen. Die rückwärtigen Wände waren prachtvoll ausgemalt mit dekorativ ornamentierten Darstellungen von Pflanzen, Dämonen und Fabelwesen. Sataal schritt eilig daran vorbei und führte ihn niedrige Stufen hinauf in einen schmalen Durchgang. Das Licht schwand rasch, als sie um eine Ecke bogen. Ein silberheller Glockenklang erschreckte Yuli, der in seiner Aufregung strauchelte. Eher als vermutet, hatte er Zugang zu den Heiligtümern gefunden.

Im Unterschied zu dem in allen anderen Teilen Pannovals herrschenden Menschengewimmel war niemand sonst in der Nähe. Ihre Tritte hallten in der Stille. Yuli konnte nichts sehen; der Priester vor ihm war ein vorgestellter Sinneseindruck, Schwärze in Schwärze. Er wagte weder stehenzubleiben noch die Hand auszustrecken oder zu rufen – blindes gehorsames Folgen war, was nun von ihm verlangt wurde, und alles, was kam, mußte er als eine Prüfung seiner Absichten betrachten. Wenn Akha chthonische Dunkelheit liebte, mußte auch er sie lieben. Dennoch erwiesen sich das Fehlen von allem Vertrauten, das völlige Versagen seines Sehvermögens und die ungewohnte Stille als eine harte Probe seiner Standhaftigkeit.

Es schien ihm, als ob sie eine Ewigkeit ins Innere des Berges wanderten.

Plötzlich war weiches Licht um sie – eine breite Bahn

strömte durch einen stagnierenden See von Dunkelheit aus der Höhe herab und schuf am Boden einen Kreis strahlender Helligkeit, auf den zwei Gestalten zugingen, die nun wieder aus der Unsichtbarkeit tauchten. Die Lichtbahn umriß die Gestalt des Priesters, dessen schwarzweißes Gewand um seine Füße wogte. Yulis Sinne versuchten eine neue Orientierung zu finden.

Es gab keine Wände.

Die Entdeckung war beängstigender als zuvor die völlige Dunkelheit. Er hatte sich bereits so sehr an die engen Grenzen der Siedlung gewöhnt, fand es so selbstverständlich, daß zu allen Zeiten eine Felswand, eine Trennmauer, die Gestalten anderer Bewohner in Reichweite der Ellbogen waren, daß ihn Platzangst ergriff. Er stürzte keuchend zu Boden.

Der Priester wandte sich nicht um. Er erreichte den Lichtkreis und ging ohne Aufenthalt weiter, so daß seine Gestalt nach wenigen Augenblicken hinter der dunstigen Lichtbahn verschwand.

In seiner Verzweiflung darüber, daß er zurückgelassen wurde, rappelte sich Yuli auf und eilte weiter. Als er den magischen Lichtkreis erreichte, blickte er auf. Hoch über ihm war ein Loch, durch das gewöhnliches Tageslicht einfiel. Dort oben waren die Dinge, die er sein Leben lang gekannt hatte und denen er nun zu Gunsten eines Gottes der Dunkelheit entsagte.

Er sah rohes, unbearbeitetes Felsgestein. Nun begriff er, daß er in einer Höhle stand, die größer war als das übrige Pannoval und höher. Auf ein Signal hin – vielleicht das Glockengeklingel, das er vorher vernommen – hatte jemand irgendwo eine hochgelegene Falltür zur Außenwelt geöffnet. Zur Warnung? Als Versuchung? Oder nur als ein dramaturgisches Mittel?

Vielleicht alles miteinander, dachte er, da sie so sehr viel klüger waren als er, und er eilte weiter, der entschwindenden Gestalt des Priesters nach. Gleich darauf spürte er mehr als daß er es sah, daß die einfallende Lichtbahn hinter ihm erlosch; die Klappe der Tür im Dach des gewaltigen Höhlenraumes hatte sich geschlossen. Wieder fand er sich in absoluter Dunkelheit.

Endlich erreichten sie die andere Seite der riesigen Höhle. Yuli hörte, wie des Priesters Schritte langsamer wurden. Mit untrüglicher Sicherheit hatte Sataal eine Tür erreicht, an die er klopfte. Nach einiger Verzögerung wurde sie geöffnet. Eine Öllampe schwebte in der Luft, in die Höhe gehalten von einer betagten Frau, die unaufhörlich schnupfte. Sie ließ die beiden in einen ausgehauenen Korridor treten, bevor sie die Tür hinter ihnen verriegelte.

Matten bedeckten den Boden. Mehrere Türen gingen vom Korridor aus. Zu beiden Seiten verliefen schmale gemeißelte Reliefbänder in Hüfthöhe, die Yuli gern genauer betrachtet hätte, doch traute er sich nicht; im übrigen waren die Wände ohne allen Zierrat. Die schnupfende Frau klopfte an eine der Türen. Als von drinnen eine Antwort kam, stieß Sataal die Tür auf und bedeutete Yuli einzutreten. Mit einer Verbeugung trat Yuli unter dem ausgestreckten Arm seines Mentors durch und ging in den Raum. Die Tür schloß sich hinter ihm. Das war das letzte, was er von Sataal zu sehen bekam.

Der Raum war mit dem schon vertrauten, aus dem Stein der Wände gehauenen Mobiliar eingerichtet, der Boden mit farbigen Teppichen bedeckt. Eine Doppellampe brannte in einem eisernen Ständer. Am Steintisch saßen zwei Männer und blickten mit ausdruckslosen Mienen von Dokumenten auf, die sie vor sich liegen hatten. Der eine war ein Hauptmann der Miliz; sein Helm mit dem Abzeichen des Rades lag neben ihm auf dem Tisch. Der andere war ein magerer grauhaariger Priester mit einem nicht unfreundlichen Gesicht, der bei Yulis Anblick zu zwinkern begann, als fühlte er sich von Yulis Gesicht geblendet.

»Yuli von der Außenwelt? Da du schon so weit gekommen

bist, hast du einen Schritt auf dem Weg zum Priester des Großen Akha getan«, erklärte der Priester mit hoher, dünner Stimme. »Ich bin Vater Sifans, und als erstes muß ich dich fragen, ob du irgendwelche Sünden auf dem Gewissen hast, die deinen Seelenfrieden stören und die du zu bekennen wünschst.«

Yuli war verwirrt, weil Sataal ihn so plötzlich verlassen hatte, ohne auch nur ein geflüstertes Lebewohl, doch verstand er, daß er solch weltliche Dinge wie Liebe, Freundschaft und Anhänglichkeit jetzt aufgeben mußte.

»Nichts zu bekennen«, sagte er mürrisch, ohne dem mageren Priester in die Augen zu sehen.

Der Priester räusperte sich. Der Hauptmann ergriff das Wort.

»Junge, sieh mich an. Ich bin Hauptmann Ebron von der Nordwache. Du kamst mit einem Schlittengespann nach Pannoval, dessen Zugtiere als Gripsys Gespann bekannt sind. Der Schlitten wurde zwei bekannten Fellhändlern aus dieser Stadt gestohlen. Ihre Namen waren Atrimb und Prasst, beide wohnhaft in Vakk. Ihre Leichen wurden nicht viele Meilen von hier gefunden, von Speeren durchbohrt, als wären sie im Schlaf zu Tode gebracht worden. Was hast du zu diesem Verbrechen zu sagen?«

Yuli starrte auf den Boden.

»Ich weiß nichts davon.«

»Wir meinen, daß du alles darüber weißt ... Wäre das Verbrechen innerhalb des Territoriums von Pannoval begangen worden, so würde es die Todesstrafe zur Folge haben. Was hast du dazu zu sagen?«

Yuli merkte, daß er zitterte. Dies war ganz und gar nicht, was er erwartet hatte.

»Ich habe nichts zu sagen.«

»Sehr gut. Du kannst nicht Priester werden, solange diese Schuld auf dir lastet. Du mußt das Verbrechen bekennen. Du wirst eingeschlossen bleiben, bis du sprichst.«

Hauptmann Ebron klatschte in die Hände. Zwei Milizsoldaten kamen herein und packten Yuli bei den Armen. Er widersetzte sich, um ihre Kräfte zu erproben, wurde jedoch in einen doppelten Armhebel genommen und ließ sich abführen.

Ja, dachte er, die Heiligtümer – voll von Priestern und Soldaten. Jetzt bin ich in ihrer Hand. Welch ein Dummkopf bin ich! Ein würdiges Opfer. O Vater, du ließest mich im Stich ...

Dabei war es keineswegs so, daß es ihm möglich gewesen wäre, die Sache mit den beiden Herren zu vergessen. Der Doppelmord lastete noch immer schwer auf seinem Gewissen, wenngleich er stets bemüht war, ihn damit zu rechtfertigen, daß er sich ihres vorausgegangenen Mordversuchs erinnerte. Viele Nächte hatte er auf seinem Lager in Vakk wachgelegen, zur fernen Decke emporgestarrt und wieder die Augen des Mannes gesehen, als er sich aufgerichtet und den Speerschaft gepackt hatte, der aus seiner Brust ragte.

Die Kerkerzelle war eng und feucht und dunkel.

Sobald er den Schock überwunden hatte, in den diese unvermutete Wendung seines Geschicks ihn gestoßen hatte, tastete er vorsichtig umher. Sein Kerker war ohne bestimmte Merkmale, eine schmale rechteckige Kammer mit einem übelriechenden Abflußloch und einer niedrigen Steinbank als Lager. Yuli setzte sich darauf und vergrub das Gesicht in den Händen.

Man gab ihm viel Zeit zum Nachdenken. In der undurchdringlichen Dunkelheit nahmen seine Gedanken ein eigenes Leben an, als wären sie die Wahngebilde eines Deliriums. Menschen, die er kannte und solche, die er nie gesehen hatte, kamen und gingen um ihn her, beschäftigt mit geheimnisvollen Aktivitäten.

»Mutter!« rief er. Onesa war da, wie sie vor ihrer Krankheit gewesen war, schlank und lebhaft, mit ihrem langen, ernsten Gesicht, das jederzeit bereit war, ihrem Sohn ein Lächeln zu schenken – wenn es auch ein zurückhaltendes Lächeln war, das die Lippen kaum öffnete. Sie trug ein großes Bündel Zweige auf der Schulter. Ein Wurf kleiner schwarzer Ferkel lief vor ihr her. Der Himmel war von einem strahlenden Blau; sowohl Batalix als auch Freyr schienen dort. Onesa und Yuli folgten einem Pfad, der aus einem dunklen Wald ins Freie führte, und waren geblendet von der Helligkeit. Niemals hatte es ein solches Blau gegeben; es schien den aufgehäuften Schnee zu färben und die Welt anzufüllen.

Vor ihnen erhoben sich die Reste eines in Ruinen liegenden Gebäudes. Obwohl es vor langer Zeit aus sorgfältig behauenen Steinen fest und widerstandsfähig erbaut worden war, hatte die Witterung es wie einen alten hohlen Baum aufgebrochen. Vor dem Gebäude war eine halb eingestürzte Treppe mit niedrigen Stufen. Onesa warf ihre Zweige zu Boden und sprang so fröhlich die Stufen hinauf, daß sie beinahe ausgeglitten wäre. Sie hob im Laufen die behandschuhten Hände und summte sogar ein paar Töne aus einem Lied in die frische, durchsonnte Luft.

Selten hatte Yuli seine Mutter in solch übermütiger Stimmung gesehen. Warum war sie so vergnügt? Und warum war sie es nicht häufiger? Er wagte diese Fragen nicht auszusprechen, sehnte sich jedoch nach einem persönlichen Wort von ihr und fragte: »Wer hat dies gebaut, Mutter?«

»Ach, es ist schon immer hier gewesen. Es ist so alt wie die Hügel ...«

»Aber wer baute es, Mutter?«

»Ich weiß nicht – meines Vaters Vorfahren, wahrscheinlich, vor langer Zeit. Sie waren mächtige Leute, hatten sogar Getreidespeicher!«

Diese Legende von der Größe und Bedeutung der Familie seiner Mutter war ihm wohlbekannt, wie auch das Detail der Getreidespeicher. Er stieg die zerbrochenen Stufen hinauf und stieß eine verklemmte Tür auf. Schnee stäubte in einer Wolke auf, als er sich den Weg ins Innere bahnte. Da war das

Getreide, goldene Haufen von Körnern, genug für sie alle, für alle Zeit. Das Korn strömte wie ein Fluß auf ihn zu, ergoß sich in Kaskaden über die Stufen. Und aus dem Korn tauchten zwei Tote empor, drängten blindlings zum Licht.

Er fuhr mit einem Schrei auf, sprang von seinem Lager und eilte zur Zellentür. Er konnte nicht verstehen, woher diese Angstvisionen kamen; sie schienen nicht Teil von ihm zu sein. Träume sind nicht deine Sache, dachte er bei sich. Du bist zu robust. Jetzt denkst du an deine Mutter, aber du zeigtest ihr nie Zärtlichkeit. Und du hattest Angst vor deinem Vater und seiner Faust ... Weißt du, ich glaube wirklich, daß ich meinen Vater haßte, ich glaube, ich war froh, als die Phagoren ihn fortschleppten – du nicht?

Nein, nein ... Es ist bloß, daß meine Erfahrungen mich hart gemacht haben. Du aber bist hart, hart und grausam. Du brachtest diese beiden Herren um. Was soll aus dir werden? Besser, du bekennst dich zu den Morden und siehst was geschieht ...

Ich weiß so wenig. Das ist alles. Die ganze Welt – man möchte wissen ... Akha muß alles wissen. Diese Augen sehen alles. Aber ich und du – wir sind so klein, für uns ist das Leben nicht mehr als eins dieser seltsamen Gefühle, wenn der Childrim über uns fliegt.

Er wunderte sich über seine eigenen Gedanken. Schließlich rief er den Wachen, daß sie ihm öffnen sollten, und entdeckte, daß er drei Tage eingekerkert gewesen war.

Ein Jahr und einen Tag diente Yuli als Novize in den Heiligtümern. Es war ihm nicht erlaubt, die Heiligtümer zu verlassen, und er lebte in klösterlicher Dunkelheit und Abgeschiedenheit, ohne zu wissen, ob Freyr und Batalix getrennt oder gemeinsam im Himmel schwammen. Das Verlangen, wieder durch die weiße Wildnis zu laufen, verließ ihn allmählich, ausgelöscht von der stillen Majestät der halbdunklen Heiligtümer.

Er hatte den Mord an den zwei Herren bekannt. Keine Bestrafung folgte.

Der magere grauhaarige Priester mit den zwinkernden Augen, Vater Sifans, war der Pflegevater für Yuli und andere Novizen. Er legte die Hände zusammen und sagte zu Yuli: »Dieses unselige Vorkommnis der Mordtaten ist nun hinter der Wand der Vergangenheit verschlossen. Doch darfst du dir niemals erlauben, es zu vergessen, damit du nicht durch das Vergessen zu dem Glauben kommst, es sei nie geschehen. Wie die vielen Bezirke von Pannoval untereinander verbunden sind, so sind alle Dinge im Leben miteinander verknüpft. Deine Sünde und dein Verlangen, Akha zu dienen, sind von einem Stück. Glaubtest du, daß es Heiligkeit oder Frömmigkeit sei, die einen Menschen anleiten, Akha zu dienen? Das ist nicht der Fall. Die Sünde ist ein mächtigerer Beweggrund. Umarme die Dunkelheit – durch Sünde vergleichst du dich mit deiner eigenen Unzulänglichkeit.«

»Sünde« war ein Wort, das Vater Sifans in dieser Zeit oft über die Lippen ging. Yuli beobachtete es dort mit Interesse, und mit der Versunkenheit, die aufmerksame Schüler der Lehre ihrer Meister entgegenbringen. Wie er die Lippen bewegte, war etwas, was Yuli später nachahmte, wenn er allein war. Er gebrauchte die Bewegungen, um alles zu wiederholen, was er auswendig zu lernen hatte.

Während der Vater seine eigene Wohnung hatte, in die er sich nach den Unterweisungen zurückzog, schlief Yuli mit den anderen Novizen in einem Schlafsaal, einem Nest von Dunkelheit in der größeren Finsternis. Im Gegensatz zu den Vätern waren ihnen keine Vergnügungen oder Zerstreuungen gestattet; Gesang, Spiele, Frauen, berauschende Getränke und ablenkende Beschäftigungen waren verboten, und ihre Nahrung war von der spartanischsten Art, ausgewählt von den Opfergaben, die Akha täglich von Bittstellern dargebracht wurden.

»Ich kann mich nicht konzentrieren. Ich bin hungrig«, klagte er eines Tages seinem Pflegevater.

»Hunger ist universal. Wir können nicht erwarten, daß Akha uns mästet. Er verteidigt uns gegen feindliche äußere Mächte, von Generation zu Generation.«

»Was ist wichtiger, überleben oder das Individuum?«

»Ein Individuum ist in seinen eigenen Augen wichtig, aber das Überleben der Generationen hat Vorrang.«

Schritt für Schritt lernte er nach Art der Priester zu argumentieren. »Aber Generationen bestehen aus Individuen.«

»Generationen sind nicht nur die Summe von Individuen. Sie schließen auch Hoffnungen, Pläne, Gesetze, geschichtliche Abläufe mit ein – und vor allem Kontinuität. Sie enthalten die Vergangenheit wie die Zukunft. Akha weigert sich, allein mit Individuen zu arbeiten, also muß der individuelle Geist bezähmt werden – wenn nötig, sogar unterdrückt werden.«

Mit Geschick lehrte der Vater ihn dialektisch denken. Einerseits müsse er einen festen Glauben und blindes Vertrauen haben; andererseits benötige er seinen Verstand. Für ihre lange Reise durch die Jahre benötige die begrabene, eingeschlossene Gemeinde alle Abwehrkräfte, benötige das Gebet wie die Vernunft. Die heiligen Verse besagten, daß Akha in seinem einsamen Ringen in einer zukünftigen Zeit eine Niederlage erleiden möchte, worauf die Welt eine Periode des Feuers erleben werde, das von den Himmeln herabkomme. Das Individuum müsse bezähmt werden, um die Gemeinde zu schützen und vor dem Verbrennen zu bewahren.

Yuli ging durch die grabesstillen Gänge und Hallen, und all diese Ideen und Vorstellungen gingen ihm im Kopf um. Sie stellten sein Weltverständnis auf den Kopf – aber darin lag viel von ihrem Reiz, da jede neue revolutionäre Einsicht nur seinen früheren unwissenden Zustand betonte.

Bei allen verzichtvollen Erfahrungen gab es eine Sinneswahrnehmung, die er genoß und die ihm in seinen Verwirrungen Trost und Vergnügen bereitete. Die Priester orientierten sich in dem dunklen Labyrinth durch Wandlesen, ein Geheimnis, in das Yuli bald eingeweiht werden sollte. Es gab noch eine weitere Orientierungshilfe, die zugleich das Ohr erfreuen sollte: Musik. Zuerst glaubte Yuli in seiner Unwissenheit, daß er die Klänge von Geistern in der Luft vernehme. Er wußte keine andere Erklärung für die schmeichelnden Klänge einer Melodie, die auf der einsaitigen Vrach gespielt wurde. Er hatte zuvor niemals eine Vrach gesehen. Wenn es nicht die Stimmen von Geistern waren, könnte es nicht das Winseln durch irgendeine Felsspalte sein?

Sein Vergnügen daran war so geheim, daß er niemanden wegen der Klänge fragte, nicht einmal seine Mitnovizen, bis er eines Tages unvermutet mit Sifans in einen Gottesdienst ging. Chöre waren wichtig, und noch wichtiger war der Einzelgesang, der sich in die Höhlungen der Dunkelheit erhob; aber was Yuli bald am meisten liebte, waren die Zwischenspiele nichtmenschlicher Stimmen, wie sie die Instrumente verkörperten.

Nichts dergleichen war in den Barrieren jemals vernommen worden. Die einzige Musik, welche die von den Elementen belagerten Stämme dort kannten, war ein wenig variiertes Trommeln auf einer fellbespannten Bechertrommel, das Zusammenschlagen von Tierknochen, das Händeklatschen und ein monotoner Gesang, der diese Geräuschinstrumente begleitete. So war es der schwelgerische Wohlklang und die Vielgestaltigkeit der neuen Musik, die Yuli von der Realität seines noch immer im Erwachen begriffenen geistigen Lebens überzeugte. Besonders eine großartige Melodie eroberte ihn im Sturm: »Oldorando«. Darin gab es einen Part für ein Instrument, das sich singend über alle anderen erhob und dann in ihrer Mitte niedersank, um im weiteren Verlauf eine eigene melodische Oberstimme zu bilden.

Musik wurde für Yuli beinahe eine Alternative zum Licht. Wenn er zu den anderen Novizen sprach, merkte er, daß sie wenig von seiner Begeisterung verspürten. Aber sie alle schienen beseelt von einer viel stärkeren zentralen Bindung an Akha, als er selbst sie fühlte. Die meisten Novizen hatten Akha von Geburt an geliebt oder gehaßt; Akha besaß für sie eine Realität, die er für Yuli nicht hatte.

Wenn er während der spärlichen Stunden, die der Ruhe gewidmet waren, mit solchen Fragen rang, verspürte er Schuld, daß er nicht wie die anderen Novizen war. Er liebte die Musik Akhas. Es war eine neue Sprache. Aber war Musik nicht die Schöpfung von Menschen und nicht die des Gottes?

Selbst wenn er die Zweifel unterdrückte, erhoben sich sogleich andere. Wie verhielt es sich mit der Sprache der Religion? War sie nicht auch die Erfindung von Menschen – vielleicht von freundlichen, klugen Menschen wie Vater Sifans? Doch welche Qualitäten die Menschen auch hatten, die solche Musik erfanden, sie blieben deswegen doch Menschen.

»Glaube ist nicht Friede, sondern Qual; nur der große Krieg ist Friede.« Wenigstens dieser Teil des Glaubensbekenntnisses ist wahr.

Unterdessen blieb Yuli für sich und verbrüderte sich nur oberflächlich mit den anderen Novizen.

Zu den Unterweisungen versammelten sie sich in einer niedrigen, feuchten, dunstigen Halle namens Cleft. Manchmal gingen sie in völliger Dunkelheit, manchmal im Schein von Öllampen, die von den Vätern getragen wurden. Jede Unterweisung endete damit, daß der Priester seine Hand an die Stirn des Novizen legte, eine Geste, über welche die Novizen später in ihrem Schlafsaal lachten. Die Finger der Priester waren rauh und hart, eine Folge des Wandlesens, mit dessen Hilfe sie sich selbst in der stockfinsteren Schwärze rasch und zielsicher in den Labyrinthen der Heiligtümer bewegten.

Jeder Novize saß in einem eigentümlich geformten Stuhl aus Lehmziegeln seinem Lehrer gegenüber. Armstützen und Rückenlehnen der Stühle waren mit individuellen Basreliefs verziert, um ihre Identifikation im Dunkeln zu erleichtern. Der Lehrer saß rittlings auf einem aus gebranntem Lehm gefertigten Sattel erhöht vor den Novizen.

Als erst einige Wochen des Noviziats verstrichen waren, behandelte Vater Sifans den Gegenstand der Häresie. Er sprach stets mit leiser, von häufigem Husten unterbrochener Stimme. Schlimmer als Unglaube sei falscher Glaube. Yuli beugte sich auf seinem Stuhl vorwärts. Er und Sifans hatten kein Licht, aber der Lehrer nebenan hatte eine flackernde kleine Öllampe neben sich, die Sifans Kopf mit einem dunstigen orangefarbenen Heiligenschein versah und die Hälfte seines Gesichts in schwarzen Schlagschatten verschwinden ließ. Das schwarzweiße Gewand schien seine Umrisse weiter aufzulösen, so daß er zur Hälfte mit der Dunkelheit des Raumes verschmolz. Dunstige Schwaden lagen horizontal in der Luft und gerieten in wallende, wirbelnde Bewegung, wenn jemand vorüberging. Husten und Gemurmel erfüllten die niedrige Höhle; irgendwo tropfte unablässig Wasser, wie der Klang kleiner Glocken.

»Ein Menschenopfer, Vater? Sagtest du ein Menschenopfer?«

»Der Körper ist kostbar, der Geist entbehrlich. Einer, der gegen die Priesterschaft gesprochen und gesagt hat, sie sollte enthaltsamer und frömmer leben, um Akha zu unterstützen ... Du bist in deinen Studien weit genug, um an der Exekution teilzunehmen ... Ein Ritual aus barbarischen Zeiten ...«

Die nervösen Augen, zwei winzige orangenfarbene Punkte, glänzten und zwinkerten in der Dunkelheit wie ein Signal aus entlegener Ferne.

Als die Zeit kam, ging Yuli durch die düsteren Galerien, nervös bemüht, mit den Fingerspitzen die Wand zu lesen. Sie betraten die größte Höhle in den Heiligtümern, die Staat genannt wurde. Licht war nicht erlaubt. Gewisper erfüllte die Dunkelheit, als die Priesterschaft sich versammelte. Yuli ergriff wieder den Saum von Vater Sifans Gewand, um ihn nicht zu verlieren. Dann erhob sich die Stimme eines Priesters und deklamierte die lange Geschichte des Krieges zwischen Akha und Wutra. Akha gehörte die Nacht, und die Priester seien bestellt, ihre Herde während des langen nächtlichen Kampfes zu beschützen. Diejenigen, welche sich den Wächtern entgegenstellten, müßten sterben.

»Bringt den Gefangenen herein.«

In den Heiligtümern wurde viel über die Gefangenen gesprochen, doch mit diesem hatte es eine besondere Bewandtnis. Man hörte das harte Klatschen der schweren Sandalen, wie sie von der Miliz getragen wurden, gleichzeitig ein Schlurfen. Dann wurde es hell.

Ein breiter Lichtstrahl zerteilte die Dunkelheit von oben nach unten. Die Novizen keuchten. Yuli sah, daß sie in der riesigen Höhle standen, durch welche Sataal ihn vor dem Beginn seines Noviziats geführt hatte. Die Lichtquelle war dieselbe wie damals, hoch über der Menge der Köpfe; sie blendete so, daß man kaum hinaufschauen konnte.

Unten im Lichtkreis stand eine menschliche Gestalt, mit ausgebreiteten Armen und Beinen an ein hölzernes Rahmenwerk gebunden. Sie war unbekleidet.

Sobald der Gefangene den Mund öffnete, erkannte Yuli das kantige, leidenschaftliche Gesicht mit dem kurzgeschnittenen Haar wieder. Der Gefesselte war Naab, derselbe junge Mann, den er einst in Prayn hatte sprechen hören.

Auch Stimme und Botschaft waren leicht wiederzuerkennen.

»Priester, ich bin nicht euer Feind, wenn ihr mich auch wie einen behandelt, sondern euer Freund. Von Generation zu

Generation versinkt ihr mehr in Untätigkeit, eure Zahl nimmt ab, Pannoval stirbt. Wir sind nicht bloß Anhänger des Großen Akha. Nein! Wir müssen Seite an Seite mit ihm kämpfen. Auch wir müssen leiden. In dem großen Krieg zwischen Himmel und Erde müssen wir unsere Rolle spielen. Wir müssen uns bessern und läutern.«

Hinter der gefesselten Gestalt standen Milizsoldaten in glänzenden Helmen und bewachten ihn. Andere kamen herein, mit rauchenden Fackeln in den Händen. An geflochtenen Rohlederleinen führten sie ihre Phagoren. Sie machten halt und hoben die Fackeln hoch über die Köpfe, so daß der Rauch in trägen Kräuseln emporstieg. Nun trat mit arthritisch steifen Bewegungen ein Kardinal näher, gebeugt unter dem schwarzweißen Gewand und einer kunstvoll verzierten Mitra. Dreimal stieß er einen vergoldeten Stab auf den Boden und rief mit schriller Stimme im altertümlichen Olonet der Priesterschaft: »Laß ab, laß ab, laß ab ... O Großer Akha, unser Kriegergott, erscheine uns!« Eine Glocke erklang.

Eine zweite strahlendweiße Lichtbahn stieß herab und verfestigte die umgebende Nacht eher, als daß sie sie bannte. Hinter dem Gefangenen, hinter den Phagoren und den Soldaten erschien Akha. Ein ehrfürchtiges und erwartungsvolles Murmeln ging durch die Menge. Das Licht ließ die Szene skeletthaft erscheinen, die Miliz und die massigen weißen Phagoren wirkten beinahe transparent, Akha kalkigweiß, das Ganze eingebettet in Obsidian. In dieser Darstellung war der halbmenschliche Kopf des Gottes vorgereckt, der Mund offen. Die Augen waren von der gleichen blicklosen Starre, wie Yuli sie von der anderen Statue kannte.

»Nimm dieses unbefriedigende Leben, o Großer Akha, und gebrauche es zu Deiner Zufriedenheit.«

Milizsoldaten traten vor. Einer begann eine Handkurbel zu drehen, die in die Seite des den Gefangenen haltenden Rahmens eingelassen war. Der Rahmen geriet knarrend in

Bewegung, seine obere Hälfte neigte sich zurück. Der Gefangene stieß einen unterdrückten Schrei aus, als sein Körper vom Rahmen zurückgebogen wurde. Je mehr sich die Scharniere öffneten, desto stärker wurde sein Körper rückwärts gekrümmt und seine Hilflosigkeit bloßgestellt.

Zwei Hauptleute, die einen Phagor zwischen sich führten, traten an das Gestell heran. Die stumpf geschliffenen Hörner des urweltlichen Wesens trugen silberne Kappen und erreichten beinahe die Höhe der Helmspitzen. Der Phagor stand in seiner unbeholfen wirkenden Ruhehaltung, Kopf und Brust vorgeschoben, und die langen weißen Zotteln seines Deckhaares regten sich leicht in der Zugluft, die den Höhlenraum durchwehte.

Wieder erklang Musik, dumpfe Trommeln und Gongs, Vrachs und das langgezogene Trillern eines Fluggels, welches sich hoch über die Klänge der anderen Instrumente erhob, deren unheilverkündendes Crescendo die Stimme des Opfers übertönte. Dann brach die Musik ab.

Der Körper war nun so weit zurückgebogen, daß die Rahmenteile, die Füße und Hände hielten, einander berührten. Der Kopf hing qualvoll in den Nacken, der Brustkorb trat so scharf hervor, als wollte er aus dem überdehnten Leib hervorbrechen. Kehle und Oberkörper glänzten blaß in der Lichtsäule.

»Nimm, o Großer Akha! Nimm, was Dein ist! Lösche ihn aus!«

Auf den Ruf des Priesters trat der Phagor einen Schritt vor und beugte sich nieder. Er öffnete den schaufelartigen Mund und umfaßte die dargebotene Kehle von der Seite mit zwei Reihen stumpfer Schneidezähne. Er biß zu, hob den Kopf, und ein großer Brocken blutenden Fleisches kam mit hoch. Der Phagor trat zwischen die beiden Hauptleute zurück und schluckte ungeniert. Ein rotes Rinnsal suchte sich seinen Weg durch das zottige Brustfell. Die rückwärtige Lichtbahn wurde abgeschnitten. Akha verschwand wieder in seiner nährenden Dunkelheit. Viele Novizen wurden ohnmächtig.

Als sie im Strom der Priester aus der Höhle drängten, fragte Yuli: »Aber warum gebraucht man diese teuflischen Phagoren? Sie sind Feinde der Menschen. Sie sollten alle getötet werden.«

»Sie sind die Geschöpfe Wutras, wie ihre Farbe zeigt«, antwortete Sifans. »Wir halten sie, damit sie uns an den Feind erinnern.«

»Und was wird mit der – mit Naabs Körper geschehen?«

»Er wird nicht vergeudet. Jedes Bestandteil findet irgendeine Verwendung. Vielleicht überläßt man den Kadaver dem Seifensieder, oder es wird Brennstoff daraus gewonnen, zum Beispiel für die Töpfer, die immer etwas brauchen, um ihre Öfen zu heizen. Ich weiß es wirklich nicht. Ich ziehe es vor, mich von verwaltungstechnischen Einzelheiten fernzuhalten.«

Yuli fragte ihn nicht weiter, denn er hörte die Abneigung gegen die Erörterung solcher Dinge in der Stimme des alten Priesters mitschwingen. Zu sich selbst aber sagte er immer wieder: »Diese nichtswürdigen Bestien. Diese verwünschten Ungeheuer. Akha sollte mit ihnen nichts zu schaffen haben.« Aber die Phagoren waren überall in den Heiligtümern anzutreffen, trotteten geduldig mit der Miliz hierhin und dorthin und ihre großen nachtsichtigen Augen unter den vorspringenden Brauen spähten in die finstersten Winkel.

Eines Tages versuchte Yuli seinem geistlichen Vater zu erklären, wie sein Vater in der Wildnis von Phagoren gefangen und getötet worden sei.

»Du weißt nicht genau, daß sie ihn töteten. Phagoren sind nicht immer durch und durch schlecht. Zuweilen bezähmt Akha ihren Geist.«

»Ich bin überzeugt, daß er inzwischen tot ist. Gibt es keine Möglichkeit, sich Gewißheit zu verschaffen?«

Der Vater zögerte, und Yuli hörte, wie er sich die Lippen befeuchtete. Dann beugte er sich in der Dunkelheit zu Yuli.

»Es gibt eine Möglichkeit, mein Sohn.«

»O ja, wenn wir eine große Expedition von Pannoval nach Norden schickten ...«

»Nein, nein – andere Mittel, subtilere Mittel. Eines Tages wirst du die Verflechtungen von Pannoval besser verstehen. Oder vielleicht nicht. Denn es gibt völlig andere Orden der Priesterschaft, Kriegermystiker, von denen du nichts weißt. Vielleicht sollte ich lieber nicht mehr darüber sagen ...«

Yuli bat und drängte ihn, fortzufahren. Der Priester dämpfte seine Stimme noch mehr, bis sie beinahe vom Rieseln einer nahen Wasserstelle übertönt wurde.

»Jawohl, Kriegermystiker, die den Vergnügungen des Fleisches entsagen und dadurch geheimnisvolle Kräfte gewinnen ...«

»Das ist es, was Naab befürwortete, und er wurde dafür ermordet.«

»Hingerichtet nach einem Verfahren. Die höheren Orden ziehen es vor, daß wir, die administrativen Orden, bleiben, wie wir sind ... Aber sie ... sie haben Umgang mit den Toten. Wärst du einer von ihnen, du könntest mit deinem Vater nach dessen Tod sprechen.«

Yuli stammelte seine Verwirrung in die Dunkelheit.

»Es gibt viele menschliche und göttliche Fähigkeiten, die ausgebildet werden können, mein Sohn. Als mein Vater starb, fastete ich aus Kummer, und nach dem Verlauf vieler Tage sah ich ihn klar vor mir, wie schwebend in der Erde, die Akha gehört, als wäre er in einem anderen Element, die Hände über den Ohren, als ob er ein Geräusch hörte, das ihm mißfiel. Tod ist kein Ende, sondern unsere Erweiterung in Akha – erinnere dich der Lehre, mein Sohn.«

»Ich bin noch immer zornig auf meinen Vater. Vielleicht habe ich deswegen Schwierigkeiten. Er war am Ende schwach. Ich möchte stark sein. Wo sind diese ... diese Kriegermystiker, von denen du sprichst, Vater?«

»Wenn du meinen Worten nicht glaubst, wie ich spüre, ist es sinnlos, daß ich dir weiteres sage.« Die Stimme enthielt gerade das rechte Maß von Verdrießlichkeit, um Yuli rasch zum Einlenken zu bringen.

»Ich bitte um Vergebung, Vater. Ich bin ein Wilder, wie du sagst ... Du denkst, die Priesterschaft sollte sich reformieren, wie Naab behauptete, nicht wahr?«

»Ich schlage einen mittleren Weg ein.« Er saß eine Weile vorwärtsgebeugt und schweigend und zwinkerte, als gebe es mehr zu sagen, und Yuli hörte das Rascheln seiner faltigen, trockenen Lider. »Viele Schismen spalten die Heiligtümer, Yuli, wie du erkennen wirst, wenn du dein Gelübde ablegst. Die Dinge sind weniger einfach, als sie waren, als ich jung war. Manchmal scheint es mir ...«

Das Wasser rieselte, und irgendwo in der Ferne hustete jemand.

»Was, Vater?«

»Ach ... du hast ohne mein Zutun genug häretische Gedanken in dir. Ich weiß wirklich nicht, warum ich zu dir spreche. Das ist für heute das Ende der Unterweisung.«

Indem er andere als Sifans befragte, der gern zu Zweideutigkeiten und Ausflüchten griff, erfuhr Yuli allmählich etwas über die Machtstrukturen, welche die Gemeinschaft von Pannoval zusammenhielten. Die Verwaltung war in den Händen der Priester, die durch die Miliz arbeiteten, wobei eine Kraft die andere stärkte. Es gab keinen großen Häuptling, kein höchstes Oberhaupt, wie die Stammeshäuptlinge der Wildnis. Hinter jedem Orden der Priesterschaft gab es einen anderen. Sie verblaßten mit ihren obskuren Hierarchien im metaphysischen Dunkel, und letztlich besaß keine die Macht, um alle anderen zu beherrschen.

Manche Orden, so ging das Gerücht, lebten in entfernten Höhlen in der Gebirgskette. In den Heiligtümern herrschten eher nachlässige Gewohnheiten. Priester konnten als Soldaten dienen, und umgekehrt. Frauen kamen und gingen unter ihnen. Bei allem Gebet und aller Gelehrsamkeit herrschte Verwirrung. Akha war anderswo. Irgendwo gab es einen strengeren, tieferen Glauben.

Irgendwo in dieser Hierarchie, die sich nicht mit Händen greifen ließ, dachte Yuli, mußte er Sifans Orden der Kriegermystiker geben, die mit den Toten Umgang haben und andere erstaunliche Taten vollbringen konnten. Die Gerüchte, denen man wirklich nicht mehr als dem Tropfen des Wassers von einer Wand lauschen sollte, raunten von einem anderswo lebenden Orden, der über die Bewohner der Heiligtümer gesetzt sei und dessen Mitglieder, wenn man sie überhaupt nannte, als die Bewahrer bezeichnet wurden.

Dem Gerücht zufolge waren die Bewahrer eine Sekte, in die man durch Wahl aufgenommen wurde. Sie vereinigten in sich die doppelte Rolle von Soldatentum und Priesterschaft. Was sie bewahrten, war Wissen. Sie verfügten über Wissen, das selbst in den Heiligtümern unbekannt war, und dieses Wissen verlieh ihnen Macht. Indem sie die Vergangenheit bewahrten, erhoben sie Anspruch auf die Zukunft.

»Wer sind diese Bewahrer? Können wir sie sehen?« fragte Yuli. Das Geheimnis erfüllte ihn mit tiefer Erregung, und sobald er von ihnen gehört hatte, sehnte er sich danach, Teil der geheimnisvollen Sekte zu sein.

Er sprach wieder mit Vater Sifans, beinahe am Ende seines Noviziats. Der Ablauf der Zeit hatte ihn reifen lassen; er trauerte seinen Eltern nicht mehr nach, und er ging in den Heiligtümern auf. Im Laufe der Monate war er seinem geistlichen Vater nähergekommen und hatte entdeckt, daß der alte Mann eine große Schwäche für Klatschgeschichten jeglicher Art hatte. Dann zwinkerten die Augen schneller, die dünnen Lippen zitterten, und die wissenswerten Brocken entschlüpften ihm, ehe er sich's versah. Jeden Tag, wenn die beiden in der Gebetshalle ihres Ordens arbeiteten, gelang es Yuli, Vater Sifans durch unverfängliche Fragen und geschickte Behandlung zu neuen Enthüllungen zu bewegen.

»Die Bewahrer können sich unter uns mischen. Wir wissen nicht, wer sie sind. Äußerlich unterscheiden sie sich nicht von uns. Ich könnte auch ein Bewahrer sein, und du würdest es nicht merken ...«

Am folgenden Tag winkte der alte Mann Yuli nach dem Gebet mit einer behandschuhten Hand und sagte: »Komm, mein Sohn! Nachdem die Zeit deines Noviziats beinahe beendet ist, werde ich dir etwas zeigen. Du erinnerst dich, worüber wir gestern sprachen?«

»Freilich.«

Vater Sifans schürzte die Lippen, schloß die faltigen Lider, hob die kleine spitze Nase wie eine witternde Maus zur Decke und nickte wohl ein dutzendmal rasch hintereinander. Dann marschierte er mit steifen kleinen Schritten davon und überließ es Yuli, ihm zu folgen.

Lichter waren in diesem Teil der Heiligtümer rar, und in verschiedenen Teilen sogar ganz verboten. Die beiden Männer bewegten sich nun mit selbstverständlicher Gewißheit durch völlige Dunkelheit. Yuli hielt die Finger seiner Rechten ausgestreckt und ließ sie leicht eine in den Stein gemeißelte Strähne entlangstreifen, die den Korridor begleitete. Sie gingen durch Warrborw, und Yuli verließ sich nun ganz auf das Wandlesen.

Voraus waren Stufen angezeigt. Zwei Preets mit leuchtenden Augen saßen in einem geräumigen Käfig aus Flechtwerk und markierten die Kreuzung zwischen dem Hauptkorridor, einem Seitengang und den Stufen. Yuli und sein alter Ziehvater stiegen langsam und stetig die Stufen aufwärts, kreuzten Gänge, hinter denen die Treppe sich fortsetzte, und wichen gefühlsmäßig anderen aus, die in der Dunkelheit kamen und gingen.

Nun waren sie in Tangwild, wie der in den Fels gemeißelte Schnörkel unter Yulis Fingern ihm verriet. In einem sich niemals wiederholenden Muster von ineinander verflochtenen Zweigen sprangen kleine Tiere, die Ausgeburten der Phantasie eines längst verstorbenen Künstlers sein mußten – Tiere, die hüpften und schwammen und kletterten und flogen. Aus irgendeinem Grund stellte Yuli sie sich alle in lebhaften Farben vor. Das bandförmige Relief ließ sich meilenweit in alle Richtungen verfolgen, niemals breiter als eine Handspanne. Dieses System war eines der Geheimnisse, welche die Heiligtümer bargen; niemand konnte sich in der labyrinthischen Dunkelheit verirren, wenn er sich die verschiedenen Muster eingeprägt hatte, welche die Sektoren kennzeichneten, und die verschlüsselten Zeichen, die Biegungen oder Stufen oder Teilungen signalisierten, alle eingearbeitet in das Relief.

Sie bogen in eine niedrige Galerie, wo ihnen der Widerhall ihrer Tritte verriet, daß niemand sonst anwesend war. Hier stellte das Wandrelief drollige kleine Männer vor, die mit vorgestreckten Händen zwischen hölzernen Hütten kauerten. Sie mußten irgendwo in der Außenwelt sein, dachte Yuli, der sich an der Szenerie unter seinen streifenden Fingern erfreute.

Sifans blieb stehen, und Yuli prallte gegen ihn. Er entschuldigte sich, und der alte Mann lehnte sich schnaufend gegen die Wand.

»Sei still und laß mich zu Atem kommen!« sagte er.

Nach einer kleinen Weile fügte er hinzu, als bedaure er die Strenge seines Tons: »Ich werde alt. An meinem nächsten Geburtstag werde ich fünfundzwanzig. Aber der Tod des Einzelnen bedeutet unserem Herrn Akha nichts.«

Yuli fürchtete für ihn.

Der Vater tastete an der Wand herum. Der Fels war von Wasser überronnen.

»Ha, ja, hier ...«

Der alte Mann öffnete einen kleinen Fensterladen und ließ helles Licht zu ihnen hereindringen. Yuli mußte einen Moment die Augen beschirmen. Dann stand er neben Vater Sifans und blickte hinaus.

Der Atem stockte ihm. Dann stieß er die Luft mit einem verblüfften kleinen Laut aus.

Unter ihnen lag eine kleine Stadt, steil an einen Hang gebaut. Krumme Gassen und Treppengänge führten auf und nieder, und in dem Gewirr der Wohnungen gab es einige geräumige und stattlich aussehende Häuser. Die meisten Gebäude aber waren wie zufällig ineinander verschachtelt. Auf einer Seite toste ein Fluß in enger Schlucht, an deren Rand gefährlich ausgesetzte Wohnungen klebten. Menschen bevölkerten die Gassen und drängten sich in dachlosen Räumen, winzig wie Ameisen. Ihre Geräusche drangen schwach zu dem Aussichtspunkt herauf, wo Yuli stand und hinunterspähte.

»Wo sind wir?«

»Das ist Vakk«, sagte Sifans. »Du hast es vergessen, nicht wahr?«

Er sah mit einiger Erheiterung und ein wenig naserümpfend zu, wie Yuli hinunterstarrte und vor Staunen vergaß, den Mund zu schließen.

Wie einfältig er war, dachte er. Er hätte gleich erkennen sollen, daß es Vakk war, ohne wie ein barbarischer Wilder fragen zu müssen. Er konnte den entfernten Torbogen sehen, der nach Reck führte. Mehr in der Nähe machte er vertraute Wohnungen aus, und die Gasse, wo er gelebt hatte und das Heim von Kyale und Tusca war. Er erinnerte sich ihrer – und der schönen schwarzhaarigen Iskador – mit Sehnsucht, doch waren seine Empfindungen gedämpft, denn es hatte keinen Sinn, nach einer vergangenen Welt zu verlangen. Kyale und Tusca mußten ihn vergessen haben, wie er sie auch vergessen hatte. Vor allem verblüffte ihn, daß Vakk hell und licht schien, denn er erinnerte sich an einen Ort des

Halbdunkels und tiefer Schatten, dem alle Farbe fehlte. Der Unterschied zeigte, wie sehr sein Augenlicht sich während seines Aufenthaltes in den Heiligtümern verbessert hatte.

»Du erinnerst dich, daß du mich fragtest, wer die Bewahrer seien«, sagte Vater Sifans. »Du fragtest mich, ob wir sie sehen könnten. Hier ist meine Antwort.« Er deutete auf die Welt unter ihnen. »Die Menschen da unten sehen uns nicht. Selbst wenn sie aufblicken, sind sie unfähig, uns auszumachen. Wir sind ihnen überlegen. Im gleichen Maße sind die Bewahrer den bloßen Mitgliedern der Priesterschaft überlegen. Innerhalb unserer Festung gibt es eine geheime Festung.«

»Vater Sifans, hilf mir! Ist diese geheime Festung uns freundlich gesinnt? Heimlichkeit ist nicht immer freundlich.«

Der Priester zwinkerte. »Die Frage sollte besser lauten: Ist die geheime Festung notwendig für unser Überleben? Und die Antwort darauf ist: Ja, wie hoch der Preis dafür auch sein mag. Du wirst diese Antwort seltsam finden, um so mehr, als sie aus meinem Munde kommt. Ich bin in allem außer diesem für den Mittelweg. Gegen die Extreme unseres Lebens, vor denen Akha uns zu schützen sucht, sind extreme Mittelwege angebracht.

Die Bewahrer bewahren Wahrheit. Nach den alten Schriften ist unsere Welt Wutras Feuer entzogen worden. Vor vielen Generationen wagten die Bewohner von Pannoval es, dem Großen Akha zu trotzen und hinauszugehen, um außerhalb unseres schützenden heiligen Berges zu leben. Städte wie Vakk, die wir hier vor uns sehen, wurden unter den nackten Himmeln erbaut. Dann wurden wir vom Feuer gestraft, das Wutra und seine Kohorten herabschickten. Einige wenige Überlebende kehrten hierher in unser natürliches Heim zurück.

Das ist nicht bloß Heilige Schrift, Yuli. Vergib mir die Blasphemie dieses ›bloß‹. Dies ist *die* Heilige Schrift, sollte ich sagen. Es ist zugleich die Geschichte, die unser Volk durchlebt hat. Die Bewahrer in ihrer geheimen Festung bewahren diese Geschichte, und viele Dinge mehr, die aus der Periode der nackten Himmel noch überdauern. Ich glaube, sie sehen klar, was wir von Wolken verhüllt sehen.«

»Warum werden wir in den Heiligtümern nicht für würdig befunden, von diesen Dingen zu wissen?«

»Weil es genügt, sie als Heilige Schrift zu kennen, in Gestalt einer Parabel. Ich selbst glaube, daß das nackte Wissen uns vorenthalten wird, weil jene, die an der Macht sind, stets zum Horten von Wissen neigen, welches Macht ist, und weil sie glauben, daß wir, bewaffnet mit solchem Wissen, abermals den Versuch zur Rückkehr in die äußere Welt der nackten Himmel unternehmen möchten, sobald der Große Akha den Schnee verbannt.«

Vater Sifans' Offenheit verblüffte Yuli. Wenn Wissen Macht war, wo stand dann der Glaube? Es kam ihm der Gedanke, daß er möglicherweise auf die Probe gestellt wurde, und er war sich bewußt, daß der Priester mit wachem Interesse wartete, daß er seine Meinung dazu sage. Um sicherzugehen, brachte er wieder den Namen Akhas ins Spiel.

»Sollte Akha den Schnee verbannen, so würde das sicherlich seine Einladung an uns Menschen sein, in die Welt der Himmel zurückzukehren, nicht wahr? Es ist nicht natürlich für Männer und Frauen, ihr Leben von der Geburt bis zum Tode in Dunkelheit zuzubringen.«

Vater Sifans seufzte. »Das sagst du, weil du unter den Himmeln geboren wurdest.«

»Ich hoffe auch, dort zu sterben«, sagte Yuli mit einer Inbrunst, die ihn selbst überraschte. Er befürchtete sogleich, daß seine unbedachte Antwort den Zorn seines geistlichen Vaters hervorrufen werde; statt dessen legte der alte Mann ihm die Hand auf die Schulter.

»Wir alle haben widersprüchliche Wünsche...« Er kämpfte mit sich, als hätte er Yuli etwas anzuvertrauen, wüßte aber nicht recht, ob nicht Schweigen zweckmäßiger wäre; dann sagte er ruhig: »Komm, wir werden umkehren, und du sollst vorangehen. Dein Wandlesen hat sich sehr vervollkommnet.«

Er schloß den Fensterladen. Sie blickten einander an, als die Nacht zurückkehrte. Dann wanderten sie wieder durch den dunklen Ärmel des Felsenganges, den sie gekommen waren.

Yulis Priesterweihe war ein großes Ereignis. Er fastete volle vier Tage und trat benommen vor Hunger in Lathorn vor seinen Kardinal. Mit ihm gingen drei andere junge Männer seines Alters, die gleichfalls ihr priesterliches Gelübde ablegen sollten. Außerdem mußten sie – stehend in steifen Gewändern und ohne Musikbegleitung – während zweier Stunden die für diesen Anlaß auswendig gelernte Liturgie singen.

Ihre Stimmen erhoben sich dünn in der großen dunklen Kirche, in der es hallte wie in einer leeren Zisterne.

»Der Dunkelheit Mantel sei euer Gewand,
Den Sünder in euch laßt singen den Preis,
Laßt erschallen das Lob unsres Herrn zu den Grenzen,
Ihr Diener Akhas in Schwarz und in Weiß.
So mag nun sein Blick euch mit Gold überglänzen,
Seid gestärkt und geeint durch der Rechte Band.«

Eine einzelne Kerze stand zwischen ihnen und der Gestalt des sitzenden Kardinals. Der alte Mann blieb während der Zeremonie völlig bewegungslos; vielleicht schlief er. Ein Luftzug ließ die Kerzenflamme in seine Richtung flackern. Im Hintergrund standen die drei geistlichen Väter, welche die Novizen angeleitet und durch Unterweisung auf den Priesterstand vorbereitet hatten. Yuli konnte Sifans undeutlich sehen; es schien ihm, daß der alte Mann die Nase emporreckte und wie eine Spitzmaus schnüffelte, die eine angenehme Witterung aufgenommen hat. Sein Kopf nickte zum Gesang. Weder Miliz noch Phagoren waren anwesend.

Am Ende der Liturgie stand die steife alte Gestalt auf, ordnete ihr schwarzweißes Gewand und die goldene Kette, hob beide Hände über dem Kopf und intonierte ein Gebet für die Initianden: »... und gewähre schließlich, o weiser Akha, daß wir immer tiefer in die Höhlen Deiner Gedanken eindringen mögen, bis wir in uns selbst die Geheimnisse jenes grenzenlosen Ozeans entdecken, den die Welt Leben nennt, den wir wenigen Privilegierten aber kennen als Alles, was jenseits von Tod und Leben ist...«

Mehrere Fluggel begannen zu spielen, und das Auf- und Abschwellen der Musik füllte Lathorn und Yulis Herz.

Am nächsten Tag erhielt er seinen ersten Auftrag: unter die Gefangenen von Pannoval zu gehen und ihren Klagen und Beschwerden zu lauschen.

Für frisch ordinierte Priester gab es ein feststehendes Verfahren: sie dienten zuerst im Strafbereich und wurden dann in den Sicherheitsbereich versetzt, bevor ihnen gestattet wurde, hinauszugehen und unter dem gewöhnlichen Volk zu arbeiten. Durch diesen Abhärtungsprozeß wurden sie gefestigt in der durch das Priesteramt bedingten Distanzierung zwischen sich und dem Volk.

Der Strafbereich war voll von Lärm und brennenden Fackeln. Auch hatte er seine Quote von Wärtern, die von der Miliz abgezogen wurden, und ihren Phagoren. Als Örtlichkeit diente eine besonders nasse Höhle. An vielen Stellen ging ständig ein leichter Regen nieder. Blickte man auf, so konnte man die im Widerschein der Fackeln blitzenden Wassertropfen sehen, wie sie sich von den naßglänzenden Stalaktiten der Decke lösten und in Bahnen, die vom Luftzug seitlich abgedrängt wurden, herabfielen.

Die Wärter trugen Stiefel mit dicken Sohlen, die auf dem

Pflaster dröhnten. Die zottigweißen Phagoren, von der Natur hinreichend geschützt, bedurften keiner zusätzlichen Kleidungsstücke.

Bruder Yuli hatte während der Dienstzeiten mit einem der drei Leutnants der Wache zu arbeiten, einem groben, vierschrötigen Mann namens Dravog, der ging, als ob er Käfer zerträte, und sprach, als ob er sie kaute. Ständig schlug er mit einem Prügelstock gegen seine ledernen Beinschützer, was ein unangenehm klatschendes Geräusch erzeugte. Alles, was die Gefangenen betraf – einschließlich der Gefangenen selbst –, mußte mit Krachen und Schlagen vonstatten gehen. Alle Bewegungen wurden zu Gongschlägen ausgeführt, jede Verzögerung durch Prügel mit dem Stock bestraft. Lärm und Gebrüll waren an der Tagesordnung, die Gefangenen infolgedessen ein verstockter, mürrischer Haufen. Yuli fiel die undankbare Aufgabe zu, einerseits die Gewalt der Aufseher zu legitimieren und andererseits ihren Opfern Trost zuzusprechen.

Bald sah er sich im Gegensatz zu Dravogs sinnloser Brutalität, während die hartnäckige Feindseligkeit der Gefangenen an seinen Nerven zehrte. Verglichen mit diesem Leben, waren die unter Vater Sifans verbrachten Tage glücklich gewesen, selbst wenn er sie damals nicht immer zu würdigen gewußt hatte. In dieser rauhen neuen Umgebung vermißte er die tiefe Dunkelheit, die Stille, die Frömmigkeit und sogar Sifans selbst mit seiner zurückhaltenden Freundlichkeit. Freundschaft war eine Qualität, für die Dravog nichts übrig hatte.

Einer der Sektoren des Strafbereichs war eine Höhle mit Namen Twink. In Twink waren Gefangenentrupps mit Steinbrucharbeiten beschäftigt, um den Höhlenraum zu erweitern. Es war eine endlose Plackerei mit primitiven, kaum zureichenden Werkzeugen. »Diese Kerle sind Sklaven, und man muß sie prügeln, um sie in Bewegung zu halten«, sagte Dravog. Die Bemerkung eröffnete Yuli eine unbehagliche

Perspektive in der Geschichte; wahrscheinlich war ein großer Teil Pannovals in dieser Art und Weise erschlossen und ausgebaut worden.

Der losgebrochene Schutt wurde in ungefügen hölzernen Karren fortgeschafft, die der Anstrengung von jeweils zwei Männern bedurften, wollte man sie von der Stelle bewegen. Die Karren wurden zu einem Ort im Labyrinth der Heiligtümer geschoben, wo ein tiefer Felsspalt den Gesteinsschutt aufnahm.

Ferner enthielt Twink eine von den Gefangenen betriebene Landwirtschaft. Im Dunkeln gedeihende Gerste wurde zur Versorgung mit Brot angebaut, und in einem Teich, der von einem unterirdischen Wasserlauf gespeist wurde, hielt man Fische. Täglich wurde eine festgelegte Quote ausgewachsener Fische geerntet. Kranke und verendete Fische wurden in langen Gräben verscharrt, wo riesenhafte eßbare Pilze gediehen. Ihr durchdringender Geruch war charakteristisch für Twink.

In anderen nahegelegenen Höhlen gab es weitere Feldbaubetriebe und Feuersteinminen. Aber Yulis Bewegungen waren beinahe so genau vorgeschrieben wie diejenigen der Gefangenen; Twink bildete die Grenze seines Arbeitsbezirks. Er war überrascht, als Dravog in einem Gespräch mit einem anderen Wärter erwähnte, daß einer der von Twink wegführenden Seitengänge ihn zum Markt bringen werde. Markt! Das Wort beschwor eine bunte Welt durcheinanderdrängender Menschen herauf, die er in einem anderen Leben hinter sich gelassen hatte, und wehmütig gedachte er Kyales und seiner Frau. »Aus dir wird nie ein rechter Priester«, sagte er sich.

Die Gongs ertönten, die Wärter brüllten, die Gefangenen spannten mürrisch ihre Muskeln. Die Phagoren wanderten in ihrem wiegenden Gang hin und her, leckten sich die geschlitzten Nasenlöcher und tauschten zuweilen ein gegrunztes Wort miteinander. Yuli war ihre Gegenwart verhaßt. Er beobachtete vier Gefangene, die unter der Aufsicht eines von Dravogs Wärtern ein Netz durch den Fischteich zogen. Um dies zu tun, waren die Männer gezwungen, in das eiskalte Wasser zu steigen, das ihnen bis zur Brust reichte. Als das Netz gefüllt war, kletterten sie an Land, zogen den Fang aufs Ufer und sortierten ihn. Die kleineren Fische und diejenigen, die über die Fangquote des Tages hinaus gefangen worden waren, wurden ins Wasser zurückgeworfen. Die anderen wurden getötet und ausgenommen. Sie waren weißlich, mit blinden blauen Augen, und zappelten matt auf den Steinen, bis das Schicksal sie ereilte.

Ein mit Gesteinsschutt gefüllter Karren wurde von zwei Gefangenen vorbeigeschoben. Eines der Räder prallte gegen einen Stein. Der Gefangene, der auf der gleichen Seite schob, verlor das Gleichgewicht und fiel. Dabei stieß er einen der Fischer an, einen jungen Burschen, der sich gerade brückte, um das Ende des Netzes zu fassen, und nun kopfüber ins Wasser stürzte.

Der Wärter begann zu brüllen und mit dem Stock um sich zu schlagen. Sein Phagor packte den Gefangenen, der ausgeglitten war, und hob ihn in die Höhe. Dravog und ein weiterer Wärter eilten herbei, gerade zur rechten Zeit, um den jungen Gefangenen über den Kopf zu schlagen, als er sich aus dem Wasser zog.

Yuli fiel dem Leutnant in den Arm.

»Laß ihn in Ruhe! Es war ein Unfall. Er wurde hineingestoßen. Hilf ihm heraus!«

»Ohne Befehl hat er im Teich nichts zu suchen«, sagte Dravog ärgerlich, stieß Yuli beiseite und schlug wieder zu.

Der Gefangene kletterte heraus. Blut und Wasser überrannen sein Gesicht und troffen ihm von Nase und Kinn. Ein weiterer Wärter stürzte heran, gefolgt von seinem Phagor, mit einer Fackel, die im Regen zischte. Er bedauerte, daß er den Spaß versäumt hatte, und gesellte sich zu Dravog und den anderen Wärtern, die den benommenen Gefangenen mit Fußtritten und Schlägen zu seiner Zelle in der benachbarten Höhle trieben.

Als die Aufregung sich gelegt hatte und die Wärter ihrer Wege gegangen waren, näherte sich Yuli vorsichtig der Zelle und hörte einen Gefangenen aus der Nachbarzelle rufen: »He, Usilk, was ist mit dir? Was haben sie mit dir gemacht?«

Yuli ging zu Dravogs Wachstube und steckte den Hauptschlüssel ein. Er sperrte die Zellentür auf, nahm eine Fettlampe aus einer Nische im Gang und trat ein.

Der Gefangene lag ausgestreckt am Boden in einer Wasserpfütze. Er hatte den Kopf auf die Arme gelegt, und Yuli sah, daß er aus einer Kopfwunde und einer zweiten Platzwunde an der Wange blutete.

Er blickte verdrießlich über die Schulter zu Yuli auf, dann ließ er den Kopf wieder auf die Arme sinken.

Yuli stellte die Lampe auf den schmutzigen Boden, kauerte neben dem Mann nieder und überlegte, was er für ihn tun könne.

»Scheiß dich weg, Mönch!« knurrte der Gefangene.

»Vielleicht kann ich dir helfen.«

»Du kannst nicht helfen. Verschwinde!«

Yuli rührte sich nicht von der Stelle. Beide verharrten in ihren Haltungen, ohne sich zu bewegen oder zu sprechen, und Wasser und Blut vermischten sich in der Pfütze.

»Dein Name ist Usilk, glaube ich, wie?«

Keine Antwort. Das magere bleiche Gesicht wies zum Boden, die Stirn ruhte auf den Unterarmen.

»Ist dein Vater nicht Kyale? Der in Vakk lebt?«

»Laß mich in Ruhe!«

»Ich kenne ... ich kannte ihn gut. Und deine Mutter. Sie kümmerte sich um mich.«

»Du hast gehört, was ich sagte ...« Mit einem plötzlichen Ausbruch von Energie sprang der Gefangene auf und warf sich auf Yuli, um ziemlich schwächlich auf ihn einzuschlagen. Yuli packte ihn bei den Armen und war im Begriff, ihn zu Boden zu zwingen, beherrschte sich aber mit einer Willensanstrengung und ließ den Mann los. Ohne ein weiteres Wort nahm er die Lampe an sich und verließ die Zelle.

Draußen stand Dravog und erlaubte sich ein schlaues Lächeln auf Kosten des Priesters, als er dessen durcheinandergebrachte Erscheinung sah. »Ein gefährlicher Bursche, der da«, sagte der Leutnant. Yuli zog sich in die Kapelle der Brüder zurück und betete im Dunkeln zu einem unempfänglichen Akha.

Es gab eine Geschichte, die Yuli im Markt gehört hatte, eine Geschichte, die auch den Geistlichen in den Heiligtümern nicht unbekannt war und einen gewissen Wurm betraf.

Der Wurm war von Wutra gesandt, dem bösen Gott der Himmel. Wutra schickte den Wurm in das Labyrinth der Gänge unter Akhas heiligem Berg. Der Wurm ist groß und lang, sein Umfang kommt ungefähr dem eines Gangs oder Stollens gleich. Er ist schleimig und gleitet geräuschlos durch die Dunkelheit. Nur sein Atmen ist zu hören. Er frißt Menschen. Eben noch sind sie in Sicherheit, im nächsten Moment hören sie das unheilvolle Atmen, das Rascheln langer Schnurrbarthaare und dann werden sie verschlungen.

Ein geistiges Gegenstück zu Wutras Wurm trieb nun sein Unwesen in den Labyrinthen von Yulis Gedanken. Er konnte nicht umhin, in den mageren Schultern und dem blutigen Kopf des Gefangenen die Kluft zu sehen, die zwischen den Predigten und den Praktiken in Akhas Namen gähnte. Nicht, daß die Predigten so fromm gewesen wären; meistens waren sie praktisch ausgerichtet und betonten das Prinzip des Dieners; auch war das Leben nicht allzu schlecht: was ihn beunruhigte, war, daß sie nicht zusammengingen.

In seine Erinnerung kehrte ein Ausspruch zurück, den Vater Sifans einmal getan hatte: »Es ist nicht Güte oder Frömmigkeit, die einen Mann anleitet, daß er Akha diene. Häufiger ist es eine Sünde wie die deinige.« Was nahelegte, daß es unter der Priesterschaft viele Mörder und Verbrecher gab – Leute, die kaum besser waren als die Gefangenen. Dennoch waren sie über die Gefangenen gesetzt. Sie hatten Macht.

Mit verdüstertem Gemüt ging er seinen Pflichten nach. Er lächelte weniger, als er es bislang getan hatte. Niemals fühlte er sich bei seiner Arbeit als Priester glücklich. Die Nächte verbrachte er in Gebeten, die Tage in Gedanken – und mit Versuchen, wenn möglich eine Verbindung zu Usilk herzustellen.

Usilk aber mied ihn.

Endlich war Yulis Zeit im Strafbereich abgelaufen. Er trat in eine Meditationsphase ein, bevor er die Arbeit bei der Sicherheitspolizei aufnahm. Mit diesem Zweig der Miliz war er während seiner Arbeit unter den Gefangenen in Berührung gekommen, und nun begann in seinem Bewußtsein eine gefährliche Idee zu keimen.

Nach nur wenigen Tagen Dienst im Sicherheitsbereich wurde Wutras Wurm noch lebendiger in seinem Denken. Seine Aufgabe war, daß er den Prügelstrafen und Verhören von Gefangenen beiwohnte und ihnen einen letzten Segen spendete, wenn sie während der Folter starben. Sein Sinn verdüsterte sich mehr und mehr, bis seine Oberen ihn empfahlen und ihm eigene Fälle zur Behandlung zuwiesen.

Die Verhöre waren einfach, denn es gab nur wenige Kategorien des Verbrechens. Die Leute betrogen oder stahlen oder äußerten häretische Ansichten. Oder sie suchten verbotene Orte auf oder planten einen Umsturz – dieses Verbrechens hatte Usilk sich schuldig gemacht. Manche versuchten sogar zu Wutras Reich unter den Himmeln zu entkommen. Zu dieser Zeit erkannte Yuli, daß die dunkle Welt von einer Art Krankheit ergriffen war; wer in Amt und Würden war, argwöhnte umstürzlerische Umtriebe. Die Krankheit entstand in der Dunkelheit und war verantwortlich für die zahlreichen kleinlichen Bestimmungen und Gesetze, die das Leben in Pannoval beherrschten. Einschließlich der Priesterschaft beherbergte die Stadt beinahe siebentausend Menschen, und jeder von ihnen war gezwungen, in eine Zunft oder einen Orden einzutreten. Jede Wohnung und Zunft, jeder Orden und jeder Schlafsaal war infiltriert von Zuträgern, die ihrerseits kein Vertrauen genossen und eine von anderen Agenten infiltrierte eigene Zunft besaßen. Die Dunkelheit erzeugte Mißtrauen, und einige Opfer dieses Mißtrauens wurden Bruder Yuli vorgeführt.

Obgleich er sich dieserhalb selbst verabscheute, entdeckte Yuli, daß er seine Sache gut machte. Er hatte genug Mitgefühl, um die Verschlossenheit und Wachsamkeit seines Opfers zu überwinden, und genug destruktiven Zorn, um ihm die Wahrheit zu entreißen. Entgegen seiner inneren Überzeugung entwickelte er jene Freude an der Arbeit, die den Fachmann auszeichnet. Erst als er sich sicher fühlte, ließ er Usilk vorführen.

Die Dienststunden jedes Tages schlossen mit einem Gottesdienst in der Lathorn genannten Höhle. Die Teilnahme war für Mitglieder der Priesterschaft vorgeschrieben, für Angehörige der Miliz freiwillig. Die Akustik von Lathorn war ausgezeichnet: Chor und Musiker erfüllten die dunkle Luft mit dem gemessenen Auf und Ab der rituellen Melodien, aufgelockert durch polyphone Girlanden verschiedener Soloinstrumente. Yuli hatte während der vorausgegangenen Monate ein Musikinstrument erlernt und machte gute Fortschritte auf dem Fluggel, einem Bronzeinstrument, das nicht größer war als seine Hand und das er anfangs gering geschätzt hatte, spielten andere Musiker doch so gewaltige, volltönende Instrumente wie Pites, Baramboins und Doppelcloves. Aber sein winziges Instrument vermochte seinen Atem in eine Note zu verwandeln, die sich wie ein Childrim emporschwang und über dem Generalthema hell und schwerelos zur dunstverhangenen Decke Lathorns aufstieg. Mit den wundersamen Tönen seines Fluggel schwang sich auch Yulis Geist empor, namentlich dann, wenn Chor und Instrumente die alten, feierlich-klangvollen Melodien wie »Das Goldgewirk«, »In Seinem Schatten« und sein Lieblingsstück, das reich kontrapunktische »Oldorando« anstimmten.

Eines Abends verließ Yuli Lathorn nach dem Gottesdienst mit einem Bekannten, einem runzligen Mitbruder namens Berwin. Sie wanderten gemeinsam durch die katakombenartigen Gänge der Heiligtümer, um ihre Fingerspitzen über neue Steinmetzarbeiten streifen zu lassen, die gerade zu dieser Zeit von den drei Brüdern Kilandar geschaffen wurden. Der Zufall wollte es, daß sie Vater Sifans begegneten, der auch spazierenging und mit dünner, ein wenig nervös scheinender Stimme eine Litanei rezitierte. Sie begrüßten einander herzlich. Berwin entschuldigte sich höflich, so daß Yuli und Vater Sifans zusammen weitergehen konnten.

»Ich habe keine Freude an meinen Gefühlen über die Tagesarbeit, Vater. Ich war froh über den Gottesdienst.«

Wie es seine Art war, antwortete Sifans darauf nur indirekt.

»Ich höre Berichte, die voll des Lobes über deine Arbeit sind, Bruder Yuli. Du wirst nach weiterer Beförderung trachten müssen. Sobald du es tust, werde ich dir helfen.«

»Du bist gütig, Vater. Ich erinnere mich daran, was du mir ...« er senkte die Stimme – »... über die Bewahrer sagtest. Ist es nicht ein Orden, in den man aufgenommen werden kann, wenn man sich bewirbt?«

»Nein, ich sagte, daß man von den Bewahrern nur erwählt werden könne.«

»Wie könnte ich meinen Namen unterbreiten?«

»Akha wird dir beistehen, wenn es notwendig ist.« Er gluckste und schnupfte erheitert. »Nun, da du einer der unsrigen bist, frage ich mich ... Hast du gerüchteweise von einem Orden gehört, der noch über demjenigen der Bewahrer stehen soll?«

»Nein, Vater. Du weißt, ich höre nicht auf Gerüchte.«

»Oh, das solltest du tun. Gerüchte sind das Sehvermögen

des Blinden. Aber wenn du so tugendhaft bist, werde ich nichts von den Nehmern sagen.«

»Den Nehmern? Wer sind sie?«

»Nein, nein, sei unbesorgt, ich werde kein Wort sagen. Warum solltest du dir über Geheimorden oder Berichte von verborgenen Seen, die frei von Eis sind, den Kopf zerbrechen? Solche Geschichten könnten schließlich Lügen sein. Legenden wie die von Wutras Wurm.«

Yuli lachte. »Ich muß gestehen, Vater, daß du meine Neugierde wachgerufen hast. Bitte sage mir alles.«

Sifans schnalzte mißbilligend. Gleichzeitig verlangsamte er seinen Schritt und trat in einen Alkoven.

»Nun, da du mich zwingst... Sehr bedauerlich... Du magst dich erinnern, wie das Gesindel in Vakk lebt, wie seine Wohnungen unübersichtlich angelegt sind, eine über der anderen, ohne Ordnung und Plan. Nehmen wir an, dieser Gebirgszug, in welchem Pannoval lebt, ist wie Vakk – oder, besser, wie ein Körper mit verschiedenen, untereinander verbundenen Teilen, Milz, Lunge, Leber, Herz. Angenommen, es gibt über und unter uns Höhlen, die genauso groß sind wie die unsrigen. Wäre das nicht möglich, wie?«

»Nein.«

»Ich sage, daß es möglich ist. Es ist eine Hypothese. Sagen wir, daß irgendwo jenseits von Twink ein Wasserfall existiert, der aus einer Höhle über uns herabstürzt. Und dieser Wasserfall ergießt sich vorbei an unserer Ebene zu einer weiteren, die tief darunter liegt. Das Wasser spielt, wo es will. Sagen wir, daß es in einen See stürzt, dessen Wasser rein sind, und zu warm, als daß Eis sich darauf bilden könnte ... Stellen wir uns vor, daß in diesem begehrenswerten und sicheren Ort die Mächtigsten und am meisten Begünstigten leben, die Nehmer. Sie nehmen alles vom Besten, das Wissen und die Macht, und bewahren es dort für uns bis zum Tag von Akhas Sieg.«

»Und bewahren diese Dinge vor uns ...«

fung keuchte und seine Fingerspitzen schmerzten. Schwer atmend kehrte er um. Macht wollte er, nicht Unterwerfung.

Der Aufruhr in seinem Kopf hatte sich gelegt. Er kroch wieder unter seine Decke. Morgen würde er handeln. Keine Priester mehr.

Er dämmerte ein, um abermals aufzuschrecken. Er war wieder an einem schneebedeckten, frostigen Hang. Sein Vater hatte ihn verlassen, war von den Phagoren weggeführt wurden, und er schleuderte den Speer seines Vaters verächtlich ins Gesträuch. Er erinnerte sich daran, erinnerte sich an die Bewegung seines Armes, das Zischen des Speeres, wie er sich zwischen den verkrümmten Zweigen in den Schnee ge hrt hatte, die messerscharfe Luft in seinen Lungen.

rum kam ihm auf einmal dieses unbedeutende Detail n Sinn?

Da er nicht über die Möglichkeit der Selbstanalyse verfügte, blieb die Frage unbeantwortet; und dann sank er endlich in den Schlaf.

Der folgende Tag war der letzte seiner Verhöre des Gefangenen Usilk; Verhöre durften nur sechs Tage hintereinander stattfinden, danach wurde dem Opfer eine Ruhepause zugestanden. Die Bestimmungen waren in dieser Hinsicht streng, und die Miliz achtete sorgfältig auf ihre Einhaltung.

Usilk hatte nichts gesagt, was in irgendeiner Weise von Nutzen gewesen wäre, und hatte sich gegen Schläge und Schmeichelei gleich unempfindlich gezeigt.

Wieder stand er vor Yuli, der auf einem kunstvoll aus einem einzigen Holzblock geschnitzten Inquisitionsthron saß; dieser diente zur Betonung des Rangunterschiedes zwischen Vernehmer und Gefangenem. Yuli gab sich zwanglos und gelassen, sein Gegenüber stand mit gebeugten Schultern und ausdrucksloser Miene, halb verhungert und zerlumpt.

»Wir wissen, daß du Umgang mit Männern hattest, welche die Sicherheit von Pannoval bedrohen. Sag uns ihre Namen, und du bist ein freier Mann und kannst noch heute nach Vakk zurückkehren.«

»Ich kannte die Leute nicht. Es waren ein paar Worte in der Menschenmenge.«

Frage und Antwort waren längst zur ritualisierten Gewohnheit geworden.

Yuli erhob sich von seinem Thron und wanderte langsam um den Gefangenen, ohne sich anmerken zu lassen, was in ihm vorging.

»Hör zu, Usilk! Ich fühle keine Feindschaft gegen dich. Ich respektiere deine Eltern, wie ich dir sagte. Dies ist unser letztes Gespräch. Wir werden einander nicht wieder begegnen, und du wirst mit Gewißheit in diesem elenden Kerker sterben, ohne einen Grund.«

»Ich habe meine Gründe, Priester.«

Yuli war überrascht. Er hatte keine Antwort erwartet. Er dämpfte seine Stimme.

»Wir alle haben unsere Gründe ... Ich bin bereit, mein Leben in deine Hände zu legen. Ich bin ungeeignet zum Priester, Usilk. Ich bin in der weißen Wildnis unter den Himmeln geboren, weit im Norden von Pannoval, und in die Wildnis möchte ich zurückkehren. Ich werde dich mitnehmen. Werde dir zur Flucht verhelfen. Das ist wahr und aufrichtig gesprochen.«

Usilk hob seinen Blick und starrte Yuli an. »Scheiß dich weg, Mönch! Dieser Schwindel verfängt bei mir nicht.«

»Es ist wahr gesprochen. Wie kann ich es beweisen? Soll ich den Gott lästern, vor dem ich mein Gelübde abgelegt habe? Meinst du, es falle mir leicht, diese Dinge zu sagen? Pannoval hat mich geformt. Doch etwas in meiner inneren Natur macht mich zum Rebellen gegen diese Stadt und ihre Einrichtungen. Sie bietet der Menge Obdach und Zufriedenheit, aber nicht mir, nicht einmal in der bevorzugten Rolle eines Priesters. Warum es so ist, kann ich nicht sagen, außer daß ich eben so gemacht bin ...«

Er unterbrach den Strom seiner Worte.

»Reden wir von praktischen Dingen. Ich kann dir ein Mönchsgewand beschaffen. Wenn wir später diese Zelle verlassen, werde ich dir helfen, in die Heiligtümer zu schlüpfen, und wir werden gemeinsam entkommen.«

»Ich spucke auf deinen Schwindel!«

Yuli geriet in Wut. Er war nahe daran, den Mann anzugreifen und zu schlagen. In seinem Zorn eilte er zu den Instrumenten, die an der Wand hingen, und schlug mit einer Peitsche auf seinen Thron. Er ergriff die Fettlampe, die auf dem Tisch stand, und stieß sie Usilk unter die Nase ... Er schlug sich an die Brust.

»Warum sollte ich dich belügen, warum mich selbst verraten? Was weißt du denn? Nichts, nichts, was zu wissen sich lohnt. Du bist bloß ein Ding, herausgegriffen aus Vakk, dein Leben ist ohne Bedeutung und Wichtigkeit. Du wirst gefoltert und getötet werden, weil das dein Geschick ist. Gut, mach weiter damit, wenn es dir Freude bereitet, das tägliche Hinschwinden deiner Kräfte zu fühlen ... Das ist der Preis, den du für deinen Stolz zahlst, und dafür, daß du ein Kretin bist. Tu, was du willst, stirb tausend Tode! Ich habe genug. Ich halte es nicht mehr aus. Ich breche auf. Denk an mich, wenn du in deinem eigenen Dreck liegst – ich werde draußen sein, frei unter dem Himmel, wo Akhas Macht nicht hinreicht.«

Er rief diese Worte in verzweifelter Erregung, ohne zu beachten, wer ihn hörte, zorngerötet vor der geprügelten Blässe von Usilks Gesicht.

»Scheiß dich weg, Mönch!« Die gleiche dumpfe Widerspenstigkeit, die gleiche mechanisch hervorgestoßene Redewendung, die er seit Beginn der Verhöre gebraucht hatte.

Yuli sprang einen Schritt zurück, holte mit der Peitsche aus und schlug Usilk mit dem Griff übers Gesicht. Seine ganze

Erbitterung und Kraft waren in diesem Schlag, und sein zornfunkelndes Auge sah im ungewissen Lampenschein, wo er den Gefangenen getroffen hatte: quer über Backenknochen und Nasenrücken. Er stand mit halb erhobener Peitsche und beobachtete, noch immer außer sich vor Zorn, wie Usilk die Hand zu der Verletzung hob, wie die Knie einknickten. Er schwankte, brach in die Knie und fiel vorwärts auf die Unterarme.

Die Peitsche in der Hand, stieg Yuli über den Körper und verließ die Zelle.

In seiner Verwirrung war er sich kaum der allgemeinen Konfusion ringsum bewußt. Wärter und Milizangehörige rannten in unerklärlicher Hast hierhin und dorthin – die übliche Fortbewegung durch die dunklen Adern der Heiligtümer fand im Schritt einer Trauerprozession statt.

Ein Hauptmann kam energisch des Weges, eine brennende Fackel in der Hand, und brüllte Befehle.

»Du bist einer der Vernehmungspriester?« fragte er Yuli.

»So ist es. Warum fragst du?«

»Ich möchte, daß alle diese Räume von Gefangenen freigemacht werden. Schafft sie zurück in ihre Zellen. Wir müssen die Verletzten hier unterbringen.«

»Verletzte? Welche Verletzten?«

»Bist du taub, Bruder?« rief der Hauptmann ungeduldig. »Welchen Grund, meinst du, gibt es für all diesen Lärm und diese Aufregung? Die neue Erweiterung in Twink ist eingestürzt, und viele gute Männer sind unter den Trümmern begraben. Es sieht wie ein Schlachtfeld aus. Nun, dieser Korridor muß jetzt freigemacht werden, also schaff deinen Gefangenen in seine Zelle.«

Er ging weiter, Befehle brüllend und fluchend. Er genoß die Aufregung und das Durcheinander.

Yuli kehrte um und öffnete die Tür. Usilk lag gekrümmt am Boden des Vernehmungsraumes. Yuli bückte sich, faßte ihn unter den Schultern und hob ihn auf die Beine. Usilk stöhnte und schien nur halb bei Bewußtsein. Indem er einen Arm des Gefangenen über seine Schulter zog, konnte Yuli ihn beim Gehen stützen, und sie gelangten schwankend in den Korridor hinaus. Dort brüllte der Hauptmann noch immer Befehle und Flüche, und andere Vernehmer trieben ihre Opfer aus den Vernehmungszimmern; keiner von ihnen schien mißvergnügt über diese Unterbrechung des täglichen Einerleis.

Wie Schatten tauchten sie in die Dunkelheit ein. Jetzt war die Gelegenheit günstig, solange die Aufregung andauerte. Niemand würde sein Verschwinden bemerken. Aber wie stand es mit Usilk?

Sein Zorn war verflogen, und das Schuldgefühl kehrte zurück. Er fühlte ein Bedürfnis, Usilk zu beweisen, daß sein früheres Angebot zu helfen aufrichtig gewesen war.

Die Entscheidung fiel fast ohne sein Zutun. Statt die Richtung zum Kerker einzuschlagen, machte er sich wie selbstverständlich auf den Weg zu seinem eigenen Quartier. In seinen Gedanken nahm ein Plan Gestalt an. Zuerst mußte er Usilk aufmuntern und für die Flucht vorbereiten. Natürlich hatte es keinen Sinn, ihn in den Schlafsaal der Brüder zu bringen, wo man sie allzu leicht entdecken könnte; es gab einen sichereren Ort.

Vor den Schlafsälen bog er ab und schob Usilk eine Wendeltreppe hinauf, von der die Kammern der Väter abzweigten. Das gemeißelte Band unter seinen Fingerspitzen hielt ihn unterrichtet, wo er war, selbst wenn die Dunkelheit so vollkommen wurde, daß geisterhafte rote Gebilde wie in der Strömung wehende Wasserpflanzen durch das Gesichtsfeld trieben. Als er Vater Sifans' Tür erreichte, klopfte er und trat ein.

Wie er vermutet hatte, erhielt er keine Antwort. Um diese Zeit mußte Sifans anderswo beschäftigt sein. Er stieß die Tür auf und zog Usilk hinein.

Viele Male hatte er vor diesem Raum gestanden, war aber

niemals eingetreten. Nun war er ratlos. Er half Usilk zu einer Sitzgelegenheit, tastete sich zur Wand und suchte nach der Öllampe.

Nach einigem Umhertappen und Anrempeln von Mobiliar fand er sie und drehte das am Lampenhalter befestigte Feuersteinrad. Ein Funke flog, eine Flamme wuchs, und er nahm die Lampe aus ihrer Fassung und blickte umher. Hier waren alle weltlichen Güter, die Vater Sifans besaß, und sie waren gering an Zahl. In einer Ecke stand ein kleiner Hausaltar mit einer Statue Akhas. Kanten und Ränder des Hausaltars glänzten fettig von häufiger Berührung. Es gab eine Waschgelegenheit, ferner ein Regal, das ein paar Gegenstände trug, darunter ein Musikinstrument. Eine Matte bedeckte den Boden. Sonst gab es nichts. Weder Tisch noch Stühle. Im Schatten des Hintergrunds befand sich ein Alkoven, der – Yuli wußte es, ohne hineinzusehen – das Lager enthalten mußte, wo der alte Priester schlief. Mit Wasser aus der Schüssel wusch er Usilks Gesicht und versuchte ihn zu ermuntern. Der Mann trank ein wenig, konnte es aber nicht bei sich behalten. In einer Tonschale auf dem Regal war etwas Gerstenbrot; Yuli gab Usilk davon und aß selbst einen Brokken.

Dann legte er dem anderen die Hand auf die Schulter und schüttelte ihn behutsam. »Du mußt mir meinen Wutausbruch vergeben. Du provoziertest ihn. Ich bin in meinem Herzen nur ein Wilder, nicht geeignet, ein Priester zu sein. Nun siehst du, daß ich die Wahrheit sprach – wir werden von hier entkommen. Nachdem es in Twink einen Felssturz gegeben hat, sollte es leicht sein, wegzukommen.«

Usilk stöhnte nur.

»Was sagst du? So schlecht geht es dir nicht. Du wirst ohne fremde Hilfe gehen müssen.«

Usilk hob den Kopf und blickte Yuli aus zusammengekniffenen Augen an. »Mich legst du nicht herein, Mönch.«

Yuli kauerte neben ihm nieder. Die Bewegung ließ den

Gefangenen unwillkürlich zurückschrecken. »Hör zu! Wir haben uns bereits festgelegt. Gib dir Mühe, die Lage zu verstehen! Ich verlange nichts von dir, Usilk – ich werde dir nur helfen, hier herauszukommen. Es muß eine Möglichkeit geben, als Mönche gekleidet durch das Nordtor zu entkommen. Ich kenne die Frau eines alten Fallenstellers, nicht viele Tagereisen nördlich von hier, die uns Unterkunft gewähren wird, während wir uns an die Kälte gewöhnen.«

»Ich gehe nicht, Mann.«

Yuli schlug sich vor die Stirn. »Du wirst müssen. Wir verstecken uns hier im Schlafraum eines Vaters. Wir können nicht bleiben. Er ist kein schlechter alter Knabe, aber er wird uns gewiß melden, wenn er uns entdeckt.«

»Nicht doch, Bruder Yuli. Dein nicht so schlechter alter Knabe hütet Geheimnisse wie ein Grab.«

Yuli sprang auf, fuhr herum und stand von Angesicht zu Angesicht Vater Sifans gegenüber, der still aus dem Alkoven hervorgekommen war. Nun hob er eine papierene Hand in abwehrender Gebärde, als befürchte er einen Angriff.

»Vater . . .«

Aus der Armbewegung wurde eine Geste der Beruhigung; Vater Sifans zwinkerte ihm im schwachen Licht zu.

»Ich ruhte mich aus. Unglücklicherweise hielt ich mich gerade in Twink auf, als die Decke über den Arbeitern einstürzte – eine schreckliche Geschichte! Ich selbst war nicht in großer Gefahr, aber ein Felsbrocken traf mein Bein. Ich kann dir den Rat geben, daß durch das Nordtor kein Entkommen sein wird; die Wachen haben es geschlossen und den Ausnahmezustand erklärt, für den Fall, daß die ehrenwerten Bürger auf unkluge Gedanken kommen sollten.«

»Du wirst uns melden, Vater?« Aus den alten Tagen seines Heranwachsens hatte er ein Besitztum bewahrt, das Messer, dessen Elfenbeingriff seine Mutter vor ihrer Erkrankung geschnitzt hatte. Verstohlen schob er die Hand unter sein Priestergewand und umfaßte das Heft des Messers.

Sifans rümpfte die Nase. »Genau wie du werde auch ich etwas Unkluges tun: ich werde dir die beste Route weisen, auf der du unser Land verlassen kannst. Ich rate dir ferner, diesen Mann nicht mit dir zu nehmen. Laß ihn hier! Ich werde mich um ihn kümmern. Er ist dem Tode nahe.«

»Nein, er ist zäh, Vater. Er wird sich rasch erholen, wenn ihm die Idee der Freiheit wirklich aufgeht. Er hat viel durchgemacht, nicht wahr, Usilk?«

Der Gefangene starrte zu ihnen auf. Seine rechte Wange war unter dem Auge von einem großen Bluterguß entstellt, der bereits soweit angeschwollen war, daß er das Auge fast schloß.

»Außerdem ist er dein Feind, Yuli, und wird es bleiben. Sei auf der Hut vor ihm! Überlaß ihn mir!«

»Es ist meine Schuld, daß er mein Feind ist. Ich werde das Unrecht wiedergutmachen, und er wird mir vergeben, sobald wir in Sicherheit sind.«

Der Vater sagte: »Manche Menschen vergeben nicht.«

Als sie einander so gegenüberstanden, machte Usilk ungeschickte Anstalten aufzustehen, kam auf die Beine und lehnte keuchend an der Wand, die Stirn gegen den kalten Stein gedrückt.

»Vater, ich kann kaum wagen, dich dies zu fragen«, sagte Yuli. »Schließlich könntest du ein Bewahrer sein. Wirst du mit uns in die äußere Welt ziehen?«

Die alten Augen zwinkerten. »Vor meiner Priesterweihe dachte ich, ich könnte Akha nicht dienen, und versuchte eines Tages, Pannoval zu verlassen. Aber ich wurde gefangen, weil ich immer von der fügsamen, geduldigen Art war, und kein Wilder wie du.«

»Du vergißt meinen Ursprung nie.«

»Ach, mein Sohn, ich beneide die Wilden. Ich tue es immer noch. Aber ich wurde bezwungen; mein Wunsch wurde von meiner Natur untergraben. Wie gesagt, ich wurde gefangen, und man behandelte mich – nun, was meine Behandlung angeht, so will ich mich mit der Auskunft begnügen, daß auch ich ein Mensch bin, der nicht vergeben kann. Das alles liegt weit zurück. Seither bin ich befördert worden.«

»Komm mit uns!«

»Ich werde hierbleiben und mein verletztes Bein pflegen. Ich habe immer meine Entschuldigungen, Yuli.«

Der Vater hob einen Stein vom Boden auf und zeichnete für Yuli eine Skizze an die Wand, um ihm den Fluchtweg zu erläutern. »Es ist eine lange Reise. Du mußt unter den Quzint-Bergen wandern. Schließlich wirst du dich nicht im Norden, sondern im milderen Süden finden. Bleibe wohlauf und gedeihe!«

Er spuckte in die Handfläche, löschte die Skizze an der Wand aus und warf den Stein in eine Ecke.

Unfähig, Worte zu finden, legte Yuli beide Arme um den alten Mann und drückte ihn an sich. »Wir werden sofort aufbrechen. Leb wohl!«

Usilk tat den Mund auf und sagte mit angestrengter undeutlicher Stimme: »Du mußt diesen Kerl töten, jetzt gleich. Oder er wird Alarm geben, sobald wir gehen.«

»Ich kenne ihn, und ich vertraue ihm.«

»Es ist ein Schwindel.«

»Du und dein verdammtes Mißtrauen, Usilk. Ich werde nicht zulassen, daß du Vater Sifans auch nur ein Haar krümmst.« Dies wurde mit einiger Erregung gesagt, als Usilk auf den alten Priester zuging und Yuli ihn mit ausgestrecktem Arm zurückhielt. Usilk wollte den Arm herunterschlagen, und einen Augenblick rangen die beiden miteinander, bis Yuli ihn so sanft wie möglich zurückstieß.

»Komm mit, Usilk, wenn du dich kräftig genug fühlst, mit mir zu ringen! Gehen wir!«

»Warte! Ich sehe, daß ich dir werde trauen müssen, Mönch. Beweise deine Aufrichtigkeit, indem du einen Kameraden von mir befreist. Er heißt Scoraw und arbeitete mit mir am Fischteich. Er wird in Zelle fünfundsechzig sein. Geh auch nach Vakk und bring von dort jemanden mit!«

Yuli rieb sich das Kinn. »Du bist nicht in einer Position, Forderungen zu stellen.« Jede Verzögerung bedeutete Gefahr. Doch sah er ein, daß es notwendig war, eine Geste zu machen, die Usilk besänftigte, wenn sie überhaupt zu einer Übereinkunft gelangen wollten. Sifans' Plan ließ keinen Zweifel daran, daß sie eine gefährliche Reise vor sich hatten.

»Gut, ich werde Scoraw holen. Ich erinnere mich an ihn. War er dein umstürzlerischer Verbindungsmann?«

»Versuchst du mich noch immer zu verhören?«

»Sehr gut. Vater, darf Usilk hier bei dir bleiben, während ich diesen Scoraw hole? Gut. Und wer ist der Mann in Vakk?«

Eine Art von Lächeln ging flüchtig über Usilks zerschlagenes Gesicht. »Kein Mann, eine Frau. Meine Frau, Mönch. Sie heißt Iskador und ist Königin der Bogenschützen. Wohnt unten in der letzten Gasse vor der Schlucht, wo sie eine Biegung macht.«

»Iskador ... ja, ja, ich kenne sie – ich habe sie einmal gesehen.«

»Bring sie her! Sie und Scoraw sind robust und zäh. Später werden wir sehen, wie robust du bist, Mönch ...«

Der Vater zupfte Yuli am Ärmel und sagte leise, wobei er seine Nase fast in Yulis Ohr steckte: »Verzeih mir, mein Sohn, aber ich habe es mir überlegt. Ich ziehe es vor, nicht allein mit dieser groben und dummen Person hier zurückzubleiben; ich müßte Handgreiflichkeiten befürchten. Bitte nimm ihn mit dir – du hast meine Zusicherung, daß ich diesen Raum nicht verlassen werde.«

Yuli nickte sofort, dann klatschte er in die Hände. »Sehr gut. Usilk, wir gehen zusammen. Ich werde dir zeigen, wo du ein Priestergewand stehlen kannst. Lege es an, geh und hol Scoraw! Ich werde unterdessen nach Vakk hinuntergehen und Iskador herbringen. Wir werden im inneren Winkel von

Twink zusammentreffen, wo zwei Gänge ihren Anfang nehmen, so daß wir nötigenfalls entkommen können. Wenn du und Scoraw nicht zur Stelle seid, werde ich annehmen, daß ihr in Gefangenschaft geraten seid, und ohne euch gehen müssen. Ist das klar?«

Usilk grunzte.

»Ist das klar?«

»Ja, gehen wir.«

Sie verließen die sichere Zuflucht von Sifans' kleinem Raum und tauchten ein in die Finsternis des Korridors. Die Finger an der gemeißelten Wandleiste, ging Yuli voran. In seiner Aufregung hatte er vergessen, von seinem alten Mentor Abschied zu nehmen.

Zu jener Zeit waren die Einwohner Pannovals von nüchternem Realismus beseelt. Sie hatten keine hohen Gedanken und trachteten vor allem danach, sich alle Tage satt zu essen. Dennoch kannten sie eine Art kulturelles Kleingeld in Form von Geschichten und Volkssagen, die von den Geschichtenerzählern von Zeit zu Zeit ausgetauscht wurden.

Bei den Wachhäusern am großen Eingang, die ein Besucher aus dem Norden nach seiner Ankunft in Pannoval als erstes passierte, bevor er zwischen die Terrassen des Marktes gelangte, gediehen Bäume – gering an Zahl und arg verkrüppelt, aber unleugbar grüne Bäume.

Wegen ihrer Seltenheit erfreuten sie sich allgemeiner Wertschätzung, doch auch wegen ihrer Gewohnheit, gelegentlich eine Ernte runzliger Nüsse zu erbringen, welche Dachdecker genannt wurden. Kein Baum brachte jedes Jahr eine Ernte hervor, aber in jedem Jahr hatte der eine oder der andere Baum ein paar limonenfarbene Nüsse an den äußeren Zweigen hängen. Die meisten dieser Dachdecker waren von Maden bewohnt; aber die Frauen und Kinder vom Markt, von Vakk und Groyne und Prayn aßen die Maden zusammen mit dem Kern der Nuß.

Manchmal starben die Maden, wenn die Nuß aufgeschlagen wurde. Die armselige kleine Geschichte behauptete, daß die Maden vor Schreck stürben. Sie glaubten, das Innere ihrer Nuß sei die ganze Welt, und die runzlige Schale, welche sie enthielt, sei der Himmel. Dann wurde ihre Welt eines Tages aufgebrochen. Mit Entsetzen sahen sie, daß es jenseits ihrer Welt eine gigantische andere Welt gab, in jeder Weise bedeutender und lichter. Das war zuviel für die Maden, und sie überlebten die Offenbarung nicht.

Yuli dachte an die Maden in den Dachdeckernüssen, als er zum ersten Mal in mehr als einem Jahr die Schatten der Heiligtümer verließ und benommen vom Ansturm der Farben, Gerüche und Geräusche in die geschäftige Welt des gewöhnlichen Volkes zurückkehrte.

Alle Herausforderung und Verlockung dieser Welt wurde verkörpert von Iskador, Iskador der Schönen. Das Abbild ihres Gesichts war frisch in seinem Gedächtnis, als hätte er sie erst gestern gesehen. Und als er vor ihr stand, fand er sie noch schöner und konnte sein Anliegen nur stotternd vorbringen.

Ihres Vaters Wohnung hatte mehrere Räume und war Teil einer kleinen Manufaktur zur Herstellung von Bogen; er war der große Bogenmeister seiner Zunft.

Ziemlich hochmütig ließ sie den Priester ein. Er setzte sich auf den Boden und trank einen Becher Wasser, und nach und nach gelang es ihm, sich verständlich zu machen.

Iskador war ein kräftiges Mädchen, das offenbar mit beiden Beinen auf der Erde stand. Sie hatte milchigweiße Haut, die sehr reizvoll mit ihrem lockigen schwarzen Haar und ihren schönen braunen Augen kontrastierte. Ihr Gesicht war ziemlich breit, mit hohen Backenknochen. Und auch der Mund war breit, mit vollen, aber blassen Lippen. Alle ihre Bewegungen waren energisch, und als sie dem zuhörte, was Yuli zu sagen hatte, verschränkte sie die Arme in einer Haltung kritischer Geschäftsmäßigkeit auf der Brust.

»Warum kommt Usilk nicht hierher und erzählt mir all diesen Unsinn selbst?« fragte sie.

»Er holt einen anderen Freund für die Reise. Er konnte nicht nach Vakk herunterkommen – sein Gesicht ist gegenwärtig ein wenig geschwollen und würde unwillkommene Aufmerksamkeit auf ihn ziehen.«

Das dunkle Haar hing zu beiden Seiten des Gesichts herab und rahmte es wie mit zwei Flügeln ein. Nun wurden diese Flügel mit einem Zurückwerfen des Kopfes ungeduldig beiseitegefegt, und Iskador sagte: »Jedenfalls habe ich in sechs Tagen einen Wettkampf der Bogenschützen, den ich gewinnen will. Ich möchte Pannoval nicht verlassen – ich fühle mich wohl hier. Usilk war derjenige, der sich ständig beklagte. Außerdem habe ich ihn seit Ewigkeiten nicht gesehen. Ich habe jetzt einen anderen Freund.«

Yuli stand auf und errötete leicht.

»Schön, wenn du so denkst, wird es uns recht sein müssen. Aber verrate nichts von dem, was ich dir gesagt habe. Ich werde gehen und deine Botschaft zu Usilk bringen.« Seine Nervosität vor ihr ließ ihn brüsker erscheinen, als er zu sein beabsichtigte.

»Warte«, sagte sie, streckte den Arm aus und hielt ihn mit wohlgeformter Hand am Ärmel zurück. »Ich sagte nicht, daß du gehen sollst, Mönch. Was du mir erzählst, ist ziemlich aufregend. Solltest du nicht für Usilk bitten, daß ich mit euch komme?«

»Nur zweierlei möchte ich dazu sagen, Iskador«, antwortete er. »Mein Name ist Yuli, nicht ›Mönch‹. Und warum sollte ich für Usilk bitten? Er ist kein Freund von mir, und außerdem ...«

Er ließ den Rest ungesagt. Eine zornige Röte war ihm in die Wangen gestiegen, und seine Augen funkelten sie an.

»Außerdem was?« In ihrer Frage war eine Andeutung von Lachen.

»Oh, Iskador, du bist schön, das ist außerdem, und ich bewundere dich selbst.«

Ihr Verhalten änderte sich. Sie führte die Hand an den Mund, als wollte sie ein Lächeln verstecken. »Also zwei ›außerdem‹ – und beide ziemlich wichtig. Nun, Yuli, das macht allerdings einen Unterschied. Du bist auch nicht unansehnlich, wenn ich dich so anschaue. Wie kommt es, daß du Priester geworden bist?«

Er spürte den Umschwung und zögerte, dann sagte er kühn: »Ich tötete zwei Männer.«

Sie verbrachte eine lange Weile damit, ihn unter ihren dichten Wimpern hervor zu mustern.

»Warte hier, während ich eine Tasche packe und einen starken Bogen hole!« sagte sie schließlich.

Der Einsturz der Höhlendecke in Twink hatte ganz Pannoval in ängstliche Erregung versetzt. Das in der volkstümlichen Phantasie meistgefürchtete Ereignis war eingetreten. Die Gefühle waren etwas gemischt; mit der Furcht ging eine Erleichterung, daß nur Gefangene und Wärter und einige Phagoren unter den Gesteinstrümmern begraben worden waren. Wahrscheinlich hatten sie verdient, was der Große Akha ihnen geschickt hatte.

Im rückwärtigen Teil des Marktes waren Barrieren aufgerichtet worden, und die Miliz hatte starke Kräfte aufgeboten, um Ruhe und Ordnung zu bewahren. Rettungsmannschaften, Männer und Frauen der Ärztezunft, Arbeiter und Steinträger verstopften die Wege, die zum Schauplatz des Unglücks führten. An den Barrieren drängten sich neugierige Zuschauer in Mengen, manche von ihnen still und angespannt, andere unbekümmert und fröhlich, und an einer Stelle führten sogar ein Akrobat und eine Gruppe von Musikanten ihre Kunststücke vor. Yuli drängte sich durch die Menge, gefolgt von dem Mädchen, und die Leute machten dem Priester bereitwillig Platz.

Twink, wo das Unglück geschehen war, bot einen ungewohnten Anblick. Zuschauer waren hier ausgeschlossen, und um die Rettungsmannschaften zu unterstützen, hatte man eine Reihe heller Fackeln auf Stangen gesetzt. Gefangene gaben immer wieder kleine Mengen Pulver in die Flammen, um ihre Helligkeit zu steigern.

Die Unglücksstelle selbst war ein Ort grimmiger, angestrengter Arbeit. Gefangene räumten das herabgefallene Gestein weg, um die verschütteten Opfer zu bergen, und andere warteten hinter ihnen, um weiterzumachen, wenn sie ausruhten. Phagoren zogen und schoben die mit Trümmern beladenen Karren. Von Zeit zu Zeit wurden Rufe hörbar; dann kam eine Note fieberhafter Hast in die Arbeit, bis ein Körper freigelegt war, um den wartenden Ärzten übergeben zu werden.

Das Ausmaß der Katastrophe war eindrucksvoll. Mit dem Deckeneinsturz über der Höhlenerweiterung war auch ein Teil der Decke über der Haupthöhle herabgefallen. Weite Flächen des Höhlenbodens waren mit Schutt und Geröll angefüllt, Fischteich und Pilzkulturen größtenteils ausgelöscht. Die Ursache der ursprünglichen Schwäche, die zu dem Unglück geführt hatte, war ein unterirdischer Wasserlauf, der nun sein Bett verlassen hatte und den übrigen Schwierigkeiten eine Überschwemmung hinzufügte.

Der Bergsturz hatte die rückwärtigen Gänge fast verschüttet. Yuli und Iskador mußten über Schutthaufen klettern, um an Ort und Stelle zu gelangen. Glücklicherweise verbargen noch höhere Trümmerberge dieses Beginnen vor neugierigen Augen, und sie gelangten an den Treffpunkt, ohne aufgehalten zu werden. Usilk und sein Kamerad Scoraw warteten in den Schatten.

»Das schwarzweiße Gewand steht dir, Usilk«, bemerkte Yuli sarkastisch und nickte zu der priesterlichen Verkleidung hin, die beide Gefangenen trugen. Denn Usilk hatte es allzu eilig, Iskador in die Arme zu schließen. Abgestoßen vielleicht von seinem geschwollenen Gesicht, hielt sie ihn auf Distanz, indem sie seine Hände ergriff.

Scoraw sah selbst in seiner Verkleidung noch wie ein Gefangener aus. Er war hochgewachsen und mager, mit den gebeugten Schultern und dem runden Rücken eines Mannes, der zu lange in einem engen Kerkerverließ gelebt und zu schwere Zwangsarbeit geleistet hatte. Seine Hände waren groß, schwielig und mit Narben bedeckt. Sein Blick war – wenigstens während dieser Begegnung – indirekt; während er Yulis Augen auswich, beobachtete er ihn verstohlen, wenn Yulis Aufmerksamkeit anderswo verweilte. Als Yuli ihn fragte, ob er bereit sei, eine schwierige Reise anzutreten, nickte er bloß, grunzte und schob ein Bündel mit Habseligkeiten von einer Schulter auf die andere.

Es war ein ungünstiger Beginn ihres Abenteuers, von unheilvoller Vorbedeutung, wie es Yuli schien, und für die Dauer eines Augenblicks bedauerte er sein impulsives Handeln. Er warf zuviel weg, um sich mit zwei fragwürdigen Gestalten wie Usilk und Scoraw zusammenzutun. Er begriff, daß er als erstes seine Autorität geltend machen mußte, andernfalls sie nichts als schädliche Streitigkeiten und Machtkämpfe zu gewärtigen hätten.

Ähnliche Überlegungen waren anscheinend Usilk durch den Kopf gegangen, denn er schulterte sein Bündel, trat dreist vor Yuli hin und sagte: »Du hast dich verspätet, Mönch. Wir dachten schon, du hättest gekniffen. Wir dachten, es sei wieder einer von deinen Tricks.«

»Bist du einer anstrengenden Wanderung gewachsen? Du siehst krank aus.«

»Es wäre das Beste, wir würden aufbrechen und nicht herumstehen und reden«, sagte Usilk, nahm die Schultern zurück und trat zwischen Iskador und Yuli.

»Ich führe, ihr tragt euren Teil zum Gelingen bei, und wir alle arbeiten zusammen«, sagte Yuli. »Das wollen wir von Anfang an klarstellen, damit wir alle übereinstimmen.«

»Was bringt dich auf den Gedanken, du würdest führen, Mönch?« fragte Usilk höhnisch und nickte den anderen zu, um sich ihrer Unterstützung zu versichern. Mit seinem halbgeschlossenen Auge sah er zugleich schlau und bedrohlich aus. Anscheinend fühlte er sich nun, da die Aussicht auf Flucht geboten wurde, wieder kriegerisch.

»Hier ist die Antwort darauf«, sagte Yuli und trieb seine rechte Faust hart in Usilks Magengrube.

Usilk krümmte sich, grunzte und fluchte.

»Du Dreckskerl, du Scheiß ...«

»Komm hoch, Usilk, und laß uns aufbrechen, bevor man uns vermißt.«

Es gab keine weitere Widerrede; gehorsam ordneten sie sich hinter ihm ein. Die Lichter von Twink erstarben hinter ihnen, aber Yulis Fingerspitzen folgten einer ornamentierten Wandleiste, die ihm als Augenlicht diente und die kleine Gruppe in die gewaltige Stille des Berges hineinführte.

Die anderen teilten sein priesterliches Geheimnis nicht und waren von Licht abhängig, wenn sie sich zurechtfinden wollten. Bald begannen sie ihn zu bitten, er solle langsamer gehen oder sie eine Lampe anzünden lassen, wovon er jedoch nichts wissen wollte. Er nahm die Gelegenheit wahr, Iskador bei der Hand zu nehmen, die sie ihm willig überließ, und das Gefühl ihrer warmen, festen Hand in der seinigen machte ihm die Wanderung zum Vergnügen. Die anderen zwei folgten im Gänsemarsch, jeder mit einem Gewandzipfel in der Hand.

Nach einiger Zeit verzweigten sich die Gänge, die Wände wurden rauher und das sich wiederholende Muster der Leiste hörte auf. Sie hatten die Grenzen von Pannoval erreicht und waren wahrhaft allein. Sie ruhten aus. Während die anderen redeten, vergegenwärtigte Yuli sich den Plan, den Vater Sifans für ihn skizziert hatte. Mehr als zuvor noch bedauerte er, daß er den alten Mann nicht umarmt und ihm Lebewohl gesagt hatte.

Vater, ich glaube, bei all deinen Eigenheiten verstandest du mich besser als jeder andere. Du weißt, was für ein Lehmklumpen ich bin. Du weißt, daß ich zum Guten hinstrebe, mich aber nicht über meine schwerfällige Natur zu erheben vermag. Dennoch verrietest du mich nicht. Nun, ich stach dich auch nicht nieder, nicht wahr? Du mußt weiterhin versuchen, dich zu bessern, Yuli – schließlich bist du noch immer ein Priester. Oder vielleicht nicht? Nun, wenn wir hinauskommen, falls wir hinauskommen ... Und da ist dieses wundervolle Mädchen ... Nein, nein, ich bin kein Priester, alter Vater, sei gesegnet, konnte nie ein rechter Priester sein, aber ich gab mir Mühe, und du warst mir behilflich. Lebe wohl, guter Vater, ich werde dich nicht vergessen ...

»Aufstehn!« rief er, sprang auf und half dem Mädchen auf die Beine. Iskador legte ihm in der Dunkelheit leicht die Hand auf die Schulter, bevor sie weitergingen. Sie beklagte sich nicht über Müdigkeit, als Usilk und Scoraw damit anfingen.

Später schliefen sie, zusammengekauert am Fuß einer schuttbedeckten Halde, das Mädchen zwischen Usilk und Yuli. Nächtliche Ängste bemächtigten sich ihrer; in der Finsternis bildeten sie sich ein, Wutras Wurm zu hören, wie er auf sie zuglitt, die scharfen Mundwerkzeuge offen und die schleimigen Schnurrbarthaare nachziehend.

»Wir werden bei einem brennenden Licht schlafen«, sagte Yuli. Es war kalt, und er hielt das Mädchen mit einem Arm umfangen, und als er einschlief, ruhte seine Wange am Leder ihrer Felljacke.

Nach dem Erwachen nagten sie sparsam an der Nahrung, die sie mitgebracht hatten. Der Weg wurde sehr viel schwieriger. Ein Bergsturz hatte die Verwerfungsspalte, durch die ihr Weg führte, beinahe zugeschüttet, und stundenlang krochen sie auf dem Bauch vorwärts, suchten mit tastenden Fingern Kontakt zu den Füßen des Vordermannes und riefen

einander immer wieder ungeniert, um in der überwältigenden Nacht der Erde Verbindung zu halten. Ein eiskalter Wind pfiff dünn durch den Spalt, durch den sie sich voranarbeiten mußten, und ließ ihren Atem in den Haaren und Augenbrauen gefrieren.

»Kehren wir um«, bat Scoraw, als sie endlich wieder stehen konnten, wenn auch mit gebeugten Rücken, und verschnauften. »Ich ziehe die Gefangenschaft diesem vor.« Niemand antwortete ihm, und er wiederholte den Vorschlag nicht. Sie konnten nicht mehr zurück. Aber die ungeheure Gegenwart des Berges brachte sie zum Schweigen, als sie weitergingen.

Yuli hatte alle Orientierung hoffnungslos verloren. Der Bergsturz hatte seine Rechnung durcheinandergebracht. Er konnte sich nicht mehr an die Kartenskizze des alten Priesters erinnern und war ohne das wiederholte Muster der Wandleiste unter seinen Fingern beinahe so hilflos wie die anderen. Ein wisperndes Geräusch wuchs, und er versuchte ihm zu folgen. Kreise und Figuren aus üblen und nicht deutbaren Farben schwammen vor seinen angestrengt starrenden Augen; ihm war, als arbeite er sich durch solides Felsgestein. Sein Atem ging kurz und keuchend. Wieder ruhten sie aus.

Der Weg hatte seit Stunden abwärts geführt. Sie wankten weiter. Yuli tastete sich mit einer Hand seitwärts am Fels entlang, die andere hob er über das Gesicht, um nicht mit dem Kopf gegen Felsvorsprünge zu schlagen, wie er es bereits mehrere Male getan hatte. Iskador hielt mit einer Hand sein Gewand; in seinem gegenwärtigen Zustand von Erschöpfung war ihm die Berührung nur lästig.

Seine Gedanken begannen zu schweifen, und er bildete sich ein, daß die krankhaften Farbgebilde, die er vor sich sah, von der Art seines Atmens beeinflußt würden. Das aber konnte nicht ganz richtig sein, denn allmählich schien eine Art von Helligkeit ins Blickfeld zu kommen. Er tappte weiter abwärts, drückte die geschwollenen Augenlider fest zusammen und öffnete sie dann. Blindheit kam über ihn – er sah ein schwaches milchiges Licht. Als er den Kopf wandte, schien er Iskadors Gesicht wie in einem Traum zu sehen; oder wie in einem Alptraum, denn ihre Augen blickten stier, und ihr Mund klaffte wie gähnend in der geisterhaften Scheibe ihres Gesichts.

Sein Blick brachte sie zur Besinnung. Sie blieb stehen und griff haltsuchend nach seinem Arm, und Usilk und Scoraw prallten auf sie.

»Voraus ist Licht«, sagte Yuli.

»Licht! Ich kann wieder sehen ...« Usilk packte Yuli bei den Schultern. »Du durchtriebener Schurke, du hast uns durchgebracht. Wir sind gerettet, wir sind frei!«

Er schrie und lachte und stürzte weiter, die Arme ausgestreckt, wie um die Lichtquelle zu umarmen. Erleichtert und voll freudiger Erwartung stolperten die anderen ihm über den unebenen Boden nach, durch ein Licht, das es nie zuvor gegeben hatte, es sei denn über einer unbekannten nördlichen See, wo Eisberge schwammen und zusammenstießen.

Das Gefälle ließ nach, der Weg wurde ebener, die Decke stieg an. Wasserpfützen lagen zu ihren Füßen. Dann führte der Pfad wieder steil aufwärts, bis ihr übermütiges Rennen zum mühsamen Stapfen wurde, und das Licht wurde nicht stärker, obgleich nun allenthalben die Geräusche stürzender Wasser zu vernehmen waren.

Unvermittelt standen sie am Ende des Weges erschreckt und entmutigt am Rand eines Spalts. Licht und Geräusch umgaben sie.

»Großer Akha!« keuchte Scoraw und steckte die Faust zwischen die Zähne.

Der Spalt war wie eine Kehle, die in den Bauch der Erde hinabführte. Sie konnten zum Schlund aufblicken, der hoch über ihnen war. Vom Rand des Schlundes ergoß sich ein Fluß und stürzte in den Spalt nieder. Wenig unterhalb der

Stelle, wo sie standen, traf der herabstürzende Wasserfall das erste Mal auf den Fels. Seine Energie erzeugte das durchdringende vibrierende Dröhnen, das sie seit geraumer Zeit schon hörten. Von diesem ersten Anprall stürzten die gischtenden Wasser in tiefere Abgründe, wo das Auge nicht hinreichte. Das Wasser war sogar weiß, wo es nicht schäumte, durchschossen von lebhaften grünen und blauen Tönen. Obwohl es das trübe Licht verbreitete, welches ihnen Ursache zum Jubel gewesen war, schienen die Felsen jenseits davon nicht weniger hell: sie schienen überzogen mit weißlichen und gelben Wirbeln.

Lange bevor sie Benommenheit und Verblüffung überwunden hatten und einander ansahen, waren sie von den feinen Tröpfchen der Gischtwolke durchnäßt.

»Das ist nicht der Weg ins Freie«, sagte Iskador. »Das ist eine Sackgasse. Wohin jetzt, Yuli?«

Er wies ruhig zum anderen Ende des Felsbandes, auf dem sie standen. »Wir gehen über diese Brücke«, sagte er.

Vorsichtig arbeiteten sie sich zu der Brücke hin. Das Felsband unter ihren Füßen war naß und schleimig von grünen Algen. Die Brücke sah grau und uralt aus. Sie war aus Steinblöcken gebaut, die unmittelbar daneben aus dem Fels gehauen worden waren. Ihr Bogen wölbte sich ein Stück aufwärts und brach dann in der Luft ab. Sie sahen, daß das Bauwerk eingestürzt war und nur noch aus einem Stumpf bestand, der vom Bogenansatz gehalten wurde. Im milchigen Licht war auf der anderen Seite des Abgrundes ein weiterer Brückenstumpf zu sehen. Früher hatte ein Weg hinübergeführt, aber nun nicht mehr.

Eine Weile standen sie da und starrten über die Kluft, und keiner mochte die anderen ansehen. Iskador war die erste, die etwas tat. Sie legte ihre Tasche ab und nahm ihren Bogen von der Schulter. Sie band einen Faden an einen Pfeil, wie sie es getan hatte, als Yuli sie vor so langer Zeit beim Wettkampf der Bogenschützen gesehen hatte. Ohne ein Wort trat sie an den Rand des Abgrundes, einen Fuß fest auf die Kante gestemmt, und hob den Bogen. Sie spannte ihn und zielte beinahe beiläufig über den Pfeil, dann ließ sie ihn fliegen.

Der Pfeil flog durch das gischterfüllte Licht, erreichte seinen Zenit über einem Felsvorsprung, prallte über dem Wasserfall von der Wand ab und fiel zurück, um klappernd zu Iskadors Füßen auf dem unebenen Gestein zu landen. Usilk klopfte ihr auf die Schulter. »Ausgezeichnet. Was tun wir jetzt?«

Statt einer Antwort band sie eine kräftige Schnur an das Ende des Fadens, nahm dann den Pfeil auf und zog den Faden ein. Bald lief das Ende der angebundenen Schnur über den Felsvorsprung und zurück zu ihr. Darauf brachte sie ein Seil zum Vorschein, in welches sie eine Schlinge knüpfte, die sie gleichfalls über den Vorsprung zog. Das andere Ende des Seils zog sie durch die Schlinge und zog sie fest.

»Möchtest du zuerst hinüber?« fragte sie Yuli und reichte ihm das Seilende. »Da du unser Anführer bist?«

Er blickte ihr in die Augen und wunderte sich über ihre Klugheit und die Ökonomie ihrer Klugheit. Mit ihren wenigen Worten hatte sie Usilk klargemacht, daß er nicht der Anführer war, und ihn, Yuli, herausgefordert, seine Tauglichkeit zum Anführer zu beweisen. Er bedachte es, fand es tiefgründig und ergriff das Seil, um sich der Herausforderung gewachsen zu zeigen.

Es war beängstigend, aber nicht allzu gefährlich. Er konnte sich über den Abgrund schwingen und dann, zuerst mit Hilfe des Seils, die Felswand bis zur Ebene der Leiste emporklettern, über die sich der Wasserfall ergoß. Soweit man sehen konnte, führten vom jenseitigen Brückenstumpf ausgehauene Steinstufen aufwärts, und das bedeutete, daß der Weg in der Höhe weiterführen mußte. Gefährlich war vor allem die Rutschgefahr auf dem nassen, schleimigen Felsen. Doch wie dem auch sein mochte, er war entschlossen, vor den zwei Gefangenen keine Furcht zu zeigen – und schon gar nicht vor Iskador.

Er stieß sich etwas zu hastig ab, schwang über den Abgrund und prallte mit der Seite des Körpers ungeschickt gegen die Felswand der anderen Seite. Sein linker Fuß glitt auf grünem Schleim ab, er schlug mit der Schulter gegen die Felswand, pendelte in herabschießendes Sprühwasser und verlor seinen Griff am Seil. Im nächsten Augenblick fiel er in den Abgrund.

Durch das donnernde Tosen des Wassers drang schrill ihr vereinter Aufschrei – das erste Mal, daß sie sich wirklich im Einklang befanden.

Yuli schlug auf ein Felsband und klammerte sich instinktiv mit jeder Faser seines Wesens an. Er suchte mit den Füßen nach Halt und krallte die Finger in Unebenheiten des nassen Gesteins.

Sein Sturz war nicht tiefer als zwei Meter gewesen, aber er hatte jeden Knochen in seinem Körper durchgerüttelt. Das Band, auf dem er lag, war kaum einen Meter breit, und nach der ersten instinkthaften Reaktion blieb er eine lange Weile zitternd und reglos liegen, die Augen krampfhaft geschlossen, rasch und stoßweise atmend, bis der tiefe Schreck sich von ihm hob.

Als er die Augen wieder öffnen konnte, fiel sein angstvoller Blick auf einen blauen Stein, der neben dem Felsband lag. Er starrte wie fixiert darauf und fragte sich, ob er sterben müsse. Es war ihm nicht möglich, den Stein scharf ins Auge zu fassen, aber er dachte, daß er ihn aufheben könnte, wenn er den Mut aufbrächte, über die Kante hinauszugreifen. Dann verrieten seine Sinne ihm plötzlich den wahren Stand der Dinge: er starrte nicht auf einen Stein in seiner Nähe, sondern auf ein blaues Objekt tief unter ihm. Schwindel erfaßte ihn mit lähmender Gewalt; als ein Kind des Gebirgsvorlandes und der Ebenen besaß er keine Immunität gegen solch eine Erfahrung.

Wieder schloß er die Augen und klammerte sich zitternd an den Fels. Nur Usilks Rufe, die aus weiter Ferne kamen, zwangen ihn wieder die Augen zu öffnen.

Weit unter ihm lag eine andere Welt, zu welcher die Felsschlucht, in der er lag, wie eine Art Teleskop hinabzielte. Yuli sah einen Ausschnitt, den er mit einer Hand zudecken konnte, von einer enormen Höhle. Sie war in irgendeiner Art und Weise beleuchtet. Was er für einen blauen Stein angesehen hatte, war ein See, von dem er nur einen Teil sehen und dessen Größe er nicht abschätzen konnte. Am Ufer des Sees waren einige winzige Gebilde von gleichartigem Aussehen, die sich als Gebäude oder Wohnstätten deuten ließen.

Etwas berührte ihn. Jemand sprach zu ihm, faßte seinen Ärmel und versuchte ihn hochzuziehen. Willenlos gab er nach, richtete sich an der Wand auf und klammerte sich mit der Linken an den Arm seines Retters. Als er aufblickte, sah er in ein zerschlagenes Gesicht mit geschwollener Nase, blau und grün verfärbtem Auge und einer verschorften Wunde an der Wange.

»Bist du verletzt?«

»Es geht schon wieder«, murmelte Yuli. »Ich war nur benommen.«

»Dann los!« meinte Usilk. »Wir müssen ein Stück klettern. Bleib hinter mir und sieh nicht nach unten. Wir müssen hinauf.«

Es gelang Yuli, dem anderen langsam nachzuklettern, den Blick unverwandt auf den nassen Felsen vor seinen Augen und ganz darauf konzentriert, sichere Griffe und Tritte zu finden. So erreichten sie den abgebrochenen Brückenstumpf, wo Yuli keuchend und mit zitternden Knien auf eine ausgehauene Stufe niedersank. Er hielt Ausschau nach Iskador und Scoraw, die durch den feinen Sprühregen der Gischtwolke kaum sichtbar auf der anderen Seite des Abgrunds warteten. Dann faßte er sich ein Herz und spähte in die Tiefe; aber ein zweiter Blick in die andere Welt blieb ihm verwehrt. Das Felsband, auf dem er gelegen hatte, und die Sprühwasserwolke des Katarakts verdeckten das Wunder der Tiefe. Bald hatte er sich gefangen und konnte den anderen helfen, sicher bei Usilk und ihm zu landen.

Schweigend und dankbar hielten sie sich aneinander fest.

Schweigend stiegen sie über die Stufen und Blöcke zum Rand hinauf, wo der harmlos plätschernde Bach zum donnernden Wasserfall wurde.

Und schweigend gingen sie weiter. Yuli behielt die Vision der anderen Welt, die er erblickt hatte, für sich. Aber er dachte wieder an den alten Vater Sifans. Könnte es eine geheime Festung der Nehmer gewesen sein, die ihm inmitten der Felswildnis für einige Augenblicke enthüllt worden war? Was immer es gewesen war, er bewahrte es in seinem Herzen und blieb stumm.

Das Labyrinth der unterirdischen Höhlen setzte sich durch den Berg fort und schien kein Ende nehmen zu wollen. In ständiger Furcht vor Spalten und Klüften, arbeiteten die vier sich durch die Dunkelheit voran. Wenn die Erschöpfung sie dazu zwang, suchten sie einen geeigneten Winkel und legten sich eng zusammengedrängt zum Schlafen nieder, um einander warm zu halten.

Einmal, nachdem sie stundenlang einem natürlichen Höhlengang abwärts gefolgt waren, dessen Boden mit rundlichen Blöcken übersät war, Resten eines seit langem versiegten Wasserlaufs, fanden sie eine geräumige Nische in Schulterhöhe, in der sie alle vier Schutz vor dem eisigen Wind finden konnten, der ihnen den ganzen Tag in die Gesichter geblasen hatte.

Yuli schlief sofort ein. Nach unbestimmter Zeit wurde er von Iskador geweckt, die ihn schüttelte. Die anderen hatten sich aufgerichtet und flüsterten besorgt.

»Hörst du es?« fragte sie.

»Kannst du es nicht hören?« fragte Scoraw.

Er lauschte in den Wind, der durch den Höhlengang strich, vernahm ein fernes Tröpfeln von Wasser. Dann erst nahm er wahr, was sie beunruhigte – ein andauerndes scharrendes Geräusch, wie von etwas, das rasch die Wände entlangstrich.

»Wutras Wurm!« sagte Iskador.

Er drückte ihren Arm. »Das ist bloß eine Geschichte, die die Leute erzählen«, sagte er. Aber ihn fröstelte. Und er tastete nach seinem Jagdmesser.

»In dieser Nische sind wir sicher«, raunte Scoraw, »wenn wir uns ruhig verhalten.«

Sie konnten nur hoffen, daß er recht hatte. Das Geräusch verstärkte sich allmählich, und es war unverkennbar, daß jemand oder etwas sich näherte. Sie kauerten in ihrer Nische und spähten nervös in den Höhlengang hinaus. Scoraw und Usilk waren mit Stöcken bewaffnet, die sie den Kerkermeistern gestohlen hatten, und Iskador hatte ihren Bogen.

Das Geräusch nahm weiter zu. Die Akustik mochte täuschen, aber sie meinten, daß es aus der gleichen Richtung wie der Wind kam. Das scharrende Element des Geräusches war nun ungemein stark, und hinein mischte sich ein Poltern wie von Steinblöcken, die achtlos zur Seite gestoßen wurden. Der Wind legte sich, vielleicht, weil der Höhlengang blockiert war. Ein Geruch drang in ihre Nasen.

Es war ein fauliger Gestank wie von verdorbenem Fisch, von Fäkalien, von sich zersetzendem Käse. Ein grünlicher Dunst breitete sich durch den Gang aus. Die Legende wollte wissen, daß Wutras Wurm lautlos durch die Gänge gleite, um seine nichtsahnenden Opfer zu überraschen, aber dieses Etwas näherte sich lärmend.

Mehr von Schrecken bewegt als von Mut, spähte Yuli aus ihrem Versteck.

Da war es, und es kam rasch näher; seine Merkmale waren durch den grünlich leuchtenden Dunst, den es vor sich herschob, kaum zu erkennen. Vier Augen, die jeweils paarweise angeordnet waren, gigantische Bartfühler und Mundwerkzeuge. Yuli zog den Kopf entsetzt zurück. Das Untier näherte sich unaufhaltsam.

Im nächsten Augenblick gewährte es ihnen eine flüchtige Profilansicht seines Kopfes, dann sauste es vorbei. Sie sahen die stieren Augen und wurden von Fühlerhaaren gestreift, die elastisch wie Weidengerten waren. Dann wurde ihr Gesichtsfeld vom wogenden, lederigen Wurmkörper blockiert, der Gesteinsstaub aufwirbelte und sie in Gestank und erstickende Staubwolken hüllte.

Der Wurm schien kein Ende nehmen zu wollen, doch schließlich war er vorüber. Die vier Flüchtlinge steckten die Köpfe aus ihrem Versteck, um ihm nachzusehen. Irgendwo im unteren Teil des ehemaligen unterirdischen Flußsystems war eine größere Höhle, durch die sie gekommen waren. Dort unten schien mächtige Bewegung im Gang zu sein; die grünliche Lichterscheinung entfernte sich nicht weiter.

Der Wurm hatte sie wahrgenommen. Er drehte um und kam zurück! Um ihnen den Garaus zu machen. Iskador unterdrückte einen Aufschrei, als sie begriff, was geschah.

»Wir können versuchen, mit Felsbrocken zu werfen«, sagte Yuli. Im Hintergrund ihrer Nische gab es genug loses Gestein. Er kroch an den anderen vorbei und streckte die Hand zur ansteigenden rückwärtigen Verengung der Nische aus. Zu seinem Schrecken berührten seine Finger etwas Haariges. Rasch zog er die Hand zurück, nahm sein Feuersteinrad aus der Tasche und schlug Funken. Ihr vergänglicher kleiner Lichtschimmer zeigte ihm, daß sie in Gesellschaft mit den modernden Überresten eines Menschen waren, von dem nur noch Knochen und seine Fellkleidung überdauert hatten. Und er hatte eine Waffe neben sich liegen.

Yuli schlug neue Funken.

»Ein toter Phagor!« rief Usilk aus.

Er hatte recht. Der gehörnte lange Schädel, dessen Fleisch vertrocknet oder abgefault war, war unverkennbar. Neben

dem Leichnam lag eine Art Hellebarde, eine Stange mit einer Speerspitze und gebogener Klinge. Akha war jenen zu Hilfe gekommen, die von Wutra bedroht wurden. Usilk und Yuli griffen gleichzeitig nach dem Schaft der Waffe.

»Für mich. Ich kann mit diesen Dingen umgehen«, sagte Yuli und brachte die Waffe mit einem Ruck an sich. Auf einmal war sein alter Jagdinstinkt wieder erwacht, und er fühlte sich der Welt seiner Jugendzeit nahe.

Wutras Wurm kehrte zurück. Wieder das scharrende Geräusch, wieder grünliches Licht. Yuli und Usilk wagten einen schnellen Blick aus der Nische. Aber das Ungeheuer bewegte sich nicht. Sie konnten den schwachen grünlichen Schimmer und dahinter die undeutlichen Umrisse seines Gesichts sehen. Es hatte eine Kehrtwendung gemacht und blickte in ihre Richtung, rückte jedoch nicht vor.

Es wartete.

Sie wagten einen Blick in die andere Richtung.

Ein zweiter Wurm kam aus der Richtung, aus welcher schon der erste gekommen war. Zwei Würmer ... in Yulis Vorstellung begann das ganze Höhlensystem von Riesenwürmern zu wimmeln.

Ängstlich zogen sie sich in ihre Nische zurück, als der Lichtschein heller wurde und das Scharren und Poltern näherkam. Aber die monströsen Geschöpfe schienen es nur aufeinander abgesehen zu haben.

Im Gefolge einer Woge von Gestank schob sich der Kopf des Ungetüms an der Nische vorüber, die vier Augen starr auf sein Gegenüber gerichtet. Yuli stemmte den Schaft seiner neuerworbenen Hellebarde gegen die Seitenwand der Nische und führte die Spitze mit beiden Händen aus der Öffnung gegen den Leib des Wurmes.

Die Waffe durchbohrte die wogende Flanke, und aus dem Riß, der sich mit der Fortbewegung des Wurmes rasch verlängerte, ergoß sich eine halbflüssige gallertige Masse, die bald aus der vollen Länge des aufgeschlitzten Körpers quoll.

Das Ungeheuer verlangsamte seine Fortbewegung, ehe noch der mit Fühlerhaaren besetzte Schwanz die Nische passiert hatte.

Ob die beiden Würmer einen Kampf hatten ausfechten oder sich paaren wollen, blieb den vier Flüchtlingen unbekannt. Der zweite Wurm erreichte sein Ziel nicht mehr. Seine Vorwärtsbewegung erlahmte mehr und mehr, während der Körper in Wellen primitiv telegrafierten Schmerzes zuckte und mit dem Schwanz schlug. Dann erstarben die Bewegungen.

Langsam erlosch auch das grünliche Leuchten. Alles war still, bis auf das Säuseln des Windes.

Sie wagten nicht, die Nische zu verlassen. Sie wagten kaum, sich zu bewegen. Der erste Wurm wartete noch immer irgendwo in der Dunkelheit, wie das schwache, über dem Körper des toten Ungeheuers kaum sichtbare grünliche Phosphoreszieren verriet. Später stimmten sie auch darin überein, daß dies der schlimmste Teil ihrer Heimsuchung gewesen sei. Alle befürchteten, daß der erste Wurm sehr genau wüßte, wo sie waren, daß der tote Wurm sein Partner sei und daß er nur warte, daß sie ihre schützende Nische verließen, um aus seinem Hinterhalt hervorzubrechen und sich über sie herzumachen.

Endlich kam Bewegung in den ersten Wurm. Sie hörten seine Fühlerhaare über den rauhen Fels streifen. Er glitt vorsichtig vorwärts, als erwarte er einen Angriff, bis sein Kopf über dem Körper seines toten Gegners oder Partners emporragte. Dann begann er von dem Kadaver zu fressen.

Die vier Flüchtlinge konnten nicht länger bleiben, wo sie waren. Wo der infernalische Gestank noch erträglich gewesen wäre, erwiesen sich die schmatzenden, reißenden, knirschenden und saugenden Geräusche als allzu suggestiv. Sie sprangen aus der Nische über die ausgelaufene Körperflüssigkeit und eilten in die Dunkelheit davon.

Sie setzten ihre Wanderung durch den Berg fort, aber von

nun an blieben sie häufig stehen und lauschten den Geräuschen der Dunkelheit. Und wenn sie sprechen mußten, taten sie es mit gedämpfter, furchtsamer Stimme.

An Wasser zum Trinken mangelte es nicht, aber ihre Nahrungsvorräte gingen zu Ende. Iskador schoß im Licht der Öllampe zwei Fledermäuse, aber dann brachte keiner von ihnen es über sich, die Tiere roh zu verzehren. Sie wanderten durch das Steinlabyrinth und wurden zusehends schwächer. Zeit verging, die Sicherheit von Pannoval war vergessen: was noch vom Leben blieb, war eine endlose Dunkelheit, die durchquert werden mußte.

Hin und wieder stießen sie jetzt auf Tierknochen. Einmal, als Yulis Fuß wieder gegen Knochen stieß und er den Feuerstein anschlug, entdeckten sie zwei menschliche Skelette, die ausgestreckt in einem Winkel lagen, eines mit dem Arm um das andere; die Zeit hatte der Geste alle fürsorgliche Zuneigung genommen, die ihr einst eigen gewesen sein mochte: nur Knochen lagen übereinander, und jeder der Totenschädel beantwortete das schrecklich bleckende Grinsen des anderen mit dem eigenen.

Später, in einem Ort, der von kälterer Luft durchströmt wurde, nahmen sie Bewegungen wahr und fanden zwei Tiere mit rotbraunen Pelzen, die sie töteten. In der Nähe war ein Junges, das jämmerlich wimmerte und die stumpfe Schnauze nach ihnen reckte. Mittlerweile waren sie so ausgehungert, daß sie das Junge zerrissen und verschlangen, so lange das Fleisch noch warm war; dann, als sei ihr wütender Hunger durch die kärglichen Bissen erst geweckt worden, machten sie sich über die beiden Elterntiere her und verschlangen auch sie.

Leuchtende Organismen wuchsen an den Wänden. Sie fanden Anzeichen und Überreste menschlicher Besiedlung. Aus den Bruchstücken einer Hütte und einem Gebilde, das einmal ein Boot gewesen sein mochte, sprossen Pilze, die sie ernteten. Unweit davon hatte eine kaminartige Öffnung im

Höhlendach einen kleinen Schwarm Preete angelockt, die auf hohen Felsgesimsen nisteten. Mit ihrem unfehlbaren Bogen erlegte Iskador sechs von den Vögeln, die sie mit Pilzen und etwas Steinsalz in einem Topf über einem Feuer kochten. Als sie in dieser Nacht schliefen, wurden sie von unangenehm lebhaften und unruhigen Träumen heimgesucht, die sie den Pilzen zuschrieben. Nachdem sie am nächsten Morgen aufgebrochen waren, kamen sie nach nur zwei Stunden zu einer niedrigen, weitläufigen Höhle, in die grünliches Licht sickerte.

In einem Winkel der Höhle schwelte ein Feuer. In der Nähe gab es einen primitiven Pferch aus aufgeschichteten Felsbrocken, in dem drei Ziegen standen. Ihre Augen glänzten hell im Zwielicht. Nahebei saßen drei Frauen auf einem Stapel von Fellen, eine Alte mit weißem Haar und zwei jüngere Frauen. Die letzteren ergriffen schreiend die Flucht, als Yuli, Usilk, Iskador und Scoraw aus dem Dunkel des Berges erschienen.

Scoraw lief voraus und sprang über die Einfriedung zu den Ziegen in den Pferch. Er nahm ein altes hölzernes Utensil, das als Eimer diente, und molk die Ziegen, ohne der unverständlichen Schreie der Alten zu achten. Die Tiere hatten nur wenig Milch. Was sie gaben, teilten die vier Flüchtlinge, bevor sie den Holzeimer zurückließen und weiterzogen, um nicht den zurückkehrenden Männern des Stammes in die Arme zu laufen.

Nun betraten sie einen Höhlengang, der eine scharfe Wendung machte und bis auf einen kleinen Durchlaß mit Gesteinsschutt verbarrikadiert war. Dahinter lag der Höhleneingang, und jenseits davon offenes Land, Berge und Täler, unter dem gleißenden Licht des Reiches, das von Wutra beherrscht wurde, dem Gott der Himmel.

Sie standen eng beisammen, denn nun fühlte jeder von ihnen die Bande der Einheit und Freundschaft, als sie, von der Helligkeit geblendet, die schöne Aussicht betrachteten.

Als sie einander ansahen, waren ihre Gesichter voll von Fröhlichkeit und Hoffnung, und sie riefen und lachten wie die Kinder. Sie tanzten herum und umarmten einander. Sobald ihre Augen sich hinreichend an die Helligkeit gewöhnt hatten, konnten sie hinaufblinzeln, wo Batalix zwischen dünnen, aufgerissenen Wolken seine Bahn zog, blaßorange im hellen, diesigen Himmelslicht.

Die Jahreszeit mußte aus zwei Gründen nahe der Frühlings-Tagundnachtgleiche und der Mittagszeit des Tages sein: Batalix stand senkrecht über ihnen, und Freyr hielt sich im Osten etwa in halber Höhe über dem Horizont. Freyr war mehrere Male heller als sein Gefährte und verströmte sein Licht über das schneebedeckte Hügelland der Vorberge. Der schwächere Batalix war immer der schnellere der beiden Wachtposten und würde bald untergehen, während Freyr noch lange am Himmel bliebe.

Wie schön der Anblick der Wachtposten war! Das jahreszeitliche Muster ihres Himmelstanzes kehrte in Yulis Gedächtnis zurück und öffnete ihm Herz und Sinn. Er stand auf die sorgfältig geschmiedete Hellebarde gestützt, mit der er den Wurm getötet hatte, und genoß das Tageslicht.

Aber Usilk hielt Scoraw am Arm zurück und verharrte in der Höhlenöffnung, von wo er ängstlich in die weiße Grenzenlosigkeit spähte. Er rief Yuli zu: »Wäre es nicht besser, in diesen Höhlen zu bleiben? Wie sollen wir dort draußen leben, unter diesem Himmel?«

Ohne den Blick von der Landschaft voraus abzuwenden, spürte Yuli, daß Iskador auf halbem Weg zwischen ihm und den Männern in der Höhlenöffnung stand. Ohne zurückzublicken, antwortete er Usilk: »Erinnerst du dich dieser Geschichte, die sie in Vakk über die Maden in den Dachdeckernüssen erzählten? Die Maden glaubten, ihre faulige Nuß sei die ganze Welt, und als die Nuß aufgeschlagen wurde, starben sie vor Schreck und Angst. Willst du eine Made sein, Usilk?«

Darauf hatte der andere keine Antwort. Aber Iskador kam zu Yuli und schob ihre Hand in seine Armbeuge. Er lächelte, und sein Herz jubilierte, aber er hörte nicht auf, hungrig in die Weite zu starren.

Er konnte sehen, daß die Berge, durch die sie gekommen waren, weiter südlich Schutz bieten würden. Kümmerliche Zwergformen von Bäumen, wenig mehr als mannshoch, standen spärlich und weit verstreut im Tal und an den unteren Hängen, aber sie wuchsen aufrecht, was darauf hindeutete, daß die frostigen Winde von den Barrieren hier keine Macht mehr hatten. Er hatte seine alten Kenntnisse und Techniken bewahrt, die er vor langer Zeit von Alehaw gelernt. In den Bergländern des Südens mußte es Wild geben, und sie könnten unter den Himmeln leben, wie es die Absicht der Götter war.

Seine Stimmung hob sich in einem Glücksgefühl, das anschwoll, bis er die Arme ausbreiten mußte.

»Wir werden an diesem geschützten Ort leben«, sagte Yuli. »Wir vier werden vereint bleiben, was auch geschehen mag.« Aus einer Talmulde weit im Süden stieg ein dünner Rauchfaden empor und zerfloß im Abendhimmel. Er zeigte hinüber. »Dort leben Menschen. Wir werden sie zwingen, uns aufzunehmen. Dies soll unser Land sein. Wir werden sie beherrschen und unsere Lebensweise lehren. Von nun an leben wir unter unseren eigenen Gesetzen, nicht denen anderer.«

Er nickte ihnen zu und machte sich auf den Weg den Hang hinab zur Baumgrenze, erfüllt von ruhiger Zuversicht. Die anderen folgten, Iskador zuerst, dann die beiden Männer.

Einige von Yulis Vorhaben gingen in Erfüllung, andere nicht.

Nach einer Menge Streit und Hader wurden sie in eine kleine Siedlung aufgenommen, die sich im Schutz eines Seitentales an den Berghang schmiegte. Die Menschen lebten in Schmutz und Armseligkeit auf einer primitiven Ebene; durch ihre Kühnheit und ihr überlegenes Wissen gelang es

Yuli und seinen Freunden schließlich, der Gemeinschaft ihren Willen aufzuerlegen, sie zu beherrschen und die eigenen Gesetze zu erzwingen.

Doch wurden sie niemals wirklich in die Dorfgemeinschaft integriert, denn ihre Gesichter sahen anders aus, und das Olonet, das sie sprachen, klang anders als der örtliche Dialekt. Und sie entdeckten, daß diese Siedlung wegen der Vorteile ihrer Lage ständig in Furcht vor Überfällen von einer größeren Siedlung lebte, die ungefähr eine Tagereise entfernt an den Ufern eines zugefrorenen Sees lag. Tatsächlich fanden solche Überfälle während der folgenden Jahre mehr als einmal statt, und jeder kostete Menschenleben und verursachte großes Leid.

Yuli und Usilk aber wurden schlau und verschlagen und bewahrten ihre Schlauheit, weil sie Außenseiter waren, und errichteten abschreckende Verteidigungsanlagen gegen die Eindringlinge von Dorzin, wie die größere Siedlung genannt wurde. Und Iskador lehrte die jungen Frauen des Dorfes Pfeile und Bogen herstellen und gebrauchen. Sie brachten es im Bogenschießen zu großer Geschicklichkeit, und als die Eindringlinge aus dem Süden das nächste Mal kamen, starben viele mit Pfeilen in der Brust, und dann gab es keine weiteren Angriffe mehr aus jener Richtung.

Ungünstige Wetterverhältnisse aber bescherten ihnen ein hartes Leben in Abhängigkeit von unberechenbaren Naturgewalten. Lawinen donnerten von den Bergflanken zu Tal, und die Stürme wollten kein Ende nehmen. Nur in Höhlenöffnungen konnten sie ein paar widerstandsfähige Pflanzen anbauen und wenige kränkliche Tiere halten, die ihnen Milch und Fleisch lieferten, so daß ihre Zahl niemals wuchs und sie die meiste Zeit hungrig gingen. Viele auch wurden von Krankheiten befallen, die nur den übelwollenden Göttern zugeschrieben werden konnten (die Erwähnung Akhas erlaubte Yuli nicht).

Yuli aber nahm die schöne Iskador zur Frau und liebte sie

und schaute jeden Tag mit Wohlgefallen auf ihr breites, kraftvolles Gesicht. Sie hatten ein Kind, einen Jungen, den sie Si nannten, in Erinnerung an Yulis alten Priester in Pannoval, und der Junge überlebte alle Krankheiten und Gefahren der Kindheit und wuchs wild auf. Auch Usilk und Scoraw heirateten, Usilk eine kleine braune Frau namens Isik, was eigenartig seinem eigenen Namen glich; Isik war trotz ihrer Kleinwüchsigkeit schnell wie ein Hirsch, und sie war intelligent und gütig. Scoraw nahm ein Mädchen namens Fitty, das zu einer launenhaften und kapriziösen Frau wurde, die wunderschön singen konnte, ihm aber ein höllisches Leben bescherte. Sie brachte eine Tochter zur Welt, die nach einem Jahr starb.

Yuli und Usilk aber konnten sich niemals einigen. Obgleich sie angesichts äußerer Gefahren vereint planten und kämpften, zeigte Usilk sich zu anderen Zeiten feindselig gegen Yuli und seine Vorhaben, und betrog ihn, wann er konnte. Wie der alte Priester gesagt hatte, manche Männer vergeben nie.

Schließlich aber kam eine Abordnung aus der größeren Siedlung Dorzin, die nach dem Ausbruch einer ansteckenden Krankheit Verluste erlitten hatte. Da Yulis Ruf zu ihnen gedrungen war, baten sie ihn, er möge sie anstelle ihres gestorbenen Anführers regieren. Yuli ging darauf ein, um der Verdrießlichkeiten mit Usilk ledig zu sein, und er und Iskador und ihr Kind lebten an den Ufern des gefrorenen Sees, wo es Wild in Menge gab, und sorgte mit Umsicht und Festigkeit für Recht und Ordnung.

Selbst in Dorzin gab es beinahe keine Künste, um die Einförmigkeit ihres harten Lebens zu erleichtern. Obgleich die Einwohner an Festtagen tanzten, kannten sie außer Klappern und Schellen keine Musikinstrumente. Noch gab es irgendeine Religion, ausgenommen eine beständige Furcht vor bösen Geistern und eine stoische Hinnahme der feindseligen Kälte, der Krankheiten und Todesfälle. So kam es, daß

Yuli zuletzt ein wirklicher Priester wurde und den Menschen ein Gefühl für ihr eigenes geistiges Leben einzuflößen versuchte. Die meisten Männer wollten von seinen Lehren nichts wissen, weil er, obschon sie ihn zum Anführer bestellt und willkommen geheißen hatten, ein Außenseiter blieb, und weil sie zu schwerfällig und beschränkt waren, um Neues zu lernen. Aber er lehrte sie, den Himmel in allen seinen Stimmungen zu lieben.

Das Leben aber strömte stark in ihm und Iskador, und in Si, und niemals ließen sie die Hoffnung auf das Emporkommen besserer Zeiten sinken. Er bewahrte sich die Vision, die ihm in den Bergen zuteil geworden war, daß es möglicherweise ein leichteres und erfreulicheres Leben geben könnte als das, was ihnen zuteil wurde, gesicherter, weniger den Zufällen und Elementen unterworfen.

Bei alledem aber wurden er und seine schöne Iskador älter, und mit den Jahren, die vergingen, fühlten sie die Kälte mehr.

Gleichwohl liebten sie die Siedlung am Seeufer, wo sie lebten, und in Erinnerung an ein anderes Leben und andere Erwartungen gaben sie ihr den Namen Oldorando.

Bis hierher kann die Geschichte von Yuli, dem Sohn des Alehaw und der Onesa, gehen.

Die Geschichte ihrer Nachkommen und deren Schicksale ist ein viel umfangreicheres Kapitel. Ohne daß sie es wußten, rückte Freyr näher an die eisige Welt heran: denn in den obskuren Schriften, die Yuli abgelehnt hatte, war alte Wahrheit enthalten, und der Himmel von Eis sollte im weiteren Ablauf der Zeit zu einem Himmel von Feuer werden. Nur fünfzig helliconische Jahre nach der Geburt ihres Sohnes sollte ein wirklicher Frühling über die unfreundliche Welt kommen, die Yuli und seine schöne Iskador kannten.

Unter Schnee und Kälte schlummerte bereits eine neue Welt, bereit, die Herrschaft anzutreten.

EMBRUDDOCK

Und Shay Tal sagte:

»Ihr denkt, wir lebten im Mittelpunkt des Universums. Ich sage, wir leben im Mittelpunkt eines Ackers. Unsere Position ist so obskur, daß ihr es euch nicht vorstellen könnt.

Dies sage ich euch allen. In der Vergangenheit, der fernen Vergangenheit, ist ein Unheil geschehen. So groß und umfassend war es, daß uns heute niemand sagen kann, was es war oder wie es zustande kam. Wir wissen nur, daß es Dunkelheit und Kälte von langer Dauer brachte.

Ihr versucht zu leben, so gut ihr könnt. Gut, gut, lebt angenehm, liebt einander, seid gütig. Aber gebt nicht vor, daß das Unheil nichts mit euch zu tun habe. Es mag vor langer Zeit eingetreten sein, und doch beeinflußt es jeden Tag unseres Lebens. Es läßt uns altern, es nutzt uns ab, es verschlingt uns, es entreißt uns unsere Kinder. Es macht uns nicht nur unwissend, sondern verliebt in die Unwissenheit. Wir sind heimgesucht von Unwissenheit.

Ich werde eine Schatzsuche vorschlagen – eine Forschung, wenn ihr so wollt. Eine Forschung, an der jeder und jede von uns teilnehmen kann. Ich möchte, daß ihr euch unseres gefallenen Zustands bewußt seid und mit ständiger Wachsamkeit nach Hinweisen auf seine Natur Ausschau haltet. Wir müssen zusammensetzen, was geschehen ist, das uns zu diesem harten Leben in Unwissenheit, Kälte und Schnee reduzierte; dann können wir unser Los bessern und Sorge tragen, daß das Unheil uns und unsere Kinder nicht wieder befällt.

Das ist der Schatz, den ich euch biete. Wissen. Wahrheit. Ihr fürchtet sie, ja. Aber ihr müßt sie suchen. Ihr müßt lernen, sie zu lieben.«

I
Tod eines Großvaters

Der Himmel war schwarz, und Männer mit Fackeln in den Händen kamen vom südlichen Tor. Sie waren in Felle vermummt und stapften, bei jedem Schritt die Beine höher als gewöhnlich hebend, durch den hohen Neuschnee, der Gassen und Wege bedeckte. Der heilige Mann kam! Der heilige Mann kam!

Der junge Laintal Ay verbarg sich im Eingang der Tempelruine, aber sein Gesicht strahlte vor Erregung. Er sah die Prozession zwischen den alten Steintürmen vorbeistapfen, deren Ostseiten vom Schnee überzogen waren, der früher am Tag gefallen war. Er bemerkte, daß es Farbe nur an den spritzenden, knisternden Enden der Fackeln, an der Nasenspitze des heiligen Vaters und in den Zungen der sechs Hunde seines Schlittengespanns gab. In jedem Fall war die Farbe Rot. Der schwere, trübe Himmel, in welchem der Wachtposten Batalix begraben war, hatte alle anderen Farben weggebleicht.

Vater Bondorlonganon aus dem fernen Borlien war fett, und noch fetter machten ihn die enormen Pelze, die er trug, Pelze von einer Art, die in Oldorando nicht gebräuchlich waren. Er war allein nach Oldorando gekommen – die Männer, die ihn begleiteten, waren einheimische Jäger, und Laintal Ay kannte bereits jeden von ihnen. Das Gesicht des Vaters war es, worauf der Junge seine ganze Aufmerksamkeit richtete, denn Fremde kamen selten; beim letzten Besuch des Vaters war er noch kleiner und weniger stark gewesen.

Das Gesicht des heiligen Mannes war oval und stark gefaltet von horizontalen Linien, denen Gesichtszüge wie Augen und Nase so gut wie möglich einfügten. Die Linien schienen seinen Mund in eine lange, grausame Form zu pressen. Er saß auf seinem Schlitten und starrte mißtrauisch umher. Nichts in seiner Haltung ließ erkennen, daß er froh war, wieder in Oldorando zu sein. Sein Blick erfaßte die Tempelruine; dieser Besuch war notwendig, weil, wie er wußte, Oldorando vor einigen Generationen seine Priesterschaft umgebracht hatte. Einen Atem lang ruhte sein Blick auf dem Jungen, der zwischen zwei eckigen, gedrungenen Säulen stand.

Laintal Ay starrte zurück. Es schien ihm, daß des Priesters Blick grausam und berechnend war; aber man konnte von dem Jungen schwerlich erwarten, daß er gut von einem Mann dachte, der gekommen war, um über seinem Großvater die Sterberiten zu zelebrieren.

Laintal Ay roch die Hunde, als sie vorbeitrabten, und den Teergeruch der brennenden Fackeln. Die Prozession bog vom Tempel ab und zog die Dorfstraße hinauf. Er war unschlüssig, ob er folgen sollte. Er stand auf den Stufen, vergrub die Hände in der grob zusammengenähten Pelzjacke und beobachtete, wie die Ankunft des Schlittens trotz der Kälte die Dorfbewohner aus ihren Türmen lockte.

Im Halbdunkel am anderen Ende der Gasse, unter dem großen Turm, wo Laintal Ay mit seiner Familie lebte, kam die Prozession zum Stillstand. Sklaven erschienen, um die Hunde zu versorgen – für sie gab es unter dem Turm einen Zwinger – während der heilige Vater steif von seinem Schlitten stieg und sich in den Turm begab.

Zur gleichen Zeit näherte sich vom südlichen Tor her ein Jäger dem halb in Trümmern liegenden Tempel. Er war ein schwarzbärtiger Mann namens Aoz Roon, den der Junge wegen seines prahlerischen Gehabes bewunderte. Hinter ihm, Fußschellen um die hornigen Knöchel, wanderte mühsam ein alter Phagorsklave, Myk.

»Nun, Laintal, ich sehe, der Vater ist aus Borlien gekommen. Willst du ihn nicht willkommen heißen?«

»Nein.«

»Warum nicht? Du erinnerst dich an ihn, nicht wahr?«

»Wäre er nicht gekommen, würde mein Großvater nicht sterben.«

Aoz Roon schlug ihm auf die Schulter.

»Du bist ein guter Junge, du wirst überleben. Eines Tages wirst du selbst über Embruddock herrschen.« Er gebrauchte den alten Namen für Oldorando, den Namen, der üblich gewesen war, bevor Yulis Leute gekommen waren, zwei Generationen vor dem gegenwärtigen Yuli, der nun auf seinem Sterbelager die Fürsprache des Priesters erwartete.

»Ich möchte lieber Großvater lebendig haben als ein Herrscher sein.«

Aoz Roon schüttelte den Kopf. »Sag das nicht! Jeder würde gern herrschen, hätte er die Gelegenheit. Ich auch.«

»Du würdest einen guten Herrscher abgeben, Aoz Roon. Wenn ich groß bin, werde ich wie du sein und alles wissen und alles töten.«

Aoz Roon lachte. Der Junge dachte, wie schneidig er mit den blitzenden Zähnen zwischen den bärtigen Lippen aussehe, wild und kraftvoll, aber ohne die Schläue des Priesters. Aoz Roon war in vielerlei Hinsicht heroisch. Er hatte eine Tochter namens Oyre, die mit Laintal Ay fast gleichaltrig war. Und er trug Kleider aus schwarzen Fellen, die von denjenigen der anderen abstachen, zugeschnitten und zusammengenäht aus dem Fell eines riesigen Gebirgsbären, den er eigenhändig erlegt hatte.

Unbekümmert sagte Aoz Roon: »Komm! Deine Mutter wird dich in dieser Zeit bei sich haben wollen. Steig auf Myk, er wird dich reiten lassen!«

Der große weiße Phagor streckte seine hornigen Hände aus und half dem Jungen auf seine gebeugten Schultern. Myk lebte seit langem in Knechtschaft unter den Bewohnern von Embruddock; seinesgleichen lebten länger als Menschen. Mit seiner heiseren, würgenden Stimme sagte er: »Komm, halt dich fest, Junge!«

Laintal Ay streckte die Hände aus und umfaßte die Hörner des Ancipitalen. Als Zeichen seiner Versklavung waren die scharfen zweiseitigen Schneiden von Myks Gehörn glattgefeilt.

Die drei Gestalten stapften die krumme, von der Zeit abgenutzte Dorfstraße hinauf, der Wärme entgegen, während die Dunkelheit einer weiteren Winternacht sich über das Land senkte. Der Wind blies pulvrigen Schnee von Gesimsen und Dächern und ließ ihn auf sie herabrieseln.

Sobald der heilige Vater und die Hunde in dem Turm verschwunden waren, verzogen sich auch die Zuschauer wieder in ihre Behausungen. Myk setzte Laintal Ay im zertrampelten Schnee ab. Der Junge winkte Aoz Roon fröhlich zu und stieß die Türflügel im Fundament des Gebäudes auf.

Aus dem Halbdunkel schlug ihm Fischgestank entgegen. Jemand hatte den Schlittenhunden Fischabfälle vorgeworfen, die von den Fängen aus dem zugefrorenen Voral übriggeblieben waren. Die Hunde sprangen auf, als der Junge eintrat, zerrten an ihren Leinen, bellten wie rasend und bleckten die scharfen Zähne. Ein menschlicher Sklave, der den Vater begleitet hatte, schrie und fuchtelte erfolglos, um sie zur Ruhe zu bringen. Laintal Ay bellte und knurrte zurück, die Hände unter die Achseln gesteckt, und stieg die Holzstufen hinauf.

Von oben sickerte Licht herab. Sechs Geschosse waren über dem Stall aufeinandergestapelt. Jedes Geschoß bestand aus nur einem Raum, und er schlief in einem Winkel des ersten Stockwerks. Seine Mutter und die Großeltern wohnten im obersten Stockwerk. Zwischen ihnen lebten verschiedene Jäger, die in seines Großvaters Diensten standen; als der Junge vorbeikam, kehrten sie ihm die breiten Rücken zu, denn sie waren bereits beim Packen. Als er sein Stockwerk erreichte, sah Laintal Ay, daß Vater Bondorlonganons weniges Gepäck hier abgelegt worden war. Wahrscheinlich wollte er auch hier schlafen, und ohne Zweifel würde er schnarchen; das taten die Erwachsenen fast alle. Der Junge blieb stehen und betrachtete die Decke des Priesters, bewunderte die Fremdartigkeit des Gewebes und ihre Beschaffenheit, bevor er zum Großvater hinaufstieg.

Auf der letzten Leiter verhielt Laintal Ay in seinem Aufstieg, den Kopf durch die Bodenluke gesteckt, und überblickte alles aus der Froschperspektive. Dies war eigentlich der Raum seiner Großmutter, den Loil Bry seit ihrer Kindheit bewohnt hatte, als ihr Vater, Wall Ein Den, der das Stammesoberhaupt der Den gewesen war, über Embruddock geherrscht hatte. Jetzt war er von Loil Brys Schatten ausgefüllt. Sie stand vor einem Feuer, das in einem eisernen Becken brannte, nicht weit von der Öffnung, durch die ihr Enkel spähte. Bedrohlich ragte der Schatten auf den Wänden und der niedrigen Balkendecke. Von dem kunstvoll gewirkten Gewand, das seine Großmutter zu tragen pflegte, war nur ein ungewisser, bewegter Schattenriß an den Wänden zu sehen, und die Ärmel glichen Flügeln.

Drei weitere Leute waren in dem Raum, und sie schienen beherrscht von Loil Bry und ihrem Schatten. Auf einem Lager in einem Winkel lag der Kleine Yuli, dessen spitziges gelbliches Kinn aus den Fellen ragte, mit denen er zugedeckt war. Er war neunundzwanzig Jahre alt und vom Leben verbraucht und abgenutzt. Der alte Mann murmelte etwas. Loilanun, Laintal Ays Mutter, saß neben ihm, hatte die Ellbogen mit den Händen umfaßt und sah blaß und vergrämt aus. Sie hatte ihren Sohn noch nicht bemerkt. Der Mann aus Borlien, Vater Bondorlonganon, saß Laintal Ay am nächsten und betete laut mit geschlossenen Augen.

Dieses Gebet vor allem war es, was Laintal Ay zum Innehalten veranlaßt hatte. Gewöhnlich war er sehr gern in diesem

Raum, der voll war von den Geheimnissen seiner Großmutter. Loil Bry wußte und kannte so viele interessante Dinge und Geschichten, und in einer Weise nahm sie die Stelle von Laintal Ays Vater ein, der bei der Jagd auf einen Stungebag ums Leben gekommen war.

Stungebags trugen auch zu dem widerlich süßlichen Geruch bei, der den Raum erfüllte. Eines der Ungeheuer war vor kurzem erlegt und Stück um Stück ins Dorf gebracht worden. Zerbrochene Schuppenplatten, die man von seinem Rücken gehackt hatte, dienten nun als Brennstoff und halfen die Kälte vertreiben. Die Schuppen brannten hell mit gelblicher Flamme und zischten, während sie verbrannten. Der stinkende Qualm zog durch das geschwärzte Schindeldach ab.

Laintal Ay blickte unwillkürlich zur westlichen Wand. Dort war das Alabasterfenster seiner Großmutter. Da es draußen dunkelte, drang von dort keine Helligkeit durch die gelblichweiße, undurchsichtige Oberfläche, aber der Widerschein des Feuers ließ es in einer stumpf orangefarbenen Glut leuchten.

»Es sieht hier komisch aus«, sagte er endlich.

Er stieg eine weitere Sprosse hinauf, und die Augenlöcher der Kohlenpfanne strahlten ihn an.

Der heilige Vater ließ sich in seinem Gebet zu Wutra nicht stören; erst als er es beendet hatte, öffnete er die Augen. Eingezwängt zwischen die zusammengedrückten horizontalen Falten seines Gesichts, konnten sie sich nicht weit öffnen, aber sie blickten den Jäger mit listiger Freundlichkeit an, und der Vater sagte ohne lange Begrüßung: »Komm her, mein Junge! Ich habe dir aus Borlien etwas mitgebracht.«

Laintal Ay versteckte die Hände hinter dem Rücken und blieb auf Distanz. »Was ist es?«

»Komm her und sieh selbst!«

»Ist es ein Jagdmesser?«

»Komm und sieh selbst!« Er rührte sich nicht vom Fleck.

Loil Bry schluchzte leise, der sterbende Mann ächzte, das Feuer zischte und knackte.

Laintal Ay näherte sich vorsichtig dem Vater. Er vermochte nicht zu begreifen, wie Leute in anderen Orten als Oldorando leben konnten: es war der Mittelpunkt der Welt – woanders gab es nur Wildnis, die Wildnis aus Eis und Schnee, die sich in alle Richtungen erstreckte, so weit man gehen konnte.

Vater Bondorlonganon brachte eine kleine Hundefigur zum Vorschein und legte sie dem Jungen in die Hand. Sie war kaum größer als die Handfläche, und Laintal Ay sah sofort, daß sie aus Kaidawhorn geschnitzt war, sehr sorgfältig und mit einer Vielzahl von Einzelheiten, die ihn begeisterten. Dickes Fell bedeckte lockig den Hunderücken, und die winzigen Pfoten hatten sogar Ballen. Er betrachtete ihn eine Weile, bevor er entdeckte, daß der Schwanz sich bewegen ließ. Wenn man ihn auf und ab bewegte, öffnete und schloß sich der Unterkiefer des Hundes.

Nie hatte es ein Spielzeug wie dieses gegeben. Laintal Ay rannte und tanzte vor Aufregung im Raum herum, bellte und jaulte, und seine Mutter sprang auf und umfing ihn mit den Armen, um ihn zur Ruhe zu bringen.

»Eines Tages wird dieser Junge Herr von Oldorando sein«, sagte Loilanun zum Vater, als müsse sie es ihm erklären. »Er wird erben.«

»Es wäre besser, er würde das Wissen lieben und lernen, um mehr Kenntnisse zu erwerben«, sagte Loil Bry mit halblauter Stimme. »Das war es, was mein Yuli vorzog.« Und sie schlug die Hände vors Gesicht und weinte von neuem.

Vater Bondorlonganon blinzelte, wiegte den Kopf und erkundigte sich nach dem Alter des Jungen.

»Sechseinviertel Jahre.« Nur Fremde mußten solche Fragen stellen.

»Nun, dann bist du beinahe ein Mann. Noch ein Jahr, und du wirst alt genug sein, um ein Jäger zu werden, also entscheide dich bald. Was wünschst du mehr, Macht oder Wissen?«

Laintal Ay starrte zu Boden.

»Beides, Herr – oder was leichter ist.«

Der Priester lachte, entließ den Jungen mit einer Geste und watschelte hinüber, um seinen Schutzbefohlenen zu sehen. Er hatte sich beliebt gemacht; nun kam das Geschäft. Sein Ohr, durch Erfahrung eingestimmt auf die Heimsuchung des Todes, hatte eine Veränderung in der röchelnden Atmung des Kleinen Yuli wahrgenommen. Der alte Mann schickte sich an, diese Welt zu verlassen und die gefahrvolle Reise entlang seiner Land-Oktave zu der Obsidianwelt der Geister anzutreten. Mit Unterstützung der Frauen streckte Bondorlonganon den alten Mann aus und legte ihn so auf die Seite, daß sein Gesicht nach Westen schaute.

Froh, aus der Befragung entlassen worden zu sein, wälzte sich der Junge am Boden, kämpfte mit seinem horngeschnitzten Hund und bellte leise zurück, als das Tier wütend schnappte und kläffte. Sein Großvater verschied, während im selben Raum einer der wildesten Hundekämpfe in der Weltgeschichte stattfand.

Am nächsten Tag suchte Laintal Ay die Nähe des Priesters aus Borlien, weil er meinte, jener habe noch mehr Spielzeug in seinen Gewändern verborgen. Aber der Priester war mit Krankenbesuchen beschäftigt, und außerdem ließ Loilanun ihren Sohn nicht aus den Augen.

Laintal Ays rebellische Neigungen schließlich wurden durch den Ausbruch von Streitigkeiten zwischen seiner Mutter und der Großmutter unterdrückt. Diese überraschten ihm um so mehr, als die beiden Frauen einander zu Lebzeiten des Großvaters stets freundlich und liebevoll behandelt hatten. Der Leichnam des Kleinen Yuli, der nach dem Mann benannt worden war, der einst mit Iskador von den Bergen kam, wurde fortgetragen, steif wie ein gefrorenes Fell, als sei es sein letzter Willensakt, sich starr von den Liebkosungen seiner Frau abzuwenden. Seine Abwesenheit hinterließ einen schwarzen Winkel in dem Raum, und dort kauerte Loil Bry und wurde nur lebendig, wenn es galt, ihre Tochter anzufahren.

Alle Stammesangehörigen waren untersetzt gebaut, wohlversehen mit Fettpolstern. Loil Brys einstmals berühmte Figur war noch immer zu erkennen, obgleich sie längst ergraut und der Kopf zwischen die gebeugten Schultern und den rundgewordenen Rücken gesunken war. So saß sie nun auf dem kalten Lager ihres Mannes – des Mannes, den sie ein halbes Leben lang leidenschaftlich geliebt, seit sie ihn das erste Mal erblickt hatte, einen verwundeten Eindringling.

Loilanun war nicht vom gleichen Holz. Die Energie, die Kraft zu lieben, das breite Gesicht mit den forschenden dunklen Augen, die Entschlossenheit im Handeln – diese Dinge hatten Loilanun übersprungen und schienen von der Großmutter direkt auf den jungen Laintal Ay übergegangen zu sein. Loilanun war mager und fade, von bleicher Gesichtsfarbe; seit ihr Mann in jungen Jahren gestorben war, hatte ihr Gang etwas Stockendes – und ins Stocken geraten waren vielleicht auch ihre Bemühungen, dem Wissensdurst ihrer Mutter nachzueifern. Nun, da Loil Bry beinahe unablässig in ihrem Winkel weinte, war sie gereizt.

»Mutter, hör auf damit – dein Geflenne bringt mich noch um den Verstand!«

»Du warst zu schwach, um deinen Mann richtig zu betrauern! Ich werde weinen, ich werde weinen, bis ich ihm nachfolge! Blutige Tränen werde ich weinen.«

»Dadurch wird nichts besser.« Sie bot ihrer Mutter ein Stück Brot, aber es wurde von ihr mit verächtlicher Gebärde abgelehnt. »Shay Tal hat es gebacken.«

»Ich esse nicht.«

»Gib es mir, Mama«, sagte Laintal Ay.

Aoz Roon kam zum Turm und rief herauf. Er hielt seine

Tochter Oyre bei der Hand. Oyre war ein Jahr jünger als Laintal Ay und winkte ihm begeistert zu, als er und Loilanun die Köpfe aus dem kleinen Fenster steckten. »Komm herauf und sieh meinen Spielzeughund, Oyre! Er ist ein richtiger Kämpfer, wie dein Vater.«

Aber seine Mutter schob ihn zurück in den Raum und sagte mit scharfer Stimme zu Loil Bry: »Es ist Aoz Roon, der uns zum Begräbnisplatz begleiten möchte. Kann ich ihm ja sagen?«

Die alte Frau saß auf dem Lager und wiegte den Oberkörper langsam vor und zurück, vor und zurück. Ohne sich umzuwenden oder in der Bewegung innezuhalten, sagte sie: »Traue niemandem! Traue Aoz Roon nicht – er hat zuviel Unverschämtheit! Er und seine Freunde hoffen die Nachfolge an sich zu bringen.«

»Wir werden jemandem trauen müssen. Du wirst jetzt herrschen, Mutter.«

Als Loil Bry ein bitteres Lachen ausstieß, blickte Liolanun auf ihren Sohn herab, der lächelnd dastand, den Spielzeughund an die Brust gedrückt. »Dann werde ich es tun, bis Laintal Ay ein Mann wird. Dann wird er Herr von Embruddock sein.«

»Du bist eine Närrin, wenn du meinst, Nahkri werde das erlauben«, erwiderte die alte Frau.

Loilanun sagte nichts mehr, schloß den Mund zu einer bitteren Linie und ließ ihren Blick vom erwartungsvollen Gesicht des Sohnes zu den Häuten niedersinken, die den Boden bedeckten. Sie wußte, daß Frauen nicht herrschten. Schon jetzt, noch ehe ihr Vater unter der Erde war, schwand ihrer Mutter Macht über den Stamm dahin, als wäre er nie gewesen. Sie wandte sich auf der Stelle um und rief aus dem Fenster: »Komm herauf!«

So beschämt war Laintal Ay durch diesen Blick seiner Mutter – als ob sie meinte, er würde es seinem Großvater niemals gleichtun, nicht zu reden von dem älteren, legendären Träger des Namens Yuli –, daß er sich zurückzog, zu verletzt, um Oyre zu begrüßen, als sie mit ihrem Vater durch die Bodenluke heraufkam. Aoz Roon war vierzehn Jahre alt, ein stattlicher, selbstbewußter junger Jäger, der nach einem mitfühlenden Lächeln zu Loilanun und einem Zausen von Laintal Ays ungekämmtem Haar hinüberging, um der Witwe sein Beileid auszusprechen. Dies war das Jahr Neunzehn nach der Vereinigung, und schon hatte Laintal Ay ein Gefühl für geschichtliche Abläufe. Es hing in den dumpf und modrig riechenden Winkeln dieses alten Turmes mit seiner Feuchtigkeit, seinen Flechten und Spinnweben. Schon das Wort Geschichte gemahnte ihn an Wölfe, die zwischen den Türmen heulten, die Pelze schneeverklebt, während ein alter Held aus grauer Vorzeit seine letzten Atemzüge tat.

Nicht nur Großvater Yuli war tot. Auch Dresyl war gestorben. Dresyl. Yulis Vetter, Laintal Ays Großonkel, der Vater von Nahkri und Klils. Der Priester war herbeigerufen und Dresyl in die mühsam aufgehackte Erde gebettet worden, die Erde der Geschichte.

Der Junge erinnerte sich Dresyls mit zärtlicher Zuneigung, aber er fürchtete seine streitsüchtigen Onkel, Nahkri und den jüngeren Klils, die Söhne Dresyls. Soweit er diese Dinge verstand, erwartete er, daß es der prahlerische Nahkri und sein Bruder Klils sein würden, die nun zur Herrschaft gelangten – gleichgültig, was seine Mutter sagte. Wenigstens waren sie jung. Er selbst wollte einen guten Jäger aus sich machen, und dann würden sie ihn respektieren, statt ihn unbeachtet zu lassen, wie sie es gegenwärtig taten. Aoz Roon würde ihm helfen.

Die Jäger verließen das Dorf an diesem Tag nicht. Sie alle wohnten dem Begräbnis ihres alten Herrn bei. Der heilige Vater hatte genau bestimmt, wo das Grab sein sollte, nahe bei einem seltsam gemeißelten Stein, wo der Boden von heißen Quellen hinreichend aufgetaut war, um ein Begräbnis ohne allzu langwierige und harte Anstrengungen zu

ermöglichen. Aoz Roon begleitete die Frau und die Tochter des Kleinen Yuli zur Begräbnisstätte. Laintal Ay und Oyre folgten ihnen mit Geflüster, ihrerseits gefolgt von den Sklaven und Myk, dem Phagoren. Laintal Ay bewegte den Schwanz seines bellenden Hundes und brachte Oyre zum Kichern.

Kälte und Wasser schufen eine seltsame Bühne für die Trauer der Hinterbliebenen. Im Norden des Dorfes entsprangen der Erde heiße Quellen, Fümarolen und Geysire, deren Wasser sich über nackten Fels und Gestein ergoß. Wind und Frost formten aus dem rasch abkühlenden Wasser bizarre Eisgebilde, die der Phantasie reiche Nahrung boten. Die heißen Geysire überschütteten diese erstarrte Figurenwelt in Abständen mit warmem Wasser und sorgten damit für einen Zustand immerwährender Veränderung, überspülten und glätteten Eisfiguren, brachen von Zeit zu Zeit Teile ab, die auf dem Gesteinsboden zerbarsten und allmählich weggespült wurden.

Man hatte bereits ein Grab für den alten Helden ausgehoben, den vormaligen Eroberer von Embruddock. Zwei Männer mit ledernen Eimern schöpften Wasser heraus, das von unten immer wieder in die Grube drang. Eingehüllt in schmucklosen groben Stoff, wurde der Kleine Yuli hineingesenkt. Keine Beigaben folgten. Das Volk von Campannlat – oder jene, die sich um das Erlernen der Kunst bemühten – wußte nur zu gut, wie es dort unten war, in der Welt der Geister: es gab nichts, was jemand dorthin mitnehmen könnte, um sein Los zu erleichtern.

Die gesamte Bevölkerung von Oldorando hatte sich eingefunden und war um das Grab geschart, mehr als hundertsiebzig Männer, Frauen und Kinder.

Auch Hunde und Gänse hatten sich eingefunden und schauten in ihrer nervösen tierhaften Art zu, während die Menschen stumm und passiv dastanden und gelegentlich das Gewicht von einem Fuß auf den anderen verlagerten. Es war kalt. Batalix stand hoch am Himmel, war aber hinter Wolken verborgen; Freyr war noch im Osten, eine Stunde nach dem Aufgang.

Die Menschen waren dunkel und von untersetzter Statur, mit den faßförmigen Leibern und stämmigen Gliedmaßen, die zu dieser Zeit charakteristisch für die Bewohner des Planeten waren. Das Gewicht des durchschnittlichen Erwachsenen lag nahe bei zwölf Steinen nach dem örtlichen Maß, wobei der Unterschied zwischen Männern und Frauen nur gering war; drastische Veränderungen sollten hier in späterer Zeit eintreten. Sie standen in zwei ungefähr gleich starken Gruppen um das Grab, die Köpfe umweht von dampfenden Atemwolken, eine Gruppe aus Jägern und ihren Frauen, die anderen aus dem Rest der Dorfbewohner: den Wächtern, Handwerkern und Alten samt ihren Frauen. Die Jäger trugen Anzüge aus Rentierfell, dessen hartes, dichtes Deckhaar und dicke weiche Unterwolle so undurchlässig war, daß selbst starke Schneestürme die Haare nicht auseinanderzublasen vermochten. Die übrigen Dorfbewohner trugen leichtere Kleidung, im allgemeinen aus rötlichen Yelkfellen, die einem geschützteren Leben angepaßt waren. Ein paar Jäger brüsteten sich mit Phagorpelzen; aber diese Felle galten allgemein als zu fettig und schwer, um bequem zu sein.

Die Erwachsenen beobachteten den Fortgang des Begräbnisrituals bewegungslos. Einige der Frauen, die sich Überbleibseln der alten Religion erinnerten, hatten jede eine großes Brassimipblatt mitgebracht, um es in das Grab zu werfen. Die Blätter waren das einzige Grünzeug, das dafür zur Verfügung stand. Der kalte Wind bewegte die schon welkenden Blätter in den Händen der Trauergäste, während diese dem fremden Priester lauschten.

Vater Bondorlonganon ließ alles dies unbeachtet und konzentrierte sich auf seine Amtshandlung. Die Augen zugedrückt, als könne er den Anblick der Gemeinde nicht ertragen, rezitierte er die vorgeschriebenen Gebete vor den versammelten Heiden. Dann endlich wurden die Blätter auf den eingehüllten Toten geworfen und das Grab zugeschüttet.

Man bemühte sich, diese Dinge nicht allzusehr in die Länge zu ziehen, mit Rücksicht auf das Wetter und seine Auswirkungen auf die Lebenden. Als das Loch fast ausgefüllt war, stieß Loil Bry einen schrecklichen Schrei aus, stürzte vorwärts und warf sich auf das Grab ihres Mannes. Aoz Roon war rasch zur Stelle, um sie aufzuheben und zu halten, während Nahkri und sein Bruder mit verschränkten Armen zuschauten, halb erheitert.

Nach einigen Augenblicken riß Loil Bry sich von Aoz Roons Händen los, hob zwei Hände voll lehmiger Erde auf und schmierte sie über Gesicht und Haar, wobei sie in lautes Wehklagen ausbrach. Laintal Ay und Oyre lachten vor Vergnügen. Es war spaßig zu sehen, wie Erwachsene sich albern benahmen.

Der heilige Mann fuhr mit dem Zeremoniell fort, als wäre nichts geschehen, doch seine Züge verrieten Mißbilligung. Embruddock, dieses elende Nest, war für seinen Mangel an religiösem Leben bekannt. Nun, die Geister ihrer Toten würden leiden, wenn sie durch die Erde zum Urblock hinabsänken.

Dann lief die Witwe des Kleinen Yuli, alt und gebeugt wie sie war, zwischen knisternden Eisgebilden und windverwehten Schwaden aus Wasserdampf hinunter zum gefrorenen Fluß. Gänse flatterten bestürzt auf, als sie fuchtelnd und schreiend das Ufer entlangeilte, ein verrücktes altes Weib von achtundzwanzig harten Wintern. Einige der Kinder lachten, bis ihre Mütter sie beschämt zum Schweigen brachten.

Die vom Kummer verwirrte alte Frau hüpfte mit steifen ruckartigen Bewegungen wie eine Puppe auf dem Eis herum. Ihre Gestalt war dunkelgrau vor dem Hellgrau, dem blassen Blau und den Weißtönen der Wildnis, vor deren Hintergrund alle ihre Dramen sich abspielten. Das Lachen der Kinder, die Trauer, die Verrücktheit, selbst der Abscheu und die Resignation waren menschliche Ausdrücke eines Krieges gegen die immerwährende Kälte. Niemand wußte es, aber dieser Krieg wendete sich bereits zu ihren Gunsten. Der Kleine Yuli war wie sein großer Vorfahre, Yuli der Priester, Begründer des Stammes, aus immerwährender Dunkelheit und Eis hervorgegangen. Der junge Laintal Ay war ein Vorläufer des kommenden Lichts.

Loil Brys skandalöses Benehmen verlieh dem Totenschmaus, der nach dem Begräbnis gehalten wurde, eine besondere Würze. Alle feierten. Der Kleine Yuli konnte von Glück sagen, denn er hatte einen Vater, der ihn in der Welt der Geister willkommen hieß. Seine früheren Untertanen feierten nicht nur sein Hinscheiden, sondern auch eine mehr weltliche Reise – die Rückkehr des heiligen Mannes nach Borlien. Für diese mußte der Priester fürsorglich mit Rathel und Gerstenwein gefüllt werden, um auf der Rückreise die Kälte fernzuhalten.

Sklaven – auch sie aus Borlien gebürtig, aber das übersah Vater Bondorlonganon – wurden ausgesandt, den Schlitten zu beladen und die kläffenden Hunde vorzuspannen. Laintal Ay und Oyre gaben ihm zusammen mit einer fröhlichen Menge das Geleit bis zum südlichen Tor.

Das breite Gesicht des Priesters verzog sich beim Anblick des Jungen etwas, das einem Lächeln glich. Plötzlich beugte er sich nieder und küßte Laintal Ay.

»Der große Wutra verleihe dir Macht und Wissen, mein Sohn!« sagte er.

Zu überwältigt, um zu antworten, hob Laintal Ay den Spielzeughund zum Gruß.

Am Abend wurden in den Türmen bei einem letzten Umtrunk wieder die Geschichten vom Kleinen Yuli erzählt, und wie er und sein Stamm in Embruddock eingetroffen waren. Und wie unwillkommen sie gewesen waren.

Als Vater Bondorlonganon, eingewickelt in seine Decken und Felle, über die Ebene zurück nach Borlien gezogen wurde, teilten sich die Wolken. Über ihm wölbte sich der Nachthimmel mit einer Fülle von Sternen.

Unter den Sternbildern und den Fixsternen war ein Licht, das langsam vorwärtskroch. Es war kein Komet, sondern die Beobachtungsstation *Avernus* der Erde.

Von unten schien die Station nicht mehr als ein winziger Lichtpunkt zu sein, beiläufig beobachtet von Wanderern und Fallenstellern, wenn er über ihnen seine Bahn zog. Aus der Nähe zeigte sie sich als eine komplexe und unübersichtliche Serie von Einheiten mit einer Anzahl spezialisierter Funktionen.

Die *Avernus* beherbergte über fünftausend Männer, Frauen, Kinder und Androiden, und jeder der Erwachsenen war auf einen bestimmten Aspekt der Welt unter ihnen spezialisiert. Dieser Welt hatten sie den Namen Helliconia gegeben. Sie war ein erdähnlicher Planet von besonderem Interesse für die Bewohner der Erde.

II

Die Vergangenheit, die wie ein Traum war

Überwältigt von Wärme und Müdigkeit, schlief Laintal Ay lange vor dem Ende der Feiern ein. Die Geschichten wurden über seinem Kopf weitergesponnen, wie die Winde draußen über das Land wehten, kalt und besitzergreifend.

Die Geschichten handelten von den Taten vergangener Zeiten, vor allem aber vom Heldentum dieses oder jenes Heroen der Vergangenheit, von der Art und Weise, wie er dieses oder jenes schreckliche Ungeheuer getötet und Feinde besiegt hatte. Vor allem aber wurde an diesem Abend nach dem Begräbnis erzählt, wie der erste Yuli aus der Dunkelheit herabgekommen war, um einen neuen Stamm und eine neue Lebensweise zu begründen.

Yuli fesselte die Phantasie der Dorfbewohner, weil er ein heiliger Mann gewesen war, dem Glauben jedoch seinem Volk zuliebe entsagt hatte. Er hatte gegen Götter, die heute keinen Namen mehr hatten, gekämpft und sie bezwungen.

Eine elementare und hervorstechende Qualität seines Charakters, etwas zwischen Rücksichtslosigkeit und Gerechtigkeitsliebe, war in dem Stamm auf fruchtbaren Boden gefallen. Seine Legende wuchs noch immer im Bewußtsein der Nachfahren, so daß selbst sein Urenkel, ein weiterer Yuli, der »Kleine« Yuli, sich in Zeiten der Bedrängnis fragen konnte: »Was hätte Yuli an meiner Stelle getan?«

Jenem ersten Ort, den er Oldorando nannte und zu welchem er mit Iskador und ihrem Kind aus dem Bergtal übersiedelt war, sollte kein Gedeihen beschieden sein. Er konnte mit knapper Not bestehen, und das war alles. Seine ärmlichen Hütten aus aufgeschichteten, mit Lehm verschmierten

Steinen lagen am Ufer des gefrorenen Dorzin-Sees hingeduckt unter den elementaren Gewalten des Winters, und keiner der Bewohner ahnte, daß diese Gewalten sich bald erschöpfen sollten. Zu Yulis Lebzeiten gab es dafür keine Anzeichen. Vielleicht war das ein weiterer Grund, warum die gegenwärtige Generation in den steinernen Türmen von Embruddock gern von ihm sprach: er war ihr Vorfahre, der im tiefen Winter gelebt hatte. Er verkörperte ihr Überleben. Ihre Legenden waren der erste Teil ihres Bewußtseins, der die Möglichkeit eines Klimawechsels einräumte.

Wie die unterirdischen Städte in den gewaltigen Gebirgszügen des Quzint, lag jenes erste Oldorando nahe dem Äquator inmitten des ausgedehnten tropischen Kontinents Campannlat. Von diesem Kontinent und seinen Grenzen hatte zu Yulis Zeit niemand Kenntnis; die Welt seiner Zeitgenossen war auf den Umkreis des Lagers und das Jagdterritorium beschränkt. Nur Yuli selbst hatte mit eigenen Augen die Tundren und Zastrugi gesehen, die sich im Norden der Quzint-Berge erstreckten. Nur Yuli kannte die Vorberge jenes gewaltigen natürlichen Walles, der den Kontinent im Westen begrenzte und als die Barrieren bekannt war. Dort, in einer vergletscherten Hochgebirgswelt, fügten tätige Vulkane von mehr als viertausend Metern Seehöhe dem lebensfeindlichen Klima ihre eigene Art von Unerbittlichkeit hinzu, indem sie das Urgestein unter einem stetig wachsenden Lavaschild begruben.

Die Kenntnis der furchteinflößenden Kältewüsten von Nktryhk blieb ihm erspart.

Im Osten von Campannlat erhebt sich die Ostkette. Hinter Wolken und Stürmen vor allen menschlichen Augen verborgen, faltet die Kontinentalscholle sich hier zu weiteren gewaltigen Hochgebirgsketten auf, kulminierend in einem zweiten Vulkanschild, über welchen die mächtigen Gletscher mehr als vierzehntausend Meter hoher Gipfel zu Tal kriechen. Hier existierten die Elemente Feuer, Erde und Luft beinahe in ihrer reinen Form, festgehalten in der Erstarrung so großer Kälte, daß sie keine weniger gegensätzlichen Verbindungen eingehen konnten. Doch selbst hier, auf Eisflächen, die fast in die Stratosphäre hinaufreichten, konnte man zu einem etwas späteren Zeitpunkt – etwa zur gleichen Zeit, als der Kleine Yuli starb – bereits die Rückkehr anzipitalen Lebens beobachten, das in Sturm und Kälte frohlockte.

Die von heulenden Stürmen durchtoste weiße Wildnis des Östlichen Schildes war den Phagoren bekannt. Sie nannten sie Nktryhk und glaubten, daß hier der Thron eines weißen Weisen stehe, der eines Tages die Söhne Freyrs, die verhaßten Menschen aus der Welt vertreiben werde.

Nktryhk erstreckte sich über annähernd neuntausend Kilometer in nordsüdlicher Richtung und trennte den inneren Teil des Kontinents von den kalten östlichen Meeren. Diese peitschten gegen die Steilküste von Nktryhk, welche sich stellenweise in achtzehnhundert Metern hohen Steilabstürzen aus der stürmischen See erhob. Die Brandungsgischt gefror in den arktischen Temperaturen und hüllte die unteren Partien der Kliffs in gewaltige Eispanzer. Von alledem wußten die verstreut lebenden menschlichen Stämme nichts.

Jene Generationen lebten ausschließlich von der Jagd. Die Jagd war Thema fast aller Geschichten, die erzählt wurden. Obgleich die Männer zusammen jagten und einander halfen, blieb die Jagd doch immer Bewährungsprobe des Einzelnen, wenn er sich allein dem Wild gegenübersah, das sich ihm zum Kampf stellte. Bei jeder Jagd ging es um Leben und Tod. Und wenn der Jäger überlebte, dann war auch das Überleben der Frauen und Kinder gesichert. Starb er, ging seine Sippe zugrunde.

So lebte Yulis kleiner Stamm an den Ufern des gefrorenen Sees, so gut er konnte, angewiesen auf Fische und Wildtiere als Existenzmittel. Die Zuhörer der Geschichten vernahmen immer wieder gern die alten Berichte aus der Zeit der Siedlung am See. Die dort ausgeübten Methoden des Fischfangs waren in der Überlieferung so minuziös beschrieben, daß sie für den Fischfang im Voral einfach nachgeahmt werden konnten. Um die sehr geschätzten Aale zu fangen, warf man Hirschköpfe in ausgeschmolzene Eislöcher am Flußufer, wie Yuli es einst getan hatte.

Yulis Stamm hatte auch gegen gigantische Stungebags gekämpft, Yelke und wilde Bären getötet und sich gegen Überfälle der Phagoren verteidigt. In den warmen Jahreszeiten hatte man Gerste und Roggen angebaut. Das Blut von Feinden wurde getrunken.

Wenige Kinder überlebten das erste Jahr. In Oldorando wurden sie im Alter von sieben Jahren erwachsen und alterten mit zwanzig. Selbst in den kurzen Sommern, wenn das Leben ein wenig leichter war und sie lachten und scherzten, blieben Frost und Schnee stets ihre Nachbarn.

Der erste Yuli, der gefrorene See, die Phagoren, die durchdringende Kälte, die Vergangenheit war wie ein Traum: diese Elemente der Überlieferung, die schon den Charakter der Legende angenommen hatte, waren jedermann bekannt und wurden immer wieder erzählt. Denn die kleine Menschenherde, die für ihr Leben in Embruddock Unterschlupf gefunden hatte, war eingeschränkt in einer Weise, die ihr selbst nicht bewußt war. Bei den Initiationsriten zur Aufnahme in die Welt der Erwachsenen wurde jedes Mitglied der Dorfgemeinschaft in ein Tierfell genäht; die Tiere gaben ihnen Nahrung und Kleidung, sie sicherten ihr Leben. Aber Träume, und die Vergangenheit, die wie ein Traum war, gaben ihnen zusätzliche Dimensionen, in denen sie alle leben konnten.

Nach dem Begräbnis des Kleinen Yuli hockten sie alle eng zusammengekauert in Nahkris und Klils' Turm und genossen wieder einmal die Teilhabe an der Vergangenheit, die wie ein Traum war. Um sie lebendiger zu machen, oder vielleicht um die Mühseligkeiten der Gegenwart zu dämpfen, tranken alle Rathel, der von Nahkris Sklaven ausgeschenkt wurde. Rathel war nächst dem roten Blut die in Embruddock am höchsten geschätzte Flüssigkeit.

Das Begräbnis des Kleinen Yuli war eine willkommene Gelegenheit, die stets gleichbleibende Einförmigkeit des Lebens zu unterbrechen und in der Phantasie zu leben. So wurde die große Geschichte der Vergangenheit, von der Vereinigung zweier Stämme wieder erzählt. Die Geschichte wurde wie der Krug mit Rathel von Mund zu Mund weitergegeben, so daß alle Teilnehmer Gelegenheit erhielten, eine Episode aufzunehmen und ihre eigenen Ausschmückungen anzubringen. So nahm ein Erzähler den Faden auf, wo der andere ihn niedergelegt hatte.

Auch die Kinder des Stammes waren anwesend. Ihre dunklen Augen glänzten im schwelenden Licht, und es war eine ausgemachte Sache, daß auch sie vom Rathel trinken durften, wenn der hölzerne Krug die Runde machte. Die Geschichte, die sie zu hören bekamen, wurde allgemein die Große Geschichte genannt. Bei jeder Festlichkeit, nicht nur anläßlich von Begräbnissen oder Initiationsfeiern oder beim Fest des Doppelten Sonnenuntergangs blieb man beisammen, wenn die Dunkelheit anbrach, und dann war es unausweichlich, daß jemand rief: »Erzählt die Große Geschichte!«

Es war eine Geschichte ihrer Vergangenheit, und viel mehr als das. Es war alle Kunst, die der Stamm besaß. Musik, Malerei und Literatur kannte er nicht, und alle Verfeinerung der Kultur war ihm fremd. Was einmal existiert hatte, war der Kälte und den harten Lebensbedingungen, die sie diktierte, zum Opfer gefallen. Aber es blieb die Vergangenheit, die ein Traum war; sie überlebte, um überliefert zu werden.

Niemand war für diese Geschichte empfänglicher als Laintal Ay, wenn es ihm gelang, wachzubleiben. Eines der Themen war die Vereinigung zweier verfeindeter Gruppen; das verstand er, denn die Spaltung, welche von dieser Vereinigung überdeckt wurde, an die der Stamm wie an einen religiösen Glaubensartikel glauben mußte, war ein Teil seines häuslichen Lebens gewesen. Erst später, als er herangewachsen war, entdeckte er, daß es niemals eine Vereinigung in etwas gab, nur unterdrückte Zwietracht. Aber an diesem Abend im Jahr Neunzehn nach der Vereinigung hatten die Erzähler sich in aller unschuldigen Fröhlichkeit verschworen, daß die Große Geschichte als eine Geschichte der Einigkeit und des Erfolgs erzählt werden müsse. Das war ihre Kunst.

Die Erzähler sprangen nacheinander auf und deklamierten ihr Stück mit unterschiedlicher Selbstsicherheit. Die ersten sprachen vom Großen Yuli und wie er aus der weißen Wildnis nördlich von Pannoval zu dem gefrorenen Dorzin-See kam. Aber eine Generation macht der nächsten Platz, selbst in der Legende, und bald erhob sich eine weitere Erzählerin, um von jenen kaum weniger mächtigen Gestalten zu sprechen, die auf Yuli folgten. Diese Erzählerin war Rol Sakil, die Hebamme, die ihren Mann und ihre hübsche Tochter, Dol, bei sich hatte; sie legte eine gewisse Betonung auf die pikanteren Aspekte ihres Teils der Geschichte, was von ihrem Publikum sehr genossen wurde.

Während Laintal Ay in der Wärme döste, erzählte Rol Sakil von Si, Yulis und Iskadors Sohn. Si wurde der bedeutendste Jäger des Stammes, und alle fürchteten ihn, weil seine Augen in verschiedene Richtungen blickten. Er nahm eine Frau von einheimischer Geburt namens Cretha, oder, nach der Art ihres Stammes, Cre Tha Den, die Si einen Sohn namens Orfik und eine Tochter namens Iyfilka schenkte. Orfik und Iyfilka waren beide mutig und stark, und das in einer Zeit, da es ungewöhnlich war, daß in einer Familie zwei Kinder überlebten. Iyfilka ging mit Sargotth oder Sar Gotth Den, der sich im Fangen des Myllk hervortat, des zweiarmigen Fisches, der unter dem Eis des Dorzin-Sees lebte. Iyfilka konnte mit ihrem

Gesang das Eis aufbrechen. Sie gebar dem Sar Gotth einen Sohn, den sie Dresyl Den nannten – ein berühmter Name in der Legende. Dresyl erzeugte nämlich die berühmten Brüder Nahkri und Klils. (Gelächter.) Dresyl war Laintal Ays Großonkel.

»Ach, wie hab' ich dich gern, mein Kind!« sang Iyfilka und wiegte und liebkoste ihren kleinen Sohn auf den Armen. Aber dies geschah zu einer Zeit, als Stämme und Phagoren mit von Kaidaws gezogenen Schlitten über das Eis kamen und menschliche Siedlungen überfielen. Sar Gotth und die liebliche Iyfilka wurden bei einem solchen Überfall getötet, als sie am öden Seeufer zu entkommen suchten. Manche warfen Sar Gotth später vor, er sei ein Feigling gewesen, oder nicht wachsam genug.

Das Waisenkind, Dresyl, wurde zu seinem Onkel Orfik gebracht, der unterdessen einen eigenen Sohn hatte, der nach seinem Urgroßvater Yuli oder der Kleine Yuli genannt wurde. Obgleich er zu stattlicher Größe heranwuchs, blieb er im Gedenken an die Größe seines Vorfahren der Kleine Yuli. Dresyl und der Kleine Yuli wurden unzertrennliche Freunde und blieben es ihr Leben lang, trotz der Prüfungen, die sie erwarteten. Beide bewährten sich in ihrer Jugend als große Kämpfer und unbekümmerte, kräftige Männer, die den Frauen nachstellten und sie verführten und so durch ihre Vergnügungen viel Unfrieden verursachten. Es ließen sich darüber einige Geschichten erzählen, wären nicht gewisse Leute anwesend (Gelächter).

Alle sagten, daß Dresyl und Yuli, die unzertrennlichen Vettern, einander mit ihren kräftigen dunklen Gesichtern, den Hakennasen, den gekräuselten Bärten und den hellen Augen sehr ähnlich seien. Beide waren leichtfüßig und gut gebaut. Beide trugen ähnliche Pelzkleidung mit pelzbesetzten Kapuzen. Ihre Feinde prophezeiten ihnen, daß sie einst das gleiche Schicksal erleiden würden, aber die Wirklichkeit sollte anders aussehen, wie die Geschichte berichten wird.

Gewiß, die alten Männer und Frauen, deren Töchter in Gefahr waren, prophezeiten, daß dieses pestilenzartige Paar ein schlimmes Ende nehmen würde – und je eher, desto besser. Nur jene Töchter selbst, die mit ihren Liebhabern im Dunkeln lagen, wußten, wie zuträglich die Vettern waren, und wie verschieden voneinander; sie wußten, daß Dresyls Wesensart wild und ungestüm war, während Yuli von gefühlvoller Natur war, sanft wie eine Feder, und genauso kitzlig.

An diesem Punkt der Geschichte wachte Laintal Ay auf. Schläfrig wunderte er sich, wie es möglich sei, daß sein gebeugter alter Großvater, so gebrechlich und langsam, jemals sollte Mädchen gekitzelt haben.

Einer der Wächter fuhr in der Erzählung fort.

Die Ältesten und der alte Schamane des Stammes vom Seeufer kamen zusammen, um zu beschließen, wie Dresyl und Yuli für ihre Sittenlosigkeit bestraft werden sollten. Einige spuckten vor Zorn, als sie sprachen, denn in ihren Herzen waren sie eifersüchtig. Andere redeten fromm, weil sie alt waren und keinen Weg als den der Tugend gehen konnten. (Der Erzähler trug diese einfache Weisheit dick auf und bediente sich dazu einer fistelnden Stimme, um sein Publikum zum Lachen zu bringen.)

Die Verurteilung war einmütig. Obwohl die Zahl der Stammesmitglieder durch Krankheit und Phagorenüberfälle zurückgegangen war und jeder Jäger benötigt wurde, beschlossen die Ältesten, daß Dresyl und der Kleine Yuli aus dem Stamm verstoßen werden sollten. Natürlich war keiner Frau erlaubt, für die beiden Übeltäter zu sprechen.

Das Urteil wurde ihnen mitgeteilt, und Yuli und Dresyl blieb nichts übrig, als das Dorf zu verlassen. Als sie ihre Habseligkeiten und Waffen zusammenpackten, traf im Dorf ein Fallensteller aus einem anderen Stamm am Ostufer des Sees ein. Er war vor Erschöpfung halbtot und brachte die

Nachricht, daß die Phagoren wieder angriffen, diesmal mit großer Streitmacht vom See her. Sie töteten alle Menschen, die ihnen in den Weg kämen. Dies geschah zur Zeit eines doppelten Sonnenuntergangs.

Einem neuerlichen Angriff der Phagoren in keiner Weise gewachsen, rafften die verängstigten Dorfbewohner ihre Habe zusammen und setzten ihre Hütten in Brand. Dann zogen sie nach Süden. Der Kleine Yuli und Dresyl waren unter ihnen. Hinter ihnen loderten die Feuer rot und schwarz in den Himmel, bis der See schließlich außer Sicht war. Sie folgten dem Voral und wanderten Tag und Nacht, denn während dieser Zeit schien Freyr nachts. Die tüchtigsten Jäger zogen zu beiden Seiten des Flüchtlingszuges voraus, um nach Nahrung und Sicherheit Ausschau zu halten. Angesichts der Notlage wurden Yuli und Dresyl ihre Sünden einstweilen vergeben.

Der Zug bestand aus dreißig Männern, einschließlich der fünf Ältesten, sechsundzwanzig Frauen und zehn Kindern unter sieben, dem Pubertätsalter. Sie hatten ihre Schlitten bei sich, die von Hunden und Asokin gezogen wurden. Mit ihnen zogen zahlreiche Hühner und Gänse und verschiedene Hunde, einige davon nicht viel mehr als Wölfe und Schakale oder Kreuzungen zwischen beiden; diese letzteren waren häufig die Spielgefährten der Kinder, die sie schon als Welpen bekamen.

Mehrere Reisetage folgten. Das Wetter war milde, doch gab es nur wenig Wild. Eines Tages kehrten Baruin und Skelit, die als Kundschafter vorausgegangen waren, in der Freyr-Dämmerung zum Flüchtlingszug zurück und meldeten, daß voraus eine fremde Stadt läge.

»Wo der Fluß und ein zugefrorener Bach zusammentreffen, spritzt das Wasser mit großem Lärm in die Luft. Und mächtige Türme, aus Stein gebaut, erheben sich zum Himmel.« So lautete Baruins Meldung, und es war die erste Beschreibung von Embruddock.

Er schilderte, wie unsere steinernen Türme in Reihen stehen und mit bemalten Totenschädeln geschmückt sind, um Eindringlinge abzuwehren.

Sie standen in einer flachen Talmulde voller Geröll und berieten, was zu tun sei. Zwei weitere Jäger kamen und schleppten einen Fallensteller mit sich, den sie bei seiner Rückkehr nach Embruddock gefangen hatten. Sie warfen ihn zu Boden und traten ihn. Er sagte, daß der Stamm der Den in Embruddock lebe, und daß sie ein friedliebendes Volk seien.

Auf die Kunde, daß es mehr Den in der Gegend gebe, sagten die fünf Ältesten sofort, daß man die Siedlung umgehen und weiterziehen sollte. Sie wurden jedoch niedergebrüllt. Die jüngeren Männer waren für einen sofortigen Angriff; dann könnten sie von diesem entfernt verwandten Stamm auf der Grundlage der Gleichheit aufgenommen werden. Die Frauen stimmten lautstark zu, weil sie dachten, es würde angenehm sein, in festen Steintürmen zu leben.

Die Aufregung wuchs. Der Fallensteller wurde totgeschlagen. Alle Flüchtlinge – Männer, Frauen und Kinder – tauchten ihre Finger in sein Blut und tranken, damit sie den Sieg davontragen möchten, ehe der Tag beendet wäre.

Der Leichnam wurde den Hunden vorgeworfen.

»Dresyl und ich werden vorausgehen und das Gelände beobachten«, sagte der Kleine Yuli. Herausfordernd starrte er in die Runde; die anderen Männer schlugen den Blick nieder und sagten nichts. »Wir werden den Kampf für euch gewinnen. Wenn uns das gelingt, werden wir herrschen und keinen weiteren Unsinn von diesen alten Männern dulden. Wenn wir verlieren, dann könnt ihr unsere Körper den Tieren vorwerfen.«

»Und«, sagte der nächste Sprecher, der den Faden aufnahm, »auf die mutige Rede des Kleinen Yuli blickten die Hunde von ihrem Mahl auf und kläfften ihre Zustimmung.«

Das Publikum lächelte ernst und gerührt, denn es entsann sich dieser Details aus der Vergangenheit, die wie ein Traum war.

Nun wurde die Geschichte jener Vergangenheit spannender. Das Publikum trank weniger häufig vom Rathel, als der Erzähler erläuterte, wie Dresyl und der Kleine Yuli, die unzertrennlichen Vettern, das fremde Dorf zu erobern trachteten. Mit ihnen gingen fünf ausgewählte Helden, deren Namen jedermann kannte: Baruin, Skelit, Maldik, Crwayne und der Große Afardl, der an jenem Tag getötet wurde, und noch dazu von einer Frau.

Die Masse der Flüchtlinge blieb, wo sie war, damit der Lärm ihrer Hunde nicht ihre Nähe verriete.

Jenseits des Flusses lag kein Schnee. Gras wuchs, und auf einem angrenzenden Gebiet schoß heißes Wasser in die Luft und hüllte die Gegend in Dampf.

»Es ist wahr«, murmelten die Zuhörer. »Es geschieht noch immer, wie du sagst.«

Eine Frau trieb schwarze haarige Schweine einen Pfad hinauf. Zwei Kinder spielten nackt zwischen den warmen Quellen. Die sieben Männer beobachteten alles.

Sie sahen unsere steinernen Türme, die starken und die in Ruinen liegenden, die Gassen zwischen ihnen und die alte, in Trümmern liegende Mauer ringsherum. Sie staunten.

Dresyl und Yuli umgingen das Dorf. Sie sahen, wie festgefügt unsere Türme sind, mit Mauern, die bis hinauf nach innen geneigt sind, so daß das obere Geschoß stets ein wenig kleiner ist als das darunter. Wie wir unsere Tiere im Erdgeschoß halten, um ihre Wärme zu nutzen und sie gleichzeitig vor Überschwemmungen des Voral zu schützen. Sie sahen all die Schädel, bemalt und nach außen gekehrt, um Eindringlinge abzuschrecken. Ja, wir hatten immer eine Zauberin, nicht wahr, Freunde? Zu dieser Zeit war es Loil Bry.

Nun, die unzertrennlichen Vettern sahen auch zwei

bejahrte Wachtposten auf dem großen Turm – diesem selben Turm, Freunde –, und im Nu waren sie hereingeschlüpft und machten die Graubärte nieder. Blut floß, ich muß es sagen. »Die Blume«, rief jemand.

O ja. Die Blume war wichtig. Erinnert ihr euch, daß die Leute vom See sagten, den beiden Vettern werde einst das gleiche Schicksal widerfahren? Doch als Dresyl lachte und sagte: »Wir werden über diese Stadt herrschen und unsere Sache gut machen, Bruder«, schaute Yuli auf die kleinen Blumen zu seinen Füßen nieder, Blumen mit blassen Blütenblättern – wahrscheinlich Gänseblümchen.

»Ein gutes Klima«, sagte er überrascht, pflückte eine der Blumen und aß sie.

Sie waren voll Angst, als sie zum ersten Mal den Stundenheuler blasen hörten, denn dieser berühmte Geysir, den alle kennen, war ihnen damals noch nicht bekannt. Sie erholten sich von ihrem Schrecken, und dann verteilten sie ihre Streitkräfte, um für den Wechsel der Wachtposten und die Rückkehr der Jäger von Embruddock vorbereitet zu sein, wenn diese nichtsahnend und mit ihrer Jagdbeute beladen heimkehrten.

An dieser Stelle wachte Laintal Ay wieder auf. Es gab Kämpfe in der Vergangenheit, die wie ein Traum waren, und einer sollte nun geschildert werden. Aber der neue Geschichtenerzähler sagte: »Freunde, wir alle hatten Vorfahren in der Schlacht, die nun folgte, und alle sind seitdem in die Welt der Geister eingegangen, selbst wenn sie nicht bei jenen Ereignissen vorzeitig getötet wurden. Es mag daher genügen, wenn ich sage, daß alle Beteiligten sich tapfer schlugen.«

Aber weil er jung war, konnte er den aufregenden Teil der Geschichte nicht so leichthin abtun und fuhr ungeachtet seines Vorhabens mit leuchtenden Augen fort.

Jene unschuldigen und heldenhaften Jäger wurden von Yulis Schlachtplan völlig überrascht. Flammen schlugen plötzlich aus dem Dach des Kräuterturmes, und loderten hoch in den Abendhimmel. Die Jäger riefen natürlich aufgeregt durcheinander, ließen Waffen und Beute liegen und rannten ins Dorf, um zu sehen, was getan werden konnte.

Vom benachbarten Turm regnete es Speere und Steine auf sie herab. Bewaffnete Eindringlinge sprangen aus Winkeln hervor, in denen sie sich verborgen gehalten hatten, brüllten und stießen ihre Speere in ungeschützte Körper. Unsere Jäger glitten in ihrem eigenen Blut aus und fielen, doch gelang es ihnen, einige Eindringlinge zu erschlagen.

Unser Dorf enthielt mehr bewaffnete Männer als die unzertrennlichen Vettern angenommen hatten. Das waren die tapferen Wächter. Von überallher liefen sie nun zusammen. Aber die Eindringlinge waren erfüllt vom Mut der Verzweiflung, und sie verbargen sich in Türmen, die sie erobert hatten. Selbst kleine Jungen mußten am Kampf teilnehmen, darunter einige von euch hier, die ihr nun die Blüte eurer Jahre hinter euch habt.

Das Feuer breitete sich aus. Dunkler Rauch quoll aus dem Kräuterturm und wälzte sich über das Dorf, dazwischen stoben Funkenwolken in die Luft und wirbelten davon wie Spreu beim Worfeln des Korns, als wollten sie den Himmel erhellen. Die Gefährten der unzertrennlichen Vettern waren nachgekommen, und in den Gassen und Gräben nahm das Gemetzel seinen Fortgang. Unsere Frauen hoben die Schwerter und Speere der Toten auf, um die Lebenden abzuwehren.

Alle schlugen sich tapfer. Aber Kühnheit und verzweifelte Wut entschieden den Kampf – nicht zu reden von der Führerschaft dessen, der an diesem Tag in die Welt der Geister einging, um mit seinen Vorfahren vereint zu sein. Endlich warfen die Verteidiger ihre Waffen fort und flohen in den dunkelnden Abend.

Dresyls Blut war in Wallung. Eine rächende Wut umwölkte seine Stirn. Er hatte gesehen, wie der Große Afardl an seiner Seite erschlagen worden war, von hinten, und von einer Frau, was das anging.

»Das war meine gute alte Großmutter!« rief Aoz Roon, und Gelächter und Hochrufe wurden allenthalben laut. »In unserer Familie gab es immer Mut. Unser Geschlecht stammt aus Embruddock, und nicht von Oldorando her.«

Dresyl war in seiner Wut kaum wiederzuerkennen. Sein Gesicht wurde schwarz. Er befahl seinen Leuten, jeden überlebenden Mann von Embruddock zu jagen und zu töten. Die Frauen sollten in den Stall dieses Turmes hier getrieben werden, Freunde. Welch schrecklicher Tag war das in unseren Annalen ...

Aber die siegreichen Eindringlinge, geführt von Yuli, überwältigten Dresyl und sagten ihm, daß es kein Töten mehr geben dürfe. Töten bringe Bitterkeit. Von morgen an aber sollten alle in Frieden leben, um einen starken Stamm zu bilden, oder es werde nicht genug Menschen geben, um das Überleben zu sichern.

Diese weisen Worte bedeuteten Dresyl nichts. Er widerstrebte und kämpfte, bis Baruin einen Eimer kalten Wassers brachte und über ihn ausleerte. Dann fiel er wie in einer Ohnmacht nieder und schlief jenen traumlosen Schlaf, der nur nach der Schlacht kommt.

Baruin sagte zu Yuli: »Du schlaf auch, mit Dresyl und den anderen. Ich werde Wache halten, falls wir durch einen Gegenangriff überrascht werden.«

Der Kleine Yuli aber konnte keinen Schlaf finden. Er sagte nichts davon zu Baruin, aber er war verwundet worden und fühlte sich schwach und benommen. Als er sich dem Tode nahe glaubte, wankte er hinaus, um unter Wutras Himmel zu sterben, wo Freyr sich bereits zum Aufgehen anschickte, denn es war das dritte Viertel. Er ging hier die Dorfstraße hinunter, wo zwischen Steinen und Schlamm Gras wuchs. Die Freyrdämmerung hatte die Farbe von Lehm, und er sah einen aasfressenden Hund mit vollem Bauch vom Leichnam eines seiner Jagdgefährten wegschleichen. Er lehnte sich gegen eine halb eingefallene Wand und rang nach Luft.

Ihm gegenüber war der Tempel – damals wie heute in Trümmern. Ohne etwas davon zu verstehen, starrte er die in den Stein gemeißelten Ornamente an. Vergeßt nicht, in jenen Tagen, ehe Loil Bry ihn zivilisierte, war Yuli durch seine Herkunft ein Barbar. Ratten schlüpften durch den Eingang aus und ein. Yuli ging auf den Tempel zu. Er hörte ein Rauschen in den Ohren. In der Rechten hielt er ein Schwert, das er einem gefallenen Gegner abgenommen hatte – eine bessere Waffe als jede, die er besaß, hier in unserer Schmiede aus gutem dunklen Metall gemacht. Dieses Schwert hielt er vor sich, als er die Tür aufstieß.

Im Inneren scharrten und schnoben angebundene Milchsäue und Ziegen. Damals pflegte man dort Feldgeräte aufzubewahren. Yuli blickte umher, sah eine Falltür im Boden und hörte Stimmen wispern.

Er ergriff den Eisenring und hob die Falltür. In der Dunkelheit unter seinen Füßen qualmte eine brennende Fettlampe.

»Wer ist da?« rief jemand. Eine Männerstimme, und ich denke, ihr wißt, wem sie gehörte.

Es war Wall Ein Den, zu jener Zeit Herr von Embruddock und uns allen in guter Erinnerung. Ihr könnt ihn euch vorstellen, groß und aufrecht, obwohl seine Jugend ihn längst geflohen hatte, mit einem langen schwarzen Schnurrbart im sonst bartlosen Gesicht. Alle bewunderten seine Augen, die den Kühnsten in Grund und Boden starren konnten, und sein hageres hübsches Gesicht, das zu seiner Zeit manch eine Frau zu Tränen bewegt hatte. Dies war die historische Begegnung zwischen ihm, dem alten Herrn, und dem Kleinen Yuli.

Der Kleine Yuli stieg langsam die Leiter zu ihm herab, beinahe als ob er ihn kennte. Einige von den Handwerksmeistern waren bei Wall Ein Den, aber sie wagten nicht zu sprechen, als Yuli herabgestiegen kam, sehr bleich, das Schwert in der Hand.

Wall Ein Den sagte: »Wenn du ein Wilder bist, dann ist Mord dein Geschäft, und du tust gut daran, es hinter dich zu bringen. Ich befehle dir, mich zuerst zu töten.«

»Was sonst verdienst du, da du dich in einem Keller versteckst?«

»Wir sind alt und taugen nicht zum Kampf. Einst war es anders.«

Sie standen einander gegenüber. Keiner bewegte sich.

Mit großer Anstrengung sprach Yuli und seine Stimme schien von weitem zu ihm zu kommen. »Alter Mann, warum läßt du diese prächtige Stadt so schlecht bewachen?«

Wall Ein Den antwortete mit seiner gewohnten Autorität: »Es war nicht immer so, oder dir und deinen Männern wäre ein anderer Empfang bereitet worden, euch mit euren armseligen Waffen. Vor vielen Jahrhunderten war das Land von Embruddock groß und erstreckte sich im Norden zu den Quzint-Bergen und im Süden beinahe bis zur See. Damals herrschte Großkönig Denniss, aber die Kälte kam und zerstörte, was er geschaffen. Nun sind wir weniger als je zuvor, denn erst vergangenes Jahr, im ersten Viertel, wurden wir von den weißen Phagoren überfallen, die auf ihren großen Reittieren wie der Wind daherkamen. Viele unserer besten Krieger, darunter mein Sohn, wurden bei der Verteidigung von Embruddock getötet und sinken nun zum Urblock hinab.«

Er seufzte und fügte hinzu: »Vielleicht hast du gelesen, was in die Außenwand dieses Gebäudes eingemeißelt ist, wenn du lesen kannst. Es heißt: ›Zuerst Phagoren, dann Menschen.‹ Wegen dieses Spruches und anderer Dinge wurde vor zwei Generationen unsere Priesterschaft erschlagen.

Menschen müssen an erster Stelle sein, immer. Doch frage ich mich bisweilen, ob die Prophezeiung sich nicht bewahrheiten wird.«

Der Kleine Yuli hörte die Worte wieder in einer Trance. Als er antworten wollte, kam kein Laut über seine blutleeren Lippen, und er fühlte, daß seine Kraft ihn verließ.

Einer der alten Männer sagte halb mitleidig und halb spöttisch: »Der junge Mann ist verwundet.«

Als Yuli vorwärts wankte, wichen sie zurück. Hinter ihnen war ein niedriger Bogen mit einem Gang, der durch ein Gitter in der Decke trübes Licht empfing. Unfähig stehenzubleiben, da er nun in Bewegung gekommen war, schleppte er sich wankend durch den Gang. Ihr kennt dieses Gefühl, Freunde, wenn ihr betrunken seid – wie jetzt.

Es war feucht in dem Gang, und warm. Er fühlte die Wärme im Gesicht. Auf einer Seite führte eine schmale, in den Stein gehauene Treppe aufwärts. Er begriff nicht, wo er war, und seine Sinne drohten zu versagen.

Und eine junge Frau erschien auf der Treppe, eine Talgkerze in der Hand. Sie war schöner als die Himmel. Ihr Gesicht schwamm vor seinen Augen.

»Das war meine Großmutter!« rief Laintal Ay schrill vor Stolz. Er hatte aufgeregt zugehört und war verwirrt, als alle lachten.

Zu jener Zeit hatte die Dame noch nicht daran gedacht, der Welt irgendwelche kleine Laintal Ays zu schenken. Sie starrte den Kleinen Yuli mit entsetzten Augen an und sagte etwas zu ihm, was er nicht verstehen konnte.

Er versuchte zu antworten. Die Worte wollten ihm nicht durch die Kehle. Die Knie knickten unter ihm ein, und er sank zu Boden. Dann rollte er ohnmächtig auf die Seite, und alle, die dort waren, glaubten ihn tot.

An diesem aufregenden Wendepunkt überließ der Geschichtenerzähler es einem älteren Sprecher, einem Jäger, der die Dinge weniger dramatisch nahm, den Faden weiterzuspinnen.

Wutra hielt es für richtig, Yulis Leben zu schonen. Während er auf dem Krankenlager fieberte und sehr langsam von seiner Verletzung genas, übernahm Dresyl den Befehl. Ich glaube, daß er sich seines Blutdurstes schämte und nun darauf bedacht war, sich in einer weniger barbarischen Weise zu benehmen, nachdem er sich unter zivilisierten Menschen wie uns befand. Er mag sich auch der Gütigkeit seines Vaters Sar Gotth und der Liebenswürdigkeit seiner Mutter Iyfilka erinnert haben, die von den verhaßten Phagoren getötet worden waren. Er übernahm Prasts Turm, wo wir Salz zu lagern pflegten, nahm seine Wohnung im obersten Geschoß und gab wie ein wahrer Befehlshaber Anweisungen, während Yuli zwei Stockwerke tiefer lag.

Viele begegneten Dresyl damals mit Abneigung, ich selbst nicht ausgenommen, und behandelten ihn als einen unerwünschten Eindringling. Wir haßten es, herumkommandiert zu werden. Doch als wir begriffen, was er vorhatte, waren wir zur Zusammenarbeit bereit und anerkannten seine unzweifelhaft guten Anordnungen. Wir Bewohner von Embruddock waren in jenen Tagen demoralisiert. Dresyl gab uns unsere Kampfmoral zurück und erneuerte die Verteidigungsanlagen.

»Er war ein großer Mann, mein Vater, und ich werde gegen jeden kämpfen, der ihn kritisiert!« rief Nahkri, aufspringend und die Faust schüttelnd. Er schüttelte sie so heftig, daß er, trunken wie er war, beinahe hintenüber gefallen wäre, und sein Bruder mußte ihn stützen.

Niemand spricht gegen Dresyl. Von seinem Turm konnte er das Land überblicken, welches unser Dorf umgibt, das ansteigende Gelände im Norden, von wo er gekommen war, das tiefere Land im Süden, und die Geysire und heißen Quellen, die ihm damals fremd waren. Besonders verblüffte ihn der Stundenheuler, unser prachtvoller, in regelmäßigen Abständen aufschießender Geysir, der wie ein Teufelswind heult und pfeift.

Ich erinnere mich, daß er mich über die großen Zylinder ausfragte, wie er sie nannte, die man überall in der Landschaft verstreut sehen kann. Er hatte nie zuvor Rajabarale gesehen. Ihm erschienen sie wie Türme eines Magiers, oben flach, gemacht aus seltsamem Holz. Obwohl er sonst kein Dummkopf war, erkannte er sie nicht als Bäume.

Er war hauptsächlich für das Tun, nicht für das Schauen und Nachdenken. Er bestimmte, wo seine Stammesmitglieder vom gefrorenen See untergebracht werden sollten, verteilt auf verschiedene Türme. Hier zeigte er eine Weisheit, der wir stets eingedenk sein sollten, Nahkri. Obgleich viele damals murrten, sorgte Dresyl dafür, daß seine Leute mit den unsrigen lebten. Kämpfe waren nicht erlaubt, und alles wurde gerecht geteilt. Diese Regelung trug viel dazu bei, daß wir zu einer glücklichen Gemeinschaft geworden sind.

Während er den Familien Quartiere zuwies, ließ er alle zählen. Er konnte nicht schreiben, aber unsere Handwerksleute legten eine Liste für ihn an. Der alte Stamm hier zählte einundvierzig Männer, fünfundvierzig Frauen und elf Kinder unter sieben. Das ergab insgesamt siebenundneunzig Bewohner. Einundsechzig Leute vom gefrorenen See hatten den Kampf überlebt, und damit waren wir einhundertachtundfünfzig Menschen. Eine stattliche Zahl. Ich war froh, daß das Dorf wieder bevölkert und lebendig war.

Ich sagte zu Dresyl: »Es wird euch in Embruddock gefallen.«

»Es heißt jetzt Oldorando, Junge«, sagte er. Ich entsinne mich noch gut, wie er mich dabei ansah.

»Erzähl uns mehr über Yuli!« rief jemand und riskierte damit den Zorn von Nahkri und Klils. Der alte Jäger setzte sich schnaufend nieder, und ein jüngerer Mann nahm seinen Platz ein.

Wie schon gesagt worden ist, genas der Kleine Yuli nur langsam von seiner Wunde. Aber dann konnte er mit seinem Vetter ein wenig hinausgehen und das Land betrachten, in dem sie nun lebten, und überlegen, wie es am besten für die Jagd genutzt und verteidigt werden konnte.

An den Abenden sprachen sie mit dem alten Herrn von Embruddock. Er versuchte sie die Geschichte unseres Landes zu lehren, aber sie waren nicht immer daran interessiert. Er sprach von Jahrhunderten der Geschichte, bevor die Kälte gekommen war. Er berichtete, wie die Türme einstmals aus gebranntem Lehm und Holz erbaut gewesen seien, einem Material, das das primitive Volk in einer Zeit der Hitze entwickelt hatte. Dann war der gebrannte Lehm durch Stein ersetzt worden, aber die bewährte Bauweise, der man vertraute, wurde beibehalten. Und die steinernen Türme hätten viele Jahrhunderte überstanden. Es gebe einige unterirdische Gänge zwischen ihnen, und in besseren Zeiten seien sie noch viel zahlreicher gewesen. Er erzählte ihnen von Embruddocks traurigem Schicksal, demzufolge wir heute nur noch ein Weiler sind. Einst stand hier eine stolze Stadt, deren Bewohner für Tausende von Meilen das Land beherrschten. In jenen Tagen, so heißt es, habe es keine Phagoren gegeben, vor denen man sich fürchten mußte.

Und Yuli und sein Vetter Dresyl gingen im Raum des alten Herrn umher, hörten ihm zu, runzelten die Stirn, fragten, widersprachen ihm, ließen sich dies und das erklären und blieben im Ganzen stets respektvoll. Sie erkundigten sich nach den Geysiren, deren heiße Quellen uns mit Wärme versorgten. Unser alter Herr erzählte ihnen alles über den Stundenheuler, unser unfehlbares Hoffnungssymbol.

Er sagte ihnen, daß der Stundenheuler seit Anbeginn der Zeit pünktlich zu jeder Stunde geblasen hat. Er ist unsere Uhr, nicht wahr? Wir brauchen keine Wachtposten am Himmel.

Der Stundenheuler hilft den Gemeindevorstehern, schriftliche Aufzeichnungen zu machen, wie ihre Pflicht es verlangt. Die unzertrennlichen Vettern waren überrascht, als sie erfuhren, wie wir die Stunde in vierzig Minuten und die Minute in hundert Sekunden teilen, geradeso wie der Tag fünfundzwanzig Stunden und das Jahr vierhundertachtzig Tage enthält. Wir lernen solche Dinge auf dem Mutterschoß. Die Zuwanderer mußten auch lernen, daß es das Jahr achtzehn nach dem herrschaftlichen Kalender war; achtzehn Jahre hatte unser alter Herr regiert. Dergleichen zivilisierte Vorkehrungen suchte man an den Ufern des gefrorenen Sees vergebens.

Wohlgemerkt, ich sage kein Wort gegen die unzertrennlichen Vettern. Mögen sie auch Barbaren gewesen sein, so verstanden sie doch recht bald unser System der Handwerkszünfte, deren Meister den Gemeindevorstand bilden. Sie sahen auch den Nutzen, welchen die sieben verschiedenen Zünfte unserem Gemeinwesen bringen, und sie lernten auch, daß die Zunft der Schmiede, zu welcher, wie ich mit Stolz, aber ohne Prahlerei sagen darf, auch ich gehöre, die älteste und angesehenste unter ihnen ist. Die Zunftmeister saßen damals als Gemeindevorsteher mit dem Herrn im Rat, wie sie es jetzt noch tun. Freilich sollten meiner Ansicht nach zwei Meister der Schmiedezunft in den Rat entsandt werden, weil wir die wichtigste sind, da gibt es keinen Zweifel.

Darauf gab es eine Menge Hohngeschrei und Gelächter, und der Rathel machte wieder die Runde, bis eine Frau vorgerückten Alters die Geschichte fortsetzte.

Nun will ich euch eine Geschichte erzählen, die viel interessanter ist, als das Schreiben oder die Zeitrechnung. Ihr werdet fragen, wie es mit dem Kleinen Yuli weiterging, als er von seiner Wunde genesen war. Nun, ich will es euch mit wenigen Worten sagen. Er verliebte sich – und das war schlimmer als die Wunde, denn davon ist der arme Kerl nie genesen.

Unser alter Herr Wall Ein war weise und behütete seine Tochter, die arme verzogene Loil Bry Den, deren Kummer heute so groß war, daß ihr kein Schaden entstehen konnte. Er wartete, bis er sich überzeugt hatte, daß die Eindringlinge keine schlechten Menschen waren. Loil Bry war damals sehr lieblich, und sie hatte eine gut entwickelte Gestalt, genug, um einem Mann den Kopf zu verdrehen, und sie hatte eine königliche Art zu gehen, wie ihr alle euch erinnern werdet. Kurzum, eines Tages machte unser alter Herr sie oben in seinem Raum mit dem Kleinen Yuli bekannt.

Yuli hatte sie bereits einmal gesehen. An jenem schrecklichen Abend der Schlacht, als er, wie wir gehört haben, beinahe an seiner Wunde gestorben wäre. Ja, dies war die schwarzäugige Schönheit mit den elfenbeinfarbenen Backenknochen und Lippen wie die Schwingen eines Vogels, die unser Freund erwähnte. Sie war die Schönheit ihrer Zeit, denn die Frauen vom Dorzin-See waren ein unscheinbarer Haufen, wenn ihr mich fragt. Ihre Züge waren fein geschnitten, und die so zart geschwungenen Lippen hatten die Farbe von Zimt. Um die Wahrheit zu sagen, ich sah als junges Mädchen selbst ein wenig so aus.

Nun, das war Loil Bry, als der Kleine Yuli sie zuerst sah. Sie war das größte Wunder des Dorfes. Ein schwieriges, einzelgängerisches Mädchen – die Leute mochten sie nicht, aber mir gefiel ihre Art. Yuli war überwältigt. Von nun an suchte er ständig Anlässe, daß er mit ihr allein sein konnte – entweder draußen oder, noch besser, in der Abgeschiedenheit ihres Raumes im Großen Turm, wo sie bis zum heutigen Tag lebt, dem Raum mit dem Alabasterfenster. Es war, als hätte sie ihm ein Fieber angehext. Er konnte sich in ihrer Gegenwart nicht zurückhalten. Er pflegte herumzustolzieren und zu prahlen und vor ihr zu fluchen und einen richtigen Narren aus sich zu machen. Viele Männer werden so, aber natürlich dauert es nicht an.

Was Loil Bry betraf, so saß sie da wie ein kleiner Hund, beobachtete, lächelte hinter ihren hohen Backenknochen, die Hände im Schoß gefaltet. Unnötig zu sagen, daß sie ihn ermutigte. Sie trug ein langes schweres Gewand, das mit Perlen bestickt war, nicht Felle wie wir anderen. Ich hörte, daß sie darunter Felle trüge. Aber dieses Gewand war außerordentlich und reichte fast bis zum Boden. Ein solches Gewand hätte mir gefallen ...

Die Art ihrer Rede ist noch immer ein wenig wie eine Mischung von Poesie und Rätsel. Yuli hatte oben am Dorzin-See nie dergleichen gehört. Es verblüffte ihn, und er prahlte nun erst recht. Einmal prahlte er wieder, welch ein Jäger er sei, als sie mit ihrer musikalischen Stimme sagte: »Wir verbringen unser Leben in allen Arten von Dunkelheit. Sollten wir sie ignorieren oder erforschen?«

Er glotzte sie nur an, wie sie dasaß, lieblich anzuschauen in ihrem Stoffgewand. Es war mit Perlen bestickt, wie ich sagte, hübschen Perlen. Er fragte, ob es in ihrem Raum dunkel sei. Sie lachte ihn aus.

»Welches, meinst du, ist der dunkelste Ort der Welt, Yuli?«

Und der arme Dummkopf sagte: »Ich habe gehört, daß das ferne Pannoval dunkel sei. Unser großer Vorfahre, dessen Namen ich trage, kam von Pannoval, und er sagte, es sei dort dunkel. Er sagte, es sei unter einem Berg, aber ich glaube das nicht. Es war nur eine Redensart in jenen Tagen.«

Loil Bry betrachtete ihre Fingerspitzen, zusammengerollt wie kleine rosa Mäuse im Schoß dieses schönen Gewandes.

»Ich glaube, der dunkelste Ort der Welt ist im Inneren des menschlichen Kopfes.«

Er war geschlagen. Sie hatte ihn zum Narren gehalten. Aber ich muß achtgeben, was ich über die Toten sage, nicht wahr? Jedenfalls war er ein wenig weich ...

Sie pflegte ihn mit romantischen Reden zu verwirren. Wißt ihr, was sie ihm sagte? »Hast du je darüber nachgedacht, wie es kommt, daß wir so viel mehr wissen, als wir erzählen können?« Es ist wahr, nicht? Ein andermal sagte sie: »Ich sehne mich danach, jemanden um mich zu haben, dem ich alles erzählen könnte, jemanden, für den die Rede wie ein See ist, auf dem man sich treiben läßt. Dann würde ich mein dunkles Segel hissen ...« Ich weiß nicht, was sie sonst noch zu ihm sagte.

Und Yuli lag wach und dachte an diese zauberhafte Frau, dachte an ihre Schönheit und ihre beunruhigenden Reden ... Selbst die Art und Weise, wie sie ihre Sätze formte, schien nur für Loil Bry charakteristisch und für niemanden sonst. Er sehnte sich wohl danach, auf diesem See zu treiben und mit ihr zu segeln, wohin immer die Reise gehen mochte.

»Das ist jetzt genug von deinem Weibergeschwätz«, rief Klils und stand schwankend auf. »Vater sagte, sie habe ihn behext, habe ihn mit einem Zauber belegt. Vater erzählte auch von den guten Dingen, die Onkel Yuli anfangs verrichtete, bevor sie ihn dumm machte.« Und er fuhr fort, davon zu erzählen.

Während er sich von seiner Verwundung erholte, lernte der Kleine Yuli jeden Winkel von Oldorando kennen. Er sah, wie das Dorf angelegt worden ist, mit dem großen Turm an einem Ende der Dorfstraße und dem alten Tempel am anderen. Dazwischen das Frauenhaus, die Häuser der Jäger auf einer Seite, die Türme der Handwerkerzünfte auf der anderen. Die Ruinen weiter draußen. Er sah, wie alle unsere Türme das Heizungssystem aus steinernen Röhren haben, die heißes Wasser von den Quellen herleiten. Heute könnten wir nicht einmal halb so etwas Wunderbares bauen.

Als er sah, wie das Dorf war, sah er zugleich, wie es sein sollte. Mit Hilfe meines Vaters plante Yuli die Wiederherstellung der Befestigungen, so daß wir vor weiteren Angriffen geschützt sein würden, vor allem vor Angriffen der Phagoren. Ihr habt gehört, wie alle herangezogen wurden, um einen Graben auszuheben und entlang seiner Innenseite die alte Umfassungsmauer aus ihren Trümmern neu zu errichten oder durch feste Palisaden zu ersetzen. Es war eine gute Idee, wenn sie auch einige Blasen kostete. Wachen wurden an den vier Ecken postiert, wie es heute noch der Brauch ist. Das alles war Yulis und meines Vaters Werk. Die Wachtposten bekamen Hörner, auf denen sie im Fall eines Angriffs zu blasen hatten. Es sind dieselben Hörner, die wir heute noch verwenden.

Neben den Sicherheitsvorkehrungen verbesserten sie auch die Jagdtechnik. Vor dem Zusammenschluß der Stämme waren die Leute ständig dem Hungertode nahe. Sobald das ganze Dorf befestigt war, brachte mein Vater Dresyl die Jäger dazu, einen richtigen Jagdhund zu züchten. Andere Aasfresser konnten ferngehalten werden. Rudel von Jagdhunden sollten das Wild zur Strecke bringen und bewachen, bis die Jäger kämen. Das war kein großer Erfolg, weil die Hunde zwar schneller liefen als wir, die Jagdbeute aber zerrissen. Aber vielleicht versuchen wir es ein andermal wieder.

Was gab es noch? Die Zünfte konnten die Zahl ihrer Mitglieder ergänzen. Die Zunft der Tuchmacher und Färber nahm sogar einige Kinder der Neuankömmlinge auf. Aus dem Ton einer Grube, die sie gefunden hatten, wurde für alle irdenes Geschirr gemacht. Die Schmiede fertigten neue Schwerter. Alle mußten für das gemeinsame Wohl arbeiten. Niemand litt Hunger. Mein Vater arbeitete sich fast zu Tode. Ihr betrunkener Haufen solltet euch auch an Dresyl erinnern, wenn ihr seines Vetters gedenkt. Er war viel besser als jener. Jawohl, das war er.

Und der arme Klils brach in Tränen aus. Auch andere begannen zu weinen, oder zu lachen, und da und dort entspann sich ein Handgemenge. Aoz Roon, auch er schwankend unter der Last des Rathel, den er getrunken hatte, zog Laintal Ay und Oyre auf die Beine und trieb sie eilig durch das Gedränge hinaus und zur Sicherheit ihrer Betten.

Draußen blickte er benebelt in ihre passiven Gesichter und versuchte sich zu besinnen. Irgendwo im Lauf der erzählten Geschichte der Vergangenheit, die wie ein Traum war, hatte sich die Zukunft der Herrschaft über Oldorando entschieden.

III
Ein Sprung vom Turm

Einen Tag nach dem Begräbnis des Kleinen Yuli und den Feiern, welche diesen Anlaß begleiteten, mußten alle wie gewohnt an die Arbeit zurückkehren. Vergangene Ruhmestaten und Beschwerlichkeiten waren einstweilen vergessen, außer vielleicht von Laintal Ay und Loilanun; diese beiden wurden von Loil Bry beständig an die Vergangenheit gemahnt, denn wenn sie nicht weinte, gefiel es der alten Frau, sich der glücklicheren Tage ihrer Jugend zu erinnern.

Ihr Raum war noch immer mit fadenscheinig gewordenen Wandbehängen jener Zeit geschmückt. Unter dem Boden gurgelte noch immer das heiße Wasser durch die Röhren. Das Alabasterfenster verbreitete noch immer sein diffuses gelblichweißes Licht. Dies war noch immer ein Ort der selbstzubereiteten Öle, Puder und duftenden Kräuter. Aber es gab keinen Yuli mehr, und Loil Bry war alt und hinfällig geworden. Motten hatten die Wandbehänge zerfressen. Ihr Enkel wuchs heran.

Aber vor Laintal Ays Zeit, in den Tagen, als die gegenseitige Liebe seiner Großeltern blühte, ereignete sich ein belanglos scheinender Vorfall, dessen Rückwirkung ein unheilvolles Zeichen für Laintal Ay und Embruddock setzen sollte: ein Phagor starb.

Als er von seiner Verletzung genesen war, nahm der Kleine Yuli Loil Bry zur Frau. Eine Zeremonie wurde gehalten, um die große Veränderung zu kennzeichnen, die über das Dorf gekommen war, denn in dieser Verbindung war die symbolische Vereinigung beider Stämme enthalten. Man kam überein, daß der alte Herr, Wall Ein, sowie Yuli und Dresyl als ein Triumvirat über Oldorando herrschen sollten. Und die Regelung bewährte sich, weil alle sich gemeinsam anstrengen und bemühen mußten, um ihr Überleben zu sichern.

Dresyl arbeitete ohne Unterlaß. Er nahm ein schmächtiges Mädchen zu seiner Frau, dessen Vater Schmied und Schwertmacher war; sie hatte eine singende Stimme und einen trägen Blick. Ihr Name war Dly Hoin Den. Die Geschichtenerzähler sagten nie, daß Dresyl ihrer bald überdrüssig wurde; noch sagten sie, daß ihre anfängliche Anziehungskraft auf Dresyl vor allem darauf beruhte, daß sie ein hübsches, aber anonymes Mitglied des neuen Stammes darstellte, in welchen er sich zu integrieren wünschte. Denn anders als sein Vetter Yuli sah er im Gemeinschaftsgeist den Schlüssel zum Überleben. Seine Arbeit galt niemals dem eigenen Vorteil und Fortkommen; und in einem Sinne galt das auch für Dly Hoin.

Dly Hoin schenkte Dresyl zwei Knaben, Nahkri und – ein Jahr später – Klils. Obwohl er ihnen wenig Zeit widmen konnte, liebte Dresyl seine Söhne zärtlich, überschüttete sie freigebig mit einer sentimentalen Zuneigung, die ihm selbst durch den frühen Tod seiner Eltern Iyfilka und Sar Gotth versagt geblieben war. Er erzählte den Jungen und ihren Freunden viele Legenden, die ihren Ururgroßvater betrafen, Yuli, den Priester aus Pannoval, der Götter bezwungen hatte, deren Namen nun vergessen waren. Dly Hoin lehrte sie die Anfangsgründe des Lesens und Schreibens, aber nicht mehr. Unter der Aufsicht ihres Vaters wurden beide Jungen tüchtige Jäger. Ihr Haus war immer voller Lärm und Leben. Glücklicherweise wurde ein tölpelhaftes Element in ihrem Charakter – namentlich in Nahkris – von ihrem zärtlichen Vater niemals wahrgenommen.

Als gelte es die Voraussagen jener zu widerlegen, die den unzertrennlichen Vettern das gleiche Schicksal prophezeit hatten, zog der Kleine Yuli sich beinahe in dem Maße in sein Familienleben zurück, wie Dresyl sich für die Gemeinschaft einsetzte.

Unter Loil Brys Einfluß wurde Yuli weich und jagte weniger und weniger. Er spürte die Feindseligkeit der Gemeinde gegenüber Loil Bry mit ihren exotischen Ideen, und zog sich aus der Öffentlichkeit zurück. Er saß in dem großen Turm und ließ draußen den Sturmwind heulen. Seine Frau und ihr alter Vater lehrten ihn vieles, was geheimnisvoll war, sowohl über die Welt, die vergangen war, als auch über die Welt unter ihren Füßen.

So kam es, daß der Kleine Yuli sich auf jenen See der Rede einschiffte, über welchem Loil Brys dunkles Segel frei dahinflog, und alles Land aus den Augen verlor.

Als sie eines Tages im zweiten Viertel des Jahres von der Welt unter ihren Füßen sprachen, sagte Loil Bry zum Kleinen Yuli, indem sie ihn mit ihren glänzenden Augen anblickte: »Mein Lieber, in deinem Kopf unterhältst du dich mit der Erinnerung an deine Eltern. Du siehst sie manchmal, als gingen sie noch unter uns. Deine Einbildungskraft hat die Macht, den vergessenen Sonnenschein heraufzubeschwören, in dem sie gingen. Doch hier in unserem Reich haben wir eine Methode des direkten Umgangs mit denen, die vor uns gewesen sind. Sie leben noch, während sie in die Unterwelt zum Urblock hinabsinken, und wir können sie erreichen, wie ein Fisch, der zum Grund des Flusses hinabtaucht.«

»Ich würde gern zu meinem Vater Orfik sprechen, nun, da ich alt genug bin, um vernünftig zu urteilen«, erwiderte er. »Ich würde ihm dann von dir erzählen.«

»Auch wir wissen unsere wundervollen Eltern hochzuschätzen, wie auch deren Eltern, welche die Stärke von Riesen hatten. Du siehst die steinernen Türme, in denen wir wohnen. Wir können sie nicht bauen, unsere Vorfahren aber vermochten es. Du siehst, wie kochendes Wasser aus der

Erde in Röhren gefaßt wurde, um unsere Türme zu heizen. Wir verstehen uns nicht auf diese Kunst, unsere Vorfahren aber taten es. Sie sind unseren Augen entzogen, existieren jedoch weiter als Geister und Gespenster.«

»Lehre mich diese Kunst, Loil Bry!«

»Weil du mein Liebhaber bist und mein Herz schneller schlägt, wenn ich dich sehe, werde ich dich lehren, wie du direkt zu deinem Vater und durch ihn zu allen deinen Vorfahren sprechen kannst, die jemals lebten.«

»Ist es möglich, daß ich sogar zu meinem Urgroßvater sprechen könnte, dem Yuli aus Pannoval?«

»In unseren Kindern werden unsere zwei Stämme verschmelzen, mein Lieber, wie sie es in Dresyls Kindern tun. Du solltest lernen, mit Yuli aus Pannoval zu sprechen und seine Weisheit mit der unsrigen zu verschmelzen. Du bist eine große Person, mein Lieber, und nicht ein bloßer Stammeskrieger wie die armen Dummköpfe draußen; du sollst noch größer sein, indem du direkt mit dem ersten Yuli sprichst.«

So gern Loil Bry den Kleinen Yuli hatte, weil sie jemanden brauchte, auf dem sie eine große Liebe errichten konnte, so klug sah sie voraus, daß ihre Macht über ihn weiter wachsen würde, wenn sie ihn esoterische Künste lehrte; unter seinem Schutz konnte sie weiterhin in aufwendigem Müßiggang leben, wie sie es vor der Invasion getan hatte.

Aber so sehr der Kleine Yuli diese träge, intelligente Frau liebte, so klar begriff er auch, daß sie ihn durch solche Mittel an sich ketten konnte, und er beschloß von ihr zu lernen, sich aber nicht täuschen zu lassen. Nichtsdestoweniger gab es in ihrer Situation oder ihren Charakteren Elemente, die ihn zum Getäuschten machten.

Loil Bry nahm eine alte gelehrte Frau und einen alten gelehrten Mann zu sich, und mit Hilfe dieser beiden lehrte sie Yuli die Fähigkeit zum Umgang mit den verstorbenen Ahnen. Yuli gab die Jagd völlig auf, um sich ungestört der Meditation und Betrachtung zu widmen; Baruin und andere beschafften ihre Nahrung. Er begann Pauk zu üben; in diesem Trancezustand hoffte er dem Geist seines Vaters Orfik zu begegnen und durch ihn mit den Geistern der Vorfahren zu kommunizieren, die durch die Unterwelt zum Urblock hinabsanken, von welchem die Welt ihren Ausgang genommen hatte.

Zu dieser Zeit verließ Yuli selten den Turm. Solch unmännliches Verhalten war den Bewohnern Oldorandos ein Rätsel.

Loil Bry hatte als Mädchen das ganze Land um Embruddock durchstreift, wie ihr Enkel Laintal Ay es in einer späteren Zeit tun sollte. Sie wollte, daß Yuli selbst sehe, wie Steinmale, die Land-Oktaven bezeichneten, den ganzen Kontinent durchzogen.

Demzufolge ließ sie einen grauhaarigen, hakennasigen Mann namens Asurr Tal Den kommen. Asurr Tal war der Großvater von Shay Tal, die später eine große Rolle im Leben der Gemeinschaft spielen sollte. Loil Bry befahl Asurr Tal, mit Yuli in die Gegend nordöstlich von Oldorando zu gehen. Dort hatte sie einst gestanden und beobachtet, wie der Tag zur hellen Nacht und diese zur kurzen dunklen Nacht geworden war, und ihr Wesen vom Pulsschlag der Welt durchströmt gefühlt.

So führte Asurr Tal den Kleinen Yuli bei milder Witterung zu Fuß hinaus. Es war im Frühwinter, wenn Batalix im Südosten aufging und dort für weniger als eine Stunde allein schien, bevor der zweite Wachtposten ebenfalls aufging, wobei der Abstand sich von Tag zu Tag verminderte. Ein Wind blies, aber der Himmel war klar und messingfarben im Licht von Batalix. Obwohl Asurr Tal alt und ziemlich gebeugt war, bereitete ihm die Überwindung der Distanz weniger Mühe als Yuli, der aus der Übung war. Er riet Yuli, die in der Entfernung herumstreifenden Wölfe unbeachtet zu lassen und statt ihrer alles zu studieren, was er an Resten esoterischer Kunst sah. Er zeigte ihm Steinpfosten, wie es sie auch am Dorzin-See gegeben hatte. Diese Pfosten standen gewöhnlich vereinzelt und ohne erkennbaren Zusammenhang in der Wildnis, und jeder war mit einem herausgemeißelten Symbol markiert, das ein Rad mit einem Ring in der Mitte zeigte, sowie zwei Linien, die Ring und Rad miteinander verbanden. Mit seiner singenden Stimme erläuterte er Yuli die Bedeutung des Zeichens.

In diesem Symbol, sagte er, strahle Kraft von einem Zentrum zu einem Umfang, wie Kraft von den Vorfahren zu den Nachgeborenen ausstrahle, oder von den Geistern der Verstorbenen zu den Lebenden. Die Steinpfosten oder Säulen markierten Land-Oktaven. Jeder Mensch sei auf der einen oder der anderen Land-Oktave geboren. Die Kraft in den Land-Oktaven verändere sich mit den Jahreszeiten und bestimme, ob Säuglinge männlichen oder weiblichen Geschlechts geboren würden. Die Land-Oktaven strömten überall, bis sie die ferne Meeresküste erreichten. Am glücklichsten lebten die Menschen, wenn sie sich im Einklang mit ihren eigenen Land-Oktaven befänden.

Nur wenn sie auf ihren Land-Oktaven begraben seien, könnten sie als Geister mit ihren lebendigen Nachfahren Umgang haben. Und wenn für diese Nachfahren die Zeit käme, die Reise zur Unterwelt anzutreten, dann sollten auch sie in der richtigen Land-Oktave liegen.

Der alte Asurr Tal hielt die Hand wie ein Fleischerbeil empor und hackte nach den Hügeln und Tälern ringsumher.

»Beachtet man diese einfache Regel, so kann eine Verbindung mit den Vorvätern erreicht werden. Wie ein Echo in den Gebirgstälern verhallt, so wird das Wort von einer versunkenen Generation zur nächsten schwächer, und so geht es durch die Königreiche der Toten, welche die Lebenden an Zahl übertreffen wie Läuse die Menschen.«

Der Kleine Yuli ließ seinen Blick über die kahlen Hänge hingehen, und in ihm erhob sich ein starker Widerwille gegen diese Leere. Es war noch nicht lange her, daß sein

Interesse allein den Lebenden gegolten hatte, und da hatte er sich frei gefühlt.

»Diese Sache des Umgangs mit den Toten …«, sagte er seufzend. »Die Lebenden sollten keinen Umgang mit den Toten haben. Unser Platz ist hier; wir sollen diese Erde durchwandern.«

Der alte Mann kicherte, ergriff in vertraulicher Manier Yulis Fellärmel und zeigte abwärts.

»Du magst so denken, du magst so denken. Unglücklicherweise ist es das Gesetz der Existenz, daß unser Platz sowohl hier als auch dort unten ist. Wir müssen lernen, die Geister zu unserem Vorteil zu gebrauchen, wie wir es mit den Tieren tun.«

»Die Toten sollten an ihrem Ort bleiben.«

»Nun gut – was das angeht, so wirst auch du eines Tages tot sein. Außerdem wünscht Loil Bry, daß du diese Dinge lernst, ist es nicht so?«

Yuli hätte am liebsten gerufen: »Ich hasse die Toten und will nichts von ihnen«, aber er schluckte die Worte hinunter und stand schweigend. Und so war er verloren.

Obwohl er das Ritual des Umgangs mit den Geistern der Verstorbenen lernte, gelang es dem Kleinen Yuli nie, mit seinem Vater in Verbindung zu kommen, geschweige denn mit dem ersten Yuli. Alle Versuche blieben ohne Antwort. Loil Bry erklärte dies damit, daß seine Eltern und auch der erste Yuli auf einer unrichtigen Land-Oktave begraben lägen. Niemand verstehe die Mysterien der Unterwelt vollkommen. Indem er versuchte, tiefer in diese Geheimnisse einzudringen, geriet er noch mehr unter den Einfluß seiner Frau.

Während dieser Zeit arbeitete Dresyl unermüdlich für die Gemeinschaft und beriet sich mit dem alten Herrn. Niemals geriet seine brüderliche Zuneigung zum Kleinen Yuli ins Wanken, er brachte sogar seine zwei Söhne zu ihm, daß sie

etwas von den Überlieferungen lernten, die ihre seltsame Tante bereitwillig erzählte. Aber er erlaubte ihnen niemals, lange dort zu bleiben, damit sie nicht behext würden.

Zwei Jahre nachdem Dly Hoin dem Dresyl den Sohn Nahkri geschenkt hatte, brachte Loil Bry eine Tochter zur Welt. Sie bekam den Namen Loilanun. Mit Unterstützung der Hebamme wurde Loilanun in dem Turm unter dem Alabasterfenster geboren.

Mit Yulis Hilfe gab Loil Bry ihrer Tochter ein besonderes Geschenk. Sie gaben ihr, und mit ihr ganz Oldorando, einen Kalender.

Infolge der Umwälzungen der Jahrhunderte hatte Embruddock mehr als einen Kalender gehabt. Von den drei alten Kalendern war der bekannteste der sogenannte Herrschaftskalender. Dieser zählte die Jahre einfach von der Machtübernahme des jeweils letzten Herrschers an. Die anderen zwei waren antiquiert, und einer, der ancipitale, wurde als unheilbringend angesehen; aus diesem Grunde hatte man ihn aufgegeben, und gerade darum war er niemals ganz in Vergessenheit geraten. Der Denniss rechnete mit sehr hohen Zahlen und wurde nicht ganz verstanden, seit man die Priester aus der Stadt vertrieben hatte.

Nach diesen alten Kalendern fiel die Geburt Loilanuns, je nach welchem man sich richten wollte, in die Jahre 21, 343 und 423. Nun wurde ihr Geburtsdatum zum Jahr Drei nach der Vereinigung erklärt. In Hinkunft sollten alle Daten nach der Zahl der Jahre berechnet und benannt werden, die vergangen waren, seit Oldorando und Embruddock zusammenkamen.

Die Bevölkerung nahm dieses Geschenk mit der gleichen stoischen Ruhe entgegen, mit der sie die Nachricht aufnahm, daß sich eine Bande ancipitaler Marodeure in der Nachbarschaft aufhalte.

Eines Tages, als Batalix dämmerte und die Wolken schwer

und tief herabhingen und Rauhreif die Palisaden und steinernen Brustwehren überkroch, ertönte das Horn des Wächters vom östlichen Turm. Sofort geriet alles in Aufruhr. Dresyl befahl, daß alle Frauen im Frauenturm eingesperrt werden sollten, wo viele von ihnen bereits an der Arbeit waren. Er versammelte seine Männer um sich und besetzte die wiederhergestellten Mauern. Seine kleinen Söhne folgten ihm, erfüllt von Furcht und Neugier und starrten zitternd nach Osten, wo hinter wattigen Wolken die Sonne aufging.

In der grauen frostigen Ferne bewegte sich etwas.

Die Phagoren griffen mit einer starken Streitmacht an. Unter ihnen waren zwei, die auf Kaidaws ritten, ihren charakteristischen Reittieren – kraftvollen gehörnten Kreaturen, gepanzert mit zottigem roten Fell, das dick genug war, jeder Kälte zu widerstehen.

Als sie gegen die Brustwehr vorstürmten, ließ Dresyl einen seiner Männer einen kleinen Erdwall durchstechen, der zuvor angehäuft worden war, um die heißen Wasser eines Geysirs zu stauen. Phagoren hegen eine tiefverwurzelte Abneigung gegen Wasser. Nun brach eine heiße Flut über sie herein, wirbelte um ihre Knie und verursachte eine schreckliche Verwirrung in ihren Reihen. Einige Jäger übersprangen den Schanzgraben, um ihren Vorteil zu nutzen.

Einer der Kaidaws glitt im gelben Lehm aus, landete mit wildschlagenden Hufen auf der Seite im dampfenden Wasser und wurde durch einen gutgezielten Speer ins Herz getötet. Der andere Kaidaw, ein mächtiges Tier, setzte in seiner Panik aus dem Stand über Graben und Brustwehr. Es war der legendäre Sprung des gehörnten Pferdes, den wenige Menschen jemals zu sehen bekamen. Das Tier kam zwischen den Kriegern Oldorandos herunter.

Sie erschlugen den Kaidaw und nahmen seinen Reiter gefangen. Viele Angreifer wurden von Steinen, Pfeilen und Speeren verletzt, und als sie sahen, daß sie die Mauern nicht erstürmen konnten, zogen sie sich endlich zurück. Nur ein

Verteidiger war getötet worden, aber alle waren erschöpft. Einige warfen sich in die ausgewaschenen Becken heißer Quellen, um ihre Kräfte wiederherzustellen.

Dresyl erklärte, dies sei ein großer Sieg, errungen durch vereintes Handeln. Er schritt in einer Art von finsterer Erregung umher, mit düsterem Triumph auf der Stirn, und rief allen zu, daß sie nun ein Stamm von einem Blut seien. In Zukunft müßten alle füreinander arbeiten, dann würden alle gedeihen. Die Frauen versammelten sich, um ihn anzuhören, und flüsterten untereinander, während die Männer am Boden lagen und verschnauften. Es war das Jahr Sechs.

Kaidawfleisch war wohlschmeckend. Dresyl ordnete ein Siegesmahl an, das beginnen sollte, sobald beide Wachtposten untergegangen wären. Die ausgeweideten und abgehäuteten Kadaver wurden im Wasser einer kochenden Quelle weichgekocht und dann über Feuern geröstet, die man auf dem Dorfplatz anzündete. Dazu gab es Gerstenwein und Rathel, um den Sieg zu feiern.

Dresyl und der alte Herrscher, Wall Ein, hielten Ansprachen. Lieder wurden gesungen. Der Mann, der die Sklaven beaufsichtigte, führte den gefangenen Phagor auf den Platz.

Niemand unter denen, die an diesem Abend im Jahr Sechs anwesend waren, sah irgendeinen Anlaß, Bedenken zu tragen. Wieder war es den Menschen gelungen, ihren legendären Feind abzuwehren, und alle waren entschlossen, den Sieg zu feiern. Zur Siegesfeier gehörte auch, daß der Gefangene zu Tode gebracht wurde.

Die Bewohner Oldorandos konnten nicht wissen, welch eine herausragende Persönlichkeit ihr Gefangener unter den Ancipitalen war, und daß die Erinnerung an seinen Tod die Jahre überdauern und zuletzt schreckliche Vergeltung über sie und ihre Abkömmlinge bringen sollte.

Alle verstummten, als das Ungeheuer unter ihnen stand und sie aus seinen großen, scharlachroten Augen anfunkelte. Die Arme waren ihm mit ledernen Fesseln auf den

Rücken gebunden. Seine hornigen Füße scharrten unruhig den schmutzigen Erdboden. In der zunehmenden Dunkelheit schien er riesenhaft, das Schreckgespenst all ihrer nächtlichen Träume, eine Kreatur aus den unruhigen Alpträumen der hellen Nächte. Sein zottiges weißes Fell war vom Kampf zerzaust und mit Lehm bespritzt, aber er stand herausfordernd vor seinen menschlichen Fängern, einen durchdringenden Geruch ausströmend, den knochigen Schädel mit seinen zwei langen Hörnern vorwärtsgereckt zwischen den Schultern. Seine dicke helle Zunge erschien und leckte die Nasenschlitze, erst einen, dann den anderen.

Dieser Phagor trug eine seltsame Ausrüstung. Eine breite Leibbinde aus Leder war um seine Mitte geschnallt; Sporen an Knöcheln und Handgelenken trugen lange Metallstacheln. Die eleganten Hörner mit ihren scharfen Doppelschneiden waren mit Metallspitzen besetzt. Schließlich bedeckte eine Art Kopfschmuck aus Metall den mächtigen Schädel wie ein Harnisch, der auf der Stirn zwischen den Augen in zwei nach außen gerichteten Stacheln endete, sich hinter den Ohren abwärtsbog und mit kompliziertem Gelenk in ein bewegliches Unterteil überleitete, das den langen, knochigen Unterkiefer umschloß.

Baruin trat vor und sagte: »Seht, was unsere gemeinsame Anstrengung erreicht hat. Wir haben einen Häuptling gefangen. Nach seinem Kopfschmuck zu urteilen, hat dieser Phagor eine Komponente geführt. Seht ihn euch gut an, ihr jungen Männer, die nie zuvor einen Phagor aus der Nähe gesehen habt, denn das ist unser Erbfeind, in Dunkelheit und Licht.«

Viele junge Jäger traten vor, umringten den Gefangenen und zupften an seinem verklebten Haarkleid. Er stand unbeweglich und ließ einen Furz, der wie ein kleiner Donnerschlag war. Sie wichen erschrocken zurück.

»Phagoren organisieren ihre Herden in Komponenten«, erklärte Dresyl. »Die meisten können Olonet sprechen. Sie nehmen Menschen als Sklaven und sind viehisch genug, ihre Gefangenen zu verspeisen. Als Häuptling versteht dieser hier alles, was wir sagen. Nicht wahr?« Er knuffte die zottige Schulter des Gefangenen, der ihn kalt anstarrte.

Der alte Herr trat neben Dresyl und ergriff das Wort.

»Die männlichen Phagoren werden Stalluns genannt, die weiblichen Gillots oder Fillocks, das weiß ich. Männer und Frauen nehmen gemeinsam an Überfällen und Kämpfen teil. Sie sind Geschöpfe des Eises und der Dunkelheit. Euer großer Urahne Yuli warnte uns vor ihnen. Sie sind Bringer von Krankheit und Tod.«

Darauf sprach der Phagor mit heiserer, schnarrender Stimme.

»Ihr nichtswürdigen Söhne Freyrs werdet vom letzten Sturm fortgeblasen und in alle Winde zerstreut werden! Diese Welt, diese Stadt gehören uns, den Ancipitalen.«

Die Frauen in der Menge fürchteten sich. Sie hoben Steine auf und warfen sie auf den Gefangenen, der in ihrer Mitte stand und solche Reden führte, und riefen aufgeregt: »Tötet ihn, tötet ihn!«

Dresyl hob den Arm und zeigte aufwärts.

»Schleppt ihn hinauf auf den Kräuterturm, Freunde! Schleppt ihn hinauf und stürzt ihn herab.«

Unter Beifallsgebrüll sprangen die kühneren unter den Jägern vor, packten das widerspenstige Ungetüm und zerrten und stießen es mit der schieren Gewalt der Übermacht zum nahen Gebäude. Geschrei und Hochrufe erfüllten die Luft zwischen den Türmen, und Kinder rannten kreischend um ihre Eltern.

Unter diesen Knirpsen waren die zwei Söhne Dresyls, Nahkri und Klils, beide kaum dem Krabbelalter entwachsen. Weil sie so klein waren, konnten sie sich zwischen den Beinen der Erwachsenen hindurchwinden und gelangten so bis zu dem rechten Bein des Phagoren, das sich wie eine zottige Säule vor ihren Augen erhob. »Faß es an!«

»Nein, du!«

»Du traust dich nicht, Feigling!«

»Selbst Feigling!«

Zögernd streckten sie rundliche Zeigefinger aus und berührten das Bein gleichzeitig.

Unter dem dicken Pelz bewegte sich harte Muskulatur. Das Bein hob sich, der dreizehige Fuß stampfte den Boden.

Obgleich diese monströsen Kreaturen die Menschensprache beherrschten, waren sie weit davon entfernt, Menschen zu sein. Die Gedanken in ihren Köpfen verliefen in Bahnen, denen der menschliche Verstand nicht leicht zu folgen vermochte. Alte Jäger wußten, daß sie die Gedärme in ihren mächtigen Körpern über den Lungen trugen. Ihre mechanische Gangart ließ erkennen, daß ihre Gelenke anders als beim Menschen zusammengefügt waren; wo Ellbogen und Knie hätten sein sollen, konnten Phagoren ihre Unterarme und Beine in unglaublichen Winkeln abbiegen. Allein dieser Unterschied reichte aus, um Entsetzen in die Herzen kleiner Jungen zu tragen.

Einen Atem lang waren sie in Berührung mit dem Unbekannten. Dann zogen sie die Hände zurück, als hätten sie sich gebrannt – tatsächlich war die Körpertemperatur des Ancipitalen kühler als die des Menschen –, und schauten einander in nacktem Entsetzen an.

Im nächsten Augenblick brachen die beiden Knirpse in ein Angstgeheul aus. Dly Hoin kam gelaufen und umfing die Jungen mit ihren Armen. Inzwischen hatten Dresyl und andere das Ungetüm weitergetrieben.

Obgleich der Phagor sich nach Kräften wehrte und gegen seine Fesseln stemmte, wurde er durch den Eingang in den Turm gezerrt. Die unruhig auf dem Dorfplatz wartende Menge lauschte dem Poltern und Lärmen im Inneren, das langsam emporstieg. Endlich erhob sich aufgeregtes Geschrei, als der erste Jäger hinter der niedrigen Dachbrüstung erschien. Die Kaidawbraten rösteten unbeaufsichtigt über den Feuern; ihr Duft vermischte sich mit Holzrauch über dem Platz, auf dem sich nun die gesamte Bevölkerung des Dorfes drängte, die Gesichter emporgehoben. Wieder brandete das Geschrei auf, diesmal noch lauter, als der Phagor zum Vorschein kam und zur Brüstung gestoßen wurde, schwarz vor dem Himmel.

»Hinunter mit ihm!« schrie die Menge, vereint im Haß.

Das Ungetüm wehrte sich gegen seine blutdürstigen Henker. Es schüttelte den Kopf, trat um sich und brüllte trotzig, als sie es mit gezogenen Dolchen weitertrieben. Dann, als hätte er begriffen, daß es keine Rettung mehr gab, sprang der Phagor auf die Brüstung und starrte auf die Menge hinab.

In einem letzten Ausbruch wütender Kraftanstrengung zerriß er seine Fesseln. Dann sprang er mit ausgestreckten Armen vorwärts, stieß sich weit von der Brüstung ab und stürzte in die Tiefe. Zu spät stob die Menge auseinander. Der gewaltige Körper schlug mitten in die durcheinanderdrängenden Zuschauer und zermalmte drei von ihnen unter sich, einen Mann, eine Frau und ein Kind. Das Kind war sofort tot. Ein dumpfer Schreckenslaut erhob sich aus der Menge, gefolgt von gellenden Schreien.

Und der dämonenhafte Phagor war noch immer nicht tot. Er erhob sich auf seinen gebrochenen Beinen, um sich den rächenden Klingen der Jäger entgegenzustellen. Mehrere von ihnen durchbohrten ihn gleichzeitig, stießen ihre Schwerter durch das grobe dicke Fell, durch das harte Fleisch. Er hielt aus, bis sein dickflüssiges gelbes Blut sich aus ungezählten Wunden auf die zertrampelte Erde ergoß.

Während diese schrecklichen Ereignisse stattfanden, blieb der Kleine Yuli bei Loil Bry und ihrer kleinen Tochter zu Hause. Als er sich ankleidete und in den Kampf eilen wollte, rief Loil Bry, daß sie sich unwohl fühle und seine Gesellschaft brauche. Sie hängte sich ihm an den Hals, küßte ihn mit ihren blassen Lippen und wollte ihn nicht gehen lassen.

Nach diesem Vorfall empfand Dresyl Verachtung für seinen Vetter. Obgleich es rauhe Zeiten waren, und er nicht viel Lust hatte, hinzugehen und ihn zu töten, unterließ er es, denn er erinnerte sich einer Lektion und erkannte, daß Töten zu Zwietracht im Stamm führen mußte. Als seine Söhne herrschten, war diese kluge Einsicht vergessen.

Dresyls Nachsicht, beruhend auf einer Freundschaft, die in seine Kindheitstage zurückreichte, wurde von den Dorfbewohnern anerkannt und trug ihm neuen Respekt ein. Und die Dinge, die der Kleine Yuli auf Kosten seines Kampfgeistes lernte, sollten sich in kommenden Zeiten als fruchtbringend erweisen.

Nach dem Schrecken, den der Angriff der Phagoren und die Erscheinung ihres Häuptlings in ihrer Mitte verursacht hatten, wurde die Dorfgemeinschaft einer weiteren Prüfung unterzogen. Eine geheimnisvolle Krankheit, die von Fieber, Krämpfen und Hautausschlag begleitet war, ergriff die Hälfte der Bevölkerung von Oldorando. Als erste erkrankten die Jäger, die den Phagoren auf den Kräuterturm hinaufgezerrt hatten. Mehrere Tage lang wurde nur wenig gejagt. Statt der Wildtiere mußten Hausschweine und Gänse verzehrt werden. Eine schwangere Frau starb am Fieber, und das ganze Dorf trauerte über den Verlust zweier wertvoller Leben an die Unterwelt. Yuli und Loil Bry und ihre Tochter entgingen der Krankheit.

Nicht lange, und das Blut der Menschen hatte sich von der Krankheit gereinigt, und das Leben nahm wieder seinen gewohnten Gang. Aber die Nachricht von der Gefangennahme und dem gewaltsamen Tod des Phagorenhäuptlings wurde von fahrenden Händlern in die Welt hinausgetragen.

Und für eine Weile blieb das Klima rauh und unfreundlich gegen die Menschen. Die eisigen Winde fauchten um die Türme und durchdrangen die Nähte jedes schlecht gearbeiteten Kleidungsstücks.

Die zwei Wachtposten des Lichts, Freyr und Batalix, gingen ihren Pflichten nach, und der Stundenheuler fuhr fort, in regelmäßigen Abständen eine Fontäne aus Dampf und Wasser hinauszuschleudern.

Ein halbes Jahr lang schienen die Wachtposten gemeinsam vom Himmel. Dann vergrößerte sich der Abstand ihres abendlichen Untergangs, bis Freyr allmählich tagsüber den Himmel beherrschte, und Batalix bei Nacht; in dieser Zeit war die Nacht kaum Nacht zu nennen, und Tag kaum lichter Tag. Schließlich versöhnten sich die Wachtposten wieder: die Tage wurden hell im strahlenden Licht beider Sonnen, die Nächte wurden finster.

Eines Nachts, als nur die Sterne kalt auf Oldorando niederfunkelten, als der eisige Wind über die Ebene und das Hügelland heulte und die Nächte finster waren, starb der alte Herrscher von Embruddock, Wall Ein Den; er ging in die Unterwelt ein, um selbst ein Geist zu werden und zum Urblock hinabzusinken.

Ein weiteres Jahr verging, und noch eines. Eine Generation wuchs heran, eine andere wurde alt. Langsam wuchs die Zahl der Dorfbewohner unter Dresyls friedlicher Herrschaft, während die Sonnen ihre Wächterpflichten am Himmel erfüllten.

Obgleich Batalix die größere Scheibe zeigte, strahlte Freyr stets mehr Licht und Wärme aus. Batalix war ein alter Wachtposten, Freyr jung und heftig. Niemand konnte wirklich beschwören, daß Freyr von einer Generation zur nächsten zum Mannesalter heranwuchs, aber die Legenden wollten es so wissen. Die Menschheit überdauerte in Mühsal und Leiden von Generation zu Generation und lebte in der Hoffnung, daß Wutra in der Himmelswelt siegreich sein und Freyr stärken werde.

Diese Legenden trugen einen Kern von Wirklichkeit in sich, wie eine Blütenknospe die Blume in sich enthält. So kam es, daß die Menschen wußten, ohne es zu wissen.

Was die Vögel und die anderen Tiere befraf, noch immer reich an Zahl, wenngleich arm an Arten, so waren ihre Sinne enger an die magnetischen Schwankungen gebunden, als dies bei den menschlichen Sinnen der Fall war. Auch sie wußten, ohne es zu wissen. Ihr Verständnis sagte ihnen, daß unentrinnbare Veränderungen unmittelbar bevorstanden und sich unter der Erde, im Blutkreislauf, in der Luft, in der Stratosphäre, und in allem vorbereiteten, was in der Biosphäre war.

Hoch über der Stratosphäre zog eine kleine, selbstgenügsame Welt aus Metall ihre Bahn. Von der Oberfläche Helliconias gesehen, erschien diese Welt als ein Stern im Nachthimmel, ein Stern aber, der sich langsam fortbewegte.

Es war die Beobachtungsstation *Avernus* von der Erde.

Das Doppelsternsystem Freyrs und seines Begleiters Batalix wurde von der *Avernus* sorgfältig beobachtet. Insbesondere Helliconia war Gegenstand der Studien, und das schon seit mehr als einem der langsamen Großen Jahre um Freyr – oder Stern A, wie er in der Station genannt wurde.

Helliconia war für die Bewohner der Erde von einzigartigem Interesse, und zu keinem Zeitpunkt mehr als in dieser Periode. Helliconia kreiste um Batalix, Stern B, wie er in der Station genannt wurde. Sowohl diese Sonnen wie auch ihr Planet begannen auf ihren Umlaufbahnen zu beschleunigen. Noch immer waren sie von Freyr fast sechshundertmal so weit entfernt wie die Erde von der Sonne. Aber die Distanz verringerte sich von Woche zu Woche.

Der Planet hatte seit mehreren Jahrhunderten sein Apastron überschritten, den kältesten Teil seiner Umlaufbahn. Neue Zielstrebigkeit kennzeichnete die Arbeit in der Beobachtungsstation; jedermann konnte die Botschaft in den zunehmend günstigen Temperaturgradienten lesen.

IV
Günstige Temperaturgradienten

Kinder folgen ihren Eltern, oder sie tun es nicht. Laintal Ay kannte seine Mutter als eine stille Frau, die zu der gleichen gelehrten Zurückgezogenheit neigte wie ihre Eltern. Aber Loilanun war nicht immer so gewesen.

Als Heranwachsende hatte sie die freundliche Anleitung Loil Brys und des Kleinen Yuli leidenschaftlich abgelehnt. Sie hatte die beiden angeschrien, daß sie die klösterliche Atmosphäre ihres Raumes hasse, den die beiden, als sie älter wurden, nur noch ungern verließen. Nach einem heftigen Streit hatte sie die Eltern verlassen und bei Verwandten in einem anderen Turm gelebt.

Dort fehlte es nicht an Arbeit. Loilanun machte sich beim Mahlen des Korns und beim Gerben nützlich. Als sie in die Schuhmacherzunft eintrat und unter der Anleitung eines Meisters ein Paar Jagdstiefel machte, begegnete sie deren künftigem Träger und verliebte sich in ihn. Sie war noch im Pubertätsalter, und in den hellen Nächten, wenn niemand schlafen konnte, ging sie mit dem Jäger aus dem Dorf. Dort sah sie zum ersten Mal in ihrem Leben die weite Welt in all ihrer bedrohlichen Schönheit um sich. Sie wurde des Jägers Frau. Sie wäre für ihn gestorben.

Die Sitten wandelten sich in Oldorando. Der Jäger nahm Loilanun mit auf die Jagd. Einstmals hätte Dresyl niemals zugelassen, daß die Jäger von ihren Frauen begleitet würden, aber nun, da er älter wurde, war seine Herrschaft weniger entschieden, und er hielt die Zügel nicht mehr so straff wie in früheren Zeiten. In einem Engpaß begegneten die Jäger einem Stungebag. Vor Loilanuns Augen wurde ihr

Mann niedergeworfen und von einem Horn der Bestie durchbohrt. Er starb, ehe sie ihn heimtragen konnten.

Loilanun kehrte mit gebrochenem Herzen zu ihren Eltern zurück. Sie nahmen sie wieder auf, absorbierten sie geduldig in ihr Leben und trösteten sie. Als sie in dem nach getrockneten Kräutern duftenden Schatten lag, regte sich Leben in ihr. Sie hatte empfangen. Sie erinnerte sich des Glücks jener Zeit mit ihrem Jäger, als ihre Zeit kam und sie einen Sohn zur Welt brachte. Sie nannte ihn Laintal Ay, und auch ihn nahmen ihre Eltern gelassen hin. Es war der Frühling des Jahres 13 nach der Vereinigung, oder des Jahres 31 nach dem alten Kalender der Herrschaftsjahre.

»Er wird in eine bessere Welt hineinwachsen«, sagte Loil Bry zu ihrer Tochter und betrachtete den Säugling mit ihren glänzenden Augen. »Die Geschichte erzählt, daß eine Zeit kommen wird, da die Rajabarale aufspringen werden und die Luft von der Wärme der Erde erhitzt wird. Nahrung wird es dann im Überfluß geben, der Schnee wird verschwinden, die Leute werden ihre Fellkleider wegwerfen. Wie sehnte ich mich nach jener Zeit, als ich jung war! Laintal Ay mag sie noch erleben. Wie wünschte ich, er wäre ein Mädchen gewesen – Mädchen fühlen und sehen mehr als Jungen.«

Das Kind schaute gern zu Großmutters Alabasterfenster. Es war einzigartig im Dorf, obgleich der Kleine Yuli behauptete, daß es einst viele davon gegeben habe, die nun alle zerbrochen seien. Jahr um Jahr hatten Laintal Ays Großeltern den Blick von ihren alten Dokumenten erhoben, um zu beobachten, wie sich das Fenster im Sonnenuntergang rosa, orangefarben und karmesinrot verfärbte, wenn Freyr oder Batalix in ein Bad von Feuer eintauchten. Die Farben dunkelten mehr und mehr, bis dann die Nacht den Alabaster schwarz tönte.

In den alten Tagen waren Childrim gekommen, um die Türme von Oldorando zu umkreisen, die gleichen Erscheinungen, die der erste Yuli gesehen hatte, als er mit seinem Vater durch die weiße Wildnis gestapft war.

Childrim kamen nur bei Nacht. Funken leuchteten vor dem Alabasterfenster auf, und man wußte, daß sie da waren und, langsam mit einem Flügel schlagend, ihre Kreise zogen. Waren es überhaupt Flügel? Wenn die Leute ins Freie liefen, um sie zu beobachten, waren ihre Umrisse am dunklen Himmel oft kaum zu erkennen, und niemals klar.

Der Childrim brachte seltsame Gedanken in die Köpfe der Menschen. Es kam vor, daß Yuli und Loil Bry auf ihren Lagern aus Fellen lagen und fühlten, daß alle Gedanken in ihren Köpfen gleichzeitig lebendig wurden. Sie sahen vergessene Szenen und Bilder, die sie nie gekannt hatten. Oft kam es dann vor, daß Loil Bry jammerte und sich die Augen bedeckte. Sie sagte, es sei wie der Umgang mit einem Dutzend Geistern gleichzeitig. Nachher wünschte sie einige der unerwarteten Gesichte noch einmal zu erleben, waren sie aber erst vergangen, so konnte man sie nicht wieder wachrufen; ihre verwirrende Schönheit verlor sich wie ein Duft.

Die Childrim segelten weiter. Niemand konnte ihr Kommen und Gehen ergründen.

Ihr eigentlicher Lebensbereich war die obere Troposphäre. Gelegentlich zwang der Druck elektromagnetischer Stürme sie, bis in die Nähe der Oberfläche herunterzugehen. Neurale Ströme übten eine kurzlebige Anziehung auf sie aus und veranlaßten sie, Aufenthalt zu nehmen und zu kreisen, als wären auch sie intelligente Lebewesen. Dann stiegen sie wieder empor und verschwanden. Je nach den Launen der gewaltigen elektromagnetischen Stürme, die das helliconische System durchzogen, segelten die Childrim weiter, ließen sich von den elektromagnetischen Fronten mitnehmen, zirkulierten mit ihnen um die Welt, ohne Wahrnehmung oder Ruhebedürfnis.

Doch zirkulierten sie nicht für alle Zeit. Denn die elektrischen Einheiten, die von den Menschen Childrim genannt wurden, waren unveränderlich. Infolgedessen war nichts gegen die Veränderung empfindlicher als sie.

Die Temperaturen über dem tropischen Kontinent von Campannlat variierten zu jedem gegebenen Zeitpunkt stark. An einem milden Sommertag, während Loilanun am Boden saß und lustlos mit ihrem kleinen Sohn spielte, stieg die Temperatur in Oldorando auf mehrere Grad über Null. Nicht sehr viel weiter nördlich, am Dorzin-See, mochte zur gleichen Zeit Frostwetter mit Temperaturen um minus zehn Grad herrschen. Im Sommer, wenn die Wachtposten Tag und Nacht am Himmel standen, gab es in geschützten Gegenden überhaupt keinen Frost, und dort konnten dann widerstandsfähige Getreidesorten gedeihen.

Fünftausend Kilometer von Oldorando, im Nktryhk, gab es starke tägliche Temperaturunterschiede von minus zwölf bis minus hundertfünfzig Grad Celsius, was etwa die Temperatur ist, bei welcher das Edelgas Krypton flüssig wird.

Die Veränderungen nahmen zu, anfangs freilich in einem Sinne, den man als latente Veränderung bezeichnen könnte. Um so rascher traten dann ihre Wirkungen ein, als die Temperaturgradienten in der oberen Atmosphäre auf die zunehmende Strahlung von Freyr reagierten. Der Prozeß verlief gleichmäßig, in seinen Auswirkungen jedoch nicht selten sprunghaft. Einmal verzeichnete die Beobachtungsstation *Avernus* in 45 Kilometern Höhe über dem Äquator einen Temperaturanstieg von 12 Grad innerhalb einer Stunde. Im Zuge dieser Erwärmung nahm die stratosphärische Luftzirkulation stark zu, und Stürme tobten in allen Breiten. Über Nktryhk wurden Strahlströme beobachtet, die Geschwindigkeiten von mehr sechshundert Stundenkilometer erreichten.

Plötzlich war der Childrim verschwunden.

Der Beginn einer Zeit der Wiedergeburt für Mensch und Tier brachte ihm den Untergang. Die Bedingungen, die seine Entstehung begünstigt hatten, wandelten sich von einem Jahr zum anderen. Seine Wirbel aus piezoelektrischem Staub und aufgeladenen Teilchen waren zu fragil, um einem dynamischerem System standzuhalten. So verschwanden die letzten dieser Art bald in den dünnen Luftschichten der oberen Atmosphäre. Dort hinterließen sie unendlich feine Lichtspuren winziger Funken, die rasch verglühten.

Yuli und Loil Bry hielten vergebens nach dem Childrim Ausschau. Und Laintal Ay vergaß bald, daß er jemals welche gesehen hatte.

Gruppen von Phagoren sammelten sich unter dem grünlichen Himmel, der für jene Höhe bezeichnend ist, wo die Wachtposten – wenn nicht in Wolken begraben – ihre Strahlen durch Myriaden von schwebenden Eiskristallen sandten. Die Phagoren gehörten beiden Geschlechtern an, und viele waren von Vögeln begleitet, die auf ihren Schultern hockten oder in geringer Höhe über ihnen flogen. Vögel und Phagoren waren weiß, das Gelände weiß oder braun und schwarz, der Himmel grünlichblau. Die Lebewesen hoben sich als dunklere Silhouetten vom Weiß des Hhryggt-Gletschers ab.

Der breite Gletscherstrom wurde an einer Stelle von einem isoliert aufragenden Massiv aus Tiefengestein geteilt, das Jahrhunderten der Belagerung durch das Eis widerstanden hatte, eine infernalische Burg. Das Eis hatte ihre Wände abgeschliffen, doch sie überlebte, reckte ihre gebündelten Türme zum Himmel. Wo der Gletscherstrom abfiel, war eine firnbedeckte Hochfläche. Hier stand der Führer der Ancipitalen unbeweglich, während die Kohorten sich für seinen Kreuzzug formierten.

Die zu den Kzahhns von Hryastyprt gehörenden Komponenten waren es, die sich als erste entschlossen hatten, das Strafgericht der Vernichtung über die Söhne Freyrs zu bringen, die in den fernen Ebenen lebten. Der junge Kzahhn war Hrr-Brahl Yprt. Er hatte sich ausbedungen, den Kreuzzug zu führen, denn es war sein Großstallun gewesen, der Große

Kzahhn Hrr-Trykh Hrast, der von jenen Kreaturen getötet worden war, die unwürdig waren, das Licht des Tages zu schauen. Unter Hrr-Brahl Yprt sollte nun der Vergeltungszug der Legionen beginnen.

Unter Hrr-Brahl Yprt hatte die Komponente eine gedeihliche Zeit erlebt und Kräfte zurückgewonnen, die sie verloren hatte, als die Welt das letzte Mal von Freyrs Glut verbrannt worden war. Der Zwang der großen Zahl drängte sie ebenso wie die bewußte Entscheidung, die hochgelegenen Weiten zu verlassen und mit unwiderstehlicher Macht zu dieser Wanderung aufzubrechen.

Vergeltung bewegte ihre Gedanken, doch war der Aufbruch von günstigen Temperaturgradienten in der Atmosphäre ausgelöst worden. Eine Wärmebotschaft vibrierte über den fünfhundert Gletschern, die sich über Hunderte von Kilometern hin von den stratosphärischen Hochplateaus des inneren Nktryhk bis zu den ausgehöhlten, ausgeschliffenen Tälern des Moränengebietes weit östlich von der Ebene Oldorandos ergossen, und lockte die Ancipitalen aus ihren Höhlen und Spalten.

Hrr-Brahl Yprt wartete reglos. Auch er hatte die Wärmebotschaft über seine Luftoktave empfangen.

Die Vorläufer des großen Klimawechsels aktivierten auch andere Lebensformen in der Region, darunter solche, von denen die Phagoren abhängig waren, weil sie ihnen Protein lieferten. Protognostische Stämme, Madis genannt, bewohnten das mit Blöcken übersäte Vorland der Gletscher. Mager und ständig unterernährt, kehrten auch sie zu einer nomadischen Lebensweise zurück. Vor sich her trieben sie Ziegen und Arang, die Vierbeiner, welche von Flechten und Felsläusen lebten. Die Madis suchten tiefer gelegene Weidegründe. Aber sie brachen nicht auf, ehe die Phagoren abgezogen und die Hügel und Täler frei von ihnen waren.

Der junge Hrr-Brahl Yprt gab den Befehl zum Aufsitzen. Nur die höchsten seiner Offiziere hatten Kaidaws als Reittiere. Sofort schwangen sich die Offiziere auf die zottigen rostroten Ungetüme und setzten sich hinter den Höckern der Tiere zurecht.

Dieser Befehl zum Aufbruch erging spät im Jahr 13 nach Loil Brys bescheidenem Kalender. Nach dem Kalender der Ancipitalen war es die Luftwende oder das Jahr 353 nach der Kleinen Apotheose des Großen Jahres 5 634 000 seit der Katastrophe. Nach einer neuzeitlichen Kalenderrechnung war es spät im Jahr 433.

Laintal Ay war damals ein Säugling auf den Knien seiner verwitweten Mutter.

Die Zeit würde kommen, da er sich der ganzen Macht von Hrr-Brahl Yprts Kreuzzug gegenübersehen würde.

Neben dem Kaidaw des Kzahhn stand ein Creaght, ein junger männlicher Phagor, der die Standarte trug.

Hrr-Brahl Yprt war so groß wie ein gutgebauter Mann und wog beinahe das Eineinhalbfache. Seine hornigen dreizehigen Füße bildeten eine sichere Basis für sehnig-muskulöse Beine, dicke Flanken und eine mächtige Brust, deren Umfang kein Mann erreichte.

Sein Kopf, eingekeilt zwischen massigen Schultern, war bemerkenswert: lang, schmal und knochig, mit vorstehenden Brauenbogen über den Augen, die diesen, geschützt von langen, gebogenen Wimpern, auf denen Reif glitzerte, ein auffallendes, durchdringendes Starren verliehen. Seine Hörner, hinter den Ohren ansetzend, bogen sich vorwärts, bevor sie mit den Spitzen aufwärts wiesen, wie es in seiner Abstammungslinie üblich war. Sie waren graugeädert, als wären sie aus Marmor gemacht, und ihre doppelten Schneiden waren tödlich scharf. Als Waffen wurden die Hörner nur im Kampf gegen andere Phagoren gebraucht, niemals gegen fremde Arten; ihre Spitzen durften niemals vom roten Blut der Söhne Freyrs beschmutzt werden.

Hrr-Brahl Yprts lange Schnauze war hinter den Bogen der

Nüstern schwarz, geradeso wie die seines Großstallun gewesen war. Es betonte die Gewalt seines Blickes. Jede seiner Bewegungen vermittelte den Eindruck grausamer Autorität.

Seine Waffenschmiede hatte ihm für diesen Kreuzzug eine kunstvolle Gesichtskrone angefertigt, welche die lange Nase des jungen Kzahhn mit einem Muster bedeckte, das an eine Wappenlilie gemahnte. Die Krone bog sich um den Hornansatz und hatte zwei eigene scharfe Eisenhörner aufzuweisen, die seitlich abstanden.

Wenn er einem Untergebenen drohte, zog der Kzahhn die Oberlippe hoch, um zwei Reihen stumpfer, in der Längsrichtung gerippter Zähne zu zeigen, flankiert von langen Eckzähnen.

Am Körper trug er eine kostbare Rüstung: vor allem eine ärmellose Weste aus steifer Kaidawhaut mit drei Umhängen und einem Gürtel, welch letzterer sich vorn und hinten zu einer Art Lendenschurz verbreiterte und seine Genitalien schützte, die unter dem derben, strähnigen Fell baumelten.

Der Name seines Kaidaw war Rukk-Ggrl. Nachdem er Rukk-Ggrl bestiegen hatte, hob der junge Kzahhn die Hand. Ein menschlicher Sklave stieß in ein ungeheures gekrümmtes Musikinstrument, gefertigt aus dem Horn des Stungebag. Die Diaphonie hallte über die grauweiße Einöde hin.

Auf diesen trauervoll klagenden Ruf hin erschienen andere Sklaven aus einer Höhle in dem plutonischen Massiv und trugen jeweils zu zweit die Gestalten von Hrr-Brahl Yprts Vater und seinem Urgroßstallun.

Diese erhabenen Vorfahren befanden sich in einem Zustand der Entstofflichung, sanken langsam zu den letzten Strudeln des Nichtseins hinab. Diese deutliche Abnahme der Lebensprozesse hatte zu einem Schrumpfen ihrer Größe geführt. Der Urgroßstallun war jetzt beinahe ganz in Keratin umgewandelt.

Beim Erscheinen der Totemobjekte ging eine Bewegung durch die Scharen der Komponenten. Sie erstreckten sich weithin über den gefrorenen Grund, und viele hoben sich auf nahegelegenen Kämmen und Rücken aus geborstenem Fels als Silhouetten vom Himmel ab. Manche standen auf Speere gestützt, die großen Vögel auf den Schultern. Alle aber zeichneten sich in der Ruhestellung durch die erschreckende Bewegungslosigkeit aus, die ihrer Art eigen war. Nur ein gelegentliches Zucken eines Ohres ließ erkennen, daß sie lebendig waren. Nun veränderten sie ihre Positionen, um ihre Blicke auf den jungen Führer und die Führer der Vergangenheit zu richten.

Die Totemgestalten wurden dem Kzahhn dargeboten. Die menschlichen Sklaven knieten demütig vor ihm nieder.

Hrr-Brahl Yprt saß ab und trat zwischen seine Vorfahren und den Kaidaw. Nach einer Verbeugung verbarg er sein Gesicht ehrerbietig im fuchsroten dichten Fell von Rukk-Ggrls Flanke. In einer Art von Trance beschwor er die Geister seines Vaters und Urgroßstalluns in die lebendige Gegenwart.

Die Geister erschienen vor ihm. Sie waren kleine bärtige Gestalten, nicht größer als Schneehasen. Sie stießen Quietschlaute der Begrüßung aus. Und sie liefen auf allen vieren, wie sie es zu Lebzeiten niemals getan hatten.

»O meine geheiligten Vorfahren, die ihr nun eins werdet mit der Erde«, rief der junge Kzahhn in der heiseren Sprache seiner Art, »endlich breche ich auf, den zu rächen, der jetzt zwischen euch stehen sollte, meinen tapferen Großstallun, Großkzahhn Hrr-Trykh Hrast, der von den pelzlosen Söhnen Freyrs getötet wurde. Jahre der Prüfung liegen vor uns. Stärkt meinen arm, warnt uns vor Gefahr, haltet die Hörner hoch!«

Sein Urgroßstallun schien tief im Inneren des Kaidaw zu stehen. Die nahezu verhornte Gestalt sagte: »Geh, halte die Hörner hoch, erinnere dich der Feindschaften! Hüte dich vor Freundschaft mit den Söhnen Freyrs!«

Diese Bemerkung war für Hrr-Brahl Yprt unnötig. Er hielt

es kaum für möglich, daß er jemals etwas anderes als Haß für den traditionellen Feind würde empfinden können. Jene im Zustand der Entstofflichung waren nicht immer weiser als die, welche Luft atmeten.

Die Gestalt seines Vaters war größer als diejenige des Urgroßstallun, weil er vor kürzerer Zeit in die Entstofflichung eingetreten war. Ihr Vorstellungsbild beugte sich zum Sohn und sprach, indem es eine Reihe von Bildern in das Bewußtsein des Sohnes skizzierte.

Hrr-Anggl Hhrot zeigte seinem Sohn ein Bild, welches der junge Kzahhn nur zum Teil verstand. Einem Menschen wäre es vollends unverständlich gewesen. Es war aber ein Abbild des bekannten Universums, wie die ancipitale Rasse es sich vorstellte, eine Ansicht, die ihre Lebenseinstellung weithin prägte.

Ein geschäftiges Organ pumpte kräftig, zog sich zusammen und dehnte sich aus. Es bestand aus drei Teilen, deren jeder Ähnlichkeit mit einer geballten menschlichen Faust hatte. Die Teile hingen eng zusammen und waren von verschiedener Farbe. Das graue Drittel war die bekannte Welt, das weiße Drittel Batalix, das schwarzgefleckte Drittel Freyr. Wenn Freyr sich groß ausdehnte, schrumpften die anderen Teile; wenn Batalix wuchs, dann wuchs auch die bekannte Welt.

Dieses lebendige Organ war umgeben von Dampf. Durch diesen verliefen gelbe Fäden, die Luft-Oktaven. Die Luft-Oktaven wogten und schwankten, als wären sie auf der Flucht vor Freyr, den sie nichtsdestoweniger in einigen Fällen umschlangen. Das Freyr-Drittel schob schwarze Exopoditen hervor, die an den Luft-Oktaven zupften und näher an die bekannte Welt heranzogen. Es schäumte und wuchs.

Diese Bilder waren dem jungen Kzahhn vertraut und hatten den Zweck, ihn zu ermutigen, bevor er sich auf den Weg machte. Er verstand auch die Warnung, die in den Bildern enthalten war: daß die Luft-Oktaven, denen der Kreuzzug würde folgen müssen, unruhiger und chaotischer sein würden, und daß der vollkommene Orientierungssinn, den er und seinesgleichen besaßen, gestört würde. Der Kreuzzug würde langsam vorankommen und viele Luftwenden oder Jahre in Anspruch nehmen.

Er dankte dem Vaterbild mit einem tiefen Schnurren in der Kehle.

Hrr-Anggl Hhrot enthüllte weitere Bilder. Diesen haftete der Geruch des Alters an. Sie waren aus den Tiefen erinnerter Weisheit hervorgeholt, aus den heroischen Zeitaltern, als Freyr noch unbedeutend gewesen war. Eine engelsgleiche Armee von verhornten Vorgängern war zu sehen, welche die Bilder bestätigte.

Hrr-Anggl Hhrot zeigte, was geschehen würde, wenn Luftwenden von der Zahl, die den Zehen und Fingern eines Stallun entsprachen, über das dreifache Organ hingegangen wären. Langsam zog sich der schwarzgefleckte Freyr hinter Batalix zurück. Zwanzigmal würde dies in sukzessiven Luftwenden geschehen. Es war das schreckliche Paradox: daß der Freyr-Teil, obwohl er größer wurde, sich hinter dem schrumpfenden Batalix-Teil verbergen würde.

Die zwanzig Verborgenheiten bezeichneten den Anfang von Freyrs Periode grausamer Herrschaft. Von der zwanzigsten Verborgenheit an würden die Nationen der Ancipitalen der Macht der Söhne Freyrs unterliegen.

Von solcher Art war die Warnung – aber sie enthielt Hoffnung.

Die armen unwissenden Söhne Freyrs würden angesichts der Verborgenheiten Freyrs, der sie in die Welt gesetzt hatte, in Angst und Schrecken geraten. Die dritte Verborgenheit würde sie am stärksten demoralisieren. Das war die Zeit, um gegen sie loszuschlagen, das war die Zeit, um vor der Stadt einzutreffen, wo der Großkzahhn Hrr-Trykh Hrast vernichtet worden war. Das war die Zeit der Vergeltung. Die Zeit zum Brennen und Töten.

Vergiß nicht! Sei tapfer! Halte die Hörner hoch! Der Krieg hat begonnen!

Hrr-Brahl Yprt verhielt sich so, als habe er den Strom der Weisheit zum ersten Mal empfangen, obwohl er ihn schon viele Male empfangen hatte. Er war unveränderlich. Er diente ihm zum Denken. Alle Angehörigen seiner Komponenten, die Vorfahren in der Entstofflichung hatten, hatten dieselben Bilder viele Male empfangen. Diese Bilder kamen von der bekannten Welt, aus der Luft, von den Toten. Sie waren unumstößlich.

Alle Entscheidungen von größerer Tragweite waren das Ergebnis derartiger Ströme von Weisheit von den entstofflichten Vorfahren. Diejenigen, welche die Vergangenheit machten, übertrafen an Zahl die Lebenden. Die alten Helden lebten in einem heroischen Zeitalter, als Freyr kümmerlich wuchs.

Der junge Kzahhn erwachte aus seiner Trance. Die Menge um ihn regte sich, zuckte mit den Ohren. Die Vögel kreisten über ihnen oder saßen auf ihren Schultern. Wieder wurde in das mißtönende Horn gestoßen, und die puppenhaften Gestalten wurden zu ihrer Höhle in der natürlichen Festung fortgetragen.

Es war Zeit aufzubrechen.

Hrr-Brahl Yprt schwang sich in Rukk-Ggrls hohen Sattel. Die heftige Bewegung brachte Zzhrrk, seinen weißen Kuhreiher, aus dem Gleichgewicht. Er schwang sich in die Luft empor, kreiste zweimal über ihm und ließ sich wieder auf Hrr-Brahl Yprts Schulter nieder. Die meisten Mitglieder des Heerzuges hatten ihren eigenen Kuhreiher. Das rauhe Krächzen dieser Vögel klang süß im Ohr eines Phagoren. Die Vögel füllten eine nützliche Rolle aus, indem sie die Phagoren von den Zecken befreiten, die ihre Körper heimsuchten.

Diese Zecke, ein unbeachtetes Geschöpf, stellte ein wichtiges Bindeglied in der komplexen ökologischen Struktur der

Welt dar – und ein heimliches Band zwischen tödlichen Feinden.

Während der junge Kzahhn in seiner Trance Umgang mit den Vorfahren gepflegt hatte, waren Wolken über der Schneelandschaft aufgezogen. Das Licht wurde zwischen Wolkendecke und Erdboden wechselseitig reflektiert und in der diffusen Beleuchtung, bei der es keine Schatten gab und Lebewesen zu Gespenstern wurden, hätte ein Mensch die Orientierung verloren. Es gab keinen Horizont. Alles war perlgrau.

Der Armee der Ancipitalen, die ihre Luft-Oktaven hatte, denen sie folgte, bedeutete dies wenig. Nun, da das Zeremoniell abgeschlossen war, führten Sklaven vier junge Kaidaws durch das gestaltlose Weiß. Die Höcker der Tiere waren noch unvollkommen ausgebildet, ihr wollig-dichtes Fell mit dem rauhen langen Deckhaar noch gefleckt. Auf jedem der Tiere ritt eine der vier Fillocks des Kzahhn. Jede trug Adlerfedern oder blasse, schmetterlingsähnliche Felsblumen im Haupthaar. Dieses Quartett junger Schönheiten war von seiner persönlichen Komponente ausgewählt worden, daß es dem Kzahhn Hrr-Brahl Yprt während der Jahre des Feldzugs Gesellschaft leiste.

Eine kühle Brise, vierzig Grad unter Null, wehte von den vergletscherten Höhen im Osten und spielte mit dem feinen langen Deckhaar der jungen Damen. Unter diesem Deckhaar lag das dicke, wollig verfilzte Fell des Phagoren, beinahe undurchdringlich für jede Kälte, solange es nicht von Wasser vollgesogen war.

Der Höhenwind blies die Wolkendecke auseinander, und wie wenn ein Rolladen vor einem Fenster geöffnet wäre, kehrten die Formen und Umrisse der bekannten Welt zurück. Die Masse des Heerbannes kam hinter abziehenden Nebelschwaden wieder zum Vorschein, und hinter den vier Fillocks traten die nackten Wandabstürze von Hhryggt aus dem brodelnden Weiß hervor, geisterhaft blaß zuerst, dann zunehmend klarer. Voraus wurden hinter jungen Moränenwällen eiserfüllte Trogtäler zwischen düsteren Felswänden sichtbar, die zu einem vom Schicksal bestimmten Ort führen würden, achttausend Meter tiefer.

Die Hryastyprtstandarte wurde erhoben.

Der junge Kzahhn streckte den Arm aus und zeigte vorwärts.

Er stieß die hornigen Zehen in Rukk-Ggrls Flanken. Das Tier hob den gehörnten Schädel und setzte sich in Bewegung über den spröden Firn. Langsam kamen die Scharen in Bewegung. Schnee knirschte, Eis splitterte. Die Vögel schwangen sich empor und ließen sich von Aufwinden tragen. Der Kreuzzug hatte begonnen.

Er würde sein Ziel erreichen, wenn Freyr sich zum dritten Mal hinter Batalix versteckte, wie die Bilder der Vorfahren es prophezeit hatten. Dann würde die Armee des Kzahhn gegen die Söhne Freyrs losschlagen, die in jener verfluchten Stadt lebten, wo Hrr-Brahl Yprts edler Großstallun getötet worden war. Dieser große und bedeutende alte Kzahhn war gezwungen worden, von einem Turm in den Tod zu springen. Jetzt war die Vergeltung nicht mehr fern: die Stadt würde dem Erdboden gleichgemacht.

Vielleicht war es nur natürlich, daß der Säugling Laintal Ay im Schoß seiner Mutter weinte.

Jahr um Jahr kam der Kreuzzug weiter voran. Die Bewohner Oldorandos blieben in Unkenntnis dieser entfernten Nemesis. Sie mühten sich mit dem Los ihrer eigenen Geschichte ab.

Dresyl war nicht mehr der energische Führer, der er einmal gewesen war. Immer seltener nahm er an Jagdausflügen teil und zog es mehr und mehr vor, im Dorf zu bleiben und sich mit Einzelheiten der Verwaltung und Organisation zu beschäftigen, die reibungslos funktioniert hatten, bevor er sich einmischte. Seine Söhne jagten an seiner Statt. Die sich abzeichnenden Veränderungen machten alle unruhig.

Junge Männer aus den Handwerkerzünften wollten diese verlassen und Jäger und Fallensteller werden. Die jungen Jäger ihrerseits fielen durch zuchtloses Verhalten auf. Dresyl hatte bereits einen Jäger unter seinem Kommando, der eine uneheliche Tochter von der Frau eines älteren Mannes hatte. Solcher Sittenverfall griff immer weiter um sich, und mit ihm hielten Streit und Schlägereien ihren Einzug.

»Als ich ein junger Kerl war, gab es so was nicht«, beklagte sich Dresyl, der die Missetaten seiner Jugend nicht mehr wahrhaben wollte, vor Aoz Roon. »Es fehlt nicht viel, und wir bringen uns gegenseitig um, wie die Wilden aus den Quzint-Bergen.«

Dresyl konnte sich nicht entschließen, ob er versuchen sollte, Aoz Roon zu unterdrücken, oder ob er ihn durch Lob fügsam machen sollte. Er neigte zum letzteren, denn Aoz Roon war als ein schlauer und erfolgreicher Jäger bekanntgeworden, aber solche Gunstbezeigungen mußten Dresyls Sohn Nahkri verärgern, welcher aus Gründen von der Art, wie sie nur die jungen Leute kennen, feindselige Empfindungen gegen Aoz Roon hegte.

Als das Jahr 17 nach der Vereinigung dahinging, wurde Dly Hoin, Dresyls unbefriedigende Frau, krank und starb bald danach. Vater Bondorlonganon kam und begrub sie in ihrer Land-Oktave. Als sie nicht mehr war, tat sich in Dresyls Leben eine Lücke auf, und er spürte zum ersten Mal, daß er Dly Hoin geliebt hatte. Von da an regierte Trauer sein Herz.

Trotz seiner Jahre erlernte er die Kunst des Umgangs mit den Verstorbenen und erzielte den Pauk genannten Trancezustand, um wieder mit seiner dahingegangenen Frau zu sprechen. Er begegnete ihrem in der Unterwelt schweifenden Geist. Und sie schmähte ihn, daß er ihr Leben vergeudet habe, und hielt ihm seine Lieblosigkeit und seine Gefühlskälte und manches andere vor, das Kummer in sein Herz senkte. Er floh ihre Beschimpfungen und ihr bissiges Mundwerk und war hinfort ein stillerer Mann.

Manchmal sprach er mit Laintal Ay. Der Junge war von hellerem Verstand als Nahkri oder Klils. Aber von seinem alten Vetter, dem Kleinen Yuli, hielt Dresyl sich fern; hatte er bis dahin nur Verachtung für ihn empfunden, verspürte er jetzt Neid. Yuli hatte eine lebendige Frau, die er lieben und glücklich machen konnte.

Yuli und Loil Bry lebten weiter in ihrem Turm und versuchten ihre grauen Haare zu übersehen. Loilanun behielt Laintal Ay im Auge und erlebte mit, wie er in die rohen Vergnügungen einer neuen Generation hineinwuchs.

Abgeschieden unter den Quzint-Bergen lebte die religiöse Sekte der Nehmer. Der erste Yuli hatte einst einen flüchtigen Blick auf sie getan. In der Sicherheit einer ungeheuren Kaverne, die aus dem Erdinneren erwärmt wurde, war die Sekte praktisch unabhängig von den Temperaturgradienten in der oberen Atmosphäre. Aber sie verfügten über heimliche Verbindungen mit Pannoval, und aus jenem Höhlenlabyrinth drangen Wahrnehmungen zu ihnen, die in ihrer Weise eine ebenso bedeutsame Veränderung auslösten, wie irgendein Temperaturgradient es vermocht hätte.

Obgleich die aus den übermittelten Wahrnehmungen erwachsende intuitive Erkenntnis wirrköpfig war, besaß sie Schönheit für das unbeugsam strenge Denken der Nehmer, und schien überdies die Wahrheit zu enthalten, die der Schönheit eigen ist.

Die Nehmer beiderlei Geschlechts trugen ein sorgfältig gearbeitetes Gewand, das sie vom Kinn bis zum Boden einhüllte. Im Profil ähnelten sie darin einer halbgeöffneten, herabhängenden Blüte. Nur dieses äußere Kleidungsstück, der Charfral, wurde getragen.

Der Charfral konnte als sinnbildlich für das Denken der Nehmer angesehen werden. Die Verästelungen ihrer Theologie waren mannigfaltig, ihr Verständnis von der Welt und ihren Erscheinungen durch viele Generationen kodifiziert.

Sie waren zugleich unzüchtig und puritanisch. Selbst die repressive Schichtung ihrer Religion enthielt ihre Widersprüche und hatte zu einer neurotischen Form von Hedonismus geführt.

Der Glaube an den Großen Akha war nicht unvereinbar mit organisierter Unzucht, und zwar aus einem einleuchtenden Grund: der Große Akha schenkte der Menschheit keine Beachtung. Er kämpfte gegen das zerstörerische Licht Wutras, was den Interessen der Menschheit diente; aber Akha kämpfte nicht für die Menschheit, sondern für sich selbst. Was die Menschen taten, war folglich ohne Belang. Die Ethik des Eudämonismus entsprang der Ohnmacht des Menschen.

Lange nach seinem Tod änderte der Prophet Naab Naba alles das. Nabas Worte fanden mit der Zeit ihren Weg von Pannoval zu der Kaverne der Nehmer. Der Prophet versprach, daß, wenn Männer und Frauen der Fleischeslust entsagten und nicht mehr so unterschiedslos beisammenlägen, daß niemand den eigenen Vater kenne, der Große Vater, Akha selbst, seinen Blick auf sie richten würde. Er würde ihnen dann erlauben, als Krieger an seinem Feldzug gegen Wutra teilzunehmen. Der Krieg werde so ein frühes Ende nehmen. Die Menschheit – dies war das Wesen von Nabas Botschaft – war nicht ohnmächtig, es sei denn, sie entschied sich selbst für die Ohnmacht.

Die Menschheit war nicht ohnmächtig. Für die im Berg vergrabenen Nehmer war diese Botschaft überzeugend. In den Heiligtümern von Pannoval konnte sie niemals so überzeugend sein; dort hatten die Menschen es stets für selbstverständlich gehalten, daß die Menschheit handeln könne. Aber unten in der Kaverne wurden die Charfrals verbrannt. Keuschheit und Zucht hielten ihren Einzug in das Leben der Menschen.

Innerhalb eines Jahres veränderten die Nehmer ihre Lebensweise von Grund auf. Die alte starre Kodifizierung wurde im Namen des Steingottes einer restriktiven Tugend dienstbar gemacht. Diejenigen, die sich den neuen Moralvorstellungen nicht anpassen konnten oder wollten, wurden durch das Schwert hingerichtet oder flohen, bevor das Blutgericht sie ereilte.

In der Dialektik der Revolution mit ihrem hitzigen Eifer genügte es den Nehmern nicht, sich selbst zu bekehren. Das ist niemals genug. Revolutionäre müssen ausziehen und andere bekehren. Im Namen Nabas und Akhas wurde der Glaubenszug vorbereitet und durchgeführt. Um die Lehre zu verbreiten, legte der Glaubenszug Hunderte von Kilometern unterirdischer Höhlengänge und Wege zurück. Und die erste Wegstation war Pannoval.

Pannoval zeigte sich gleichgültig gegenüber dem zurückgekehrten Wort seines eigenen Propheten, der vor langer Zeit hingerichtet und vergessen worden war. Aber es war aktiv gegen eine Invasion von Fanatikern.

Die Miliz rückte in voller Stärke aus, und es kam zum Kampf. Die Fanatiker waren bereit zu kämpfen. Sie wünschten nichts sehnlicher als für die gute Sache zu sterben. Wenn dabei auch andere stürben, desto besser. Ihre Geister, welche die Land-Oktaven durchheulten, drängten sie zur Eroberung. Sie warfen sich gegen den Feind. Einen langen blutigen Tag gab die Miliz ihr Bestes. Dann war die Abwehrkraft der Überlebenden gebrochen, und sie rannten davon.

So beugte sich Pannoval der Botschaft der Gewalt und unterwarf sich dem neuen Regime. In aller Eile wurden Charfrals gewebt, damit man sie verbrennen konnte. Wer sich nicht anpassen konnte oder wollte, entfloh oder wurde getötet.

Die Flüchtlinge gelangten hinaus in die offene Welt Wutras, zu den immerwährenden Ebenen des Nordens. Sie kamen in einer Zeit, als der Schnee sich zurückzog. Gräser und Stauden wuchsen. Die zwei Wachtposten versahen ihren Dienst über die Himmel besser als in früheren Zeiten, und Wutra selbst schien weniger grausam. Sie überlebten.

Jahr für Jahr breiteten sie sich auf der Suche nach Nahrung und einer geschützten Gegend weiter nordwärts aus. Sie erreichten den Lasvalt-Fluß im Osten der großen Ebenen. Sie folgten den wandernden Herden und lebten von Yelk und Gunnadu. Und ihre Wanderungen führten sie bis zum Isthmus von Chalce.

Zur gleichen Zeit verursachte die Milderung des Klimas Unruhe unter den Bewohnern des kalten Kontinents Sibornal. Die rauhen, abgehärteten Jäger und Sammler zogen in Wanderungswellen südwärts zum Isthmus von Chalce und nach Campannlat hinein, um dort zu siedeln.

Eines Tages, als Freyr allein am Himmel regierte, traf der nördlichste Stamm aus Pannoval auf die erste Einwanderungswelle aus Sibornal. Was dann geschah, war schon viele Male geschehen – und vom Schicksal dazu bestimmt, wieder zu geschehen.

Wutra und Akha würden dafür Sorge tragen.

Von dieser Art war der Zustand der Welt, als der Kleine Yuli sie verließ. Salzhändler aus den Quzint-Bergen kamen mit Neuigkeiten von Lawinen und unerklärlichen Geschehnissen nach Oldorando. Yuli – inzwischen ein sehr alter Mann – eilte hinunter, um sie zu sehen, fiel von einer Leiter und brach sich das Bein. Eine Woche darauf wurde der heilige Mann aus Borlien gerufen, und Laintal Ay begeisterte sich an seinem geschnitzten Spielzeughund, der mit dem Schwanz wedeln und den Kiefer öffnen und schließen konnte.

Eine Epoche war zu Ende gegangen. Die Herrschaft von Nahkri und Klils stand nahe bevor.

V
Doppelter Sonnenuntergang

Nahkri und Klils waren in einem der Räume des Kräuterturms, wo sie sich vorgeblich mit dem Sortieren von Fellen beschäftigten. Statt dessen schauten sie aus dem Fenster und schüttelten den Kopf über das, was sie sahen.

»Ich kann es nicht glauben«, sagte Nahkri.

»Ich kann es auch nicht glauben«, sagte Klils. »Ich kann es überhaupt nicht glauben.« Und er lachte, bis sein Bruder ihn auf den Rücken schlug.

Sie beobachteten die vogelscheuchenartige Gestalt einer alten Frau, die in gebrechlicher Raserei am Ufer des Voral herumsprang. Die benachbarten Türme verdeckten sie, dann kam sie wieder zum Vorschein und ließ die dünnen Arme und Beine fliegen. Einmal machte sie halt, kratzte nassen Lehm zusammen und bepflasterte sich damit Kopf und Gesicht, um dann in ihrer wackeligen Gangart weiterzulaufen.

»Die Alte ist verrückt geworden«, sagte Nahkri und strich sich vergnügt den Schnurrbart.

»Schlimmer als das, wenn du mich fragst. Sie ist besessen. Ein schädlicher Dämon muß in sie gefahren sein.«

Hinter der schwankenden Gestalt der Alten folgte zögernd eine zweite, nüchterner scheinende, die einem halbwüchsigen Jungen gehörte. Laintal Ay folgte seiner Großmutter, um zu sehen, daß sie keinen Schaden nehme. Sie sprang steif und mit lautem Geschrei vor ihm her, und er folgte mißmutig, stumm und pflichtbewußt.

Nachdem sie den Kopf ausgiebig geschüttelt hatten, blickten Nahkri und Klils sich an. »Wenn sie nicht besessen ist, verstehe ich jedenfalls nicht, warum Loil Bry sich so benimmt«, meinte Klils. »Erinnerst du dich, was Vater uns sagte?«

»Nein.«

»Er sagte uns, daß Loil Bry nur vorgebe, Onkel Yuli zu lieben. Er sagte, in Wahrheit habe sie gar nichts für ihn übrig und liebe nur sich selbst und ihre Hexenkunst.«

»Ja, jetzt fällt es mir ein. Warum tut sie dann immer noch so, nachdem er nun tot ist? Es ergibt keinen Sinn.«

»Ich glaube, sie hat irgendeinen klugen Plan, mit all ihrer Gelehrsamkeit. Es ist ein Trug und ein Schwindel.«

Nahkri ging zur offenen Falltür. Unten arbeiteten Frauen. Er ließ die Luke zufallen und wandte sich zu seinem jüngeren Bruder.

»Was Loil Bry tut oder läßt, ist nicht wichtig. Was Frauen tun, begreift sowieso kein Mensch. Wichtig ist, daß Onkel Yuli tot ist und wir beide jetzt über Embruddock herrschen werden, du und ich.«

Klils blickte ängstlich. »Und Loilanun? Was ist mit Laintal Ay?«

»Der ist noch ein Kind.«

»Nicht mehr lange. In zwei weiteren Vierteln wird er sieben und damit ein Mann sein.«

»Das ist lang genug hin. Wir sind stark und geschickt – wenigstens ich bin es. Die Leute werden uns akzeptieren. Sie wollen nicht von einem Jungen regiert werden, und außerdem hegten sie eine geheime Verachtung für seinen Großvater, der die ganze Zeit mit dieser verrückten Hexe herumlag. Wir müssen uns etwas ausdenken, das wir ihnen sagen und versprechen können. Die Zeiten ändern sich.«

»Das ist es, Nahkri. Sag ihnen doch, die Zeiten ändern sich.«

»Wir brauchen die Unterstützung der Zunftmeister. Ich werde jetzt gehen und mit ihnen sprechen; bleib du lieber fort, denn ich weiß zufällig, daß der Rat dich für einen Unruhestifter und einen Dummkopf hält. Dann gewinnen wir ein paar von den guten Jägern wie Aoz Roon und die anderen für uns, uns alles wird sich regeln.«

»Was ist mit Laintal Ay?«

Nahkri gab seinem Bruder einen Stoß. »Hör endlich auf damit! Wir werden ihn schon los, sollte er lästig werden.«

Am gleichen Abend, als der erste Wachtposten den Himmel verlassen hatte und Freyr einer trüben Dämmerung entgegensank, berief Nahkri eine Versammlung ein. Die Jäger waren heimgekehrt und mit ihnen die meisten der Fallensteller. Er befahl die Tore zu schließen.

Als die Menge sich auf dem Dorfplatz versammelte, erschien Nahkri vor dem großen Turm. Über seine Fellkleider hatte er ein rotbraunes Wollzeug geworfen, ein grobgewebtes ärmelloses Kleidungsstück mit einer gelben Randverzierung, um sich ein würdevolleres Aussehen zu geben. Er war von mittlerer Größe, mit dicken Beinen. Sein Gesicht war gewöhnlich, seine Ohren groß. Wie es seine Gewohnheit war, schob er den Unterkiefer vor, was seinen Zügen eine unheilvoll dräuende Qualität verlieh.

Er wandte sich mit ernsten, einfachen Worten an die Menge und erinnerte sie an die großen Qualitäten des alten Triumvirats aus Wall Ein, seinem Vater Dresyl und seinem Onkel Yuli. In ihnen hätten sich Tapferkeit und Weisheit vereint. Nun sei der Stamm geeint; Tapferkeit und Weisheit seien verbreitete Qualitäten. Er werde die Tradition fortführen, aber mit neuer Emphase für ein neues Zeitalter. Er und sein Bruder würden mit dem Rat regieren und ihr Ohr stets jedermann leihen, der etwas zu sagen habe.

Er rief ihnen allen ins Gedächtnis, daß Überfälle der Phagoren auch weiterhin eine beständige Drohung darstellten, und daß die Salzhändler aus den Quzint-Bergen von religiösen Kämpfen in Pannoval gesprochen hätten. Oldorando müsse geeint bleiben und weiterhin an Stärke zunehmen.

Erneuerte Anstrengungen seien vonnöten. Alle müßten härter arbeiten. Die Frauen müßten härter arbeiten.

Die Stimme einer Frau unterbrach ihn.

»Wie wäre es, wenn du selbst etwas arbeiten würdest?«

Nahkri verlor seine Geistesgegenwart. Der Mund blieb ihm offenstehen, und er blickte hilflos in die Menge, unfähig, eine Antwort zu finden.

Aus der Menge meldete sich Loilanun zu Wort. Laintal Ay stand mit niedergeschlagenem Blick neben ihr. Sie bebte vor zorniger Empörung.

»Du hast kein Recht, dort zu stehen und dich zum Herrscher aufzuwerfen, dich und deinen betrunkenen Bruder!« rief sie. »Ich bin Yulis Tochter. Hier steht mein Sohn Laintal Ay, den ihr alle kennt und der in zwei Vierteln ein Mann sein wird. An Weisheit und Kenntnis stehe ich keinem Mann nach; ich habe viel von meinen Eltern gelernt. Erhaltet das Triumvirat, wie euer Vater Dresyl, den alle achteten, es wollte. Ich verlange mit euch zu herrschen. Frauen sollten eine Stimme haben, und ich liebe unsere Familie. Sprecht für mich, ihr guten Leute, sorgt dafür, daß ich meine Rechte erhalte! Sobald Laintal Ay dann volljährig ist, wird er an meiner Statt regieren. Ich werde ihn angemessen darauf vorbereiten.«

Laintal Ay fühlte seine Wangen brennen. Ohne den Kopf zu heben, blickte er umher. Oyre schaute mitfühlend zu ihm herüber und machte ein Zeichen.

Mehrere Frauen und ein paar Männer riefen durcheinander, aber Nahkri hatte seine Fassung wiedergewonnen. Er brüllte sie nieder.

»Niemand wird von einer Frau regiert, solange ich etwas dazu sagen kann. Wer hat je so etwas gehört? Loilanun, du mußt so weich im Kopf sein wie deine Mutter, um auf den Gedanken zu kommen. Wir alle wissen, daß du ein schweres Unglück erlitten hast, als dein Mann umkam, und alle fühlen mit dir, aber was du sagst, ist barer Unsinn.«

Die Leute wandten sich um und schauten in Loilanuns

gerötetes, verhärmtes Gesicht. Sie hielt den Blicken stand, ohne mit der Wimper zu zucken, und sagte: »Die Zeiten ändern sich, Nahkri. Gehirn wird genauso gebraucht wie Muskelkraft. Um ehrlich zu sein, viele von uns trauen dir und dem Dummkopf von deinem Bruder nicht.«

Darauf gab es viel zustimmendes Gemurmel, aber einer der Jäger, Faralin Ferd, sagte grob: »Sie wird mich nicht regieren – sie ist nur eine Frau. Eher würde ich mich mit diesen zwei Strolchen abfinden.«

Diese Rede trug ihm viel gutmütiges Gelächter ein, und Nahkri blieb Sieger. Als die Menge ihn hochleben ließ, bahnte sich Loilanun den Weg ins Freie und ging fort, um zu weinen. Laintal Ay folgte ihr widerwillig. Er bedauerte seine Mutter, er bewunderte sie; aber auch er fühlte, daß es absurd sei, wenn eine Frau glaubte, über Oldorando herrschen zu können. Niemand hatte je so etwas gehört, wie Onkel Nahkri sagte.

Als er am Rand der Menge innehielt, kam eine Frau namens Shay Tal zu ihm und faßte ihn am Ärmel. Sie war eine junge Freundin seiner Mutter, von frischer Gesichtsfarbe und mit scharfem, falkenäugigem Blick. Er kannte sie als eigenwillig und unabhängig, aber mitfühlend, denn sie besuchte gelegentlich seine Großmutter und brachte ihr Brot.

»Ich komme mit dir, um deine Mutter zu trösten, wenn es dir nichts ausmacht«, sagte Shay Tal. »Ich weiß, sie hat dich in Verlegenheit gebracht – aber wenn Menschen aus vollem Herzen sprechen, ist es uns oft peinlich. Ich bewundere deine Mutter, wie ich deine weisen Großeltern bewunderte.«

»Ja, sie ist mutig. Aber die Leute haben doch gelacht.«

Shay Tal blickte ihn forschend an. »Die Leute haben gelacht, ja. Aber viele von denen, die lachten, bewundern sie nichtsdestoweniger. Sie fürchten sich. Die meisten Leute fürchten sich immer, ihre Meinung zu sagen. Das mußt du dir merken. Wir werden versuchen, sie zum Umdenken zu bewegen.«

Laintal Ay ging mit ihr, und plötzlich war ihm froh und leicht ums Herz, und er lächelte in ihr ernstes Gesicht.

Das Glück begünstigte Nahkri und Klils. In derselben Nacht blies ein Sturmwind von Süden her und fuhr pfeifend und heulend um die Türme. Am nächsten Tag meldeten die Reusensteller eine Unmenge von Fischen im Fluß. Die Frauen gingen mit Körben hinunter und füllten sie mit den glänzenden Leibern. Diese unerwartete Fülle wurde als ein Zeichen angesehen. Ein großer Teil des Fischsegens wurde eingesalzen und getrocknet, doch blieb genug übrig, um am gleichen Abend ein Festmahl zu ermöglichen, bei dem viel Gerstenwein getrunken wurde, um die neue Herrschaft von Nahkri und Klils zu feiern.

Aber Klils besaß keinen Verstand und Nahkri keine Weisheit. Schlimmer noch war, daß keiner der beiden viel Empfinden für ihre Mitmenschen hatte. Als Jäger waren sie durchschnittlich. Häufig stritten sie miteinander über das, was zu tun war. Und weil sie sich dieser Mängel vage bewußt waren, tranken sie zuviel und stritten nur noch mehr.

Dennoch blieb ihnen das Glück hold. Das Wetter besserte sich weiter, es gab mehr Wild als in früherer Zeit, und Krankheiten blieben aus. Auch gab es keine Überfälle von Phagoren, obwohl einzelne von ihnen gelegentlich im weiteren Umkreis des Dorfes gesichtet wurden.

Fruchtbare Einförmigkeit bestimmte das Leben in Oldorando.

Die Herrschaft der Brüder gefiel nicht allen. Sie mißfiel einigen der Jäger; sie mißfiel nicht wenigen Frauen; und sie mißfiel Laintal Ay.

Unter den Jägern war eine Gruppe von Jungmännern, die gemeinsam eine Jagdgesellschaft bildeten und Nahkris Versuchen, sie aufzulösen, widerstanden. Der Anführer dieser

Gruppe war Aoz Roon Den, der nun in der vollen Blüte seiner Männlichkeit stand. Er war groß von Gestalt, kräftig und mit einem offenen Ausdruck im Gesicht, und konnte auf seinen zwei Beinen so schnell laufen wie ein Schwein auf vieren. Seine Gestalt war auffallend; er trug das Fell eines schwarzen Bären, und an diesem Fell erkannte man ihn von weitem.

Er hatte den Bären einst eigenhändig erlegt. In seinem Stolz über die Tat trug er das Tier ohne Hilfe aus dem Hügelland zurück zum Dorf und warf es vor seinen bewundernden Freunden in den Turm, wo sie lebten, auf den Boden. Nach einem Umtrunk mit Rathel hatte er den Meister Datnil Skar von der Gerber- und Kürschnerzunft gerufen, damit er das Tier abhäute und den Pelz präpariere.

Auch die Art und Weise, wie Aoz Roon seinen Platz in diesem Turm errungen hatte, hatte etwas eigentümlich Würdevolles an sich gehabt. Er war der Nachkomme eines Onkels von Wall Ein, der Herr der Brassimip gewesen war. Die Brassimip waren ein Gebiet und eine Pflanze, die für die einheimische Wirtschaft lebenswichtig waren; die Brassimip lieferten das Futter für die Säue, die Milch für Rathel gaben, aber Aoz Roon fand seine Familie tyrannisch, lehnte sich frühzeitig gegen sie auf und suchte sich ein Unterkommen in einem entfernten Turm, zusammen mit anderen hellen Köpfen seines Alters, dem fröhlichen Eline Tal, dem lüsternen Faralin Ferd, dem stetigen Tanth Ein. Sie tranken auf die Dummheit Nahkris und seines Bruders. Ihre Trinkgelage wurden weithin als gesittet und würdevoll betrachtet.

Aoz Roon zeichnete sich auch in anderer Hinsicht aus. Er war in einer Gesellschaft, wo Mut eine selbstverständliche Tugend war, für seinen Mut bekannt. Bei den Stammestänzen konnte er in der Luft ein Rad schlagen, ohne den Boden zu berühren. Und er glaubte fest an die Einheit des Stammes.

Das Vorhandensein seiner unehelichen Tochter Oyre hinderte die Frauen nicht daran, ihn zu bewundern – im Gegenteil. Loilanuns Freundin Shay Tal war auf ihn aufmerksam geworden, und auch ihn ließ ihre charaktervolle Schönheit nicht kalt: aber er schenkte sein Herz niemandem. Er sah voraus, daß Nahkri und Klils eines Tages in Bedrängnis geraten und stürzen würden. Da er verstand – oder zu verstehen glaubte –, was für den Stamm gut war, wünschte er selbst zu herrschen und konnte keiner Frau erlauben, sein Herz zu regieren.

In der Durchführung dieser Strategie pflegte Aoz Roon gute Kameradschaft mit allen, besonders aber mit seinen engeren Freunden und den anderen Jägern. Auch kümmerte er sich um Laintal Ay und ermutigte den Jungen, an seiner Seite auf die Jagd zu gehen, als er mannbar geworden war.

Auf einer Hirschjagd im Südwesten von Oldorando wurden er und Laintal Ay durch ein Überschwemmungsgebiet vom Rest der Jagdgesellschaft getrennt. Sie mußten einen weiten Umweg durch schwieriges Gelände machen, das mit den gewaltigen Zylindern der Rajabarale besetzt war. Dort stießen sie auf eine Gruppe von zehn Händlern, die um ein Feuer lagen, alle betrunken bis zur Betäubung. Aoz Roon rannte zweien von ihnen seinen Speer durch die Leiber, ohne daß einer von den anderen aufwachte. Dann sprangen er und Laintal Ay schreiend und Tierschädel vor die Gesichter haltend aus der Deckung einiger Felsblöcke. Die Überlebenden acht Händler ergaben sich in abergläubischer Furcht. Diese Geschichte wurde in Oldorando noch viele Jahre als ein besonders gelungener Scherz erzählt.

Die acht hatten mit Waffen, Getreiden, Pelzen und allem gehandelt, was sich ihnen geboten hatte. Sie waren aus Borlien, dessen Bewohner traditionell als Feiglinge betrachtet wurden, und auf der Reise von der Meeresküste im Süden zu den Quzint-Bergen im Norden. Die meisten von ihnen waren in Oldorando bekannt – nicht zuletzt bekannt als

Betrüger und Schwindler. Aoz Roon und Laintal Ay brachten sie als Sklaven ins Dorf zurück und verteilten ihre Waren unter den Leuten. Zu seinem persönlichen Sklaven machte Aoz Roon einen jungen Mann namens Calary, der kaum älter war als Laintal Ay.

Diese Episode mehrte Aoz Roons Prestige. Bald war er in einer Position, daß er Nahkri und Klils herausfordern konnte. Doch hielt er sich zurück, wie es seine Art war, und blieb bei seinen Freunden und Gleichgesinnten.

Unterdessen gerieten die Zünfte in Unruhe. Namentlich ein junger Mann namens Dathka versuchte aus der Zunft der Schmiede und Metallarbeiter auszubrechen und weigerte sich, während seiner langen Ausbildungszeit als Lehrling dem Meister zu dienen. Er wurde den Brüdern vorgeführt. Sie konnten ihn nicht zur Unterwerfung bewegen. Darauf verschwand Dathka für zwei Tage aus dem Gesichtskreis der Dorfbewohner. Eine Frau berichtete, daß er gebunden und mit Blutergüssen im geschwollenen Gesicht in einem sonst leerstehenden Kellerraum liege.

Daraufhin ging Aoz Roon zu Nahkri und schlug vor, daß Dathka die Erlaubnis erhalte, sich den Jägern anzuschließen. Er sagte: »Die Jagd ist kein leichtes Leben. Es gibt noch immer genug Wild, aber die Weidegründe haben sich durch dieses unberechenbare Wetter der letzten Jahre immer wieder verlagert. Du weißt, daß wir Leute brauchen. Also laß Dathka zu uns kommen, wenn er es wünscht. Warum nicht? Wenn er nichts taugt, werfen wir ihn hinaus und überlegen von neuem, was zu tun ist. Er ist ungefähr in Laintal Ays Alter und kann sich mit ihm zusammentun.«

Das Licht war schlecht, wo Nahkri stand und Sklaven überwachte, welche die Rathelsäue molken. Staub erfüllte die Luft. Die Decke war so niedrig, daß Nahkri den Kopf einziehen mußte. Er schien sich vor Aoz Roons Herausforderung zu krümmen.

»Dathka sollte die Gesetze befolgen«, sagte er schließlich,

herausgefordert von Aoz Roons unnötigem Hinweis auf Laintal Ay.

»Erlaube ihm zu jagen, und er wird die Gesetze befolgen. Wir werden dafür sorgen, daß er seinen Unterhalt verdient, bevor die blauen Flecken, die du ihm beigebracht hast, verschwinden können.«

Nahkri spuckte aus. »Er ist nicht zum Jäger ausgebildet. Er ist ein Handwerker. Man muß für diese Dinge ausgebildet sein.« Nahkri befürchtete nämlich, daß verschiedene Geheimnisse, die der Schmiedezunft gehörten, verraten werden könnten; die Fertigkeiten der Zünfte wurden streng gehütet und mehrten die Regierungsmacht des Herrschers.

»Wenn er nicht arbeiten will, dann sollten wir ihn unserem harten Leben unterwerfen und sehen, wie er damit fertig wird«, drängte Aoz Roon.

»Er ist ein verschlossener, mürrischer Bursche.«

»Auf den offenen Ebenen ist Schweigsamkeit eine Hilfe.«

Endlich gab Nahkri den widerspenstigen Dathka frei. Dathka tat sich auf Aoz Roons Geheiß mit Laintal Ay zusammen. Er entwickelte sich zu einem guten Jäger, der Freude an seinem Handwerk hatte.

Laintal Ay akzeptierte seinen neuen schweigsamen Jagdgefährten als einen Bruder. Sie waren beinahe gleich groß und fast gleichaltrig. Während Laintal Ays Gesicht jedoch breit und humorvoll war, hatte Dathka eine längliche Gesichtsform, und sein Blick war stets niedergeschlagen. Im Laufe der Zeit vervollkommneten sie ihre Zusammenarbeit so sehr, daß sie als Jagdgemeinschaft legendären Ruhm genossen.

Weil sie so viel beisammen waren, sagten alte Frauen von ihnen, daß sie eines Tages das gleiche Schicksal treffen werde, wie es zwei Generationen zuvor Dresyl und dem Kleinen Yuli prophezeit worden war.

Wie damals, so sollte sich auch diesmal zeigen, daß ihre Schicksale ganz verschieden waren. In diesen jungen Tagen schienen sie einander nur ähnlich, und Dathka bewährte sich in einem solchen Maß, daß der eitle Nahkri stolz auf ihn wurde, ihn begünstigte und bisweilen seinen eigenen Weitblick rühmte, der den jungen Mann aus seiner Bindung an die Zunft befreit habe. Dathka blieb still und blickte zu Boden, wenn Nahkri vorbeiging, denn niemals vergaß er, wer ihn geschlagen hatte.

Nach dem Tod ihres Mannes war Loil Bry nicht mehr die alte. Hatte sie in früheren Tagen kaum jemals ihr nach Kräutern duftendes Zimmer verlassen, so unternahm sie jetzt, alt, gebrechlich und verwundbar, weite Wanderungen in die grüne Wildnis, die rings um Oldorando aus der Erde sproß, wobei sie Selbstgespräche führte oder sang. Viele fürchteten um sie, aber niemand wagte sich in ihre Nähe, ausgenommen Laintal Ay und Shay Tal.

Eines Tages wurde sie von einem hungrigen Bären angegriffen, den frische Lawinen aus den Vorbergen vertrieben hatten. Als sie sich verwundet dahinschleppte, wurde sie von wilden Hunden angefallen, die sie töteten und halb auffraßen. Als ihr zerfleischter Leichnam gefunden wurde, schlugen Frauen ihn in eine Tierhaut ein und trugen ihn weinend heim.

Dann wurde die extravagante Loil Bry in der traditionellen Art und Weise begraben. Viele Frauen jammerten und klagten; sie hatten die Einsamkeit und Eigenständigkeit dieser Person achten gelernt, die in den Zeiten des immerwährenden Schnees geboren war und es fertiggebracht hatte, bis zu ihrem Tode in ihrer Mitte zu sein und doch ein vollständig abgesondertes Leben zu führen. Solche Einsamkeit hatte etwas Inspirierendes; da die anderen Frauen sie nicht hätten ertragen können, hatten sie sie durch Loil Bry erlebt.

Jedermann anerkannte die Gelehrsamkeit der Dahingeschiedenen. Nahkri und Klils kamen zum Begräbnis, um ihrer alten Tante die Ehre zu erweisen, wenn sie sich auch nicht die Mühe machten, Vater Bondorlonganon zu bestellen, damit er die Zeremonie halte. Sie standen am Rand der Trauergemeinde und flüsterten miteinander. Shay Tal ging mit Laintal Ay, um Loilanun zu stützen, die jedoch weder weinte noch sprach, als ihre Mutter in die durchnäßte Erde gelegt wurde.

Als sie nach dem Begräbnis fortgingen, hörte Shay Tal, wie Klils kicherte und zu Nahkri sagte: »Was willst du, Bruder, schließlich war sie doch bloß eine Frau ...«

Shay Tal errötete, strauchelte und wäre gefallen, hätte Laintal Ay sie nicht um die Mitte gefaßt und gehalten. Sie ging geradenwegs in den zugigen Raum, wo sie mit ihrer bejahrten Mutter lebte und preßte die Stirn gegen die unverputzte Bruchsteinmauer der Wand.

Sie war gut gebaut, wenn sie auch nicht die Figur hatte, die als ideal zum Kindergebären angesehen wurde. Ihre äußeren Vorzüge lagen in ihrem vollen schwarzen Haar, ihren feingeschnittenen Zügen und ihrer Haltung. Diese stolze Haltung zog manche Männer an, stieß aber die Mehrheit ab. Shay Tal hatte einen Antrag ihres frohsinnigen Verwandten Eline Tal zurückgewiesen. Seither war Zeit genug vergangen, um ihr bewußt zu machen, daß sich keine anderen Verehrer einstellten – außer Aoz Roon. Selbst ihm zuliebe konnte sie ihre unbezähmbare Eigenwilligkeit nicht unterdrücken.

Als sie nun an der feuchten Mauer stand, wo graue Flechten ihre skeletthaften Körper über Stein und Mörtel verzweigten, faßte sie den Entschluß, daß Loil Brys Unabhängigkeit ihr als ein Beispiel dienen solle. Sie wollte nicht »bloß eine Frau« sein, was immer man sonst an ihrem Grab über sie sagen würde.

Jeden Morgen versammelten sich die Frauen bei Tagesanbruch in einem Turm, der als Frauenhaus bekannt war. Es war eine Art Manufaktur. Schon beim ersten Licht pflegten sie ihre mehr oder weniger verfallenen Wohntürme zu verlassen, eingehüllt in ihre Felle und häufig mit zusätzlichen Hüllen gegen die Kälte versehen, um aus allen Richtungen diesem Ort zuzustreben.

Oft erfüllte ein alles durchdringender Nebel diese Morgenstunden und hing so dicht zwischen den Türmen, daß ihre dunklen Massen ungewissen Schemen glichen, die mehr zu ahnen als zu sehen waren. Große weiße Vögel überflogen um diese Stunde das Dorf, um den Tag am Fluß zu verbringen; oft hörte man nur ihre Flügelschläge im diesigen Grau kommen und gehen. Von den Gebäuden rann Nässe, und die Füße patschten durch schlammig aufgeweichte Erde. Das Frauenhaus stand an einem Ende der Dorfstraße, nahe dem großen Turm. Dahinter senkte sich ein Hang zum Voral hinab, dessen Ufer noch Reste einer uralten steinernen Befestigungsmauer zeigte. Wenn die Frauen sich zur Arbeit einfanden, warteten schon die Gänse mit Geschrei und Geschnatter auf der Dorfstraße, daß sie gefüttert würden. Und jede Frau hatte ein paar Brocken oder Leckerbissen mitgebracht, die sie ihnen vorwarf.

Sobald die schwere knarrende Tür geschlossen wurde, machten sich die Frauen im Haus an ihre verschiedenen Arbeiten: Korn wurde zu Mehl vermahlen, Brot wurde gebacken, Kleider und Schuhe ausgebessert, Öl gepreßt und Häute gegerbt. Die Arbeit des Gerbens war besonders schwierig und wurde von einem Mann beaufsichtigt – Datnil Skar, dem Zunftmeister der Gerber und Kürschner. Zum Gerben wurde Salz benötigt, dessen Vorrat traditionell von der Gerberzunft verwaltet wurde. Auch mußten die Häute in einer Lake aus Gänsemist und anderen übelriechenden Zutaten eingeweicht werden, eine Arbeit, die von den Männern selbst der Gerberzunft als zu erniedrigend angesehen wurde. Klatschgeschichten sorgten für Abwechslung, wenn Mütter und Töchter die Unzulänglichkeiten und Mängel von Männern und Nachbarn erörterten.

Loilanun war gezwungen, hier mit den anderen kinderlosen Frauen zu arbeiten. Sie war sehr dünn geworden, und ihr Gesicht zeigte eine gelbliche Tönung. Die Verbitterung gegen Nahkri und Klils fraß noch immer in ihren Eingeweiden; so sehr, daß sie kaum noch sprach, nicht einmal zu Laintal Ay, der nun seiner Wege gehen durfte. Ihre einzige Freundin war Shay Tal. Diese hatte eine innere Selbständigkeit und eine Denkart, die sie weit über die stumpfe Ausdauer hinaushob, die ein besonderes Merkmal der Frauen von Embruddock war.

Eines frostigen Morgens, als Shay Tal gerade von ihrem Lager aufgestanden war, wurde unten an die Tür geklopft. Die Nebel zogen um die Türme und waren ins Innere eingedrungen; die winzigen Perlen des kondensierten Wassers bedeckten alle Oberflächen in dem Raum, wo sie mit ihrer Mutter schlief. Sie saß im kalten grauen Halbdunkel und zog ihre Stiefel an, als das Klopfen sich wiederholte. Dann stieß Loilanun die Eingangstür auf, durchquerte den Stall und stieg die Leiter herauf und weiter durch das Stockwerk darüber zu Shay Tals Raum. Die Familienschweine scharrten und grunzten behaglich in der dunklen Wärme ihres Kobens, als Loilanun die knarrenden Leitersprossen erstieg. Shay Tal kam und half ihr durch die Bodenluke, dann ergriff sie die kalte Hand ihrer Besucherin und machte eine Gebärde des Stillschweigens zum dunkelsten Winkel des Raumes, wo ihre Mutter schlief. Ihr Vater war mit den anderen Jägern vor Tagesanbruch aufgebrochen.

In der nach Dung und Schweinen riechenden Abgeschlossenheit des Raumes waren sie kaum mehr als graue Umrisse, aber Shay Tal sah an Loilanuns fröstelnd eingezogenen Schultern und dem hängenden Kopf, daß etwas mit ihr nicht zum besten stand. Auch ihr unerwartetes Auftauchen am frühen Morgen deutete darauf hin, daß sie Probleme hatte.

»Loilanun, bist du krank?« flüsterte sie.

»Müde, bloß müde. Shay Tal, heute nacht sprach ich mit dem Geist meiner Mutter.«

»Du sprachst mit Loil Bry! Sie ist schon dort ... Was sagte sie?«

»Sie sind alle dort, Tausende von ihnen, unter unseren Füßen, und warten auf uns ... Es macht mir Angst, an sie zu denken.« Loilanun erschauerte. Shay Tal legte den Arm um die ältere Frau und führte sie zu ihrem Lager am Boden, wo sie sich nebeneinandergekauert niederließen. Draußen schnatterten die Gänse. Die beiden Frauen schauten einander an, als suche jede Trost bei der anderen.

»Es ist nicht das erstemal, daß ich seit ihrem Tod in Pauk gewesen bin«, sagte Loilanun. »Aber früher hatte ich sie nie gefunden – nur eine Leere dort unten, wo sie sein sollte ... Der Geist meiner Großmutter winselte und jammerte um Aufmerksamkeit. Es ist so einsam dort ...«

»Wo ist Laintal Ay?«

»Ach, der ist draußen auf der Jagd«, sagte sie flüchtig und kehrte sofort zurück zu ihrem Thema. »So viele von ihnen schweben dort, und ich glaube nicht, daß sie miteinander sprechen. Warum sollten die Toten einander hassen, Shay Tal? Wir Lebenden hassen einander doch nicht – oder?«

»Du bist ganz aufgeregt. Komm, wir gehen zur Arbeit und besorgen uns etwas zu essen!«

In dem grauen Morgenlicht, das spärlich durch die kleinen Fenster drang, glich Loilanun ganz ihrer Mutter. »Vielleicht haben sie einander nichts zu sagen. Sie sind immer so verzweifelt bemüht, zu den Lebenden zu sprechen. Auch meine arme Mutter.«

Sie begann zu weinen. Shay Tal drückte sie an sich und wandte den Kopf, um zu sehen, ob die Schläferin sich rege.

»Wir sollten gehen, Loilanun. Es wird Zeit.«

»Mutter war so anders, als sie erschien ... so verändert, der arme Schatten. All diese wundervolle Würde, die sie im Leben hatte, war verschwunden. Sie ist ganz ... zusammengezogen. Ach, Shay Tal, wie erschreckt mich der Gedanke, für immer dort unten sein zu müssen ...«

Diese letzte Bemerkung entfuhr ihr mit lauter, gequälter Stimme. Shay Tals Mutter wälzte sich herum und grunzte. Die Schweine unten grunzten.

Der Stundenheuler blies. Es war Zeit, zur Arbeit zu gehen. Nacheinander stiegen sie die Leiter hinab. Unten angelangt, rief Shay Tal die Schweine leise bei ihren Namen, um sie zu beruhigen. Die Luft war frostig, als sie sich gegen die Tür lehnte, um sie hinter sich zu schließen. Der Rauhreif an den Holzplanken zerfiel pulverig unter ihren Fingern. Andere vermummte Gestalten eilten durch das Nebelgrau zum Frauenhaus, die Arme unter den übergeworfenen Decken verborgen. Unter ihren Füßen knirschte der gefrorene Schlamm.

Während sie gingen, sagte Loilanun zu ihrer Begleiterin: »Loil Brys Geist erzählte mir von ihrer langdauernden Liebe zu meinem Vater. Sie sagte vieles über Männer und Frauen und ihre Beziehungen, was ich nicht verstehe. Und sie urteilte grausam über meinen toten Mann.«

»Du hast nie mit seinem Geist gesprochen?«

Loilanun wich der Frage aus. »Mutter ließ mich kaum zu Wort kommen. Wie können die Toten so emotional sein? Ist es nicht schrecklich? Sie haßt mich. Alles fort bis auf Emotion, wie eine Krankheit. Sie sagte, ein Mann und eine Frau zusammen ergäben eine ganze Person. Ich verstehe das nicht. Ich sagte ihr, das sei Unsinn. Ich mußte sie zum Schweigen bringen.«

»Du brachtest den Geist deiner Mutter zum Schweigen?«

»Mach nicht ein so entsetztes Gesicht! Mein Mann pflegte mich zu schlagen. Ich fürchtete ihn ...«

Sie keuchte und mußte nach Luft schnappen. Dankbar drängten sie in die Wärme des Hauses. Die Gerberlauge in der Grube dampfte. In Wandnischen brannten dicke Kerzen aus Gänsefett mit dem knisternden Geräusch von Haar, das von Tierhaut gerissen wird. Mehr als zwanzig Frauen waren in dem Raum versammelt, gähnten und kratzten sich.

Shay Tal und Loilanun aßen jede ein Stück Brot und nahmen ihre Ration Rathel in Empfang, bevor sie sich zu einem der Mörser begaben. Nun, da ihr Gesicht deutlicher zu erkennen war, bemerkte Shay Tal, daß Loilanun schrecklich aussah, bleich, mit tiefen hohlen Schatten unter den Augen und wirrem Haar.

»Hat der Geist dir etwas Nützliches gesagt? Etwas Hilfreiches? Hat sie etwas über Laintal Ay gesagt?«

»Sie sagte, wir müßten Wissen sammeln. Wissen respektieren. Sie behandelte mich verächtlich.« Sie biß vom Brot ab und fügte mit vollem Mund hinzu: »Sie sagte, Wissen sei wichtiger als Nahrung. Sie sagte, Wissen sei Nahrung. Wahrscheinlich war sie verwirrt – schließlich ist sie nicht gewohnt, da unten zu sein. Es ist schwierig, alles zu verstehen, was sie sagen ...«

Als der Aufseher erschien, gingen sie hinüber zum Getreidespeicher, um einen Korb voll Korn zum Mörser zu schaffen. Shay Tal blickte von der Seite ihre Freundin an, deren Gesicht nun im aschfarbenen Licht des östlichen Fensters war. »Wissen kann nicht Nahrung sein. Selbst wenn wir alles wüßten, was es zu wissen gibt, wir würden trotzdem das Korn für das Dorf mahlen müssen.«

»Als Mutter noch lebte, zeigte sie mir einmal eine Zeichnung von einem Ding, das vom Wind angetrieben wurde. Es mahlte das Mehl, und die Frauen brauchten keinen Finger zu heben, sagte sie. Der Wind hätte ihnen die Arbeit abgenommen.«

»Das würde den Männern nicht gefallen«, sagte Shay Tal mit einem Auflachen.

Trotz ihrer Umsicht befestigte sich Shay Tals Entschlossenheit; in der Auflehnung gegen das Hergebrachte, das gedankenlos hingenommen wurde, nur weil es seit jeher so gewesen war, wurde sie die Extremste der Frauen.

Ihr eigentlicher Arbeitsplatz war in der Bäckerei. Hier

wurde das Mehl mit Tierfett und Salz geknetet und der Teig in Trögen über Rinnen mit fließendem Wasser aus den heißen Quellen gedämpft, bevor die Laibe geformt und in den Backofen geschoben wurden. Waren sie dunkelbraun gebacken, mußten sie aus dem Ofen gezogen und gekühlt werden, worauf ein mageres Mädchen namens Vry sie an die Bewohner des Dorfes verteilte. Shay Tal war die Sachverständige dieses Prozesses; ihre Laibe genossen den Ruf, besser zu schmecken als die jeder anderen Bäckerin.

Nun sah sie geheimnisvolle Perspektiven jenseits der Brotlaibe. Das tägliche Einerlei stellte sie nicht länger zufrieden, und ihr Wesen wurde zurückgezogener und einzelgängerisch. Als Loilanun an Auszehrung erkrankte, nahm Shay Tal sie und Laintal Ay trotz der Proteste ihres Vaters ins Haus auf und pflegte die ältere Frau geduldig. Oft sprachen sie stundenlang miteinander. Manchmal hörte Laintal Ay zu; häufiger wurde er der Gespräche überdrüssig und ging seinen eigenen Geschäften nach.

Shay Tal begann den anderen Frauen in der Bäckerei Ideen mitzuteilen. Insbesondere sprach sie zu Vry, die in einem formbaren Alter war. Sie sprach über die Notwendigkeit, der Wahrheit gegenüber der Lüge den Vorzug zu geben, wie das Licht gegenüber der Dunkelheit notwendig sei. Die Frauen hörten ihr zu und murmelten unbehaglich.

Und nicht nur die Frauen. Wenn sie, eingehüllt in ihre dunklen Felle, durch das Dorf ging, hatte Shay Tal eine Majestät, die auch von den Männern empfunden wurde. Mit ihrer stolzen Haltung ging stolze Rede. Beides, die Erscheinung und die Rede, zogen Aoz Roon an. Er war bereit, sie anzuhören und mit ihr zu argumentieren. In Shay Tal weckte dies einen versteckten Hang zur Koketterie, der vielleicht auch nur eine Reaktion auf sein würdevolles Gehabe war. Sie billigte sein Eintreten für Dathka gegen Nahkri; aber sie erlaubte ihm keine Freiheiten. Ihre eigene Freiheit hing davon ab, daß sie ihm keine gewährte.

Die Wochen vergingen, und gewaltige Stürme heulten um die Türme von Embruddock. Die Stimme der Kranken wurde schwächer, und eines Nachmittags verschied Loilanun. In der Zeit ihrer Krankheit hatte sie etwas von Loil Brys Wissen an Shay Tal und andere Frauen weitergegeben, die sie besuchen kamen. Sie machte ihnen die Vergangenheit lebendig, und alles, was sie sagte, wurde durch Shay Tals dunkle Einbildungskraft gefiltert.

Vor ihrem Tod half Loilanun der Freundin zu gründen, was sie die Akademie nannten. Die Akademie war für Frauen bestimmt; dort wollten sie sich gemeinsam bemühen, etwas anderes zu sein als Sklavinnen und Handlanger. Viele von diesen umstanden wehklagend das Sterbebett, bis Shay Tal sie in einer Aufwallung von Ungeduld hinauswarf.

»Wir können die Sterne beobachten«, sagte Vry und hob ihr armes Waisengesicht. »Hast du studiert, wie sie sich auf regelmäßigen Bahnen bewegen? Ich würde gern die Sterne besser verstehen.«

»Alles Wertvolle ist in der Vergangenheit begraben«, sagte Shay Tal, die auf das Antlitz ihrer toten Freundin niederblickte. »Dieser Ort hat Loilanun betrogen und betrügt uns. Die Geister erwarten uns. Unser Leben ist so vorgeschrieben! Wir müßten bessere Menschen machen, genauso wie wir bessere Brotlaibe backen müßten.«

Sie sprang auf und stieß den abgenutzten Fensterladen auf.

Ihr klarer Intellekt sah sofort, daß die Männer von Embruddock und vor allem Nahkri und Klils der Akademie mißtrauen würden. Nur der unreife Laintal Ay würde sie unterstützen, doch hoffte sie, Aoz Roon und Eline Tal für ihren Plan gewinnen zu können. Sie begriff, daß sie gegen jede Opposition zu der Akademie würde kämpfen müssen, und daß dieser Kampf notwendig war, um allen eine neue Gesinnung zu geben. Sie würde der allgemeinen Lethargie trotzen; die Zeit für den Fortschritt war gekommen.

Inspiration erfüllte sie. Als ihre arme Freundin begraben wurde und sie an der Grube stand, eine Hand auf Laintal Ays Schulter, begegneten ihre Augen dem Blick von Aoz Roon, und als wäre dies das auslösende Moment gewesen, drängten unversehens die Worte aus ihr hervor und wehten wild und laut über die Köpfe der Trauergemeinde hin.

»Diese Frau war gezwungen, unabhängig zu sein. Was sie wußte, half ihr. Einige von uns sind nicht dazu da, wie Sklaven besessen zu werden. Wir haben eine Vision von besseren Dingen. Hört, was ich sage! Vieles wird anders sein.«

Sie gafften Shay Tal an, erstaunt, aber auch erfreut über die Neuheit ihres Ausbruchs.

»Ihr meint, wir leben im Mittelpunkt der Welt. Ich sage, wir leben im Mittelpunkt eines Ackers. Unsere Position ist so unklar und dunkel, daß wir es uns kaum noch vorstellen können.

Dies sage ich euch allen: Ein Unheil ist in der Vergangenheit geschehen, vor langer Zeit. So vollständig war es, daß heute niemand erklären kann, was es war oder wie es zustandekam. Wir wissen nur, daß es Dunkelheit und Kälte brachte.

Ihr versucht zu leben, so gut ihr könnt. Gut, gut, lebt angenehm, liebt einander, seid gütig. Aber gebt nicht vor, daß das Unheil nichts mit euch zu schaffen habe. Es mag vor langer Zeit geschehen sein, doch beeinflußt es jeden Tag unseres Lebens. Es macht uns altern, es nutzt uns ab, es verschlingt uns, es entreißt uns unsere Kinder, wie es Loilanun fortgerissen hat. Es macht uns nicht nur unwissend, sondern verliebt in unsere Unwissenheit. Wir sind durchdrungen von Unwissenheit.

Ich schlage eine Schatzsuche vor – eine Forschung, wenn ihr so wollt. Eine Suche, an der jeder von uns teilnehmen kann. Ich möchte, daß wir alle uns unseres gefallenen Zustandes bewußt sind und in beständiger Wachsamkeit leben, um Hinweise auf seine Natur zu entdecken. Wir müssen zusammenstückeln, was geschehen ist, daß wir auf diesen kalten Acker reduziert worden sind; dann können wir unser Los bessern und dafür Sorge tragen, daß das Unheil uns und unsere Kinder nicht wieder befallen wird.

Das ist der Schatz, den ich euch biete: Wissen. Wahrheit. Ihr fürchtet sie, ja. Aber ihr müßt sie suchen! Ihr müßt lernen, sie zu lieben! Sucht das Licht!«

Als Kinder hatten Oyre und Laintal Ay häufig die Umgebung außerhalb der Mauern erkundet. Die Wildnis dort draußen war gesprenkelt mit steinernen Säulen, den Markierungen alter Spuren und Wege, die den großen Vögeln als Ruheplätze und Beobachtungspunkte dienten, wenn sie ihr Territorium überwachten. Gemeinsam waren sie über vergessene Ruinen geklettert, schädelartige Überreste von Behausungen, die Schuttwälle alter Mauern, wo Rauhreif eingestürzte Tortürme überzog, und das Alter alles unterhöhlte und zerfraß. Die Kinder hatte alles das wenig gekümmert. Ihr helles Lachen hatte sich unbekümmert über diese Gebeine vergangener Zivilisation erhoben.

Nun klang das Lachen unterdrückt, die Expeditionen verliefen in einer Atmosphäre unnatürlicher Anspannung. Laintal Ay hatte die Pubertät erreicht; er nahm teil an der Zeremonie des Bluttrinkens und an den Initiationsriten der Jäger. Oyre hatte einen übermütigen Eigenwillen entwickelt und ging mit federndem Schritt. Ihr Spiel wurde zur Erprobung; alte Scharaden wurden so achtlos aufgegeben wie die Gebäudereste, die sie durchstöberten, um niemals mehr eine Wiederaufführung zu erleben.

Der Waffenstillstand der Unschuld zwischen ihnen endete schließlich, als Oyre darauf bestand, daß Calary, der Sklave ihres Vaters, sie bei ihren Ausflügen begleite. Diese Entwicklung kennzeichnete ihre letzte gemeinsame Unternehmung, obwohl keiner der beiden es zu der Zeit begriff; sie gaben vor, wie in früherer Zeit nach Schätzen zu suchen.

Sie stießen auf einen Stapel von Mauerwerk, aus welchem alle Spuren von Bauholz längst entfernt worden waren. Blätter vom Brassimip sprossen zwischen den Resten eines Monuments, wo alte Steinmetzarbeit langsam in Erde und Lehm versank. Früher einmal, in ihrer Kindheit, war dies ihre Burg gewesen; hier hatten sie Angriff um Angriff von Phagoren abgewehrt und fröhlich imaginäres Kampfgetöse nachgeahmt.

Laintal Ay trug sich mit einem beunruhigenderen Panorama, das sich vor seinem geistigen Auge ausbreitete. In diesem Panorama – das ein wenig einer Wolke ähnelte, aber auch eine Erklärung von Shay Tal zu sein schien, oder vielleicht eine altertümliche, in Stein gemeißelte Proklamation – wurden er und Oyre und ihr widerwilliger Sklave, und ganz Oldorando und sogar die Phagoren und die unbekannten Kreaturen, welche die Wildnis bewohnten, in einem gewaltigen Prozeß herumgewirbelt – aber hier ging das Licht seines Intellekts aus, und er stand verwundert und unsicher am Rand eines zugleich gefährlichen und lockenden Abgrunds. Er wußte nicht, was er nicht wußte.

Er stand auf einer steilen Erhebung des Ruinengebietes und blickte zu Oyre hinab. Sie stand gebückt und untersuchte etwas, was weit außerhalb seiner Teilnahme lag.

»Ist es möglich, daß es hier einmal eine große Stadt gab? Könnte jemand sie in kommenden Zeiten wieder aufbauen? Leute wie wir, mit Reichtum?«

Als er keine Antwort bekam, kauerte er nieder, den Blick auf ihren Rücken gerichtet, und fügte weitere Fragen hinzu. »Was aßen all diese Leute? Meinst du, daß Shay Tal etwas über solche Dinge weiß? Ist ihr Schatz hier?«

Sie, eingenäht in ihre Felle und tief gebückt, sah von oben mehr wie ein Tier als wie ein Mädchen aus. Sie steckte die Nase in eine Höhlung unter den Resten einer Mauer, ohne recht auf seine Worte zu achten.

»Der Priester, der aus Borlien kommt, sagt, daß Borlien einst ein riesiges Land gewesen sei, das über Oldorando und andere Gegenden regierte, weiter als der Falke fliegen kann.«

Er ließ seinen scharfen Blick über das Land hingehen, das unter einer dichten Wolkendecke in trübem Halbdunkel lag. »Das ist Unsinn.«

Wie Oyre vielleicht nicht bekannt war, wußte er, daß das Territorium von Falken sogar noch strenger begrenzt war als das der Menschen. Shay Tals Ansprache hatte ihn auf andere Beschränkungen des Lebens aufmerksam gemacht, über denen er nun fruchtlos grübelte, während er stirnrunzelnd die Gestalt unter sich betrachtete. Er wurde aus sich selbst nicht schlau, ärgerte sich über Oyre, ohne sagen zu können, warum, wünschte sie in irgendeiner Weise zu ergründen und Worte für etwas zu finden, was jenseits des Stillschweigens lag. »Komm und schau, was ich gefunden habe, Laintal Ay!« Ihr dunkles Gesicht blickte leuchtend vor Begeisterung zu ihm auf. Ihre Züge hatten sich in letzter Zeit zur Fraulichkeit verfeinert. Er vergaß seine Verdrießlichkeit und sprang und rutschte die lockere, abschüssige Schuttflanke hinab, um neben ihr zu landen.

Sie hatte ein kleines nacktes Lebewesen aus der Höhlung gezogen, dessen rosa Rattengesicht sich in Mißbehagen verzerrte, als es in ihrem Griff zappelte.

Sein Haar streifte das ihre, als er diesen Neuankömmling in der Welt näher betrachtete. Er legte seine rauheren Hände um die ihrigen, bis sie eine doppelwandige Schüssel um das zappelnde kleine Wesen bildeten.

Sie hob den Kopf, um ihn direkt anzusehen, und ihre Lippen öffneten sich zu einem leichten Lächeln. Er roch ihren Duft. Er faßte sie um die Mitte.

Aber neben ihnen stand der Sklave, dessen Miene mürrisches Verstehen der Flamme neuer Eingebung verriet, die zwischen ihnen aufgesprungen war. Oyre trat einen Schritt zurück, dann stieß sie das Säugetierjunge achtlos zurück in sein Loch. Finster blickte sie zu Boden.

»Deine unschätzbare Shay Tal weiß auch nicht alles. Vater sagte mir im Vertrauen, daß er sie entschieden wunderlich findet. Laß uns jetzt nach Hause gehen!«

Laintal Ay wohnte eine Zeitlang bei Shay Tal. Nachdem seine Eltern und Großeltern tot waren, sah er sich von seiner Kindheit abgeschnitten; aber er und Dathka waren nun selbständige und anerkannte Jäger. Von seinen Onkeln enterbt und um den Herrschaftsanspruch betrogen, beschloß er, sich als ihnen ebenbürtig zu erweisen. Sein Gesicht hatte einen freundlichen Ausdruck und behielt ihn auch nach der Reife. Sein Kinn war fest, seine Züge ebenmäßig. Seine Kraft und Schnelligkeit wurden bald allgemein bemerkt. Viele Mädchen warfen ihm lächelnde Blicke zu, aber er hatte Augen nur für Aoz Roons Tochter.

Obgleich er beliebt war, hatte er etwas an sich, das die Leute auf Distanz hielt. Er hatte sich Shay Tals mutige Worte zu Herzen genommen. Manche sagten, er sei sich seiner Abstammung vom Großen Yuli allzusehr bewußt. Er hielt sich abseits, selbst in Gesellschaft. Sein einziger enger Freund war Dathka Den, der vom Schmiedelehrling zum Jäger geworden war, und Dathka sprach wenig, selbst zu Laintal Ay. Jemand prägte den Ausspruch, daß Dathka das nächstbeste zu Niemand sei.

Nach einiger Zeit zog Laintal Ay mit einigen der anderen Jäger in den großen Turm, über Nahkris und Klils Raum. Dort hörte er zu, wie die alten Geschichten wiedererzählt wurden, und lernte die alten Jägerlieder singen. Am glücklichsten aber war er, wenn er sich mit Vorräten und Schneeschuhen beladen und das Land durchstreifen konnte, das sich allmählich mit frischem Grün überzog. Er suchte bei solchen Expeditionen nicht mehr Oyres Gesellschaft.

In dieser Zeit wagte sich niemand sonst allein hinaus. Die

Jäger jagten gemeinschaftlich, die Hirten der Gänse und Schweine hatten ihre festen Trampelpfade nahe der Siedlung, und diejenigen, die zur Feldarbeit hinauszogen, blieben in Gruppen. Gefahr und Tod waren die stummen Begleiter der Einsamkeit. Laintal Ay kam allmählich in den Ruf eines wunderlichen und überspannten Menschen, was seinem allgemeinen Ansehen freilich keinen Abbruch tat, da er zu den tüchtigsten Jägern zählte und die Zahl der Tierschädel, welche die Mauern und Palisaden von Oldorando schmückten, beträchtlich vermehrte.

Die Sturmwinde heulten. Er wanderte weit, unbekümmert um die Launen der Natur. Er fand den Weg zu unbekannten Tälern und den zerfallenen Überresten von Städten, aus denen die Einwohner vor langer Zeit geflohen waren und ihre Häuser den Wölfen und dem Schneewind überlassen hatten.

Zu der Zeit, als man das Fest des Doppelten Sonnenuntergangs feierte, sicherte Laintal Ay sich durch eine Heldentat, die seiner und Aoz Roons Gefangennahme der borlienischen Händler gleichkam, bleibenden Ruhm unter den Stammesgenossen. Er wanderte allein im Hochland nordöstlich von Oldorando, wo noch tiefer Schnee lag, als sich unter seinen Füßen ein Loch öffnete und er hineinfiel. Am Grund der schneeverwehten Mulde saß ein Stungebag und wartete auf die nächste Mahlzeit. Stungebags ähneln nichts so sehr wie eingefallenen Holzhütten, die unordentlich mit Stroh eingedeckt sind. Sie erreichen gewaltige Längen und haben außer dem Menschen wenige Feinde. Sie vermögen lange ohne Nahrung auszukommen, da sie träge sind und auf ihre Beute warten müssen. Alles, was Laintal Ay von diesem sah, der am Boden seiner Falle zusammengerollt lag, war der asymmetrische gehörnte Kopf und der gähnende Rachen, dessen Zähne ihn an einen hölzernen Rechen gemahnten. Als die Kiefer sich um sein Bein schlossen, warf er sich im letzten Augenblick zur Seite.

Im alles einhüllenden Schnee blindlings sich herumwälzend, gelang es ihm, seinen Speer hochzureißen und zwischen die aufgeklappten Kiefer des Stungebag zu verkeilen. Die rhythmisch wogenden Anstrengungen des Tieres waren langsam, aber von unwiderstehlicher Kraft. Es warf Laintal Ay erneut nieder, war aber außerstande, das Maul zu schließen. Der Jäger entzog sich den hierhin und dorthin stoßenden Hörnern, warf sich auf den Rücken der Bestie und klammerte sich an den steifen Haarbüscheln fest, die zwischen den achteckigen Panzerschuppen borstenartig herausstanden. Er zog sein Jagdmesser aus dem Gürtel. Mit einer Hand den steifen Haarbüschel umklammernd, schnitt und hackte er auf das faserige Gewebe ein, das die Panzerschuppen hielt.

Der Stungebag zischte und wand sich. Auch ihn behinderte der herabgefallene Schnee, und er konnte sich nicht weit genug herumwälzen, um seinen Reiter an der Grubenwand zu zerquetschen. Laintal Ay gelang es unterdessen, die Panzerschuppe vom Rücken des Tieres abzutrennen. Sie war spröde und splitterig wie ausgetrocknetes Holz. Er steckte sie dem Tier in den aufgesperrten Rachen und machte sich daran, den ungefügen Kopf abzuschneiden.

Endlich fiel er. Kein Blutstrom ergoß sich, nur eine zähflüssige weißliche Masse. Dieser Stungebag hatte vier Augen; es gab eine kleinere Rasse mit zweien. Ein Augenpaar starrte aus dem Schädel nach vorn, das andere nach hinten; dieses saß in hornartigen Aufwölbungen am Hinterkopf. Beide Augenpaare glotzten ungläubig aus dem Schnee, als der Kopf sich vom Rumpf löste.

Der enthauptete Körper begann sich rückwärts durch den Schnee zu wühlen, so rasch er konnte. Laintal Ay folgte ihm und arbeitete sich durch herabfallende Schneeklumpen, bis er wieder ans Tageslicht kam.

Stungebags zu töten, war sprichwörtlich schwierig. Dieser würde noch lange dahinkriechen, ehe er leblos liegenbliebe.

Laintal Ay sprang auf das abgetrennte Kopfende des Riesenwurmes, brachte seine Feuersteine zum Vorschein und setzte die groben langen Haarbüschel in Brand, die mit einem laut zischenden Geräusch aufflammten. Stinkender Rauch stieg empor. Indem er einmal diese und ein andermal jene Seite mit Feuerbränden anstachelte, gelang es Laintal Ay, das Tier so zu steuern, daß es rückwärts in die Richtung Oldorandos kroch.

Hörner ertönten von den Türmen. Er sah die dampfenden Gischtwolken der Geysire. Die Mauer rückte näher, verziert mit bemalten Schädeln. Frauen und Jäger kamen aus dem Tor gerannt, ihn zu empfangen.

Er winkte ihnen mit seiner Pelzkappe zu. Auf dem heißen Ende einer schwelenden Riesenraupe sitzend, ritt er sie rückwärts im Triumph durch die Dorfstraße von Embruddock.

Alle lachten. Aber es vergingen mehrere Tage, ehe der Gestank aus den Räumen verschwunden war, die seinen Triumphweg säumten.

Der angesengte Körper von Laintal Ays Stungebag wurde während der Festlichkeiten zum Doppelten Sonnenuntergang aufgebraucht. Sogar Sklaven waren in dieses Ereignis miteinbezogen – einer von ihnen wurde Wutra geopfert.

Der Doppelte Sonnenuntergang fiel in Oldorando mit dem Neujahrstag zusammen. Es war das Jahr 21 nach dem neuen Kalender, und Festlichkeiten waren angebracht. Trotz aller Widrigkeiten und Launen der Natur war das Leben gut und mußte in seinem Fortbestand durch Opfer gesichert werden.

Seit Wochen hatte Batalix seinen langsameren Partner im Himmel überholt. Im Mittwinter kamen sie zusammen, und Tage und Nächte waren von gleicher Länge, ohne daß eine Periode der hellen Nächte dazwischenlag.

»Warum bewegen sie sich so durch den Himmmel, wie sie es tun?« fragte Vry.

»So haben sie sich schon immer bewegt«, antwortete Shay Tal.

»Du antwortest nicht auf meine Frage«, sagte Vry.

Die Aussicht auf ein Menschenopfer mit nachfolgendem Festschmaus verlieh der Zeremonie der Sonnenuntergänge eine Atmosphäre erwartungsvoller Aufregung. Vor dem Beginn der Zeremonien wurde auf dem Dorfplatz um ein mächtiges Feuer getanzt; die Musik wurde mit Tabor, Pfeife und Fluggel gemacht, welch letzteres Instrument, wie einige behaupteten, vom Großen Yuli selbst erfunden worden war. Die Tänzer wurden mit Rathel gestärkt, und anschließend zog alles erhitzt und schwitzend unter den Fellen zum Tor hinaus. Im Osten der alten Pyramide lag ein Opferstein. Um diesen versammelten sich die Dorfbewohner in achtungsvollem Abstand, wie einer der Zunftmeister befahl.

Unter den Sklaven war das Los gezogen worden. Die Ehre, dem Gott der Himmel geopfert zu werden, fiel auf Calary, den jungen borlienischen Sklaven, der Aoz Roon gehörte. Er wurde, die Arme auf den Rücken gefesselt, zum Opferstein geführt, und hinter ihm schloß sich sogleich die Gasse, durch die er gekommen war, mit Neugierigen. Eine kalte Stille lag in der Luft. Über dem Dorf lagen graue Wolkenbänke, aber weit im Westen sanken die zwei Wachtposten dem Horizont zu. Alle trugen Fackeln, die aus der Haut des Stungebags gefertigt waren. Laintal Ay ging mit seinem schweigsamen Freund Dathka neben Aoz Roon, weil dessen schöne Tochter auch da war.

»Es muß hart für dich sein, Calary zu verlieren«, sagte Laintal Ay zu Aoz Roon und machte dabei Oyre schöne Augen.

Aoz Roon schlug ihm auf die Schulter. »Mein Prinzip im Leben ist, niemals etwas zu bedauern, was nicht zu ändern ist. Ein Jäger kann sich solche Gefühle nicht leisten. Nächstes Jahr werden wir viele neue Sklaven fangen. Mach dir nichts aus Calary.«

Es gab Zeiten, da mißtraute Laintal Ay der Herzlichkeit seines älteren Freundes.

Aoz Roon aber blickte zu Eline Tal, und beide lachten und strömten Ratheldämpfe aus.

Die Stimmung stieg, und alles drängte durcheinander und lachte, ausgenommen Calary. Laintal Ay nutzte die Gelegenheit und ergriff Oyres Hand im Gedränge und drückte sie. Sie erwiderte den Druck und lächelte, wagte aber nicht, ihn direkt anzusehen. Das Herz wollte ihm vor Glück zerspringen. Wahrhaftig, das Leben war wundervoll.

Er konnte nicht aufhören zu grinsen, als die Zeremonie ihren ernsteren Fortgang nahm. Batalix und Freyr würden gleichzeitig aus Wutras Reich verschwinden und wie Geister in die Erde hinabsinken. Wurde das Opfer angenommen, so würden sie morgen gemeinsam aufgehen, und für die nächste Zeit würden ihre Wanderungen über den Himmel zusammenfallen. Dann schienen beide bei Tag, und die Nacht blieb der Dunkelheit überlassen. Bis zum Frühling würden sie freilich wieder aus dem Tritt geraten, und Batalix leitete die Zeit der hellen Nächte ein.

Alle sagten, daß das Wetter milder geworden sei. Und tatsächlich waren die Zeichen der Besserung nicht zu übersehen. Die Vegetation gedieh üppiger denn je, die Gänse waren fetter, das Wild reichlicher. Nichtsdestoweniger senkte sich eine feierliche Stille über die Menge, als sie nach Westen blickte. Beide Wachtposten verließen das Reich des Lichts. Es war ein Zeichen von übler Vorbedeutung. Krankheit und Schlimmeres drohte. Ein Leben mußte geopfert werden, um zu verhindern, daß die Wachtposten niemals wiederkehrten.

Als die doppelten Schatten sich unübersehbar verlängerten, wurde es ganz still in der Menge, wenn sie auch wie ein riesiges Ungeheuer mit den Füßen scharrte. Die fröhliche, übermütige Stimmung verdampfte mit dem Rauch der erhobenen Fackeln. Schatten breiteten sich über das Land. Ein blaugraues stumpfes Zwielicht, das von den Fackeln nicht vertrieben werden konnte, hüllte die Szene ein. Der Abend war gekommen.

Die Ältesten des Rates, alle grau und gebeugt, traten in einer Reihe vor und beteten in einem zittrigen Singsang. Vier Sklaven führten Calary vorwärts. Er wankte zwischen ihnen und ließ den Kopf hängen. Speichel rann ihm aus dem Mundwinkel. Ein Vogelschwarm zog über sie hinweg, und einige Atemzüge lang hörte man die Flügelschläge wie fallenden Regen, dann war er fort zum Rot und Gold im Westen.

Das Opfer wurde rücklings so auf den rautenförmigen Opferstein gelegt, daß sein Kopf in einer Mulde lag, welche in die poröse Oberfläche des Steins eingearbeitet war und nach Westen wies. Seine Füße wurden in einen hölzernen Block gespannt und wiesen in die nun von der anbrechenden Nacht schieferfarbene Richtung, wo die Wachtposten wieder erscheinen würden, sobald sie ihre gefährliche Wanderschaft beendet hatten. So verkörperte das Opfer in seinem Körper die mystische Vereinigung zwischen den zwei tiefen Geheimnissen des menschlichen und kosmischen Lebens: wie oben, so, mit einer massierten Willensanstrengung, unten.

Das Opfer hatte seine Individualität bereits abgelegt. Obgleich es mit den Augen rollte, brachte es keinen Laut über die Lippen, als sei es von Wutras Gegenwart zum Schweigen gebracht.

Als die vier Sklaven zurücktraten, kamen Nahkri und Klils. Über ihre Felle hatten sie Umhänge aus grobem braunroten Wollstoff geworfen. Ihre Frauen begleiteten sie bis zum vorderen Rand der Menge und ließen sie dann allein weitergehen. Ihre widerspenstig wuchernden Rattenbärte verliehen ihren Gesichtern ausnahmsweise einen feierlichen Ausdruck, und tatsächlich glich ihre Blässe derjenigen des Opfers, dem Nahkri nun, da er die Axt aufhob, seine Aufmerksamkeit schenkte. Er packte das furchtbare Werkzeug mit beiden Händen.

Ein Gong wurde angeschlagen.

Nahkri stand da, die Axt in beiden Händen, neben sich die etwas schmächtigere Gestalt seines Bruders. Die Pause zog sich in die Länge, ein Murmeln kam von der Menge. Es gab eine Zeit für den zertrennenden Schlag: verpaßte man sie, konnte schweres Unheil die Folge sein. Wer wußte, was den Wachtposten zustoßen mochte. Das Murmeln drückte ein beinahe wortloses Mißtrauen gegen die beiden herrschenden Brüder aus.

»Schlag zu!« rief eine Stimme aus der dichtgedrängten Menge. Der Stundenheuler ertönte.

»Ich kann es nicht«, erwiderte Nahkri und ließ die Axt sinken. »Ich tue es nicht. Einen Phagor, ja. Aber nicht einen Menschen, nicht mal einen aus Borlien. Ich kann es nicht.«

Sein jüngerer Bruder beugte sich wankend vorwärts und ergriff das Henkerbeil. »Du Feigling – machst uns vor jedermann lächerlich!« zischte er. »Ich werde es tun und dich beschämen. Ich werde dir zeigen, wer der bessere Mann ist, du Weichling!«

Mit entblößten Zähnen holte er aus, so daß die Axt matt blinkend hoch über seinem Kopf schwebte. Er starrte wild in das nackte Gesicht des Opfers, das aus seiner Mulde wie aus einem Grab zurückstarrte.

Klils Muskeln zuckten, schienen ihm den Gehorsam zu verweigern. Die Axt zitterte, sank herab und kam klirrend auf dem Stein zur Ruhe. Klils stand über den Schaft gebeugt und stöhnte.

»Ich hätte mehr Rathel trinken sollen ...«

Ein antwortendes Stöhnen entrang sich der Menge. Die unregelmäßige Linie des Horizonts hatte die Scheiben der Wachtposten bereits mehr als halbiert.

Einzelne Stimmen verschafften sich Gehör.

»Sie sind ein paar Narren ...«

»Sie haben zuviel auf Loil Bry gehört, sage ich.«

»Es war ihr Vater, der zugelassen hat, daß ihre Köpfe mit Gelehrsamkeit vollgestopft wurden – die Muskeln sind geschwächt.«

»Hast du zu tief in den Krug geschaut, Klils?« Diese rauh herausgebrüllte Frage löste Gelächter aus, und die Stimmung mürrischer Widerspenstigkeit war gebrochen. Die Menge schob sich näher, als Klils die Axt aus der Hand gleiten ließ.

Aoz Roon ließ seine Gefährten stehen und lief auf Klils zu. Er hob die Axt auf und knurrte wie ein Hund, und die beiden Brüder wichen mit schwächlichen Protesten zurück. Sie hoben abwehrend die Arme, als Aoz Roon die Axt über dem Kopf schwang.

Die Sonnen waren beinahe untergetaucht in einer See von Dunkelheit. Ihr Licht hing rotgolden an einem fernen Wolkenstreif, überhauchte die näheren Wolkenbänke mit zarten rosa Tönen. Fledermäuse gaukelten durch das Halbdunkel. Die Jäger hoben ihre Fäuste und jubelten Aoz Roon zu.

Ein letzter Sonnenstrahl lag matt auf der Pyramide und wurde von ihrer Spitze zerteilt. Der geteilte Lichtstrahl verlief genau parallel zu den Flanken des abgenutzten Steins, auf dem das Opfer lag, und bestimmte seine Form. Das Opfer selbst lag in tiefem Schatten.

Die erhobene Axtklinge schimmerte matt im letzten Licht, dann sauste sie nieder und biß in die Dunkelheit.

Auf den Schlag folgte ein kollektives Aufatmen der Menge, ein dumpfer Ton der Erleichterung. Der Kopf des Opfers rollte abgetrennt zur Seite, als wollte er sein steinernes Ruhepolster küssen. Dann begann er im Blut unterzugehen, das sich aus dem Hals des Körpers ergoß, die Mulde füllte, sich über den Stein ausbreitete und auf die Erde rann. Es strömte noch, als das letzte Segment der Wachtposten unter den Horizont sank.

Zeremoniell vergossenes Blut war die magische Flüssigkeit, die das Nichtleben bekämpfte und das Weiterleben sicherte. Indem es im Laufe der Nacht durch die Öffnungen und Höhlungen des porösen Opfesteins sickerte, erhellte es den zwei Wachtposten die Passagen des Urblocks und geleitete sie sicher zu einem neuen Morgen.

Die Menge war zufriedengestellt. Die Fackeln hoch über den Köpfen schwankend, zog sie zurück zum Dorf, dessen altersgraue Türme und Mauerreste sich in schwelendem Schwarz vom abendlichen Wolkenhimmel abhoben, um später, als die Fackeln sich durch die Gassen verteilten, ein von phantomhaften Lichterscheinungen geflecktes Aussehen anzunehmen.

Dathka ging mit Aoz Roon, dem von der Menge achtungsvoll Platz gemacht wurde. »Wie konntest du es über dich bringen, deinen eigenen Sklaven zu köpfen?« fragte er.

Der warf ihm einen geringschätzigen Blick zu. »Es gibt Augenblicke der Entscheidung.«

»Aber Calary ...«, widersprach Oyre. »Es war so schrecklich.«

Aoz Roon wischte den Einwand seiner Tochter mit einer Handbewegung beiseite. »Mädchen können das nicht verstehen. Vor der Zeremonie füllte ich Calary voll Rungebel und Rathel. Er spürte nichts. Wahrscheinlich wähnt er sich noch immer in den Armen irgendeines borlienischen Mädchens.« Er lachte.

Die Festlichkeiten waren vorüber. Wenige zweifelten jetzt noch daran, daß Freyr und Batalix am Morgen aufgehen würden. Sie setzten sich in den Türmen mit ihren Freunden zusammen, um einen Umtrunk zu halten und dem Festabend so noch etwas abzugewinnen, und um über den Skandal zu reden, den Skandal der Schwäche ihrer Herrscher. Es gab kein erfreulicheres Gesprächsthema über einem Krug Rathel.

Laintal Ay aber flüsterte Oyre zu, als er sie in der Dunkelheit an sich drückte: »Verliebtest du dich in mich, als du mich auf dem gefangenen Stungebag ins Dorf reiten sahst?«

Sie streckte ihm die Zunge heraus. »Du bist eingebildet! Ich fand, daß du albern aussahst.«

VI
»Als ich ganz benebelt war ...«

Alles, was er vor sich sehen konnte, war das ansteigende Land, das einen nahen Horizontbogen beschrieb. Die kleinen federnden Pflanzen unter seinen Füßen erstreckten sich bis zu diesem Horizont, und unter ihm bis ins Tal. Laintal Ay machte halt, stützte die Hände auf ein Knie, verschnaufte und blickte zurück. Oldorando war sechs Tagesmärsche entfernt.

Die andere Seite des Tals war in ein klares blaues Licht gebadet, das jede Einzelheit mit vollkommener Deutlichkeit hervortreten ließ. Der Himmel über ihm aber war von einem gelblich durchschossenen Schiefergrau, das von künftigen Schneestürmen kündete. Wo er stand, lag alles im Schatten.

Nach einer Weile setzte er den Aufstieg fort. Je höher er kam, desto mehr wich der nahe Horizont zurück und gab neues Land frei, schwarz und abweisend. Er war niemals hier gewesen. Weiter voraus hob sich die Spitze eines Turmes aus der steinigen Einöde. Er lag halb in Trümmern und war vor langer Zeit nach dem Muster Oldorandos aus Stein erbaut. Mit den gleichen, sich nach oben zu verjüngenden Wänden und Fenstern in jeder der vier Ecken eines jeden Stockwerks. Nur vier Stockwerke standen noch.

Endlich erreichte Laintal Ay die Höhe, die sich als der Rand einer kleinen, von steilen Hängen eingefaßten Hochfläche erwies. Große graue Vögel grasten vor dem Turm, der von seinem eigenen Trümmerschutt umgeben war. Dahinter erhob sich der unersteigbar scheinende Berg gewaltig und schwarz unter dem schieferfarbenen Himmel. Eine Gruppe von Rajabaralen stand locker verteilt zwischen ihm und den

Schutthalden am Fuß des Steilhangs. Ein kalter Wind blies ihm ins Gesicht, so daß er die trockenen Lippen zusammenpreßte.

Was hatte der Turm zu bedeuten, so fern von Oldorando?

Nicht so fern, wenn du ein Vogel wärst. Nicht so fern, wenn du ein Phagor auf einem Kaidaw wärst. Überhaupt nicht fern, wenn du ein Gott wärst.

Wie zur Bekräftigung flatterten die Vögel mit lautem Flügelklatschen auf und flogen in niedriger Höhe davon. Er sah ihnen nach, bis sie außer Sicht waren und er allein in der großartigen Landschaft.

Ja, Shay Tal mußte recht haben. Die Welt war einmal anders gewesen. Als er mit Aoz Roon über ihre Rede gesprochen hatte, da hatte dieser erklärt, daß solche Dinge nicht wichtig seien; sie seien nicht zu ändern; wichtig sei das Überleben des Stammes, seine Einigkeit; ließe man Shay Tal gewähren, so würde die Einigkeit verlorengehen. Shay Tal sagte, daß Einigkeit gegenüber der Wahrheit unwichtig sei.

Beschäftigt mit Gedanken, die über sein Bewußtsein wie Wolkenschatten über die Landschaft zogen, ging er in den Turm und blickte auf. Er war eine hohle Ruine. Die hölzernen Decken waren herausgerissen worden, vermutlich um Brennstoff zu gewinnen. Er legte Gepäck und Speer in einen Winkel und kletterte an den unbehauenen Bruchsteinen der Außenwand hinauf, bis er den Rand erreichte und auf der Mauer stand. Er blickte umher. Als erstes hielt er nach Phagoren Ausschau, denn dies war ihr Land, aber sein Blick fiel nur auf nackte Felsbänke, dürftigen Bewuchs und die unbelebten Formen der Blöcke.

Shay Tal verließ niemals das Dorf. Vielleicht mußte sie Geheimnisse erfinden. Geheimnisse aber waren überall, wenn man es recht bedachte. Als er seinen Blick über die monumentale Landschaft schweifen ließ, fragte er sich in Ehrfurcht, wer dies alles gemacht haben konnte, und wozu.

Hoch am Hang des großen rundlichen Hügels – nicht einmal ein Vorberg der Vorberge des Nktryhk – sah er Büsche, die sich bewegten. Sie waren klein und im schieferigen Licht von kränklichem Grün. Als er aufmerksam hinspähte, erkannte er sie als Protognostiker, die in zottige Mäntel gehüllt waren und vornübergebeugt aufstiegen. Vor sich trieben sie eine kleine Herde von Ziegen oder Arang.

Er ließ die Zeit verstreichen, erfuhr ihren Zug über die Welt, um die entfernten Lebewesen zu beobachten, als enthielten sie die Antwort auf seine Fragen, oder auf die Shay Tals. Die Leute waren wahrscheinlich Nondaden, Angehörige nichtseßhafter Stämme, die eine dem Olonet nicht verwandte Sprache sprachen. Solange er sie beobachtete, mühten sie sich langsam ansteigend über den breiten Hang und schienen kaum voranzukommen.

Näher bei Oldorando gab es die großen Herden, die einen großen Teil des Nahrungsbedarfes der Dorfbewohner deckten. Es gab verschiedene Jagdmethoden, wenn man Hirsche erlegen wollte. Dies war die von Nahkri und Klils bevorzugte Technik: Fünf zahme Hindinnen wurden als Lockmittel gehalten. Die Jäger führten diese Tiere an ledernen Leinen zum Weidegebiet der Herde. Indem sie geduckt hinter den Tieren gingen, konnten sie ihre bewegliche Deckung nahe an die Herde heranmanövrieren. Dann sprangen die Jäger hervor, warfen ihre Speere mit Hilfe von Speerschleudern und töteten so viele Tiere wie möglich. Später schleiften sie die erlegte Beute heran, und die zahmen Tiere mußten ihre toten Artgenossen auf dem Rücken zum Dorf tragen.

Auf dieser Jagd fiel Schnee. Leichtes Tauwetter um die Mittagszeit machte das Vorankommen mühsam. Hirsche waren seltener als gewöhnlich. Die Jäger wanderten drei Tage lang stetig durch schwieriges Gelände ostwärts, die zahmen Tiere an ihren Leinen führend, ehe sie eine kleine Herde sichteten.

Die Jäger waren zwanzig an der Zahl. Nach dem Doppelten Sonnenuntergang hatten sich Nahkri und sein Bruder durch die großzügige Verteilung von Rathel wieder in die öffentliche Gunst gesetzt. Laintal Ay und Dathka wanderten neben Aoz Roon. Während der Jagd sprachen sie wenig, und Worte waren kaum vonnöten, wo das Vertrauen einmal hergestellt war. Aoz Roon, in seine schwarzen Felle gehüllt, hob sich als eine Gestalt unerschrockenen Mutes aus der umgebenden Verlassenheit heraus, und die beiden jüngeren Männer wichen ihm so wenig von der Seite wie sein großer Hund, Curd.

Die Herde weidete in einiger Entfernung voraus auf einem breiten Höhenrücken, weil aber der Wind ungünstig stand, mußten die Jäger nach rechts auf höheres Gelände ausweichen und von dort, wo ihre Witterung nicht dem Wild zugetragen wurde, weiter vorgehen.

Zwei Männer blieben zurück und hielten die Hunde. Der Rest des Trupps stapfte durch knöcheltiefen sulzigen Schnee den Hang hinauf. Eine mehrfach unterbrochene Reihe von Baumstümpfen zog sich den Kamm entlang, und dazwischen lagen ein paar Haufen von zerfallenem Mauerwerk, gerundet und zerkleinert von den Stürmen und Frösten der Jahrhunderte. Sie waren im toten Winkel, und die Herde kam erst wieder in Sicht, als sie – nun auf allen vieren und die Speere und Speerschleudern nachschleifend – eine flache Kuppe erreichten und den breiten Rücken überblickten.

Die Herde bestand aus zweiundzwanzig Hindinnen und drei Hirschen. Die letzteren hatten die Hindinnen unter sich aufgeteilt und beantworteten vermeintliche oder wirkliche Übergriffe der anderen mit gelegentlichen Scheinangriffen und trotzigem Röhren. Es waren struppige Tiere in schlechter Verfassung, denen die Rippen herausstanden. Die Hindinnen widmeten sich unbesorgt der Futtersuche, hatten die meiste Zeit die Köpfe am Boden, wo sie den nassen Schnee von Gräsern und Pflanzen scharrten. Der Wind kam von ihnen herüber und blies den Jägern ins Gesicht, als sie auf der Kuppe kauerten. Große schwarze Vögel begleiteten die Herde und stolzierten zwischen den Tieren umher.

Nahkri gab das Zeichen.

Er und sein Bruder führten zwei der zahmen Tiere in einem Bogen auf die linke Flanke der Herde zu, wobei sie die Tiere als Deckung benutzten. Die Mitglieder der weidenden Herde hoben die Köpfe, um zu sehen, was vorging. Aoz Roon, Dathka und Laintal Ay führten die drei anderen Tiere zur rechten Flanke hinüber.

Aoz Roon ließ seine Hindin im Schritt gehen und hielt sich geduckt in der Deckung ihres Körpers. Die Bedingungen waren nicht ganz so, wie er sie schätzte. Wenn die Herde die Flucht ergriffe, würde sie von der Reihe der Jäger fortlaufen, statt auf sie zu. Hätte er die Leitung gehabt, so würde er mehr Zeit auf die Vorbereitungen verwendet haben, aber Nahkri war seiner selbst zu wenig sicher, um abzuwarten. Die Herde war zu seiner Linken; ein kümmerliches Gehölz verkrüppelter Bäume trennte die Weide von felsigem und zerklüftetem Gelände zur Rechten. In der Ferne ragten die Steilabbrüche einer niedrigen Bergkette, und gegen den Horizont zu lagen schneebedeckte Berge unter mächtig aufgetürmten, purpurn überhauchten Haufenwolken.

Die Bäume boten den Jägern eine gewisse Deckung. Die silbergrauen, zerspellten Stämme waren von ihrer Rinde entblößt, die oberen Äste in früheren Stürmen oder unter Schneelasten heruntergebrochen. Die meisten Bäume waren verkrümmt und reckten ihre verbliebenen Äste in die windabgewandte Richtung. Einige waren umgestürzt und lagen mit ineinander verwirrten Ästen, als trügen sie noch im Tod einen seit Äonen währenden Kampf aus; alle waren vom Alter und den Elementen so abgeschliffen und zugefeilt, daß sie an eine Horde wilder, grotesk mit den Armen fuchtelnder Dämonen gemahnten, in grauer Vorzeit von einer chthonischen Urgewalt überwältigt und in der Erstarrung konserviert.

Aoz Roons erfahrenes Auge beobachtete alle Einzelheiten und überblickte gleichzeitig die Gesamtlage, als er sich im Schutz seiner Hindin näher an die Herde heranarbeitete. Er war früher häufig hier gewesen, als das Vorwärtskommen leichter und der Schnee verläßlicher gewesen war; die Gegend war geschützt und bot die weite Sicht, die von den Herden bevorzugt wurde. Er bemerkte, daß die Bäume trotz ihres abgestorbenen, ja versteinerten Aussehens, da und dort grüne Schößlinge aufwiesen, die den Stämmen auf der windabgewandten Seite und in Bodennähe entsprossen.

Voraus entstand Bewegung. Ein Hirsch kam in Sicht, ein Einzelgänger, der plötzlich zwischen Blöcken und Bäumen auftauchte. Aoz Roon fing die Witterung des Tieres auf – mit einem sauren Geruch vermischt, den er nicht sogleich bestimmen konnte.

Der Neuankömmling näherte sich ziemlich ungeschickt der Herde und wurde vom nächsten der drei Platzhirsche herausgefordert. Jener ging gegen den Eindringling vor, scharrte den Grund mit den Vorderhufen, so daß Schneebrocken und Erde davonstoben, röhrte und warf den Kopf von einer Seite zur anderen, um sein Geweih zur Schau zu stellen. Der Neuankömmling wich nicht zurück, aber er nahm auch nicht die übliche Verteidigungshaltung an.

Der Platzhirsch griff an und verschränkte die Geweihstangen mit dem Eindringling. Als die Geweihe der Kontrahenten mit hellem Klang gegeneinanderschlugen, sah Aoz Roon einen Lederriemen, der die Geweihstangen des Eindringlings umspannte. Sofort warf er die Leine seiner Hindin Laintal Ay zu und verschwand hinter dem nächsten Baumstumpf. Von hier rannte er in die Deckung des nächsten Baumes.

Dieser Stamm war geschwärzt und abgestorben. Durch die zerspellten und zerbrochenen Rippen machte Aoz Roon gelblichweißes Fell aus, das weiter voraus zwischen den Bäu-

men hervorleuchtete. Er umfaßte seinen Speer fester und begann in geduckter Haltung zu rennen, so schnell, wie nur er rennen konnte. Er fühlte die scharfkantigen Steine durch den Schnee und die Sohlen seiner Stiefel, hörte die aneinanderschlagenden Geweihstangen der Kämpfer, sah den großen Stamm vor sich aufragen – und war die ganze Zeit bedacht, jedes unnötige Geräusch zu vermeiden.

Das weiße Fell bewegte sich, wurde die Schulter eines Phagoren. Das Ungeheuer hatte ihn gehört und wandte sich um. Die großen Augen funkelten rot. Der Phagor senkte die langen Hörner und breitete die Arme aus, um dem Angriff zu begegnen. Aoz Roon rammte ihm den Speer unter den Rippen in den Leib.

Mit einem rauhen Schrei fiel der mächtige Ancipitale rücklings in den Schnee, umgeworfen von der Wucht des Angriffs. Auch Aoz Roon wurde vom Angriffsschwung weitergetragen und fiel über seinen Gegner. Der Phagor umschlang ihn mit beiden Armen und bohrte ihm die hornigen Hände in den Rücken. Sie wälzten sich im Schneematsch.

Das schwarze und das weiße Geschöpf wurden zu einem Tier, das inmitten einer elementaren Landschaft mit sich selbst kämpfte, bemüht, sich selbst auseinanderzureißen. Es prallte gegen eine silbergraue Baumwurzel und wurde wieder zu zwei Bestandteilen, die schwarze Hälfte unten.

Der Phagor zog den Kopf zurück und öffnete die Kiefer, bereit zum Zustoßen. Reihen gelber, spatenförmiger Zähne, die in grauweißem Zahnfleisch saßen, konfrontierten Aoz Roon. Es gelang ihm, einen Arm freizubekommen, einen Steinbrocken zu ergreifen und zwischen die harten Lippen, die Zähne zu stoßen, als sie sich um seinen Kopf schließen wollten. Der Phagor lockerte seine Umklammerung, Aoz Roon sprang auf, fand den Schaft seines Speers noch im Körper des Gegners und stieß ihn mit seinem ganzen Gewicht tiefer hinein. Mit einem gurgelnden Röcheln gab der Phagor seinen Geist auf. Gelbes Blut quoll aus der Wunde. Aoz Roon zog den Speer heraus und stand keuchend auf die Waffe gestützt. Ein Kuhreiher flog nahebei auf und schwang sich mit schwerfälligen Flügelschlägen nach Osten davon.

Als er sich umwandte, sah er Laintal Ay einen zweiten Phagoren erledigen. Zwei weitere flohen aus der Deckung eines umgestürzten Stammes, schwangen sich beide auf einen Kaidaw und galoppierten in die Richtung des höheren Hügellands davon. Weiße Vögel strichen ab und folgten ihnen in gleitendem Flug. Ihre rauhen Schreie verloren sich in den Echos, die aus der Wildnis zu ihnen zurückkehrten.

Dathka kam herüber und drückte Aoz Roon schweigend die Schulter. Sie sahen einander an und lächelten. Aoz Roon zeigte seine weißen Zähne, trotz der Schmerzen. Dathka hielt die Lippen geschlossen.

Laintal Ay kam zu ihnen geeilt. »Ich habe ihn getötet! Er ist tot!« jubelte er. »Sie tragen die Eingeweide in der Brust, die Lungen im Bauch ...«

Aoz Roon ging und lehnte sich gegen einen zerspellten Stamm. Er atmete heftig durch Mund und Nasenlöcher aus, um dem ekelerregenden Geruch des toten Feindes zu entgehen. Seine Hände zitterten.

»Ruf Eline Tal!« sagte er.

»Ich habe ihn getötet, Aoz Roon!« wiederholte Laintal Ay und zeigte nach hinten auf den Leichnam im Schnee.

»Hol Eline Tal!« befahl Aoz Roon.

Dathka lief auf den freien Höhenrücken hinaus, wo die zwei Hirsche noch immer ihren Kampf austrugen, die Köpfe gesenkt, die Geweihstangen ineinander geschoben und verhakt, mit den Hufen Schnee und Erde aufscharrend. Offenbar konnten sie sich nicht mehr voneinander lösen. Dathka ging heran, zog sein Jagdmesser und durchschnit ihnen die Kehlen, als sei es das Selbstverständlichste von der Welt. Die

Tiere verströmten gelbes Blut, brachen in die Knie, fielen auf die Seite und starben, noch im Tod ineinander verkeilt.

»Der Lederriemen zwischen den Geweihstangen – das ist ein alter Kunstgriff der Phagoren, um Wild zu fangen«, sagte Aoz Roon. »Als ich ihn sah, da wußte ich, daß sie in der Nähe waren ...«

Eline Tal kam mit Faralin Ferd und Tanth Ein gelaufen. Sie stießen die jüngeren Männer beiseite und stützten Aoz Roon. »Du mußt dieses Ungeziefer töten, nicht umarmen«, sagte Eline Tal.

Die Herde hatte längst das Weite gesucht. Die Brüder hatten gemeinsam drei Hindinnen erlegt und triumphierten. Nun kamen auch die anderen Jäger, um zu sehen, was fehlgeschlagen war. Fünf erbeutete Tiere waren kein schlechtes Ergebnis; Oldorando würde zu essen haben, wenn sie nach Hause kämen. Die toten Phagoren überließ man den Aasfressern der Wildnis. Niemand wollte ihre Felle.

Laintal Ay und Dathka hielten die zahmen Hindinnen an ihren Leinen, während Eline Tal und ein paar von den anderen Aoz Roon untersuchten. Dieser aber stieß ihre forschenden Hände mit einem Fluch von sich.

»Laßt uns aufbrechen«, schlug er vor, die Hand gegen seine Seite gedrückt. »Wo vier von ihnen waren, könnten noch mehr sein.«

Sie beluden die zahmen Tiere mit der Jagdbeute und machten sich auf den langen Heimweg.

Aber Nahkri zürnte Aoz Roon.

»Diese elenden Hirsche sind halbverhungert, ihr Fleisch wird wie Leder schmecken.«

Aoz Roon sagte nichts.

»Nur Geier ziehen den Hirsch der Hindin vor«, sagte Klils.

»Sei Still, Klils!« rief Laintal Ay. »Kannst du nicht sehen, daß Aoz Roon verletzt ist? Geh lieber hin und übe dich mit der Axt!«

Aoz Roon hielt den Blick niedergeschlagen und sagte nichts, was den älteren der Brüder nur noch mehr aufbrachte. Die ewige Landschaft umstand sie schweigend.

Als sie endlich in Sichtweite von Oldorando und seinen heißen Quellen kamen, stießen die Turmwächter in ihre Hörner. Diese Wächter waren Männer, die für die Jagd oder ein Handwerk zu alt waren. Nahkri hatte ihnen leichtere Arbeit gegeben – ertönten aber ihre Hörner nicht in dem Augenblick, da die Gruppe der Jäger in der Ferne erschien, strich er ihnen die Rathel-Ration. Die Hornsignale waren für die jungen Frauen ein Zeichen, ihre Arbeit zu unterbrechen und vor das Tor hinauszugehen, um ihre Männer zu erwarten. Viele von ihnen fürchteten, daß es einen Todesfall gegeben haben möchte – Witwenschaft hatte niedrige Arbeit zur Folge, kärgliche Subsistenz, frühen Tod. Als sie diesmal die Köpfe zählten, frohlockten sie. Alle Jäger kehrten zurück. Diesen Abend würde es Feiern geben – und vielleicht die eine oder andere Empfängnis.

Eline Tal, Tanth Ein und Faralin Ferd riefen ihren Frauen ungefähr zu gleichen Teilen Beschimpfungen und Zärtlichkeiten zu. Aoz Roon hinkte allein weiter und sagte kein Wort, doch spähte er unter den dunklen Brauen hervor, um zu sehen, ob Shay Tal unter den Wartenden war. Sie war nicht gekommen.

Auch Dathka wurde von keiner Frau erwartet. Er machte sein jugendliches Gesicht lang und hart, als er durch die schwatzende Herde drängte, denn er hatte gehofft, daß Shay Tals bescheidene Freundin Vry sich zeigen würde. Aoz Roon dachte insgeheim geringschätzig über Dathka, weil keine Frau auf ihn zugelaufen war, um ihm den Arm zu drücken, obwohl er selbst in der gleichen Situation war.

Unter seinen dunklen Brauen sah er einen Jäger die Hand Dol Sakils ergreifen, die Tochter der Hebamme. Er sah seine eigene Tochter Oyre zu Laintal Ay eilen und ihn bei der Hand nehmen; und er dachte bei sich, daß sie gut genug zusammenpassen würden, und daß die Verbindung ihre Vorteile haben möchte.

Natürlich war das Mädchen eigensinnig, während Laintal Ay eher weich war. Sie würde ihm noch gehörig zu schaffen machen, bevor sie einwilligte, seine Frau zu werden. Oyre war in dieser Hinsicht wie die unschätzbare Shay Tal – schwierig, hübsch und mit einer eigenen Meinung.

Er hinkte mit gesenktem Kopf durch das Tor, eine Hand an der schmerzenden Seite. Nahkri und Klils gingen in seiner Nähe und wehrten ihre kreischenden Frauen ab. Beide warfen ihm drohende Blicke zu, und Nahkri sagte: »Bleib in deinen Grenzen!«

Er blickte weg und zeigte ihnen die erhobene Schulter. »Ich habe die Axt einmal geschwungen, und bei Wutra, ich werde sie wieder schwingen«, knurrte er.

Die Welt zitterte vor seinen Augen.

Er trank Rathel mit Wasser vermischt aus einem Krug, aber das elende Gefühl wollte nicht weichen. Er stieg in den Turm hinauf, wo er seinen Raum hatte, ohne sich entgegen seiner sonstigen Gewohnheit zu kümmern, wie das Wild, das er zu jagen geholfen hatte, abgehäutet wurde. In seinem Raum angelangt, ließ er sich auf sein Lager hinsinken und schloß die Augen. Aber er duldete nicht, daß die Sklavenfrau seine Kleider aufschnitt oder seine Verletzungen untersuchte. Er ruhte und befühlte seine Rippen. Nach einer Stunde stand er auf und ging allein fort, um Shay Tal zu suchen.

Da die Stunde des Sonnenuntergangs nahe war, trug sie Brotreste zum Voral hinunter, um die Gänse zu füttern. Der Fluß war breit, und weiße Eisgesimse an beiden Ufern säumten das schwarze Wasser. Die Gänse flatterten mit großem Lärm aus einem Stauwasser zwischen Eisrand und Strömung die Böschung hinauf und kamen im Laufschritt und mit gereckten Hälsen dahergewatschelt. In seiner Jugend, dachte Aoz Roon, war der Fluß immer von einem Ufer zum anderen zugefroren gewesen.

»Ihr Jäger geht so weit fort«, sagte sie, »dabei sah ich heute früh Wild am anderen Ufer. Hoxner und Wildpferde, glaube ich.«

Aoz Roon blickte finster auf sie herab. Dann umfaßte er ihren Arm. »Du hast immer eine entgegengesetzte Idee, Shay Tal. Meinst du, du wüßtest es besser als die Jäger? Warum kamst du nicht heraus, als die Hörner das Signal gaben?«

»Ich hatte zu tun.« Sie entzog ihm den Arm und machte sich daran, die Reste des Gerstenbrotes zu zerkrümeln, während die Gänse sie mit gereckten Hälsen umdrängten. Aoz Roon trat nach ihnen und faßte sie wieder beim Arm.

»Ich habe heute einen Phagoren getötet. Ich bin stark. Er verletzte mich, aber ich tötete die schmutzige Bestie. Alle Jäger blicken zu mir auf, und alle Mädchen. Aber ich will dich, Shay Tal. Warum willst du nicht mich?«

Sie hob das Gesicht zu ihm auf, aus dem die Augen blitzten, nicht offen zornig, aber in beherrschtem Ärger. »Ich mag dich, aber du würdest mir den Arm brechen, wenn ich gegen dich ginge, und wir würden ständig streiten. Du sprichst niemals leise und freundlich zu mir. Du kannst lachen, und du kannst finster blicken, aber du kannst nicht zärtlich sein.«

»Ich bin nicht der Typ für Zärtlichkeiten. Aber ich würde nicht im Traum daran denken, deinen schönen Arm zu brechen. Ich würde dir richtige Dinge geben, über die du nachdenken könntest.«

Sie antwortete nicht und fütterte die Gänse. Batalix vergrub sich in Schnee, warf Gold in ihre losen Haarsträhnen. In der spröden toten Szene war die Schwärze des glucksenden Wassers alles, was sich bewegte.

Nachdem er eine Weile unbeholfen dagestanden und sie betrachtet hatte, immer wieder von einem Fuß auf den anderen tretend, sagte er: »Was hattest du vorher zu tun?«

Ohne seinen Blick zu erwidern, sagte sie mit gepreßter

Stimme: »Du hörtest meine Worte an dem traurigen Tag, als wir Loilanun begruben. Ich sprach sie hauptsächlich zu dir. Hier leben wir auf diesem Acker. Ich möchte wissen, was in der Welt jenseits davon vorgeht. Ich möchte lernen. Ich brauche deine Hilfe, aber du bist nicht ganz der Mann, sie zu geben. Also lehre ich die anderen Frauen, wenn ich Zeit dafür habe, denn das ist eine Art, mich selbst zu lehren.«

»Wozu soll das gut sein? Du erregst nur Unruhe und Unzufriedenheit.«

Sie starrte über den Fluß, auf dem ein Streifen vom letzten Gold des Tages lag und sagte nichts.

»Ich sollte dich übers Knie legen und versohlen.« Er trat zum Ufer, wo er unter ihr stand, und blickte zu ihr auf.

Sie sah ihn zornig an, doch schon nach einem Augenblick kam eine Veränderung über ihr Antlitz. Plötzlich lachte sie, zeigte die Zähne und das gerippte rosa Dach ihres Mundes, bevor sie die Hand davor klappte. »Du verstehst wirklich nicht!«

Er nutzte den Augenblick und umfing sie kräftig mit beiden Armen. »Ich würde versuchen, zärtlich zu dir zu sein, und noch mehr als das, Shay Tal. Wegen deines Charakters, und deiner Augen, die wie dieses Wasser sind. Vergiß dieses Lernen, das keiner von uns braucht, und werde meine Frau.«

Er zog sie vom Boden und wirbelte sie im Kreis herum, und die Gänse flohen mit indigniertem Geschnatter.

Als sie wieder stand, sagte sie: »Sprich in einer gewöhnlichen Art und Weise zu mir, Aoz Roon, ich bitte dich! Mein Leben ist mir kostbar, und ich kann mich nur einmal weggeben. Wissen ist mir wichtig – ist allen wichtig. Zwinge mich nicht, zwischen dir und dem Lernen zu wählen!«

»Ich habe dich seit langem geliebt, Shay Tal. Ich weiß, du bist Oyres wegen beunruhigt, aber du solltest nicht nein zu mir sagen. Sei jetzt meine Frau, oder ich werde mir eine andere suchen. Ich warne dich davor, weil ich ein heißblütiger Mann bin. Lebst du erst mit mir, so wirst du alles über diese Akademie vergessen.«

»Ach, du wiederholst dich nur. Wenn du mich liebst, dann versuch zu hören, was ich sage!« Sie wandte sich um und begann den Hang hinauf zum Dorf zurückzugehen. Aber Aoz Roon holte sie ein.

»Willst du mich ohne Befriedigung verlassen, Shay Tal, nachdem du mich dazu brachtest, all diese Albernheiten zu sagen?« Er war wieder kleinlaut, beinahe kläglich, als er hinzufügte: »Und was würdest du tun, wenn ich hier Herrscher wäre, Herr von Embruddock? Es ist nicht unmöglich. Dann würdest du meine Frau sein müssen.«

In der Art und Weise ihres Blicks sah er, warum er sie verfolgte: nur einen Atemzug lang glaubte er einen Blick in ihr Wesen zu tun, als sie leise antwortete: »Ist es das, wovon du träumst, Aoz Roon? Nun, Wissen und Weisheit sind ein anderer Traum, und jeder von uns ist vom Schicksal ausersehen, getrennt vom anderen seinen eigenen Traum zu verfolgen. Ich liebe dich auch, aber ebensowenig wie du möchte ich jemanden, der Macht über mich hat.«

Er blieb still. Sie begriff, daß es ihm schwerfiel, ihre Antwort hinzunehmen. Aber er verfolgte einen anderen Gedankengang und sagte, mit einem schnellen harten Seitenblick: »Aber du haßt Nahkri, nicht wahr?«

»Er stört mich nicht.«

»Ah, aber mich stört er.«

Wie es der Brauch war, wurde zu Ehren der glücklich zurückgekehrten Jäger ein Festmahl gehalten, das bis in die Nacht hinein andauerte. Zusätzlich zum gewohnten Rathel, der frisch fermentiert in ausreichender Menge zur Verfügung stand, gab es dunklen Gerstenwein. Lieder wurden gesungen, die zeremoniellen Tänze des Jagdzaubers getanzt, und der Alkohol erhitzte die Köpfe mehr und mehr. Als die

Trunkenheit ihren Höhepunkt erreichte, waren die meisten Männer im großen Turm versammelt, von dem man die Dorfstraße überblicken konnte. Aoz Roon blieb mißgelaunt und verließ nach einiger Zeit den Kreis der singenden Zecher. Laintal Ay sah ihn gehen, war aber zu sehr beschäftigt, Oyre zu bedrängen, um ihrem Vater nachzugehen. Aoz Roon stieg die Leitern durch die oberen Stockwerke, um schließlich auf das Dach hinauszutreten, wo er in tiefen Atemzügen die kalte Nachtluft einsog.

Dathka, der weder Talent noch Neigung zur Musik hatte, folgte ihm in die Dunkelheit. Wie gewöhnlich sagte er nichts. Er stand da, die Hände unter die Achseln gesteckt, und blickte zu den verschwommenen schwarzen Umrissen der anderen Türme, die sich nur schwach von der Schwärze des umgebenden Landes abhoben. Ein Vorhang aus stumpfgrünem Feuer überspielte den Nordhimmel und verlor sich mit weichen Abstufungen in der Stratosphäre.

Auf einmal brüllte Aoz Roon auf und wich zurück. Dathka sprang hinzu und stützte ihn, aber der stieß ihn heftig von sich.

»Was fehlt dir? Betrunken, was?«

»Da!« Aoz Roon zeigte in die leere Dunkelheit. »Jetzt ist sie weg, verflucht soll sie sein. Eine Frau mit einem Schweinskopf. Bei meinen Eingeweiden, der Blick ihrer Augen ...!«

»Du siehst Gespenster. Du bist betrunken.«

Aoz Roon wandte sich zornig um. »Heiße du mich nicht betrunken, du Knirps! Ich sah sie, ich sage es dir. Nackt, groß, mit dünnen Schenkeln, von oben bis unten behaart, vierzehn Zitzen – so kam sie auf mich zu.« Er begann auf dem Dach herumzutappen und mit den Armen zu fuchteln. Klils erschien in der Öffnung der Falltür. Er schwankte leicht und hielt eine magere gebratene Hirschkeule, an der er nagte. »Ihr zwei habt hier oben nichts zu suchen. Dies ist der Große Turm. Hier wohnen diejenigen, welche über Oldorando herrschen.«

»Du Schmutz«, sagte Aoz Roon und trat auf ihn zu. »Du ließest die Axt fallen.«

Klils schlug ihm wütend die abgenagte Hirschkeule an den Kopf. Aoz Roon brüllte auf, packte Klils bei der Kehle und würgte ihn. Aber Klils trat ihm gegen die Schienbeine, bearbeitete ihn mit Faustschlägen in die Magengrube und trieb ihn zurück gegen die Brüstung, deren oberste Steinlagen nur noch einen losen Zusammenhalt hatten, so daß sich beim Anprall seines Körpers mehrere Steinbrocken lösten und hinabfielen. Aoz Roon lag rücklings über der Brüstung, Kopf und Schultern hingen über dem Abgrund.

»Dathka, hilf mir!« rief er.

Still kam Dathka von hinten, umfaßte Klils' Knie mit festem Griff und hob seine Beine vom Boden. Er drehte den Körper des Mannes seitwärts zur Brüstung und dem daneben gähnenden siebenstöckigen Abgrund.

»Nein, nein!« schrie Klils. Er zappelte und stieß wütend um sich, umklammerte Aoz Roon mit beiden Armen. Die drei Männer rangen schwankend und keuchend in der grünlichen Dunkelheit, begleitet vom betrunkenen Gesang der Zecher unten im Turm, zwei von ihnen – beide benebelt vom Rathel – gegen den gelenkigen Klils. Schließlich hatten sie ihn, brachen seine Finger auf, die mit verzweifeltem Zugriff am Leben festhielten. Mit einem letzten Aufschrei fiel er hintenüber ins Leere. Sie hörten den dumpfen Aufschlag seines Körpers.

Aoz Roon und Dathka standen keuchend an der Brüstung. »Wir sind ihn los«, sagte Aoz Roon schließlich. Er befühlte seine Rippen und verzog das Gesicht in Schmerzen. »Ich bin dir dankbar, Dathka.«

Dathka sagte nichts.

»Dafür werden sie uns umbringen, das Gesindel. Nahkri wird dafür sorgen, daß sie uns töten. Die Leute hassen mich bereits.«

Dathka schwieg.

Nachdem er wieder gewartet hatte, platzte Aoz Roon zornig heraus: »Es war allein Klils' Schuld. Dieser Dummkopf griff mich an. Es war seine Schuld.«

Unfähig, das Schweigen des Freundes zu ertragen, warf sich Aoz Roon herum und begann auf dem Dach hin- und herzugehen und vor sich hinzumurmeln. Er hob die benagte Hirschkeule auf und schleuderte sie hinaus in die Finsternis.

Dann wandte er sich mit einem Ruck dem bewegungslos dastehenden Dathka zu und sagte: »Geh hinunter und sprich zu Oyre! Sie wird tun, was ich sage. Sag ihr, sie soll Nahkri hier heraufgeleiten! Er würde ein Schweinsgesicht aufsetzen, wenn sie es von ihm verlangte ... Ich habe gesehen, wie dieser Nichtswürdige ihr nachstarrt.« Dathka zuckte wortlos die Achseln und ging. Oyre arbeitete gegenwärtig in Nahkris Haushalt, sehr zu Laintal Ays Verdruß; da sie in besonderer Gunst stand, hatte sie es besser als die meisten anderen Frauen.

Nachdem Aoz Roon auf dem Dach hin- und hergelaufen war, fröstelnd die Schultern eingezogen und Flüche in die Dunkelheit murmelnd, kehrte Dathka zurück.

»Sie bringt ihn«, sagte er kurz. »Aber es ist unbesonnen, was immer du im Schilde führst. Ich will nichts damit zu schaffen haben.«

»Sei still!« Es war das erstemal, daß jemand Dathka diesen Befehl gegeben hatte. Er zog sich in die tiefsten Schatten zurück, als Gestalten durch die Falltür geklettert kamen – drei Gestalten, deren erste Oyre war. Nach ihr kam Nahkri, einen Krug in der Hand, dann Laintal Ay, der beschlossen hatte, Oyre nicht aus den Augen zu lassen. Er war wütend, und sein Ausdruck erweichte sich nicht, als er Aoz Roon sah. Dieser starrte finster zurück.

»Du bleibst unten, Laintal Ay!« sagte er grob. »Du brauchst dich hier nicht einzumischen.

»Oyre ist hier«, erwiderte Laintal Ay, als sei das Erklärung genug, und wich nicht von der Stelle.

»Er schaut auf mich, Vater«, sagte Oyre.

Aoz Roon schob sie zur Seite und konfrontierte Nahkri. »Nun, wir zwei haben immer Streit miteinander gehabt, Nahkri«, sagte er. »Jetzt wollen wir es miteinander ausmachen, von Mann zu Mann.«

»Geh von meinem Dach!« befahl Nahkri. »Du hast hier nichts verloren. Bleib unten, da gehörst du hin!«

»Mach dich bereit zum Kampf!«

»Du warst immer unverschämt, Aoz Roon, und nach deinem Versagen auf der Jagd wagst du es wieder, das Maul aufzureißen. Du hast zuviel getrunken.« Seine eigene Stimme war heiser von Wein und Rathel.

»Ich wage es, und ich werde es dir zeigen!« rief Aoz Roon und stürzte sich auf Nahkri.

Nahkri warf ihm den Krug ins Gesicht. Oyre und Laintal Ay versuchten Aoz Roon bei den Armen zurückzuhalten, aber er riß sich los und schlug Nahkri die Faust ins Gesicht.

Nahkri fiel, sprang behende auf und zog einen Dolch aus dem Gürtel. Das einzige Licht war der matte Schein einer Öllampe, die im Geschoß unter ihnen brannte. Der langsam wallende stumpfgrüne Vorhang am Nordhimmel lieh den Angelegenheiten der Menschen nicht mehr als einen Hauch von Tönung. Aoz Roon trat nach dem Messer, verfehlte es und prallte hart gegen Nahkri, den er mit sich zu Boden riß. Nahkri, von einem Knie in den Magen getroffen, stöhnte und erbrach sich, und Aoz Roon wälzte sich von ihm. Beide rappelten sich keuchend auf.

»Hört jetzt auf, alle beide!« rief Oyre und versuchte wieder, ihren Vater zurückzuhalten.

»Wozu der Streit?« fragte Laintal Ay. »Du hast ihn grundlos herausgefordert, Aoz Roon. Das Recht ist auf seiner Seite, mag er noch so ein Dummkopf sein.«

»Du bist still, wenn du meine Tochter willst!« brüllte Aoz Roon. Nahkri, der noch immer würgte und spuckte, war beinahe wehrlos. Er hatte den Dolch verloren. Mit Schlägen und Stößen wurde er zur Brüstung zurückgetrieben. Oyre kreischte, als ihr Vater seinem wankenden Gegner einen letzten wilden Stoß versetzte. Nahkri verlor das Gleichgewicht, hielt sich einen Augenblick mit hochgerissenen Armen, kippte hintenüber und verschwand im Dunkel.

Sie alle hörten ihn am Fuß des Turmes aufschlagen. Sie standen wie erstarrt und sahen einander schuldbewußt an. Aus dem Inneren des Turmes drang betrunkener Gesang herauf:

»Als ich ganz benebelt war,
Ging nach Embruddock einst ich wieder;
Ein tanzend Schwein ich da gewahr,
Und plumpste auf den Hintern nieder...«

Aoz Roon beugte sich über die Brüstung. »Das wird dir den Rest gegeben haben, denke ich mir«, sagte er in nüchternem Ton. Er legte eine Hand an die Seite und wandte sich zu den anderen um, musterte sie mit wild blickenden Augen.

Laintal Ay und Oyre klammerten sich schweigend aneinander. Oyre schluchzte.

Dathka trat zu ihnen und sagte mit hohler Stimme: »Ihr werdet über diesen Vorfall schweigen, Laintal Ay, und auch du, Oyre, wenn euch euer Leben lieb ist: ihr habt gesehen, wie leicht man es verliert. Ich werde erklären, daß ich Nahkri und Klils miteinander streiten sah. Sie rangen und fielen in ihrer Trunkenheit zusammen über die Brüstung. Wir konnten sie nicht mehr halten. Merkt euch meine Worte, stellt euch vor, wie es geschehen ist! Bleibt verschwiegen! Aoz Roon wird Herr von Embruddock und Oldorando sein.«

»Das werde ich, und ich werde besser herrschen als diese Dummköpfe«, sagte Aoz Roon.

»Sieh zu, daß du es tust«, sagte Dathka ruhig, »denn wir drei hier kennen die Wahrheit über diesen Doppelmord. Vergiß nicht, daß wir keinen Anteil daran hatten: Dies war ganz allein dein Werk! Behandle uns entsprechend!«

Die Jahre unter der Herrschaft Aoz Roons sollten für Oldorando zum Verwechseln jenen gleichen, die es unter früheren Herrschern erlebt hatte; Leben hatte eine Qualität, die Herrscher nicht antasten können. Nur das Wetter wurde unberechenbarer. Das aber lag, wie viele andere Dinge, außerhalb der Kontrolle irgendeines Herrn.

Die Temperaturgradienten in der Stratosphäre veränderten sich weiter, die Troposphäre erwärmte sich, Bodentemperaturen begannen zu steigen. Wochen hindurch prasselte Regen nieder. Der Schnee verschwand aus den Tiefländern der tropischen Zonen. Gletscher zogen sich in höheres Gelände zurück. Die Erde wurde grün. Hohe Pflanzen schossen auf. Vögel und Tiere, die man nie zuvor gesehen, zeigten sich im Gebiet des altersgrauen Dorfes. Alle Lebensweisen veränderten sich, paßten sich an. Nichts war so, wie es gewesen war.

Vielen älteren Leuten waren diese Veränderungen unwillkommen. Aus ihrer Jugend erinnerten sie sich an ungehinderte Ausblicke über weite Schneelandschaften. Die Menschen mittleren Alters begrüßten die Veränderungen, schüttelten aber bedenklich den Kopf und meinten, es sei zu gut, um von Dauer zu sein. Die Jungen hatten nie etwas anderes gekannt. In ihnen brannte das Leben wie draußen in der Luft. Ihr Speisezettel war vielfältiger; sie erzeugten mehr Kinder, und weniger von diesen Kindern starben.

Was die zwei Wachtposten betraf, so erschien Batalix unverändert. Aber mit jeder Woche, jedem Tag, jeder Stunde, wurde Freyr heller und heißer.

Eingebettet in dieses natürliche Drama war das menschliche Drama, welches jede lebende Seele mit einbezog, zu ihrer Zufriedenheit oder zu ihrer Enttäuschung. Für die meisten Menschen war dieses Gewebe winziger und unbedeutender Umstände von der größten Wichtigkeit, weil jeder und jede sich im Mittelpunkt der Bühne wähnte. In allen Teilen der weiten Welt, wo immer kleine Gruppen von

Männern und Frauen um ihr Überleben kämpften, war es so.

Und die Beobachtungsstation der Erde zeichnete alles auf.

Als er Herr von Oldorando wurde, verlor Aoz Roon seine wohlgemute Art. Er wurde mürrisch, und eine Zeitlang mied er sogar die Zeugen und Komplizen seines Verbrechens. Selbst diejenigen, die Zugang zu ihm behielten, sahen nicht, wieviel von dieser selbstauferlegten Zurückgezogenheit dem unaufhörlichen Gärungsprozeß seiner Schuldgefühle zuzuschreiben war; die Menschen machten sich nicht die Mühe, einander zu verstehen. Tabus gegen Mord waren stark; in einer kleinen Gemeinschaft, wo alle miteinander verwandt waren, wenn auch nur entfernt, und wo der Verlust selbst einer arbeitsfähigen Person fühlbar wurde, war dieses Bewußtsein so kostbar, daß nicht einmal den Toten gestattet wurde, sich völlig von ihren Mitmenschen loszulösen.

Das Schicksal wollte es, daß weder Klils noch Nahkri von ihren Frauen Kinder hatten, so daß nur die Frauen übrigblieben, um mit den Geistern ihrer Männer Verbindung aufzunehmen. Beide berichteten nur rasende Wut aus der Geisterwelt. Der Zorn von Geistern ist schmerzlich, und schwer zu ertragen, denn er kann nie gelindert werden. Die Wut wurde einer verständlichen Erbitterung über den nicht wiedergutzumachenden Ausbruch trunkenen brudermörderischen Wahns zugeschrieben; den Frauen ersparte man weitere Kommunikation. So hörten die Brüder und ihr gräßliches Ende auf, ein allgemeines Gesprächsthema zu sein. Das Geheimnis des Mordes blieb einstweilen unentdeckt.

Aber Aoz Roon konnte nicht vergessen. Als der Morgen nach dem Doppelmord graute, erhob er sich beschwerlich und wusch sich das Gesicht im eisigen Wasser. Die als Erfrischung gemeinte Kälte verstärkte nur ein Fieber, das er unterdrückt hatte. Ein Schmerz, der von Organ zu Organ zu ziehen schien, durchwühlte seinen ganzen Körper.

Fröstelnd von einer Seelenangst, die er seinen Gefährten nicht mitzuteilen wagte, verließ er eilig seinen Turm, begleitet von seinem Hund Curd. Er gelangte auf die Dorfstraße, wo nur die vermummten Gestalten von Frauen zu sehen waren, die durch das unwirkliche Nebelgrau zur Arbeit gingen. Er wich ihnen aus und tappte durch Seitengassen zum nördlichen Tor. Er mußte am großen Turm vorbei, und ehe er sich's versah, stand er vor dem zerschmetterten Leichnam Nahkris, der zu seinen Füßen hingestreckt lag, die glasigen Augen in Entsetzen aufgerissen. Er ging um den Turm und fand auf der anderen Seite den häßlichen Leichnam Klils. Die Toten waren noch nicht entdeckt, noch kein Alarm gegeben. Der Hund winselte und sprang über Klils' teigigen Körper.

Ein Gedanke durchbohrte seine Benommenheit. Niemand würde glauben, daß die Brüder im Kampf abgestürzt und so einander getötet hatten, wenn sie auf verschiedenen Seiten des Turmes gefunden wurden. Er ergriff Klils' Arm und versuchte, den Leichnam zu bewegen. Der Körper war steif und so unbeweglich, als hätte er sich im Grund verwurzelt. Aoz Roon war gezwungen, sich niederzubeugen, bis sein Gesicht beinahe das taunasse, schmutzige Haar berührte, um den Körper aufzuheben. Er schob beide Arme unter den Toten und spannte seinen Rücken. Etwas war mit seiner großen, stets mit Selbstverständlichkeit gebrauchten Stärke geschehen. Klils regte sich nicht vom Fleck. Keuchend und mit weinerlichem Gemurmel ging er zum anderen Ende und zog an den Beinen. In der Ferne lärmten Gänse, als spotteten sie über seine Anstrengungen.

Endlich gelang es ihm, den Leichnam von der Stelle zu bewegen. Klils war auf das Gesicht gefallen, und die Hände und eine Seite seines Kopfes waren über Nacht im Schlamm festgefroren. Nun brachen sie los, und der steife Körper polterte über den unebenen Boden. Aoz Roon ließ ihn bei seinem Bruder liegen, ein unbewegliches, nichtssagendes Ding, das er aus seiner inneren Sicht zu tilgen trachtete. Dann eilte er weiter zum Nordtor.

Jenseits der wiederhergestellten Mauer erhob sich eine Anzahl Türme in verschiedenen Stadien fortgeschrittenen Verfalls, häufig umstanden – oder tatsächlich erst in Trümmer gelegt – von Rajabaralen, die über ihren Resten ragten. In einem dieser Monumente an die Zeit, das einen eisbedeckten Abschnitt des Voral überblickte, fand er Zuflucht. Ein feuchter, mit Schutt und Trümmern übersäter Raum im Obergeschoß war noch intakt. Zwar war die hölzerne Leiter längst verschwunden, doch gelang es ihm, einen Schutthaufen zu ersteigen und sich von dort durch die Bodenöffnung in den oberen Raum zu ziehen. Er stand keuchend, mit einer Hand gegen die Wand gestützt. Dann zog er seinen Dolch hervor und machte sich hastig daran, das Bärenfell aufzutrennen.

Ein Bär war in den Bergen gestorben, um Aoz Roon zu kleiden. Niemand sonst trug einen vergleichbaren schwarzen Pelz. Nun trennte er ihn auf und riß ihn achtlos herunter.

Endlich stand er nackt. Selbst für ihn war der Anblick beschämend. Nacktheit hatte in der Kultur keinen Platz. Der Hund saß auf den Keulen und hechelte und winselte von Zeit zu Zeit.

Sein Körper mit dem hohlen Magen und den ausgeprägten Muskelsträngen war überzogen von flammendrotem Ausschlag. Seine Haut brannte von den Knien bis zur Kehle, als wäre sie mit heißem Wasser verbrüht.

Er bedeckte seine Blöße mit den Händen, wankte im Raum umher und jammerte und stöhnte in mehrerlei Arten von Schmerz.

Für Aoz Roon war das brennende Feuer auf seinem Körper ein Beweis seiner Schuld. Mörder! Hier war die Wirkung; sein verdüsterter Geist sprang nach der Ursache. Nicht einen Augenblick lang ließ er seine Erinnerung zu den Ereignissen der Jagd zurückkehren, als er in enger Berührung mit dem großen weißen Phagoren gewesen war. Niemals wäre er auf den Gedanken gekommen, daß die Läuse, welche jene zottige Art plagten, auf ihn übergegangen waren. Ihm fehlte das Wissen, um solche Zusammenhänge zu sehen.

Die Beobachtungsstation der Erde registrierte alles das.

Hochempfindliche Instrumente befähigten die Beobachter, Einzelheiten und Zusammenhänge aus der Welt zu ihren Füßen zu studieren, die den Einwohnern selbst unbekannt waren. Sie verstanden den Lebenszyklus der Zecke, die sich dem Parasitismus am Phagor wie am Menschen angepaßt hatte. Sie hatten die Zusammensetzung der andesitischen Kontinentalschollen Helliconias analysiert. Von der kleinsten bis zur größten wurden alle Tatsachen gesammelt, analysiert und zur Erde gesendet. Es war, als sollte Helliconia Atom um Atom auseinandergenommen und zu einem fremden Bestimmungsort in einen fernen Teil der Galaxis gesandt werden. Unleugbar wurde diese Welt in einem Sinne auf der Erde wieder zusammengesetzt, in Enzyklopädien, wissenschaftlichen Einzeluntersuchungen und Medien der Unterhaltungsindustrie.

Wenn von der *Avernus* die beiden Sonnen gesehen wurden, wie sie sich im Osten über die Schultern des Nktryhk-Gebirges erhoben, dessen Gipfel sich verschiedentlich bis in die Stratosphäre emporreckten, und Glorienschein und Schatten in breiten Strahlenbündeln von ihnen ausgingen und die Tiefen der Atmosphäre geheimnisvoll durchdrangen, gab es Romantiker an Bord, die ihre Fakten vergaßen und eine Sehnsucht verspürten, Teil der primitiven Aktivitäten zu sein, die unten am Grund des Luftozeans stattfanden.

Brummend und fluchend stapften verhüllte Gestalten durch die Dunkelheit zum großen Turm. Aus dem Osten blies ein kalter Wind, pfiff zwischen den alten Türmen, sprang die Gestalten an, so daß sie ins Wanken gerieten und brachten Reif auf ihre bärtigen Lippen. Sieben Uhr an einem Frühlingsabend, und schwärzeste Nacht.

Sobald sie im Turm waren, verkeilten sie die wacklige Tür hinter sich, richteten sich auf und schnauften erleichtert. Dann erstiegen sie die steinernen Stufen, die zu Aoz Roons Raum hinaufführten. Dieser Raum wurde von dem heißen Wasser erwärmt, das durch die steinernen Röhren im Boden strömte. Die oberen Räume bis zur Spitze des Turmes, wo Aoz Roons Sklaven und einige seiner Jäger schliefen, waren weiter entfernt von der Wärmequelle und entsprechend kälter. An diesem Abend aber ließ der Wind, der sich durch tausend Spalten und Ritzen Zugang verschaffte, keine Wärme aufkommen und machte alles eisig.

Aoz Roon hielt seine erste Ratssitzung als Herr von Oldorando.

Als letzter kam der alte Datnil Skar, Zunftmeister der Gerber und Kürschner. Er war zugleich der älteste unter den Versammelten. Er kam langsam ins Licht herauf und sah sich vorsichtig um, als erwarte er eine Falle. Die Alten sind gegen Wechsel in der Regierung stets argwöhnisch. In der Mitte des Raumes, der großzügig mit Fellen ausgelegt war, brannten zwei Talgkerzen in steinernen Schalen. Ihre langflackernden, stark rauchenden Flammen neigten sich nach Westen.

Im ungewissen Kerzenschein sah der Neuankömmling Aoz Roon auf einem hölzernen Stuhl sitzen, während neun weitere Personen auf den Fellen am Boden saßen. Sechs von ihnen waren die Meister der anderen Zünfte, und zu ihnen verneigte sich Datnil Skar einzeln, nachdem er Aoz Roon die gleiche Höflichkeit erwiesen hatte. Die übrigen zwei Männer waren die zwei Jäger Dathka und Laintal Ay, die sichtlich unbehaglich beisammensaßen. Datnil Skar hegte eine Abneigung gegen Dathka, da der junge Mann seine Zunft verlassen hatte, um das unstete, leichtfertige Leben eines

Jägers zu führen; von solcher Art war Datnil Skars Meinung. Außerdem mißfiel ihm Dathkas Schweigsamkeit.

Als einzige Frau war Oyre zugegen, die den Blick ihrer dunklen Augen niedergeschlagen hatte. Sie saß schräg hinter dem Stuhl ihres Vaters, als ob sie in den Schatten bleiben wollte, die über die Wand tanzten.

Alle diese Gesichter waren dem alten Zunftmeister wohlvertraut, genauso wie die anderen, gespenstischeren Gesichter, die von den Wänden unterhalb der Deckenbalken blickten – die Schädel von Phagoren und anderen Feinden des Dorfes.

Meister Datnil ließ sich auf ein Fell neben seinen Kollegen nieder. Aoz Roon klatschte in die Hände, und eine Sklavin kam vom oberen Geschoß herab und brachte ein Tablett mit einem Krug und elf holzgeschnitzten Bechern; als Meister Datnil ein Becher mit Rathel gereicht wurde, sah er, daß das geschnitzte Geschirr einst Wall Ein gehört hatte.

»Ihr seid willkommen«, sagte Aoz Roon mit lauter Stimme und hob seinen Becher. Alle tranken die süße, trübe Flüssigkeit.

Aoz Roon ergriff das Wort und sagte, daß er mit mehr Festigkeit herrschen wolle, als dies seine Vorgänger getan hatten. Er werde keine Zügellosigkeit dulden. Wie seine Vorgänger wolle er den Rat konsultieren, der auch weiterhin aus den Meistern der sieben Zünfte bestehen werde. Er bekräftigte seine Entschlossenheit, Oldorando gegen alle Feinde zu verteidigen, und erklärte, daß er in Fragen der Regierung keine Einmischung von Frauen oder Sklaven dulden werde. Er garantiere dafür, daß niemand Hunger leiden werde. Er habe die Absicht, den Leuten den Umgang mit den Geistern ihrer Vorfahren zu gestatten, wenn sie es wünschten. Er halte die Akademie für eine Zeitvergeudung, da die Frauen Arbeit zu tun hätten.

Was er verkündete, war ziemlich bedeutungslos oder bedeutete lediglich, daß er zu herrschen beabsichtigte. Man konnte nicht umhin zu bemerken, daß er in einer eigentümlichen Weise sprach, als ob er mit Dämonen ränge. Immer wieder bekam er einen stieren Blick und umklammerte die Armlehnen seines Stuhles, als suche er innere Qualen zu unterdrücken. Obgleich seine ziemlich zusammenhanglosen Erklärungen wenig Neues brachten, wurden sie in einer Art und Weise vorgetragen, die erschreckend neuartig war. Der Wind heulte, und seine Stimme hob und senkte sich.

»Laintal Ay und Dathka werden meine Stellvertreter und Aufseher sein und darauf achten, daß meine Befehle ausgeführt werden. Sie sind beide jung, aber ruhige und besonnene Männer. Gut denn, damit ist genug gesagt.«

Aber der Zunftmeister der Küfer und Brauer ergriff das Wort und sagte mit fester Stimme: »Aoz Roon, du gehst zu schnell voran für diejenigen unter uns, die von langsamem Verstand sind. Einige unter uns möchten sich fragen, warum du zwei Schößlinge zu deinen Stellvertretern ernennst, da wir doch ausgewachsene und gestandene Männer haben, die den Aufgaben besser gerecht werden könnten.«

»Ich habe meine Wahl getroffen«, sagte Aoz Roon und rieb sich den Rücken an der Stuhllehne.

»Aber vielleicht hast du sie zu schnell getroffen, Aoz Roon. Bedenke, wie viele gute Männer wir haben ... Unter denen, die in deinem Alter stehen, haben wir besonnene und standfeste Männer wie Eline Tal und Tanth Ein ...«

Aoz Roon schlug auf die Stuhllehne. »Wir brauchen Jugend, Einsatzbereitschaft. Das ist meine Wahl. Nun, damit ist alles gesagt, und ihr könnt gehen.«

Datnil Skar erhob sich bedächtig und sagte: »Vergib mir, doch eine solch hastige Entscheidung schadet deinem Ansehen, nicht dem unsrigen. Bist du krank, leidest du Schmerzen?«

»Bei den Geistern der Väter, Mann, kannst du nicht gehen, wenn man es dir sagt? Oyre ...«

»Es ist der Brauch, daß die Mitglieder des Ältestenrats der

Zunftmeister dir zutrinken, um deiner Herrschaft einen guten Beginn zu wünschen.«

Aoz Roon verdrehte die Augen zu den Deckenbalken und starrte wieder sein Gegenüber an.

»Meister Datnil, ich weiß, ihr alten Männer seid kurzatmig und liebt umständliche Reden. Erspart sie mir. Geht, ich bitte euch, bevor ich auch euch ersetzen lasse! Meinen Dank für euer Kommen, aber nun fort mit euch, hinaus in den Wind.«

»Aber ...«

»Geht!« Er ächzte und krallte die Hände in seine Fellkleidung.

Eine verdrießlich auffordernde Handbewegung, und die alten Männer des Rates gingen murrend, pusteten indigniert die zahnlosen Wangen auf. Kein gutes Omen. Laintal Ay und Dathka folgten ihnen kopfschüttelnd.

Sowie er mit seiner Tochter allein war, warf Aoz Roon sich auf den Boden und wälzte sich ächzend, mit den Füßen um sich schlagend und sich kratzend herum.

»Hast du bei Datnils Frau das Gänsefett zum Einreiben geholt, Mädchen?« fragte er seine Tochter.

»Ja, Vater.« Oyre brachte ein kleines Tongefäß zum Vorschein, das mit grauem Fett gefüllt war.

»Du wirst mich damit einreiben müssen.«

»Das kann ich nicht, Vater!«

»Natürlich kannst du das, und du wirst es tun.«

Ihre Augen blitzten. »Ich werde es nicht tun. Du hörtest, was ich sagte. Sag deiner Sklavin, daß sie es tun soll. Dazu ist sie da, nicht wahr? Wenn du das nicht willst, werde ich Rol Sakil holen.«

Er sprang zornig auf und packte sie bei den Oberarmen. »Du wirst es tun! Ich kann es mir nicht leisten, andere meinen Zustand sehen zu lassen, oder es spricht sich herum. Sie würden es entdecken, begreifst du nicht? Du wirst es tun, oder ich brech dir den Hals! Du bist so schwierig wie Shay Tal.«

Als sie wimmerte, sagte er in neuerlichem Zorn: »Mach die Augen zu, wenn du so zimperlich bist, mach es mit geschlossenen Augen! Du brauchst nicht hinzusehen! Aber mach schnell, bevor ich aus der Haut fahre!«

Als er sich von seinen Fellkleidern befreit hatte, noch immer mit hitziger Wut im Blick, fügte er hinzu: »Und du wirst mit Laintal Ay verheiratet, damit ihr beide still seid. Ich will keine Widerrede. Ich habe die Blicke gesehen, die er dir zuwirft. Eines Tages werdet ihr diejenigen sein, die über Oldorando herrschen.«

Er schälte sich die Fellhosen von den Beinen und stand nackt vor ihr. Sie schloß fest die Augen und wandte das Gesicht ab, bis zum Erbrechen angeekelt von dieser Demütigung. Dennoch konnte sie den Anblick dieses harten, mageren, haarlosen Körpers, der sich unter seiner Haut zu winden schien, nicht ganz ausschließen. Ihr Vater war bis zum Hals mit handtellergroßen, scharlachroten Flecken bedeckt.

»Mach voran, du albernes Ding! Es bringt mich um, verstehst du? Ich halt's nicht länger aus ...!«

Sie griff in den Topf und begann ihm das steife Gänsefett über Brust und Magen zu reiben.

Danach floh sie hinaus, Flüche ausspuckend, und rannte auf die Dorfstraße, wo sie das Gesicht in den eisigen Wind reckte, würgend vor Ekel.

Von solcher Art waren die frühen Tage der Regierung ihres Vaters.

Eine Gruppe von Madis lagen in ihren formlosen Kleidern zusammengekauert in unruhigem Schlaf. Sie ruhten in einem zerklüfteten Tal, ungezählte weglose Meilen von Oldorando. Auch ihr Wachtposten schlief.

Wände aus Schiefer umgaben sie. Unter der Einwirkung des Frosts war das Gestein zu dünnen Schichten verwittert, die unter den Füßen knirschend zerbrachen. Es gab keine Vegetation, sah man von einzelnen verkümmerten Steineichen ab, deren Laub selbst den Allesfressern zu bitter war.

Die Madis waren von einem dichten Nebel überrascht worden, wie er sich häufig auf diese Hochländer senkte. Die Nacht war gekommen, und sie waren entmutigt geblieben, wo sie waren. Batalix war bereits aufgegangen, doch in dem kalten Einschnitt der Schlucht herrschten noch immer Dunkelheit und Nebel, und die Protognostiker regten sich in ihrem unruhigen Schlummer.

Der Kreuzzugsbefehlshaber des jungen Kzahhn, Yohl-Gharr Wyrrijk, stand auf einer Bodenerhebung in der Nähe und beobachtete, wie eine Schar von Kriegern unter seinem Befehl an die wehrlose Gruppe heranschlich.

Zehn erwachsene Madis schliefen im nebligen Halbdunkel ihres Schlupfwinkels. Sie hatten einen Säugling und drei Kinder bei sich, daneben siebzehn Arangs, wetterharte ziegenartige Tiere mit dicken Fellen. Diese Tiere lieferten beinahe alles, was die bescheidenen Bedürfnisse der Nomaden ausmachte.

Die Madis – und diese Sippe machte darin keine Ausnahme – lebten seit jeher in völliger Promiskuität. Die Erfordernisse ihres Lebens waren so, daß sie sich unterschiedslos miteinander paarten; nicht einmal gegen den Inzest gab es Tabus. Ihre Körper lagen eng beisammen, um einander zu wärmen, während ihre gehörnten Tiere sich unmittelbar um sie niedergelassen hatten und gleichsam einen äußeren Verteidigungsring gegen die alles durchdringende Kälte bildeten. Nur der Wachtposten war außerhalb dieses Kreises, und er schlief unschuldig, den Kopf in das Fell eines der Arangs vergraben. Die Protognostiker hatten keine Waffen. Flucht war ihre einzige Verteidigung.

Sie hatten sich darauf verlassen, daß der Nebel ihnen Schutz bieten werde, aber die scharfen Augen der Phagoren hatten sie ausfindig gemacht. Das extrem schwierige und unübersichtliche Gelände hatte Yohl-Gharr Wyrrijk vorübergehend von der Hauptmasse des Heeres getrennt. Seine Krieger waren beinahe so ausgehungert wie die Hominiden, die zu überfallen sie sich anschickten.

Sie trugen Knüppel und Speere. Das Knirschen ihrer Tritte auf dem morschen Schiefer wurde vom Schnarchen und Schnüffeln der Madis übertönt. Nur noch wenige Schritte trennten sie von ihrer Beute. Der Wachtposten fuhr aus dem Traum hoch und saß aufrecht, schreckerfüllt. Aus dem feuchtkalten Nebel lösten sich häßliche Gestalten wie Gespenster. Er stieß einen Schrei aus. Seine Gefährten erwachten und kamen in Bewegung. Zu spät. Mit wildem Geschrei griffen die Phagoren an und machten erbarmungslos nieder, was ihnen in den Weg kam.

In kürzester Zeit waren alle Protognostiker erschlagen, und ihre kleine Herde mit ihnen. Sie waren Protein für den Kreuzzug des jungen Kzahhn geworden. Yohl-Gharr Wyrrijk stieg von seiner Felskuppe herab, um Anordnungen für die Verteilung zu geben.

Durch den Nebel hob sich Batalix, ein stumpfroter Ball, und spähte in die öde Felsschlucht.

Es war das Jahr 362 nach der Kleinen Apotheose des Großen Jahres 5 634 000 nach der Katastrophe. Der Kreuzzug war nun seit acht Jahren unterwegs. In fünf weiteren Jahren sollte er die Stadt der Söhne Freyrs erreichen, die sein Ziel war. Bisher aber konnte kein menschliches Auge den Zusammenhang zwischen dem Schicksal Oldorandos und dem erkennen, was in einer entlegenen und kahlen Schlucht des Hochlands geschah.

VII
Ein kaltes Willkommen für Phagoren

»Herr oder nicht, er wird zu mir kommen müssen«, sagte Shay Tal stolz zu Vry, als sie in einer der hellen Nächte nicht schlafen konnten.

Aber der neue Herr von Embruddock hatte auch seinen Stolz und kam nicht.

Seine Herrschaft erwies sich als weder besser noch schlechter als die vorausgegangene. Mit dem Ältestenrat blieb er aus einem Grund uneins, und mit seinen jungen Stellvertretern aus einem anderen.

Ältestenrat und Herrscher suchten um eines friedlichen Zusammenlebens willen Übereinstimmung, wo sie konnten, und eine Angelegenheit, in der ihnen Übereinstimmung nicht schwerfiel, war das Thema der lästigen Akademie. Man durfte nicht zulassen, daß Unzufriedenheit förmlich gezüchtet wurde. Da sie die Frauen als Arbeiterinnen für die Gemeinde brauchten, konnten sie ihnen nicht verbieten, daß sie zusammenkamen, und so war das Verbot nutzlos. Dennoch widerriefen sie es nicht – und das brachte die Frauen auf.

Shal Tay und Vry trafen sich im geheimen mit Laintal Ay und Dathka.

»Ihr versteht, was wir zu tun versuchen«, sagte Shay Tal. »Überzeugt ihr diesen starrsinnigen Mann, daß er sich eines Besseren besinnt. Ihr seid ihm näher als ich.«

Die einzige Folge dieser Zusammenkunft war, daß Dathka anfing, der zurückhaltenden Vry schöne Augen zu machen. Und Shay Tal wurde ein wenig hochmütiger.

Später kehrte Laintal Ay von einer seiner einsamen Expeditionen zurück und suchte Shay Tal auf. Mit Lehm und Schmutz bespritzt, kauerte er vor dem Frauenhaus, bis sie aus der Bäckerei kam.

Als sie erschien, hatte sie ihre zwei Sklavinnen bei sich, die mit frischen Brotlaiben beladen waren. Vry ging folgsam hinter ihnen her. Wieder war das Brot für Oldorando fertig, und Vry machte sich auf, seine Verteilung zu beaufsichtigen – freilich erst, nachdem Shay Tal einen Laib für Laintal Ay an sich genommen hatte. Sie gab ihn ihm lächelnd und warf ihr widerspenstiges Haar zurück.

Er brach mit den schmutzigen Fingern ein Stück von dem Laib, stopfte es in den Mund, kaute dankbar und stampfte dabei mit den Füßen, um sie zu wärmen.

Das mildere Wetter war – nicht viel anders als die Regierung des neuen Herrn – mehr eine vorübergehende Aufwallung gewesen, als eine tatsächliche Verbesserung. Nun war es wieder kalt und die Feuchtigkeit, die in kleinen Perlen in Shay Tals dunklen Augenbrauen hing, gefror zu Reif. So weit das Auge reichte, deckte weiße Stille das Land. Der Fluß strömte zwar noch breit und dunkel, aber von den vereisten Uferböschungen hingen dicke Zapfen, und strömungsfreie Stauwasser und Auskolkungen bedeckten sich bereits mit dünnem Eis.

»Wie geht es meinem jungen Aufseher? Ich habe in letzter Zeit wenig von dir gesehen?«

Er schluckte einen Brocken hinunter und sagte, während er den nächsten vom Laib brach – seiner ersten Nahrung seit drei Tagen:

»Die Jagd ist schwierig gewesen. Wir mußten weit wandern. Nun, da es wieder kälter ist, ziehen die Hirsche vielleicht näher zum Fluß zurück.«

Er stand wachsam und musterte sie, als sie in ihren schlechtsitzenden Fellkleidern vor ihm stand. In ihrer gespannten Ruhe war ein Zug, der zu Bewunderung und

Distanz nötigte. Ehe sie antwortete, begriff er, daß sie seinen Vorwand durchschaute.

»Ich halte viel von dir, Laintal Ay, wie ich viel von deiner Mutter hielt. Erinnere dich der Weisheit deiner Mutter. Erinnere dich ihres Beispiels und wende dich nicht gegen die Akademie, wie einige deiner Freunde es tun.«

»Du weißt, wie sehr Aoz Roon dich bewundert«, platzte er heraus.

»Ich kenne die Art, wie er sie zeigt.«

Als sie sah, daß sie ihn aus der Fassung gebracht hatte, wurde sie freundlicher, nahm seinen Arm und ging mit ihm und fragte, wo er gewesen sei. Er blickte hin und wieder von der Seite zu ihrem scharfen Profil, während er ihr von einem in Ruinen liegenden Dorf erzählte, das er in der Wildnis gefunden hatte. Es lag halb begraben unter Blöcken, die verlassenen Wege und Gassen wie trockene Bachbetten, gesäumt von den Mauerresten alter Häuser. Alle Dächer und Holzteile waren vor langer Zeit schon herausgebrochen worden oder waren vermodert. Steinerne Stufen endeten in der Luft, Fensteröffnungen boten Ausblicke auf Trümmer und Blöcke. In halb eingestürzten Kellerhöhlen gediehen Pilze, angewehter Schnee sammelte sich in den alten Feuerstellen, Vögel bauten ihre Nester in bröckelnden Mauernischen, die einst Dachbalken getragen hatten.

»Es ist alles Teil des Unheils«, sagte Shay Tal.

»Es ist, was geschieht«, sagte er unschuldig und fuhr fort, ihr von einigen Phagoren zu erzählen, auf die er gestoßen war – keinen Kriegern, sondern bescheidenen Pilzhändlern, die vor ihm so viel Angst gehabt hatten wie er vor ihnen.

»Du riskierst dein Leben so unnötig.«

»Ich muß es tun ... Ich muß hinaus, weg von hier.«

»Ich habe Oldorando nie verlassen. Ich muß, ich muß ... ich möchte genauso fort von hier wie du. Ich bin gefangen. Aber ich sage mir, daß wir alle Gefangene sind.«

»Das sehe ich nicht so, Shay Tal.«

»Du wirst es noch tun. Zuerst formt das Schicksal unseren Charakter; dann formt der Charakter unser Schicksal. Aber genug davon – du bist zu jung.«

»Ich bin nicht zu jung, um dir zu helfen. Du weißt, warum die Akademie gefürchtet ist. Sie könnte das ruhige Gleichmaß des Lebens stören. Aber du sagst uns, daß Wissen zum allgemeinen Wohl beitragen werde, nicht?«

Er betrachtete sie halb lächelnd, halb spöttisch, und als sie in seine Augen zurückblickte, dachte sie: Ja, ich kann verstehen, wie Oyre für dich empfindet. Sie lächelte auch und neigte den Kopf.

»Dann mußt du die Richtigkeit deiner Behauptung beweisen.«

Sie hob die Augenbrauen und schwieg. Nach einer kleinen Weile hob er die Hand und öffnete die schmutzigen Finger vor ihren Augen. In seiner Handfläche lagen die Ähren zweier Gräser, eine mit Samenkörnern, die in feinen Glöckchen angeordnet waren, die andere wie eine kleine Kardendistel.

»Nun, weise Lehrerin, kann die Akademie diese hier benennen?«

Nach kurzem Zögern antwortete sie: »Das sind Hafer und Roggen, nicht wahr?« Sie suchte in ihrer erinnerten Volksweisheit. »Diese Arten waren einst ein Teil der Landwirtschaft.«

»Ich fand sie in der Nähe des verfallenen Dorfes, wo sie wild wuchsen. Vielleicht hatte es vor deiner Katastrophe ganze Felder davon gegeben ... Es gibt dort noch andere seltsame Pflanzen, die an geschützten Stellen zwischen den Ruinen wachsen und an den Steinen hochklettern. Mit diesen Körnern kannst du gutes Brot backen. Das Wild mag sie auch; wenn die Weide gut ist, nehmen die Tiere den Hafer und lassen den Roggen stehen.«

Als er die grünen Ähren in ihre Hand legte, spürte sie das

Kratzen der Roggengrannen an ihrer Haut. »Warum kommst du damit zu mir?«

»Du kannst uns besseres Brot backen. Du verstehst dich darauf. Verbessere das Brot. Beweise allen, daß Wissen zum allgemeinen Wohl beiträgt. Dann wird der Bann von der Akademie genommen werden.«

»Du bist sehr nachdenklich«, sagte sie. »Etwas Besonderes.«

Das Lob machte ihn verlegen. »Oh, in der Wildnis kommen viele Pflanzen auf, die zu unserem Nutzen gebraucht werden können.«

Als er gehen wollte, sagte sie: »Oyre ist in letzter Zeit sehr launenhaft. Was bekümmert sie?«

»Du bist weise – ich dachte, du würdest es wissen.«

Die grünen Ähren in der Hand, zupfte sie ihre Fellkleidung zurecht und sagte freundlich: »Komm und sprich öfter zu mir. Mißachte nicht meine Zuneigung zu dir.«

Er lächelte verlegen und wandte sich ab. Es war ihm nicht möglich, Shay Tal oder irgendwem sonst anzuvertrauen, wie der Umstand, daß er Zeuge der Ermordung Nahkris und Klils' gewesen war, sein Leben verdüstert hatte. Waren sie auch Dummköpfe gewesen, so waren die beiden doch auch seine Onkel gewesen und hatten sich des Lebens erfreut. Der Schrecken wollte nicht weichen, obwohl inzwischen zwei Jahre vergangen waren. Er vermutete auch, daß die Schwierigkeiten, die er mit Oyre hatte, Teil derselben Verstrickung waren. Seine Empfindungen für Aoz Roon waren nun äußerst zwiespältig. Die Bluttat hatte den Herrn von Oldorando sogar der eigenen Tochter entfremdet.

Laintal Ay fühlte sich seitdem durch sein Stillschweigen in Aoz Roons Schuld verstrickt. Er war beinahe so wortkarg wie Dathka geworden. Einst war er aus Abenteuerlust und Tatendrang zu seinen einsamen Expeditionen ausgezogen; nun trieben ihn Kummer und Unbehagen hinaus.

»Laintal Ay!«

Er hörte Shay Tals Ruf und wandte sich um.

»Komm mit und setz dich zu mir, bis Vry zurückkommt.«

Die Aufforderung erfreute und beschämte ihn. Er ging schnell mit ihr in ihren baufälligen alten Turm, wo sie mit ihrer Mutter über den Schweinen hauste, und hoffte, daß keiner seiner Jägerfreunde ihn sah. Nach der Kälte draußen machte ihn die stickige Luft schläfrig. Shay Tals grindige alte Mutter saß in einer Ecke und schabte Wurzeln, deren Abfälle durch die breiten Bodenritzen direkt zu den Schweinen hinunterfielen. Der Stundenheuler blies; schon dämmerte es im Raum.

Laintal Ay grüßte die alte Frau und setzte sich auf einige ausgebreitete Felle neben Shay Tal.

»Wir werden mehr Samenkörner sammeln und kleine Felder mit Hafer und Roggen bestellen«, sagte sie. Er hörte ihrem Tonfall an, daß sie erfreut war.

Nach einer Weile kehrte Vry mit einer anderen Frau namens Amin Lin zurück, einer rundlich-mütterlichen jungen Frau, die sich zu Shay Tals Hauptanhängerin gemacht hatte. Sie ging gleich zur Rückwand des Raumes, wo sie sich im Schneidersitz niederließ, den Rücken an die unverputzte Bruchsteinmauer gelehnt; sie wünschte nur zuzuhören und in Shay Tals Blickfeld zu sein.

Auch Vry war bescheiden und machte nichts aus sich. Sie war von schmächtigem Wuchs, und ihre Brüste zeichneten sich kaum unter den silbergrauen Fellen ab, aus denen ihr Obergewand genäht war. Sie hatte ein schmales, angenehmes Gesicht mit tiefliegenden Augen, die in ihrer leuchtenden Klarheit mit der blassen Haut kontrastierten. Nicht zum erstenmal dachte Laintal Ay, daß Vry eine Ähnlichkeit mit Dathka habe; vielleicht erklärte dies Dathkas Empfindungen für sie.

Was Vry aber am meisten heraushob, das war ihr Haar. Es war üppig und dunkel, und wenn die Sonne darauf schien, leuchtete es in dunkelbraunem Glanz, statt im vorherrschenden Blauschwarz. Ihr Haar war der einzige Hinweis darauf, daß Vry von gemischter Abstammung war; ihre Mutter war eine Sklavin aus dem Süden von Borlien gewesen, hell von Haar und Hautfarbe, die gestorben war, als man sie in die Gefangenschaft verschleppt hatte.

Zu jung, um einen Haß gegen ihre Fänger zu entwickeln, war Vry von allem in Oldorando fasziniert gewesen. Namentlich die steinernen Türme und die Rohrleitungen für das heiße Wasser hatten ihre kindliche Bewunderung erregt. Viele Fragen bewegten sie, und sie schenkte ihr Herz Shay Tal, die sie beantwortete. Shay Tal erkannte den wachen Verstand des Waisenkinds und nahm sich seiner an, als es heranwuchs.

Unter Shay Tals Anleitung lernte Vry Schreiben und Lesen. Sie war eine der eifrigsten Anhängerinnen der Akademie. Inzwischen lehrte sie einige der Kinder das Olonet-Alphabet.

Vry und Shay Tal berichteten Laintal Ay, wie sie ein System von unterirdischen Gängen unter dem Dorf entdeckt hatten. Es verband alle Türme miteinander, oder hatte es in früherer Zeit getan; manche Gänge waren von Erdbeben, Überschwemmungen und anderen Naturereignissen zum Einsturz gebracht worden. Shay Tal hatte gehofft, durch einen solchen Gang die Pyramide zu erreichen, die, halb im Erdboden versunken, bei den Opferstätten stand, weil sie glaubte, daß dieses Bauwerk Schätze aller Art enthalte, doch war der betreffende Gang bis zur Decke angefüllt mit Flußschlamm und Geröll.

»Es gibt viele Zusammenhänge, von denen wir nichts wissen, Laintal Ay«, sagte sie. »Wir leben an der Oberfläche, doch habe ich gehört, daß in Pannoval die Menschen seit Jahrhunderten in Bequemlichkeit darunter leben, ebenso in Ottassol im Süden, wenn man den Berichten einiger Händler Glauben schenken will. Vielleicht stehen die Gänge unter unserem Dorf in Verbindung mit der Unterwelt, wo die Geister und Gespenster leben. Wenn wir einen Weg zu ihnen finden könnten, im Fleisch unserer Körper und nicht nur im Geist, dann sollte es möglich sein, viel verlorengegangenes Wissen wiederzugewinnen. Das würde Aoz Roon gefallen.«

Übermannt von der Wärme, antwortete Laintal Ay bloß mit schläfrigem Nicken.

»Wissen ist nicht einfach ein vergrabenes Ding wie ein Brassimip«, sagte Vry. »Wissen kann durch Beobachtung erzeugt werden. Ich glaube, daß es Gänge durch die Luft gibt, die denjenigen unter uns ähnlich sind. Wenn es Nacht ist, beobachte ich die Sterne, wie sie aufsteigen und untergehen, nachdem sie über den Himmel gezogen sind. Einige aber folgen anderen Bahnen ...«

»Sie sind zu weit entfernt, um uns zu beeinflussen«, sagte Shay Tal.

»Nicht doch, alle sind Wutras Geschöpfe. Was er dort tut, wird uns hier beeinflussen.«

»Du fürchtetest dich unter der Erde«, sagte Shay Tal.

»Und ich glaube, du fürchtest die Sterne«, versetzte Vry.

Laintal Ay war verblüfft zu hören, wie diese schüchterne junge Frau, nicht älter als er, ihre gewohnte ehrerbietige Art fallenließ und so zu Shay Tal sprach; sie hatte sich in letzter Zeit so verändert wie das Wetter. Shay Tal schien es nichts auszumachen.

»Welchen Zweck haben die unterirdischen Gänge?« fragte er. »Was bedeuten sie?«

»Sie sind bloß Relikte einer vergessenen fernen Vergangenheit«, erwiderte Vry. »Die Zukunft liegt in der Luft.«

Aber Shay Tal sagte mit fester Stimme: »Sie demonstrieren, was Aoz Roon leugnet, daß dieser Acker, auf dem wir leben, einst ein großer und prächtiger Ort war, voll der Künste und Wissenschaften, und bewohnt von Menschen, die besser und kenntnisreicher waren als wir. Damals gab es mehr Menschen, muß es mehr gegeben haben – alle längst in die Unterwelt abgesunken –, und sie müssen so wunderbar gekleidet gewesen sein, wie Loil Bry sich zu kleiden pflegte. Und sie müssen viele Gedanken in den Köpfen gehabt haben wie bunte Vögel. Wir sind alles, was übriggeblieben ist – mit Lehm in den Köpfen.«

Während des ganzen Gesprächs nahm Shay Tal immer wieder auf Aoz Roon Bezug und blickte wie unter einem Zwang in die dunkle Ecke des Raumes.

Die Kälte ging, und Regenfälle kamen, dann wieder Kälte, als wäre das Wetter zu dieser Zeit eigens dafür gemacht, um die Leute von Embruddock zu plagen. Die Frauen taten ihre Arbeit und träumten von anderen Orten.

Die sanften Rücken der Bodenwellen streiften die Ebene in ostwestlicher Richtung. An den Nordabhängen lagen in Mulden und unter den da und dort zutage tretenden Bänken ausgewitterter Schichtgesteine noch Reste von Schneewehen – armselige Überbleibsel der Schneewüste, die einst das ganze Land eingehüllt hatte. Nun sproß allenthalben kräftiges junges Grün aus der Erde, und vorwitzige Halme durchstießen sogar den abtauenden Schnee und beschleunigten sein Vergehen, indem sie kleine Mulden um sich bildeten, die rascher ausaperten als ihre Umgebung.

Zwischen den dahinschwindenden Schneebänken an den Hängen der Bodenwellen hatten sich in den Einsenkungen gigantische Schmelzwassertümpel gebildet, die das auffallendste Merkmal der neuen Landschaft bildeten. Sie sperrten diese mit ihren parallel verlaufenden, fischförmigen Seen, in denen sich Teile des Wolkenhimmels spiegelten. Diese Gegend war einst ein wildreiches Jagdgebiet gewesen. Doch das früher vorherrschende Wild war mit dem Schnee abgezogen und hatte trockenere Weidegründe im Hügelland aufgesucht. An seiner Stelle waren Schwärme schwarzer Vögel eingefallen, die phlegmatisch an den Rändern der vergänglichen Seen durchs seichte Wasser wateten.

Dathka und Laintal Ay lagen bäuchlings auf einem Höhenrücken und beobachteten eine Anzahl Gestalten in der Senke vor ihnen. Beide waren bis auf die Haut durchnäßt und in schlechter Stimmung. Dathkas langes hartes Gesicht war zu einer finsteren Miene gefaltet, in der seine zusammengekniffenen Augen fast verschwanden. Wo ihre Finger sich in den Boden drückten, erschienen Halbmonde aus Wasser. Überall um sie her waren die leise glucksenden, schmatzenden und rieselnden Geräusche wassergesättigter Erde zu vernehmen. Ein Stück hinter ihnen kauerten sechs enttäuschte Jäger hinter der Bodenwelle; während sie gleichgültig auf eine Anweisung ihrer Anführer warteten, folgten ihre Blicke den Vögeln, die den Himmel durchkreuzten, und hauchten in ihre klammen Hände.

Die von Dathka und Laintal Ay beobachteten Gestalten wanderten im Gänsemarsch die Leeseite der nächsten Bodenwelle ostwärts, die Köpfe gegen den feinen Sprühregen gesenkt. Hinter ihnen lag eine breite Flußschleife des Voral, und dort waren drei Boote am Ufer festgemacht, mit denen die fremden Jäger in diese traditionell zu Oldorando gehörenden Jagdgründe eingedrungen waren.

Die Eindringlinge trugen schwere Lederstiefel und löffelförmige Hüte, die ihre Herkunft verrieten.

»Sie sind aus Borlien«, erklärte Laintal Ay. »Sie haben vertrieben, was an Wild noch da war. Wir werden sie vertreiben müssen.«

»Wie? Sie sind zu viele.« Dathka sprach, ohne den Blick von den Gestalten zu wenden. »Dies ist unser Land, nicht das ihrige. Aber das sind mehr als ein paar Handvoll Leute ...«

»Es gibt etwas, was wir tun können: wir verbrennen ihre Boote. Die Dummköpfe haben nur zwei Männer zur Bewachung zurückgelassen. Mit denen werden wir schon fertig.«

Da es kein jagdbares Wild gab, konnten sie genausogut Borlienier jagen.

Von einem Händler aus dem Süden, den sie kürzlich

gefangen hatten, wußten sie von der Unruhe und den unsicheren Verhältnissen in Borlien. Die Leute dort lebten seit jeher in zweistöckigen Lehmhäusern, die Tiere unten und ihre Besitzer oben. Die anhaltenden und in dieser Intensität bis dahin unbekannten Regenfälle der letzten Zeit hatten die Häuser zerfallen lassen und weggespült; ganze Dorfgemeinschaften waren obdachlos geworden.

Als Laintal Ays Trupp auf der den Booten abgewandten Seite der Bodenwelle auf den Fluß zustapfte, nahm der Regen wieder an Heftigkeit zu. Er kam aus dem Süden und übergoß die Männer zuerst mit böigen Schauern, um dann in ein gleichmäßiges Prasseln überzugehen, das auf Rücken und Köpfe niederging und in Bächen über die Gesichter und von den durchnäßten Fellkleidern rann. Sie bliesen die Regentropfen von den Enden ihrer stumpfen Nasen. Regen war etwas, was bis vor einigen Jahren keiner von ihnen gekannt hatte; und es gab keinen Mann in der Gruppe, der sich nicht die klaren Frosttage seiner Kindheit herbeigewünscht hätte, mit knirschendem Schnee unter den Füßen und Herden, die sich bis zum Horizont erstreckten. Jetzt war der Horizont von schmutziggrauen Vorhängen verdeckt, und der Boden war schlammig und mit Wasser vollgesogen wie ein Schwamm.

Das Wetter wirkte sich zu ihren Gunsten aus, als sie das Flußufer erreichten. Hier waren trotz wiederholter Frosteinbrüche saftige Gräser üppig aufgeschossen und reichten den Männern bis zu den Knien, Gräser, die sich unter dem Druck des herabrauschenden Regens schimmernd neigten. Außer wogendem Gras, den regenschweren Wolken und lehmigem Wasser war nichts zu sehen, als sie am Ufer vorwärtsrannten. Draußen im angeschwollenen Fluß sprang ein Fisch und fiel klatschend zurück in sein Element; vielleicht fühlte er eine Erweiterung seines Universums.

Die zwei borlienischen Wachtposten, die zusammengekauert in ihren Booten saßen, wurden überrascht und getötet, ohne Gegenwehr zu leisten; vielleicht fanden sie es besser zu sterben, als noch nasser zu werden. Ihre Leichen wurden ins Wasser geworfen. Sie trieben gegen die Boote und Blut breitete sich von ihnen im Wasser aus, während der Feuermacher des Jägertrupps vergebens seine Funken aus dem Feuerstein schlug. Der Fluß war an dieser Stelle über seine Ufer getreten und bildete ein seichtes Stauwasser, und die Leichen wollten nicht wegtreiben, selbst als sie mit Rudern angestoßen wurden. Die Luft, die sich unter ihren Fellkleidern befand und nicht entweichen konnte, hielt sie an der regengesprenkelten Wasseroberfläche.

»Laß gut sein, in Wutras Namen«, sagte Dathka ungeduldig. »Laß das Feuermachen. Schlagt die Boote statt dessen in Stücke, Männer.«

»Wir könnten sie selbst gebrauchen«, schlug Laintal Ay vor. »Laßt uns damit nach Oldorando rudern.«

Die anderen standen da und sahen gleichgültig zu, wie die beiden diskutierten.

»Was wird Aoz Roon sagen, wenn wir ohne Fleisch heimkehren?«

»Wir werden die Boote vorzuzeigen haben.«

»Selbst Aoz Roon ißt keine Boote.« Gelächter begrüßte die Bemerkung. Schließlich stiegen sie in die Boote und bewegten die Ruder. Die toten Männer wurden zurückgelassen. Es gelang ihnen, langsam zurück nach Oldorando zu rudern, während der Regen unablässig auf sie herabschlug.

Aoz Roon empfing sie mit verdrießlicher Miene. Er starrte Laintal Ay und die anderen mit einer wortlosen Mißbilligung an, die sie entmutigender als Vorwürfe fanden, da sie ihnen keine Möglichkeit zur Rechtfertigung gab. Schließlich wandte er sich von ihnen ab und starrte aus seinem offenen Fenster in den Regen hinaus.

»Wir können Hunger ertragen. Wir haben auch früher schon Hungerzeiten durchgemacht. Aber es gibt noch andere Sorgen. Faralin Ferds Jagdgruppe ist aus dem Norden zurückgekehrt. Dort sichteten sie in der Ferne einen Trupp von Phagoren. Sie ritten Kaidaws und kamen in diese Richtung. Unsere Leute sagen, sie hätten wie ein Kriegertrupp ausgesehen.«

Die Jäger schauten einander an.

»Wie viele Phagoren?« fragte einer.

Aoz Roon zuckte die Achseln.

»Kamen sie vom Dorzin-See?« fragte Laintal Ay.

Aoz Roon zuckte wieder die Achseln, als fände er die Frage belanglos.

Nachdem er eine Weile finster zum Fenster hinausgestarrt hatte, drehte er sich wieder zu ihnen um und musterte sie mit seinem düsteren Blick. »Welches ist unter diesen Umständen die beste Strategie?«

Als keiner antwortete, tat er es selbst. »Wir sind keine Feiglinge. Wir ziehen ihnen entgegen und greifen sie an, bevor sie hier eintreffen und Oldorando niederbrennen können, oder was immer sie sich in ihren dicken Schädeln vorgenommen haben.«

»Bei diesem Wetter werden sie nicht angreifen«, sagte ein älterer Jäger. »Die Phagoren hassen Wasser. Nur äußerste Tollheit oder Wut kann sie ins Wasser treiben. Es ruiniert ihre Felle.«

»Die Zeiten sind extrem«, sagte Aoz Roon, der ruhelos auf und ab zu gehen begann. »Die Welt wird unter diesem Regen ertrinken. Wann wird endlich der Schnee zurückkehren?«

Er entließ sie, warf sich eine Decke über und patschte durch den Schlamm zu Shay Tal. Vry und ihre andere Freundin, Amin Lin, saßen bei ihr und zeichneten ein Muster ab. Er jagte sie fort.

Als sie miteinander allein waren, sahen er und Shay Tal einander wachsam an. Sie merkte dem Ausdruck seines nassen Gesichts und seiner Haltung an, daß er mehr zu sagen hatte, als er ausdrücken konnte, und er sah die Runzeln um ihre Augenwinkel und die ersten weißen Haare, die in ihren dunklen Locken glänzten.

»Wann wird dieser Regen aufhören?«

»Das Wetter wird wieder schlechter. Ich möchte Hafer und Roggen säen.«

»Du sollst so weise sein, du und deine Frauen – sag mir, was geschehen wird.«

»Ich weiß es nicht. Der Winter steht vor der Tür. Vielleicht wird es kälter.«

»Schnee? Wie gern hätte ich den verdammten Schnee zurück, statt dieser Regenfluten.« Er machte eine zornige Geste, als wollte er dem Herrn des Regens mit geschüttelter Faust drohen, dann ließ er sie wieder sinken.

»Wenn es kälter wird, dann wird sich der Regen in Schnee verwandeln.«

»Bei allen Dämonen, was für eine Weiberantwort! Hast du keine Gewißheit für mich, Shay Tal? Keine Gewißheit in dieser verwünschten ungewissen Welt?«

»Nicht mehr als du für mich hast.«

Er wandte sich zum Gehen, um an der Tür noch einmal halt zu machen. »Wenn deine Frauen nicht arbeiten, dann werden sie auch nicht essen. Wir können uns nicht leisten, daß Leute im Müßiggang leben – du verstehst das.«

Er verließ sie ohne ein weiteres Wort. Sie folgte ihm zur Tür und blieb dort mit nachdenklich gerunzelter Stirn stehen. Es ärgerte sie, daß er ihr keine Gelegenheit gegeben hatte, wieder nein zu ihm zu sagen; es hätte ihre Zielbewußtheit erneuert. Aber seine Gedanken waren nicht wirklich bei ihr gewesen, sondern hatten sich mit wichtigeren Fragen beschäftigt.

Sie zog sich die abgetragene Felljacke fester um die Schultern und setzte sich auf ihr Lager. Als Vry zurückkehrte, saß sie noch immer in dieser fröstelnden Haltung, sprang beim Anblick ihrer jungen Freundin jedoch schuldbewußt auf.

»Wir müssen immer positiv sein«, sagte sie. »Wäre ich eine Zauberin, ich würde den Schnee zurückbringen, Aoz Roon zuliebe.«

»Du bist eine Zauberin«, sagte Vry loyal.

Die Nachricht von den herannahenden Phagoren breitete sich rasch aus. Diejenigen, welche sich des letzten Überfalls auf das Dorf erinnerten, sprachen von nichts anderem. Sie redeten davon, wenn sie abends rathelschwer auf ihre Lager fielen; sie redeten davon, wenn sie im Morgengrauen die Getreidekörner in den Mörser schütteten.

»Wir können mehr tun als reden«, sagte Shay Tal zu ihnen. »Ihr habt tapfere Herzen, Frauen, nicht nur gewandte Zungen. Wir werden Aoz Roon zeigen, was wir können. Ich möchte, daß ihr euch meine Idee anhört.«

Sie beschlossen, daß die Akademie, welche ihre Existenz in den Augen der Männer immer von neuem rechtfertigen mußte, einen Angriffsplan vorschlagen sollte, der Oldorando vor einer Belagerung bewahren würde. In einem geeigneten Gelände wollten die Frauen sich an einem sicheren Ort den Phagoren zeigen. Sobald die Phagoren dann zum Angriff übergingen, sollten sie von den Jägern, die auf beiden Flanken in Deckungen warteten, überfallen und niedergemacht werden. Die Frauen gerieten in Erregung und kreischten nach Blut, als sie die Idee diskutierten.

Als der Plan zu ihrer Zufriedenheit ausgearbeitet war, wählten sie eines der hübschesten Mädchen aus, damit es als Abgesandte zu Aoz Roon gehe. Das Mädchen war beinahe gleichaltrig mit Vry; es war Dol Sakil, die Tochter der alten Hebamme, Rol Sakil. Oyre geleitete Dol zum Turm ihres Vaters, wo das Mädchen Shay Tals Grüße überbringen und ihn auffordern sollte, zum Frauenhaus zu kommen: dort werde ihm ein Vorschlag zur Verteidigung unterbreitet.

»Er wird mich hoffentlich anhören, was meinst du?« fragte Dol besorgt. Oyre nickte ihr lächelnd zu und schob sie voraus.

Die Frauen warteten, während draußen der Regen herabströmte.

Es ging auf den Mittag zu, als Oyre endlich zurückkehrte. Sie war allein und schien zornig und verzweifelt, im Kreis der Frauen platzte sie mit der Wahrheit heraus. Ihr Vater hatte die Einladung abgelehnt – und Dol Sakil behalten. Er betrachtete sie als ein Geschenk von der Akademie. Dol werde von nun an mit ihm leben.

Auf diese Nachricht überkam Shay Tal ein unbändiger Zorn. Sie sprang vor Wut herum und wälzte sich am Boden. Sie kreischte und raufte sich die Haare. Sie schwor allen törichten Männern Vergeltung. Sie prophezeite, daß sie alle bei lebendigem Leibe von den Phagoren gefressen würden, während ihr sogenannter Herrscher sich auf dem Lager wälze und mit einem Kind kopuliere. Viele andere schreckliche Dinge sagte sie. Ihre Gefährtinnen konnten sie nicht zur Ruhe bringen und gingen in Angst von ihr. Vry und Oyre wurden hinausgejagt.

»Es ist ein Ärgernis«, sagte Rol Sakil, »aber für Dol wird es hübsch sein.«

Dann warf Shay Tal einen Umhang über sich und stürmte hinaus und die Dorfstraße hinauf, um vor dem großen Turm haltzumachen, wo Aoz Roon lebte. Der Regen strömte über ihr Gesicht, als sie laut den Skandal seines Benehmens hinausschrie und ihn herausforderte, sich zu zeigen.

Ihr Lärm war so gewaltig, daß Handwerker der Zünfte und einige Jäger herausgelaufen kamen, um zuzuhören. Sie standen grinsend im Schutz der verfallenen Gebäude, die Arme verschränkt, während der prasselnde Regen den Dampf der Geysire niederhielt und der Schlamm zwischen ihren Füßen Blasen warf.

Endlich kam Aoz Roon ans Fenster seines Turmes. Er blickte herab und rief Shay Tal zu, sie solle sich fortscheren. Sie schüttelte die Faust zu ihm hinauf. Sie schrie, daß er ein abscheuliches Ungeheuer sei, und daß sein Verhalten ganz Embruddock ins Unheil stürzen werde.

Bei diesem Stand der Dinge erschien Laintal Ay am Schauplatz des Geschehens und nahm Shay Tal beim Arm. Er redete ihr freundlich zu, und sie unterbrach ihre Beschimpfungen, um auf ihn zu hören. Er sagte, sie solle nicht verzweifeln. Die Jäger wüßten mit Phagoren fertig zu werden. Aoz Roon wisse es auch. Wenn das Wetter sich bessere, würden sie ausziehen und die Eindringlinge bekämpfen.

»Wenn! Wenn! Wer seid ihr, daß ihr Bedingungen stellt, Laintal Ay? Ihr Männer seid so schwach!« Sie hob ihre Fäuste zu den Wolken. »Ihr werdet meinem Plan folgen, oder das Unheil wird euch zu Boden schlagen – und auch dich wird es nicht ausnehmen, Aoz Roon, hörst du? Ich sehe alles klar vor meinem inneren Auge.«

»Ja, ja, schon recht«, sagte Laintal Ay, bemüht, sie zu beruhigen.

»Rühr mich nicht an! Befolgt den Plan, oder es wird euer Tod sein! Und wenn dieser törichte Herrscher, der sogenannte, Herrscher bleiben will, dann muß er Dol Sakil wieder herausgeben. Kindesschänder! Kindesschänder! Das Unheil wird über dich kommen!«

Diese Prophezeiungen wurden mit wilder Gewißheit hervorgestoßen. Shay Tal setzte ihre Brandrede mit Abwandlungen fort, verdammte alle unwissenden und brutalen Männer und rief Wutras Strafgericht auf sie herab. Alle waren beeindruckt. Die Heftigkeit des Regens nahm weiter zu. Das Wasser troff von den Türmen. Die Jäger grinsten einander verlegen zu. Weitere Zuschauer fanden sich vor dem großen Turm ein, begierig, Zeugen des Dramas zu sein.

Laintal Ay rief zu Aoz Roon hinauf, daß er von der Wahrheit dessen, was Shay Tal sagte, überzeugt sei. Er riet Aoz Roon, die Prophezeiungen nicht zu mißachten. Der Plan der Frauen höre sich vernünftig an.

Wieder erschien Aoz Roon in seinem Fenster. Sein Gesicht

war so schwarz wie seine Felle. Trotz seines Zornes war er gebrochen. Er erklärte sich bereit, dem Plan der Frauen zu folgen, sobald das Wetter sich bessere. Nicht vorher. Ganz gewiß nicht vorher. Außerdem werde er Dol Sakil behalten. Sie liebe ihn und bedürfe seines Schutzes.

»Barbar! Unwissender Barbar! Ihr seid alle Barbaren, die nur für diesen schlammigen Acker taugen! Bosheit und Unwissenheit haben uns heruntergebracht!«

Shay Tal marschierte im Schlamm der Dorfstraße auf und ab und schrie ihre drohenden Prophezeiungen in den rauschenden Regen. Der größte der Barbaren sei der unzüchtige Mädchenschänder, dessen Namen auszusprechen sie sich weigere. Sie lebten nur auf einem Acker, in einem Schmutzloch, und sie hätten die Größe dessen vergessen, was einst Embruddock war. Alle Ruinen, die außerhalb ihrer elenden Mauern lägen, seien vormals prachtvolle Türme gewesen, kunstvoll gemauert und in Gold gekleidet, alles, was jetzt Lehm und Schmutz sei, sei einst mit glänzendem Marmor gepflastert gewesen. Das Dorf habe das Vierfache seiner gegenwärtigen Größe gehabt, und alles sei schön gewesen – rein und schön. Die Unverletzlichkeit der Frauen sei respektiert worden. Sie raffte ihre nassen Felle an sich und schluchzte.

Sie werde nicht länger in einem solchen Ort der Niedertracht und des Schmutzes leben. Sie wolle sich in einiger Entfernung vom Dorf niederlassen, jenseits der Mauern. Wenn die Phagoren bei Nacht kämen, oder die schlauen Borlienier, und sie fingen, warum sollte es sie kümmern? Wofür lohne es sich noch zu leben? Sie alle seien dem Verderben geweiht, Kinder des Unheils.

»Laß gut sein, ich bitte dich, Frau!« sagte Laintal Ay, der neben ihr durch den Regen tappte.

Sie wies ihn verächtlich zurück. Sie sei nur eine alternde Frau, welche niemand liebe. Sie allein sehe die Wahrheit. Sie würden es bedauern, wenn sie, Shay Tal, fort sei.

Worauf sie den Worten Taten folgen ließ und sich daranmachte, ihre wenigen Habseligkeiten zu einem der verfallenen Türme zu schaffen, die außernalb der Befestigungen zwischen den Rajabaralen im Nordosten standen. Vry und andere halfen ihr und patschten mit ihren armen Besitztümern durch den Regen hin und her.

Am nächsten Tag hörte der Regen auf. Zwei bemerkenswerte Ereignisse geschahen. Ein Schwarm kleiner Vögel von einer unbekannten Art flog über Oldorando und kreiste um seine Türme. Die Luft war voll von ihrem Gezwitscher. Aber der Schwarm wollte sich nicht im Dorf selbst niederlassen. Er landete auf den vereinzelten Turmruinen außerhalb des Dorfes, insbesondere auf dem verfallenen Turm, den Shay Tal zu ihrem Exil gemacht hatte. Hier veranstalteten sie einen gewaltigen Lärm. Sie hatten kleine Schnäbel und rote Köpfe, rote und weiße Streifen auf den Schwingenfedern und einen dahinschießenden Flug. Einige Jäger liefen mit Netzen hinaus und versuchten die Vögel zu fangen, doch ohne Erfolg.

Das Ereignis wurde als ein Omen angesehen.

Das zweite Ereignis war noch alarmierender.

Der Voral trat über seine Ufer.

Die andauernden Regenfälle hatten den Fluß anschwellen lassen. Als der Stundenheuler die Mittagszeit verkündete, näherte sich von flußaufwärts, wo der ferne Dorzin-See lag, eine gewaltige Flutwelle. Eine alte Frau namens Molas Ferd war unten am Flußufer und sammelte Gänsekot, als sie die Flutwelle erblickte. Sie richtete sich auf, soweit sie dazu imstande war, und starrte bestürzt dem braunen Wasserschwall entgegen, der auf sie zugerast kam. Gänse und Enten flatterten mit Geschrei auf, um auf höherem Gelände Schutz zu suchen, aber die alte Molas Ferd blieb stehen, wo sie war, die Schaufel in der Hand, und gaffte mit offenem Mund auf das nahende Verhängnis. Die Flutwelle ergriff sie, riß sie mit sich und schleuderte sie sechzig Schritte flußabwärts gegen die Seite des Frauenhauses.

Das Hochwasser überflutete das Dorf, ehe es sich zurückzog. Es spülte Getreidevorräte fort, drang in die Wohnungen der Leute ein und ertränkte Schweine in ihren Ställen. Molas Ferd wurde von der Gewalt der Flutwelle zerschmettert.

Die Überschwemmung verwandelte das Dorf in einen Sumpf. Nur der Turm, wo Shay Tal Quartier bezogen hatte, entging dem Ansturm der lehmigen Wassermassen.

Diese Ereignisse markierten den eigentlichen Beginn von Shay Tals Ruf als Zauberin. Alle, die ihre Anklage gegen Aoz Roon vernommen hatten, saßen in ihren Wohnungen und steckten murmelnd die Köpfe zusammen.

Am gleichen Abend, als zuerst Batalix und dann Freyr im Westen untergingen und die weiten Wasserflächen des Überschwemmungsgebietes stumpforange und blutigrot verfärbten, sank die Temperatur drastisch ab. Wenige Stunden später war das Dorf voll von dünnem, knisterndem Eis.

In der nächsten Freyr-Dämmerung wurde das Dorf von Aoz Roons zornigem Gebrüll geweckt. Die Frauen, die eben in ihre Felljacken und Stiefel fuhren, um zur Arbeit zu gehen, hielten erschrocken inne und weckten ihre Männer.

»Heraus, alle heraus!« schrie er durch die Morgenstille. »Heute ziehen wir gegen die Phagoren, alle miteinander! Steht auf, macht euch bereit! Wenn Phagoren im Land sind, dann werdet ihr heute gegen sie kämpfen. Ich habe sie allein bekämpft, ihr Gesindel könnt sie gemeinsam bekämpfen. Es wird ein großer Tag in der Geschichte sein, habt ihr mich gehört, ein großer Tag, und wenn ihr alle dabei draufgeht!«

Als die Leute aus ihren Wohnungen kamen, sahen sie seine breitschultrige Gestalt in den schwarzen Fellen unter einem düsteren Wolkenhimmel auf dem Turm stehen und die Faust schütteln. Mit der anderen Hand hielt Aoz Roon die zappelnde Dol Sakil an sich gedrückt, die sich heftig zur Wehr setzte und schrie, sie wolle hinunter ins Warme. Eline Tal stand mit einfältigem Grinsen hinter ihnen.

»Ja, wir werden die Phagoren nach dem Plan der Frauen schlagen, zum Guten oder zum Bösen. Wir werden den Plan auf den Buchstaben genau ausführen, und beim Urblock, wir werden sehen, was geschieht! Wir werden sehen, ob Shay Tal verständig redet, wir werden sehen, was ihre Prophezeiungen wert sind.«

Nach und nach versammelten sich Dorfbewohner auf der Gasse und blickten zu ihrem Herrn auf. Viele hielten einander ängstlich bei den Händen, aber die alte Rol Sakil, Dols Mutter, lachte selbstzufrieden und sagte: »Er muß gut entwickelt sein, so wie er schreit – das sagt auch unsere Dol, die es ja am besten wissen muß. Er brüllt wie ein Stier.«

Aoz Roon trat an die Brüstung und funkelte zornig auf sie herab, ohne Dol loszulassen.

»Ja, wir werden sehen, was ihre Worte wert sind, wir werden sie auf die Probe stellen!« rief er. »Wir werden ihr Gelegenheit geben, sich im Kampf zu bewähren, da ihr alle soviel von ihr zu halten scheint. Hast du mich gehört, Shay Tal? Heute wird es sich erweisen, und Blut wird fließen, rot oder gelb.«

Er spuckte auf sie herunter, dann zog er sich zurück. Die Falltür krachte hinter ihm zu, als er in seinen Turm hinabstieg.

Nachdem sie etwas schwarzes Brot gegessen hatten, brachen alle wehrfähigen Männer des Dorfes und die Frauen um Shay Tal auf, angetrieben von den Jägern. Alle waren kleinlaut, sogar Aoz Roon, der seine Wut ausgetobt hatte. Sie zogen in südöstlicher Richtung. Das Wetter blieb unter dem Gefrierpunkt. Der Tag war windstill, die Sonnen hatten sich in Wolken gehüllt. Der Boden war hart, und unter ihren Tritten knisterte das Eis.

Shay Tal ging inmitten der Frauen, die sie begleiteten, schweigend, die Lippen geschürzt, die Fellkleidung lose um ihren mageren Körper hängend.

Der Zug kam langsam voran, weil die Frauen nicht

gewohnt waren, Strecken zu gehen, die den Männern nichts bedeuteten. Trotz aller Mühsal gelangten sie endlich zu der welligen Ebene, wo Laintal Ays Jagdgruppe nur zwei Tage vor dem Hochwasser des Voral die borlienischen Jäger gesichtet hatte. Hier erstreckten sich die niedrigen Höhenrücken, getrennt von den langen Überschwemmungsseen zwischen ihnen, glänzend wie gestrandete Fische. Hier konnte der Hinterhalt gelegt werden. Die Kälte würde die Phagoren hervorlocken, wenn welche in der Gegend waren. Batalix war bereits untergegangen, ungesehen.

Sie zogen in die Ebene hinaus, zuerst die Männer, dann die Frauen, alle in ungeordneten Gruppen. Eine ängstliche Spannung bemächtigte sich derjenigen, die, anders als die Jäger, kaum jemals den Umkreis des Dorfes verließen. Schiefergraue Wolkenbänke schoben sich träge über das Land. Das Licht war klar und hart.

Am Rand des ersten Überschwemmungssees blieben die Frauen stehen und bedachten Shay Tal mit nicht allzu freundlichen Blicken. Sie erkannten die Gefahr ihrer Lage, sollten Phagoren auftauchen – vor allem, wenn sie beritten kämen. Kein besorgtes Umherblicken vermochte sie zu beruhigen, denn die Längsrücken der Bodenwellen beschränkten ihre Sicht.

Sie waren der Gefahr und den Elementen ausgesetzt. Die Temperatur blieb zwei oder drei Grad unter dem Gefrierpunkt. Es herrschte vollkommene Stille; kein Lufthauch regte sich. Der Überschwemmungssee mochte fünfzig Schritte breit und dreimal so lang sein und füllte die Talmulde zwischen zwei Rücken mit seiner unwillkommenen Fläche aus. Das Wasser war spiegelglatt, aber noch nicht gefroren; in ihm spiegelten sich die Wolkenbänke in vollkommener Klarheit. Die reglose Stille vermehrte die ängstlichen Empfindungen der Frauen, als die Männer in mehreren Gruppen ausschwärmten und sie allein zurückließen. Selbst das Gras zu ihren Füßen, brüchig vom Frost, schien unter einem Fluch zu sein, und kein Vogelruf unterbrach die Stille.

Die Männer waren unglücklich, daß sie die Frauen in der Nähe hatten. Sie standen in einer benachbarten Senke am Ufer eines weiteren Sees und machten ihren Gefühlen Luft.

»Wir haben keine Spur von den Phagoren gesehen«, sagte Tanth Ein und hauchte in seine Hände. »Laßt uns umkehren. Angenommen, sie zerstören während unserer Abwesenheit das Dorf? Eine schöne Bescherung wäre das.«

Die Atemwolken um ihre Köpfe vereinigten sich, als sie auf ihre Speere gestützt dastanden und anklagend Aoz Roon beobachteten. Dieser schritt mit düsterer Miene am Ufer auf und ab.

»Umkehren? Ihr redet wie Weiber! Wir kamen, um zu kämpfen, und das werden wir tun, und wenn es uns das Leben kosten sollte. Wenn Phagoren in der Nähe sind, werde ich sie herbeirufen. Bleibt, wo ihr seid.«

Er stieg den flachen Höhenrücken hinauf, bis die Frauen wieder in sein Blickfeld kamen. Er hatte sich vorgenommen, die Hände an den Mund zu legen, mit voller Lungenkraft in alle Himmelsrichtungen zu rufen und alle Echos in der Wildnis zu wecken.

Aber der Feind war bereits in Sicht. Nun wurde ihm verspätet klar, warum sie keine umherziehenden borlienischen Jäger mehr gesehen hatten; sie waren vertrieben worden. Wie die alte Molas Ferd vor der heranrasenden Flutwelle, stand er wie gelähmt vor dem Anblick des alten Feindes der Menschheit.

Die Frauen waren auf einer Seite des fischförmigen Sees, und Ancipitalen auf der anderen. Die Frauen machten ängstliche und ungewisse Bewegungen; die Ancipitalen standen reglos. Die Frauen reagierten selbst in ihrer Überraschung individuell; die Phagoren konnten nur als Gruppe gesehen werden.

Es war Aoz Roon nicht möglich, die Phagoren zu zählen,

doch mußte ihre Zahl mehr als ein Dutzend betragen. Sie standen eng beisammen und hoben sich nur undeutlich vom grau- und braungefleckten Hintergrund ab. Einer von ihnen ließ ein dumpfes Husten hören; abgesehen davon hätten sie leblos sein können.

Ihre weißen Vögel hatten sich auf dem Rücken hinter ihnen niedergelassen, zuerst mit einigem Geflatter und Schnabelhieben, nun in regelmäßigen Abständen, stumm und gespenstisch wie die Seelen der Verstorbenen.

Drei von den Phagoren – vermutlich die Anführer – saßen auf Kaidaws. Wie es ihre Gewohnheit war, hielten sie sich vorwärtsgebeugt in den Sätteln, die Gesichter nahe an den Köpfen der Reittiere, als verständigten sie sich mit ihnen. Die übrigen Phagoren drängten sich um die Flanken der Kaidaws, reglos wie die verstreut liegenden Felsblöcke.

Der Huster hustete wieder. Aoz Roon überwand seine Erstarrung und winkte seine Männer zu sich.

Sie stiegen den flachen Hang herauf, kauerten bei ihm nieder und starrten überrascht auf den Feind.

Auf einmal kam Bewegung in die Gruppe der Phagoren. Ihre seltsam zusammengefügten Glieder gingen ohne Zwischenphase von Reglosigkeit zu Bewegung über. Der seichte Überschwemmungssee hatte ihr Vordringen aufgehalten. Sie hegten eine begründete Aversion gegen Wasser, aber die Zeiten änderten sich, und seit es wärmer geworden war, hatten sie mehr als einmal nasse Felle bekommen. Der Anblick von dreißig menschlichen Gillots, die ihnen auf Gedeih oder Verderb ausgeliefert waren, brachte die Entscheidung. Sie griffen an.

Einer der drei Reiter zog ein Schwert und schwang es über dem Kopf. Mit einem krächzenden Ruf trieb er seinen Kaidaw an, und Reiter und Reittier brachen vorwärts. Die anderen folgten auf der Stelle, ob beritten oder zu Fuß. Ohne einen Augenblick zu zögern, stürzten sie sich in die Wasser des seichten Sees.

Die Frauen stoben in Panik auseinander. Einige flohen den Hang hinauf, andere liefen die Ufer entlang. Nur Shay Tal blieb, wo sie war, und blickte dem Angriff entgegen, und Vry und Amin Lin klammerten sich in Angst und Schrecken an ihre Arme und wandten ihre Gesichter ab.

»Lauf, närrisches Weib!« brüllte Aoz Roon, der aufgesprungen war und den Hang hinunterstürmte, um die Phagoren von rückwärts zu fassen.

Shay Tal hörte seine Stimme nicht durch das Kreischen der Frauen und das Rauschen und Platschen des Wassers. Sie harrte standhaft am Ufer des Fischsees aus und streckte den Arm aus, als wollte sie der Phagorenhorde Halt gebieten.

Dann die Verwandlung, der Augenblick, der in die Annalen von Oldorando für alle Zeit als das Wunder vom Fischsee eingehen sollte.

Manche behaupteten später, daß ein schriller Ton durch die frostige Luft klang, andere sagten, eine hohe Stimme habe gesprochen, und wieder andere glaubten, Wutra selbst habe ein Zeichen gegeben.

Die Angreifer, sechzehn an der Zahl und angeführt von drei Reitern, hatten ungefähr die Mitte des Sees erreicht und wateten durch hüfttiefes Wasser, das sie mit der Heftigkeit ihres Angriffs aufwühlten, als der ganze See gefror.

Einen Augenblick lag er spiegelglatt da und, weil völlig ruhig, ungefroren bei mehreren Grad Kälte. Im nächsten Augenblick gefror er, wo sein Wasser von den Eindringlingen in Wallung gebracht worden war. Kaidaws und Phagoren steckten in seiner eisigen Umarmung fest. Ein Kaidaw stürzte, um sich nie wieder zu erheben. Die anderen froren fest, wo sie waren, und ihre Reiter erfroren mit ihnen, eingeschlossen im Eis. Alle waffenschwingenden Phagoren waren gefangen im unbarmherzigen Griff des Elements, in das sie sich gewagt hatten. Keiner kam auch nur einen Schritt weiter. Keiner vermochte sich der eisigen Umklammerung zu entziehen und die Sicherheit des Ufers zu erreichen. Bald gefroren die Adern in ihren Körpern, trotz der in langer Evolution angepaßten Biochemie, die ihr Blut färbte und gegen Kälte schützte. Reif überzog ihre groben, langhaarigen Felle, ihre brennenden Augen erstarrten in glasigem Frost.

Was organisch gewesen war, wurde eins mit der alles beherrschenden anorganischen Welt.

Die Szene des gewaltsamen Todes wurde zur absoluten Plastik, aus Eis geformt.

Über ihr kreisten weiße Vögel und stießen immer wieder mit rauhen Schreien herab, um endlich nach Osten davonzufliegen.

Am nächsten Morgen krochen drei Gestalten aus einem Biwakzelt aus Fellen. Pulvriger Schnee war über Nacht gefallen und verlieh der Wildnis ein gepfeffertes Aussehen. Freyr hob sich über den Horizont und warf wäßrige, purpurfarbene Schatten über die wellige Ebene. Einige Minuten später stieg auch der zweite treue Wachtposten in Wutras Reich empor.

Inzwischen waren Aoz Roon, Laintal Ay und Oyre auf den Beinen, stampften herum und schlugen mit den Armen um ihre Oberkörper, um warm zu werden. Sie husteten und spuckten, aber keiner sprach. Nachdem sie einander wortlos angesehen hatten, gingen sie zum Ufer hinunter. Aoz Roon betrat vorsichtig den zugefrorenen See, dessen Eis unter seinem Tritt einen hellen Klang gab.

Dann gingen sie zu dritt über das Eis zu der gefrorenen Gruppe.

Ungläubig besahen sie die Gestalten von allen Seiten. Vor ihnen war eine Monumentalplastik von wildbewegter Darstellung, lebensecht bis in die unbedeutendsten Einzelheiten und von bedrückender Dramatik. Ein Kaidaw war beinahe unter den Hufen der anderen zwei, der Rumpf umspielt von eisigen Wellen, der Kopf angstvoll emporgereckt, die Nüstern gebläht. Sein Reiter hielt sich mit einer Hand in der Mähne seines Reittiers, als versuche er das Gleichgewicht zu halten, aber auch er war von den Hüften aufwärts im Eis gefangen, schrecklich in seiner erstarrten Bewegungslosigkeit.

Alle Gestalten waren mitten in der Bewegung vom Kältetod ereilt worden. Viele hatten die Waffen erhoben und starrten voraus zu dem Ufer, das sie niemals erreichen sollten. Alle waren bereift und vom leichten Neuschnee der Nacht überzuckert. Sie bildeten ein Monument kriegerischer Gewalt und Brutalität.

Endlich nickte Aoz Roon und räusperte sich.

»Es ist geschehen«, sagte er kleinlaut. »Jetzt glaube ich. Kehren wir zurück!«

Das Wunder des Jahres 24 war bestätigt.

Er hatte die Frauen und den Rest der Krieger am Vorabend unter Dathkas Führung nach Oldorando zurückgeschickt. Erst nachdem er geschlafen hatte, konnte er glauben, daß er das Ereignis nicht geräumt hatte.

Keiner der anderen sagte etwas. Sie waren durch ein Wunder gerettet worden; der Gedanke machte sie benommen und brachte ihre Zungen zum Verstummen. Ohne ein Wort kehrten sie der furchterregenden Eisplastik den Rücken und machten sich auf den Heimweg.

In Oldorando angelangt, ließ Aoz Roon einen seiner Sklaven von zwei Jägern zum Fischsee führen, zum Schauplatz des Wunders. Als der Sklave es mit eigenen Augen gesehen hatte, wurden ihm die Hände auf den Rücken gebunden, worauf man ihm den Weg nach Süden wies und einen Tritt mit auf den Weg gab. Zu Hause in Borlien sollte er seinen Landsleuten sagen, daß eine mächtige Zauberin über Oldorando wachte.

VIII
In Obsidian

Der Raum, in welchem Shay Tal stand, war älter als sie berechnen konnte. Sie hatte ihn nach ihren Möglichkeiten eingerichtet: an einer Wand hing ein alter gewirkter Wandteppich, der einst Loil Bry, dann Loilanun gehört hatte; in der Ecke stand ihr bescheidenes Bett, gefertigt aus miteinander verflochtenem Farnkraut, das aus Borlien eingeführt wurde (Farnkraut hielt Ratten fern); davor stand ein kleiner Steintisch, auf dem ihr Schreibmaterial lag; den Boden bedeckten einige Felle, auf denen dreizehn Frauen saßen oder hockten. Die Akademie tagte.

Die Wände des Raumes waren fleckig von gelben und weißen Flechten, die, ausgehend von dem einzigen schmalen Fenster, im Laufe ungezählter Jahre das anstoßende Mauerwerk kolonisiert hatten. In den Winkeln hingen Spinnweben; ihre Hersteller waren schon vor langer Zeit an Hunger gestorben. Hinter den dreizehn Frauen saß Laintal Ay mit gekreuzten Beinen, das Kinn in die Hand und den Ellbogen auf das Knie gestützt. Er blickte vor sich hin. Die meisten Frauen ließen ihre Blicke abwesend auf Shay Tal ruhen. Nur Vry und Amin Lin lauschten aufmerksam; wie es mit den übrigen stand, konnte sie nicht mit Gewißheit sagen.

»Die Wirkungen in unserer Welt sind vielfältig. Wir können vorgeben, daß sie allesamt aus dem Geist Wutras hervorgegangen seien, der in den Himmeln seinen immerwährenden Krieg führt, aber das wäre zu einfach. Wir würden besser daran tun, uns selbst Gedanken zu machen. Wir brauchen einen anderen Schlüssel zum Verständnis. Kümmert es

Wutra, was wir tun und lassen? Vielleicht tragen wir allein die Verantwortung für unser Handeln ...«

Sie sprach weiter, achtete aber nicht mehr darauf, was sie sagte. Sie hatte die immer gleiche und niemals beantwortete Frage gestellt. Sicherlich aber mußte sich jedes Menschenwesen, das jemals gelebt hatte, mit dieser Frage auseinandersetzen und sie auf seine eigene Weise beantworten: sind wir allein verantwortlich für unser Handeln? Sie vermochte die Antwort in ihrem eigenen Fall nicht zu geben. Infolgedessen fühlte sie sich völlig ungeeignet als Lehrerin.

Doch die Frauen kamen, um sie zu hören. Shay Tal glaubte zu wissen, warum sie ihr zuhörten, selbst wenn sie es ohne Verständnis taten: sie lauschten ihr, weil sie als eine große Zauberin akzeptiert war. Seit dem Wunder am Fischsee war sie durch die Ehrerbietung der anderen isoliert. Aoz Roon hielt sich von ihr fern und war zurückhaltender denn je.

Sie schaute zum geborstenen Fenster hinaus in die unwirtliche Welt, jetzt von der neuen Kälte überreift, die Schlammflächen und Schneereste durchsetzt von Grün. Ihr Blick streifte den Fluß, der braun vom Lehm entfernter Gegenden war, die sie niemals aufsuchen würde. Es gab Wunder. Das Wunderbare lag vor ihrem Fenster. Aber hatte sie wirklich ein Wunder gewirkt, wie alle annahmen?

Shay Tal brach ihre Rede mitten im Satz ab. Es gab eine Möglichkeit, ihre eigene Heiligkeit auf die Probe zu stellen.

Die Phagoren, die sie am Fischsee angegriffen hatten, waren zu Eis geworden. Wegen etwas in ihr – oder etwas in ihnen? Sie erinnerte sich an Geschichten über Phagoren, die das Wasser fürchteten; vielleicht war die Ursache dieser Furcht, daß sie darin zu Eis wurden. Das ließ sich erproben: Es gab in Oldorando einen oder zwei alte Phagorensklaven. Sie konnte einen davon im Voral erproben und sehen, was geschah. So oder so, sie würde sich Klarheit verschaffen.

Die dreizehn starrten. Sie warteten, daß sie fortfahre. Laintal Ay blickte verwundert. Sie hatte keine Ahnung, was sie gesagt hatte; sie wußte nur, daß sie um ihres eigenen Seelenfriedens willen ein Experiment durchführen mußte.

»Wir haben zu tun, was uns gesagt wird ...«, sagte eine der Frauen zögernd, mit Zweifeln in der Stimme, als wiederhole sie eine Lektion.

Jemand kam die Stufen heraufgestampft. Da sie nicht wußte, wie sie höflich eine Feststellung beantworten könnte, der sie widersprochen hatte, seit der Stundenheuler das letzte Mal geblasen, war ihr jede Unterbrechung willkommen. Einige von diesen Frauen waren hoffnungslos dumm.

Die Luke wurde aufgestoßen, und Aoz Roon kam wie ein großer schwarzer Bär durch die Öffnung heraufgestiegen, gefolgt von seinem Hund und Dathka, der sich im Hintergrund hielt und nicht einmal einen Blick zu Laintal Ay warf. Dieser erhob sich ziemlich linkisch und lehnte sich gegen die Wand. Die Frauen gafften die Eindringlinge an; einige kicherten nervös.

Aoz Roons Gestalt schien den niedrigen Raum auszufüllen. Er ließ die Frauen, die unbehaglich den Hals nach ihm drehten, unbeachtet, und wandte sich an Shay Tal. Sie war zum Fenster getreten, stand aber ihm zugekehrt, eingerahmt von einem engen Hintergrund aus bereiften Ruinen, Fumarolen und der fleckigen Landschaft, die sich zum Horizont erstreckte.

»Was willst du hier?« fragte sie. Das Herz klopfte ihr im Hals, als sie ihn sah; denn sie verwünschte ihren neuen Ruhm vor allem deshalb, weil er sie nicht mehr einschüchterte und schikanierte, oder auch nur behelligte. Sein ganzes Auftreten suggerierte, daß es sich um einen formalen und unfreundlichen Besuch handelte.

»Ich wünsche, daß du in den Schutz der Mauern zurückkehrst, Shay Tal«, sagte er. »Du bist nicht sicher, solange du in dieser Ruine lebst. Im Falle eines Angriffs kann ich dich hier nicht schützen.«

»Vry und ich ziehen es vor, hier zu leben.«

»Ihr steht unter meiner Herrschaft, du und Vry, mag dein Ruf sein, wie er will, und ich muß mein Bestes tun, um euch zu schützen. Und ihr anderen Frauen – ihr solltet nicht hier sein. Es ist zu gefährlich außerhalb der Mauern. Wenn es einen überraschenden Angriff geben sollte – nun, ihr könnt euch denken, was mit euch geschehen würde. Shay Tal, als unsere mächtige Zauberin, muß tun, was sie für richtig hält. Ihr anderen aber müßt tun, was ich für richtig halte. Ich verbiete euch, hierherzukommen. Es ist zu gefährlich. Habt ihr verstanden?«

Alle bis auf die alte Hebamme Rol Sakil wichen seinem Blick aus. »Das ist alles Unsinn, Aoz Roon. Dieser Turm ist sicher genug. Shay Tal hat die Phagoren verscheucht, das wissen wir alle. Außerdem bist auch du gelegentlich hier gewesen, nicht wahr?«

Letzteres sagte sie mit einem anzüglichen Grinsen. Aoz Roon ignorierte es.

»Ich spreche von der Gegenwart. Nichts ist sicher, nun, da das Wetter sich ändert. Keine von euch geht wieder hierher, oder es wird Verdruß geben.«

Er wandte sich um und winkte Laintal Ay mit dem Finger. »Du kommst mit mir!« Ohne ein Wort zum Abschied machte er kehrt und stieg die Stufen hinunter; Laintal Ay und Dathka folgten.

Draußen blieb er wieder stehen und zupfte an seinem Bart. Er blickte zu ihrem Fenster auf. »Noch bin ich Herr von Embruddock, und du tust gut daran, es nicht zu vergessen.«

Sie hörte seine gerufenen Worte, trat aber nicht zum Fenster. Statt dessen wandte sie dort, wo sie stand, den Kopf zum Fenster – allein trotz der Gesellschaft – und sagte laut genug, daß er sie hören konnte: »Herr eines elenden kleinen Ackers.«

Erst als sie die sich entfernenden Schritte hörte, geruhte sie zum Fenster hinauszuschauen. Sie sah seinem breiten

Rücken nach, als er mit seinen jungen Gefolgsleuten zum Nordtor stapfte, den Hund im Gefolge. Sie verstand seine Einsamkeit. Niemand verstand sie besser als sie.

Als seine Frau hätte sie sicherlich nicht an Statur oder Persönlichkeit eingebüßt, oder was immer es war, dem sie so große Wertschätzung beilegte. Nun war es zu spät, darüber nachzudenken. Der Bruch zwischen ihnen war nicht rückgängig zu machen, und eine hohlköpfige Puppe hielt ihm das Bett warm.

»Ihr solltet lieber alle nach Hause gehen«, sagte sie, ohne den Mut aufzubringen, den Frauen in die Gesichter zu sehen.

Als sie auf dem schlammigen Dorfplatz anlangten, sagte Aoz Roon im Befehlston zu Laintal Ay, er solle sich von der Akademie fernhalten.

Laintal Ay errötete. »Ist es nicht vielmehr an der Zeit, daß du und der Rat eure Vorurteile gegen die Akademie aufgebt? Ich hoffte, du würdest nach dem Wunder vom Fischsee besser davon denken. Warum die Frauen in Aufregung versetzen? Sie werden dich deswegen hassen. Das schlimmste, was die Akademie tun kann, ist, die Frauen zufriedenzustellen.«

»Sie macht die Frauen müßiggängerisch. Sie führt zu einer Spaltung der Einwohner.«

Laintal Ay blickte hilfesuchend zu Dathka, aber der blickte auf den Boden. »Es ist eher deine Haltung, die zur Spaltung führt, Aoz Roon. Wissen hat noch niemals jemandem geschadet; und wir brauchen Wissen.«

»Wissen ist langsam wirkendes Gift – du bist zu jung, um das zu verstehen. Wir brauchen Disziplin. So überleben wir, und so haben wir immer überlebt. Du hältst dich fern von Shay Tal – sie übt eine unnatürliche Macht über die Leute aus. Wer in Oldorando nicht arbeitet, bekommt kein Essen. Das ist immer die Regel gewesen. Shay Tal und Vry haben aufgehört, in der Bäckerei zu arbeiten, also werden sie in Zukunft nichts zu essen haben. Wir werden sehen, wie ihnen das gefällt.«

»Sie werden verhungern.«

Aoz Roon zog die Brauen zusammen und durchbohrte Laintal Ay mit einem zornigen Blick. »Wir alle werden verhungern, wenn wir nicht zusammenarbeiten. Diese Frauen müssen zur Vernunft gebracht werden, und ich werde nicht dulden, daß du dich auf ihre Seite stellst. Streite weiter mit mir, und ich werde dich niederschlagen.«

Als Aoz Roon gegangen war, faßte Laintal Ay seinen Freund bei der Schulter. »Es wird schlimmer mit ihm. Das ist sein persönlicher Kampf mit Shay Tal, was meinst du?«

Dathka schüttelte den Kopf. »Ich meine nichts. Ich tue, wie mir geheißen wird.«

Laintal Ay ließ ihn los und musterte ihn sarkastisch. »Und was wird dir jetzt geheißen?«

»Ich werde hinaufgehen, wo die Brassimip wachsen. Wir haben einen Stungebag getötet.« Er zeigte eine blutig zerkratzte Hand.

»Ich komme später nach.«

Er ging zum Voral hinunter und sah den Gänsen zu, wie sie schwammen und watschelten, bevor er seinem Freund folgte. Er glaubte sowohl Aoz Roon wie Shay Tal zu verstehen. Um zu überleben, mußten alle zusammenarbeiten. Lohnte sich das Leben aber wirklich, wenn es nichts als diese bloße Zusammenarbeit enthielt? Der Konflikt bedrückte ihn und weckte ein Verlangen, das Dorf zu verlassen – was er schon lange getan hätte, wäre Oyre bereit gewesen, mit ihm zu kommen. Er fühlte, daß er zu jung war, um einzuschätzen, wie der Streit und die wachsende Spaltung sich auflösen würden. Er seufzte, und nachdem er sich vergewissert hatte, daß niemand in der Nähe war, zog er einen geschnitzten Hund aus der Tasche, den ihm der alte Priester aus Borlien vor langer Zeit geschenkt hatte. Er hielt ihn von sich weg und bewegte den Schwanz auf und nieder. Der Hund begann wütend die Gänse zu verbellen.

Er wurde doch gesehen. Vry nahm ihren Weg zu den Brassimips und sah ihn mit seinem Spielzeug am Ufer stehen. Aber sie ging nicht näher zu ihm, denn das war nicht ihr Weg.

Sie schlug einen Bogen um die heißen Quellen und den Stundenheuler. Ein leichter Ostwind trieb den schweflig riechenden Dampf in dichten Wolken über den felsigen Grund. Vrys Fellkleidung war bald mit einem winzigen Tröpfchen an jedem Haarende beperlt.

Die Wasser rannen gurgelnd in ihren ausgewaschenen Rinnen, gelb und kalkig, erfüllt von einem ansteckenden Verlangen, anderswo zu sein. Sie kauerte auf einem Stein nieder und tauchte die Hand in eine der Quellen. Heißes Wasser umspülte ihre Finger und leckte über die Handfläche.

Vry hob die Hand und leckte das Wasser von den Fingern. Sie kannte den schwefligen Geschmack seit ihrer frühesten Kindheit. Auch jetzt spielten Kinder in der Nähe, riefen einander zu, rannten über das schlüpfrige Gestein, ohne zu fallen, beweglich wie Arangs.

Die wagemutigeren Kinder liefen trotz des kalten Windes nackt; sie hatten ihre warmen Wasserbecken zwischen den Felsen, wo sie untertauchen konnten. Dampfende Kaskaden ergossen sich über ihre Köpfe und Schultern.

»Gleich kommt der Heuler«, riefen sie Vry zu. »Paß auf, oder du wirst eingeweicht!« Die Vorstellung erheiterte sie so, daß sie sich vor Lachen ausschütteten.

Vry beherzigte die Warnung und ging weiter. Ein Fremder würde den Kindern einen sechsten Sinn zubilligen, da sie imstande waren, genau vorauszusagen, wann der Stundenheuler blies.

Und schon schoß er empor, eine dicke dampfende Wassersäule, reinweiß und schimmernd, eingehüllt in Dampf, begleitet von einem ansteigenden Pfeifen von stets gleichbleibender Tonhöhe und Dauer. Die Wassersäule erreichte ungefähr dreifache Mannshöhe, bevor sie zurückfiel. Der Wind nahm die Gischtwolken nach Westen mit und ließ einen Platzregen auf die Steine niederprasseln, wo Vry wenige Augenblicke zuvor gekauert hatte.

Das Pfeifen brach ab. Die Wassersäule stürzte in sich zusammen und verschwand zwischen den schwarzen Gesteinslippen, die sie ausgespien hatten.

Vry winkte den Kindern zu und ging weiter. Sie erinnerte sich jetzt, woher die Kinder wußten, wann der Geysir ausbrechen würde. Auch sie war einst nackt zwischen den ockerfarbenen Felsen herumgehüpft und vor der kalten Luft in die dampfenden natürlichen Wasserbecken geflüchtet, wo man warme schleimige Algen zwischen den Zehen fühlte und platzende Blasen die Haut kitzelten. Wenn die Stunde des Ausbruchs gekommen war, ging eine leise Erschütterung durch den Boden. Lag man auf den Steinen im Wasser, spürte man mit jeder Faser des Körpers die Kraft der Erdgötter, wenn sie sich anschickten, Dampf und heißes Wasser triumphierend in den Himmel zu speien.

Der Pfad, dem sie folgte, war hauptsächlich von Frauen und Schweinen ausgetreten. Er wand sich hierhin und dorthin, anders als die geraderen Pfade, die von den Jägern begangen wurden, denn ihr Verlauf war weitgehend von dem eigensinnigen, schwarzbehaarten Schwein von Embruddock bestimmt worden. Folgte man der allgemeinen Richtung des Pfades, so gelangte man schließlich zum Dorzin-See; aber der Pfad hörte lange vorher auf, bei den Brassimips. Der Rest des Weges war noch immer eine Wildnis aus Sumpf, Gestein und Eis.

Als sie den Pfad hinaufging, überlegte Vry, ob alle Dinge von Natur aus einer höchsten Ebene zustrebten, und ob es eine im Wettbewerb dazu stehende Kraft gebe, die sie auf die niedrigste hinabzuziehen trachtete. Man blickte zu den Sternen auf, man endete als ein Geist in der Unterwelt. Der Stundenheuler war eine Verkörperung der zwei entgegengesetzten Kräfte. Seine emporgeschleuderten Wasser fielen stets auf den Erdboden zurück. In ihrer unaufdringlichen Art wünschte Vry, daß ihr Geist zum Himmel aufsteige, der Region, welche sie ohne Shay Tals Hilfe studierte, jenen Ort sublimer Bewegung, rätselhafte Heimat von Sternen und Sonnen und vielen geheimen Wegen.

Zwei Männer kamen ihr entgegen. Sie konnte wenig mehr als Beine, Ellbogen und die gebeugten Köpfe sehen, während sie unter schweren Lasten bergab wankten. Sparat Lim erkannte sie an seinen dünnen Beinen. Die Männer trugen herausgeschnittene Stücke vom Stungebag. Ihnen folgte Dathka, der nur einen Speer trug.

Dathka lächelte ihr zu und trat neben den Pfad. Seine dunklen Augen musterten sie. Er hatte Blut an der rechten Hand, und ein dünnes rotes Rinnsal lief den Speerschaft hinunter.

»Wir haben einen Stungebag erlegt«, sagte er, und das war alles. Wie gewöhnlich fand Vry seine Wortkargheit zugleich peinlich und tröstlich. Es war angenehm, daß er im Gegensatz zu vielen der jungen Jäger niemals prahlte; weniger angenehm war, daß er niemals seine Gedanken enthüllte. Sie versuchte etwas für ihn zu empfinden.

»Es muß ein großer gewesen sein.«

»Ich kann ihn dir zeigen«, sagte er. »Wenn du willst.«

Er kehrte um, und sie folgte, im Zweifel, ob sie sprechen sollte oder nicht. Aber das war albern, sagte sie sich; sie verstand recht gut, daß Dathka den Umgang mit ihr suchte.

Sie platzte mit dem erstbesten Gedanken heraus, der ihr durch den Kopf ging.

»Wie erklärst du dir, daß es Menschen auf der Welt gibt, Dathka?«

Ohne sich umzusehen, sagte er: »Wir sind vom Urblock

heraufgekommen.« Er sprach ohne die Überlegung, die eine so wichtige Frage ihrer Meinung nach verdiente, und so geriet das Gespräch ins Stocken, ehe es noch recht begonnen hatte.

Sie bedauerte, daß es in Oldorando keine Priester gab; mit ihnen hätte sie über diese Dinge sprechen können. Legenden und Lieder berichteten, daß es einst mehrere Priester in Embruddock gegeben habe, die eine ausgeklügelte Religion lehrten, in welcher Wutra mit dem Leben dieser Welt und den Geistern der Unterwelt vereint war. In einer dunklen Zeit, lange bevor Wall Ein Den regierte, als der Atem den Menschen auf den Lippen gefror, erhob sich die Bevölkerung und erschlug die Priester. Damals hatten die Opfer aufgehört, außer an Festtagen. Der alte Gott Akha wurde nicht mehr verehrt. Ohne Zweifel war mit dieser Umwälzung viel Gelehrsamkeit verlorengegangen. Die Dorfbewohner hatten den Tempel ausgeräumt und verwüstet. Jetzt waren Schweine darin untergebracht. Vielleicht waren zu jener Zeit, als man den Priestern Schweine vorgezogen hatte, andere Feinde des Wissens an die Macht gelangt.

Sie faßte sich ein Herz und stellte dem gleichmäßig vor ihr aufsteigenden Rücken eine weitere Frage:

»Möchtest du die Welt verstehen?«

»Ja.«

Sie rang mit der Kürze der Antwort. Wollte er mit ihr nicht darüber reden, oder traute er sich nur nicht?

Die Kräfte, welche die Quzint-Berge aufgetürmt hatten, hatten die Erde in allen Richtungen zusammengeschoben und gefaltet, was begleitende Verformungen mit sich gebracht hatte, die wie Bastionen viele Meilen weit von den eigentlichen Bergen ausstrahlten. Zwischen zwei solchen ausgewitterten Schichtenköpfen wuchsen Brassimips, die lange Zeit lebenswichtig für das Überleben des Dorfes gewesen waren. Heute war der Ort ein Schauplatz gemäßigter Aufregung, und mehrere Frauen standen um die offenen

Spitzen der Brassimips, wärmten sich und beaufsichtigten ihre Schweine, während sie den Fortgang der Arbeit beobachteten.

Dathka zeigte, daß dies der Ort sei, wo der Stungebag erlegt worden war.

Seine Geste war kaum notwendig. Der teilweise zerlegte Kadaver lag ausgestreckt am kahlen Hang. Aoz Roon selbst hatte sich eingefunden, begleitet von seinem Hund, und untersuchte das Schwanzende. Die Stummelbeine des gewaltigen Leichnams ragten in die Luft, umringt von steifem schwarzen Haar und Stacheln.

Die Jäger standen lachend und redend ein wenig abseits, während Goija Hin die Sklaven, Menschen und Phagoren beaufsichtigte, die mit Äxten am Werk waren. Sie spalteten die faserig-zähe Schuppenhaut und schlugen Stücke aus dem Kadaver, die zum Dorf hinuntergetragen werden konnten. Bis zu den Knien standen sie in den schleimigen Eingeweiden und dem faserig verholzten Fleisch des Riesenwurms. Brocken davon spritzten in alle Richtungen, als sie in den mächtigen Leib hineinhieben.

Zwei ältere Frauen mit Eimern sammelten schwammige weiße Organteile. Diese wurden später gekocht, um daraus einen groben Zucker zu destillieren. Aus den Fasern der Schuppenhaut konnten Seile und Matten gefertigt werden, die Schuppen und das Fleisch dienten den verschiedenen Zünften als Rohmaterial und Brennstoff.

Aus den paddelartigen Grabwerkzeugen des Stungebag wurde ein Öl gepreßt, dessen Destillat ein Narkotikum ergab, welches Rungebel genannt wurde.

Die älteren Frauen tauschten Anzüglichkeiten und unhöfliche Bemerkungen mit den müßig herumstehenden Jägern. Es war ungewöhnlich, daß ein Stungebag sich in die Nähe menschlicher Besiedlung wagte. Die Tiere waren leicht zu töten, und jeder Teil stellte eine nützliche Bereicherung der stets gefährdeten Überlebensbasis dar. Dieses Beutetier war dreißig Schritte lang, und die Gemeinschaft würde für Wochen ihren Nutzen davon haben.

Schweine liefen quiekend zwischen den Arbeitenden herum und machten sich über Abfallbrocken her, aber der größte Teil der Schweineherde war unten bei den Brassimips. Über dem Erdboden waren von den Riesenbäumen nur dicke schwammartige Blätter zu sehen, deren wuchernder Wuchs die Erde mit einem seltsamen Dickicht überzog. Die Blätter bewegten sich wie Elefantenohren, aber nicht unter dem Wind, sondern in der warmen Zugluft, die aus den Baumkronen ins Freie geblasen wurde.

Ein Dutzend Brassimips füllte die Bodensenke aus. Der Baum wuchs selten einzeln. Im Umkreis eines jeden Exemplars zeigte sich eine von Rissen durchzogene Aufwölbung des Bodens, deren Höhe und Umfang auf die beträchtliche Masse der darunter befindlichen Vegetation schließen ließ. Die Wärme, die von den Bäumen ihren oberirdischen Blattsystemen zugeleitet wurde, befähigte die Pflanzen, gefrorenen Boden aufzutauen, so daß sie selbst in Dauerfrostböden gediehen.

Unter den lederigen Blättern wuchs Jassiklas. Diese Pflanze nutzte die schützende Wärme, um schüchterne braunblaue Blüten hervorzubringen. Als Vry sich bückte, um eine zu pflücken, kam Dathka wieder an ihre Seite und sagte:

»Ich gehe in den Baum.«

Sie nahm dies als eine Einladung, ihn zu begleiten, und folgte. Ein Sklave zog Ledereimer voll von Schnitzeln und Späne aus dem Inneren heraus und warf sie den Schweinen vor. Brassimipspäne hatten Embruddocks Schweine durch die dunklen Jahrhunderte am Leben erhalten und waren überdies ein wesentlicher Bestandteil der menschlichen Nahrung.

»Das wird den Stungebag angelockt haben«, sagte Vry. Die Riesenwürmer schätzten Brassimip wie die Schweine.

Eine Leiter führte in den Baum hinunter. Als Vry hinter

Dathka hinabstieg, war es wie ein Ertrinken in der Erde. Sie sah die lederigen Blätter ringsumher wedeln, und jenseits der schwarzwolligen Schweine standen die in Felle gehüllten Männer um den riesigen Kadaver ihrer Jagdbeute. Über alledem war ein Streifen des schneegefleckten Hochlandes und ein schieferfarbener Himmel zu sehen. Dann verengte sich der Ausschnitt und wurde zu einem hellen Loch über ihr, als er weiter hinabstieg.

Warme Luft umfächelte sie, gesättigt mit einem süßlichen Fäulnisgeruch, der sie gleichzeitig abstieß und anzog. Die Luft kam von tief unten; Brassimipwurzeln bohrten weit in die Erdkruste. Mit dem Alter setzte im Kern des Baumes ein Fermentationsprozeß ein, der eine dem Keratin ähnliche härtere Substanz bildete. Eine Röhre durch die Mittelachse des Baumes entstand. Die im fortwährenden Fermentationsprozeß der tieferen Ebenen erwärmte Luft stieg durch dieses Rohr aufwärts und wärmte unterirdische Äste ebenso wie die oberirdischen Blätter.

Diese günstige Umgebung schuf einen Zufluchtsort für verschiedene Tierarten, von denen nicht alle harmlos waren.

Dathka hatte das untere Ende der Leiter erreicht und trat zur Seite, um Vry Platz zu machen. Sie kam neben ihm herunter und stand in einer knollenförmigen natürlichen Kammer. Drei schmutzig aussehende Frauen arbeiteten hier. Sie nickten Vry zu, dann fuhren sie fort, Späne von Brassimipfleisch von den Wänden zu kratzen und in die Ledereimer zu füllen.

Brassimip hatte einen rübenähnlichen Geschmack, war aber bitter. Den Menschen dienten die Späne, welche gekocht als heilkräftig angesehen wurden, als Gemüsebeilage zu Fleischgerichten, waren in Zeiten der Hungersnot aber oft schon das einzige Nahrungsmittel gewesen. Normalerweise dienten sie vorwiegend als Schweinefutter – insbesondere für die Säue, deren Milch für die Herstellung von Rathel verwendet wurde.

Ein enger Gang öffnete sich in den obersten Ast des Baumes, dessen Blätter in einiger Entfernung die Oberfläche durchbrachen. Ausgewachsene Brassimips hatten sechs Äste. Die obersten ließ man im allgemeinen ungestört wachsen; da sie der Oberfläche am nächsten waren, beherbergten sie eine Vielfalt von kleinen und größeren Lebewesen, die in der dunklen Enge sehr unangenehm werden konnten.

Dathka wies in die zentrale Röhre, die als ein schwarzes Loch in die Dunkelheit hinabführte. Er kletterte hinein. Vry folgte nach kurzem Zögern, und die Frauen hielten in ihrer Arbeit inne, um ihr nachzublicken und halb mitfühlend und halb spöttisch zu lächeln. In der Röhre war es vollständig dunkel. Unten gab es nur die ewige Nacht der Erde. Vry stellte sich vor, daß sie, wie Shay Tal, in die Unterwelt der Geister hinabsteigen müsse, um Wissen zu sammeln.

Die Röhre war von Wachstumsringen gegliedert, die vorstehende Wülste bildeten. Diese dienten als Stufen. Die Röhre war eng genug, daß jeder, der darin abwärts oder aufwärts stieg, den Rücken sicher gegen die andere Röhrenwandung stützen konnte.

Die aufsteigende Luft fächelte sanft ihre Wangen. Ein spinnwebartiges Ding, ein lebendiger Geist vielleicht, streifte Vrys Wange. Der Schrei steckte ihr schon in der Kehle, doch gelang es ihr, ihn zu unterdrücken.

Sie stiegen bis zu einer Stelle hinab, wo das zweite Astpaar vom Hauptstamm abzweigte. Hier war die knollenförmige Kammer noch kleiner als die darüber; sie standen nahe beisammen, und Vry konnte Dathka riechen und seinen Körper an ihrem fühlen. Etwas regte sich in ihr.

»Siehst du die Lichter?« sagte er.

Es war eine Spannung in seiner Stimme. Sie kämpfte mit sich, erschreckt von den Gefühlen, die in ihr wach geworden waren. Er brauchte sie nur anzurühren, dieser schweigsame Mann, und sie würde ihm um den Hals fallen, würde sich die Felle vom Leib reißen und hitzig kopulierend mit ihm in das dunkle unterirdische Bett fallen. Obszöne Bilder drängten in ihr Bewußtsein.

»Ich will wieder hinauf«, sagte sie mit gepreßter Stimme.

»Fürchte dich nicht. Da, sieh die Lichter!«

Benommen blickte sie in der Dunkelheit umher, bis sie die Richtung fand, die er meinte. Sie starrte in den zweiten Ast von der Oberfläche abwärts. Dort waren Lichtpunkte zu sehen, Galaxien von roten Sternen, gefangen im Baum.

Er scharrte mit den Füßen, veränderte seine Position vor ihr, verdeckte die Konstellationen mit seiner Schulter. Dann stieß er ihr etwas kissenartiges in die Arme. Es war leicht, bedeckt mit steifen, faserigen Haaren wie jenen eines Stungebag. Seine Sternaugen blickten unverwandt zu ihr auf. In ihrem verwirrten Zustand erkannte sie es nicht.

»Was ist es?«

Statt einer Antwort – vielleicht spürte er ihr Verlangen; aber wenn es so war, konnte er nicht stärker darauf reagieren? – streichelte Dathka ihr mit unbeholfener Zärtlichkeit die Wange.

»Oh, Dathka«, seufzte sie. Ein Zittern durchlief sie, von ihren Eingeweiden ausgehend. Sie konnte sich nicht beherrschen.

»Wir nehmen es mit hinauf. Sei nicht ängstlich.«

Als sie ins Tageslicht hinauskamen, trieben sich die schwarzlockigen Schweine in grunzenden Rudeln zwischen den Brassimipblättern herum. Die Welt schien blendend hell, die Axtschläge unerträglich laut, der Duft der Jassiklas unerhört stark.

Vry ließ sich nieder und betrachtete lustlos das kleine kristalline Tier, das sie in den Händen hielt. Es war in einem Zustand, welcher der Entstofflichung des Phagoren glich, eingerollt zu einem Ball, die Nase in den Schwanz gebettet, die vier Beine säuberlich über den Leib gefaltet. Es war unbeweglich und fühlte sich an, als wäre es von Glas. Sie konnte es nicht aufrollen. Die Augen starrten blicklos zwischen unbeweglichen Lidern hervor. Durch das staubige graue Fell waren Streifen verblaßter Farbe zu sehen.

In gewisser Weise haßte sie es, wie sie ihn haßte – so empfindungslos für die Gefühle einer Frau, daß er ihr Zittern für ein Zeichen von Furcht genommen hatte. Zugleich war sie dankbar, daß seine Torheit sie vor Schande bewahrt hatte, dankbar und ärgerlich zugleich.

»Es ist eine Puppe«, sagte Dathka, kauerte bei ihr nieder und schaute forschend und wie verwundert von der Seite zu ihr her. »Sie überwintern in den Brassimips, wo es warm ist. Nimm sie mit nach Haus.«

»Shay Tal und ich haben sie westlich des Flusses gesehen. Hoxner. So nennt man sie, wenn sie aus dem Winterschlaf erwachen.« Und was hätte Shay Tal gedacht, wenn …

»Nimm sie!« wiederholte er. »Ein Geschenk von mir.«

»Danke«, sagte sie mit Verachtung. Sie erhob sich, wieder Herrin ihrer Gefühle.

Sie entdeckte, daß sie Blut an der Wange hatte, wo er sie mit seiner verletzten Hand gestreichelt hatte.

Die Sklaven hackten noch immer den riesenhaften Kadaver auseinander. Laintal Ay war gekommen und sprach mit Tanth Ein und Aoz Roon. Der letztere winkte Dathka mit einer energischen Armbewegung zu sich, und mit einem resignierten Abschiedsblick zu Vry entfernte sich Dathka zum Herrn von Embruddock.

Die Geschäftigkeit der Männer bedeutete ihr nichts. Sie hielt die Puppe zwischen ihrem Arm und dem flachen Busen und wandte sich talwärts zu den entfernten Türmen.

Als sie kurz darauf die Schritte von jemandem hörte, der ihr nacheilte, sagte sie sich, daß er jetzt zu spät komme, aber es war Laintal Ay.

»Ich gehe mit dir ins Dorf, Vry«, sagte er. Er schien sorglos und aufgeräumt.

»Ich dachte, du hättest Verdruß mit Aoz Roon.«

»Ach, nach einem Streit mit Shay Tal ist er immer ein wenig

gereizt. Das hat nicht viel zu bedeuten; in Wirklichkeit ist er ein guter Mensch. Ich freue mich auch über den Stungebag. Nun, da das Wetter wärmer wird, sind sie schwierig zu finden.«

Die Kinder tollten noch immer bei den heißen Quellen herum. Laintal Ay bewunderte ihre Puppe und sang eine Strophe aus einem alten Jägerlied:

»Die Puppe schläft zur Winterszeit,
Wenn Kälte Hunger bringt und Leid,
Wacht auf, wenn lang der Regen fällt.
Dann kehrt der Hoxner bald uns wieder,
Springt übermütig auf und nieder,
Im blumenübersäten Feld.«

»Du bist gut gelaunt! Ist Oyre nett zu dir?«

»Oyre ist immer nett.«

Vor dem Dorf trennten sie sich und gingen ihrer Wege, Vry zu dem verfallenen Turm, wo sie Shay Tal ihr Geschenk zeigte. Shay Tal untersuchte das kleine kristalline Tier.

»Es ist in diesem Stadium seines Lebens nicht gut zu essen. Das Fleisch könnte giftig sein.«

»Ich habe nicht vor, es zu essen. Ich möchte es schützen, bis es erwacht.«

»Das Leben ist eine ernste Angelegenheit, mein Liebes. Wenn Aoz Roon sich mit Entschiedenheit gegen uns stellt, werden wir vielleicht Hunger leiden müssen.« Sie betrachtete Vry eine Weile, ohne zu sprechen, wie sie es in letzter Zeit häufig zu tun pflegte. »Ich werde fasten und ihm trotzen. Ich brauche keine materiellen Dinge. Ich kann mit mir selbst so rücksichtslos sein wie er mit mir.«

»Aber ich kann mir wirklich nicht denken, daß er ...« Sie verstummte. Sie war außerstande, der älteren Frau Mut zuzusprechen.

Shay Tal fuhr entschlossen fort: »Wie ich dir sagte, habe ich zwei Vorhaben, die ich bei erster Gelegenheit verwirklichen will. Als erstes werde ich ein wissenschaftliches Experiment zur Bestimmung meiner Kräfte durchführen. Dann werde ich in die Welt der Geister hinabsteigen, um mit Loilanun zu sprechen. Sie muß jetzt vieles wissen, was mir verborgen ist. Je nach dem, was ich durch diese Unternehmungen erfahre, könnte ich mich entschließen, Oldorando ganz zu verlassen.«

»Oh, bitte geh nicht! Glaubst du wirklich, das wäre das Rechte? Aber wenn du gehen zu müssen glaubst, werde ich mit dir gehen, das schwöre ich!«

»Das werden wir sehen. Laß mich jetzt allein, bitte.«

Ernüchtert stieg Vry die Leiter zu ihrem ruinösen, nur notdürftig instand gesetzten Raum hinauf, wo sie sich auf ihr Lager warf.

»Ich will einen Liebhaber, das ist es. Einen Liebhaber ... Das Leben ist so leer ...«

Aber nach einer Weile raffte sie sich auf und blickte aus dem Fenster zum Himmel, wo Wolken und Vögel segelten. Wenigstens war es besser, hier zu sein, als in der Unterwelt, wohin Shay Tal gehen wollte.

Laintal Ays Lied kam ihr wieder in den Sinn. Die Frau, die es erfunden hatte – wenn es eine Frau gewesen war –, mußte gewußt haben, daß der Schnee schließlich verschwinden und daß Blumen und Tiere zum Vorschein kommen würden. Es mußte eine alte Überlieferung sein. Vielleicht sprach sie die Wahrheit.

Von ihren nächtlichen Beobachtungen wußte sie, daß es Veränderungen im Himmel gab. Die Sterne waren keine Geister, sondern Feuer, die hoch oben in der Luft brannten. Wenn man sich ein gewaltiges Feuer vorstellte, das dort draußen in der Dunkelheit loderte ... Kam es näher, so mußte seine Wärme fühlbar werden. Vielleicht würden die zwei Wachtposten näherkommen und die Welt wärmen.

Dann würden die Puppen wieder zum Leben erwachen

und zu Hoxnern werden, die übermütig in den blühenden Feldern herumsprangen, genau wie das Lied es beschrieb.

Sie beschloß, sich auf ihre Astronomie zu konzentrieren. Die Sterne wußten mehr als die Geister, mochte Shay Tal sagen, was sie wollte – wenn es auch erschreckend war, sich im Widerspruch zu einer solch majestätischen Person zu befinden.

Sie bettete die Puppe in einen warmen Winkel bei ihrem Lager und hüllte das mitleiderregende kleine Ding in Fell, so daß nur sein Gesicht hervorschaute. Tag für Tag hoffte sie, daß es zum Leben erwachen werde. Sie flüsterte zu ihm und redete ihm gut zu. Wie sehnte sie sich danach, es heranwachsen und in ihrem Raum herumspringen zu sehen! Aber nach wenigen Tagen wurde der Glanz in den starren Augen der Puppe trüb und erlosch; das Geschöpf war gestorben, ehe es recht gelebt hatte.

Verzweifelt warf Vry das Bündel von der zerfallenden Mauer des Turmes. Das Tier war noch in sein Fell gewickelt, als wäre es ein toter Säugling.

Eine leidenschaftliche Rastlosigkeit ergriff Shay Tal. Ihre Erklärungen wurden immer mehr zu Predigten. Obwohl die anderen Frauen ihr Lebensmittel brachten, zog sie es vor, sich selbst auszuhungern, weil sie meinte, dies sei die rechte Vorbereitung auf den tiefen Trancezustand des Pauk, in dem sie mit den erhabenen Toten Umgang zu finden hoffte. Wenn dort nicht Weisheit zu finden war, dann wollte sie jenseits des vertrauten Ackers suchen, und in unbekannte Fernen ziehen, sollte dies notwendig werden.

Als erstes beschloß sie, ihre eigenen Zauberkräfte zu erproben. Ein paar Wegstunden im Osten lag der Fischsee, Schauplatz ihres »Wunders«. Während sie selbst ihre Zweifel an der wahren Natur dessen hatte, was dort geschehen war, gab es für die Bewohner Oldorandos nicht den Schatten einer Ungewißheit. Während des ganzen kalten Frühlings unternahmen sie Pilgerfahrten, um das Eiswunder zu schauen und in abergläubischer Furcht, in die sich auch ein wenig Stolz mischte, zu erzittern. Die Pilger trafen wiederholt Gruppen von Borlieniern an, die gleichfalls kamen, um das Wunder zu bestaunen. Einmal wurden zwei Phagoren gesehen, wie sie stumm am anderen Ufer standen, ihre weißen Kuhreiher auf den Schultern, und ihre kristallinen Toten betrachteten.

Als die Wärme zurückkehrte, begann die eindrucksvolle Eisplastik nachzugeben. Was schrecklich und ehrfurchtgebietend war, wurde grotesk. Eines Morgens war das Eis abgetaut, und die Statuen wurden zu einem Haufen verwesenden Fleisches. Besucher fanden bald nichts Eindrucksvolleres vor als einen ausfließenden Augapfel oder ein paar Stücke verrottendes Fell. Der Fischsee selbst versickerte und verschwand beinahe so rasch, wie er sich gebildet hatte. Alles, was blieb, um von dem Wunder zu künden, war ein Haufen von Gebeinen und gebogenen Kaidawhörnern. Aber die Erinnerung blieb lebendig, vergrößert von der Linse des Gedächtnisses. Und Shay Tals Zweifel blieben.

Am Nachmittag ging sie hinunter ins Dorf, zu einer Stunde, da milderes Wetter die Bewohner aus ihren Wohnungen lockte, und sie die Zeit bis zum Dunkelwerden im Freien verbrachten und in einer Art und Weise, die ihnen früher fremd gewesen war, auf und ab gingen und sich unterhielten. Frauen und Töchter, Männer und Söhne, Jäger und Handwerker, Jung und Alt saßen oder standen vor den Häusern oder gingen durch die Gassen, um einmal bei dieser, dann bei jener Gruppe stehenzubleiben. Fast alle hielten sich bereit, auf Shay Tals Wink oder Ruf zu ihr zu kommen, aber niemand wollte aus eigenem Antrieb mit ihr sprechen.

Laintal Ay und Dathka standen bei ihren Freunden, unterhielten sich und lachten. Laintal Ay fing Shay Tals Blick auf und kam widerwillig zu ihr, als sie ihm winkte.

»Ich habe vor, ein Experiment durchzuführen, Laintal Ay. Dich möchte ich als einen verläßlichen Zeugen dabeihaben. Es wird dich nicht in weitere Schwierigkeiten mit Aoz Roon bringen.«

»Ich stehe mit ihm auf gutem Fuß.«

Sie erläuterte, daß das Experiment am Voral stattfinden solle; zuvor aber wolle sie den alten Tempel erforschen. Langsam gingen sie durch die Dorfstraße. Laintal Ay sagte nichts.

»Ist es dir peinlich, mit mir gesehen zu werden?«

»Deine Gesellschaft ist mir immer angenehm, Shay Tal.«

»Du brauchst nicht höflich zu sein. Glaubst du, daß ich eine Zauberin bin?«

»Du bist eine ungewöhnliche Frau. Dafür verehre ich dich.«

»Liebst du mich?«

Das brachte ihn in Verlegenheit. Statt direkt zu antworten, schlug er den Blick nieder und murmelte: »Seit meine tot ist, bist du wie eine Mutter zu mir. Warum solche Fragen stellen?«

»Ich wünschte, ich wäre deine Mutter. Dann könnte ich stolz sein. Deiner Natur ist auch eine Innerlichkeit eigen, ich spüre es. Diese Innerlichkeit wird dir noch viel Kummer bereiten, doch gibt sie dir auch Leben, sie *ist* Leben. Mißachte sie nicht, pflege sie. Die meisten dieser Leute hier haben keine Innerlichkeit.«

»Ist Innerlichkeit das gleiche wie Konflikt?«

Sie stieß ein kurzes Lachen aus und umfaßte ihre Oberarme mit den Händen.

»Hör zu, wir sind in diesem elenden Dorf unter kümmerlichen Menschen gefangen. Anderswo kann es größere Wirklichkeiten geben. So viel ist zu tun. Vielleicht werde ich Oldorando verlassen.«

»Wohin willst du gehen?«

Sie schüttelte den Kopf. »Manchmal ist mir, als müßte uns

der schiere Druck dieser stumpfsinnigen Leute zur Explosion bringen, so daß wir von hier über die ganze Welt verstreut werden. Ist dir aufgefallen, wie viele Kinder in den letzten Jahren geboren wurden?«

Er blickte umher, sah alle die freundlichen vertrauten Gesichter und argwöhnte, daß sie der Wirkung wegen redete und darum übertrieb, aber es traf zu, daß es mehr und mehr Kinder gab.

Er stemmte die Schulter gegen die Tür des alten Tempels und drückte sie auf. Sie traten ein und verharrten schweigend. Ein Vogel war im Inneren gefangen. Er flatterte im Kreis herum, ganz nahe an ihnen vorbei, als müsse er sie genau prüfen, dann schwang er sich empor und entkam durch ein Loch in der Decke.

Durch Mauerlöcher drangen Lichtstrahlen durch das Dämmerlicht, in denen Staubpartikel wirbelten. Die Schweine waren vor kurzem in ein Freigehege getrieben worden, aber ihr Geruch haftete noch stark. Shay Tal ging ruhelos umher, während Laintal Ay bei der Tür stand, auf den Weg hinausblickte und sich erinnerte, wie oft er als Kind hier gespielt hatte.

Die Wände waren einmal mit Malereien von hölzernsteifer Manier geschmückt gewesen, aber die unteren Bildpartien waren seit langem ganz verdorben, und von den oberen hatten nur Teile überdauert. Shay Tal hob den Blick zu dem höher gelegenen Alkoven im Hintergrund, wo der Opferaltar stand. Sein Stein war noch dunkel von etwas, das einmal Blut gewesen sein mochte. An der Wand dahinter – zu hoch, als daß sie von mutwilligen Händen leicht hätte erreicht werden können – war eine Darstellung Wutras zu sehen. Shay Tal blickte mit angestrengt zusammengekniffenen Augen hinauf, die Fäuste in die Hüften gestemmt, um die verblaßten und fleckigen Einzelheiten der alten Malerei zu erkennen.

Der Himmelsgott war als Brustbild dargestellt, Kopf und

Schultern in einem zottigen Umhang. Seine Augen starrten mit einem Ausdruck, der als Mitleid interpretiert werden konnte, aus einem langen, tierähnlichen Gesicht herab. Sein Gesicht war blau, vermutlich um die Idealfarbe des Himmels zu symbolisieren, dessen Herrscher er war. Zottiges weißes Haar bedeckte mähnenhaft den Kopf; aber die erschrekkendste Abweichung von der menschlichen Norm war ein Hörnerpaar, das sich von seinem Schädel auswärtsgebogen emporreckte und in silbernen Glöckchen endete.

Hinter Wutra drängten sich andere, halb verwischte Gestalten einer vergessenen Mythologie, die, meist von scheußlicher Gestalt, den Himmel bevölkerten. Auf Wutras Schultern saßen seine zwei Wachtposten. Batalix war ochsenähnlich dargestellt, bärtig, grau und alt, bewaffnet mit einem Speer, dem Lichtstrahlen entströmten. Freyr war größer, ein grüner Affe, dem ein Stundenglas vom Hals hing. Sein Speer war größer als derjenige des Batalix und strahlte gleichfalls Licht aus.

Sie wandte sich ab und sagte munter: »Nun zu meinem Experiment, wenn Goija Hin bereit ist.«

»Hast du gesehen, was du wolltest?« fragte er, verwundert über ihre Abruptheit.

»Ich weiß nicht. Später werde ich es vielleicht sagen können. Ich werde in Pauk gehen. Gern hätte ich einen der alten Priester gefragt, ob Wutra über die Unterwelt ebenso herrscht wie über den Himmel ... So viele Ungereimtheiten.«

Unterdessen brachte Goija Hin den alten Myk aus dem Stall unter dem großen Turm. Goija Hin war der Sklavenmeister, ein Mann, der alle häßlichen Merkmale seines Berufs zur Schau trug. Er war kleinwüchsig, aber ungeheuer stämmig, mit dicken Armen und Beinen. Seine Züge drängten sich plump unter der niedrigen Stirn, und unter der Knollennase standen dünne Büschel steifer Schnurrbarthaare heraus. Seine Kleider waren aus Leder, und ob er wachte oder schlief, immer hatte er eine lederne Knute bei sich. Alle kannten Gioja Hin, einen Mann, der gegen Schläge so unempfindlich war wie gegen Gedanken.

»Vorwärts, du alter Teufel! Zeit, daß du dich nützlich machst!« sagte er mit seiner tiefen grollenden Stimme.

Myk gehorchte willig, da er in Sklaverei aufgewachsen war. Er war der Phagor, der in Oldorando am längsten in Knechtschaft gelebt hatte, und konnte sich an Goija Hins Vorgänger erinnern, einen weit schrecklicheren Mann. Schwarze Haare wuchsen in seinem stellenweise ausgefallenen Fellkleid. Sein Gesicht war voller Runzeln, und die Tränensäcke unter den Augen naß von wässrigen Absonderungen.

Er war immer folgsam. Bei dieser Gelegenheit war Oyre mitgekommen, um ihn zu beruhigen. Während sie seine gebeugten Schultern tätschelte, stieß ihn Goija Hin mit einem Stock vorwärts.

Oyre hatte als Mittlerin für Shay Tal gewirkt und ihren Vater um Erlaubnis gebeten, einen Phagoren für Shay Tals Experiment zu verwenden. Aoz Roon hatte ihr achtlos geantwortet, sie solle Myk nehmen, da er alt sei.

Die beiden führten Myk zu einer Biegung des Voral, wo der Fluß tief war. Shay Tals verfallener Turm stand nicht mehr weit entfernt. Sie und Laintal Ay warteten bereits, als das Trio eintraf. Shay Tal stand hohlwangig und mit unfreundlicher Miene am Ufer und starrte in den Fluß, als suchte sie seine Geheimnisse zu ergründen.

»Nun, da ist er ja«, sagte sie herausfordernd, als Myk in seinem schwankenden Gang näherkam. Sie musterte ihn berechnend. Faltige Hautsäcke hingen ihm von Brust und Magen. Goija Hin hatte ihm bereits die Hände auf den Rücken gefesselt. Er bewegte den Kopf ängstlich zwischen den gebeugten Schultern hin und her, und als er den Voral sah und die Absicht seiner Begleiter erriet, leckte er sich mehrmals in rascher Folge die Nasenlöcher und ließ einen stöhnenden Angstlaut vernehmen. Konnte es sein, daß Wasser ihn in eine Statue verwandeln würde?

Goija Hin grüßte Shay Tal mit einer grob salutierenden Bewegung seiner dicken Hand.

»Binde ihm die Beine zusammen!« befahl Shay Tal.

»Tut ihm nicht weh«, sagte Oyre. »Ich kenne Myk seit meiner frühesten Kindheit, und er ist immer folgsam gewesen. Oft hat er uns auf seinen Schultern reiten lassen, nicht wahr, Laintal Ay?«

So angesprochen, trat Laintal Ay vorwärts. »Shay Tal wird ihm nicht wehtun«, erwiderte er und lächelte ihr zu.

Sie sah ihn forschend und auch ein wenig mißtrauisch an.

Angelockt von der Aussicht auf ein Schauspiel, kamen mehrere Frauen und Jungen herbei, um zu sehen, was vorging.

Der Fluß führte viel Wasser und zog lehmbraun und strudelnd nur wenige Handbreit unter dem Ufer vorbei, auf dem sie standen. Gegenüber, im inneren Bogen der Flußschleife, wo der Voral seicht und weniger reißend war, hielt sich eine dünne Eiskruste, durch einen Überhang gegen direktes Sonnenlicht geschützt. Diese Eistafel stieß in tieferes Wasser vor, wo sie von der Strömung zu glasig-rundlichen Formen abgeschliffen war.

Als Goija Hin dem unglücklichen Myk die Beine zusammengebunden hatte, stieß er ihn an den Rand des Ufers. Der alte Phagor reckte den langen Kopf zum Himmel auf, öffnete sein stoppliges Pferdemaul und ließ einen trompetenden Angstschrei hören.

Oyre klammerte sich an sein Fell und bat Shay Tal, sie solle ihm kein Leid zufügen.

»Laß ihn los!« sagte Shay Tal. Und sie gab Goija Hin das Zeichen, daß er Myk ins Wasser stoßen solle.

Goija Hin stemmte seine dicke Schulter gegen Myks Rippen. Der Phagor schwankte, dann fiel er mit mächtigem

Aufklatschen in den Fluß. Shay Tal hob die Arme in gebieterischer Geste.

Die Frauen schrien durcheinander und drängten vorwärts. Rol Sakil war unter ihnen. Shay Tal bedeutete ihnen, zurückzutreten.

Sie starrte ins Wasser und sah Myk dicht unter der Oberfläche zappeln. Büschel seines langhaarigen Fells kamen im aufgewühlten Wasser hoch und wogten wie gelbliche Algen an der Oberfläche.

Das Wasser blieb Wasser. Der Phagor blieb am Leben.

»Zieht ihn hoch!« befahl sie.

Goija Hin hatte Myk an zwei Lederriemen. Er und Laintal Ay zogen. Kopf und Schultern des alten Phagoren durchbrachen die Oberfläche, und Myk stieß einen jämmerlichen Schrei aus.

»Nicht totertränken armes Mich!«

Sie zogen ihn an Land, und er lag dann keuchend zu Shay Tals Füßen. Sie nagte auf der Unterlippe und starrte stirnrunzelnd in den Voral. Die Magie wirkte nicht.

»Schmeißt ihn wieder hinein!« rief eine der Zuschauerinnen.

»Nicht mehr Wasser, oder ich fertig«, blubberte Myk.

»Stoß ihn wieder hinein!« befahl Shay Tal.

Und so mußte Myk ein zweites Mal ins Wasser, und dann ein drittes Mal. Aber das Wasser blieb Wasser. Kein Wunder geschah, und Shay Tal mußte ihre Enttäuschung verbergen.

»Das ist genug«, sagte sie. »Goija Hin, bring ihn weg und gib ihm eine Extraration!«

Oyre kniete weinend neben Myk und streichelte und tätschelte ihn mitleidig. Dunkles Wasser floß aus seinen Lippen, und er begann zu husten. Laintal Ay kniete nieder und legte den Arm Oyre um die Schulter.

Shay Tal wandte sich verachtungsvoll ab. Das Experiment zeigte, daß Phagoren plus Wasser kein Eis ergaben. Der Prozeß war nicht unausweichlich. Was also war am Fischsee geschehen? In gleicher Weise war es ihr nicht gelungen, den Voral zu Eis zu verwandeln, wie sie beabsichtigt hatte. Das Experiment bewies demnach nicht, daß sie eine Zauberin war. Es bewies auch nicht, daß sie keine Zauberin war; es bewies überhaupt nichts und gab ihr Anlaß zu der Überlegung, daß an ihrem Wunder vom Fischsee womöglich andere Faktoren beteiligt waren, die sie nicht bedacht hatte oder die ihr unbekannt waren.

Am Eingang zu ihrem Turm blieb sie stehen, die Hand am rauhen Stein, dessen Flechtenbewuchs an ihrer Handfläche kratzte. Bis sie eine andere Erklärung fand, würde sie sich so behandeln müssen, wie andere sie behandelten, nämlich als eine Zauberin. Je rücksichtsloser sie sich kasteite, desto mehr respektierte sie sich. Natürlich war sie als Zauberin vom Schicksal dazu bestimmt, eine Jungfrau zu bleiben; Geschlechtsverkehr würde ihre magischen Kräfte zerstören. Sie wickelte sich fester in ihre Felle und erstieg die ausgetretenen Leitersprossen.

Die Frauen am Flußufer schauten von Myks halb ertrunkenem Körper, der inmitten einer wachsenden Pfütze lag, zu Shay Tals sich entfernender Gestalt.

»Nun sag mir ein Mensch, wozu sie das getan hat?« fragte die alte Rol Sakil die anderen. »Warum hat sie das dumme, alte Vieh nicht gleich richtig ertränkt, wenn sie schon dabei war?«

Als der Rat das nächstemal zusammenkam, stand Laintal Ay auf und wandte sich an die Ratsmitglieder. Er habe Shay Tals Vorträge gehört. Alle wüßten von ihrem Wunder am Fischsee, das viele Leben gerettet hatte. Nichts von dem, was sie tue, gereiche der Gemeinde zum Schaden. Er schlage vor, daß ihre Akademie anerkannt und unterstützt werden sollte.

Aoz Roons Gesicht wurde zornrot, während Laintal Ay sprach. Dathka saß steif und stumm. Die alten Männer des

Rates warfen einander unter den Augenbrauen Blicke zu und murmelten unbehaglich. Eline Tal lachte.

»Was sollen wir deiner Meinung nach tun, um dieser Akademie zu helfen?« fragte Aoz Roon.

»Der Tempel ist leer. Gebt ihn Shay Tal. Laßt sie dort jeden Nachmittag zur Promenadenzeit Versammlungen abhalten. Gebraucht ihn als ein öffentliches Forum, wo jeder sprechen kann. Die Kälte ist vergangen, die Leute sind freier. Öffnet den Tempel als eine Akademie für alle, für Männer, Frauen und Kinder.«

Stillschweigen folgte seinem Aufruf. Dann ergriff Aoz Roon das Wort.

»Sie kann den Tempel nicht verwenden. Wir wollen keine neuen Priester. Wir haben Schweine im Tempel.«

»Der Tempel ist leer.«

»Von nun an werden im Tempel Schweine gehalten.«

»Es ist ein schlechter Tag für uns alle, an dem wir Schweine über die Gemeinschaft stellen.«

Schließlich löste sich die Versammlung in Unordnung auf, nachdem Aoz Roon hinausmarschiert war. Laintal Ay wandte sich mit hochroten Wangen zu Dathka.

»Warum hast du mich nicht unterstützt?«

Dathka grinste verlegen, zupfte an seinem spärlichen Bart und schlug den Blick nieder. »Du konntest nicht gewinnen, und wenn ganz Oldorando dich unterstützt hätte. Er hat die Akademie bereits verbannt. Dein Reden ist umsonst, mein Freund.«

Als Laintal Ay den großen Turm verließ, angewidert von der ganzen Welt, trat Datnil Skar, der Zunftmeister der Gerber und Kürschner, auf ihn zu und faßte ihn beim Ärmel.

»Du hast gut gesprochen, junger Laintal Ay, doch hatte Aoz Roon recht mit dem, was er sagte. Oder wenn er schon nicht recht hatte, dann war seine Antwort doch von Vernunft geleitet. Wenn Shay Tal im Tempel zu den Leuten predigte, würde sie eine Priesterin werden und Verehrung genießen.

Das wollen wir nicht – unsere Vorfahren schafften sich die Priester vor einigen Generationen vom Hals, und das war gut so.«

Laintal Ay kannte Meister Datnil als einen gütigen und bescheidenen Mann. So bezähmte er seinen Ärger, blickte in das alte Gesicht und fragte: »Warum sagst du mir das?«

Meister Datnil schaute hierhin und dorthin, um zu sehen, daß niemand lauschte.

»Verehrung erwächst aus Unwissenheit. Der Glaube an eine fixe Idee oder an eine unbewiesene Behauptung ist ein Zeichen von Unwissenheit. Ich achte jeden Versuch, Tatsachen in die Köpfe der Leute hineinzubringen. Ich wollte sagen, daß ich die Ablehnung deines Antrags bedaure, obwohl ich mit deinem Vorschlag nicht übereinstimme. Ich würde bereit sein, vor Shay Tals Akademie zu sprechen, wenn sie mich auftreten lassen will.«

Er nahm die Pelzmütze ab und legte sie auf den flechtenbewachsenen Fenstersims. Er fuhr sich über das spärliche graue Haar und räusperte sich. Er blickte umher und lächelte nervös. Obwohl er alle im Raum Versammelten seit vielen Jahren kannte, war ihm die Rolle des Sprechers ungewohnt. Seine Stiefel knarrten, als er von einem Fuß auf den anderen trat.

»Fürchte uns nicht, Meister Datnil«, sagte Shay Tal.

Er hörte die Ungeduld heraus. »Ich fürchte nur deine Intoleranz, Shay Tal«, erwiderte er, und einige der am Boden kauernden Frauen verbargen ein Lächeln hinter den vorgehaltenen Händen.

»Ihr wißt, was wir in unseren Zünften tun, weil einige von euch für uns arbeiten«, sagte Datnil Skar. »Die Mitgliedschaft in den Zünften ist natürlich Männern vorbehalten, denn die Geheimnisse unserer Berufe werden von Generation zu Generation weitergegeben. Ein Meister lehrt alles, was er weiß, seinen persönlichen Novizen oder Lehrjungen. Wenn er stirbt oder aus Altersgründen nicht mehr arbeiten kann, dann wird dieser ausgewählte Lehrjunge sein Nachfolger, wie es in unserer Zunft der Fall ist, wo Raynil Layan bald meine Stelle einnehmen wird ...«

»Eine Frau könnte das genausogut wie jeder Mann«, sagte eine der Frauen, Cheme Par. »Ich habe lange genug für dich gearbeitet, Datnil Skar. Ich kenne alle Geheimnisse der Gerberlauge. Ich könnte mich selbst gerben, wenn es notwendig sein sollte.«

»Ja, aber wir müssen Ordnung und Beständigkeit haben, Cheme Par«, sagte der Meister sanft.

»Ich könnte die Befehle schon geben«, versetzte die Frau, und alle lachten; dann wandten die Blicke sich Shay Tal zu.

»Erzähl uns von der Beständigkeit«, sagte die letztere. »Wir wissen, wie Loilanun uns lehrte, daß einige von uns Nachkommen Yulis des Priesters sind, der aus dem Norden kam, von Pannoval und dem Dorzin-See. Das ist eine Beständigkeit. Wie steht es mit der Beständigkeit innerhalb der Zünfte, Meister Datnil?«

»Alle Mitglieder unserer Zünfte sind in Embruddock geboren und aufgewachsen, auch bevor es Oldorando genannt wurde. Seit vielen Generationen.«

»Seit wie vielen Generationen?«

»Ach, sehr vielen ...«

»Sag uns, woher du dies weißt.«

»Wir haben Aufzeichnungen. Jeder Zunftmeister führt Buch.«

»Schriftlich?«

»So ist es. Alles wird in ein Buch geschrieben. Die Kunst wird weitergegeben. Aber die Aufzeichnungen dürfen anderen nicht zugänglich gemacht werden.«

»Warum, meinst du, ist das so?«

»Sie wollen nicht, daß die Frauen ihnen die Arbeit nehmen und besser machen«, rief eine der Frauen, und wieder gab es Gelächter. Datnil Skar lächelte verlegen und schwieg.

»Ich glaube, daß die Geheimhaltung einst einem vernünftigen Zweck diente«, sagte Shay Tal. »Bestimmte Künste, wie die Kunst des Metallschmiedens und die Kunst der Verarbeitung von Fellen und Pelzen mußten in schlechten Zeiten am Leben erhalten werden, trotz Hungersnot oder Überfällen der Phagoren. Wahrscheinlich gab es in der Vergangenheit sehr harte, schlimme Zeiten, und einige Künste gingen verloren. Wir können kein Papier mehr machen. Vielleicht gab es einst eine Papiermacherzunft. Auch können wir kein Glas machen. Doch gibt es Glasstücke – ihr alle wißt, was Glas ist. Wie kommt es, daß wir dümmer oder unwissender sind als unsere Vorfahren? Leben und arbeiten wir unter einem Nachteil oder einer ungünstigen Lage, die wir nicht ganz verstehen? Das ist eine der großen Fragen, die wir uns stellen müssen.«

Sie hielt inne. Zu ihrem Verdruß sagte niemand etwas. Sie sehnte sich nach irgendeinem Kommentar, der das Gespräch vorwärtsbringen würde.

»Shay Tal, du sprichst die Wahrheit, soweit ich es überblicke«, sagte Datnil Skar endlich. »Du verstehst, daß ich als Zunftmeister durch meinen Eid verpflichtet bin, niemandem die Geheimnisse meiner Kunst zu enthüllen; das ist ein Eid, den ich bei Wutra und bei Embruddock abgelegt habe. Aber ich weiß, daß es einst schwere Zeiten gab, von denen ich nicht sprechen darf ...«

Als er verstummte, half sie ihm mit einem Lächeln. »Glaubst du, daß Oldorando einst größer war, als es jetzt ist?«

Er legte den Kopf auf die Seite und schaute sie nachdenklich an. »Ich weiß, du nennst diesen Ort einen Acker. Aber er überlebt ... er ist der Mittelpunkt der Welt. Nun, das ist keine Antwort auf deine Frage. Ihr habt nördlich von hier Hafer und Roggen gefunden, also laßt uns von diesen sprechen. Nach meiner Überzeugung gab es dort einmal sorgfältig gepflegte Felder, eingefriedet gegen wildlebende Tiere. Die

Felder gehörten zu Embruddock. Viele andere Getreidearten wuchsen dort und wurden kultiviert. Nun beginnt ihr wieder mit dem Anbau, was weise ist.

Ihr wißt, wir brauchen Rinde für unsere Gerberei. Es ist schwierig, welche zu bekommen. Ich glaube – nun, ich weiß ...« Er brach ab, dann sagte er ruhig: »Große Wälder aus hohen Bäumen, die Holz und Rinde lieferten, wuchsen im Westen und Norden. Die Gegend wurde Kace genannt. Damals war es heiß, und es gab keine Kälte.«

Jemand sagte: »Die Zeit der Hitze – das ist eine Legende, die aus der Zeit der Priester zurückgeblieben ist. Märchengeschichten dieser Art sollten wir uns aus dem Kopf schlagen. Dafür haben wir die Akademie. Wir wissen, daß es einst kälter war, als es jetzt ist. Frag meine Großmutter.«

»Ich sage nur, daß es nach allem, was ich weiß, heiß war, bevor es kalt wurde«, sagte Datnil Skar und kratzte sich den grauen Schädel. »Ihr solltet versuchen, diese Dinge zu verstehen. Viele Menschenleben vergehen, viele Jahre. Es gibt eine Menge Geschichte, die verschwunden ist. Ich weiß, ihr Frauen denkt, die Männer seien dagegen, daß ihr etwas lernt, und das mag so sein; aber ich spreche aufrichtig, wenn ich sage, daß ihr trotz verschiedener Schwierigkeiten Shay Tal unterstützen solltet. Als Zunftmeister weiß ich, wie kostbar Wissen ist. Es scheint am Boden einer Gemeinschaft herauszurinnen wie Wasser aus einem nassen Strumpf.«

Sie standen auf und klatschten ihm höflich Beifall, als er ging.

Zwei Tage später, um die Zeit des Freyruntergangs, schritt Shay Tal ruhelos in ihrem Turmzimmer auf und ab, als ein Ruf von unten kam. Sofort dachte sie an Aoz Roon, obgleich die Stimme nicht ihm gehörte.

Sie fragte sich, wer um diese Zeit, da das Tageslicht schwand, den Schutz der Mauern verlassen würde, um sich hier heraus zu wagen. Sie steckte den Kopf zum Fenster hinaus und sah Datnil Skar, dessen Gestalt im Dämmerlicht mit den Steinen der Umgebung zu verschmelzen schien.

»Oh, komm herauf, mein Freund!« rief sie, und dann eilte sie hinunter, ihn zu begrüßen. Er lächelte nervös und hatte einen Kasten unter dem Arm. Sie stiegen in ihren Raum hinauf, schlossen die Luke und setzten sich einander gegenüber, Shay Tal füllte ihm einen Holzbecher mit Rathel.

Nach einer Weile müßiger Unterhaltung sagte er: »Ich denke, du weißt, daß ich bald als Zunftmeister der Gerber und Kürschner zurücktreten werde. Mein einstiger persönlicher Novize, der von mir ausgewählte Lehrling, wird meinen Platz einnehmen. Auch er ist inzwischen ein gereifter Mann, aber ich werde alt, und er weiß seit langem alles, was ich zu lehren habe.«

»Darum bist du hierhergekommen?«

Er lächelte und schüttelte den Kopf. »Ich komme her, Shay Tal, weil ich ... weil ich die Bewunderung eines alten Mannes für dich erfahre, für deine Person und deinen Wert ... Nein, laß mich ausreden. Ich habe dieser Gemeinschaft immer gedient und sie geliebt, und ich glaube, du tust das gleiche, obwohl du die Gegnerschaft vieler Männer zu tragen hast. Also wollte ich dir etwas Gutes tun, solange ich dazu noch imstande bin.«

»Du bist ein guter Mann, Datnil Skar. Oldorando weiß es. Die Gemeinschaft braucht gute Menschen.«

Er seufzte und nickte. »Ich habe Embruddock – oder Oldorando, wie wir es nennen sollten – jeden Tag meines Lebens gedient, und habe es nie verlassen. Doch ist in all den Jahren kaum ein Tag vergangen, an dem ich nicht ...« Er brach ab, lächelte sein schüchternes Greisenlächeln und sagte: »Ich glaube, ich spreche zu einer verwandten Seele, wenn ich sage, daß seit meiner Jugendzeit kaum ein Tag dahingegangen ist, ohne daß ich mir Gedanken darüber machte, wie es woanders sein möchte, weit entfernt von hier.«

Er hielt inne, räusperte sich und sagte in vertraulichem Ton: »Ich will dir eine Geschichte erzählen. Sie ist nur kurz. Ich erinnere mich eines schrecklichen Winters, als ich ein Junge war. Damals griffen die Phagoren an, und auf den Angriff, der abgewehrt werden konnte, folgten Krankheit und Hungersnot. Viele Leute starben. Und die Phagoren starben auch, obwohl wir das damals nicht wußten. Es war so dunkel, ich schwöre, daß die Tage heute heller sind ... Jedenfalls ließen die Phagoren während des Kampfes einen Menschenjungen zurück. Sein Name war – ich schäme mich zu sagen, daß ich ihn vergessen habe, aber soweit ich mich entsinne, war es etwas wie Krindlesheddy. Ein langer Name. Früher wußte ich ihn genau. Mit den Jahren habe ich ihn dann vergessen.

Krindlesheddy war aus einem Land weit im Norden gekommen, aus Sibornal. Er sagte, dieses Sibornal sei ein Land ewiger Gletscher. Es war um die Zeit, als ich vom damaligen Zunftmeister der Gerber zu seinem persönlichen Novizen und Hauptlehrling gemacht wurde. Krindlesheddy hätte in Sibornal ein Priester werden sollen, und jeder von uns war seinem Beruf aus innerer Neigung zugetan. Er – Krindlesheddy oder wie immer sein Name war – hielt unser Leben für leicht. Die Geysire, sagte er, hielten Oldorando warm.

Als ein junges Mitglied der Priesterschaft hatte mein Freund zu einer Gruppe von Siedlern gehört, die nach Süden gezogen war, um der Kälte zu entgehen. Sie gelangten zu einem besseren Land an den Ufern eines Flusses. Dort mußten sie mit den einheimischen Bewohnern einer Gegend kämpfen, die ... nun, ich weiß nicht mehr, wie sie genannt wurde; der Name ist mir nach all diesen vielen Jahren entfallen. Eine große Schlacht tobte, in welcher Krindlesheddy verletzt wurde. Die Überlebenden flohen, nur um von umherstreifenden Phagoren gefangen zu werden. Es war reines Glück, daß er ihnen entkam und zu uns fand. Oder vielleicht ließen sie ihn laufen, weil er verletzt war.

Wir taten, was in unseren Kräften stand, um dem Burschen zu helfen, aber nach einem Monat starb er. Ich weinte um ihn. Ich war eben jung. Doch selbst dann beneidete ich ihn, weil er etwas von der Welt gesehen hatte. Er erzählte mir, daß das Eis in Sibornal in vielen Farben schimmere und schön sei.«

Als Meister Datnil geendet hatte und sich mit einem Schuß Rathel aus dem Becher stärkte, kam Vry herein. Er lächelte ihr freundlich zu und sagte zu Shay Tal: »Schick sie nicht fort. Ich weiß, daß du ihr vertraust, also laß sie hören, was ich zu sagen habe.« Er legte seinen hölzernen Kasten vor sich auf den Boden. »Ich habe das Hauptbuch unserer Zunft mitgebracht, um es euch zu zeigen.«

Shay Tal sah aus, als wollte sie ohnmächtig werden. Sie begriff, daß die Mitglieder der Zünfte den Meister ohne Zögern töten würden, wenn sie entdeckten, daß er das Hauptbuch ausgeliehen hatte ... Sie ahnte, welche inneren Kämpfe der alte Mann durchgemacht, bevor er es gebracht hatte. Sie legte ihm die dünnen Arme um den Hals und küßte ihn auf die faltige Stirn.

Vry kniete bei ihnen nieder, aufgeregt und ungeduldig. »Laß uns einen Blick hineintun!« rief sie und streckte die Hand nach dem Kasten aus.

Er legte seine Hand über die ihrige.

»Betrachtet zuerst das Holz, aus welchem der Kasten gemacht ist. Es ist nicht von einem Rajabaral; die Maserung ist zu schön. Seht, wie es geschnitzt ist, beachtet die fein ziselierten metallenen Schutzkappen an den Ecken. Könnten unsere Metallarbeiter heute eine derart feine Arbeit liefern?«

Als sie den Kasten und seine kunstvolle Verarbeitung betrachtet hatten, öffnete er ihn und nahm einen großen, in schweres Leder gebundenen und kunstvoll geprägten Band heraus. »Dies habe ich selbst gemacht, Shay Tal. Ich habe das Buch neu eingebunden. Aber das Innere ist alt.«

Die Seiten des Hauptbuches waren von zahlreichen verschiedenen Händen sorgfältig und oft geziert und schnörkelhaft beschrieben. Datnil Skar wendete die Seiten rasch um, als befürchtete er zuviel zu enthüllen. Aber die Frauen sahen Daten, Namen, Listen und verschiedene Eintragungen und Zahlen.

Er blickte mit einem ernsten Lächeln in ihre Gesichter auf. »In einer Weise spiegelt dieser Band die Geschichte von Embruddock im Laufe der Generationen. Und jede unserer Zünfte hat ein ähnliches Hauptbuch, dessen bin ich gewiß.«

»Die Vergangenheit ist tot. Wir versuchen jetzt, in die Zukunft zu blicken«, sagte Vry. »Wir wollen nicht in der Vergangenheit steckenbleiben. Wir wollen hinausgehen ...«

Sie brach unentschlossen ab und bedauerte sofort, daß sie sich in ihrer Erregung der Aufmerksamkeit der beiden anderen aufgedrängt hatte. Sie waren älter als sie und würden ihr niemals beipflichten. Obwohl ihre Ziele allgemein übereinstimmten, existierte ein Unterschied, der nie überbrückt werden konnte.

»Der Schlüssel zur Zukunft liegt in der Vergangenheit«, sagte Shay Tal in sanfter, aber unüberhörbarer Zurechtweisung, denn sie hatte es Vry in der Vergangenheit wiederholt auseinandergesetzt. Darauf wandte sie sich zu dem alten Mann und sagte: »Meister Datnil, wir anerkennen sehr deine mutige Tat und sind dir dankbar, daß du uns das geheime Buch schauen ließest. Vielleicht dürfen wir es eines Tages gründlicher lesen. Würdest du uns sagen, wie viele Meister es in deiner Zunft gegeben hat, seit die Aufzeichnungen begannen?«

Er schloß das Buch und legte es zurück in den Kasten. Speichel rann ihm aus einem Mundwinkel, und seine Hände zitterten stark.

»Die Ratten kennen die Geheimnisse von Oldorando ...

Ich bin in Gefahr, weil ich dieses Buch herbrachte. Ein alter Dummkopf ... Gebt acht, meine Lieben, es gab einen großen König, der in den alten Tagen über ganz Campannlat herrschte und der König Denniss genannt wurde. Er sah voraus, daß die Welt – diese Welt, die bei den Ancipitalen Hrrm-Bhhrd Ydohk heißt – ihre Wärme verlieren würde, wie ein Eimer Wasser verschüttet, wenn ihr ihn durch die Gasse tragt. Also gründete er unsere Zünfte und gab ihnen eiserne Gesetze, um ihren Fortbestand zu sichern. Alle Handwerkerzünfte sollten das Wissen und die Weisheit durch bevorstehende dunkle Zeiten bewahren, bis die Wärme wiederkehren würde.«

Beim Sprechen verfiel er in eine Art Singsang, als rezitiere er feststehende Formeln aus dem Gedächtnis.

»Unsere Zunft hat seit den Zeiten jenes guten Königs überlebt, wenn sie auch in manchen Epochen nicht das Nötigste besaß, um Leder zu gerben. Nach diesen Aufzeichnungen hier sank die Zahl ihrer Mitglieder einst auf einen Meister und einen Lehrling, die in einiger Entfernung vom Dorf unter dem Erdboden hausten ... Fürchterliche Zeiten. Aber wir überlebten.«

Er schwieg und wischte sich den Mund, und Shay Tal nutzte die Unterbrechung, um ihn zu fragen, von welchem Zeitabschnitt er spreche.

Datnil Skar wandte den Kopf zum dunkelnden Rechteck des Fensters und sein Blick schien sich in unbekannten Fernen zu verlieren.

»Ich verstehe nicht alle Aufzeichnungen in unserem Buch. Du kennst unsere Konfusion mit dem Kalender. Wie unsere eigenen Erfahrungen zeigen, bringen neue Kalender beträchtliche Verschiebungen mit sich ... Embruddock – vergebt mir, aber ich fürchte, ich verrate euch zuviel – nun, Embruddock gehörte nicht immer ... ah ... Leuten unserer Art.«

Er schüttelte den Kopf, und sein Blick huschte nervös

durch den Raum. Die Frauen warteten, bewegungslos wie Phagoren. Endlich ermannte er sich und sprach weiter.

»Viele Menschen starben. Es gab eine schreckliche Seuche, den Fetten Tod. Invasionen ... die Sieben Blindheiten ... Geschichten des Jammers. Wir hoffen, unser gegenwärtiger Herr ...« – wieder ein Blick durch den Raum – »wird sich als ebenso klug wie König Denniss erweisen. Der gute König gründete unsere Zünfte in einem Jahr, das 249 vor Nadir genannt wurde. Wir wissen nicht, wer Nadir war. Was wir aber wissen, ist, daß ich – sofern es nicht zu einer Unterbrechung der Aufzeichnungen gekommen ist – der achtundsechzigste Zunftmeister der Gerber und Kürschner bin. Der achtundsechzigste ...« Er spähte kurzsichtig in Shay Tals Gesicht.

»Der achtundsechzigste ...« Um ihre bestürzte Überraschung zu verbergen, zog sie ihre Felle mit einer charakteristischen Bewegung um ihre schmächtigen Schultern. »Das sind viele Generationen ... reichen zurück bis ins Altertum ...«

»Ja, ja, bis ins Altertum.« Meister Datnil nickte selbstzufrieden, als wäre er persönlich mit ungeheuren Zeitabschnitten bekannt. »Fast sieben Jahrhunderte sind vergangen, seit unsere Zunft gegründet wurde. Sieben Jahrhunderte, und noch immer friert es nachts.«

Embruddock lag wie ein vor langer Zeit gestrandetes Schiff in der Wildnis. Noch immer gab es der Mannschaft Obdach, wenn es auch nie wieder Segel setzen würde.

So beharrlich und gründlich hatten die Elemente eine vormals stolze Stadt im Ablauf der Jahrhunderte abgetragen, daß ihre Bewohner nicht ahnten, daß ihr von alters her vertrautes Dorf nichts anderes als die Überreste eines Palastes war, der im Mittelpunkt einer von Klima, menschlicher Tollheit und den Zeitaltern ausgelöschten Kultur gestanden hatte.

Mit dem milderen Wetter waren die Jäger gezwungen, auf der Suche nach Wild immer weiter in das umliegende Land vorzudringen. Die Sklaven bestellten Felder und träumten von unmöglicher Freiheit. Die Frauen arbeiteten im Dorf und wurden neurotisch.

Während Shay Tal fastete und immer einsiedlerischer wurde, entfaltete sich in Vry eine nur mühsam unterdrückte Energie, und sie entwickelte ihre Freundschaft zu Oyre. Mit ihr sprach sie über alles, was Meister Datnil gesagt hatte, und fand eine aufmerksame Zuhörerin. Sie stimmten darin überein, daß es in der Geschichte verwirrende Rätsel gebe, wenngleich Oyre ein wenig skeptisch blieb.

»Datnil Skar ist alt und ein wenig wirr im Kopf – das sagt Vater immer«, erklärte sie und hinkte in einer Nachahmung der Gangart des Meisters durch den Raum, wobei sie mit heiser fistelnder Stimme rief: »»Unsere Zunft ist so vornehm, daß wir nicht einmal König Denniss Mitglied werden ließen . . .««

Als Vry lachte, sagte Oyre, wieder ernster werdend: »Meister Datnil könnte dafür hingerichtet werden, daß er das Hauptbuch seiner Zunft herumgezeigt hat – das allein schon beweist seine Wirrköpfigkeit.«

»Und obwohl er es mitgebracht hatte, wollte er uns nicht darin lesen lassen«, platzte Vry heraus. »Wenn wir nur alle Ereignisse und Tatsachen zusammenbringen könnten! Shay Tal sammelt sie einfach und schreibt sie auf. Aber es muß eine Möglichkeit geben, etwas daraus zu machen, ein . . . ein Muster würde vielleicht erkennbar werden. Soviel ist verlorengegangen; darin hat Meister Datnil recht. Die Kälte war früher so bitter, daß die Leute beinahe alles verheizten, was brennbar war – Holz, Papier, alle Aufzeichnungen. Ist dir klar, daß wir nicht einmal wissen, welches Jahr es ist? Dabei könnten die Sterne es uns verraten. Loil Brys Kalender ist einfältig, Kalender sollten auf Jahren beruhen, nicht auf Menschen. Menschen sind so fehlbar – und das schließt mich ein. Ach, ich werde noch verrückt, ich schwöre es!«

Oyre lachte fröhlich und umarmte Vry.

»Du bist der vernünftigste Mensch, den ich kenne, du Dummkopf.« Sie setzten sich zusammen auf den nackten Boden und fingen wieder an, über die Sterne zu sprechen. Oyre war mit Laintal Ay in dem alten Tempel gewesen, um das Fresko anzuschauen. »Die Wachtposten sind deutlich dargestellt, aber Batalix und Freyr berührten sich fast über Wutras Kopf.«

»Jedes Jahr kommen die beiden Sonnen einander näher«, sagte Vry. »Im vergangenen Monat berührten sie einander beinahe, als Batalix Freyr überholte, und niemand achtete darauf. Nächstes Jahr werden sie zusammenprallen. Was dann? – Oder vielleicht geht einer hinter dem anderen vorbei.«

»Vielleicht ist es das, was Meister Datnil mit der Blindheit meinte? Wenn Freyr hinter Batalix verschwände, würde es da nicht plötzlich wie an einem der trüben Tage sein? Vielleicht wird es die Sieben Blindheiten wieder geben, wie schon einmal.« Sie blickte besorgt und rückte näher an die Freundin heran. »Das würde das Ende der Welt sein. Wutra würde dann erscheinen, natürlich wuterfüllt.«

Vry lachte und sprang auf. »Die Welt ging letztesmal nicht unter, und nächstesmal wird sie es auch nicht tun. Nein, vielleicht wird es einen Neubeginn bezeichnen.« Ihre Augen leuchteten. »Das ist der Grund, warum die Jahreszeiten wärmer werden. Sobald Shay Tal mit ihrem gräßlichen Pauk fertig sein wird, wollen wir die Frage von neuem angehen. Ich werde mich unterdessen im Rechnen üben. Laß die Blindheiten kommen – ich begrüße sie!«

Sie tanzten im Raum herum und lachten wie unsinnig.

»Wie sehne ich mich nach einem großen Erlebnis!« rief Vry.

Unterdessen zeigte Shay Tal deutlicher denn je die dünnen Vogelknochen unter ihrer Haut, und ihre dunkle Fellkleidung schlotterte um ihren Körper. Die Frauen brachten ihr Essen, aber sie wollte nichts davon anrühren.

»Fasten bekommt meiner heißhungrigen Seele«, sagte sie und schritt in ihrem kalten Raum auf und nieder, derweilen Vry und Oyre ihr Vorhaltungen machten und Amin Lin bescheiden im Hintergrund stand. »Morgen werde ich in Pauk gehen. Ihr drei und Rol Sakil könnt dann bei mir sein. Ich werde altes Wissen aus dem Brunnen der Vergangenheit hervorziehen. Durch die Geister werde ich zu jener Generation vordringen, die unsere Türme und unterirdischen Gänge erbaute. Wenn nötig, werde ich Jahrhunderte überwinden und König Denniss selbst gegenübertreten.«

»Wie wundervoll!« rief Amin Lin.

Vögel kamen in ihre zerfallene Fensteröffnung und wurden mit dem Brot gefüttert, das Shay Tal nicht anrühren wollte.

»Geh nicht in die Vergangenheit, Shay Tal«, riet ihr Vry. »Das ist die Art alter Männer. Blicke voraus, blicke aufwärts. Die Befragung der Toten bringt keinen Gewinn.«

Shay Tal war des Austausches von Argumenten so entwöhnt, daß sie sich nur mit Mühe enthalten konnte, ihre wichtigste Schülerin zu schelten. Sie schaute Vry genauer an und sah, beinahe mit Erschrecken, daß das schüchterne junge Ding nun eine Frau war. Ihr Gesicht war blaß, mit Schatten unter den Augen, und Oyre sah nicht besser aus.

»Warum seid ihr beiden so bleich? Seid ihr krank?«

Vry schüttelte den Kopf.

»Heute nacht ist eine Stunde Dunkelheit, bevor Batalix wieder über den Horizont steigt. Dann werde ich dir zeigen, was Oyre und ich tun. Während die anderen schliefen, haben wir gearbeitet.«

Bei Freyruntergang war der Himmel klar. Die Wärme des Tages schwand rasch aus der Luft, als die beiden jungen Frauen Shay Tal auf das notdürftig abgedichtete Dach des halb eingestürzten Turmes führten. Von der Stelle am Horizont, wo Freyr untergegangen war, erstreckte sich ein von unten nach oben breiter werdender Streifen geisterhaften Lichts halbwegs zum Zenit. Der Himmel war fast frei von Wolken; als ihre Augen sich an die Dunkelheit gewöhnten, traten die hellen Sterne hervor. In einigen Himmelsgegenden waren sie relativ spärlich, in anderen wiederum zusammengedrängt. Über ihnen zog sich ein breites, unregelmäßiges und schwach leuchtendes Lichtband von einem Horizont zum anderen; dort waren die Sterne wie Nebel so dicht, und dazwischen leuchteten besonders helle Lichtpunkte hervor.

»Es ist der großartigste Anblick, den man haben kann«, sagte Oyre. »Findest du das nicht, Shay Tal?«

»In der Unterwelt hängen die Geister wie Sterne«, erwiderte die Angeredete. »Sie sind die Seelen der Toten. Hier seht ihr die Seelen der Ungeborenen. Wie oben, so unten.«

»Ich denke, wir müssen nach einem völlig verschiedenen Prinzip Ausschau halten, wenn wir die Himmel erklären wollen«, sagte Vry mit Festigkeit. »Alle Bewegungen hier sind regelmäßig. Alle Sterne hier bewegen sich um den hellen Stern dort oben, den wir den Polarstern nennen.« Sie zeigte zu einem Stern hoch über ihren Köpfen. »In den fünfundzwanzig Stunden des Tages beschreiben die Sterne eine Umdrehung; sie gehen im Osten auf und im Westen unter, wie die zwei Wachtposten. Beweist das nicht, daß sie ihnen ähnlich sind, nur viel weiter von uns entfernt?«

Die beiden zeigten Shay Tal die Sternenkarte, die sie anfertigten, wobei die relativen Positionen der Sterne auf einem Bogen Pergament eingetragen wurden. Sie zeigte wenig Interesse und sagte: »Die Sterne können uns nicht beeinflussen, wie die Geister es tun. Wie sollte diese eure Liebhaberei das Wissen voranbringen? Ihr wäret besser beraten, wenn ihr nachts schlafen würdet.«

Vry seufzte. »Die Himmel sind lebendig. Sie sind nicht ein

Grab, wie die Unterwelt. Oyre und ich haben hier oben gestanden und Meteore herabfallen sehen. Und es gibt vier helle Sterne, die sich verschieden von allen anderen bewegen; das sind die Wanderer, von denen in den alten Liedern die Rede ist. Diese Wanderer kehren bisweilen auf ihrer Wanderung durch die Himmel um und gehen ein Stück zurück. Und einer zieht sehr schnell über uns hinweg. Wir werden ihn bald sehen. Wir glauben, daß er uns nahe ist, und wegen seiner Schnelligkeit nennen wir ihn Kaidaw.«

Shay Tal rieb fröstelnd die Hände aneinander und blickte besorgt umher. »Es ist kalt hier oben.«

»Unten, wo die Geister liegen, ist es noch kälter«, versetzte Oyre.

»Gib du acht auf deine Zunge, junge Frau! Du bist keine Freundin der Akademie, wenn du Vry von ihrer eigentlichen Arbeit ablenkst.«

Ihr Gesichtsausdruck wurde kalt und raubvogelhaft; sie wandte sich rasch weg, als ob sie die beiden anderen von seinem Anblick abschirmen wollte, und stieg ohne ein weiteres Wort die Leiter hinab.

»Ach je, dafür werde ich zahlen müssen«, sagte Vry. »Um das wiedergutzumachen, werde ich besonders demütig sein müssen.«

»Du bist zu demütig, Vry, und sie ist zu hochmütig. Was soll dir ihre Akademie? Sie fürchtet sich vor den Himmeln, wie die meisten Menschen. Das ist ihre Schwierigkeit, Zauberin oder nicht. Sie erträgt einfältige Leute wie Amin Lin, weil sie sich ihrem Hochmut unterwerfen.«

Sie ergriff Vry in zorniger Leidenschaft am Arm und begann die Torheiten von allen aufzuzählen, die sie kannte.

»Am meisten regt mich auf, daß wir keine Gelegenheit bekamen, sie durch unser Teleskop schauen zu lassen«, sagte Vry.

Das Teleskop war es, was Vrys astronomischen Interessen den stärksten Auftrieb gegeben hatte. Als Aoz Roon Herr über Oldorando geworden war und seine Wohnung in dem großen Turm genommen hatte, hatte es Oyre freigestanden, die dort in morschen Truhen modernden Besitztümer früherer Bewohner zu durchwühlen. Das Teleskop hatte zwischen mottenzerfressenen Kleidungsstücken aus Stoff gesteckt, die beim Aufheben in Stücke zerfallen waren. Es war einfach gemacht – vielleicht von der längst dahingeschiedenen Glasmacherzunft –, da es nur aus einer ledernen Röhre bestand, die zwei Linsen zu halten hatte; richtete man es aber auf die wandernden Sterne, hatte das Teleskop die Macht, Vrys Wahrnehmungen zu verändern. Denn die Wanderer zeigten deutliche Scheibengestalt. Tatsächlich ähnelten sie den Wachtposten, obwohl sie kein Licht ausstrahlten.

Aus dieser Entdeckung hatten Vry und Oyre gefolgert, daß die Wanderer der Welt nahe waren, die Sterne hingegen weit entfernt von ihr – einige sehr weit entfernt. Von Fallenstellern, die im Licht der Sterne arbeiteten, hatten sie die Namen der Wanderer erfahren: Ipocrene, Aganip und Copaise. Und dann gab es den schnellen Wanderer, den sie selbst Kaidaw getauft hatten. Nun suchten sie zu beweisen, daß diese Wanderer Welten wie ihre eigene waren, vielleicht sogar von Menschen bewohnt.

Als sie ihre Freundin ansah, konnte Vry nur die Umrisse ihres schönen Gesichts und des fein geformten Kopfes sehen, und zum ersten Mal fiel ihr auf, wie sehr Oyre ihrem Vater ähnelte. Sie und Aoz Roon schienen auch im Wesen gleich, so energisch und voll Tatendrang. Vielleicht lag es auch daran, daß sie von ihrem Vater aufgezogen worden war. Vry überlegte, ob Oyre womöglich schon einen Mann gehabt habe, in der Dunkelheit eines Brassimip oder anderswo. Dann drängte sie den unpassenden Gedanken aus ihrem Bewußtsein und wandte den Blick zum Himmel.

Still warteten sie auf ihrem Turm, bis der Stundenheuler wieder ertönte. Einige Minuten später erhob sich Kaidaw über den Horizont und schwebte aufwärts zum Zenit.

Die Beobachtungsstation *Avernus* – Vrys Kaidaw – hing hoch über Helliconia, während der Kontinent Campannlat unter ihr vorbeizog. Die Besatzung der Station widmete den größten Teil ihrer Aufmerksamkeit der Welt unter ihnen; aber auch die anderen drei Planeten des Doppelsternsystems waren unter ständiger Beobachtung durch automatische Instrumentenkapseln.

Auf allen vier Planeten stiegen die Oberflächentemperaturen. Die Lebensbedingungen verbesserten sich stetig. Nur auf der Oberfläche traten immer wieder vorübergehende Anomalien auf, welche die Regungen des erwachenden Lebens erstarren ließen.

Helliconias Drama von der Mühsal der Generationen spielte sich auf einer Bühne ab, die von einigen wenigen bestimmenden Umständen sparsam gegliedert war. Das Jahr des planetarischen Umlaufes um Batalix – oder Stern B für die Gelehrten der *Avernus* – hatte 480 Tage (das »kleine« Jahr). Aber Helliconia hatte auch ein Großes Jahr, von dem die Bewohner des Dorfes in ihrem gegenwärtigen Zustand nichts wußten. Das Große Jahr war die Zeit, in welcher Stern B und seine Planeten mit ihm einen Umlauf um Freyr, den Stern A der Gelehrten, vollendete.

Dieses Große Jahr dauerte 1825 »kleine« Jahre. Da ein helliconisches kleines Jahr 1,42 irdischen Jahren entsprach, hatte dieses Große Jahr eine Dauer von 2592 Erdenjahren – ein Zeitraum, während dem viele Generationen blühten und vergingen.

Das Große Jahr stellte eine gewaltige elliptische Reise dar. Helliconia war etwas größer als die Erde, mit einer Masse von 1,28 der Erdmasse; in vielerlei Hinsicht war es ein Schwesterplanet der Erde. Doch auf dieser Jahrtausende währenden elliptischen Reise glich es nacheinander zwei völlig verschiedenen Welten – einer gefrorenen im Apastron, wenn sie am weitesten von Freyr entfernt war, und einer überhitzten im Periastron, wenn sie Freyr am nächsten war.

Mit jedem kleinen Jahr näherte Helliconia sich Freyr. Der Frühling schickte sich an, seinen aufsehenerregenden Einzug zu halten.

Auf halbem Weg zwischen den hohen Sternen auf ihren Bahnen und den Geistern der Unterwelt, die langsam zum Urblock hinabsanken, kauerten zwei Frauen zu beiden Seiten einer Lagerstatt aus Farnkraut. Der Fensterladen des einzigen Fensters war geschlossen, das Licht so schwach, daß sie anonym waren, zwei trauernde Gestalten neben der reglos hingestreckten Gestalt auf dem Lager. Es ließ sich nur bestimmen, daß eine der beiden dicklich und nicht mehr jung war, und die andere sich im Austrocknungsprozeß des Alters befand.

Rol Sakil Den schüttelte ihren ergrauten Kopf und blickte mit kummervollem Mitleid auf die liegende Gestalt vor ihr.

»Das arme liebe Ding, war immer ein so nettes Mädchen! Sie hat kein Recht, sich so zu quälen.«

»Ich sage, sie hätte bei ihren Laiben bleiben sollen«, sagte die andere Frau, um auf sie einzugehen.

»Fühl nur, wie dünn sie ist. Fühl ihre Beine. Kein Wunder, daß sie seltsam geworden ist.«

Rol Sakil war selbst dünn wie eine Mumie, ihr Knochengerüst erodiert von Arthritis. Bevor sie für solche Anstrengungen zu alt geworden war, hatte sie der Gemeinde lange als Hebamme gedient. Noch immer pflegte sie diejenigen, welche den Trancezustand des Pauk suchten, um mit ihren Vorfahren Verbindung aufzunehmen. Nun, da sie nicht mehr für Dol zu sorgen hatte, ließ sie sich des öfteren im Umkreis der Akademie sehen, stets bereit zu kritisieren, selten bereit zu denken.

»Sie ist so schmal geworden, daß sie keinen Stock zur Welt bringen könnte, geschweige denn ein Kind. Der Leib aber will gepflegt sein – er ist der wichtigste Teil einer Frau.«

»Sie hat sich um vieles andere zu kümmern«, sagte Amin Lin. »Was sollte sie da mit einem Kind?«

»Oh, ich habe große Achtung vor dem Wissen; nicht weniger als andere, aber wenn das Wissen den natürlichen Fähigkeiten zur Fortpflanzung im Weg steht, dann sollte es Platz machen.«

»Was das betrifft«, sagte Amin Lin mit einer Schärfe, die ihr sonst fremd war, von der anderen Seite des Lagers, »so wurden ihre natürlichen Fähigkeiten zur Fortpflanzung beiseite geschoben, als deine Dol sich in Aoz Roons Lager einnistete. Sie wäre damals gern seine Frau geworden, und kein Wunder. Ein stattlicher Mann, der Aoz Roon, und außerdem Herr von Embruddock.«

Rol Sakil rümpfte die Nase. »Das ist kein Grund, warum sie ganz ohne einen Mann sein sollte. Sie hätte sich einen anderen suchen können. Wenn sie meint, Aoz Roon würde irgendwann doch noch zu ihr kommen, dann kann sie lange warten! Der wird sich nicht wieder bei ihr blicken lassen, merk dir meine Worte! Der hat mit unserer Dol alle Hände voll zu tun.«

Die alte Frau winkte Amin Lin näher, um ihr eine Vertraulichkeit zuzuflüstern, und sie steckten über Shay Tals leblosem Körper die Köpfe zusammen. »Dol läßt ihn nicht zur Ruhe kommen – aus Neigung und aus Politik. Ein Verfahren, das ich jeder Frau empfehlen würde, auch dir, Amin Lin. Ich kann mir denken, daß du es hin und wieder auch ganz gern hast – es wäre nicht normal, wenn es anders wäre, in deinem Alter. Frag deinen Mann.«

»Nun, es wird wohl keine Frau geben, die nicht eine Schwäche für Aoz Roon hätte, bei all seinen Launen.«

Shay Tal seufzte in ihrer Trance. Rol Sakil nahm ihre Hand in die welke Rechte und sagte, noch immer im vertraulichen Flüsterton: »Meine Dol erzählt mir, daß er im Schlaf schrecklich murmelt und stöhnt. Ich habe ihr gesagt, das mache das schlechte Gewissen.«

»Weswegen sollte er ein schlechtes Gewissen haben?«

»Nun, was das angeht ... da könnte ich dir eine Geschichte erzählen ... An dem Morgen damals, bevor er die Regierung übernahm, war ich wie jeden Tag früh unterwegs, denn ich hatte es nie mit dem Trinken und Feiern bis in die tiefe Nacht, und du wirst dich erinnern, daß am Tag zuvor die Jäger zurückgekehrt waren und am Abend ein großes Fest gefeiert wurde. Nun, als ich fortging, dick eingemummt gegen die Morgenkälte, sehe ich doch einen im Dunkeln auf der Gasse liegen und sage mir: ›Sieh einer an, da hat sich einer um den Verstand getrunken und schläft im Freien seinen Rausch aus.‹ Da lag er, unter dem großen Turm.«

Sie hielt inne, um die Wirkung ihrer Geschichte von Amin Lins Gesicht abzulesen, die aufmerksam lauschte. Rol Sakils kleine Augen verschwanden fast zwischen den faltigen Lidern, als sie fortfuhr: »Ich hätte mir weiter nichts dabei gedacht – hin und wieder schätze ich auch einen guten Schluck. Aber auf der anderen Seite des Turmes, was finde ich da: wieder einen, der im Schmutz liegt. ›Zwei Betrunkene, die den Heimweg nicht gefunden haben‹, sage ich zu mir und schüttle den Kopf. Und damit hätte es für mich sein Bewenden gehabt, aber als bekanntgegeben wurde, daß Nahkri und Klils im betrunkenen Handgemenge miteinander vom Turm gestürzt und am Morgen tot aufgefunden worden seien – also da ging mir ein Licht auf.« Sie schnalzte mißbilligend.

»Alle sagten, daß sie unter dem Turm gelegen hätten.«

»Ja, aber ich fand sie zuerst, und da lagen sie nicht beisammen. Sie lagen auf zwei entgegengesetzten Seiten des Turms. Also hatten sie keinen Streit miteinander gehabt, verstehst du? ›Da stimmt was nicht‹, sagte ich mir. ›Jemand ging hin und stieß die zwei Brüder vom Turm.‹ Wer konnte es sein, wer hatte durch den Tod der beiden am meisten zu gewinnen? Nun, Mädchen, das ist etwas, worüber zu urteilen ich anderen überlasse. Ich habe nie etwas gesagt. Nur zu unserer Dol sagte ich: ›Du pflegst deine Angst vor Höhen, hörst du? Geh nie in die Nähe einer Brüstung, wenn du mit Aoz Roon auf einem Turm bist‹, sagte ich. ›Am besten gehst du überhaupt nicht auf einen Turm, dann kannst du auch nicht hinunterfallen ...‹ Das sagte ich zu ihr.«

Amin Lin schüttelte den Kopf. »Shay Tal hätte Aoz Roon nicht geliebt, wenn er so etwas getan hätte. Und sie würde es wissen. Sie ist weise, sie hätte es gemerkt.«

Rol Sakil erhob sich und humpelte nervös zum Fenster, um den Laden ein wenig zu öffnen. Als sie zur Lagerstatt zurückkehrte, schüttelte sie zweifelnd den Kopf. »Wo es Männer betrifft, ist Shay Tal genauso wie wir anderen. Und wenn dich erst der klare Verstand und das gesunde Urteil verläßt, dann willst du einfach nicht glauben, was dem wundervollen Trugbild widersprechen könnte, das dir den Sinn benebelt. Du weißt selbst, wie es ist.«

»Ach, sei still!« Amin Lin blickte kummervoll auf ihre Freundin und Lehrerin hinab. Insgeheim wünschte sie sich, daß Shay Tals Leben etwas mehr von den Grundsätzen der alten Frau bestimmt gewesen wäre: dann hätte sie vielleicht glücklicher sein können.

Shay Tal lag steif ausgestreckt auf der linken Seite, in der Paukhaltung. Ihre Augen waren kaum geschlossen und schienen manchmal zu blinzen, und ihr Atem war fast unhörbar, doch ließ sie hin und wieder ein langgedehntes Seufzen vernehmen. Als sie die strengen, abgezehrten Konturen dieses verehrten Gesichts betrachtete, vermeinte Amin Lin einen Menschen zu sehen, der dem Tod mit Haltung begegnete. Nur der Mund, der sich gelegentlich zusammenzog und dann wieder halb öffnete, ließ den Schrecken erkennen, den in Gegenwart der Bewohner der Unterwelt niemand zu unterdrücken vermochte.

Obwohl Amin Lin selbst einmal unter Anleitung in diesen Zustand eingetreten war, hatte ihr das Entsetzen der Wiederbegegnung mit ihrem Vater ein für allemal gereicht. Die zusätzliche Dimension war nun verschlossen, bis der Ruf an sie erginge, würde sie diese Welt nie wieder aufsuchen.

»Armes Ding, armes kleines Ding«, sagte sie und strich ihrer Freundin über den Kopf, betrachtete liebevoll die grauen Haare und hoffte ihr durch diesen Beistand den Weg durch die finsteren Bereiche zu erleichtern, die unter dem Leben lagen.

Obwohl die Seele keine Augen hatte, konnte sie in einem Medium sehen, wo Schrecken das Sehvermögen ersetzte.

Als sie zu sinken begann, blickte sie in einen Raum hinab, der noch weiter und grenzenloser schien als der Nachthimmel. In diesen Raum konnte Wutra niemals eindringen. Dies war eine Region, von welcher Wutra, der Unsterbliche, keine Kenntnis hatte. Mit seinem blauen Antlitz, dem furchtlosen Blick, den schlanken, schön gebogenen Hörnern, gehörte er dem großen frostigen Ringen an, das anderswo stattfand. Diese Region war Hölle, weil er nicht war. Jeder Stern, der hier schimmerte, war ein Tod.

Es gab keinen Geruch als den der Angst. Jeder Tod hatte seine unveränderliche Position. Keine Meteore zogen hier unten ihre flüchtige Bahn; dies war das Reich absoluter Entropie, der eingetretene Tod des Universums, auf den das Leben nur mit Entsetzen antworten konnte.

Wie die Seele es jetzt tat.

Die Land-Oktaven wanden sich über wirkliches Territorium. Man konnte sie sich als Wege denken, außer daß sie eher gewundenen Mauern ähnelten, die sich endlos dahinzogen und die Welt einteilten, wobei nur der geringste Teil ihrer Höhe die Oberflächen überragte. Ihre eigentliche Substanz ging tief in den Boden hinein, durchdrang ihn bis zum Urblock, auf dem die Weltscheibe ruhte.

Im Urblock, am Grund ihrer jeweiligen Land-Oktaven, waren die Geister und Gespenster wie Tausende von schlecht erhaltenen Fliegen aufeinandergehäuft.

Die abgezehrte Seele Shay Tals sank auf einem unregelmäßigen Kurs zwischen den Geistern durch die ihr vorbestimmte Land-Oktave abwärts.

Die Geister glichen Mumien; ihre Leiber und Augenhöhlen waren eingesunken, ihre knochigen Füße baumelten; ihre Häute waren rauh wie altes Sackleinen, dabei aber durchscheinend, so daß die mattes Licht aussendenden Organe darunter undeutlich sichtbar waren. Ihre Münder waren aufgesperrt wie die Mäuler gestrandeter Fische, als erinnerten sie sich noch der Tage, da sie Luft geatmet hatten. Weniger alte Geister hatten die Münder vollgestopft mit Funken wie Glühwürmchen, die in rauchigem Staub daraus hervorkamen. Alle diese abgelegten alten Toten waren ohne Bewegung, doch konnte die wandernde Seele ihre Wut fühlen – eine Wut, die alles übertraf, was irgendeiner von ihnen empfunden haben konnte, als er oder sie noch unter den Lebenden geweilt hatte.

Als die Seele zwischen ihren Reihen niedersank, sah sie diese toten Geister schwebend in unregelmäßigen Reihen, die sich zu Orten erstreckten, die sie selbst nicht erreichen konnte, nach Borlien, zu den Meeresküsten, nach Pannoval, zum fernen Sibornal und sogar zu den eisigen Wildnissen des Ostens. Alle waren hierher verbannt, um Einheiten einer großen Sammlung zu sein, abgelegt unter ihren entsprechenden Land-Oktaven.

Für lebendige Sinnesorgane gab es keine Richtungen. Dennoch war diese Welt nicht ohne Richtung. Die Seele hatte ihr eigenes Segel. Sie mußte wachsam sein. Ein Geist hatte nicht viel mehr Willenskraft als eine Handvoll Staub, aber die in ihm angestaute Wut verlieh ihm Stärke. Der Geist eines Toten konnte jede Seele verschlingen, die ihm zu nahe kam, und sich so befreien und wieder unter die Lebenden zurückkehren, wo er Schrecken und Krankheit verbreitete.

Im Bewußtsein der Gefahr sank die Seele durch die Obsidianwelt, um endlich den Geist von Shay Tals Mutter zu erreichen. Das jämmerliche Ding schien wie aus Fetzen und Zweigen gemacht, die eine Karikatur des menschlichen Skeletts bildeten. Es starrte die Tochterseele aus glimmenden Augenhöhlen an. Es zeigte die alten braunen Zähne im herabhängenden Unterkiefer. Es war selbst von einem stockfleckigen Braun. Gleichwohl waren alle Einzelheiten klar zu erkennen, ähnlich wie Flechten an einer Wand eine vollkommene Wiedergabe eines Menschen bilden können. Der Geist stieß ein Geräusch unaufhörlicher Klage aus. Die Geister der Toten sind Negative vom menschlichen Leben und glauben infolgedessen nichts Gutes vom Leben. Kein Geist glaubt, daß sein Leben auf Erden lang genug währte, oder daß ihm dort das verdiente Glück zuteil geworden sei. Noch kann er glauben, daß er solch schaurige Vergessenheit verdient hat. Er sehnt sich nach lebenden Seelen. Nur diese können seinen endlosen Klagen ihr Ohr leihen.

»Mutter, ich komme pflichtgetreu wieder vor dich und werde deinen Beschwerden lauschen.«

»Du treuloses Kind, wann bist du zuletzt gekommen, wie lange ist es her! Und widerwillig, ja, immer widerwillig und ungern, wie in jenen undankbaren Tagen. Ich hätte es wissen sollen! Ja, ich hätte es wissen sollen, als ich dich zur Welt brachte, obwohl ich nicht wollte, daß noch ein Kind aus meinem armen, wunden Leib gequetscht würde ...«

»Ich werde deine Beschwerden anhören.«

»Pah, was heißt das schon? Ja, widerwillig, genau wie dein Vater, der sich auch um nichts kümmerte, dem nichts an mir lag, der meinen Schmerzen gegenüber gleichgültig war, der nichts wußte und nichts tat, genauso wie alle Männer, aber wer möchte behaupten, daß Kinder um ein Deut besser wären, im Gegenteil, sie saugen einen aus, saugen einem das Leben aus dem Leib – ach, ich hätte es wissen sollen ... Ich sage dir, ich verabscheute diesen Klotz von einem Mann, der ständig etwas wollte, der alles verlangte, mehr, als ich zu geben hatte, niemals zufrieden, die Tage und Nächte voll

Kummer, gefangen in dieser Falle, ja, das war es, und dann kamst du, eine Falle zu dem Zweck, mich um meine Jugend zu betrügen, dabei war ich hübsch, ja, ich war hübsch, doch nur diese verdammte Krankheit ... Ich sehe, daß du mich auslachst, wie wenig liegt dir an mir ...«

»Freilich liegt mir an dir, Mutter! Es ist eine Qual, dich anzusehen!«

»Ja, aber du und er, ihr habt mich darum betrogen, um alles, was ich hatte, und alles, worauf ich hoffte, er mit seiner Gier, das schmutzige Schwein, wenn Männer nur wüßten, welchen Haß sie erregen, wenn sie uns überwältigen, uns in der trüben unerträglichen Dunkelheit unter ihren schwitzenden, stinkenden Leibern begraben, und du mit dieser jämmerlichen Schwächlichkeit, diesem ewig saugenden Mund und dem Geschrei, das zuviel verlangte, genau wie der Vater, zuviel Kraft und Geduld ... Und ständig voll Kot und Urin, immer mußtest du saubergewischt werden, hirnlos, winselnd, und immer etwas wollen, die ganze Zeit, die Tage, die Jahre, diese Jahre, die mich meine Kraft gekostet haben, ja, meine Kraft, und wie war ich einst hübsch gewesen ... alles gestohlen, keine Freude am Leben übrig! Aber ich hätte es mir denken sollen, schon damals, als meine Mutter mich noch nährte, und dann war sie nicht besser als die anderen, die stinkende ausgetrocknete Hündin, die mich zur Welt brachte! Und nachher, als ich sie brauchte, da machte sie sich davon, starb einfach weg ...«

Die Stimme des toten Geistes raschelte, als kratze er an einer harten Trennwand, um an die Seele heranzukommen.

»Ich trauere um dich, Mutter. Ich werde dir jetzt eine Frage stellen, die vielleicht helfen kann, deine Gedanken von deinem Kummer abzulenken. Ich bitte dich, diese Frage an deine Mutter weiterzugeben, damit sie sie wiederum an ihre Mutter weitergebe, und diese an die ihrige, und so fort bis in die entlegene Tiefe. Du mußt mir eine Antwort auf die Frage bringen, dann werde ich sehr stolz auf dich sein. Ich möchte entdecken, ob Wutra wirklich existiert. Existiert Wutra, und wer oder was ist er? Du mußt die Frage weiter in die Vergangenheit zurücksenden, immer weiter, bis ein entfernter Geist eine Antwort gibt. Ich möchte verstehen, wie die Dinge der Welt zusammenhängen. Die Antwort muß zu mir zurückkommen. Verstehst du?«

Eine Antwort wurde ihr zugeschrien, noch ehe sie geendet hatte.

»Warum sollte ich etwas für dich tun, nachdem du mir das Leben verdorben hast, und warum sollten mich hier unten deine törichten Probleme kümmern, du gemeines bösartiges kleines Ungeheuer, weißt du denn nicht, daß man für immer hier unten ist, für immer, hörst du? Und mein Kummer ...«

Die Seele unterbrach den Monolog.

»Du hast mein Verlangen gehört. Wenn du es nicht auf den Buchstaben genau ausführst, werde ich dich nie wieder in der Unterwelt besuchen. Niemand wird jemals wieder zu dir sprechen.«

Der Geist machte einen schnellen Vorstoß, um die Seele zu verschlucken, diese aber hielt sich gerade außerhalb seiner Reichweite und sah staubige Funken aus dem nichtatmenden Mund hervorkommen.

Ohne ein weiteres Wort begann der Geist Shay Tals Frage weiterzugeben, und die Geister weiter unten schnappten wütend danach.

Alles hing schwebend in Obsidian.

Die Seele war sich anderer Geister in der Nähe bewußt, die gleich zerschlissenen Jacken auf Bügeln in einer mitternächtlichen Halle hingen. Loilanun war da, und Loil Bry, und der Kleine Yuli. Sogar der Große Yuli hing hier irgendwo, reduziert zu einem wütenden Schatten seines einstigen Selbst. Der Geist des Vaters der Seele war nahebei, noch gefürchteter als der Geist ihrer Mutter, und sein Zorn erreichte sie in wogenden Stößen wie eine Brandung.

Und die Stimme des väterlichen Geistes war wie das Kratzen von Fingernägeln auf einer Fensterscheibe.

»... und noch etwas, du undankbares Mädchen, warum warst du kein Junge? Du kümmerliches Ding, du wußtest, daß ich einen Jungen brauchte und wollte, einen guten Sohn, der das Elend und das Leiden unserer Familie gelindert und mitgetragen hätte, also wurde ich von allen meinen Freunden ausgelacht und verspottet, nicht, daß ich von dieser Bande elender Feiglinge das geringste gehalten hätte; sie liefen vor der Gefahr weg, das taten sie, jawohl, suchten das Weite, als die Wölfe heulten, und ich mußte mit ihnen laufen, konnte nicht allein zurückbleiben. Wenn ich meine Zeit wiederhaben könnte – o ja, die ganze verwünschte Zeit noch einmal –, und den Wind frisch in der Lunge spürte und jedes Gelenk in Bewegung auf der Fährte, wo die Hirsche liefen, mit ihren weißen hüpfenden Spiegeln ... Ach, die Zeit noch einmal zu haben, und nichts zu schaffen mit dieser geschlechtslosen, brustlosen alten Ziege, die du deine Mutter nennst, hier im Griff dieses lustlosen Steins ... Ich hasse sie, hasse auch dich, du plapperndes häßliches Ding, wirst auch eines nicht zu fernen Tages hier sein, ja, hier für immer hier im Grab, wirst schon sehen ...«

Und es gab andere Botschaften aus anderen eingetrockneten Mündern, alten Tierknochen gleich, die aus dem Erdboden ragen, verschimmelt und schmutzig, und so reckten auch sie sich aus ihrem fadenscheinigen Gewebe, häßlich von Alter und Neid, und giftig für die Berührung.

Shay Tals Seele wartete bebend inmitten der Gehäßigkeiten, wartete auf ihre Antwort. Und schließlich kam eine Botschaft aus der Tiefe durch den Obsidian herauf, weitergegeben von einem ausgetrockneten, unvernünftigen Mund zum nächsten, ging als eine Art Antwort auf die Frage durch die kristallisierten Jahrhunderte.

»... warum solltest du an all unseren schwärenden Geheimnissen teilhaben, du neugierige Schlampe mit

Schleim statt Gehirn, warum solltest du anmaßend von dem wenigen nehmen, was wir hier in unserer Verlassenheit haben, weit von der Sonne? Was einst Wissen war, ist verloren, herausgeleckt aus dem Boden des Eimers, trotz allem, was versprochen war, und was bleibt, würdest du nicht verstehen, nichts wirst du jemals verstehen, außer die letzten Zuckungen des Herzens, wenn sie all deinen Anmaßungen ein Ende machen. Und was soll uns Wutra, er half nicht unseren entfernten Ahnen, als sie lebten. In den Tagen der alten eisernen Kälte kamen die weißen Phagoren aus der trüben Dunkelheit und nahmen die Stadt im Sturm, machten die Menschen zu ihren Sklaven, die ihre neuen Herren mit dem Namen Wutra verehrten, weil die Götter des Eiswindes herrschten ...«

»Still, still, ich will nicht mehr hören«, rief die Seele, überwältigt.

Aber der boshafte Sturm blies über sie hin. »Du fragtest, du fragtest doch, du konntest die Wahrheit nicht ertragen, du sterbliche Seele, aber du wirst sehen, wenn du hierherkommst. Um deinen Wunsch nach nutzloser Weisheit erfüllt zu sehen, solltest du weit zum fernen Sibornal wandern und dort das große Rad suchen, wo alles getan und gewußt ist, wo alle Dinge als zugehörig zur Existenz auf deiner Seite des bitteren, bitteren Grabes verstanden werden, doch kann daraus nichts Gutes für dich erwachsen, denn was wahr oder wirklich oder erprobt oder ein Testament für alle Zeit ist – alles endet in diesem Gefängnis, wo wir uns unverdient befinden ...«

Die verzagende Seele hißte das Segel und schwebte aufwärts durch die öden Wohnungen der Toten, durch Reihe auf Reihe von vogelscheuchenähnlichen Gestalten und kreischenden Mündern.

Die Botschaft, die giftige Botschaft war von den entferntesten Geistern gekommen. Sibornal mußte ihr Ziel sein, und ein großes Rad. Geister waren Betrüger, ihre endlose Wut verleitete sie zu grenzenloser Bosheit, aber in dieser Hinsicht waren ihre Kräfte beschränkt. Es schien wahr zu sein, daß Wutra nicht nur die Lebenden verlassen hatte, sondern auch die Toten.

Die Seele floh in Qualen aufwärts, witterte weit über sich ein Lager, auf welchem ein bleicher Körper bewegungslos ruhte.

An der Oberfläche drückten sich Prozesse der Veränderung und endlose Zeitabschnitte der Umwälzung durch biologische Wesen wie Tiere, Menschen und Phagoren aus.

Aus dem nördlichen Kontinent Sibornal zogen noch immer Stammesgruppen südwärts über die Landenge von Chalce, von einem sich allmählich erwärmenden Klima in angenehmere Breiten gelockt. Die Bewohner von Pannoval breiteten sich über die großen Ebenen nordwärts aus. Auch anderswo begannen die Menschen aus den begünstigten Lebensräumen, wo sie die lange Kälteperiode überdauert hatten, hervorzukommen. Im Süden des Kontinents Campannlat lagen befestigte Küstenstädte wie Ottassol, deren Einwohnerzahl dank der Nahrungsfülle des Meeres rasch wuchs.

In der See, diesem Zufluchtsort des Lebens, war Platz für viele Formen und Arten. Gesichtslose Wesen von menschenähnlicher Gestalt stiegen ans Ufer oder wurden von Sturmfluten weit ins Binnenland gespült.

Auch die Phagoren waren in Bewegung gekommen. Die Veränderung des Klimas zwang diese kälteliebende Art zur Suche nach neuen Lebensräumen entlang günstiger Luft-Oktaven. Auf allen drei unermeßlichen Kontinenten wurden ihre Stammesgruppen unruhig, zogen dem zurückweichenden Schnee nach und fochten gegen die Söhne Freyrs, deren Trupps ihnen immer häufiger begegneten.

Der Kreuzzug des jungen Kzahhn von Hryastyprt, Hrr-Brahl Yprt, bewegte sich langsam von den hohen Schultern des Nktryhk herab und wand sich durch das Bergland, stets den Leitlinien der Luft-Oktaven folgend. Der Kzahhn und seine Berater wußten, daß Freyr langsam die Oberhand über Batalix gewann und so gegen sie wirkte; aber dieses Wissen konnte die Geschwindigkeit ihres Vormarsches nicht beschleunigen. Häufig hielt der Heerzug an, um Überfälle auf die anspruchslosen Protognostiker zu verüben, welche die Schneefelder barfuß überquerten, oder auf Komponenten der eigenen Art, deren Feindseligkeit sie witterten. Sie kannten keine Eile, und jedes Gefühl von Dringlichkeit war ihnen fremd; aber sie hatten Beharrlichkeit und Zielbewußtsein.

Hrr-Brahl Yprt ritt auf Rukk-Ggrl, und sein Kuhreiher verbrachte die meiste Zeit auf seinen Schultern. Manchmal flog er mit klatschenden Flügelschlägen auf, schwang sich empor und kreiste über dem Heerzug, als wollte er mit seinen schwarzglänzenden Augen die lange Kolonne überblicken, deren Ende noch durch die Gebirgsschluchten des Hochlands zog. Dabei nutzte Zzhrrk die Aufwinde, so daß er stundenlang über seinem Herrn kreisen konnte, die Schwingen ruhig ausgestreckt, nur den Kopf von Zeit zu Zeit ein wenig nach rechts oder links bewegend, um andere Kuhreiher im Blickfeld zu behalten, die in seiner Nähe kreisten.

Die kleinen Sippenverbände der Protognostiker, meistens Madis, die mit ihren Ziegen auf der Suche nach Dornsträuchern oder Eisbüschen waren, sichteten die weißen Vögel meist schon von weitem. Dann riefen sie einander zu und zeigten in die Richtung, wo die Gefahr drohte. Alle wußten, was die kreisenden Kuhreiher bedeuteten, und sie machten sich davon, solange es ihnen möglich war, Tod oder Gefangenschaft zu entgehen. Auf diese Weise wurden die unbedeutenden Läuse und Zecken, die ihren Lebensraum in den zottigen Fellen der Phagoren hatten, unwissentlich zu Lebensrettern so mancher Protognostiker. Die Madis selbst waren geplagt von Parasiten. Sie fürchteten Wasser, und die

Einreibungen mit geschmolzenem Ziegenfett trugen eher zur Vermehrung als zur Abnahme ihrer Parasitenpopulation bei, doch spielten ihre Insekten keine nennenswerte Rolle in der Geschichte.

Der stolze Hrr-Brahl Ypri, die Gesichtskrone auf dem langen Schädel, blickte zu seinem gefiederten Maskottchen auf, das hoch über ihm seine Kreise zog, ehe er den Blick wieder nach vorn richtete, gefaßt auf mögliche Gefahren. Er sah die drei Fäuste der Welt in den Gehirnwindungen seines Kopfes, und den Ort, wo sie schließlich eintreffen würden, wo die Söhne Freyrs lebten, welche seinen Großvater getötet hatten, den Großen Kzahhn Hrr-Trykh Hrast, der sein Leben der Aufgabe gewidmet hatte, den Feind in ungezählten Exemplaren zu erledigen. Er war in Embruddock getötet worden und hatte so seine Chance verloren, in die Entstofflichung hinabzusinken; daher war er für immer vernichtet. Der junge Kzahhn mußte sich eingestehen, daß seine Komponenten in der Vernichtung von Söhnen Freyrs weniger eifrig gewesen waren, als sie es hätten sein sollen, und statt dessen die majestätischen Eisstürme des hohen Nktryhk gesucht hatten, für die ihr gelbes Blut gemacht war.

Nun sollte Wiedergutmachung geleistet werden, bevor Freyr zu stark würde, sollten die Söhne Freyrs in Embruddock ausgelöscht werden. Dann konnte er selbst mit unbeflecktem Gewissen im ewigen Frieden der Entstofflichung verblassen.

Sobald sie sich kräftig genug fühlte, stützte Shay Tal sich auf Vrys Schulter und begab sich zum alten Tempel.

Die Türen des Tempels waren entfernt und durch einen Lattenzaun ersetzt worden. Im halbdunklen Inneren grunzten und wühlten Schweine. Aoz Roon hatte sein Wort eingelöst.

Die Frauen stiegen zwischen den Tieren durch und standen in der Mitte des verschmutzten Raumes, während Shay

Tal zu dem großen Fresko Wutras aufblickte, der mit seinem weißen Haar, dem Tiergesicht und den langen, gebogenen Hörnern wie aus einer anderen Welt auf sie herabsah.

»Dann ist es wahr«, sagte sie mit leiser Stimme. »Die Geister haben wahr gesprochen, Vry. Wutra ist ein Phagor. Die Menschheit hat einen Phagor verehrt. Die Finsternis unserer Unwissenheit ist viel größer als wir ahnten.«

Aber Vry blickte hoffnungsvoll zu den gemalten Sternen auf.

IX
Mit und ohne Hoxnerfell

Die verzauberte Wildnis begann Flußufer und Bachläufe mit raschwüchsigen, markstämmigen Bäumen zu besiedeln. Die von zahllosen Wasserflächen aufsteigenden Nebel vereinigten sich zu einem diesig-feuchten Dunst, der das Land bedeckte.

Der große Kontinent Campannlat war etwa fünfunddreißigtausend Kilometer lang und zwölftausendfünfhundert Kilometer breit. Er nahm den größten Teil der tropischen Zone einer ganzen Hemisphäre Helliconias ein. Seine Landmasse bot Raum für erstaunliche Extreme der Temperatur, der Höhen und Tiefen, der Ruhe und des Sturmes. Und nun erwachte er wieder zum Leben.

Ein unaufhaltsamer, seit Jahrmillionen andauernder Abtragungsprozeß ebnete den Kontinent Sandkorn um Sandkorn, Berg um Berg allmählich ein und transportierte das abgetragene Material in die angrenzenden Meeresteile. Eine vergleichbare, doch in manchen ihrer Auswirkungen gegenläufige Entwicklung, ebenso weitreichend und unerbittlich, verstärkte ihre Energieebenen. Der Klimawechsel löste eine Beschleunigung des Stoffwechsels aus, und das Ferment der zwei Sonnen brachte verstärkte Tätigkeit in den Adern der Welt hervor: Erdbeben, Vulkanausbrüche, Landhebungen, Fumarolen, enorme Lavaergüsse. Das Bett des Riesen knarrte.

Diese unterirdischen Spannungen hatten ihre Parallelen an der Oberfläche, wo farbige Pflanzenteppiche dem Boden entsprossen, der einst von den Eisfeldern bedeckt gewesen war, wo grüne Schößlinge aufwuchsen, noch ehe in Mulden und an Hängen die letzten Schneereste abgeschmolzen waren: so dringend rief Freyr sie hervor. Aber die Samen der Pflanzen waren genetisch für genau diesen vorteilhaften Zeitpunkt programmiert. Die Pflanze reagierte auf den Stern.

Nach der Pflanze wiederum die Samenkörner. Und sie lieferten die Energie für neue Tierarten, die das Land besiedelten und in Besitz nahmen. Auch sie waren genetisch für diese Zeit programmiert. Wo es zuvor nur wenige Arten gegeben hatte, herrschte nun Vielfalt. Puppenhafte Erstarrung löste sich, und die Lebensformen der Warmzeit übten sich mit übermütigen Bocksprüngen im Gebrauch ihrer Gliedmaßen und stellten sich auf den beschleunigten Stoffwechsel von Warmblütern um. Andere verloren ihr langes Winterhaar, dessen sich sofort die Vögel zum Nestbau bemächtigten, während ihr Dung Insekten zur Eiablage anlockte und den ausschlüpfenden Maden Nahrung bot.

Die neblige Luft war belebt von zwitschernden, rufenden, hin- und herschießenden Vögeln.

Eine unglaubliche Mannigfaltigkeit geflügelten Lebens tummelte sich in der erwärmten Luft über grünen Auen, wo noch vor kurzem lebensfeindliche Eisfelder und Schneewüsten gewesen waren.

Alle die vielfältigen Veränderungen der belebten Natur, die der unerbittlichen astronomischen Veränderung folgten, waren so komplex und miteinander verwoben, daß niemand sie zu durchschauen vermochte. Aber der menschliche Geist reagierte auf sie. Augen taten sich auf und sahen mit einem neuen Bewußtsein. Überall in Campannlat kam neue Leidenschaft in die menschliche Umarmung.

Die Menschen waren gesünder, und doch breiteten sich Krankheiten aus. Die Lebensumstände waren besser, für manche aber schlechter. Mehr Menschen starben, und doch lebten mehr. Es gab mehr zu essen, aber viele hungerten noch immer. Für all diese Widersprüche gab es einleuchtende Erklärungen, die aber niemand kannte. Man nahm sie hin wie alles, was von außen kam; und in dieser Zeit kam alle Anregung von außen. Freyr rief, und selbst die Tauben hörten.

Die Verfinsterung, welche Vry und Oyre vorausgesehen hatten, trat ein. Der Umstand, daß sie allein in Embruddock das Naturereignis erwartet hatten, war eine Quelle der Befriedigung für sie, wenngleich die Auswirkungen der Verfinsterung beängstigend waren. Jetzt erst verstanden Vry und Oyre, wie schreckenerregend das Geschehen am Himmel für die Uneingeweihten war. Selbst Shay Tal warf sich auf ihr Lager und vergrub das Gesicht im Fell ihres Ärmels. Beherzte Jäger blieben zu Hause. Alte Männer erlitten Herzanfälle.

Aber die Verfinsterung war nicht total.

Freyrs langsame Erosion begann früh am Nachmittag. Vielleicht war es die Trägheit des ganzen Vorgangs, die so beunruhigend war, und seine Dauer. Stunde um Stunde nahm Freyrs Erosion zu. Als die Sonnen untergingen, waren sie noch immer ineinander verbissen. Es gab keine Gewißheit, daß sie wieder erscheinen oder beim Aufgehen ganz sein würden. Fast alle Dorfbewohner liefen ins Freie hinaus, um diesen noch nicht dagewesenen Sonnenuntergang zu beobachten. In bangem Schweigen sah man die verstümmelten Wachtposten unter den Horizont sinken.

»Es ist der Tod der Welt!« rief ein Händler. »Morgen wird das Eis zurückkehren!«

Als Dunkelheit sich über das Land senkte, brach Aufruhr aus, die Leute liefen wie von Sinnen mit Fackeln durch die Gassen. Ein neues hölzernes Gebäude wurde in Brand gesetzt.

Nur das sofortige Einschreiten Aoz Roons, Eline Tals und einiger ihrer kräftigen Freunde verhinderte ein Umsichgreifen der Tollheit. Ein Mann starb im Feuer, und das Gebäude war verloren, aber der Rest der Nacht blieb ruhig. Am nächsten Morgen ging Batalix wie gewöhnlich auf, dann folgte auch Freyr, unverletzt. Alles war gut – bis auf den Umstand, daß die Gänse von Embruddock für eine Woche zu legen aufhörten.

»Was geschieht nächstes Jahr?« fragten Oyre und Vry einander. Unabhängig von Shay Tal, machten sie sich daran, das Problem durch ernsthafte Arbeit zu lösen.

Für das Personal der Beobachtungsstation *Avernus* war die Verfinsterung nichts als ein vertrautes Naturphänomen, verursacht durch die zwei einander überschneidenden Bahnen von Stern A und Stern B, die in einem Winkel von zehn Grad gegeneinander geneigt waren. Die Sonnenbahnen schnitten sich 644 und 1428 Erdenjahre nach dem Apastron oder, in helliconischen Begriffen, 453 und 1005 Jahre nach dem Apastron. Zu beiden Seiten der Überschneidungen waren jährliche Verfinsterungen zu beobachten; im Fall des Jahres 453 sogar eine imponierende Abfolge von zwanzig Verfinsterungen.

Die partielle Verfinsterung des Jahres 632, welche der Zwanzigerserie vorausging, wurde von den Astronomen der Beobachtungsstation mit wissenschaftlicher Nüchternheit registriert. Die primitiven Eingeborenen, die in Weltuntergangsstimmung durch die Gassen Embruddocks stürzten, wurden von den hoch über ihnen schwebenden Göttern mitleidig belächelt.

Nach den Nebeln und der Sonnenfinsternis kam das Hochwasser. Was war Ursache, was Wirkung? Niemand, der durch den zurückbleibenden Schlamm watete, vermochte es zu sagen. Das Land im Osten von Oldorando, bis hin zum Fischsee und darüber hinaus, büßte seine Hirschrudel ein, und Nahrung wurde knapp. Der angeschwollene, reißende Voral wurde zu einer fast unüberwindlichen Barriere und schnitt das Dorf von den westlichen Gebieten ab, wo häufig Herden von Wildtieren gesichtet wurden.

Aoz Roon zeigte sein Führungstalent. Er machte seinen

Frieden mit Laintal Ay und Dathka und trieb mit ihrer Hilfe die Bürger zum Bau einer Brücke über den Fluß an.

Ein solches Projekt war seit Menschengedenken nicht in Angriff genommen worden. Bauholz war knapp, und ein Rajabaral mußte gefällt und in passende Längen zersägt werden. Dazu erzeugte die Metallmacherzunft zwei lange Sägen, mit denen ein geeigneter Baum verarbeitet wurde. Eine zeitweilige Werkstatt wurde zwischen dem Frauenhaus und dem Fluß eingerichtet. Die drei den borlienischen Eindringlingen gestohlenen Boote wurden sorgfältig zerlegt und wieder zusammengefügt, um Teile der Brückenabdeckung zu bilden. Der Rajabaral verwandelte sich unter vielen fleißigen Händen in eine Menge von Bohlen, Streben, Planken, Pfosten und Keilen. Wochenlang war der Platz am Flußufer eine Zimmermannswerkstatt; Hobelspäne schwammen zwischen den Gänsen flußab; Oldorando war voll von Sägemehl, und die Finger der Arbeiter von Splittern. Dicke Pfähle wurden mit Mühe und unter vielen Schwierigkeiten in das Flußbett gerammt. Sklaven standen bis zu den Hälsen in der kalten Strömung, aus Sicherheitsgründen aneinandergebunden; erstaunlicherweise waren keine Menschenleben zu beklagen.

Langsam wuchs die Brücke über den Fluß hinaus, und Aoz Roon ging jeden Tag hinaus und feuerte die Arbeiter an. Die ersten Pfeiler wurden in einem Hochwasser fortgespült, und die Arbeit begann von neuem. Vorschlaghämmer sausten herab und schlugen mit weithin hallendem Klang auf große Holzkeile, deren Köpfe unter den wiederholten Schlägen allmählich zerfaserten. Eine schmale Plattform kroch über das Wasser hinaus und erwies sich als sicher. Seele des ganzen war die ins Fell des schwarzen Bären gehüllte Gestalt Aoz Roons, der von früh bis spät die Arbeiten beaufsichtigte, abwechselnd den Hammer und die Knute schwang, anspornte und verfluchte, immer aktiv und zupackend. Noch lange Zeit später erinnerten sie sich beim Rathel an ihn und sagten mit Bewunderung: »Was für ein Teufel er war!«

Das Werk gedieh. Die Arbeiter jubelten. Eine Brücke, vier Planken breit und mit einem Geländer an einer Seite, überspannte den dunklen Voral. Viele der Frauen wollten sie nicht überschreiten, weil sie den Blick durch die Ritzen zwischen den Planken auf das rasch strömende Wasser fürchteten, und weil sie das andauernde Rauschen und Glucksen der Strömung um die Pfähle ängstigte. Aber der Zugang zu den westlichen Ebenen war gesichert. Dort gab es reichlich Wild, und der drohende Hungertod war abgewendet. Aoz Roon hatte Grund, mit sich zufrieden zu sein.

Mit der Ankunft des Sommers trennten sich Freyr und Batalix, um von nun an zu verschiedenen Zeiten auf- und unterzugehen. Die Tage waren selten so hell wie in früherer Zeit, in den Nächten wollte es nicht dunkel werden. Die Verlängerung des Tageslichtes förderte das Wachstum.

Für eine Weile wuchs auch die Akademie. Während der heroischen Zeit des Brückenbaus arbeiteten alle zusammen. Die Fleischknappheit schärfte das Bewußtsein der Bedeutung des Getreideanbaus. Aus den wenigen Ähren, die Laintal Ay seinerzeit Shay Tal gegeben hatte, wurde im Laufe der Zeit eine Anzahl von Feldern, wo Hafer, Gerste und Roggen in reicher Fülle wuchsen und die, weil sie zu dem kostbarsten Besitz des Stammes zählten, zu allen Stunden bewacht wurden.

Nun, da mehrere Frauen rechnen und schreiben konnten, wurde das geerntete und ausgedroschene Getreide gewogen und eingelagert und gerecht zugeteilt; alle eingebrachte Jagdbeute wurde in Listen verzeichnet, die Fischereierträge notiert. Jedes Schwein und jede Gans im Dorf wurde in einen Bilanzbogen eingetragen. Landwirtschaft und Buchführung trugen Früchte: alle waren geschäftig.

Vry und Oyre hatten die Aufsicht über die Getreidefelder

und die dort arbeitenden Sklaven. Von den näheren Feldern konnten sie über den wogenden Ähren und den Einfriedungen aus lose aufeinandergelegten Steinbrocken den großen Turm sehen, wo ein Wächter postiert war. Noch immer studierten sie die Sternbilder; ihre Sternenkarte war so vollständig, wie sie sie machen konnten. Und wenn sie die schmalen Steige zwischen den Feldern begingen, sprachen sie oft über die Sterne.

»Die Sterne sind immer in Bewegung, wie Fische in einem klaren See«, sagte Vry. »Alle Fische machen ihre Wendungen zusammen, im gleichen Augenblick. Aber die Sterne sind keine Fische. Wie gern wüßte ich, was sie sind und worin sie schwimmen.«

Oyre hielt einen Grashalm an die Nase, die Laintal Ay so sehr bewunderte, und schloß erst ein Auge und dann das andere.

»Der Halm scheint vor mir hin und herzuspringen, dabei weiß ich, daß er an Ort und Stelle bleibt. Vielleicht stehen die Sterne still, und wir sind es, die sich bewegen ...«

Vry nahm das auf und schwieg eine Weile. Dann sagte sie mit leiser Stimme: »Oyre, vielleicht hast du recht. Vielleicht ist es die Erde, die sich die ganze Zeit bewegt, und wir mit ihr. Aber dann ...«

»Was ist dann mit den Wachtposten?«

»Nun, dann bewegen sie sich auch nicht ... Ja, so ist es, wir sind in Bewegung, wir drehen uns im Kreis herum, wie ein Wirbel im Fluß. Und sie sind weit entfernt, wie die Sterne ...«

»Aber sie kommen näher, Vry, weil es wärmer wird ...«

Sie blickten einander an, staunend, die Augenbrauen ein wenig gehoben, und ihr Atem ging leicht und schnell. Schönheit und Intelligenz durchströmten sie.

Die Jäger, erlöst durch die Brücke in den Westen, machten sich wenig Gedanken über den sich drehenden Sternenhimmel. Die wildreichen Ebenen standen ihnen zur Plünderung offen. Überall schoß das Grün aus dem Boden, weich und

elastisch unter ihren rennenden Füßen, ihren auf der Lauer liegenden Körpern. Knospen öffneten sich zu Blumen. Insekten tummelten sich zwischen blassen Blütenblättern. Wild in Fülle war in der Nähe und schien nur darauf zu warten, daß sie es erlegten und zum Dorf trugen, die neue Brücke mit ihrem dunklen Blut sprenkelnd.

In dem Maße, wie Aoz Roons Ansehen erstrahlte, wurde Shay Tals verdunkelt. Die Ablenkung der Frauen auf Arbeit, die entweder mit dem Brückenbau oder der Landwirtschaft zusammenhing, schwächte ihren Einfluß auf das geistige Leben der Gemeinschaft. Es schien Shay Tal kaum zu stören; seit ihrer Rückkehr von der Unterwelt verschmähte sie mehr und mehr die Gesellschaft anderer. Sie mied Aoz Roon, und in den Gassen des Dorfes wurde ihre hagere Gestalt weniger häufig gesehen. Nur ihre Freundschaft mit dem alten Meister Datnil blühte.

Obgleich er ihr nie wieder einen Blick in das geheime Hauptbuch seiner Zunft gewährt hatte, ließ er sie häufig an seinen Reminiszenzen teilhaben, wenn seine Gedanken in der Vergangenheit weilten. Sie gab sich damit zufrieden, seinen Geschichten zu lauschen, die mit vergessenen Namen bevölkert waren; es war einem Besuch bei den toten Geistern nicht unähnlich, dachte sie. Was ihr dunkel erschien, lag für ihn im hellen Licht der Erinnerung. Doch ließ er sich gern zu Spekulationen und Andeutungen über weit zurückliegende Zeiten des Altertums herbei, und sie waren es, die Shay Tal mehr als alles andere interessierten.

»Nach meiner Kenntnis war Embruddock früher einmal sehr viel größer, bevölkerter und komplizierter, als es heute ist. Dann erlitt es eine Katastrophe, wie du weißt ... Es gab eine Maurerzunft, aber sie ging vor einigen Jahrhunderten zugrunde. Der Meister dieser Zunft war besonders angesehen.«

Shay Tal war schon früher seine einnehmende Gewohnheit aufgefallen, so zu sprechen, als wäre er bei den geschilderten Ereignissen selbst zugegen gewesen. Sie vermutete, daß er sich an Geschehnisse erinnerte, über die er in seinem geheimen Buch gelesen hatte.

»Wie war es möglich, so viele Gebäude in Stein aufzuführen?« fragte sie ihn. »Wir wissen, wie mühevoll es ist, das Holz für ein Haus zu bearbeiten; um wieviel schwieriger muß es sein, ein Bauwerk aus behauenen Steinen zu errichten.«

Sie saßen im halbdunklen Raum des Meisters. Shay Tal kauerte vor ihm am Boden. Wegen seines Alters saß Meister Datnil auf einer steinernen Bank an der Wand, so daß er leicht aufstehen konnte. Seine alte Frau und Raynil Layan, sein Hauptlehrling und späterer Nachfolger – ein reifer Mann mit gegabeltem Bart und salbungsvollem Benehmen – kamen und gingen; darum sprach der Meister in vorsichtigen Wendungen.

Er beantwortete Shay Tals Frage, indem er sagte: »Laß uns hinuntersteigen und ein paar Schritte in der Sonne gehen, Shay Tal. Die Wärme tut meinen alten Knochen gut.«

Draußen legte er die Hand in ihren Arm, und sie gingen langsam die Dorfstraße hinunter, wo schwarzzottige Schweine Futter suchten. Niemand war in der Nähe, weil die Jäger zu den westlichen Ebenen ausgezogen waren und viele der Frauen den Sklaven bei der Feldarbeit Gesellschaft leisteten. Von der Räude befallene Hunde schliefen in Freyrs warmem Schein.

»Die Jäger sind jetzt soviel fort«, bemerkte Meister Datnil, »daß die Frauen sich in ihrer Abwesenheit schlecht benehmen. Unsere borlienischen Sklaven ernten die Frauen ebenso wie das Korn. Ich weiß nicht, wohin das führen soll.«

»Die Leute paaren sich wie die Tiere. Die Kälte ist gut für den Geist, die Wärme für die Sinnlichkeit.« Sie hob ihren Blick zum Mauerwerk der Türme, wo kleine Vögel in Löchern und Nischen ein und aus flogen, um ihre Jungen mit Insekten zu füttern.

Er tätschelte ihr den Arm und sah von der Seite in ihr abgehärmtes Gesicht. »Gräme dich nicht. Dein Traum, nach Sibornal zu gehen, ist deine Art von Befriedigung. Wir alle müssen etwas haben.«

Sie sah ihn stirnrunzelnd an. »Etwas? Was?«

»Etwas, woran wir unser Herz hängen können. Eine Vision, eine Hoffnung, einen Traum. Wir leben nicht nur vom Brot, nicht einmal die am niedrigsten Stehenden unter uns. Es gibt immer eine Art von Innenleben – und das überlebt, wenn wir zu Geistern werden.«

»Ach, das Innenleben ... Es kann ausgehungert werden, weißt du.«

Er blieb beim Kräuterturm stehen und sie mit ihm. Sie betrachteten die Steinblöcke, aus denen der Turm gefügt war. Trotz seines hohen Alters stand der Turm fest und sicher. Die Blöcke, die sauber ineinandergepaßten Blöcke, warfen unbeantwortete Fragen auf. Wie wurde Stein gebrochen und geschnitten? Wie wurde er aufeinandergeschichtet, so daß er einen Turm bilden konnte, welcher neun Jahrhunderte überdauerte?

Bienen umsummten sie. Ein Schwarm großer Vögel zog über den Himmel und verschwand hinter einem der Türme außer Sicht. Sie spürte, wie der Tag an ihr vorbeiging, und sehnte sich danach, in etwas Großem und Allumfassenden aufzugehen.

»Vielleicht könnten wir einen kleinen Turm aus Lehm bauen. Lehm trocknet gut und fest. Zuerst einen kleinen Turm aus Lehm. Später dann einen aus Stein. Aoz Roon sollte die Palisaden um Oldorando durch Lehmmauern verstärken. Gegenwärtig ist das Dorf so gut wie unbewacht. Alle sind fort. Wer wird die Warnung geben, wenn ein Angriff erfolgt? Wir sind Überfällen beinahe wehrlos ausgeliefert, von welcher Seite sie auch kommen mögen.«

»Ich las einmal, daß ein gelehrter Mann meiner Zunft ein Modell dieser Welt in Gestalt einer Kugel machte, die man drehen konnte, um die Länder darauf zu zeigen – wo Embruddock ist, wo Sibornal, und so weiter. Sie war mit vielen anderen Dingen in der Pyramide verwahrt.«

»König Denniss fürchtete nicht nur die Kälte. Er fürchtete Eindringlinge. Meister Datnil, mit Rücksicht auf viele meiner geheimen Gedanken habe ich in letzter Zeit Stillschweigen bewahrt, aber die Gedanken quälen mich, und ich muß mich jemand anvertrauen ... Ich habe von den Geistern meiner Ahnen erfahren, daß Embruddock einst von ... von Phagoren beherrscht wurde.«

Nach einer Weile sagte der alte Mann in ruhigem Gesprächston: »Das war genug Sonnenschein. Wir können wieder hineingehen.«

Unterwegs hinauf zu seinem Raum blieb er im dritten Stock des Turmes stehen. Es war der Versammlungsraum seiner Zunft und roch stark nach Leder. Der alte Mann stand und lauschte. Alles war still.

»Ich wollte mich vergewissern, daß mein Hauptlehrling fort ist. Komm hier herein!«

Neben dem Durchstieg war eine Kammer abgeteilt. Meister Datnil zog einen Schlüssel hervor und sperrte die Tür auf, nachdem er sich mit einem weiteren besorgten Rundblick vergewissert hatte, daß niemand in der Nähe war. Als er Shay Tals Blick bemerkte, sagte er: »Ich möchte nicht, daß jemand uns stört. Auf die Weitergabe von Geheimnissen unserer Zunft steht die Todesstrafe, wie du weißt. Und wenn ich auch alt bin, so möchte ich die letzten Jahre, die mir bleiben, doch in Ruhe ausleben.«

Ehe sie nach ihm in die Kammer trat, blickte auch sie über die Schulter in den halbdunklen Raum. Bei all ihrer Vorsicht sah keiner von ihnen Raynil Layan, den Hauptlehrling der Zunft und vorgesehenen Nachfolger Meister Datnils, dessen Umhang er übernehmen würde, wenn der alte Mann sein Amt niederlegte. Er stand im Schatten hinter einem Pfosten, der die Decke und die steile Holzstiege zum Obergeschoß stützte. Raynil Layan war ein vorsichtiger, pedantischer Mann; in diesem Augenblick stand er völlig steif und mit angehaltenem Atem, so unbeweglich wie der Pfosten, der ihn teilweise deckte.

Sobald der Meister und Shay Tal die Kammer betreten und die Tür hinter sich geschlossen hatten, schlich Raynil Layan mit unvermuteter Behendigkeit und einem Schritt, der für seine Größe ungewöhnlich behutsam war, zur Wand der Kammer. Dort spähte er durch einen Bretterspalt, den er vor einiger Zeit vorsichtig erweitert hatte, um die Bewegungen des Mannes, den er ersetzen sollte, besser beobachten zu können.

Das Auge am Spalt, die Miene zu einer angestrengten Grimasse verzerrt, die teils von seiner gebückten Haltung herrührte, teils vom heftigen Zupfen am gegabelten Bart – eine nervöse Gewohnheit, die von seinen Feinden imitiert wurde –, sah er Datnil Skar das geheime Hauptbuch der Gerber- und Kürschnerzunft aus dem Holzkasten nehmen. Der Alte schlug es auf und ließ die Frau hineinsehen. Wenn diese Information Aoz Roon zu Ohren käme, würde sie das Ende des alten Meisters bedeuten – und den Beginn der Amtszeit des neuen. Raynil Layan zog sich zurück und stieg leise die steile Stiege hinab, eine Stufe vorsichtig nach der anderen belastend, um verräterisches Knarren zu vermeiden.

Unterdessen wies Meister Datnil mit zitterndem Finger auf eine leere Stelle in den Seiten seines stockfleckigen Pergamentbandes. »Dies ist ein Geheimnis, das viele Jahre lang schwer auf mir gelastet hat, Shay Tal, aber ich vertraue darauf, daß deine Schultern nicht zu schwach dafür sind. In der dunkelsten, kältesten Zeit einer früheren Epoche wurde Embruddock von den verfluchten Phagoren überrannt. Sogar sein Name ist eine Entstellung eines ancipitalen Namens: Hrrm-Bhhrd Ydohk ... Unsere Zunft wurde damals in die Wildnis hinausgetrieben, wo sie in Höhlen Unterschlupf suchte. Aber die meisten Bewohner des Dorfes, Männer und Frauen, blieben und gerieten in Gefangenschaft. Unsere Art lebte in Knechtschaft, und die Phagoren herrschten ... Es ist eine Schmach und eine Schande.«

Shay Tal dachte an den Phagorengott Wutra, dessen Abbild im Tempel verehrt wurde. »Eine Schande, die noch nicht Vergangenheit ist«, sagte sie. »Sie beherrschten uns und werden noch immer verehrt. Macht uns das nicht bis auf den heutigen Tag zu einer Rasse von Sklaven?«

Eine Fliege mit glänzendgrünem Leib, von einer Art, die in der Siedlung erst seit kurzem zu sehen war, summte aus einer staubigen Ecke und setzte sich auf das Buch.

Meister Datnil blickte in jäher Furcht zu Shay Tal auf. »Ich hätte der Versuchung widerstehen sollen, dir dies zu zeigen. Es ist nichts, was du wissen solltest.« Seine Miene war verstört. »Wutra wird mich dafür strafen.«

»Du glaubst trotz der Beweise noch an Wutra?«

Der alte Mann zitterte, als höre er draußen Schritte, die sein Verderben besiegelten. »Er ist überall um uns ... Wir sind seine Sklaven ...«

Er schlug nach der Fliege, aber sie entwischte ihm und sauste in einer Spirale um ihre Köpfe und weiter ihrem eigenen Ziel entgegen.

Die Jäger beobachteten die Hoxner mit größtem Erstaunen. Von allem Leben, das die westlichen Ebenen bevölkerten, waren es diese Tiere, die mit ihren übermütigen Kapriolen am meisten den neuen Geist verkörperten. Jenseits der Siedlung war die Brücke, und jenseits der Brücke waren die Hoxner.

Freyr hatte die Puppen aus ihrem langen Winterschlaf geweckt; sie entrollten sich und krochen aus ihren dunklen, unbequemen Überwinterungsorten, um sich zu strecken und durch Bewegung des Lebens zu erfreuen. Um sich auf den Frühlingsweiden zu tummeln und zu Herden zusammenzuschließen, um zu wachsen und sorglos wie eine Brise zu sein, die über das Land hinstreicht, gestreift zu sein und hornlos, Eseln oder kleinen Kaidaws zu gleichen, um zu galoppieren und zu springen und das frische Grün zu grasen und sich bis an den Bauch in köstliche Kräuter und Gräser zu stürzen. Um fast alles andere, das sich auf Beinen bewegte, überholen zu können.

Das Fell des ausgewachsenen Hoxners trug zweifarbige Streifen, die von der Schnauze zum Schwanz verliefen. Die Streifen kamen in verschiedenen Farben und Kombinationen vor; sie konnten rotbraun und lehmgelb sein oder schwarz und lohfarben, oder weiß und silbergrau, oder fuchsrot und ocker, oder blaugrau und silberweiß. Wenn die Herden sich zur Ruhe niedertaten und die Beine wie Katzen von sich streckten, wurden sie trotz dieser Buntheit eins mit der Landschaft, die mit der neuen Jahreszeit auch neue Farben angenommen hatte. Ebenso wie die Hoxner aus dem Puppenstadium zu quirligem Leben erwacht waren, hatte sich das mit Schnee gesprenkelte braungraue Ödland in das leuchtende Prachtgewand des Frühlings geworfen.

Anfangs kannten die Hoxner keinerlei Furcht vor den Jägern.

Sie galoppierten fröhlich schnaubend zwischen den Männern durch, schüttelten die Mähne, warfen den Kopf hoch, zeigten breite Zahnreihen, die das Abweiden von Gräsern und dem blutroten Hundsschwamm grün und rot verfärbt hatte. Die Jäger standen verblüfft, schwankend zwischen Begeisterung über die Schönheit der Tiere und dieses Schauspiel unbeschwerter Lebensfreude, das sie boten, und dem Jagdinstinkt, lachten zurück zu den übermütigen Tieren, deren Fell im Licht der Wachtposten schimmerte. Dies waren die Tiere, welche wie Dämmerung über die Ebenen zogen. In der Bezauberung der ersten Begegnungen schien es unmöglich, sie zu töten.

Dann warfen sie sich herum und jagten davon wie eine

wilde Dämonenhorde, donnerten zwischen den stumpfen braunen Kegeln dahin, die von unermüdlichen Ameisen allenthalben errichtet wurden, machten wieder halt, blickten schelmisch zurück, schüttelten die Mähne, wieherten, und kamen oft noch einmal herangestürmt, um das Spiel zu verlängern. Oder, wenn sie des Spiels müde waren, und des Grasens mit ihren weichen Mäulern in den duftenden Kräutern, machten die Hengste sich über die Stuten her, wälzten sie zwischen den hohen weißen Orling-Blumen. Mit schrillem Wiehern, das wie Lachen klang, besprangen sie die bereitwilligen Stuten, um sich schon nach wenigen Augenblicken aufzubäumen und zum Applaus der Jäger davonzutraben.

Die Wärme und die allgemeine Stimmung von Sorglosigkeit und Behagen blieb nicht ohne Wirkung auf die Männer. Sie waren nun nicht mehr so begierig, ins Dorf zu ihren steinernen Räumen zurückzukehren. Nachdem sie ein allzu unvorsichtiges Tier erlegt hatten, lagerten sie sich um das Feuer, über dem die Fleischstücke rösteten, redeten über Frauen, prahlten, sangen, rochen den Duft von Salbei, Thymian und Minze, die überall blühten und, zerdrückt von ihren Körpern, angenehme Düfte verströmten.

Es war ein harmonisches, zufriedenes Leben. Als Raynil Layan erschien – es war ungewöhnlich, einen Mann der Handwerkerzünfte in den Jagdgründen zu sehen –, wurde die Stimmung allgemeinen Behagens für eine Weile unterbrochen. Aoz Roon ging mit Raynil Layan abseits, und die beiden sprachen längere Zeit miteinander, die Gesichter zum fernen Horizont gewandt. Als der Herr von Oldorando zurückkehrte, war seine Miene grimmig und verschlossen, und er wollte Laintal Ay und Dathka nicht verraten, was besprochen worden war.

Am Abend, wenn der eine oder der andere der zwei Wachtposten seine Asche über den Westhimmel verstreute, wurden die Hoxnerherden unruhig. Sie hoben die Köpfe und sicherten mit geblähten Nüstern in die Abendbrise und hielten nach Säbelzungen Ausschau.

Ihre Feinde standen ihnen an Farbigkeit kaum nach. Säbelzungen waren wie ihre Beute gestreift, immer schwarz und eine andere Farbe, meistens braun oder rötlich. Säbelzungen waren den Hoxnern sehr ähnlich, hatten jedoch kürzere und stärkere Beine, und ihre Köpfe waren runder, was durch das Fehlen sichtbarer Ohren noch betont wurde. Der auf einem dicken, kraftvollen Hals sitzende Kopf beherbergte die wichtigste Waffe des Räubers: schnell in der Verfolgung über kurze Entfernungen, konnte die Säbelzunge eine messerscharfe Zunge hervorschnellen und das Bein eines fliehenden Hoxners abtrennen. Nachdem sie dieses Raubtier einmal bei erfolgreicher Jagd beobachtet hatten, begegneten sie ihm respektvoll. Die Säbelzunge ihrerseits zeigte den Menschen gegenüber weder Furcht noch Angriffslust. Offenbar war der Mensch noch nie auf seinem Speisezettel erschienen.

Feuer schien das Tier anzulocken. Säbelzungen nahmen die Gewohnheit an, zu zweit, Männchen und Weibchen, in die Nähe des Lagerfeuers zu kommen, um sich dort niederzulegen oder wie wartend dazusitzen. Oft leckten sie einander mit ihren weißen Schwertzungen und verschlangen Fleischbrocken, die die Männer ihnen zuwarfen. Doch nie ließen sie sich berühren, sondern wichen knurrend vor einer behutsam ausgestreckten Hand zurück. Das Knurren war für die Jäger hinreichende Warnung; sie hatten gesehen, welchen schrecklichen Schaden diese Zunge tun konnte, wurde sie als Waffe gebraucht.

Dickichte aus Dornsträuchern und Hartriegel blühten in der Landschaft. Unter ihren duftenden Zweigen schliefen die Männer. Sie lebten unter Blüten und mit Blumen, die sie nie zuvor gesehen, deren Duft sie nie gekannt hatten. In den Dickichten fanden sie die Stöcke wilder Bienen, manche bereits voll Honig. Dieser ließ sich leicht zu einem süßlichklebrigen Getränk vergären, das die Jäger Beethel nannten. Sie berauschten sich daran und jagten einander lachend und rufend und veranstalteten Ringkämpfe, bis die neugierigen Hoxner kamen, um zu sehen, worum es bei all dem Aufhebens ging. Auch die Hoxner ließen sich nicht anfassen, obwohl mancher Jäger es versuchte, wenn er vom Beethel getrunken hatte, und es kam vor, daß einer im Rausch eine Wette abschloß, worauf er hinter den ausgelassenen Tieren herlief, bis er zu Boden fiel und einschlief, wo er lag.

In den alten Tagen war die Rückkehr ins Dorf krönender Abschluß der Jagd gewesen. Die Herausforderung der Kälte und der Schneefelder wich der Aussicht auf Wärme und Schlaf. Das änderte sich. Die Jagd war zum Spiel geworden. Ihre Muskeln wurden nicht mehr bis zur Erschöpfung beansprucht, und Wärme gab es in der blühenden Savanne.

Auch besaß Oldorando für die Jäger weniger Anziehungskraft. Im Dorf wurde es eng, da mehr Kinder als früher die Gefährdungen ihres ersten Jahres überlebten. Häufig zogen die Männer auch gesellige Beethel-Zechgelage in den Jagdgründen dem jammernden Klagen und den Beschwerden vor, die sie bei ihrer Rückkehr ins Dorf erwarteten.

So kehrten sie auch nicht mehr prahlerisch in einem geschlossenen Trupp von der Jagd zurück, sondern unauffällig zu zweit oder zu dritt.

Immerhin brachten diese Rückkünfte ein Element aufregender Erwartung mit sich, das früher gefehlt hatte, zumindest, soweit es die Frauen betraf; denn wo die Männer ihre Unverantwortlichkeit hatten, da hatten die Frauen ihre Eitelkeit.

»Laß sehen, was du mitgebracht hast!«

Das war – mit Variationen – der beliebte Ausruf, wenn die Frauen ihre Bälger herauszerrten, um ihren Männern entgegenzueilen. Sie gingen bis zur neuen Brücke und warteten dort am Ostufer des Voral, während die größeren Kinder Steine nach den Enten und Gänsen warfen – warteten ungeduldig, daß die Männer mit Fleisch und Häuten beladen zu ihnen heimkehrten.

Was in den Herzen der Frauen Begeisterung erweckte, waren vor allem die Häute, die farbenprächtigen Hoxnerfelle. Nie zuvor in ihrem verarmten Leben hatten sie an einen Wechsel der Kleidung auch nur gedacht. Felle wurden getragen, bis sie vor Schmutz starrend auseinanderfielen. Nun aber gab es die schönsten Felle im Überfluß und noch nie hatten sich die Gerber und Kürschner solcher Nachfrage erfreut. Und noch nie waren die Männer hinausgetrieben worden, daß sie Tiere nur um ihrer Felle willen erlegten. Jede Frau wünschte ein Hoxnerfell zu besitzen – am liebsten mehr als eines – um sich und ihre Sprößlinge darin zu kleiden.

Sie traten in einen Wettstreit um die schönsten, farbigsten Felle. Blaugrau, fuchsrot, lohfarben und schwarz. Sie erpreßten die Männer in einer Weise, die den Männern gefiel. Sie pflegten sich, sie färbten ihre Lippen. Sie putzten sich auf, stolzierten und kämmten ihr Haar. Sie gingen so weit, daß sie sich wuschen.

Richtig getragen, daß die schönen Streifen vertikal verliefen, konnten Hoxnerfelle selbst die plumpe Frau elegant erscheinen lassen. Freilich mußten die Felle richtig geschnitten sein. Ein neues Gewerbe blühte auf: das Schneiderhandwerk. Wie Blütenpflanzen sich in den Gassen und Winkeln des Dorfes ansiedelten und blühende Klettergewächse wie Waldrebe und Geißblatt Mauern und Türme überzogen, so begannen auch die Frauen mehr als bisher Blumen zu ähneln. Sie schmückten sich mit hellen Farben, die ihre Mütter nie gesehen hatten.

Es dauerte nicht lange, und auch die Männer legten ihre schweren alte Pelze ab und kleideten sich in Hoxnerfelle.

Das Wetter wurde schwül und drohend, und die Rajabarale dampften aus ihren Öffnungen.

Oldorando lag still unter mächtig aufgetürmten Haufenwolken. Die Jäger waren fort. Shay Tal saß allein in ihrem Raum und schrieb. Ihr Aussehen kümmerte sie nicht mehr, und sie ging noch immer in ihren alten, schlecht sitzenden Fellen. In ihrem Kopf glaubte sie noch immer die raschelnden Stimmen der toten Geister zu vernehmen. Noch immer versuchte sie von Vollkommenheit und Reisen zu träumen.

Als Vry und Amin Lin vom oberen Raum herunterkamen, blickte Shay Tal rasch auf und sagte: »Vry, was würdest du von einer Kugel als Weltmodell halten?«

»Es würde einen Sinn ergeben«, erwiderte Vry nach kurzem Überlegen. »Eine Kugel rotiert am leichtesten von allen Körpern, und die anderen Wanderer sind rund. Also könnte unsere Welt es auch sein.«

»Eine Scheibe vielleicht, ein Rad? Wir sind in dem Glauben aufgewachsen, daß der Urblock auf einer Scheibe ruhe.«

»Vieles von dem, was man früher glaubte – und vielfach auch heute noch glaubt – ist unrichtig. Du selbst hast uns das gelehrt«, sagte Vry. »Ich glaube, unsere Welt dreht sich um die Wachtposten.«

Shay Tal betrachtete die beiden, die unter ihrem Blick unruhig mit den Füßen scharrten. Beide jüngeren Frauen hatten ihre alten Fellkleider abgelegt und trugen neue aus schönen, gestreiften Hoxnerfellen. Vrys Körper war in fuchsrote und graue Streifen gekleidet, und die Ohren des toten Tieres schmückten ihre Schultern. Trotz aller von Aoz Roon angedrohten Beschränkungen der Akademie hatte Dathka ihr die Felle geschenkt. Nun bewegte sie sich zuversichtlicher und selbstsicherer. Ihre unscheinbare Person hatte einen bezaubernden Glanz angenommen.

Auf einmal ging Shay Tals Temperament mit ihr durch. »Ihr dummen Dinger, ihr albernen Gänse, ihr bietet mir Trotz. Leugnet es nicht. Ich weiß, was unter dieser hervorgekehrten Sanftmut vorgeht. Seht nur, wie ihr euch heutzutage kleidet! Wir kommen mit unserem Verständnis der Welt nicht weiter, unsere Bemühungen scheinen nur zu neuen

Verwicklungen und Schwierigkeiten zu führen. Ich werde nach Sibornal gehen müssen, um dieses große Rad zu finden, von dem die Geister sprechen. Vielleicht wohnen dort echte Freiheit und klare Wahrheit. Hier ist nur der Fluch der Unwissenheit ... Wohin geht ihr beiden?«

Amin Lin breitete die Hände aus, um ihre Unschuld darzutun. »Nirgendwohin, Shay Tal, nur auf die Felder, um zu sehen, ob es uns gelungen ist, den Hafer vom Mehltau zu heilen.«

Sie war eine kräftige, große Frau, und noch größer durch den Samen, den ihr Mann in sie gepflanzt hatte. Sie blieb bittend stehen, bis ein leichtes Wimperzucken der Zustimmung in Shay Tals Auge sie freigab, worauf sie und Vry beinahe überstürzt aus dem bedrückenden Raum flohen.

Als sie die schmutzigen Steinstufen zum Ausgang hinunterstiegen, sagte Vry resigniert: »Da hast du es wieder gesehen. Alle paar Stunden fährt sie aus der Haut, als wollte sie dem Stundenheuler nacheifern. Die arme Frau, irgend etwas muß ihr sehr viel Sorgen bereiten.«

»Wo ist dieser Teich, den du erwähntest? In meinem Zustand gehe ich nicht gern weit.«

»Es wird dir gefallen, Amin Lin. Der Teich ist nur ein kleines Stück hinter den nördlichen Feldern, und wir können langsam gehen. Ich denke, daß Oyre dort sein wird.«

Die Luft war so schwül geworden, daß sie nicht mehr den Blumenduft trug, sondern ein eigenes, fast metallisches Aroma enthielt. Das unwirkliche Licht ließ die Farben intensiv leuchten; die Gänse sahen übernatürlich weiß aus.

Sie kamen an den Stämmen mächtiger Rajabarale vorüber. Die nackten Zylinder fügten sich besser in die Geometrie einer Winterlandschaft; in dem üppig aufschießenden Grün ringsum erschienen sie wie düstere Fremdkörper.

»Sogar die Rajabarale verändern sich«, sagte Amin Lin. »Wie lange dampfen sie schon?«

Vry wußte es nicht und war nicht sonderlich interessiert.

Sie und Oyre hatten einen warmen Teich entdeckt, weit abseits von den Fumarolen und den warmen Quellen, und hatten das Wissen davon bisher für sich behalten. In einem engen kleinen Tal, dessen Mündung in eine dem Dorf abgewandte Richtung wies, waren dem Boden frische Quellen entsprungen, eine beinahe kochend und in einer Dampfwolke dem Voral zustrebend, während eine zweite sich ein anderes Bett gesucht hatte und in einer abgelegenen Mulde einen von Grün umgebenen Teich füllte. Zu diesem führte Vry ihre Begleiterin.

Als sie die Büsche auseinanderbogen und die Gestalt am Ufer stehen sahen, schrie Amin Lin auf und schlug die Hand vor den Mund.

Neben dem Teich stand Oyre. Sie war nackt. Ihre Haut glänzte von Nässe, und Wasser tropfte von ihren großen Brüsten. Ohne ein Zeichen von Scham wandte sie sich um und winkte den Freundinnen aufgeregt zu. Hinter ihr lagen ihre abgelegten Hoxnerfelle.

»Kommt her, wo seid ihr gewesen? Das Wasser ist herrlich.«

Amin Lin blieb stehen, wo sie war, die Hand noch vor dem Mund. Eine tiefe Röte überzog ihr Gesicht. Sie hatte noch nie eine erwachsene Person nackt gesehen.

Vry lachte über den Gesichtsausdruck ihrer Freundin. »Es ist wunderbar im Wasser, Oyre hat recht. Ich werde mich auch ausziehen und hineingehen. Du darfst zuschauen – wenn du dich traust.« Sie ging zu Oyre und begann die Verschlüsse ihrer Fellkleidung zu lösen. Wenige Augenblicke später stand sie nackt neben Oyre, in ihrer feingliedrigen Schlankheit ein seltsam kontrastierendes Gegenstück zu Oyres derber Schönheit. Sie lachte vergnügt.

»Komm schon, Amin Lin, sei nicht zimperlich! Ein Bad wird dir und deinem Kind gut tun.«

Sie und Oyre sprangen zusammen ins Wasser. Es spritzte hoch auf, und sie quietschten vor Vergnügen.

Amin Lin blieb stehen, wo sie war, und quietschte vor Entsetzen.

Die Jäger hatten einen gewaltigen Schmaus veranstaltet und den gebratenen Fleischstücken bittere Früchte folgen lassen. Ihre Gesichter glänzten von Schweiß und Fett.

Sie waren alle schwerer und langsamer, als sie es im vergangenen Jahr gewesen waren. Die Nahrung war allzu reichlich. Man konnte die Hoxner abschlachten, ohne daß jemand rennen oder sich anderweitig anstrengen mußte. Die Tiere blieben vertraut und tollten ohne Scheu zwischen den Jägern herum. Nicht einmal die abgehäuteten Kadaver ihrer erlegten Artgenossen schienen sie abzuschrecken.

Aoz Roon, der noch immer in sein altes schwarzes Bärenfell gekleidet ging, hatte abseits von den anderen mit Goija Hin gesprochen, dem Sklavenmeister, dessen breiter Rücken noch über den windbewegten Gräsern sichtbar war, als er den fernen Türmen Oldorandos zustapfte. Aoz Roon kehrte zur Jagdgesellschaft zurück. Er nahm ein Rippenstück, das auf einem heißen Stein am Feuer brutzelte und ließ sich damit ins Gras zurückfallen. Curd, sein großer Hund, sprang spielerisch um ihn herum und unternahm knurrende Scheinangriffe, bis Aoz Roon vom nächsten Strauch einen Zweig brach, um das Tier von seinem Fleisch fernzuhalten.

Mit vollen Backen kauend, versetzte er Dathka einen freundschaftlichen Rippenstoß.

»Das ist das Leben, Freund. Mach es dir bequem und iß, soviel du kannst, bevor das Eis wiederkehrt! Beim Urblock, ich werde diese Saison meiner Lebtage nicht vergessen.«

»Herrlich.« Das war alles, was Dathka sagte. Er hatte seine Mahlzeit beendet und saß mit angezogenen Knien, die er mit den Armen umschlungen hatte, und beobachtete eine Herde von Hoxnern, die vierhundert Schritte entfernt über die Ebene galoppierte.

»Nie sagst du etwas«, beklagte sich Aoz Roon gutmütig, packte das Rippenstück mit beiden Händen, schlug die kräftigen Zähne hinein und riß ein Stück Fleisch heraus. »Sag doch was!«

Dathka wandte den Kopf, so daß seine Wange auf dem Knie ruhte, und warf Aoz Roon einen wissenden Blick zu. »Was geht denn zwischen dir und Goija Hin vor?«

Aoz Roons Züge verhärteten sich. »Das geht nur ihn und mich an.«

»Also willst du auch nicht sprechen.« Dathka wandte sich wieder ab und betrachtete die Hoxner unter den gewaltigen Haufenwolken am Westhimmel. Die Luft war voll von einem grünen Licht, das die Hoxner ihrer Farbenpracht beraubte.

Endlich, als fühlte er Aoz Roons finsteren Blick auf sich, sagte er, ohne die Blickrichtung zu ändern: »Ich habe nachgedacht.«

Aoz Roon warf sein zur Hälfte abgenagtes Rippenstück dem Hund zu und ließ sich auf den Rücken fallen. »Also, heraus damit! Was für einen Gedanken hast du dein Leben lang aufgespart?«

»Wie man einen Hoxner lebendig fängt.«

»Ha! Wozu sollte das gut sein?«

»Ich dachte dabei nicht an den Nutzen, so wenig wie du daran dachtest, als du Nahkri auf den Turm riefst.«

Verdrießliches Stillschweigen folgte. Aoz Roon sagte kein Wort mehr. Endlich, als in der Ferne dumpfes Donnergrollen zu vernehmen war, brachte Eline Tal Beethel. Aoz Roon richtete sich auf, ließ seinen Blick in die Runde gehen und fragte zornig: »Wo ist Laintal Ay? Warum ist er nicht bei uns? Er treibt sich wieder herum, nehme ich an. Ihr werdet zu faul und ungehorsam; das bekommt euch nicht, Leute. Einige von euch werden noch eine Überraschung erleben.«

Er stand auf und ging schwerfällig fort, in respektvoller Distanz gefolgt von seinem Hund.

Laintal Ay beschäftigte sich in seinen Gedanken nicht mit Hoxnern, wie sein schweigsamer Freund es tat. Er stellte anderem Wild nach.

Seit jener Nacht vor vier langen Jahren, als er Zeuge der Ermordung seines Onkels Nahkri geworden war, plagte ihn die Erinnerung daran. Er hatte aufgehört, Aoz Roon für die Bluttat verantwortlich zu machen, denn inzwischen verstand er besser, daß der Herr von Embruddock ein geplagter Mann war.

»Ich bin überzeugt, daß er glaubt, unter einem Fluch zu sein«, hatte Oyre ihm einmal anvertraut.

»Für die Brücke kann ihm vieles vergeben werden«, hatte Laintal Ay in einem Anflug praktischer Denkart erwidert. Doch fühlte er sich durch seine Verstrickung in den Mord selbst befleckt und wurde zusehends schweigsamer. Die Bande zwischen ihm und der schönen Oyre waren durch jene Nacht, als zuviel Rathel getrunken worden war, zugleich gestärkt und verzerrt worden. Selbst ihr gegenüber verhielt er sich mißtrauisch.

Er hatte seine Schwierigkeit selbst ausgesprochen: »Wenn ich über Oldorando herrschen soll, wie meine Abstammung es mir vorschreibt, dann muß ich den Vater des Mädchens töten, das ich für mich gewinnen möchte. Es ist unmöglich.«

Ohne Zweifel verstand auch Oyre sein Dilemma. Und obwohl sie einander nicht versprochen waren, galt sie als die Seine. Er hätte jeden anderen Mann, der ihr zu nahe gekommen wäre, auf Leben und Tod bekämpft.

Seine wilden Instinkte, sein Gespür für die geschickt gelegte Falle, für den unbedachten Augenblick, der das Verderben bringt, ließ ihn klarer als die meisten erkennen, daß Oldorando jedem Angreifer fast schutzlos ausgeliefert war. Die Wärme hatte alle sorglos gemacht; niemand dachte an einen Überfall. Die Posten dösten auf ihren Türmen in der Sonne.

Er erörterte die Frage der Verteidigung mit Aoz Roon, der eine vernünftige Antwort hatte.

Aoz Roon meinte wegwerfend, daß niemand, Freund oder Feind, heutzutage noch weite Wanderungen unternehme. Die feste Schneedecke habe es einem leicht gemacht, das Land zu durchstreifen; auch habe man weit sehen können, und die Jagd sei viel schwieriger gewesen; sie hätten weit umherstreifen müssen, um genug Fleisch für das Dorf zu beschaffen. Dagegen sei heutzutage alles überwuchert von Vegetation, die ständig höher wachse, von Dickichten, die jeden Tag undurchdringlicher würden. Das Wild sei überall reichlich und zutraulich wie noch nie. Die Zeit für Überfälle sei vorüber.

Außerdem, so fügte er hinzu, habe es seit jenem Tag, als Shay Tal ihr Wunder am Fischsee wirkte, keine Angriffe von Phagoren mehr gegeben. Oldorando sei sicherer denn je. Und er reichte Laintal Ay einen Becher Beethel.

Die Erklärung konnte Laintal Ay nicht zufriedenstellen. Auch Onkel Nahkri hatte sich in jener Nacht, als er auf den großen Turm gestiegen war, vollkommen sicher gefühlt. Und wenige Minuten später hatte er mit gebrochenem Genick unten auf der Gasse gelegen.

Als die Jäger an diesem Tag ausgezogen waren, hatte Laintal Ay sie nicht weiter als bis zur Brücke begleitet. Dort hatte er wortlos kehrt gemacht, endlich bereit, seiner drängenden inneren Unruhe nachzugeben und sich zu vergewissern, wie das Dorf im Falle eines unerwarteten Angriffs zu verteidigen wäre.

Als er vom Fluß ausgehend die bereits wieder verfallenden Mauern und Palisaden abschritt, fiel ihm ein Streifen schwacher Dampfentwicklung im Flußwasser des Voral auf. Der Streifen zog mitten in der Strömung dahin, ohne seine Position zu verändern. Die Erscheinung war ihm bisher noch nie aufgefallen, und über die Spekulation hinaus, daß es sich um eine Beimengung von heißem Wasser handeln müsse, wußte er sich die Bedeutung nicht zu erklären. Mit vermehrtem Unbehagen setzte er seinen Rundgang fort. Eine drückende Schwüle lag über dem Land. Aus Hügeln, die einst Gebäude gewesen waren, sprossen hohe grüne Schößlinge. Durch ihre biegsamen, aber widerstandsfähigen Stämme sah er das Dorf wie durch ein Gitter. Aoz Roon hatte in einem Punkt recht: es war schwierig geworden, sich im Umkreis von Oldorando zu bewegen.

Der Gedanke vermochte ihn kaum zu beruhigen, denn sogleich erhoben sich warnende Bilder vor seinem inneren Auge. Er sah Phagoren auf Kaidaws reiten, Hindernisse überspringen und durch die offenen Tore ins Dorf stürmen. Er sah die nach und nach heimkehrenden Jäger, beladen mit Fellen und Fleisch, die Köpfe schwer von zuviel Beethel. Sie wurden Zeugen, wie ihre Wohnungen niederbrannten, ihre Frauen und Kinder getötet wurden, bevor auch sie niedergemacht und zu Boden getrampelt wurden.

Er arbeitete sich durch stachlige Büsche weiter.

Wie die Phagoren ritten! Was könnte großartiger sein, als einen Kaidaw zu besteigen und zu reiten! Ihn zu meistern, seine Kraft und Ausdauer zu teilen, eins mit ihm zu sein! Diese gefährlichen, angriffslustigen Bestien unterwarfen sich keinem Reiter als einem Phagoren; das sagten die Legenden, und er hatte nie von einem Mann gehört, der einen Kaidaw geritten hätte. Die bloße Vorstellung war schwindelerregend. Menschen gingen zu Fuß... Aber ein Mann auf einem Kaidaw würde einem berittenen Phagoren gewachsen oder mehr als gewachsen sein.

Halb verborgen von den Büschen, konnte er über die Wildnis hin zum nördlichen Tor sehen, das unbewacht offenstand. Zwei Vögel saßen auf einem der Pfosten und zwitscherten. Er fragte sich, ob möglicherweise vergessen worden war, an diesem Morgen einen Wächter für das nördliche Tor zu bestimmen, oder ob der Mann seinen Posten verlassen hatte. Die Stille und die Schwüle begannen ihm zuzusetzen; etwas Lähmendes lag in der Luft, das ihm in den Ohren dröhnte.

Eine schwankende Gestalt kam in Sicht. Sie gehörte Myk, dem Phagorsklaven. Hinter ihm watschelte der Sklavenmeister Goija Hin, der ihn am Seil führte.

»So, heute wird dir die Arbeit gefallen«, hörte Laintal Ay den Sklavenmeister sagen, der ein Stück vor dem Tor stehenblieb und Myk an einen kleinen Baum band. Die Füße des Phagoren waren wie gewöhnlich aneinandergekettet, um ein Fortlaufen unmöglich zu machen. Goija Hin richtete sich auf und klopfte Myk beinahe freundschaftlich auf die Schulter. Myk sah den Sklavenmeister in ängstlicher Besorgnis an. »Myk kann hier eine Weile in der Sonne sitzen.«

»Nicht sitzen, stehen. Du stehst, Myk, und tust, was ich dir sage, oder du weißt, was es setzt. Wir werden tun, wie Aoz Roon sagt, sonst gibt es für uns beide Verdruß.«

Der alte Phagor schüttelte den Kopf. »Verdruß ist immer um uns in den Luft-Oktaven. Was gibt es mit euch Söhnen Freyrs anderes als Verdruß?«

»Noch etwas von der Art, und ich ziehe dir dein stinkendes Fell ab«, sagte Goija Hin ohne Bösartigkeit. »Du bleibst hier und tust, wie uns gesagt wurde, dann kannst du deinen Mißmut gleich an einem von uns Söhnen Freyrs auslassen.«

Er ließ den Phagoren allein und watschelte in seinem plattfüßigen Gang zurück zu den Türmen. Myk legte sich prompt nieder und geriet aus Laintal Ays Blickfeld.

Wie der dampfende Streifen im Voral, war auch dieser Vorfall dazu angetan, Laintal Ays Unbehagen zu mehren. Er stand wartend, lauschte und machte sich seine Gedanken. Das leise Zwitschern der Vögel war das einzige Geräusch in der Stille. Nach einer Weile zuckte er die Achseln und ging weiter.

Oldorando war unbewacht. Eine Anstrengung war nötig, um den Jägern die Gefahr bewußt zu machen. Er bemerkte, daß feiner Dampf aus den kahlen Stämmen der Rajabarale stieg. Dies war ein weiteres Vorzeichen, das er nicht interpretieren konnte. Fern im Nordwesten wetterleuchtete es, und lange danach rollte dumpf drohend der Donner.

Er übersprang einen Bachlauf, der zwischen hohen Farnen plätscherte, und bemerkte Spuren von Dampf an seiner Oberfläche. Als er sich bückte und die Hand ins Wasser tauchte, fand er es leidlich warm. Ein toter Fisch trieb vorbei, den weißen Bauch nach oben gekehrt. Laintal Ay kauerte am Ufer und blickte durch das frische Grün des neuen Gestrüpps zu den Spitzen der Türme hinüber. Hier hatte es bisher keine heiße Quelle gegeben.

Der Erdboden erzitterte. Wasserpflanzen wallten und wogten in der Strömung; im Ruhigwasser nahe beim Ufer kam ein Molch zum Atemholen an die Oberfläche und tauchte mit raschen schlängelnden Schwanzbewegungen wieder in die Sicherheit der Algen hinab. Vögel flogen schreiend von den Türmen auf, umkreisten sie und landeten wieder.

Während er wartete, daß das Beben sich wiederhole, blies der Stundenheuler, ein Geräusch, das ihm seit frühester Kindheit vertraut war. Es dauerte einen Augenblick länger als gewöhnlich. Er wußte genau, wie lange es dauern mußte; diesmal hielt das Pfeifen seinen Ton ein wenig länger, als es sollte.

Er stand auf und setzte seine Wanderung fort. Als er sich mit Mühe seinen Weg durch brusthohe Raigebüsche bahnte, hörte er Stimmen. Die instinktive Reaktion des Jägers ließ ihn erstarren, dann bewegte er sich geduckt vorsichtig weiter. Voraus war eine steile Anhöhe, bewachsen mit Stauden und Thymian. Als er den Rücken erreichte, ließ er sich auf alle viere nieder und schob sich durch die duftenden Thymiansträucher weiter vorwärts, um Ausschau zu halten. Er fühlte das baumelnde Gewicht seines Bauches unter sich – das gute Leben hatte seinen einst flachen, harten Leib rundlich anschwellen lassen.

Wieder Stimmen – weibliche. Er hob vorsichtig den Kopf und spähte über die Anhöhe.

Was immer er zu sehen erwartet hatte, die Wirklichkeit war bei weitem entzückender. Er blickte in eine Senke, in deren Mitte ein von Grün umrahmter Teich lag. Feines Gekräusel von Dampf zog da und dort über die glatte Oberfläche und verlor sich in der warmen Luft. Auf der anderen Seite des Teiches waren zwei Frauen im Begriff, ihre Hoxnerfelle überzuziehen; eine war schwanger; er identifizierte sie mit einem Blick als Amin Lin, und ihre Gefährtin als Vry. Und am diesseitigen Ufer, den schönen Rücken ihm zugekehrt, stand seine angebetete und eigensinnige Oyre, nackt.

Als er erkannte, wer es war, stockte ihm der Atem. Er lag bewegungslos und verschlang sie mit seinen Blicken – die Schultern, den eleganten Rücken, die aufregenden Rundungen ihrer Hüften, die wohlgeformten Beine... das Entzücken schnürte ihm die Kehle zu.

Batalix hatte sich vorübergehend von einer der purpurgrauen Wolkenburgen gelöst und überflutete das Land mit Gold. Sein Licht fiel schräg auf Oyres zimtfarbene Haut, die mit Wassertropfen beperlt war. Feine Rinnsale liefen von ihrem Körper auf den Stein, wo sie stand, wie um sie dem nahen Element zu vereinen, das sie teilten. Ihre Haltung war entspannt, die Beine ein wenig gespreizt. Eine Hand war angehoben, um Wasser aus den Augen zu wischen, als sie den Freundinnen zusah, die sich zum Gehen anschickten. Sie hatte die Sorglosigkeit und die unbewußte Grazie eines Tieres – ahnungslos vom raubgierigen Blick des nahen Jägers, doch bereit zur Flucht, sollte es notwendig sein.

Das dunkle Haar klebte naß an ihrem Kopf; feuchte Strähnen hatten sich davon gelöst und ringelten sich um Schultern und Hals. Laintal Ay fühlte sich an einen Otter erinnert.

Nur wenn sie den Kopf zur Seite wandte, konnte er ihr Gesicht im Halbprofil sehen. Bis zu diesem Tag hatte er noch nie den nackten Körper eines Erwachsenen gesehen, den eigenen ausgenommen. Brauch und Sitte, verstärkt durch ein arktisches Klima, hatten Nacktheit aus Oldorando verbannt. Überwältigt von dem, was er sah, ließ er das Gesicht in den duftenden Thymian sinken. Der Puls pochte dumpf und schwer in seinen Schläfen.

Als er den Kopf heben und den Anblick wieder schauen konnte, bewirkte die Bewegung ihrer Hüften in der Abwendung von den Freundinnen, denen sie nachgewinkt hatte, eine starke Bezauberung in ihm. Er atmete eine andere Luft. Oyre betrachtete nun fast schläfrig den Teich, blickte in seine klare Tiefe, daß die Wimpern auf ihren Wangen glänzten. Bei ihrer nächsten Bewegung konnte er ihre Scham sehen, bedeckt mit winzigen nassen Zöpfen, ihren prachtvollen Bauch und die glatte Mulde des Nabels. Alles war momentan enthüllt, als sie die Arme hochwarf und ins Wasser sprang.

Er war allein mit dem satten Sonnenlicht und dem feinen Dampf, der von der Wasserfläche aufstieg und sich kräuselnd in den Zweigen der Büsche verlor, bis sie lachend wieder auftauchte.

Sie stieg ganz in seiner Nähe aus dem Wasser. Ihre nassen Brüste schwangen frei vom Körper und stießen leicht gegeneinander.

»Oyre, schöne Oyre!« rief er wie von Sinnen.

Er sprang auf.

Sie stand vor ihm, wie sie dem Wasser entstiegen war, noch ein wenig vorgeneigt, und an ihrem glatten Hals pulsierte eine Ader. Ihr Blick ruhte dunkel und träg auf ihm; der Glanz ihrer Augen schien von einer sinnlichen Stumpfheit getrübt, die von der schwülen Wärme herrühren mochte. Von neuem sah er die Schönheit in dem kurzen Oval ihres Gesichts, eingerahmt vom nassen Haar, die anziehenden Bogen ihrer Augenbrauen und die kleinen Falten ihrer Lider. Diese Augenbrauen waren jetzt hochgezogen, aber nach dem ersten Erschrecken zeigte sie keine Furcht und schaute ihn einfach an, als erwarte sie seine nächste Handlung und wundere sich, von welcher Art sie sein mochte. Dann ließ sie verspätet eine Hand sinken und bedeckte ihre Blöße. Die Geste war zu diesem Zeitpunkt mehr herausfordernd als schützend. Da sie sich ihrer Schönheit bewußt war, bewahrte sie auf natürliche Weise die Fassung.

Vier kleine Vögel flatterten zwischen ihnen nieder und jagten sich durch das Gezweig eines Strauches.

Laintal Ay, dessen Blick wie gebannt an ihren Augen hing, ging wie im Traum auf sie zu und schloß sie in die Arme. Dann, als habe die Berührung ihres Körpers ihn elektrisiert, zog er sie fest an sich und küßte sie leidenschaftlich auf die Lippen.

Oyre befreite sich aus seiner Umarmung und lächelte.

»Zieh dich aus!« sagte sie. »Laß Batalix sehen, wie du gebaut bist.«

Er wußte nicht, ob die Worte eine Einladung waren, oder Neckerei. Er öffnete die Verschnürung am Hals, dann packte er die Fellparka an beiden Seiten der Brust und riß sie ungeduldig auseinander, statt sie sich über den Kopf zu ziehen. Mit lautem Bersten platzte die Naht auf und er warf die Parka fort. Mit der Hose verfuhr er ähnlich und stieß sie von sich. Er war sich seines steif aufragenden Gliedes bewußt, als er zu ihr kam.

Oyre ergriff seinen ausgestreckten Arm, zog ihn rasch zu sich, stellte ihm ein Bein und sprang zur Seite, so daß er in voller Länge in den Teich klatschte.

Das Wasser schlug über ihm zusammen. Es fühlte sich erstaunlich heiß an. Der Auftrieb brachte ihn wieder an die Oberfläche, und er zappelte, schnappte nach Luft und schrie.

Sie stand lachend am Ufer, die Hände auf die schön geformten Knie gestützt.

»Wasch dich, bevor du zu mir kommst, du verlauster Krieger!«

Er bespritzte sie, schlug die Wasseroberfläche halb zornig und halb lachend.

Als sie ihm heraushalf, war sie sehr viel sanfter. Sie fühlte sich unter seinen nassen Händen schlüpfrig an. Als sie sich im Gras niederließen, schob er die Hand zwischen ihre Beine. Sofort übermannte ihn die Erregung, und sein Samen ergoß sich ins Gras.

»Dummkopf, du Dummkopf!« rief sie enttäuscht und stieß ihn vor die Brust.

»Nein, nein, Oyre, es ist schon gut, gib mir ein Weilchen Zeit, bitte. Ich liebe dich, Oyre, von ganzem Herzen. Ich will dich immer, immer. Bitte, bleib da!«

Aber Oyre stand auf, voll Ärger und Unerfahrenheit. Trotz seiner zärtlichen Worte fühlte er sich ratlos und zürnte ihr und sich selbst. Er sprang auf und trat zu ihr.

»Hol dich der Teufel, du solltest nicht so hübsch sein, du Wildfang!«

Er packte sie beim Arm, schwang sie brutal herum und stieß sie ins Wasser. Ehe sie fiel, fuhr sie ihm fauchend mit beiden Händen in die Haare und riß ihn mit. Mit einem Aufkreischen fielen sie zusammen in den dampfenden Teich.

Er bekam einen Arm um ihren Rücken, umfaßte sie unter Wasser und küßte sie, als sie an die Oberfläche kamen. Seine linke Hand liebkoste ihre Brüste. Sie prusteten und platschten und tauchten einander unter, und als sie des Spiels im Wasser müde waren, erkletterten sie die lehmige Uferböschung und rollten durch das Gras. Er hakte ein Bein um ihres und wälzte sich auf sie. Sie küßte ihn leidenschaftlich auf die Lippen und stieß ihm die Zunge in den Mund, während er in sie eindrang. So lagen sie eng umschlungen und ekstatisch in der Heimlichkeit des verschwiegenen Ortes, und der nasse Lehm unter ihnen ließ schmatzende kleine Geräusche vernehmen, als wollte auch er seine Lebensfreude kundtun.

Sie nestelte umständlich mit den Verschlußriemen ihrer Hoxnerfelle. Das weiche Haarkleid hatte schwarzblaue und silbergraue Streifen von verschiedener Breite. Die Luft war noch drückender geworden, und der Donner polterte nicht mehr weit entfernt; der ausgreifende Wolkenschirm der Gewitterfront hatte Batalix erreicht, und das Licht war fahl geworden.

Laintal Ay lag faul am Boden, beobachtete Oyres Bewegungen beim Ankleiden aus halb geschlossenen Augen.

»Ich habe dich immer gewollt«, sagte er. »Seit Jahren. Dein Fleisch ist eine heiße Quelle. Du sollst meine Frau sein. Wir werden jeden Nachmittag hierherkommen.«

Sie sagte nichts und fing mit halblauter Stimme an zu singen.

»Der Fluß auf seiner Reise weit
Strömt hin wie unsrer Tage Zeit ...«

»Ich will dich, Oyre, jeden Tag. Du willst mich auch, nicht wahr?«

Sie schaute ihn an und antwortete: »Ja, ich wollte dich. Aber ich kann nicht deine Frau werden.«

Er fühlte den Grund unter sich erzittern.

»Was meinst du damit?«

Sie schien zu zögern, dann kam sie näher und beugte sich zu ihm. Als er die Arme nach ihr ausstreckte, entzog sie sich ihm und sagte: »Ich liebe dich, Laintal Ay, aber ich werde nicht deine Frau sein. Ich habe immer den Verdacht gehabt, daß die Akademie nur eine Art Ablenkung sei – ein Trost für einfältige Frauen wie Amin Lin. Nun ist das Wetter schön, und die Akademie ist auseinandergefallen. Um ehrlich zu sein, nur Vry und Shay Tal ist daran gelegen – und vielleicht dem alten Meister Datnil. Aber ich schätze und achte Shay Tals Beispiel von Unabhängigkeit und eifere ihm nach. Shay Tal wollte und will sich nicht meinem Vater unterwerfen – obwohl ich annehme, daß sie ein großes Verlangen nach ihm hat, wie alle Frauen –, und ich folge ihrem Beispiel: wenn ich dein Besitz werde, werde ich nichts sein.«

Er stemmte sich hoch und kam auf die Knie, blickte halb kläglich und halb beschwörend zu ihr auf. »Nein, nein, du wirst alles sein, Oyre. Alles. Ohne einander sind wir nichts.«

»Für ein paar Wochen, ja.«

»Was erwartest du?«

»Was ich erwarte ...« Sie verdrehte die Augen nach oben und seufzte. Dann strich sie ihr feuchtes Haar aus der Stirn und blickte weg von ihm, zu den jungen Büschen, zu den Vögeln, zum gewittrigen Himmel. »Es ist nicht, daß ich eine solch hohe Meinung von mir selbst hätte. Ich kann so wenig tun. Aber indem ich wie Shay Tal unabhängig bleibe, kann ich vielleicht etwas erreichen.«

»Rede nicht so! Du brauchst jemanden, der dich beschützt. Shay Tal, Vry – die sind nicht glücklich. Shay Tal sieht man nie lachen. Außerdem ist sie alt. Ich würde mich um dich kümmern und dich glücklich machen. Mehr will ich nicht.«

Sie spielte mit den Knebeln, die ihre Jacke verschlossen, und die sie selbst entworfen hatte (zur Verblüffung der Schneiderin), so daß die Jacke ohne Mühe geöffnet und geschlossen werden konnte.

»Ach, Laintal Ay, ich bin so schwierig. Ich habe Schwierigkeiten mit mir selbst. Ich weiß wirklich nicht, was ich will. Ich möchte mich auflösen und dahinfließen wie dieses wundervolle Wasser. Wer weiß, woher es kommt, wohin es strömt? Vielleicht kommt es aus dem Innersten der Erde ... Trotzdem liebe ich dich, in meiner Weise.« Sie hörte auf, mit ihrem Jackenverschluß zu spielen, stemmte die Hände in die Hüften und blickte zu ihm herab.

»Hör zu, Laintal Ay! Tue etwas Großes und Erstaunliches, eine bedeutende Tat, und ich will für immer deine Frau sein. Verstehst du das? Eine große Tat, Laintal Ay, und ich bin dein. Dann werde ich tun, was immer du willst.«

Er stand auf und musterte sie mit gerunzelter Stirn. »Eine große Tat? Was für eine Art von Tat meinst du? Beim Urblock, Oyre, du bist ein seltsames Mädchen.«

Sie warf ihr feuchtes Haar zurück. »Wenn ich es dir sagte, würde es nicht mehr groß sein. Verstehst du das? Außerdem weiß ich nicht, was ich damit im einzelnen meine. Bemühe dich, tu etwas... Du wirst schon fett, als ob du schwanger wärst...«

Er stand unbeweglich, aber seine Züge verhärteten sich. »Wie kommt es, daß du mich beleidigst, wenn ich dir sage, daß ich dich liebe?«

»Du sagst mir die Wahrheit – hoffe ich; ich sage dir die Wahrheit. Aber ich will dich nicht verletzen. Wirklich nicht, ich meine es gut mit dir. Du hast bloß etwas in mir freigesetzt, was ich noch keinem anderen gesagt habe. Ich sehne mich nach... nein, ich kann nicht sagen, wonach ich mich sehne... vielleicht ist es Ruhm. Tu etwas Großes, Laintal Ay, ich bitte dich! Etwas Großes, bevor wir zu alt werden.«

»Wie Phagoren töten?«

Plötzlich kam ein geringschätziger Ausdruck in ihre Augen, und sie lachte hart auf. Für einen Augenblick war ihre Ähnlichkeit mit Aoz Roon überraschend stark. »Wenn das alles ist, woran du denken kannst. Vorausgesetzt, du tötest eine Million von ihnen.«

Er schaute verdutzt drein. »Also bildest du dir ein, du seist eine Million Phagoren wert?«

Oyre schlug sich mit der flachen Hand vor die Stirn. »Es ist nicht für mich, verstehst du mich? Es ist für dich selbst. Leiste etwas Großes, um deinetwillen. Wir sitzen hier auf einem elenden Acker, vergessen von den Göttern, wie Shay Tal zu sagen pflegt. Mach wenigstens einen berühmten, einen legendären Acker daraus.«

Der Boden erzitterte wieder unter ihren Füßen. »Bei den Dämonen«, stieß er hervor. »Die Erde ist wirklich in Bewegung.«

Sie blickten alarmiert umher, ohne einander zu beachten, herausgeschüttelt aus ihrem Streit. Ein fahles, bronzefarbenes Licht erfüllte die Luft vor der blauschwarz aufziehenden Wetterwand, deren Ränder in schwefelgelben und purpurnen Tönen leuchteten. Noch regte sich kein Lufthauch. Die schwüle Hitze war ungebrochen, und sie standen inmitten einer bedrückenden Stille.

Platzende, glucksende Geräusche lenkten ihre Aufmerksamkeit zum Teich. Seine stille Oberfläche wurde von gelblichen Blasen getrübt, die aus der Tiefe emporstiegen und zerplatzten. Gleichzeitig trübten dunkle Schlammwolken das bisher klare Wasser. Die zerplatzenden Blasen gaben einen Gestank wie von fauligen Eiern frei, und sie kamen immer rascher und zahlreicher aus der Tiefe. Über der Wasserfläche breitete sich eine feine Dunstschicht aus.

Plötzlich brach eine dunkle Schlammfontäne aus dem Teich hervor und schoß hoch in die Luft, begleitet von zischenden Dampfausbrüchen. Brühheißer Schlamm regnete in Klumpen herab und sprenkelte das Laub mit schwärzlichen Flecken. Laintal Ay und Oyre flohen in wildem Entsetzen.

Eine Minute später hatte sich der Teich in ein siedendes, blubberndes Schlammloch verwandelt, aus dem in kurzen Intervallen mit kochendem Schlamm und Gesteinstrümmern durchsetzte Dampferuptionen emporschossen.

Bevor sie Oldorando erreichten, öffnete der Himmel seine Schleusen, und kalter Regen stürzte in dichten grauen Vorhängen herab.

Als sie durchnäßt in den großen Turm kamen, waren von oben laute Stimmen zu vernehmen, unter denen Aoz Roons am lautesten tönte. Er war eben mit einigen Verbündeten seiner Generation zurückgekehrt: Tanth Ein, Faralin Ferd und Eline Tal, allesamt gestandene Krieger und gute Jäger; bei ihnen waren ihre Frauen, die sich über neue Hoxnerfelle begeisterten, und Dol Sakil, die schmollend abseits auf dem

Fenstersims saß, ohne auf den schräg herabpeitschenden Regen zu achten. Auch Raynil Layan war anwesend, dessen Fellkleidung vollkommen trocken war; er befingerte seinen gegabelten Bart und blickte besorgt umher, ohne zu sprechen oder angesprochen zu werden.

Aoz Roon gönnte seiner natürlichen Tochter nicht mehr als einen Blick, ehe er Laintal Ay annahm: »Du bist wieder vermißt worden.«

»Für eine Weile, ja. Tut mir leid. Ich habe die Verteidigungsanlagen überprüft. Ich ...«

Aoz Roon lachte barsch und sah zu seinen Gefährten, als er sagte: »Wenn du in diesem Zustand hereinkommst, mit aufgerissener offener Jacke und Oyre, deren Haar und Fell voller Grashalme ist, dann weiß ich, daß du etwas anderes überprüft hast als die Verteidigungsanlagen. Lüg mich nicht an, du junger Gockel!«

Die anderen Männer lachten. Laintal Ay wurde feuerrot.

»Ich bin kein Lügner. Ich ging um das Dorf, um die Mauern und Palisaden zu überprüfen – aber wir haben keine Verteidigung. Es gibt keine Wächter, keine Posten, niemanden, der um die Sicherheit des Dorfes besorgt ist, während ihr in der Wildnis liegt und euch besauft. Oldorando könnte von einem einzigen bewaffneten Mann aus Borlien erobert werden. Wir machen uns das Leben zu leicht, und du gibst ein schlechtes Beispiel!«

Er spürte plötzlich Oyres Hand besänftigend an seinem Arm.

»Er verbringt nur wenig Zeit hier«, rief Dol mit weinerlicher Stimme, blieb jedoch unbeachtet, denn Aoz Roon hatte sich zu seinen Gefährten gewandt und sagte: »Ihr seht, was ich mir von meinen sogenannten Stellvertretern sagen lassen muß. Nichts als Frechheiten. Oldorando ist jetzt verborgen und geschützt von dem grünen Dickicht, das mit jeder Woche höher wächst. Wenn das kriegsgünstige Wetter wiederkehrt, was ohne Zweifel der Fall sein wird, werden wir Zeit genug haben, uns für den Krieg zu rüsten. Du versuchst, Unfrieden zu stiften, Laintal Ay.«

»Nicht doch. Ich versuche, ihn zu verhindern.«

Aoz Roon trat auf ihn zu, bis seine mächtige schwarze Gestalt den jungen Mann überragte.

»Dann verhalte dich still! Und halte mir keine Strafpredigten!«

Durch das Rauschen des Regens wurden Stimmen hörbar, die draußen durcheinanderriefen. Dol wandte den Kopf vom Fenster in den Raum und rief, daß etwas geschehen sei. Oyre lief zu ihr.

»Bleibt da!« rief Aoz Roon, aber auch die drei älteren Frauen drängten neugierig zum Fenster. Im Raum wurde es noch dunkler.

»Wir werden nachsehen, was es gibt«, sagte Tanth Ein. Er zog die Luke auf und stieg die Leiter hinunter. Seine mächtigen Schultern gingen kaum durch die Öffnung. Faralin Ferd und Eline Tal folgten ihm. Raynil Layan blieb im Hintergrund und machte keine Anstalten, ihnen zu folgen. Aoz Roon machte eine Bewegung, als wollte er sie noch nachträglich zurückhalten, und blieb dann unschlüssig in der Mitte des dämmerigen Raumes stehen.

Laintal Ay trat auf ihn zu und sagte: »Mein Temperament ging mit mir durch; du hättest mich nicht einen Lügner heißen sollen. Aber laß meine Warnung darum nicht unbeachtet. Es ist unsere Verantwortung, das Dorf zu bewachen, wie wir es immer zu tun pflegten.«

Aoz Roon nagte auf der Unterlippe und schien kaum zuzuhören.

»Du beziehst deine Ideen von dieser verfluchten Zauberin, Shay Tal«, sagte er geistesabwesend, mit einem Ohr dem Lärm lauschend, der von draußen hereindrang. Die Rufe von Männern mischten sich nun unter das Jammergeschrei der Frauen. Auch die Frauen am Fenster erhoben jetzt ein großes Geschrei, liefen kopflos herum oder klammerten sich aneinander.

»Komm weg da!« knurrte Aoz Roon und zog Dol ärgerlich vom Fenster fort. Curd, sein großer gelber Hund, fing an zu heulen.

Der Regen trommelte herab, tanzte auf Dächern und Gassen. Die Gestalten unter dem Turm waren grau im Wolkenbruch. Zwei der drei stämmigen Jäger hoben einen Körper vom schlammigen Boden auf, während der dritte, Faralin Ferd, seine Arme um zwei alte Frauen in regennassen Fellen legte und sie aus dem Regen zu einem trockenen Unterstand führen wollte. Die Alten aber, an Bequemlichkeit nicht interessiert, hoben ihre Gesichter in Kummer und Anklage, daß der Regen ihnen in die offenen Münder prasselte. Eine war Datnil Skars Frau, die andere eine alte Witwe, Faralin Ferds Tante.

Die beiden hatten den Körper gemeinsam vom nördlichen Tor hereingeschleift, wobei sie ihn und sich selbst mit Schmutz bedeckt hatten. Als die Jäger sich mit ihrer Last aufrichteten, wurde der Körper sichtbar. Vom Regen verdünntes Blut bedeckte noch immer sein Gesicht und die Kleider. Die Züge waren entstellt und von geronnenem Blut so maskiert, daß der Regen es noch nicht hatte reinwaschen können. Als die Jäger den Körper anhoben, fiel der Kopf zwischen die Schultern zurück. Seine Kehle war herausgebissen, so sauber wie ein Stück aus einem Apfel.

Dol schlug die Hände vors Gesicht und begann hysterisch zu kreischen. Aoz Roon stieß sie zur Seite, zwängte seinen Oberkörper in die Fensteröffnung und rief hinunter: »Bringt das Ding nicht hier herein!«

Die Männer hörten nicht auf ihn; sie versuchten nur, unter das nächste Dach zu kommen. Regenwasser strömte in Bächen am Turm herab und ergoß sich wie ein Wasserfall aus dem letzten noch vorhandenen steinernen Wasserspeier, der oben aus der zerfallenen Brustwehr ragte. Die Männer glitten und schwankten mit ihrer lehmigen Bürde durch den Schlamm.

Aoz Roon verließ mit einem Fluch das Fenster und stampfte die steile Stiege hinab. Mitgerissen von der Dramatik des Augenblicks, folgten ihm Laintal Ay, Oyre, Dol und die anderen Frauen in dichtem Gedränge. Raynil Layan bildete zögernd den Schluß.

Die Jäger und die alten Frauen schleppten und geleiteten den Toten in den niedrigen Stall im Erdgeschoß, um ihn dort ins Stroh zu legen. Die Männer richteten sich auf, traten zurück und wischten sich die Gesichter mit den Händen. Um den Toten bildete sich rasch eine Wasserpfütze, die von verdünntem Blut gefärbt war. Die alten Frauen, grotesk in ihren durchnäßten und beschmutzten Fellkleidern, hielten einander umschlungen und stießen lautes Klagegeschrei aus. Obwohl das Gesicht des toten Mannes mit geronnenem Blut und Haaren verklebt war, gab es über seine Identität keinen Zweifel. Vor ihnen lag Meister Datnil Skar.

Tanth Eins Frau war eine stattliche Person namens Farayl Musk. Als sie den Toten im Stroh liegen sah, raufte sie sich das Haar und brach in langgezogenes lautes Wehklagen aus.

Niemand konnte die tödliche Halswunde für etwas anderes als einen Phagorbiß halten. Die im alten Pannoval übliche Hinrichtungsart war von Yuli, dem Priester, weitergegeben worden für den Fall, daß ihre Anwendung nötig werde, was in der Folgezeit sehr selten war. Irgendwo draußen im strömenden Regen war Wutra und wartete. Wutra, der kriegerische Gott. Laintal Ay dachte an Shay Tals beunruhigende Behauptung, daß Wutra ein Phagor sei. Vielleicht gab es wirklich einen Gott, vielleicht war er tatsächlich ein Phagor. Seine Gedanken kehrten zurück zu den früheren Ereignissen des Tages, ehe er Oyre nackt am Teich gefunden, als er Goija Hin gesehen hatte, der den alten Myk zum Nordtor herausgeführt hatte. Es gab nicht den geringsten Zweifel daran, wer für diesen Tod verantwortlich war; Shay Tal würde frischen Grund zur Betrübnis haben.

Er sah in die betroffenen Gesichter ringsum – und in Raynil Layans selbstzufriedenes – und faßte sich ein Herz. Mit lauter Stimme sagte er: »Aoz Roon, ich heiße dich den Mörder dieses guten alten Mannes!« Und bedürfte es noch einer Bekräftigung, hob er die Hand und wies mit ausgestrecktem Arm auf den Genannten.

Alle Blicke richteten sich auf den Herrn von Embruddock, dessen Kopf beinahe an die Deckenbalken stieß. Er erbleichte, faßte sich jedoch sehr rasch und sagte rauh: »Wage es nicht, gegen mich zu sprechen! Noch ein Wort von dir, Laintal Ay, und ich schlage dich nieder!«

Aber Laintal Ay war nicht zu halten. Voll Zorn rief er aus: »Ist dies wieder einer deiner grausamen Schläge gegen das Wissen – gegen Shay Tal?«

Die anderen murmelten und regten sich unruhig in der Enge des Raumes. Aoz Roon sagte: »Es ist Gerechtigkeit. Ich habe erfahren, daß Datnil Skar Außenseitern das geheime Buch seiner Zunft zu lesen gab. Das ist eine verbotene Handlung. Ihre gerechte Bestrafung war immer der Tod und ist es auch jetzt.«

»Gerechtigkeit! Sieht das wie Gerechtigkeit aus? Diese Hinrichtung trägt alle Merkmale des heimtückischen Mordes! Ihr habt es alle gesehen – diese Tat wurde ausgeführt wie die Ermordung von ...«

Aoz Roons Angriff kam kaum unerwartet; gleichwohl überraschte ihn die plötzliche Wildheit, mit der er vorgetragen wurde. Er schlug zurück in Aoz Roons Gesicht, das dunkel vor Wut vor seinen Augen tanzte. Er hörte Oyre aufschreien. Dann traf ihn ein Faustschlag voll gegen die Kinnlade.

Er fühlte, wie er zurücktaumelte, über den durchnäßten Leichnam stolperte und hilflos auf den Stallboden hinschlug.

Er konnte nicht aufstehen, war sich aber eines Durcheinanders von Schreien, Rufen und trampelnden Stiefeln bewußt. Er fühlte die Fußtritte, die seine Rippen trafen. Dann wurde er von Händen ergriffen, die ihn aufhoben, wie sie zuvor den Toten aufgehoben hatten – er versuchte, seinen Kopf zu schützen, daß sie ihn nicht gegen eine Wand schlügen –, und trugen ihn hinaus in den Wolkenbruch. Er hörte Donner rollen, als wäre es ein dumpfer Pulsschlag in seinem Kopf.

Von der Eingangsstufe warfen sie ihn in die schlammige Dorfstraße hinaus. Der Regen prasselte in sein Gesicht. Als er so in Regen und Schmutz lag und fühlte, wie die Nässe von allen Seiten seine Fellkleidung durchdrang, wurde ihm klar, daß er nicht mehr Aoz Roons Stellvertreter war. Von nun an war ihre Feindschaft offen und allen erkennbar.

Die Regenfälle dauerten an. Die Fronten ausgedehnter Regengebiete zogen in rascher Folge über den Zentralkontinent. In den Angelegenheiten von Oldorando kam es zu einem wetterbedingten Stillstand.

Die entfernte Armee des jungen Kzahhn Hrr-Brahl Yprt, war gezwungen, ihr Vorrücken zu unterbrechen und im zerklüfteten Vorgebirgsland des Ostens Unterschlupf zu suchen. Manche Komponenten zogen es vor, sich in einen durch Selbsthypnose erzeugten Dauerschlaf zu versetzen, um nicht die Unbill der andauernden Niederschläge erleiden zu müssen.

Auch die Phagoren spürten das Erdbeben, welches den gleichen Ursprung hatte wie jenes, das die Bewohner Oldorandos erschreckte. Weit im Norden kam es zur Aktivierung alter Grabenbruchsysteme in der Region von Chalce, wo heftige tektonische Hebungsvorgänge eingesetzt hatten. Mit dem Abschmelzen der Eislast hoben sich die Kontinentalplatten Stück für Stück allmählich höher über den Meeresspiegel.

Zu dieser Zeit wurde der Ozean, der Helliconia umgürtete, eisfrei – selbst jenseits der breiten tropischen Zonen, die sich vom Äquator bis fünfunddreißig Grad nördlicher und südlicher Breite erstreckten. Die westwärts verlaufende Zirkulation der ozeanischen Oberflächenwasser wurde verstärkt durch eine Serie von Tsunamis, Flutwellen seismischen Ursprungs, die Küstengebiete in allen Teilen der Welt verwüsteten. Gleichzeitig nahm der Vulkanismus in allen Teilen der Welt zu.

All diese geologischen Ereignisse wurden von den Instrumenten der Beobachtungsstation *Avernus*, die von Vry Kaidaw genannt wurde, überwacht und aufgezeichnet. Die Ergebnisse wurden der fernen Erde zugeleitet. Keine Welt wurde aufmerksamer beobachtet als Helliconia.

So registrierte man das Schrumpfen der Herden von Yelk und Biyelk, welche die Ebenen des nördlichen Campannlat bewohnten; ihre Weidegründe waren bedroht. Auf der anderen Seite kam es zu einer starken Vermehrung von Kaidaws, als bisher unfruchtbare Randgebiete sich mit einer tundrenartigen Vegetationsdecke überzogen.

In Campannlat gab es zwei Arten von ancipitalen Gemeinschaften: statische Komponenten ohne Kaidaws, die zur Seßhaftigkeit gelangt waren, und nomadische Gruppen mit Kaidaws. Der Kaidaw war nicht nur ein von Natur aus wanderfreudiges Tier; sein Weidebedarf zwang diejenigen, die ihn domestizierten, zu ständigen Wanderungen auf der Suche nach neuen Weidegründen. Die Armee des jungen Kzahhn bestand aus zahlreichen kleinen Komponenten, die ein nomadisierendes und oft kriegerisches Leben führten. Ihr Kreuzzug war nur ein Aspekt einer Wanderung, die sie im Laufe von Jahrzehnten vom Osten in den Westen des Kontinents führen sollte.

Ein schweres Erdbeben, das rings um die Armee des Kzahhn Lawinen und Bergstürze niedergehen ließ, war sozusagen das Schwanzende einer der tektonischen Bewegungen in der planetarischen Kruste, die unter anderem einen vom Hhryggt-Gletscher abfließenden Schmelzwasserstrom umlenkte. Der neue Fluß suchte sich einen neuen Weg und strömte von nun an westwärts statt nach Norden, wie er es zuvor getan hatte.

Dieser Fluß wurde zu einem Nebenfluß des Takissa, der sich südwärts in die See der Adler ergoß. Seine Wasser waren trüb und dunkel; jeden Tag verfrachteten sie Dutzende von Tonnen Gesteinsschutt und Sand aus den Bergen seewärts.

Durch die Veränderung des Flußlaufes kam es zu Überflutungen, die eine unbedeutende Gruppe von Phagoren des Nomadentyps zwangen, sich in Richtung auf Oldorando zurückzuziehen, statt nach Osten zu wandern. Ihr Geschick wollte es, daß sie zu einem späteren Zeitpunkt mit Aoz Roon zusammentraf. Wenn ihre Richtungsänderung zu der Zeit selbst den betroffenen Ancipitalen von geringer Bedeutung schien, sollte sie die gesellschaftliche Entwicklung einer ganzen Region nachhaltig beeinflussen.

An Bord der *Avernus* gab es Sozialwissenschaftler, welche die gesellschaftliche Entwicklung der Kulturen Helliconias studierten; die Solarphysiker aber betrachteten ihre Arbeit als die wertvollste. Vor allem anderen kam das Licht.

Stern B, den die Eingeborenen unten Batalix nannten, war eine bescheidene Sonne der Spektralklasse G 4. In ihrer wirklichen Größe blieb sie ein wenig hinter der Erdensonne zurück, da ihr Durchmesser 0,94 des Sonnendurchmessers ausmachte, war ihre scheinbare Größe, von Helliconia aus gesehen, 76 Prozent der Sonnengröße, von der Erde gesehen. Bei einer Temperatur von 5600 Kelvin in der Photosphäre betrug ihre Helligkeit nur 0,8 der Sonnenhelligkeit. Sie war ungefähr fünf Milliarden Jahre alt.

Der entferntere Stern, unter den Eingeborenen als Freyr bekannt, um den Stern B kreiste, war für einen Betrachter von der Station *Avernus* ein sehr viel eindrucksvolleres Objekt. Stern A war ein leuchtstarker weißer Überriese der Spektralklasse A, dessen Durchmesser denjenigen der

Erdensonne um das Fünfundsechzigfache übertraf und dessen Helligkeit sogar das Sechzigtausendfache betrug. Er besaß 14,8 Sonnenmassen, und seine Oberflächentemperatur betrug 11 000 Kelvin, gegenüber 5780 Kelvin bei der Sonne.

Obwohl Stern B sich der ständigen Aufmerksamkeit einiger Gelehrter erfreute, war Stern A ein größerer Magnet für das allgemeine Interesse, insbesondere jetzt, da die Station *Avernus* sich mit dem System des Sterns B dem Überriesen näherte.

Freyr war zwischen zehn und elf Millionen Jahre alt. Er hatte sich frühzeitig von der Hauptreihe des Hertzsprung-Russell-Diagramms wegentwickelt und trat bereits in seine Altersphase ein.

Von solcher Art war die Intensität der Energie, die er verströmte, daß die Scheibe des Sterns A dem Betrachter auf Helliconia stets sehr viel heller erschien als jene des Sterns B, obgleich sie infolge ihrer viel größeren Entfernung niemals so groß erschien. Er war ein würdiger Gegenstand der Furcht für die Ancipitalen - und für Vrys Bewunderung.

Vry stand allein auf ihrer Turmruine, das Teleskop neben sich. Sie wartete und beobachtete. Die Geschichte privater Beziehungen schien sich wie ein schlammbeladener Fluß dem Morgen entgegenzuwälzen; was klar und frisch gewesen war, wurde von Sedimenten verstopft. Unter ihrer Passivität war ein unformuliertes Verlangen, von etwas Größerem erfaßt zu werden, das weitere, reinere Perspektiven eröffnen könnte, als die fehlerhafte menschliche Natur es vermochte.

Wenn die Dunkelheit kam, wollte sie wieder die Sterne beobachten - vorausgesetzt, die Wolkendecke löste sich bis dahin auf.

Oldorando war mittlerweile von grünen Palisaden umstanden. Tag für Tag entrollten sich neue Blätter, schoben sich junge Triebe höher, als ob die Natur einen Plan hätte, das Dorf im Wald zu begraben. Einige der entfernteren Turmruinen waren bereits von Vegetation überwältigt und überwuchert.

Über einem solchen bewachsenen Hügel sah sie einen großen weißen Vogel kreisen, ohne ihm sonderliche Aufmerksamkeit zu schenken. Sie beobachtete und bewunderte sein müheloses Schweben in den Luftströmungen.

Aus der Ferne drang der Gesang von Männern an ihr Ohr. Die Jäger waren von einer Hoxnerjagd nach Oldorando zurückgekehrt, und Aoz Roon hielt einen Festschmaus. Dieser fand zu Ehren seiner drei neuen Offiziere und Stellvertreter Tanth Ein, Faralin Ferd und Eline Tal statt. Diese Jugendfreunde ersetzten Dathka und Laital Ay, die gegenwärtig zur Jagd abgeordnet waren.

Vry versuchte, ihre Gedanken auf der abstrakten Ebene zu halten, doch schweiften sie ständig zurück zu dem mehr emotionalen Gegenstand zunichte gewordener Hoffnung – ihrer und Dathkas Hoffnung. Sie brachte es nicht über sich, Dathkas Verlangen zu ermutigen. Ihre Stimmung befand sich im Einklang mit dem in die Länge gezogenen Abend. Batalix war untergegangen, der andere Wachtposten würde in einer Stunde folgen. Dies war eine Zeit, da Mensch und Tier sich auf die Herrschaft der Nacht vorbereiteten. Dies war eine Zeit, wo man einen Kerzenstumpf hervorsuchte oder bis zum Morgen zu schlafen beschloß.

Von ihrem Aussichtspunkt sah Vry die Einwohner Oldorandos heimkommen. Unter ihnen war Shay Tals schmale, gebeugte Gestalt.

Shay Tal kehrte mit Amin Lin zum Turm zurück. Sie sah schmutzig und müde aus. Seit Meister Datnils Ermordung war sie noch unzugänglicher geworden. Auch war der Fluch der Schweigsamkeit auf sie gefallen. Zur Zeit versuchte sie einem Vorschlag zu folgen, den der tote Meister gemacht hatte: den Eingang zu König Denniss' Pyramide freizulegen, draußen beim Opferstein. Trotz der Hilfe von Sklaven hatte sie keinen Erfolg. Leute, die hinausgingen, um zu sehen, wie die Grabungen vorangingen und wie die Erde aufgehäuft wurde, lachten offen oder insgeheim, denn die gestuften Wände der Pyramide setzten sich in die Erde hinein fort, ohne daß irgendwo Merkmale erkennbar wurden, die auf das Vorhandensein eines Zugangs schließen ließen. Mit jedem Tag wurde Shay Tals Mund härter und grimmiger.

Vom Mitleid und ihrer eigenen Einsamkeit bewegt, ging Vry hinunter, um mit Shay Tal zu sprechen. Der Zauberin schien herzlich wenig Magisches anzuhaften; fast als einzige unter den Frauen Oldorandos trug sie noch immer die alten, schlechtsitzenden Felle, die schmutzig und abgetragen ihren Körper umschlotterten und ihr den Anschein des Überlebten, Abgetanen verliehen. Alle Welt ging in Hoxnerfellen.

Bedrückt von der niedergebeugten, kummervollen Haltung der älteren Frau, konnte Vry nicht widerstehen, ihr einen Rat zu geben.

»Du machst dich selbst unglücklich, Shay Tal. Der Boden ist voll vom Schutt der Vergangenheit – hör auf, dort herumzukratzen.«

Shay Tal hob den Kopf und sagte mit einem humorvollen Aufblitzen in den Augen: »Keine von uns sieht Glücklichkeit als ihre erste Pflicht an.«

»Mußt du aber so niedergeschlagen sein?« Sie zeigte aus dem Fenster. »Schau den weißen Vogel an, wie er anmutig in der Luft kreist. Beflügelt der Anblick nicht deine Lebensgeister? Ich würde gern dieser Vogel sein und mich hoch in die Luft emporschwingen ...«

Zu Vrys nicht geringer Überraschung ging Shay Tal zum Fenster und blickte in die angezeigte Richtung. Dann wandte sie sich um, streifte eine Haarsträhne aus der Stirn und sagte ruhig: »Hast du bemerkt, daß es ein Kuhreiher ist?«

»Ja, gewiß. Warum?« Im Raum dunkelte es bereits.

»Erinnerst du dich nicht an den Fischsee und andere Begegnungen? Diese Vögel sind die Begleiter der Phagoren.«

Sie sagte es ruhig, in ihrer nüchternen, objektiven Art. Vry erschrak. Wie übermäßig war sie mit sich selbst beschäftigt, daß sie eine elementare Tatsache wie diese übersehen hatte! Sie hob die Hand zum Mund und blickte ängstlich von Shay Tal zu Amin Lin und zurück.

»Wieder ein Angriff? Was sollen wir tun?«

»Es scheint, daß ich aufgehört habe, mit dem Herrn von Embruddock Umgang zu pflegen, oder er mit mir. Vry, du mußt gehen und ihn unterrichten, daß der Feind an seinen Toren stehen mag, während er mit seinen Kumpanen Zechgelage hält. Er wird wissen, man kann sich nicht darauf verlassen, daß ich die Feinde aufhalten werde, wie ich es einst tat. Geh gleich jetzt!«

Als Vry den Pfad zum Dorf hinunterlief, begann es wieder leicht zu regnen. Aoz Roon und seine Freunde saßen im Turm der Eisenmacher- und Schmiedezunft und sangen aus voller Kehle. Ihre Gesichter waren gerötet vom Essen und Trinken. Das Hauptgericht auf der Tafel war eine mit Raige und Thymian ausgestopfte gebratene Gans, deren Duft der ausgehungerten Vry den Mund wässern machte. Anwesend waren die drei neuen Stellvertreter und ihre Frauen, der neue Zunftmeister und Vorsitzende des Rates, Raynil Layan, sowie Dol und Oyre. Nur diese beiden schienen erfreut, Vry zu sehen. Wie Rol Sakil stolz im Dorf verkündet hatte, trug ihre Tochter Dol nun Aoz Roons Kind in sich.

Auf dem Tisch brannten Kerzen; unterm Tisch drängten sich Hunde, die auf herabfallende Brocken warteten und um Leckerbissen bettelten. In den Duft der gebratenen Gans mischten sich die strengen Gerüche von ungewaschenen Körpern und Hundeurin.

Trotz der geröteten und erhitzten Gesichter und obwohl warmes Wasser aus den heißen Quellen auch den Boden dieses Raumes beheizte, war es feuchtkalt. Durch Risse im alten Mauerwerk drang Regenwasser, rann an den Wänden herab und tropfte von der Decke. Regenböen blähten und hoben die vor die Fensteröffnung gehängte Tierhaut und sandten einen naßkalten Luftschwall nach dem anderen in den Raum. Dieser war geräumig, aber schmutzig, und in den Winkeln hingen graue Spinnweben gleich zerfetzten Fahnen von der Decke. Alles das nahm Vry in sich auf, als sie Aoz Roon nervös ihre Nachricht überbrachte.

Einst war sie mit jeder Markierung vertraut gewesen, die das Breitbeil an den Deckenbalken hinterlassen hatte. Ihre Mutter hatte den Eisenmachern und Schmieden als Sklavin gedient, und sie hatte in einem Winkel dieses Raumes gelebt und war jede Nacht Zeugin der Entwürdigung ihrer Mutter gewesen.

Obwohl er stark betrunken schien, sprang Aoz Roon sofort auf. Curd fing wütend an zu bellen, und Dol versetzte ihm einen Fußtritt. Die anderen Teilnehmer an dem Gelage starrten einander in dumpfer Benommenheit an, als widerstrebe es ihnen, Vrys Nachricht aufzunehmen.

Aoz Roon marschierte mit leichtem Schwanken um den Tisch und knuffte die Schultern der Gefährten, während er ihnen Befehle erteilte.

»Tanth Ein, du schlägst Alarm und bringst die Jäger zusammen. Warum sind wir nicht bewacht, wie es sich gehört? Sofort kommen Posten auf alle Türme! Du meldest mir, wenn alles getan ist. Faralin Ferd, du holst alle Frauen und Kinder zusammen und sperrst sie zur Sicherheit ins Frauenhaus. Dol, Oyre, ihr zwei bleibt hier, ebenso ihr anderen Frauen. Eline Tal, du hast die lauteste Stimme – du bleibst auf diesem Turm und gibst alle notwendigen Botschaften weiter ... Raynil Layan, du hast alle Zunftleute unter dir. Sie sollen sich sofort verteidigungsbereit machen und antreten. Geht jetzt!«

Nach dieser rauh hervorgestoßenen Befehlsausgabe stapfte er mit finsterer Miene im Raum auf und ab; er ernüchterte sich von einem Augenblick zum anderen. Schließlich wandte er sich zu Vry: »Nun zu dir, Frau. Ich will selbst sehen, wie die Lage ist. Euer Turm ist der nördlichste von allen – ich werde von dort aus Umschau halten. Nun los, und hoffen wir, daß es ein falscher Alarm ist!«

Er stapfte hinaus. Sein großer Hund sprang auf und stürmte an ihm vorbei ins Freie. Nach einem letzten Blick auf die gefüllte Gans folgte auch Vry. Bald schon hallten Rufe zwischen den brüchigen alten Gebäuden wider. Der Regen ließ nach. Die kleinen gelben Blumen, die zu Füßen der Türme und in Mauerwinkeln wuchsen, hoben wieder ihre Blütenköpfe.

Oyre lief Aoz Roon nach und fiel neben ihm in Schritt. Sie lächelte und schien vor Vergnügen beinahe zu hüpfen.

»Es kommt nicht oft vor, daß ich dich unvorbereitet sehe, Vater.«

Er warf ihr einen seiner finsteren Blicke zu, sagte aber nichts. Bei Shay Tals Turm angelangt, bedeutete er seiner Tochter mit einer Geste, draußen zu warten, und stieg die morschen Stufen hinauf. Shay Tal erschien am Ende der Stiege, doch er begnügte sich mit einem Nicken und stieg weiter aufwärts. Sie schloß sich ihm an.

Aoz Roon kletterte über Schutt und Trümmer, stützte sich auf einen Mauerrest der eingestürzten Wand und überblickte das dämmernde Land. Freyr stand tief im Westen und sandte letzte Lichtstrahlen durch die aufreißende Wolkendeckte. Der Kuhreiher zog noch immer seine Kreise, nicht weit von ihnen. Im Buschdickicht unter ihm war keine Bewegung auszumachen.

Hinter seinem breiten Rücken sagte Shay Tal: »Es ist nur der eine Vogel da.«

Er antwortete nicht.

»Vielleicht also keine Phagoren.«

Ohne sich umzuwenden oder eine andere Haltung einzunehmen, sagte er: »Wie hat sich alles verändert, seit wir Kinder waren.«

»Ja. Manchmal vermisse ich all das Weiß.«

Schließlich drehte er sich um, und in seinen Zügen war ein Ausdruck von Bitterkeit, den er mit einiger Anstrengung zu vertreiben suchte.

»Nun, offenbar ist wenig Gefahr. Kommt mit und seht, wenn ihr wollt.«

Darauf stieg er ohne zu zögern hinunter, als ob er seine Einladung bereits bedauerte. Unten erwartete ihn jaulend und schwanzwedelnd sein Hund. Shay Tal und Vry folgten ihm langsam zu der Stelle, wo die anderen warteten.

Laintal Ay kam vom Dorf herauf, einen Speer in der Hand. Er und Aoz Roon starrten einander feindselig an, aber keiner der beiden sagte ein Wort. Dann zog Aoz Roon sein Schwert und nahm die Richtung zu dem Schutthügel, über dem der weiße Vogel kreiste.

Die Vegetation war dicht und überschüttete sie mit Wassertropfen. Die Frauen waren davon am meisten betroffen, da die Männer Zweige aus dem Weg bogen, deren Wasserlast im Zurückschnellen sich über die Nachfolgenden entlud.

Sie bogen um Mauerreste, wo jetzt junge Damaszenerpflaumen aufgeschossen waren, deren Stämme noch nicht die Stärke eines Kinderarmes hatten. Voraus wurden die Ruinen eines Turmes erkennbar, reduziert auf eineinhalb Geschosse und zugedeckt von Schutt und wuchernder Vegetation. Zu Füßen dieses Trümmerhaufens, in grüngrauem, dämmerigem Zwielicht, saß ein Phagor auf einem Kaidaw.

Der Kuhreiher, durch die belaubten Zweige über ihnen sichtbar, krächzte eine Warnung.

Die Dorfbewohner blieben stehen, die Frauen drängten sich instinktiv zusammen. Curd kauerte sprungbereit nieder, ein tiefes leises Knurren in der Kehle.

Der Phagor saß bewegungslos auf seinem hohen Reittier, die hornigen Hände auf dem Sattelknopf. Die Speere, deren Spitzen in Schlaufen am Sattel steckten, schleiften in einer unvorbereiteten Art und Weise am Boden nach. Als er sich den Menschen gegenübersah, weiteten sich die roten Augen des Phagoren ein wenig, und er zuckte mit einem Ohr. Sonst machte er keine Bewegung.

Der Regen hatte sein Fell durchnäßt, das schwer und grau und klumpig an ihm hing. Wassertropfen glänzten auf den vorwärtsgebogenen Hörnern. Auch der Kaidaw rührte sich nicht, stand mit vorgestrecktem Kopf und stellte seine gewundenen Hörner zur Schau, deren Bogen bis unter die Kiefer reichte, um sich dann mächtig emporzuschwingen. Die Rippen standen ihm heraus, und er war bespritzt mit Lehm und Schmutz. Damit nicht genug, zeigte sein Fell mehrere Verletzungen, über denen das gelbe Blut Krusten gebildet hatte.

Die Unwirklichkeit des lebenden Bildes wurde unerwartet von Shay Tal durchbrochen. Sie drängte sich an Aoz Roon und Laintal Ay vorbei, um dem Feind allein gegenüberzutreten. Sie hob die rechte Hand in einer gebieterischen Geste über den Kopf. Der Phagor zeigte keine Reaktion; auch wollte er sich nicht in Eis verwandeln.

»Komm zurück, Shay Tal«, rief Vry, als sie sah, daß die Magie nicht wirkte.

Aber Shay Tal ging wie unter einem Zwang weiter vorwärts, alle Aufmerksamkeit auf die bewegungslose Gestalt von Reittier und Reiter konzentriert. Die Dämmerung vertiefte sich; unter dem lichten Laubdach breitete sich ein ungewisses Zwielicht aus, das zum Vorteil des Gegners geraten mußte, dessen Augen im Dunklen sahen.

Sie ging Schritt um Schritt auf den Phagor zu, und je näher sie ihm kam, desto höher mußte sie den Blick heben, um den Reiter für jede unerwartete Bewegung im Auge zu behalten. Die Bewegungslosigkeit der Kreatur war unheimlich. Als sie kaum noch zehn Schritte voneinander trennten, sah Shay Tal, daß es ein weiblicher Phagor war. Unter dem durchweichten Fell zeigten sich bräunliche Zitzen.

»Zurück, Shay Tal!« Aoz Roon stürmte mit gezücktem Schwert vorwärts und überholte sie.

Endlich kam die Gillot in Bewegung. Sie hob eine Waffe mit gebogener Klinge und spornte ihr Reittier an.

Der Kaidaw kam mit gesenktem Schädel und außerordentlicher Geschwindigkeit. Im einen Augenblick stand er völlig reglos, im nächsten stürmte er den schmalen Pfad herab auf die Menschen zu. Die Frauen retteten sich kreischend in das tropfende Unterholz. Curd griff ohne Befehl seines Herrn an, wich dem vorstehenden Kiefer des Kaidaws aus und versuchte sich im Fesselgelenk zu verbeißen.

Die Gillot bleckte ihre breiten Schneidezähne, beugte sich aus dem Sattel und führte einen gefährlichen schnellen Schlag gegen Aoz Roon. Der wich geistesgegenwärtig rückwärts aus und fühlte den Luftzug der vorbeisausenden Klinge im Gesicht. Ein Stück weiter stieß Laintal Ay den Speerschaft in die Erde, ließ sich auf ein Knie niederfallen und richtete die Waffe auf die Brust des Kaidaw. So erwartete er kauernd den Angriff.

Aber Aoz Roon sprang vor, streckte die Hand nach dem ledernen Sattelgurt aus und faßte ihn, als das Tier ihn schon fast passiert hatte. Ehe die Gillot einen zweiten Schlag führen konnte, nutzte er den Schwung des Angriffs und ließ sich hochspringend auf den Rücken des Kaidaw reißen, hinter die Reiterin.

Einen Augenblick schien es, als würde er auf der anderen Seite hinabfallen. Aber er warf den linken Arm um die Gurgel der Gillot und hielt sich auf der knochigen Kruppe, den Kopf außer Reichweite der tödlichen scharfen Hörner.

Sie stieß mit dem Kopf zurück, und ihr Schädel, schwer wie eine Keule, hätte ihm mit einem Schlag das Bewußtsein genommen, aber er duckte sich unter ihre Schulter und festigte seinen Würgegriff um ihren Hals.

Der Kaidaw machte so unvermittelt halt, wie er vorwärts gestürmt war, nur wenige Handbreit vor Laintal Ays Speerspitze. Bedrängt von Curd, stampfte er mit den Hufen und versuchte den Schädel zurückzubiegen und den großen Hund mit den Hörnern zu fassen. Während er nach hinten ausschlug und sich herumwarf, den lästigen Peiniger abzuschütteln, holte Aoz Roon mit dem Schwert aus und stieß es mit aller Kraft zwischen die Rippen der Gillot, in ihre verknäulten Eingeweide.

Sie drückte den Rücken durch und stieß einen rauhen Schrei zum Himmel, wie zerreißende Leinwand. Das Krummschwert entfiel ihren hochgerissenen Armen. Der Kaidaw bäumte sich auf, seine Reiterin fiel, und Aoz Roon mit ihr. Im Sturz gelang es ihm, sich herumzuwerfen, so daß sie den härtesten Teil des Aufpralls mit der linken Schulter nehmen mußte. Sie blieb liegen und regte sich nicht mehr.

Doch aus dem dunkelnden Himmel stieß der Kuhreiher kreischend herab, um seine Herrin zu verteidigen. Sein spitzer Schnabel hätte Aoz Roon ins Gesicht getroffen, ehe dieser zu einer Abwehr fähig gewesen wäre, aber Curd sprang hoch und erwischte den Vogel bei einem Bein. Der Reiher hieb mit dem Schnabel auf seinen Angreifer ein und schlug ihn mit den Flügeln, aber Curd ließ nicht los und zog ihn nieder. Ein schnelles Zubeißen, und er hatte ihn bei der Kehle. Einen Augenblick später war der große weiße Vogel tot und breitete seine schneeigen Schwingen in den Schlamm des Weges.

Aoz Roon stand keuchend über seiner toten Gegnerin. »Beim Block, ich bin zu fett für diese Art von Beschäftigung«, schnaufte er.

Shay Tal stand abseits und weinte. Vry und Oyre beugten sich über das tote Ungetüm, betrachteten den offenen Mund, aus dem zähflüssiges gelbes Blut quoll.

Sie hörten Tanth Ein in der Ferne rufen und antwortende Rufe aus größerer Nähe. Aoz Roon versetzte dem Leichnam einen Fußtritt, daß er auf den Rücken rollte. Die schwere weiße Zunge glitt zwischen den halbgeöffneten Kiefern her-

vor. Das Gesicht war stark runzlig, die graue Haut wie wurmig, wo sie sich über den Knochen spannte. Das zottige Fell war klumpig und schien sich abzulösen; da und dort zeigten sich Flecken bloßer Haut.

»Vielleicht hatte es eine schlimme Krankheit«, sagte Oyre. »Darum war es so schwach. Gehen wir weg von ihm, Laintal Ay! Die Sklaven werden den Kadaver vergraben.«

Aber Laintal Ay war niedergekniet und löste ein Seil, das um die Mitte des Leichnams gewunden war. Er blickte kurz auf und sagte grimmig: »Du wolltest, daß ich eine große Tat verrichte. Vielleicht kann ich das.«

Das Seil war fein und seiden, feiner als jedes Seil, das in Oldorando aus Stungebag-Fasern je geflochten worden war. Er wickelte es sich um den Arm.

Curd hielt unterdessen den Kaidaw in Schach. Das Reittier, dessen Widerristhöhe einen durchschnittlichen Mann überragte, stand zitternd, den Kopf hoch erhoben und mit ängstlich rollenden Augen. Es machte keinen Versuch zu fliehen. Laintal Ay knotete eine Schlinge in das Seil und warf sie dem Tier über den Kopf. Er zog sie zu und ging langsam auf das zitternde Geschöpf zu, bis er ihm die Flanke tätscheln konnte.

Aoz Roon wischte sein Schwert am Kadaver ab und steckte es in die Scheide, als Tanth Ein am Schauplatz des Geschehens eintraf.

»Wir werden weiterhin Wache halten, aber es war ein Einzelgänger, dem Tode nahe«, sagte Aoz Roon. »Wir haben alle Ursache, unseren Festschmaus fortzusetzen, Tanth Ein.«

Sie schlugen einander auf die Schultern, und ehe er sich zum Gehen wandte, blickte Aoz Roon zu Shay Tal und Vry, ohne Laintal Ay zu beachten. »Wir haben keinen Streit, was immer ihr euch Gegenteiliges einbilden mögt«, sagte er zu den Frauen. »Ihr habt gut daran getan, das Dorf zu alarmieren. Kommt mit Oyre und mir und nehmt an dem Festschmaus teil – meine Stellvertreter werden euch willkommen heißen.«

Shay Tal schüttelte den Kopf. »Vry und ich haben anderes zu tun.«

Aber Vry mußte an die gebratene Gans denken. Der Rauch des Feuers, über dem weitere Gänse gebraten wurden, war noch über dem Dorf zu sehen, wo er sich als eine feine, scharf begrenzte Dunstschicht vom dämmernden Hintergrund abhob. Sie war bereit, selbst jenen verhaßten Raum zu ertragen, um von diesem Festtagsbraten zu kosten. Sie blickte gequält zu Shay Tal, dann siegte der Hunger. Sie gab der Versuchung nach.

»Ich werde kommen«, sagte sie errötend zu Aoz Roon.

Laintal Ay hatte die Hand an der zitternden Flanke des Kaidaws und redete ihm mit leiser Stimme gut zu. Oyre nickte hinüber und sagte zu ihrem Vater: »Ich werde nicht kommen. Ich bleibe lieber hier.«

»Du tust, was dir gefällt – wie gewöhnlich«, sagte er und machte sich mit Tanth Ein auf den Rückweg zum Dorf. Der durch Nichtachtung gedemütigten Vry blieb es überlassen, ihnen zu folgen, so gut sie konnte.

Der Kaidaw warf seinen mächtigen Kopf auf und nieder und beobachtete Laintal Ay von der Seite.

»Wir werden dich schon zum Haustier machen«, sagte Laintal Ay. »Reiten werden wir auf dir, Oyre und ich, über die Ebene und die Berge.«

Sie führten den Kaidaw, der kaum widerstrebte, durch eine wachsende Menge Neugieriger, welche gekommen war, den getöteten Feind zu sehen und sein monströses Reittier zu bestaunen, zurück nach Embruddock, dessen Türme wie faulende Zähne vor dem Abendhimmel standen. Sie gingen Hand in Hand, zogen das zitternde Tier hinter sich her, und alle Meinungsverschiedenheiten schienen in diesem Augenblick vergessen.

X
Laintal Ays Leistung

Die Ebene war übersät mit Blumen und blühenden Stauden und Büschen, so weit das Auge reichte, und weiter noch, weiter als man auf zwei Beinen gehen konnte. Weiß, gelb, orange, blau, rot, violett und rosa - ein Meer von Blüten erstreckte sich in alle Richtungen und brandete gegen die Mauern von Oldorando, um das Dorf in seine Farbenpracht einzubeziehen.

Der Regen hatte die Blüten hervorgelockt, und der Regen war vergangen. Die Blüten blieben und leuchteten im Sonnenschein, daß die Ebene bis zum fernen Horizont in ihren zarten Farben schimmerte.

Inmitten blühender Sträucher war ein Geviert eingezäunt.

Laintal Ay und Dathka hatten ihre Arbeit beendet. Sie und ihre Freunde überprüften, was sie zustande gebracht hatten.

Aus Schößlingen und Dornsträuchern hatten sie einen Zaun errichtet. Als Pfosten hatten sie, wo immer es möglich war, junge Bäume verwendet, die an Ort und Stelle standen und weiterwachsen durften. Zwischen ihnen waren zugeschnittene Schößlinge als Querriegel befestigt. Diese wiederum waren durchflochten mit Ästen und Zweigen von Dornsträuchern. Das Ergebnis war beinahe undurchdringlich und mannshoch. Es umschloß ungefähr einen Hektar Fläche.

In der Mitte dieser neuen Einfriedung stand der Kaidaw und widersetzte sich allen Versuchen, ihn zu reiten.

Die Herrin des Kaidaw hatte man der Verwesung überlassen, wo sie gefallen war, wie es dem Brauch entsprach. Erst nach drei Tagen wurden Myk und zwei andere Sklaven ausgesandt, den Kadaver zu vergraben, der durch seinen Gestank lästig geworden war.

Blumen hingen wie Speichel aus dem Maul des Kaidaw. In der Gefangenschaft gefressen, schienen sie nicht nach seinem Geschmack, denn er stand groß und mager mit erhobenem Kopf, starrte über den Zaun hinaus und vergaß zu kauen. Dann und wann zog er in seinem charakteristischen hochtrabenden Schritt ein Stück in diese oder jene Richtung, nur um bald wieder an seinen ursprünglichen Standort zurückzukehren und mit erhobenem Kopf und verdrehten Augen, in denen man das Weiße sehen konnte, in die von fernher wehende Brise zu sichern.

Wenn eines der spiralig gebogenen Hörner sich im Geflecht des Zaunes verfing, befreite er sich mit einem ungeduldigen Kopfschütteln. Er war stark genug, um den Zaun zu durchbrechen und in die Freiheit zu galoppieren, aber es war, als ob ihm der Wille fehlte. Er begnügte sich damit, daß er zur Freiheit hinausblickte, die Witterung aufnahm, die ihm von dort zugetragen wurde, und aus geweiteten Nüstern seufzend die Atemluft ausstieß.

»Wenn die Phagoren ihn reiten können, dann können wir es auch. Ich habe schon einen Stungebag geritten«, erklärte Laintal Ay. Er trug einen Eimer voll Beethel zu seinem Gefangenen und stellte ihn dort ab. Der Kaidaw schnüffelte einmal flüchtig und zog sich mit rollenden Augen zurück.

»Ich lege mich schlafen«, sagte Dathka. Das war sein einziger Kommentar nach vielen Stunden. Er kroch durch den Zaun, streckte sich im hohen Gras aus, verschränkte die Finger hinter dem Kopf und schloß die Augen. Insekten umsummten ihn. Weit davon entfernt, das Tier zu zähmen, hatten er und Laintal Ay sich nur Prellungen und Kratzer eingehandelt.

Laintal Ay wischte sich die Stirn und machte einen weiteren Versuch, auf den Gefangenen zuzugehen.

Der Kaidaw senkte den langen Schädel, um ihm aus gleicher Höhe ins Auge zu blicken. Er blies leise durch die Nüstern. Laintal Ay war sich der Hörner bewußt, die auf ihn zielten, und machte besänftigende Geräusche, während er sich gleichzeitig bereithielt, zur Seite zu springen. Das mächtige Tier schüttelte die Ohren und wandte sich weg.

Laintal Ay entließ den angehaltenen Atem und ging wieder vorwärts. Seit er Oyre an jenem verschwiegenen Ort beim Teich geliebt hatte, war ihm ihre Schönheit nicht mehr aus dem Kopf gegangen. Das Versprechen von mehr Liebe hing wie ein unerreichbarer Fruchtzweig über ihm. Er mußte sich durch die imaginäre Großtat, die sie von ihm verlangte, erweisen. Jeden Morgen erwachte er, um sich in quälenden Träumen von ihrem Körper zu verlieren. Wenn es ihm gelänge, den Kaidaw zu reiten und zu zähmen, würde sie ihm gehören.

Aber der Kaidaw widersetzte sich weiterhin allen menschlichen Annäherungsversuchen. Auch jetzt wartete er, als Laintal Ay herankam. Seine Knieflechsen zuckten. Im letzten Augenblick scheute er vor der ausgestreckten Hand zurück, warf sich zur Seite und trabte einige Schritte fort, um ihm über die Schulter seine Hörner zu zeigen.

Die vergangene Nacht hatte Laintal Ay im Gehege bei dem Kaidaw geschlafen – oder vielmehr unruhig und mit häufigen Unterbrechungen geschlummert, ständig in Angst, unter den scharfen Hufen zertrampelt zu werden. Dennoch nahm das Tier weder Futter noch Wasser von ihm an und scheute vor jeder Annäherung zurück. Das Schauspiel hatte sich hundertmal wiederholt.

Endlich gab Laintal Ay auf. Er überließ Dathka dem Schlaf und kehrte zurück nach Oldorando um einen neuen Ansatz zu versuchen.

Drei Stunden später, als der Stundenheuler pfiff, näherte sich ein steltsam entstellter Phagor der Einfriedung. Er zog sich mit unbeholfenen Bewegungen durch die Einfriedung, so daß Büschel des nassen gelblichen Fells von den Dornen ausgerissen wurden, um toten Vögeln gleich zwischen den Zweigen hängenzubleiben.

Mit schleppendem Schritt näherte sich die seltsame Gestalt dem Kaidaw.

Es war heiß im Fell, und es stank. Laintal Ay hatte sich das Gesicht mit einem Stück Stoff umwickelt, mit einem Thymianzweig unter der Nase. Er hatte den mittlerweile mehrere Tage alten Phagorenkadaver von zwei borlienischen Sklaven ausgraben und abhäuten lassen. Raynil Layan hatte das Fell in Salzlösung gelegt, um sie vom ärgsten Gestank zu befreien. Und Oyre hatte ihn zur Einfriedung begleitet und stand nun mit Dathka am Zaun, um zu sehen, was als nächstes geschehen würde.

Der Kaidaw senkte den Kopf und schnaubte eine leise Frage. Der Sattel seiner toten Herrin, ausgestattet mit ledernen, verzierten Steigbügeln, war ihm noch immer um den Leib geschnallt. Sobald Laintal Ay das verwunderte Tier erreichte, setzte er einen Fuß hoch in den Steigbügel und schwang sich hinauf in den Sattel. Endlich war er beritten und saß wie ein Phagor vor dem niedrigen Rückenhöcker des Tieres.

Phagoren ritten ohne Zügel, indem sie sich über die Hälse ihrer Reittiere beugten oder das rauhe, gekräuselte Haar packten, das entlang dem Nackenkamm wuchs. Laintal Ay vergrub beide Hände in diesem drahtigen Nackenhaar und harrte der Dinge, die kommen sollten. Aus dem Augenwinkel konnte er andere Dorfbewohner sehen, die von der Brücke herüberkamen, um mit Oyre und Dathka das Schauspiel zu sehen.

Der Kaidaw stand still, den Kopf noch immer gesenkt, als wollte er seine neue Last wiegen. Dann bog er den Hals mühsam zurück, bis die Augen von der Seite her aufblicken und den Reiter betrachten konnten. Sein Blick begegnete dem des Menschen.

Das Tier verharrte in seiner ungewöhnlichen Haltung,

begann aber zu zittern. Das Zittern war ein intensives Vibrieren, das scheinbar tief im Inneren des Tierkörpers seinen Ursprung hatte und nach außen ausstrahlte. Dabei blickte der Kaidaw das Wesen auf seinem Rücken unverwandt an und verhielt sich ganz ruhig, als sei es jeder Möglichkeit sich zu bewegen beraubt. Auch Laintal Ay verhielt sich still und fühlte, wie das Zittern des Tierkörpers durch den Sattel auf ihn überging. Er ließ seinen Blick auf dem Tiergesicht ruhen, in dem er – so dachte er hinterher – einen Ausdruck tiefen Schmerzes zu lesen glaubte.

Als er endlich in Bewegung kam, schoß der Kaidaw wie eine plötzlich entspannte Stahlfeder aufwärts. In einer gewaltigen Kraftanstrengung sprang er mit allen vieren gleichzeitig hoch in die Luft, krümmte den Rücken wie eine buckelnde Katze und schlug die Beine unter dem Bauch zusammen. Das war der legendäre Federsprung des Kaidaw, aus erster Hand erlebt. Der Sprung trug ihn über den Zaun hinweg. Seine Hufe berührten nicht einmal die obersten Dornzweige.

Im Fallen drehte er den Schädel zwischen den Vorderbeinen abwärts und zur Seite, so daß er mit dem Halsansatz voran aufprallte. Eines der Hörner bohrte sich sofort durch sein Herz. Er fiel schwer auf die Seite und stieß zweimal mit den Hinterbeinen. Laintal Ay war aus dem Sattel geschleudert worden und landete kopfüber in einem Strauch.

Noch bevor er sich ganz daraus befreit hatte und benommen auf den Füßen stand, sah er, daß der Kaidaw tot war.

Er zog sich das stinkende Phagorenfell vom Körper. Er wirbelte es über seinem Kopf herum und schleuderte es von sich. Es fiel in die Zweige eines Schößlings und baumelte dort. Laintal Ay fluchte vor Enttäuschung. Eine schreckliche Hitze war in seinem Kopf. Nie zuvor war die Feindschaft zwischen Mensch und Phagor unmißverständlicher demonstriert worden als in der Selbstzerstörung dieses Kaidaw. Er trat einen Schritt auf Oyre zu, die ihm entgegengelaufen kam. Er sah die Dorfbewohner hinter ihr, und farbige Streifen. Die Farben hoben vom Boden ab, wurden zum Himmel. Er schwebte auf sie zu.

Sechs Tage lang lag Laintal Ay im Fieber. Feuerroter Ausschlag bedeckte seinen Körper. Die alte Rol Sakil kam und rieb seine Haut mit Gänsefett ein. Oyre saß an seinem Lager. Aoz Roon besuchte ihn und blickte wortlos auf ihn herab. Er hatte Dol bei sich, die inzwischen hochschwanger war, und erlaubte nicht, daß sie blieb. Als er ging, strich er sich über den Bart, als erinnere er sich an etwas.

Am siebten Tag zog Laintal Ay wieder seine Hoxnerfelle an und ging hinaus auf die Ebene, voll von neuen Plänen.

Der Zaun, den sie errichtet hatten, begann bereits ein natürlicheres Aussehen anzunehmen, weil Kletterpflanzen und neue Schößlinge ihre Triebe durch die geflochtenen Zweige schoben. Jenseits der Einfriedung grasten kleinere Herden von Hoxnern auf der blühenden Steppe zwischen den Buschinseln und Jungholzdickichten. »Ich gebe mich nicht geschlagen«, sagte Laintal Ay zu Dathka. »Wenn wir nicht Kaidaws reiten können, dann können wir Hoxner reiten. Sie sind uns nicht feindlich gesonnen, wie die Kaidaws – ihr Blut ist so rot wie das unsrige. Sehen wir zu, ob wir nicht einen fangen können.«

Beide trugen Hoxnerfelle. Sie wählten ein weiß und braun gestreiftes Tier aus und näherten sich ihm auf allen vieren. Es hatte sich niedergetan und ruhte. Im letzten Augenblick, bevor die Jäger es erreichten, stand es auf und entfernte sich mit unwilligem Schnauben.

Darauf versuchten sie, sich ihm von verschiedenen Seiten zu nähern, während der Rest der Herde dem Spiel zusah. Einmal kam Dathka nahe genug heran, um die Flanke des Tieres zu berühren. Es zeigte ihm die Zähne und floh.

Nun zogen sie das fein geflochtene Seil hervor und versuchten, ein Tier in der Schlinge zu fangen. Mehrere Stunden liefen sie auf der Ebene umher und jagten Hoxner.

Sie erstiegen junge Bäume und lauerten dort mit wurfbereiter Schlinge. Die Hoxner kamen neugierig näher, stießen einander an und wieherten, aber keiner wagte sich unter den Baum.

Als es Abend wurde, waren beide Männer erschöpft und gereizt. Der Kadaver des Kaidaw wurde von mehreren gelehrt aussehenden Geiern zerfleischt, deren Klerikertracht seltsam mit den gelblichen Fleischbrocken kontrastierte, die sie hinunterschlangen. Später erschienen Säbelzungen, vertrieben die Vögel und stritten untereinander um die fette Beute. Es dunkelte rasch.

Die beiden zogen sich in die vergleichsweise Sicherheit ihrer Einzäunung zurück, verzehrten hartes Fladenbrot und Gänseeier mit Salz, und legten sich schlafen.

Dathka erwachte am Morgen als erster. Er gähnte und stützte sich auf einen Ellbogen, und als er umherblickte, zwinkerte er ungläubig: er traute seinen Augen nicht.

Im kühlen Licht des Morgengrauens waren die Farben kaum zur Welt zurückgekehrt. Grauer Nebel lag in Schichten tief über dem Land und verhüllte das alte Dorf. Jungwald und Buschgruppen lagen in einem graugrünen Dunst, der ihre zarten Umrisse hervorhob und gleichzeitig verschwimmen ließ. Selbst die vier Hoxner, die nun ruhig in der Einfriedung grasten, schienen im ersten Moment eher Trugbilder zu sein.

Er weckte Laintal Ay mit einem Fußstoß. Zusammen krochen sie bäuchlings durch das nasse Gras und die schützende Bariere aus Dornzweigen. Auf der anderen Seite des Zaunes standen sie vorsichtig auf, strahlten sich an und packten einander bei den Schultern, kaum imstande, ihre unbändige Freude zu bezähmen.

Die Hoxner hatten ohne Zweifel Schutz vor den Säbelzungen gesucht. Nun sah es schlecht für sie aus.

Die Männer zogen ihre Jagdmesser und schnitten einige Armvoll Zweige von Dornbüschen, ohne der roten Tränen zu achten, die ihre Hände dabei weinten. Diese zähen Sträucher waren sogar im Schnee gediehen, die wetterharten kleinen Blätter von starrenden Stacheln geschützt. Jetzt hatten sie kupferiggrüne Triebe mit silbergrauen jungen Dornen gebildet, und zwischen den harten alten Zweigen waren zarte weiße Blütenstände aufgebrochen.

Die Hoxner hatten eine Lücke in den Zaun gebrochen, wo sie eingedrungen waren. Es war nicht schwierig, die Dornzweige zu verflechten und die Bresche zu schließen. Bald hatten sie die vier Tiere sicher im Gehege.

An diesem Punkt kam es zum Streit zwischen den beiden. Dathka schlug vor, daß die Tiere ohne Wasser gelassen sein sollten, bis sie geschwächt wären und sich der Herrschaft unterwerfen würden. Laintal Ay sagte, daß sie die Hoxner durch zusätzliche Fütterungen und Eimer voll Wasser für sich gewinnen würden. Seine Methode als die mehr positive trug schließlich den Sieg davon.

Aber noch waren sie weit davon entfernt, die Hoxner zu Reittieren zu machen. Zehn Tage lang arbeiteten sie unermüdlich mit den Tieren, lebten mit ihnen zusammen und schliefen jede Nacht in der Einfriedung. Der Fang war eine Sensation; die gesamte Bevölkerung überquerte den Voral auf der Brücke, um die gefangenen Tiere zu bestaunen und die Domestikationsbemühungen zu beobachten. Aoz Roon und seine Stellvertreter kamen jeden Tag. Auch Oyre schaute anfangs zu, verlor aber das Interesse, als sich zeigte, daß die Hoxner sich temperamentvoll ihrer präsumtiven Reiter erwehrten. Vry kam häufig, oft in Gesellschaft von Amin Lin, die ihr Neugeborenes auf dem Rücken trug.

Der Kampf um die Zähmung war erst gewonnen, als die jungen Jäger auf den Gedanken kamen, das Gehege mit weiteren Zäunen in vier kleinere zu unterteilen. Sobald die Tiere voneinander getrennt waren, verließ sie die Lebensfreude; sie standen niedergeschlagen, ließen die Köpfe hängen und wollten nicht grasen.

Laintal Ay fütterte die Tiere mit Gerste und Hafer. Dieser Diät fügte er Wasser hinzu, dem er Rathel beimischte. Die Rathelvorräte in Prassts Turm waren beträchtlich angewachsen. Selbst die Männer zogen jetzt den süßeren Beethel oder auch Gerstenwein vor, und Embruddocks traditionelles Getränk kam aus der Mode. Ein Ergebnis davon war, daß die Frauen von der Arbeit in den Brassimips abgezogen wurden, um bei der Bestellung der neuen Felder zu helfen. Es gab überschüssigen Rathel für vier Hoxner.

Eine verhältnismäßig geringe Menge, mit Wasser im neuaufgestellten Trog vermischt, wurde bereitwillig angenommen und genügte, um die gefangenen Tiere fröhlich herumspringen, taumeln und später langsam und schläfrig zu machen. Während der letzteren Phase legte Laintal Ay einen Riemen um den Hals des Tieres, das sie Gold genannt hatten. Er saß auf. Gold bäumte sich auf und machte Bocksprünge. Laintal Ay hielt sich ungefähr eine Minute lang auf seinem Rücken. Bei einem zweiten Versuch konnte er diesen Zeitraum mehr als verdoppeln. Der Sieg gehörte ihm.

Dathka saß bald auf Blender.

»Bei den Göttern, das ist besser als auf einem brennenden Stungebag zu sitzen«, rief Laintal Ay, als sie in der Einfriedung im Kreis herumritten. »Wir können überallhin reiten – nach Pannoval, zum Ende des Landes, wo die See beginnt!«

Schließlich saßen sie ab und knufften einander lachend und zufrieden.

»Warte, bis Oyre mich in Oldorando einreiten sieht. Dann wird sie mir nicht länger widerstehen.«

»Sag das nicht«, erwiderte Dathka. »Frauen sind oft eigensinniger, als man denkt.«

Als sie ihre Reittiere sicher beherrschten, führten sie die Tiere über die Brücke, saßen auf und ritten Seite an Seite in das Dorf. Die Einwohner kamen heraus und jubelten, als sei ihnen die gewaltige soziale Veränderung bewußt, die ihnen bevorstand. Von diesem Tag an würde nichts mehr so sein, wie es war.

Aoz Roon erschien mit Eline Tal und Faralin Ferd und beanspruchte einen der zwei anderen Hoxner, der Grau getauft worden war. Seine Stellvertreter begannen, um das verbleibende Tier zu streiten.

»Ihr streitet umsonst, Freunde«, sagte Laintal Ay. »Der letzte ist für Oyre.«

»Oyre wird keinen Hoxner reiten«, erwiderte Aoz Roon. »Diese Idee kannst du vergessen, Laintal Ay. Hoxner sind für Männer ... Sie geben uns enorme Möglichkeiten. Beritten sind wir den Phagoren und allen anderen gewachsen.«

Er saß auf Grau und blickte gedankenverloren in die Ferne. Er sah eine Zeit voraus, da er nicht nur ein paar Jäger führen würde, sondern eine Armee – hundert, ja zweihundert Männer, alle beritten und der Schrecken der Feinde. Jede Eroberung machte Oldorando reicher und sicherer. Er sah Oldorandos Banner über den Ebenen der Hügelländer wehen.

Er blickte auf Laintal Ay und Dathka herab, die auf der Dorfstraße standen, die Zügel in den Händen. Sein dunkles Gesicht knitterte sich zu einem Lächeln.

»Ihr habt eure Sache gut gemacht. Wir wollen ruhen lassen, was gestern war. Als Herr von Embruddock ernenne ich euch beide zu Herren der westlichen Ebene.«

Er beugte sich herunter, um Laintal Ay die Hand zu drücken.

»Nimm deinen neuen Titel an. Du und dein schweigsamer Freund werdet von nun an über den Fang und die Zähmung von Hoxnern bestimmen. Ich werde dafür sorgen, daß ihr Hilfe bekommt. Ihr werdet Pflichten und Vorrechte haben. Ich bin ein gerechter Mann, du weißt das. Ich will, daß alle Jäger so bald wie möglich auf gezähmten Hoxnern reiten.«

»Ich will deine Tochter zur Frau, Aoz Roon.«

Aoz Roon kratzte sich unter dem Bart. »Mach du dich an die Arbeit mit den Hoxnern. Ich werde meine Tochter bearbeiten.« Etwas Verschleiertes in seinem Blick deutete an, daß er nicht die Absicht hatte, die Verbindung zu fördern; wenn er einen Rivalen um die Macht hatte, dann waren es nicht seine drei willfährigen Stellvertreter, sondern der junge Laintal Ay. Seine Verbindung mit Oyre bedeutete eine Verstärkung der potentiellen Bedrohung. Aber er war zu schlau, um seiner eigensinnigen Tochter den Umgang mit Laintal Ay zu verbieten oder ihr Interesse an ihm auch nur aktiv zu bekämpfen. Was er wollte, war ein zufriedener Laintal Ay und ein Heer von bewaffneten, berittenen Kriegern.

Obwohl seine vom Größenwahn beflügelte Vision die Möglichkeiten des Dorfes und seiner Bewohner weit überstieg, sollte eine Zeit kommen, da alles das, was er erträumte, von anderen hundertfältig verwirklicht wurde. Diese Epoche hatte ihren Anfang genommen, als er und Dathka und Laintal Ay zum ersten Mal auf den Rücken ihrer Hoxnerstuten saßen.

Angefeuert von seinem Machttraum, warf Aoz Roon alle Trägheit ab, die ihn mit dem besseren Wetter überkommen hatte, und wurde wieder zu dem Mann der Tat, der er gewesen war. Er hatte die Dorfbewohner bewegt, eine Brücke zu bauen: nun waren es Ställe und Pferche und eine Werkstatt, in der Zaumzeug und Sättel gemacht wurden. Der Phagorensattel mit seinen verstellbaren Steigbügeln wurde zur Vorlage für alle oldorandischen Sättel.

Die gezähmten Hoxner wurden in der Art der gefangenen Hirschkühe als Tarnung verwendet, und so gelang es, weitere Hoxner einzufangen. Trotz ihrer Proteste mußten alle Jäger reiten lernen; bald hatte jeder ein eigenes Reittier. Das Zeitalter der Jagd zu Fuß war vorüber.

Die Beschaffung von Futter wurde ein drängendes Problem. Die Frauen mußten weitere Felder mit Hafer bestellen. Selbst die Alten wurden hinausgeschickt, um nach Kräften mitzuhelfen. Um die Felder wurden Zäune errichtet, um Hoxner und anderer Plünderer fernzuhalten. Expeditionen wurden ausgesandt, die neue Brassimippflanzen entdecken sollten, nachdem festgestellt worden war, daß Hoxner das Fleisch der unterirdischen Pflanze fraßen, worin ihre Puppen in dunkleren Zeiten Zuflucht gefunden hatten.

Für all diese neuen Entwicklungen wurde Kraft benötigt. Die bedeutendste Neuerung war der Bau einer Mühle; ein im Kreis gehender Hoxner bewegte den Mühlstein und mahlte alles benötigte Korn, und die Frauen waren von ihrer traditionellen Morgenarbeit befreit.

Innerhalb kürzester Zeit ergriff die Umwälzung beinahe alle Lebensbereiche. Oldorando wurde ein Dorf ganz anderer Art.

Seine Bevölkerung hatte sich verdoppelt: für jeden Bewohner gab es ein Reittier. In den ebenerdigen Räumen aller Türme waren nun neben Schweinen und Ziegen Hoxner untergebracht. In jeder Gasse sah man sie angebunden neben Eingängen stehen, und am Ufer des Voral wurden die Hoxner zu Dutzenden zur Tränke geführt und gehandelt. Vor den Stadttoren hielt man primitive Reiterspiele und Geschicklichkeitswettbewerbe. Hoxner waren überall, in den Türmen, in den Gesprächen, in den Träumen.

Während ein neues Gewerbe entstand, das den Bedürfnissen der neuen Besessenheit diente, förderte Aoz Roon seine Pläne zur Umwandlung der Jäger in eine Truppe berittener Krieger. Sie übten unaufhörlich. Alte Ziele waren vergessen. Fleisch wurde knapp, Versprechungen häufiger. Um der wachsenden Unzufriedenheit zu begegnen, plante Aoz Roon seinen ersten berittenen Raubzug.

Als Ziel wählten er und seine Vertrauten eine kleine Siedlung im Südosten, die den Namen Vanlian trug und zur Provinz von Borlien gehörte. Vanlian lag am Voral, wo dieser Fluß in ein breites Tal eintrat. Auf der Ostseite war die Siedlung durch hohe, verwitterte Klippen geschützt, die von

Höhlen durchlöchert waren. Die Bewohner hatten den Fluß an mehreren Stellen gestaut und eine Anzahl seichter Seen geschaffen, in denen sie Fischzucht betrieben. Fisch stellte auch ihre Hauptnahrung dar. Gelegentlich brachten Händler den getrockneten Fisch nach Oldorando. Mit mehr als zweihundert Einwohnern war Vanlian größer als Oldorando, besaß aber keine Bollwerke, die den steinernen Türmen gleichgekommen wären. Der Ort konnte durch einen Überraschungsangriff zerstört werden.

Die Reiter waren einunddreißig an der Zahl. Sie griffen kurz nach Batalixaufgang an, als die Bewohner Vanlians ihre Höhlenwohnungen verlassen hatten und die am Vortag gefangenen Fische einsalzten oder zum Trocknen an langen Gestellen aufhängten. Obgleich das Dorf von Gräben umzogen war, hinter denen man steile Böschungen aufgeschüttet hatte, überwanden die Hoxner diese Befestigung mit Leichtigkeit, und die Reiter fielen mit wildem Geschrei, Speerstößen und Schwerthieben über die hilflose Bevölkerung her.

Innerhalb von zwei Stunden wurde Vanlian zerstört. Die Männer wurden getötet, die Frauen vergewaltigt. Hütten wurden niedergebrannt, in den Höhlenwohnungen Feuer angefacht, die Dämme zum Anstauen der künstlichen Seen durchstochen. In den Ruinen fand ein Siegesgelage statt, bei dem viel vom einheimischen Bier konsumiert wurde. Aoz Roon hielt eine Ansprache, zum Lobpreis seiner Männer und ihrer Reittiere. Keiner der Angreifer war gefallen, doch war ein Hoxner durch einen Schwertstoß tödlich verwundet worden.

Der Sieg über einen zahlenmäßig weit stärkeren Gegner hatte so leicht errungen werden können, weil die Einheimischen vom kentaurenhaften Anblick der gestreiften Männer auf ihren gestreiften Reittieren entsetzt waren. Sie standen mit aufgerissenen Augen und Mündern, unfähig zu organisierter Gegenwehr, um ihren Todesstoß zu empfangen. Nur Kinder und Halbwüchsige beiderlei Geschlechts wurden von den Schwertern der Eroberer geschont. Sie mußten das Vieh aus Ställen und Pferchen holen und die Herde aus Schweinen, Ziegen und Rindern vor sich her nach Oldorando treiben. Unter den Augen von sechs berittenen Wächtern benötigten sie einen Tag für die Strecke, welche Aoz Roon und seine triumphierenden Krieger in einer Stunde zurückgelegt hatten.

Vanlian wurde als ein großer Sieg bejubelt und mehr Eroberungen gefordert. Aoz Roon festigte seine Herrschaft und die Bevölkerung lernte, daß Eroberungen Opfer verlangen. Der Herr von Embruddock machte diesen Punkt zum Gegenstand einer Ansprache an seine Untertanen, als er und seine Truppe von einem weiteren erfolgreichen Überfall zurückgekehrt waren.

»Nie wieder soll bei uns Mangel herrschen«, verkündete er. Er stand breitbeinig, die Fäuste in die Seiten gestemmt. Hinter ihm wartete ein Sklave, der Grau beim Zügel hielt. »Oldorando wird ein großer und mächtiger Ort sein, wie Embruddock es nach den Legenden in den vergangenen Tagen war. Wir sind jetzt wie Phagoren. Alle fürchten uns, und wir werden reich sein. Wir werden mehr Land nehmen und mehr Sklaven haben, die unsere Felder bebauen. Bald werden wir gegen Borlien selbst ziehen. Wir brauchen aber mehr Menschen, wir sind nicht genug. Ihr Frauen müßt euren Männern mehr Kinder zur Welt bringen. Bald werden Kinder im Sattel geboren werden, wenn wir uns über die Ebenen ausbreiten.«

Er wies auf einen elenden Haufen Gefangener, die von Goija Hin, Myk und anderen bewacht wurden. »Diese Leute werden für uns arbeiten, genauso wie die Hoxner für uns arbeiten. Aber damit alles das, was ich eben sagte, eintreffen kann, müssen wir für eine Weile alle doppelt hart arbeiten und weniger essen. Daß ihr mir nicht mit Gejammer und Klagen kommt. Nur Helden verdienen die Größe, die bald unser sein wird.«

Dathka kratzte sich am Schenkel, blickte zu Laintal Ay und zog eine Augenbraue hoch. »Da siehst du, was wir angefangen haben.«

Aber Laintal Ay war mitgerissen von der Aufregung des neuen Lebens. Von welcher Art seine Gefühle für Aoz Roon auch waren, er glaubte an die Wahrheit dessen, was der Ältere sagte. Ganz gewiß gab es nichts Erregenderes, als auf einem Hoxner dahinzujagen, eins zu sein mit dem lebhaften Tier und den Wind im Gesicht zu fühlen, während der Boden unter den donnernden Hufen vorbeisauste. Nichts so Wundervolles war je erfunden worden – mit einer Ausnahme.

Er zog Oyre an sich und sagte zu ihr: »Du hast gehört, was dein Vater sagte. Ich habe eine große Tat verrichtet – eine der größten in der Geschichte. Ich habe die Hoxner gezähmt. Das war es doch, was du wolltest, nicht wahr? Nun mußt du meine Frau werden.«

Sie aber stieß ihn fort. »Du riechst nach Hoxner, genauso wie mein Vater. Seit du krank warst, hast du von nichts als diesen dummen Tieren geredet, die nur für ihre Felle gut sind. Vater redet nur von Grau, du redest nur von Gold. Tu etwas, was das Leben besser macht, nicht schlechter. Wäre ich deine Frau, so würde ich dich nie sehen, weil du Tag und Nacht draußen herumreitest. Ihr Männer habt über den Hoxnern den Verstand verloren.«

Die meisten Frauen teilten Oyres Meinung. Sie erfuhren die Nachteile der Hoxner-Manie, ohne an ihren Aufregungen teilzuhaben. Zur Feldarbeit gezwungen, erfreuten sie sich nicht mehr der nachmittäglichen Besuche in der Akademie mit ihrer Atmosphäre schläfriger Beschaulichkeit.

Nur Shay Tal zeigte ein ernsthaftes Interesse an den Tieren. Die Herden der wilden Hoxner waren nicht mehr so zahlreich wie früher. Die rücksichtslose Verfolgung im Umkreis von Oldorando hatte sie endlich um ihre spielerische Vertrautheit gebracht und scheu werden lassen, und viele Tiere waren zu ruhigeren Weidegründen im Westen und Süden abgewandert. In dieser Situation zeigte Shay Tal praktische Vernunft und Tatkraft, indem sie versuchte, mit gezähmten Tieren eine Zucht aufzubauen. Bald entstand ein Gestüt bei König Denniss' Pyramide, wo einige Monate später die ersten Fohlen das Licht der Welt erblickten. Das Ergebnis war eine Zuchtlinie domestizierter und sanftmütiger Tiere, arbeitswillig und leicht auszubilden.

Eine der besten Stuten taufte sie Treue. Allen Fohlen widmete sie große Sorgfalt, aber ihre besondere Zuwendung galt diesem Tier. Sie wußte, daß sie nun das Mittel am Zügel hielt, das ihr die Möglichkeit geben konnte, Oldorando zu verlassen und zum fernen Sibornal zu gelangen.

XI

Als Shay Tal ging

Oldorando wuchs und dehnte sich aus. Ehe die fleißigen Bewohner wußten, wie ihnen geschah, hatte der Ort den Fluß überschritten, war im Norden bis zu den sumpfigen Zuflüssen vorgedrungen und hatte sich im Westen bis an den Rand der Felder und Einfriedungen ausgedehnt.

Weitere Brücken wurden errichtet. Keine von ihnen war das Ergebnis einer solch heroischen Anstrengung wie die erste. Die Kunst der Holzbearbeitung war von neuem erlernt worden, aus Freien und Sklaven hatte sich eine neue Zunft der Zimmerleute gebildet, der die fachgerechte Herstellung von Verstrebungen, Stützpfeilern und Verbindungen kaum Schwierigkeiten bereitete.

Jenseits der Brücken wurden neue Felder urbar gemacht, bestellt und eingezäunt, Ställe und Freigehege für Schweine und Gänse angelegt. Die Nahrungsmittelproduktion mußte enorm gesteigert werden, um die wachsende Zahl domestizierter Hoxner und die Sklaven zu füttern, die zur Bearbeitung der zusätzlichen Felder benötigt wurden. Bei den Feldern hatte man nach dem Vorbild der alten Türme von Embruddock neue errichtet, um die Sklaven und ihre Wärter unterzubringen. Diese Türme waren nach einer von der Akademie veranstalteten Vorführung aus Lehmziegeln statt aus Haustein gebaut und nur zwei Stockwerke hoch. Die bisweilen starken Regenfälle durchnäßten die Wände, trugen sie ab und brachten sie schließlich zum Einsturz. Die Leute von Oldorando kümmerte es wenig, da in den neuen Türmen nur Sklaven wohnten. Die Sklaven aber kümmerte es, und sie demonstrierten, wie man aus Stroh von den Getreidefeldern überhängende wasserdichte Dächer verfertigen konnte, die den Lehmgebäuden Schutz gaben und sie selbst in schweren Wolkenbrüchen intakt hielten.

Außerhalb der neuen Türme und der Felder gab es Reitwege, die von Aoz Roons Kriegern patrouilliert wurden. Oldorando war nicht nur eine Stadt, sondern auch ein bewaffnetes Lager. Niemand kam oder ging ohne Erlaubnis, außer im Händlerviertel, das im Süden des alten Dorfes entstanden war.

Für jeden berittenen Krieger, der stolz auf seinem Reittier saß, mußten sich sechs Rücken bei der Feldarbeit krümmen. Aber die Ernten waren gut. Der Boden trug nach seiner langen Ruhezeit reiche Frucht. In den kalten Zeiten hatte man Prassts Turm zur Lagerung von Salz verwendet, dann von Rathel; nun diente er als Getreidespeicher. Draußen, wo der Boden festgestampft und eben war, worfelten Frauen und Sklaven Berge von Getreide. Die Männer warfen das Korn mit großen Holzschaufeln in die Höhe, die Frauen klappten mit Häuten, die auf rechteckige Rahmen gespannt waren, um die Spreu wegzublasen. Es war eine heiße, mühsame Arbeit, und die Sittsamkeit ging dabei über Bord. Die Frauen, wenigstens die jungen, warfen ihre Felljacken ab und arbeiteten mit nackten Oberkörpern.

Der feine Staub, der in einer dichten Wolke über dem Platz hing, überpuderte die schweißbedeckten Gestalten, und alle, die beim Worfeln mitarbeiteten, nahmen nach und nach ein pelziges Aussehen an. Die Staubwolke aber stieg bis über die Dächer, golden im Sonnenlicht schimmernd, bevor sie sich langsam verteilte, um anderswo niederzusinken, die Schritte auf Treppen zu dämpfen und das frische Grün der Blätter und Halme gelbbraun zu pudern.

Tanth Ein und Faralin Ferd kamen die Dorfstraße heraufgeritten, dichtauf gefolgt von Aoz Roon und Eline Tal, hinter denen Dathka und jüngere Jäger kamen. Sie kehrten von einer Jagd zurück und brachten auf Tragtieren mehrere Hirsche mit.

Die Reiter machten halt, saßen auf ihre Speere gelehnt in den Sätteln und sahen den arbeitenden Frauen zu. Unter diesen waren die Frauen der drei Stellvertreter; sie scherten sich nicht um die scherzhaften Bemerkungen ihrer Männer. Die hautbespannten Rahmen bliesen die Spreu fort, die Männer saßen träge auf ihren Tieren, Spreu und Staub flogen hoch und schimmerten im Sonnenschein.

Dol kam die Dorfstraße herunter, unförmig von ihrem zweiten Kind, begleitet von Myk, dem betagten Phagoren, der ihre Gänse trieb. Auf ihrer anderen Seite ging Shay Tal, deren Magerkeit sich neben Dols Umfang besorgniserregend ausnahm. Als sie den Herrn von Embruddock und seine Männer sahen, verhielten die beiden Frauen und sahen einander an.

»Sag ihm nichts«, riet Shay Tal.

»Er ist jetzt zugänglich«, sagte Dol. »Er hofft auf einen Jungen.«

Sie ging weiter auf ihren Mann zu und blieb bei ihm stehen, eine Hand an Graus Hals. Aoz Roon blickte schweigend auf sie herab.

»Früher einmal gab es Priester, welche die Ernte in Wutras Namen segneten«, sagte sie. »Priester pflegten die Neugeborenen zu segnen. Priester kümmerten sich um alle, Männer und Frauen, Hohe und Niedrige. Wir brauchen sie. Kannst du uns nicht ein paar Priester fangen?«

»Wutra!« knurrte Aoz Roon und spuckte in den Staub.

»Das ist keine Antwort.«

Seine schwarzen Brauen und Wimpern waren schon überstäubt mit dem golden schimmernden Dunst in der Luft. Sein Blick verdüsterte sich und ging von Dol zu Shay Tal, deren dunkles schmales Gesicht ausdruckslos zurückblickte.

»Sie hat dir das eingeblasen, Dol, nicht wahr? Was weißt du schon über Wutra? Was kümmert er dich? Der Große Yuli warf ihn hinaus, und unsere Vorväter warfen die Priester hinaus. Das sind nur unnütze Mäuler, die gefüttert sein wollen. Warum sind wir stark, während Borlien schwach ist? Weil wir keine Priester haben. Vergiß diesen Unsinn und laß mich damit in Ruhe!«

Dol schmollte. »Shay Tal sagt, daß die Geister zornig sind, weil wir keine Priester haben. Ist es nicht so, Shay Tal?« Sie blickte hilfesuchend über die Schulter zu der älteren Frau, die noch immer schwieg.

Aoz Roon machte eine wegwerfende Handbewegung. »Die Geister sind immer zornig.«

»Sie zucken und hüpfen da unten wie ein Bett voller Flöhe«, erklärte Eline Tal, zeigte zu Boden und lachte. Er war ein großer, rotgesichtiger Mann, und seine fleischigen Wangen wackelten, wenn er lachte. Im Laufe der Monate war er mehr und mehr zu Aoz Roons engstem Gefährten geworden, während die zwei anderen Stellvertreter eher untergeordnete Rollen spielten.

Shay Tal tat einen Schritt auf ihn zu und sagte: »Aoz Roon, trotz unseres Wohlstandes bleiben wir Bewohner Oldorandos gespalten. Das ist sicherlich nicht im Sinne des Großen Yuli. Priester könnten uns helfen, mehr zu einer geeinten Gemeinschaft zu werden.«

Er schaute sie stirnrunzelnd an, dann stieg er bedächtig von seinem Hoxner, um sich ihr gegenüberzustellen. Dol wurde zur Seite geschoben.

»Wenn ich dich zum Schweigen bringe, dann bringe ich auch Dol zum Schweigen. Kein Mensch will, daß die Priester zurückkommen. Du willst sie nur wiederhaben, weil sie deine Lernbegier unterstützen würden. Gelehrsamkeit aber ist ein Luxus. Sie schafft Müßiggänger, Münder, die sich darauf verlassen, daß andere sie füttern. Du weißt das, aber du bist so verdammt hartnäckig, daß du nicht aufgeben willst. Hungere dich zu Tode, wenn es dir gefällt, aber der Rest von Oldorando ist dick und wohlgenährt – du siehst es selbst. Wir werden auch ohne Priester und ohne deine Gelehrsamkeit fett.«

Shay Tals starre Züge schienen zu knittern, und sie sagte leise: »Ich wünsche nicht, gegen dich anzukämpfen, Aoz Roon. Ich bin dessen überdrüssig. Aber was du sagst, ist nicht wahr. Wir gedeihen zum Teil wegen angewandten Wissens. Die Brücken, die neuen Gebäude – das waren Ideen, die unsere Akademie zur Gemeinschaft beigetragen hat.«

»Bring mich nicht in Zorn, Frau!«

Sie schlug den Blick nieder und sagte: »Ich weiß, daß du mich haßt. Ich weiß, daß Meister Datnil deshalb getötet wurde.«

»Was ich hasse, ist Spaltung, ständige Spaltung«, brüllte Aoz Roon. »Wir überleben durch gemeinsame Anstrengung, und so ist es immer gewesen.«

»Aber wir können nur durch Individualität wachsen«, erwiderte Shay Tal. Ihr Gesicht wurde blasser, während ihm das Blut in die Wangen stieg.

Er machte eine heftige Geste. »Sieh dich um, in Yulis Namen! Erinnere dich, wie es hier aussah, als du ein Kind warst. Versuch zu verstehen, daß alles, was wir jetzt haben, nur durch vereinte Anstrengungen erreicht werden konnte. Steh nicht vor mir und versuche mir etwas anderes einzureden! Sieh dir die Frauen meiner Stellvertreter an – sie arbeiten in Hitze und Staub mit allen anderen, daß ihre Brüste nur so fliegen! Warum bist du nie bei ihnen? Immer am Rand, immer affektiert und unzufrieden, immer greinend und winselnd.«

»Keine Brüste, um sie fliegen zu lassen, würde ich sagen«, sagte Eline Tal schmunzelnd.

Seine Bemerkung war zum Vergnügen seiner engeren Freunde gedacht gewesen, aber sie erreichte auch die wachsamen Ohren der jungen Jäger, die in höhnendes Gelächter ausbrachen – alle bis auf Dathka, der schweigsam und mit eingezogenen Schultern im Sattel saß und seinen nachdenklichen Blick auf den Teilnehmern an der Auseinandersetzung ruhen ließ.

Eline Tals Bemerkung konnte auch Shay Tal nicht entgehen, und sie schmerzte um so mehr, als er ein entfernter Verwandter von ihr war. Tränen stiegen ihr in die Augen, und ihr schmachtiger Körper erbebte in hilflosem Zorn.

»Genug! Ich werde nicht noch mehr Beleidigungen von dir und deinen Freunden hinnehmen. Ich werde dir keine Sorgen mehr bereiten, Aoz Roon, und nie wieder werde ich mit dir streiten. Du hast mich zum letztenmal gesehen, du dickköpfiger, enttäuschender, verräterischer Tyrann – du und deine trächtige kleine Kuh von einer Bettgenossin! Morgen früh, wenn Freyr aufgeht, werde ich Oldorando für immer verlassen. Allein, auf meiner Stute, Treue, und niemand wird mich jemals wiedersehen.«

Aoz Roon hob die Hand. »Niemand verläßt Oldorando ohne meine Erlaubnis. Du wirst nicht von hier fortgehen, bevor du dich vor mir auf die Knie wirfst und mich um die Erlaubnis bittest.«

»Das werden wir morgen früh sehen«, entgegnete Shay Tal kurz. Sie machte kehrt, zog die lose hängenden dunklen Felle fester um sich und ging die Dorfstraße hinauf zum Nordtor.

Dol war rot im Gesicht. »Laß sie gehen, Aoz Roon, jag sie fort! Je eher sie fort ist, desto besser. Trächtige Kuh sagt sie zu mir, die saftlose Ziege!«

»Du hältst dich da heraus! Ich werde das auf meine Art regeln.«

»Dann willst du sie umbringen lassen, wie die anderen?«

Er schlug ihr den Handrücken über das Gesicht, leicht und geringschätzig, dann richtete er den finsteren Blick wieder auf Shay Tals sich entfernende Gestalt.

Es war Nachtzeit, als alle schliefen, obgleich Batalix noch tief am Himmel glühte. Während die meisten Dorfbewohner sich in den unruhigen Träumen der Hellen Nächte auf ihren Lagern wälzten, trat im obersten Geschoß des großen Turmes der Rat zusammen, bestehend aus den Meistern der sieben alten Zünfte und zwei neuen Zunftmeistern. Anwesend waren ferner Aoz Roons drei Stellvertreter und einer seiner Herrn der Westlichen Ebene, Dathka. Der Herr von Embruddock hatte den Vorsitz, und Dienstmädchen sorgten dafür, daß die hölzernen Becher mit Beethel oder Bier gefüllt blieben.

Nach langem Hin und Her sagte Aoz Roon: »Ingsan Atray, gib uns deine Meinung zu dieser Frage.«

Der Angeredete war seit Datnil Skars Tod der älteste Zunftmeister, ein graubärtiger Mann, der über die Eisenmacherzunft gebot und bisher nicht zur Diskussion beigetragen hatte. Die Jahre hatten Ingsan Atrays Rücken gebeugt und sein spärliches Haar weiß gebleicht, wodurch die enorme Größe seines Schädels noch mehr hervorgehoben wurde; aus diesem Grund galt er als weise. Er hatte die Gewohnheit, viel zu lächeln, obwohl seine hinter runzligen, schweren Lidern verbarrikadierten Augen stets wachsam blickten. Auch jetzt lächelte er, rückte auf den Fellen, die zu seiner Bequemlichkeit aufgehäuft am Boden lagen und sagte: »Du weißt, daß Embruddocks Zünfte seit jeher die Frauen geschützt haben. Frauen sind schließlich unsere Arbeitskräfte, wenn die Jäger im Feld sind, und so weiter. Natürlich sehe ich, daß die Zeiten sich wandeln. Da gebe ich dir recht. In den Zeiten des Wall Ein Den war es anders. Aber Frauen dienen auch als Übermittler von vielen Kenntnissen und mancher Gelehrsamkeit. Wir haben keine Bücher, aber Frauen prägen sich die Legenden des Stammes ein und geben sie weiter, wie man hören kann, wenn an Festtagen Geschichten erzählt werden ...«

»Deine Meinung bitte, Ingsan Atray ...«

»Ah, darauf komme ich noch, darauf komme ich noch. Shay Tal mag ein schwieriges Frauenzimmer sein, und so weiter, aber sie ist eine Zauberin und eine gelehrte Frau, die weithin bekannt ist. Sie tut niemandem etwas zuleide. Wenn sie fortgeht, wird sie andere Frauen mit sich nehmen, und so weiter, und das wird ein Verlust sein. Wir Meister würden sagen, daß du recht handeltest, als du ihr verbotest, fortzugehen.«

»Oldorando ist kein Kerker«, rief Faralin Ferd.

Aoz Roon nickte knapp und blickte in die Runde. »Die Sitzung des Rates wurde einberufen, weil meine Stellvertreter anderer Meinung waren als ich. Wer stimmt ihnen zu?«

Sein Blick ging zu Raynil Layan, der sich nervös den gegabelten Bart zupfte.

»Meister der Gerberzunft, du läßt dich gern zu allen Anlässen vernehmen – was hast du zu sagen?«

Raynil Layan hob die Schultern. »Was das betrifft ... Es besteht zweifellos die Schwierigkeit, Shay Tal am Gehen zu hindern. Sie kann leicht entschlüpfen, wenn sie so geneigt ist. Und es gibt das allgemeine Prinzip ... Andere Frauen werden denken ... Nun, wir wollen keine unzufriedenen Frauen. Aber da ist Vry, zum Beispiel, eine weitere denkende Frau, dabei attraktiv, und sie gibt keinen Anlaß zum Verdruß. Wenn du deinen Befehl überdenken könntest, würden dir viele dankbar sein ...«

»Sprich deine Meinung aus und ziere dich nicht so!« sagte Aoz Roon. »Du bist jetzt Zunftmeister, wie du es wünschtest, und brauchst nicht zu katzbuckeln.«

Keiner der anderen sprach. Aoz Roon funkelte sie der Reihe nach an. Sie wichen seinem Blick aus und beugten sich über ihre Trinkbecher.

»Wozu sorgen wir uns?« sagte Eline Tal nach einer Weile. »Was kann schon sein? Laß sie gehen!«

»Dathka!« sagte der Herr von Embruddock. »Wirst du uns heute abend die Ehre eines einzigen Wortes geben, nachdem dein Freund Laintal Ay nicht erschienen ist?«

Dathka stellte den Becher ab und blickte Aoz Roon an.

»Diese ganze Debatte, dieses Gerede von Prinzipien – alles Unsinn! Jeder weiß, daß du und Shay Tal seit langem entzwei seid. Also entscheide du, was zu tun ist, und überlaß es nicht uns! Wirf sie hinaus, nun, da du deine Gelegenheit hast! Warum uns hineinziehen?«

»Weil es euch alle betrifft, deshalb!« Aoz Roon schlug mit der Faust auf den Boden, daß die Bohlen dröhnten. »Beim Block, warum muß diese Frau ständig solch einen Groll gegen mich hegen, gegen jeden? Ich verstehe es nicht. Welche Made wühlt in ihrem Gehirn? Sie erhält die Akademie aufrecht? Sie sieht sich in einer langen Reihe von Unruhestifterinnen – Loilanun, Loil Bry, die des Kleinen Yuli Frau wurde... Aber wohin sollte sie gehen? Was soll aus ihr werden?«

Niemand antwortete. Dathka hatte für sie alle gesprochen; und Aoz Roon selbst hatte weiter nichts zu sagen. Die Versammlung löste sich auf.

Als Dathka hinauswollte, faßte ihn Raynil Layan am Arm und sagte leise: »Schlaue Worte hast du da gesprochen, junger Freund. Ist Shay Tal erst aus dem Wege, so wird diejenige, die sich deiner Gunst erfreut, der Akademie vorsitzen, nicht wahr? Dann wird sie deine Unterstützung brauchen ...«

»Ich überlasse die Schlauheit dir, Raynil Layan«, sagte Dathka und machte sich los. »Sieh nur zu, daß du mir nicht in die Quere kommst!«

Er hatte es nicht schwer, Laintal Ay zu finden. Trotz der späten Stunde wußte Dathka, wohin er gehen mußte. In ihrem verfallenen Turm packte Shay Tal ihre Habseligkeiten zusammen, und viele waren gekommen, ihr Lebewohl zu sagen. Amin Lin war mit ihrem Kind da, und Vry, und Laintal Ay mit Oyre und außer ihnen mehrere andere Frauen.

»Wie wurde entschieden?« fragte Laintal Ay sofort, als er Dathka eintreten sah.

»Offen.«

»Er wird sie nicht zurückhalten, wenn sie entschlossen ist, fortzugehen?«

»Das wird davon abhängen, wieviel er während der Nacht trinkt, er und Eline Tal und die anderen – und dieser elende Schmarotzer Raynil Layan.«

»Sie wird alt, Dathka; sollten wir ihr erlauben zu gehen?«

Er zuckte die Achseln, was eine seiner Lieblingsgesten war, und blickte zu Vry und Oyre, die zu ihnen gekommen waren und lauschten. »Laßt uns mit Shay Tal fortgehen, bevor Aoz Roon uns umbringen läßt; ich bin dabei, wenn Oyre und Vry mitkommen. Wir werden nach Sibornal ziehen, alle miteinander.«

»Mein Vater würde dich und Laintal Ay niemals umbringen lassen«, sagte Oyre. »Das ist unsinniges Gerede, was in der Vergangenheit auch geschehen sein mag.«

Dathka zuckte wieder mit den Achseln. »Bist du bereit, dich für sein Benehmen zu verbürgen, sobald Shay Tal fort ist? Können wir ihm vertrauen?«

»Das alles ist lang vorbei«, antwortete Oyre. »Vater ist jetzt mit Dol glücklich, und sie streiten nicht mehr so viel wie früher, nachdem ein Kind da und das zweite unterwegs ist.«

»Oyre, die Welt ist weit«, sagte Laintal Ay. »Laß uns mit Shay Tal gehen, wie Dathka vorschlägt, und einen Neubeginn machen. Vry, wir werden dich mit uns nehmen, denn hier würdest du ohne Shay Tals Unterstützung in Gefahr sein.«

Vry hatte nicht gesprochen. In ihrer unaufdringlichen Art hatte sie sich damit begnügt, Teil der Gruppe zu sein. Nun aber sagte sie mit Entschiedenheit: »Ich kann hier nicht fort. Dathka, dein Vorschlag ist gut gemeint und ehrt mich, aber ich muß bleiben, was Shay Tal auch tun mag. Meine Arbeit bringt endlich Ergebnisse, wie ich bald verkünden zu können hoffe.«

Seine Züge verhärteten sich. »Du erträgst meine Gegenwart noch immer nicht, wie?«

»Ach, beinahe hätte ich etwas vergessen«, sagte sie, als

hätte sie nicht gehört, wandte sich um und drängte sich durch die Frauen zu Shay Tal.

»Du mußt alle Entfernungen messen, Shay Tal, vergiß das nicht! Laß einen Sklaven jeden Tag die Zahl der Schritte zählen, mit der eingeschlagenen Richtung! Schreib die Angaben über Entfernungen und Richtungen jeden Abend nieder, zusammen mit allen Beobachtungen, die du den Tag über gemacht hast! Stelle fest, wie weit das Land Sibornal ist! Sei so genau und sorgfältig wie du kannst!«

Trotz ihrer kaum mittelgroßen, sehr schmächtigen Gestalt bot Shay Tal inmitten der weinenden und plappernden Frauen, die ihren Raum füllten, einen majestätischen Anblick. Ihre scharf geschnittenen Züge blieben verschlossen, wann immer sie angeredet wurde, als ob ihr Geist sich bereits aus ihrer Wirklichkeit entfernt hätte. Sie sprach wenig, und dieses Wenige wurde in gleichmütigem Ton vorgebracht.

Nachdem Dathka mißmutig mit dem Finger in den Flechten gestochert hatte, die die Wände bedeckten, blickte er mit schief gelegtem Kopf zu Laintal Ay und nickte zur Tür. Als Laintal Ay den Kopf schüttelte, ging er allein hinaus. »Ein Jammer, daß man Frauen nicht wie Hoxner erziehen kann«, sagte er im Gehen.

Oyre zog Laintal Ay und Vry in eine Ecke und begann auf sie einzuflüstern. Es sei wichtig, daß Shay Tal nicht am kommenden Morgen abreise; er müsse helfen, sie zu überreden, daß sie bis zum folgenden Tag warte.

»Das ist absurd. Wenn sie gehen will, muß sie gehen. Das haben wir alles längst erörtert. Zuerst willst du nicht fort, und nun willst du, daß sie bleiben soll. Dort draußen, jenseits der Mauern, gibt es eine Welt, von der du nichts weißt.«

Sie blieb kühl und zupfte einen Grashalm von seiner Felljacke. »Ja, die Welt der Eroberung, ich weiß – ich höre von Vater genug darüber. Die Sache ist die, daß morgen eine Verfinsterung sein wird.«

»Das weiß jeder. Seit der letzten ist ein Jahr vergangen.«

»Die morgige wird anders sein, Laintal Ay«, sagte Vry warnend. »Wir möchten nur, daß Shay Tal ihre Abreise aufschiebt. Wenn sie uns am Tag der Verfinsterung verläßt, werden die Leute diese zwei Ereignisse in einen Zusammenhang bringen. Wir aber wissen, daß es einen solchen Zusammenhang nicht gibt.«

Laintal Ay runzelte die Stirn. »Was hat es zu bedeuten?«

Die zwei Frauen schauten einander unbehaglich an.

»Wir denken, daß es schlechte Folgen haben möchte, wenn sie morgen fortgeht.«

»Ha! Also glaubt ihr doch an einen Zusammenhang ... Der weibliche Verstand am Werk! Wenn der Zusammenhang existiert, dann können wir ihm nicht ausweichen, nicht wahr?«

Oyre schlug in übertriebener Verzweiflung die Hände vors Gesicht. »Der männliche Verstand ... Jeder Vorwand ist recht, Hauptsache er gestattet, nichts zu tun.«

»Ihr Hexen mischt euch in Dinge ein, die uns nichts angehen.«

Verdrießlich ließen sie ihn in der Ecke stehen und drängten sich durch die Menge zurück zu Shay Tal.

Die alten Frauen plapperten noch immer durcheinander, erzählten vom Wunder am Fischsee, machten Andeutungen und warfen einander bedeutungsvolle Blicke zu, um zu ergründen, ob ihre Reminiszenzen die geistesabwesende Shay Tal erreichten. Aber diese gab durch nichts zu erkennen, daß sie hörte oder sah, was um sie vorging.

»Du siehst aus, als hättest du das Leben satt«, bemerkte Rol Sakil. »Nun, vielleicht gefällt es dir anderswo besser. Vielleicht wirst du heiraten, wenn du dieses Sibornal erreichst, und dich glücklich und zufrieden zur Ruhe setzen – wenn die Männer dort genauso sind wie hier.«

»Vielleicht sind sie dort besser«, versetzte eine andere Alte inmitten von Gelächter. Verschiedene Vorschläge, wie solche Verbesserungen beschaffen sein könnten, wurden kichernd ausgetauscht.

Shay Tal fuhr fort, ihre Sachen zu packen. Kein Lächeln erhellte ihr Antlitz.

Ihr Besitz war bescheiden. Als sie schließlich alles in zwei Lederbeuteln untergebracht hatte, wandte sie sich der Menge zu und bat sie, den Raum zu verlassen, da sie vor ihrer Reise zu ruhen wünsche. Sie dankte ihnen allen, daß sie gekommen waren, segnete sie und fügte hinzu, sie werde sie niemals vergessen. Sie küßte Vry auf die Stirn. Dann winkte sie Oyre und Laintal Ay zu sich.

Sie ergriff Laintal Ays Hände mit ihren dünnen Fingern und blickte mit ungewöhnlicher Zärtlichkeit in seine Augen auf. Erst als bis auf Oyre alle anderen den Raum verlassen hatten, ergriff sie das Wort.

»Sei wachsam in allem, was du tust, denn du bist nicht selbstsüchtig genug, du kümmerst dich nicht genug um dein eigenes Wohl. Verstehst du das, Laintal Ay? Ich bin froh, daß du nicht um die Macht gekämpft hast, die du als dein Geburtsrecht ansehen magst, denn sie würde dir nur Kummer bringen.« Darauf wandte sie sich ernst an Oyre.

»Du bist mir lieb, denn ich weiß, wie lieb du zu Laintal Ay bist. Heute, da wir voneinander scheiden, ist dies mein Rat: werde so rasch wie möglich seine Frau. Erlege deinem Herzen keine Bedingungen auf, wie ich es tat, wie dein Vater es einst tat – das führt unausweichlich zu Elend und Unglück, wie ich zu spät erfahren mußte. Ich war in meiner Jugend zu stolz.«

»Du bist nicht elend«, erwiderte Oyre. »Du bist noch immer stolz.«

»Man kann elend und doch stolz sein. Befolge, was ich sage, denn ich verstehe eure Schwierigkeiten. Laintal Ay ist das nächste zu einem Sohn, was ich jemals haben werde. Er liebt dich. Liebe auch du ihn – nicht nur emotional, sondern mit allem, was du hast.«

Sie ließ die Hand von Oyres Arm sinken, schlug den Blick nieder, seufzte und nickte ihnen ein Lebewohl zu.

Batalix ging unter, und es wurde wirklich Nacht.

Händler kamen in wachsender Zahl nach Oldorando, und aus allen Himmelsrichtungen. Der wichtige Salzhandel verlief von Norden nach Süden und bediente sich häufig Ziegenkarawanen als Transportmittel. Es gab nun einen regelmäßig begangenen Weg von Oldorando westwärts über die Ebenen, der hauptsächlich von Händlern aus Kace begangen wurde, die bunte Dinge wie Edelsteine, farbiges Glas, Spielzeug, Musikinstrumente, aber auch Zucker und seltene Früchte brachten; sie zogen Geld dem Tauschgeschäft vor, aber Oldorando kannte kein Geld, und so gaben sie sich an seiner Statt mit Kräutern, Fellen, Getreide und Wildleder zufrieden. Manchmal gebrauchten die Männer von Kace Stungebags als Lasttiere, aber die Riesenwürmer wurden mit der Erwärmung des Klimas seltener.

Noch immer kamen Händler und Priester von Borlien, obwohl man den verräterischen nördlichen Nachbarn dort seit geraumer Zeit fürchten gelernt hatte. Sie verkauften Flugschriften, die in Reimen grausige Geschichten erzählten, sowie Töpfe und Pfannen aus feinem Metall.

Auch aus dem Osten kamen auf verschiedenen Wegen zahlreiche Händler, und bisweilen ganze Karawanen. Dunkle kleine Männer, die ganze Völkerstämme von Madis und Phagoren versklavt hatten, begingen diese Routen, die weit über Oldorando hinausführten und das Dorf nur als Zwischenstation und Rastplatz nutzten. Sie brachten fein geschmiedeten Schmuck und Ziergegenstände, die bei den Frauen Oldorandos beliebt waren. Gerüchte wollten wissen, daß einige dieser Frauen das Dorf verlassen und mit den dunklen Männern gezogen seien; Tatsache war, daß die Leute aus dem Osten mit jungen Madisklavinnen handelten, die wild und lieblich aussahen, aber vor Gram vergingen, wenn man sie in einen Turm sperrte. So übel der Ruf war, der diesen Händlern vorausging, man duldete sie ihrer Waren wegen, die sich nicht auf Schmuck und Tand beschränkten, sondern zu denen auch gewebte Teppiche, Wandbehänge, Schals und Kleidungsstücke gehörten, wie man sie in Oldorando nie zuvor gesehen hatte.

Alle diese Reisenden brauchten Unterkunft. Ihre schmutzigen, unordentlichen Zeltlager und Hütten wurden lästig. Der Rat faßte einen Beschluß zum Abbruch dieser wilden Siedlungen, und Oldorandos Sklaven machten sich daran, südlich der Türme, in der Gegend, die ironisch Pauk genannt wurde, eine getrennte Ortschaft zu errichten. Hier wurde von nun an der gesamte Handel abgewickelt. In engen Gassen mit Verkaufsläden konnten die Händler ihre Waren zur Schau stellen und Geschäfte abschließen; Ställe und Speiselokale waren in der Nähe, und für einige Zeit war den Händlern der Zutritt zum eigentlichen Oldorando verboten. Aber mit der Zeit wuchs ihre Zahl, und einigen gelang es, sich im Ort niederzulassen und ihre Kunstfertigkeiten wie ihre Laster unter das Volk zu bringen.

Auch Einwohner Oldorandos lernten die Kunstgriffe des Handels. Neue Kaufleute traten an Aoz Roon heran und ersuchten um besondere Konzessionen, einschließlich des Rechtes, Münzen zu schlagen. Diese Frage beschäftigte die Mitglieder des Rates weit mehr als irgendwelche Probleme mit der Akademie, die sie als eine Zeitvergeudung betrachteten.

Eine Gruppe von sechs dieser oldoranischen Händler, beritten und wohlversehen mit Tragetieren, kehrte von einer erfolgreichen Handelsreise zurück. Als Freyr aufging, hielten sie auf einem Hügel im Norden, nicht weit vom Tal der Brassimips. Von diesem Aussichtspunkt konnten sie das Dorf vor sich liegen sehen, grau und dunkel im frühen Licht. Es war so still, daß sogar der Klang entfernter Stimmen vernommen werden konnte.

»Seht nur«, rief einer der Händler und beschirmte die Augen, »am Tor ist etwas im Gange! Vielleicht sollten wir lieber einen Umweg machen.«

»Es sind doch nicht Phagoren?«

Alle spähten angestrengt. In der Ferne war eine eng zusammengedrängte Gruppe von Personen zu sehen, Männer und Frauen, die aus dem Tor hervordrängten. Draußen machten einige von ihnen unschlüssig halt, was zu einer Aufspaltung der Gruppe führte. Die anderen zogen weiter.

»Es ist nichts Besonderes«, sagte der erste Händler und trieb seinen Hoxner weiter. Er hatte eine Frau in Embruddock, die er wiederzusehen wünschte, und in der Tasche neuen Tand für sie. Die Abreise Shay Tals bedeutete ihm nichts.

Bald ging Batalix auf und überholte seinen Gefährten am Himmel.

Die kühle Luft, der bleiche Morgen, von Regen bedroht, das Gefühl von Abenteuer und Weite – alles das wirkte zusammen und gab ihr ein Gefühl von körperloser Leichtigkeit. Sie verspürte keinen Trennungsschmerz, als sie Vry in stummem Lebewohl umarmte. Ihre Dienerin, Maysa Latra, eine willige Sklavin, half ihr mit den wenigen Sachen die steile Stiege hinunter. Neben dem Turm stand Amin Lin, ihr eigenes Reittier und Shay Tals Stute an den Zügeln haltend, und verabschiedete sich kummervoll von ihrem Mann und ihrem kleinen Kind; hier, dachte Shy Tal, ist ein Opfer, das weit größer ist als das meinige. Ich gehe gern. Warum Amin Lin mit mir kommt, werde ich nie begreifen. Aber ihr Herz erwärmte sich für die Freundin, wenngleich sie auch ein wenig Geringschätzung verspürte.

Vier Frauen verließen Oldorando mit ihr: Maysa Latra, Amin Lin und zwei jüngere Schülerinnen, treue Anhängerinnen der Akademie. Alle waren beritten und wurden von einem verschnittenen männlichen Sklaven begleitet, Hamadranabail, der zu Fuß ging, zwei Lasttiere führte und ein paar wilde Jagdhunde mit stachelbewehrten Halsbändern beaufsichtigte.

Eine Anzahl Menschen, Frauen und ein paar ältere Männer, folgten dem kleinen Zug, riefen Abschiedsworte und ernste oder scherzhafte Ratschläge, wie es ihnen gerade einfiel.

Laintal Ay und Oyre warteten am Tor, um Shay Tal ein letztes Mal zu sehen; sie standen beisammen, vermieden es aber, einander anzusehen.

Vor dem Tor stand Aoz Roon in seinem schwarzen Bärenfell, die Arme verschränkt, das Kinn auf der Brust. Hinter ihm wartete Grau in der Obhut Eline Tals, der ausnahmsweise die trübe Stimmung seines Herrn teilte. Weitere Männer standen hinter ihrem schweigsamen Herrscher, Nüchternheit in den Zügen, die Hände unter die Achseln gesteckt.

Als Shay Tal erschien, schwang Aoz Roon sich in den Sattel und ritt langsam los, nicht auf sie zu, sondern eher parallel zu ihrem Weg, so daß sie, wenn beide ihren Kurs beibehielten, ein Stück voraus zusammentreffen mußten, wo Bäume begannen.

Ehe er diesen Punkt erreichte, bog Aoz Roon von der Wegspur ab und ritt weiter parallel zu ihr durch den Baumbestand. Die Gruppe der Frauen, geführt von der still weinenden Amin Lin, folgte in gemessenem Schritt dem Weg. So gab er ihr schweigend das Geleit, ohne daß einer von ihnen den Versuch machte, ein Gespräch zu beginnen.

Freyr war noch hinter frühen Wolken verborgen, und die Welt blieb blaß, beinahe ohne Farbe.

Der Boden stieg an, die Wegspur wurde schmaler, die Bäume wuchsen dichter beisammen. Sie gelangten zu einer sumpfigen Mulde, wo keine Bäume gediehen. Frösche hüpften in die Sicherheit moosiger Tümpel, als die Reiter näherkamen. Vorsichtig begingen die Tiere den schwankenden Boden, der ihre Hufe bis zu den Fesseln in nassen Moospolstern und schmatzendem braunen Schlamm versinken ließ.

Jenseits der sumpfigen Senke erhob sich dichter Jungwald, der die Reiter nötigte, im Gänsemarsch weiterzuziehen. Als hätte sie erst jetzt Aoz Roon bemerkt, rief Shay Tal mit ihrer klaren Stimme: »Du brauchst uns nicht zu folgen.«

»Ich folge euch nicht, ich gebe euch für die erste Wegstunde sicheres Geleit. Es ist eine Ehre, die ich euch erweise.«

Mehr wurde nicht gesagt. Sie zogen weiter und kamen schließlich in buschbewachsenes Hügelland. Auf dem Kamm des ersten Höhenzuges konnten sie einen deutlich ausgeprägten Pfad sehen, der sich weit durch Täler und Hügel nach Nordosten schlängelte, wo Chalce lag, und das ferne Sibornal – wie fern, das wußte niemand. Der Pfad wurde von Händlern und Jägern begangen, aber von diesen kamen nur wenige aus den Landstrichen entlang der nördlichen Küste, und auch sie hatten keine verläßliche Kunde über die Gegenden von Chalce und Sibornal. Am jenseitigen Hang begann wieder der Jungwald. Aoz Roon erreichte den Höhenrücken zuerst und bezog dort Posten. Als die Frauen vorbeiritten, saß er bewegungslos und stumm, mit verdüsterter Miene.

Als Shay Tal gleichauf mit ihm war, hielt sie an und schenkte ihm einen Blick voll ruhiger Gefaßtheit.

»Es ist gut von dir, daß du so weit gekommen bist.«

»Erfreue dich einer sicheren Reise«, sagte er förmlich. Er hielt sich sehr aufrecht und zog den Bauch ein. »Du wirst bemerkt haben, daß kein Versuch unternommen wurde, dich am Verlassen der Heimat zu hindern.«

Ihre Stimme wurde weich. »Wir werden einander nie wiedersehen; von diesem Tag an sind wir füreinander ausgelöscht. Haben wir einander das Leben ruiniert, Aoz Roon?«

»Ich verstehe nicht, wovon du redest.«

»Du verstehst. Seit unserer Kindheit haben wir gegeneinander gestanden. Gib mir ein Wort, Freund, da ich nun gehe. Sei nicht stolz, wie ich immer stolz gewesen bin – nicht jetzt!«

Er betrachtete sie stumm.

»Bitte, Aoz Roon, ein wahres Wort zum Abschied. Ich bin mir wohl bewußt, daß ich einmal zu oft nein zu dir gesagt habe.«

Darauf nickte er. »Da ist ein wahres Wort.«

Sie blickte nach rechts und links, dann drängte sie ihr Tier einen Schritt näher zu ihm, so daß die zwei Hoxner einander berührten.

»Nun, da ich für immer gehe, sag mir, daß du in deinem Herzen noch immer für mich empfindest, wie du es einst tatest, als wir jünger waren.«

Er stieß ein schnaubendes Lachen aus. »Du bist verrückt. Du hast die Wirklichkeit nie verstanden. Du warst zu sehr mit dir selbst beschäftigt. Ich empfinde jetzt nichts für dich – noch du für mich, nur weißt du es selbst nicht.«

Sie streckte die Hand aus, seinen Arm zu ergreifen, aber er entzog ihn ihr und zeigte seine Zähne wie ein Hund. »Lügen, Aoz Roon, alles Lügen! Dann gib mir eine Geste zum Abschied – gib mir einen Abschiedskuß, alter Teufel, mir, die ich so viel von dir erlitten habe. Gesten sind besser als Worte.«

»Viele denken anders darüber. Was gesagt ist, bleibt immer.«

Tränen traten ihr in die Augen und rannen über die mageren Wangen.

»Mögen die Totengeister von dir fressen!«

Sie riß den Kopf ihrer Stute herum und galoppierte davon, ihrer kleinen Karawane nach.

Er saß noch eine kleine Weile, wo er war, steif aufgerichtet im Sattel, geradeaus starrend, die Knöchel weiß um die Zügel. Sanft wendete er dann sein Tier und lenkte es vom Pfad weglos nach Süden, wo der Jungwald bald in lockere Buschsteppe überging. Er winkte Eline Tal, der rücksichtsvoll in einiger Entfernung gewartet hatte, und gab Grau die Zügel frei.

Ermutigt von seinem Herrn, jagte der Hengst den Hang

abwärts durch Unterholz und lichten Jungwald, und bald erreichten sie freieres Gelände und fegten in vollem Galopp dahin, daß der Boden unter ihnen vorbeiflog. Aoz Roon reckte die geballte Faust hoch in die Luft.

»Ein Glück, daß wir sie los sind, das häßliche alte Scheusal!« schrie er. Der Wind riß ihm die Worte und das wilde Lachen von den Lippen.

Die Station *Avernus* sah alles, als sie in ihrer Umlaufbahn dahinzog. Alle Veränderungen wurden überwacht, alle Daten zur Erde gesendet. In der Station waren Mitglieder der acht gelehrten Familien an der Arbeit, das neue Wissen zu analysieren und zu verarbeiten.

Sie verzeichneten nicht nur die Wanderungsbewegungen menschlicher Populationen, sondern auch diejenigen der Phagorenstämme, der weißen wie der schwarzen. Jedes Vordringen und jeder Rückzug wurde in einen elektronischen Impuls umgewandelt, der endlich die Lichtjahre zur Erde überbrücken und von den Computern im Institut für helliconische Zentronik verarbeitet werden sollte.

Vom Fenster der Station aus konnte die Besatzung die Weltoberfläche unter ihr beobachten und das Vorrücken der Eklipse verfolgen, wie sie eine graue Nekrose über die Ozeane und den tropischen Kontinent breitete.

Teleskopische Monitore überwachten unterdessen ein anderes Vorrücken – das Vorrücken des Phagorenkreuzzugs gegen Oldorando. Die Spitze des Heerzuges war nun genau noch ein Jahr vom Ziel entfernt.

In verschlüsselter Form wurden diese Signale zur Erde gesendet. Dort versammelten sich viele Jahrhunderte später Helliconia-Zuschauer, um den Schlußakt des Dramas zu sehen.

Die öden Gegenden von Mordriat mit ihren hallenden Schluchten, ihren vom Frost aufgebrochenen Felswänden, ihren einsamen Mooren, ihren kahlen Hochtälern, in denen die Wolken hingen, als hätte Feuer statt Eis die unnachgiebigen Konturen ihrer Verlassenheit geformt, lagen hinter ihnen.

Der weit auseinandergezogene und in viele separate Gruppen aufgelöste Kreuzzug wand sich durch tieferes Land, leer bis auf Madis mit ihren kleinen Herden, und dichte Vogelschwärme. Gleichgültig gegen ihre Umgebung, zogen die Phagoren weiter nach Südosten.

Der Kzahhn von Hryastyprt, Hrr-Brahl Yprt, führte sie weiter. Der Gedanke an Vergeltung beherrschte noch immer ihr Bewußtsein, als sie sich durch die Überschwemmungsgebiete der östlichen Ebenen arbeiteten; doch waren viele von ihnen gestorben. Krankheit und Überfälle von erbarmungslosen Söhnen Freyrs hatten ihre Zahl verringert.

Noch waren sie von den kleinen Komponenten ihrer Artgenossen, durch deren Länder sie zogen, freundlich aufgenommen worden. Diese Stammeseinheiten ohne Kaidaws führten ein seßhaftes Leben, häufig mit großen Trupps von Menschen und Madis, die ihnen als Sklaven dienten, und leisteten erbitterten Widerstand gegen jede Invasion ihres Territoriums.

Hrr-Brahl Yprt hatte alle Hindernisse siegreich überwunden. Nur gegen Krankheit vermochte er nichts. Und die Sicherung der Lebensmittelversorgung war nicht immer einfach, da die Nachricht vom Heranrücken seiner Kolonnen ihnen vorauseilte, so daß alle Lebewesen das Weite suchten. Auf diese Weise breiteten sich die Auswirkungen seines Vormarsches gleich den Ringen, die ein ins Wasser geworfener Stein erzeugt, über einen halben Kontinent aus.

Nun standen die Anführer mit Hrr-Brahl Yprt vor einem breiten, reißenden Fluß. Das Wasser war eisig; es kam, obgleich die Phagoren es nicht wußten, von denselben Hochländern des Nktryhk, wo auch der Kreuzzug gegen die Söhne Freyrs seinen Anfang genommen hatte, tausend Meilen entfernt.

»Hier bei diesem Wasser werden wir bleiben, während Batalix seinen Weg zweimal über den Himmel macht«, sagte Hrr-Brahl Yprt zu seinen Kommandeuren. »Kundschafter werden in beide Richtungen ausreiten und einen trockenen Übergang finden; die Luft-Oktaven werden sie leiten.«

Er pfiff seinen Vogel herab, der folgsam auf seinen Schultern landete und sofort anfing, sein Fell nach Zecken abzusuchen. Der Befehl war geistesabwesend gegeben, denn der Kzahhn hatte andere Dinge zu bedenken; aber die winzigen Plagegeister wurden zusehends lästiger. Vielleicht lag es an der Wärme des Tales, das sie umgab. Grüne Wände erhoben sich, wohin das Auge blickte, und hielten die unwillkommene Hitze fest, wie hohle Hände Wasser hielten. Nicht mehr lange, und die dritte Blindheit würde über sie kommen. Nach Erreichen des gesetzten Ziels würde ein baldiger Rückzug in kältere Gegenden vonnöten sein.

Aber zuerst kam die Vergeltung.

Nach einer Weile schickte er den anmutigen Zzhrrk wieder fort und schritt davon, um sich einen Überblick über die Gesamtlage zu verschaffen. Sein Vogel blieb über ihm, kreiste und schwebte mit nur gelegentlich einem Flügelschlag.

Sie konnten warten, während der Rest der Streitmacht, die sich über mehrere Dutzend Meilen hinzog, nach und nach das Flußufer erreichte. Banner wurden aufgerichtet, die Kaidaws auf die Weide geschickt. Diener errichteten Zelte für die Führer. Mahlzeiten und Rituale wurden vorbereitet.

Als Batalix und der verräterische Freyr über dem Lager standen, schritt der Kzahhn von Hryastyprt in sein Zelt und befreite sich von der Gesichtskrone. Der lange Kopf war zwischen den stämmigen Schultern vorgeschoben, und auch der faßförmige Rumpf, jetzt abgemagert von der Mühsal des Reisens, war vornübergeneigt, als zöge ihn das Gewicht des schweren Schädels vorwärts. Die langbewimperten Augenlider senkten sich und schlitzten den starren Blick seiner großen roten Augen, als er die gebogene Nase entlang zu seinen vier Fillocks schaute. Sie standen im Zelt und kratzten sich oder rempelten einander, während sie seine Ankunft erwarteten.

Zzhrrk kam durch die Eingangsöffnung ins Zelt gesegelt, aber Hrr-Brahl Yprt wehrte mit einer Handbewegung ab. Der Vogel verlor das Gleichgewicht, flatterte und landete unbeholfen, um indigniert aus dem Zelt zu stolzieren. Hrr-Brahl Yprt zog den Teppich hinter sich herab und schloß den Eingang. Darauf entledigte er sich seines Harnisches, seiner Weste, des Gürtels und der Ledertasche, ohne den Blick von seinen vier Bräuten zu wenden, die er eine nach der anderen gebieterisch musterte. Er reckte die Nase und schnüffelte ihre Gerüche.

Die Fillocks bewegten sich nervös, kratzten an Zeckenbissen oder strichen über ihre langen weißen Felle. Die Adlerfedern in ihrem Haupthaar nickten zu ihm her. Sie schnaubten und leckten sich die geschlitzten Nüstern.

»Du!« sagte er und zeigte auf die eine, die in voller Brunft war. Während ihre Gefährtinnen sich zurückzogen und im rückwärtigen Teil des Zeltes niederkauerten, kehrte die Erwählte dem jungen Kzahhn den Rücken und beugte sich vorwärts. Er trat näher, packte mit den dreifingrigen Händen ihr Rückenfell und bestieg sie ohne weiteren Aufhebens. Sein Gewicht beugte sie nieder, bis sie auf allen vieren war. Langsam sank sie weiter, während er kraftvoll stieß, bis ihre breite Stirn auf dem Teppich ruhte.

Nach beendeter Paarung kamen die anderen Fillocks wieder näher, um ihre Schwester zu beschnüffeln, und Hrr-Brahl Yprt legte seine Kleider und den Harnisch an und verließ das Zelt. Drei Wochen würden vergehen, ehe sein sexuelles Interesse wiedererwachte.

Sein Kommandeur, Yohl-Gharr Wyrrijk, erwartete ihn gleichmütig. Die zwei standen einander gegenüber und blickten sich in die Augen. Yohl-Gharr Wyrrijk zeigte zum Himmel hinauf.

»Der Tag kommt«, sagte er. »Die Oktaven ziehen sich zusammen.«

Der Kzahhn legte den Kopf zurück und winkte, um den Himmel über ihnen von Kuhreihern freizumachen. Er starrte zu dem Usurpator Freyr auf und sah, wie er sich von Tag zu Tag, wie eine Spinne über ihr Netz, näher an Batalix heranbewegte. Bald würde Freyr sich im Bauch seines Feindes verbergen. Dann würden die Scharen ihr Ziel erreicht haben, zuschlagen und alle Abkömmlinge Freyrs töten, die dort lebten, wo Hrr-Brahl Yprts edler Großstallun gestorben war; und dann würden sie die Stadt niederbrennen und aus der Erinnerung tilgen. Erst dann könnten er und seine Gefolgsleute ehrenhaft in die Entstofflichung eingehen. Diese Gedanken gingen ihm durch den Kopf wie das langsame Tropfen von Eiszapfen, die im Schmelzen ihre Form verlieren und den Boden mit ihrem Wasser durchnässen.

»Die zwei Seminalen ziehen sich zusammen«, grollte er.

Später ließ er einen menschlichen Sklaven in das Stungebaghorn stoßen, und die verhornten Gestalten seines Vaters und Urgroßstalluns wurden ihm vorgeführt. Der junge Kzahhn bemerkte, daß beide Gestalten trotz der Sorgfalt, die man ihnen hatte angedeihen lassen, von der langen Reise beschädigt worden waren. Während die Scharen der Komponente sich am Ufer des schwarzen Flusses versammelten, trat Hrr-Brahl Yprt bescheiden in seine Trance ein. Jeder wurde vollständig bewegungslos, je nach seiner Natur, als wären sie alle in einem Luftsee eingefroren.

Nicht größer als ein Schneehase, erschien das Bild des Urgroßstalluns, auf allen vieren laufend, wie es einst mit den Phagoren gewesen war, in den längst vergangenen Zeiten, als Batalix noch nicht in dem von Freyr gewebten Netz gefangen war.

»Halt die Hörner hoch!« sagte der Schneehase. »Erinnere dich der Feindschaften, mißtraue dem Kommen des Grün, besprenge es mit den roten Flüssigkeiten der Söhne Freyrs, die das Grün brachten und das Weiß vertrieben, wie es war.«

Auch der verhornte Vater erschien, ein wenig größer als jener, neigte sich zu seinem Sohn und erzeugte eine Abfolge von Bildern in seinem Kopf.

Die Welt erstand vor den geschlossenen Augen, und ihre drei Teile pulsierten. Aus dem Dampf ihres Wesens bliesen die gelben Strähnen der Luftoktaven, wogend wie lange Bänder um die geballten Fäuste und um die geballten Fäuste anderer Welten nahebei, umarmten auch den geliebten Batalix und die Spinnengestalt Freyrs. Erscheinungen wie Läuse liefen die Strähnen entlang und wehklagten in schrillen Tönen.

Hrr-Brahl Yprt dankte seinem Vater für die Bilder, die sein Gehirn durchflackerten. Er hatte sie viele Male vorher gesehen. Alle Anwesenden waren mit ihnen vertraut. Sie mußten wiederholt werden. Sie waren die Magneten des Kreuzzugs. Ohne Wiederholung wären die Lichter erloschen und hätten den gehirnbeladenen Schädel wie eine abgelegene Höhle zurückgelassen, angefüllt mit den Leibern toter Schlangen.

Mit Wiederholung war jedem klar, daß die Bedürfnisse eines Phagoren die Bedürfnisse der ganzen Welt waren, die von jenen, welche seit langem in die nächste Welt eingegangen waren, Hrl-Ichor Yahrs genannt wurde, und die Bedürfnisse Hrl-Ichor Yhars waren die Bedürfnisse eines jeden Phagoren. Es gab jetzt auch Bilder von den Söhnen Freyrs: wenn die Farben der Licht-Oktaven heller leuchteten, fielen die Söhne Freyrs krank zu Boden, fielen oder starben oder wurden in kleinere Größen umgewandelt. Diese Zeit war früher schon gekommen, und bald würde sie wiederkehren. Vergangenheit und Zukunft waren Gegenwart. Das Fallen würde auch kommen, wenn Freyr sich ganz in Batalix verbarg. Und dann würde es Zeit sein, zuzuschlagen – gegen alle Söhne Freyrs, besonders aber gegen jene, deren Vorfahren den Großkzahhn Hrr-Trykh Hrast erschlagen hatten.

Gedenke! Sei tapfer! Sei unerbittlich! Weiche keinen Zollbreit von dem Weg, den viele Ahnen vorgezeichnet haben!

Es war ein Duft wie von alten Tagen, etwas Fernes, Muffiges und Wahres. Eine engelsgleiche Reihe von Vorfahren war zu sehen, die Eisfelder der Urzeit. Die Luftwenden zogen zu Millionen daher, niemals still …

Bedenke! Sei bereit für die nächste Stufe! Halt die Hörner hoch!

Der junge Kzahhn erwachte langsam aus seiner Trance. Sein weißer Vogel hatte sich auf seiner Schulter niedergelassen. Er schob seinen Schnabel unter die dichten Haarzotten und stocherte zielsicher in Hautfalten und Unterwolle von Schultern und Nacken nach den Zecken, die dort in Trauben hingen. Wieder ertönte das Horn und schickte seinen klagenden Ruf über den kalt rauschenden Fluß.

Der melancholische Ton war noch in einiger Entfernung zu vernehmen, wo eine Gruppe von Phagoren stand, die durch unübersichtliches Gelände von ihrer Hauptkomponente getrennt worden war. Sie waren acht an der Zahl, sechs Gillots und zwei Stalluns. Mit sich führten sie einen alten roten Kaidaw, der nicht mehr zum Reittier taugte; auf seinen Rücken waren Waffen und Vorräte geschnallt. Einige Tage zuvor, als Batalix glückverheißend am Himmel geblieben war, hatten sie sechs Madis gefangen, Männer und Frauen, die mit ihren Tieren einem wandernden Stamm nachgezogen waren, der zum Isthmus von Chalce unterwegs war. Die Ziegen waren sofort durch Herausbeißen der Kehlen getötet worden und anschließend gekocht und verzehrt worden.

Die unglücklichen Madis hatte man zusammengebunden und mitgenommen. Aber die Verzögerung durch das Festmahl und die mit dem Vorwärtstreiben der Gefangenen verbundenen Schwierigkeiten hatten zur Trennung der

Gruppe von der Hauptmasse des Heerzuges geführt. Sie waren in schwierigem Gelände auf die falsche Seite eines Baches geraten, der von Schmelzwasser und Regen im Hochland zum tobenden Wildfluß angeschwollen war. Weiter talabwärts hatte er weite Flächen Sumpfwald überschwemmt und die Gruppe zu zeitraubenden Umwegen gezwungen. Sie waren abgeschnitten.

Als Batalix unterging, schlugen die Phagoren ihr Lager auf einer düsteren Lichtung unter hohen Rajabaralen auf; sie banden die Madis an einen schlanken Baum, wo die Protognostiker zusammengedrängt schlafen durften, so gut sie es vermochten. Die Phagoren warfen sich nahebei ins Gras, streckten sich flach auf die Rücken; ihre Kuhreiher kamen herab und ließen sich auf ihnen nieder, steckten Köpfe und Schnäbel in die Wärme der Phagorenfelle. Die Phagoren fielen augenblicklich in ihren traumlosen und reglosen Schlaf, als schickten sie sich an, in die Entstofflichung einzutreten.

Vogelgekreisch und Rufe der Madis weckten sie. Die Madis hatten sich in ihrem Entsetzen vom Baum losgerissen und warfen sich auf ihre Fänger – nicht in wütender Vergeltung, sondern um Schutz zu finden. Angesichts einer schlimmeren Bedrohung verließen sie sich auf ihre Feinde.

Einer der Rajabarale war im Bersten begriffen. Die Luft war voll von den spröden Platzgeräuschen seiner Zerstörung.

Vertikale Risse zeigten sich im Stamm, aus denen dickflüssiger brauner Saft quoll. Und Dampf aus den Tiefen des Baumes verhüllte das sich windende Etwas, das aus dem Stamm hervorkam.

»Wutra-Wurm! Wutra-Wurm!« riefen die Protognostiker, als die Phagoren aufsprangen. Ihr Anführer stand schon über die Traglast gebeugt und zog Speere heraus, um sie an die anderen auszugeben.

Der mächtige Zylinder des Rajabaral war an die dreißig Schuh hoch. Auf einmal platzte er oben auf, daß die Bruchstücke wie Tonscherben verstreut wurden, und aus der Öffnung arbeitete sich Wutras Wurm. Über die Lichtung verbreitete sich der charakteristische Gestank, in welchem sich Kot, faulender Fisch und verdorbener Käse zu mischen schienen. Der Kopf des Wurmes hob sich wie eine Schlange, glänzte feucht im grauen Licht des frühen Morgens. Er wandte sich auf der biegsamen Säule des Halses hierhin und dorthin, und der Rajabaral platzte auf und enthüllte weitere schleimige Längen des Wurmkörpers, die sich nun streckten und herausschoben und die abgestreifte Haut eines früheren Lebensalters in Fetzen mit sich zog. Das im Untergrund seine Gänge bohrende Tier war durch die Wurzeln in den Rajabaral eingedrungen, um den Baum als Zufluchtsort für die bevorstehende Metamorphose zu gebrauchen. Die Erwärmung des Klimas hatte seine Entwicklung befördert, und nun benötigte es Nahrung, um, den Zwängen seines Lebenszyklus folgend, in sein nächstes Entwicklungsstadium einzutreten.

Inzwischen waren die Phagoren bewaffnet. Ihr Anführer gab den Befehl, und die zwei besten Werfer schleuderten ihre Speere gegen Wutras Wurm.

Das Ungeheuer wich mit einer Körperwindung aus, die Speere flogen unschädlich vorbei. Der Wurm sichtete die Gestalten unter sich und stieß sofort zum Angriff herab. Den Phagoren und Madis wurde jäh die wahre Größe des Wurmes bewußt, als er sich auf sie stürzte. Vier Augen über dicken fleischigen Fühlern, die dem Maul zu entwachsen schienen, schimmerten in insektenhafter Starre. Die Fühler bewegten sich wie Finger, das Maul, gefüllt mit einwärts geneigten Zahnreihen, zeigte seltsame taschenartige Ausbauchungen, die in der Mitte wie zu beiden Seiten über seine zähnestarrende Öffnung herabhingen.

Der seitwärts gehaltene Kopf kam wie ein wedelnder Hundeschwanz auf sie zu. Einen Augenblick ragte er über die Baumwipfel, im nächsten fuhr er auf die Reihe der Phagoren los. Sie schleuderten ihre Speere. Die Vögel flatterten mit rauhem Gekreisch auf.

Das kinnlose, unaufhörlich saugende und mahlende Maul schien ungemein geräumig. Es erfaßte einen der Phagoren mit den Zahnreihen und hob ihn halb vom Boden. Aber die Beute war zu schwer für den biegsamen Hals; sie wurde über den sumpfigen Boden geschleift, während er mit einem Arm auf die Duftdrüsen des Ungeheuers einschlug und krächzende Schreie ausstieß.

»Töte ihn!« schrie eine der Gillots und lief mit gezücktem Jagdmesser hinzu.

Aber in den trüben schleimigen Windungen des Wurmgehirns war eine Entscheidung gefallen. Die Zahnreihen durchbissen die Beute und ließen liegen, was sie nicht fassen konnten. Der Kopf hob sich aus dem Gefahrenbereich. Gelbes Phagorenblut troff von seinen Fühlern. Was vom Phagor im Gras zurückblieb, schlug mit einem Arm ziellos um sich und blieb dann bewegungslos liegen.

Der Wurm hatte den Brocken kaum verschlungen, als er sich zu verändern begann. Er kam ganz aus dem geborstenen Baum hervor und ringelte sich wie in Krämpfen, daß die jungen Bäume ringsum niedergebeugt und zerfetzt wurden. Obschon nicht zu Furchtsamkeit neigend, fielen die sieben überlebenden Phagoren in Entsetzen zu Boden. Der Wurm spaltete sich.

Er zog seinen Kopf durch das Gras, und sie hörten deutlich das Aufplatzen und Reißen von Membranen. Etwas wie eine Maske schälte sich vom Kopf, der, so unglaublich es scheinen mochte, zu zwei Köpfen wurde. So lange diese Köpfe aufeinanderlagen, ähnelten sie noch dem alten; dann hob sich der neue obere Kopf, und die Ähnlichkeit war fort.

Den Mundwerkzeugen der neuen Köpfe entsprossen fleischige Fühler, die rasch wuchsen, sich streckten und versteiften, um schließlich einen Kreis von stachligen Borsten zu bilden, hinter denen sich eine verhärtete Mundöffnung auftat, die offenbar nicht geschlossen werden konnte. Der Rest des Kopfes folgte dieser merkwürdigen Öffnung, ausgestattet mit zwei horizontal angeordneten, weit vorstehenden Augen. Die schleimige Schicht, die sich unter den zerrissenen Geweben hervorschob, trocknete rasch und machte eine Farbveränderung durch. Ein Kopf wurde graugrün, der andere zeigte ein fleckiges Blau.

Die Köpfe erhoben sich, als wichen sie in Furcht oder Feindseligkeit voreinander zurück. Knisternde, raschelnde Geräusche mischten sich in das fortgesetzte Bersten des alten Wurmkörpers.

Bald war er in seiner ganzen Länge gespalten, und was er enthalten hatte, enthüllte sich als zwei neue Körper, ein grüner und ein blauer, beide sehr schlank und geflügelt. Letzte krampfartige Windungen erschütterten den alten Körper wie im Todeskampf. Die zwei neuen Körper lösten sich aus ihm, streckten und hoben sich und breiteten weiche papierene Flügel aus. Diese Flügel entfalteten sich knisternd, wurden steif und abstehend und begannen raschelnd zu schwirren. Acht Kuhreiher umkreisten den Schauplatz der unheimlichen Metamorphose mit aufgeregtem Kreischen.

Die zwei neuen Geschöpfe spreizten Beine vom Körper ab, und ihre langen, borstenbehaarten Hinterleiber hoben sich vom Boden. Im nächsten Augenblick stiegen sie raschelnd auf, und das Licht des aufgehenden Freyr glitzerte auf Schuppen und glasigen Flügeln. Diese schwirrten jetzt gleichmäßig mit einem tiefen brummenden Ton und hoben die Körper über die Baumwipfel. Die Mundöffnungen saugten Luft an und stießen sie durch rückwärtige Schlitze aus. Die zwei geflügelten Wesen umkreisten die Lichtung in entgegengesetzten Richtungen, staunend beobachtet von den furchtsamen Phagoren. Dann stiegen sie zu ihrem Jungfernflug empor.

Nachdem sie sich mühelos in den Himmel erhoben und eine Weile in jäh dahinschießendem Flug über der Lichtung gekreuzt hatten, entfernten die Flieger sich in verschiedene Richtungen, einer nach Norden, der andere nach Süden, eigenen geheimnisvollen Luft-Oktaven folgend, und auf einmal schön in ihrer Kraft. Ihre langen dünnen Körper glitten wie schwerelos durch die Atmosphäre. Sie gewannen an Höhe und stiegen über die Hügel zu beiden Seiten des Tals. Dann waren sie fort, vielleicht auf der Suche nach Partnern in den entlegenen Weiten ferner Kontinente.

Die vollentwickelten Insekten hatten ihre frühere Existenz jahrhundertelanger Einkerkerung in den Tiefen der winterlichen Erde bereits vergessen.

Grunzend wandten die Phagoren sich den unmittelbar drängenden Problemen ihres Wanderlebens zu. Ihre Blicke wanderten über die Lichtung. Der angebundene Kaidaw graste seelenruhig, als hätte er von dem Vorfall nichts bemerkt. Die Madis waren verschwunden. Sie hatten ihre Gelegenheit ergriffen und sich in den Wald davongemacht.

Madis wählten ihre Partner im allgemeinen für das Leben, und es kam selten vor, daß eine Witwe oder ein Witwer sich wieder verheiratete. Tatsächlich wurde der überlebende Partner einer solchen lebenslangen Verbindung im allgemeinen von einer tiefen Melancholie ergriffen. Die Flüchtlinge bestanden aus drei Männern und ihren Ehepartnerinnen. Das um einige Jahre ältere Paar hieß Cathcaarnit. Dies war ihr verschmolzener Name seit der Eheschließung; sie wurden als Cathcaarnit-er und Cathcaarnit-sie voneinander unterschieden.

Alle sechs waren schlank und kleinwüchsig. Alle waren dunkelhäutig. Die humanoiden Protognostiker, von denen die Madis einen Stamm bildeten, unterschieden sich äußerlich kaum von echten Menschen. Ihre durch Schädelform und Stellung der Zähne gespitzten Lippen verliehen ihnen einen wehmütigen, versonnenen Ausdruck. Sie besaßen acht Finger an jeder Hand, vier und vier einander gegenübergestellt, was ihnen einen erstaunlich festen Griff ermöglichte; auch ihre Füße waren mit acht Zehen ausgestattet, von denen vier vorwärts und vier rückwärts wiesen, mit dem Fersenknochen in der Mitte.

Sie liefen in einem stetigen Trott, den sie notfalls stundenlang durchhalten konnten, durch Wald und sumpfige Lichtungen, stets in Zweierreihen, die Cathcaarnits an der Spitze, dann das nächstälteste Paar, dann das jüngste. Auf ihrer Flucht scheuchten sie mehrere wilde Tiere auf, hauptsächlich Hirsche, die durch das knackende Unterholz davonstoben. Einmal brach ein Wildeber aufgestört aus dem Dickicht. Sie liefen ohne Aufenthalt weiter.

Ihre Flucht führte sie westwärts, und die Erinnerung an ihre achtwöchige Gefangenschaft verlieh ihnen Kraft. Den Überschwemmungsgebieten ausweichend, erreichten sie allmählich höheres Gelände, wo der Blick sich weitete und das breite Talbecken umfaßte, in dessen Tiefe sie ihren Sklavenhaltern entkommen waren. Die Hitze nahm ab, gleichzeitig aber nahm die Hangneigung stetig zu und erschöpfte ihre Kräfte. Der Trott wurde zu einem raschen Schritt. Sie gönnten sich keine Ruhe und stiegen weiter, die Köpfe gesenkt, angestrengt durch Mund und Nase atmend, von Zeit zu Zeit über Steine und Wurzeln stolpernd.

Endlich ließ das letzte Paar sich auf einen Grasflecken fallen und lag keuchend, die Hände gegen die Mägen gedrückt. Ihre vier Gefährten blickten auf und sahen, daß sie beinahe die Höhe des Rückens erreicht hatten, hinter dem ebeneres Gelände lag. Sie stapften weiter, um sich zu Boden zu werfen, sobald sie oben anlangten. Ihre Lungen arbeiteten wie Blasebälge.

Von hier aus konnten sie durch die übernatürlich klare Luft zurückblicken. Unter ihnen lagen die beiden erschöpften Nachzügler ausgestreckt am Rand eines weiten und tiefen Trogtales, dessen Hänge gegen den oberen Rand in Steilwände übergingen, durchrissen von Schrunden, in denen Wasser zu Tal rauschte. Im Tal flossen die Wasserläufe zu zwei Wildbächen zusammen, die jenseits des Talausgangs in den breiten Schleifen eines mächtigen Flusses aufgingen. Dieser war anscheinend erst vor kurzem aus einem kleineren Gewässer entstanden, denn verschiedentlich sah man halb ertrunkene Bäume in seinen Wassern stehen. Die reißenden braunen Wassermassen unterspülten Uferstrecken und schütteten woanders Dämme aus mitgeführtem Lehm, Sand und Geröll auf, so daß sein Bett in ständiger Veränderung begriffen war. Dieser Fluß verlor sich hinter den vorgeschobenen Hügelausläufern der Talseite aus dem Blickfeld.

Die Geräusche des Wassers waren allgegenwärtig. Die Madis konnten sehen, wo die massiven Stämme der Rajabarale standen. Irgendwo dort unten waren die Phagoren, denen sie entkommen waren. Hinter den Rajabaralen wuchs dichter Jungwald, der sich die Hänge ein gutes Stück hinaufzog. Die Waldbäume zeigten hell- bis dunkelgrüne Farben, nur eine Art war darunter, die weit zerstreut wuchs und rötlichgelbes Laub hatte; dieser Baum war den Madis als Cospiarn bekannt, seine bitteren Früchte waren genießbar und dienten in Hungersnöten als Nahrung.

Aber die Landschaft hörte mit den Wäldern nicht auf. Wo sie in Buschwald übergingen, steilten die Talhänge sich zu Klippen auf, die hie und da von den Kräften der Erosion zu Schutt und Schrofen verwittert waren und gefährliche Zugangswege für Mensch und Tier boten. Die Klippen waren Teil eines im oberen Drittel von Gletschern rundgeschliffenen Berges, dessen weiche Konturen nach Norden die Sicht begrenzten. Die unterliegenden weichen Schichten aus Flyschgestein, welche bis über die Taleinfassung hinausreichten, waren rissig und verwittert, und wo das Schmelzwasser Schrunden und Schluchten hineingeschnitten hatte, siedelte dichte Vegetation beiderseits der weißschimmernd zu Tal stürzenden Gießbäche.

Hinter dem runden Bergrücken und nach Nordwesten zu das Bild beherrschend, hoben abweisendere Gebirgsketten ihre dunklen Flanken aus hartem Basalt in die Wolken. Kein grüner Mantel bedeckte sie. Sie standen kahl und dunkel, gefleckt von Schneeresten, und nur aus der Nähe zeigte sich, daß auch hier der Frühling Einzug gehalten hatte: da fiel der Blick auf Polster zartfarbener kleiner Gebirgsblumen, die sich zwischen Schutt und Felstrümmern angesiedelt hatten, und aus Gesteinsspalten und Ritzen leuchteten gelbe und weiße Blütensterne hervor.

Über den Kuppen dieser Basaltberge zeigten sich weitere Gebirgszüge ab, schwarz, zerrissen, abweisend. Und wie um jedem Lebewesen vor Augen zu führen, daß die Welt kein Ende hatte, waren selbst hinter diesen Ketten noch höhere Gipfel zu erkennen – Land in weiter Ferne und großer Höhe, das seine Zähne in einer Prozession vergletscherter Gipfel zeigte, Bastionen aus Fels und Eis, die weit in die klirrende Kälte der Tropopause hineinragten.

Die scharfen Augen der Madis nahmen alles das auf, und noch mehr: sie sahen die kleinen weißen Tupfen über den Waldbäumen im Tal, über dem Buschwerk der Hänge und sogar über den steilen Rinnen, die zum Talrand heraufzogen. Sogar über den Hohlwegen und Pässen des Hochlands konnte man sie schweben sehen. Die Madis identifizierten diese weißen Tupfer richtig als Kuhreiher. Wo diese waren, gab es Phagoren. Über viele Meilen hin ließ sich der heimliche Vormarsch von Hrr-Brahl Yprts Heerzug an den kreisenden Kuhreihern verfolgen. Nicht ein Phagor war zu sehen; dennoch barg die urweltliche Landschaft wahrscheinlich Tausende von ihnen.

Als die Madis ausruhten und sich umsahen, fing erst der oder die eine, dann der oder die andere an, sich zu kratzen. Zuerst war es nur die Reaktion auf einen scheinbar flüchtigen Juckreiz, doch wurde dieser heftiger, je mehr sie abkühlten. Bald wälzten sie sich herum, kratzten sich und stießen Verwünschungen aus. Je wilder sie kratzten, desto unerträglicher wurde der vom Ausschlag der Zeckenbisse hervorgerufene und vom Schweiß verstärkte Juckreiz. Sie krümmten und wanden sich, rollten sich zu Kugeln ein und kratzten sich mit Händen und Füßen. Dieser juckende Ausschlag hatte sie seit ihrer Gefangennahme durch die Phagoren in Abständen schon mehrmals befallen.

Während sie ihre Fingernägel durch das wirre Kopfhaar zogen oder sich in den Achselhöhlen und zwischen den Beinen wundkratzten, dachten sie nicht über Ursache und Wirkung nach, und keinem von ihnen wäre es in den Sinn gekommen, Ausschlag und Juckreiz einer Zecke zuzuschreiben, die von den verfilzten Fellen ihrer Fänger auf sie übertragen worden war.

Diese Zecke war im allgemeinen harmlos, oder verursachte infizierten Menschen und Protognostikern zumindest nichts Schlimmeres als Fieber und Ausschlag, die selten länger als einige Tage anhielten. Aber die Wärmeverhältnisse änderten sich mit der Annäherung Helliconias an Freyr. Ixodoidea vervielfältigte sich: die weibliche Zecke entrichtete dem Großen Freyr ihren Tribut in Gestalt von Millionen Eiern.

Bald sollte diese unbedeutende Zecke, die so sehr ein Teil des Lebens war, daß sie fast unbeachtet blieb, zum Angriffspunkt eines Virus werden, das das sogenannte Knochenfieber hervorrief, und dadurch würde sich die Welt verändern.

Dieser Virus erreichte im Frühling des helliconischen großen Jahres zur Zeit der Sonnenfinsternisse ein aktives Entwicklungsstadium. In jedem Frühjahr wurde die menschliche Bevölkerung von Knochenfieber heimgesucht; nur etwa die Hälfte der davon Befallenen konnte auf Überleben hoffen. Das Verhängnis war so umfassend und seine Auswirkungen so tiefgreifend, daß es sich sozusagen selbst aus den spärlichen existierenden Aufzeichnungen auslöschte ...

Die Madis wälzten sich vom Juckreiz geplagt im Gras und vergaßen über dem Kratzen, das unbegangene Gelände hinter ihnen im Auge zu behalten.

Dort gediehen üppige Gräser, durchsetzt von Dickichten eins hohen Büschelgrases, das als Shoatapraxi bekannt war und doppelte Mannshöhe erreichte. Seine hohlen Stengel wurden im Alter hart wie spanisches Rohr. Leichtgekleidete Männr in hohen Stulpenstiefeln kamen aus der Deckung der Shoatapraxi hervor, Seile in den Händen. Sie fielen über die Madis her.

Die beiden am Hang zurückgebliebenen Madis ergriffen die Flucht und konnten sich retten, ihre vier Freunde aber gerieten in Gefangenschaft. Ihr kurzer, erschöpfender Traum von Freiheit war zu Ende. Diesmal gelangten sie in den Besitz von Menschen und wurden so ein unbedeutender Teil eines weiteren zyklischen Ereignisses: der südwärts vordringenden Invasion aus Sibornal.

Sie hatten sich unfreiwillig der Siedlerarmee des Kriegerpriesters Festibariyatid angeschlossen. Die Cathcaarnits und ihre zwei Gefährten kümmerte es wenig, niedergebeugt wie sie unter den Traglasten waren, die ihnen aufgebürdet wurden. Ihre neuen Herren trieben sie vorwärts, und sie wankten unter ihren Lasten nach Süden, zu ihrem neuen Elend geplagt vom Juckreiz, der sie selbst in dieser mißlichen Lage zum Kratzen zwang.

Als sie am Rand des großen Trogtals weiterzogen, stieg Freyr in den Himmel. Alles bekam einen zweiten Schatten, der sich in dem Maß verkürzte, wie die Sonne sich ihrem Zenit näherte.

Die Landschaft schimmerte. Die Mittagstemperatur stieg. Die unbeachteten Zecken schwärmten über ihre warmblütigen Wirte und ließen sich in allen Falten und Winkeln nieder.

XII
Herr der Insel

Eline Tal war ein großer, fröhlicher Mann, treu, zuverlässig und ohne Phantasie. Er war mutig, ein guter Jäger und Reiter. Er besaß sogar eine rudimentäre Intelligenz, obgleich er der Akademie mißtraute und nicht lesen konnte. Seine Frau und seine Kinder hielt er vom Lesen ab. Er stand in vollkommener Treue zu Aoz Roon und kannte keinen Ehrgeiz als den, ihm nach besten Kräften zu dienen.

Was ihm nicht gelang, war, Aoz Roon zu verstehen. Er stieg von seinem Reittier ab und wartete geduldig in einiger Entfernung. Aoz Roon kehrte ihm den Rücken zu und starrte vor sich hin, den Bart auf der Brust. Der Herr von Embruddock trug wie immer sein altes stinkendes Bärenfell, hatte sich aber einen Umhang aus grobem rotbraunen Wollzeug um die Schultern gelegt; vermutlich beabsichtigte er damit auf eine dunkle Weise, seiner scheidenden Zauberin Ehre zu erweisen. Curd, der Hund, saß fröstelnd neben Grau auf den Keulen.

So blieb Eline Tal, wo er war, stocherte sich mit einem Finger zwischen den Backenzähnen und tat sonst nichts. Sein Bewußtsein war leer.

Nach ein paar weiteren, laut hervorgestoßenen Flüchen setzte Aoz Roon sein Reittier in Bewegung. Er blickte über die Schulter zurück, winkte seinem treuen Gefolgsmann und schlug sich in die Büsche. Eline Tal saß auf und folgte ihm.

Nach einem wilden Ritt in südlicher Richtung, der sie zu Eline Tals Verwunderung weiter von Oldorando entfernte, zügelte Aoz Roon den schäumenden Grau. Der Vormittag war noch nicht halb um, doch war ein Schatten über die Welt gefallen und dämpfte alles Leben. Unter finster zusammengezogenen Brauen spähte er nach oben und bemerkte, daß Freyr von der matteren Scheibe, die ihn am Himmel langsam eingeholt hatte, ein Stück herausgebissen worden war. Die Verfinsterung nahm zu. Curd winselte ängstlich und suchte Zuflucht zu Füßen seines Herrn.

Eine Eule flatterte aus einem hohlen alten Lärchenstamm in der Nähe und strich niedrig über dem Boden ab. Sie hatte braun und weiß geflecktes Gefieder, und ihre Schwingen spannten weiter als die ausgestreckten Arme eines Mannes. Sie schoß auf den Reiter zu, als wollte sie ihn angreifen, um im letzten Augenblick mit hellem Schrei abzuschwenken und im fahlen Licht zwischen Sträuchern und Jungholz unterzutauchen.

Grau bäumte sich auf, dann war er auf und davon. Es gab kein Halten mehr; im gestreckten Galopp flog er dahin, und Aoz Roon hatte alle Mühe, sich im Sattel zu halten.

Eline Tal folgte, alarmiert von der himmlischen Erscheinung, aber ohne allzuviel Anstrengung imstande, seinen Hengst zu meistern, der vom Scheinangriff der Eule weniger unmittelbar betroffen worden war und von selbst trachtete, mit dem anderen Tier Schritt zu halten.

Als es Aoz Roon endlich gelang, den verängstigten Grau zu beruhigen, war seine düstere Stimmung gewichen. Er lachte, tätschelte Graus schweißnassen Hals und redete so sanft und freundlich auf ihn ein, wie er es bei seinen Mitmenschen noch nie getan hatte. Unterdessen fraß Batalix sich langsam tiefer in Freyr hinein. Der Biß des Phagoren; alte Legenden kamen einem in den Sinn: die Wachtposten waren nicht Gefährten sondern Feinde, vom Schicksal dazu verurteilt, einander bis in alle Ewigkeit zu verschlingen.

Es begann zu regnen, und er zog den Wollumhang fester um die Schultern und ließ das Tier gehen, wohin es wollte.

Es war noch nicht Mittag, und er hatte es nicht eilig, nach Oldorando zurückzukehren. Er verfiel in müßiges Sinnieren. Würde der Ort noch derselbe sein, nun, da sie fort war, die Hexe? Dol war ein fades Geschöpf, träge und geistlos; was er war, kümmerte sie nicht. Nein, er hatte es nicht eilig; wenn er bei Dunkelwerden heimkäme, würde es früh genug sein.

Der Hoxner bahnte sich einen Weg durch dichtes Buschwerk, dessen nasse Zweige Aoz Roon ins Gesicht schlugen; er nahm es mit verdrießlichem Gleichmut hin. In den Sträuchern hingen verfilzte Gräser in Büscheln, dürres Röhricht und abgerissene Zweige, aber in seiner Geistesabwesenheit übersah Aoz Roon diese Hinweise auf eine Überschwemmung in jüngster Vergangenheit.

Der untere Rand von Batalix war mit silbernem Feuer gesäumt, als er fortfuhr, Freyr zu verschlingen. Dann wurde auch er von den Wolken verschluckt, die dunkelgrau und dick vom Osten aufzogen. Der Regen nahm zu und raschelte im Laub des Dickichts. Aoz Roon zog sich den Umhang über den Kopf und ritt langsam weiter. Wutra ließ seinen Ärger an der Welt aus.

Er trieb Grau aus dem Dickicht und hielt an. Dichtes, hohes Gras beugte sich unter dem Regen. Graus Hufe schmatzten im nassen Lehm. Eline Tal kam langsam heran und hielt hinter ihm. Der Regen rauschte herab und durchnäßte alles, troff von den Reitern und ihren Tieren. Ein gleichmäßig trübes Grau verhängte Himmel und Erde. Aoz Roon erkannte, daß er die Orientierung verloren hatte. Unter tropfenden Brauen umherspähend, sah er zur Linken ansteigendes Gelände, wo Lärchen und vereinzelte Laubbäume einen mit Blöcken überstreuten Hang besiedelt hatten. Am Fuß des Hanges war aus aufeinandergelegten Steinplatten eine Art Wetterschutz errichtet. Voraus lag sumpfiges Land, durchzogen von Wasserläufen. Alle Formen verschwammen im Regengrau; selbst die Umrisse des Unterstandes waren undeutlich – aber nicht so sehr, daß er die in seiner Öffnung stehenden Gestalten übersehen hätte.

Die Gestalten waren unbeweglich. Sie beobachteten ihn und Eline Tal, und sie mußten seine Annäherung verfolgt haben, lange, bevor er sie wahrgenommen hatte. Curd hatte ihre Witterung aufgenommen und knurrte.

Aoz Roon winkte Eline Tal zu sich. Er zeigte zum Hang hinüber.

»Elende Phagoren«, sagte Eline Tal unbekümmert.

»Wasser ist ihnen zuwider – vielleicht hält sie der Regen, wo sie sind. Wir lassen uns nichts anmerken.«

Er schnalzte Grau, und sie ritten langsam weiter.

Er dachte nicht daran, umzukehren oder Furcht zu zeigen. Das sumpfige Gelände voraus mochte unpassierbar sein. Am besten wäre es, weiter dem Hang zu folgen oder seine Höhe zu gewinnen. Einmal auf dem Rücken – wenn die Phagoren sie so weit kommen ließen –, könnten sie das Weite suchen. Bis auf sein Jagdmesser war er unbewaffnet.

Die beiden ritten langsam nebeneinander, gefolgt vom unaufhörlich knurrenden Hund. Um den Hügelrücken zu erreichen, mußten sie in einer Diagonalen hangaufwärts an dem Wetterunterstand vorbei. Die schlechte Sicht machte es schwierig, sich irgendeine Gewißheit zu verschaffen; es sah aus, als kauerten nicht mehr als fünf oder sechs der Unholde in dem elenden Unterstand. Hinter diesem standen zwei Kaidaws, schüttelten die Köpfe, daß das Wasser in alle Richtungen sprühte, und stießen gelegentlich die Hörner gegeneinander; sie wurden gehalten von einem entweder menschlichen oder protognostischen Sklaven, der apathisch zu Aoz Roon und Eline Tal herüberstarrte.

Auf dem steinernen Dach des Unterstandes kauerten zwei Kuhreiher eng beisammen. Zwei weitere zankten am Boden über einem Haufen Kaidawdung. Ein fünfter saß in einiger Entfernung auf einem Block und zerriß und verschlag ein kleines Tier, das er erbeutet hatte. Die Phagoren rührten sich nicht.

Wenig mehr als ein Steinwurf trennte sie von den Phagoren, und die Reittiere wechselten bereits den Schritt, um die Steigung zu nehmen, als Curd die Seite seines Herrn verließ und mit wütendem Gebell auf den Unterstand losstürmte. Der Vorstoß des Hundes löste die Erstarrung der Phagoren. Sie brachen aus ihrem Unterstand hervor und griffen an. Wie so oft, schienen sie eines Anstoßes zu bedürfen, bevor sie handeln konnten, als sei ihr Nervensystem unterhalb eines bestimmten Reizminimums träge bis zur Unbeweglichkeit. Aoz Roon sah sie aus dem Unterstand laufen, rief Eline Tal eine Warnung zu, und sie spornten ihre Tiere den Hang hinauf.

Es zeigte sich, daß der Hang seine Tücken hatte. Die Bäume waren jung und erreichten nicht mehr als doppelte Mannshöhe. Dabei breiteten sich die Zweige ihrer Kronen wie Schirme aus und schlugen den Reitern ihre triefenden Blätter in die Gesichter. Der lehmige, glitschige Untergrund des Hanges war mit lockerem Schutt und geborstenen Blöcken bedeckt, zwischen denen die Hufe der Hoxner es schwer hatten, festen Tritt zu finden. Beide Tiere bedurften wachsamer Führung, um überhaupt voranzukommen.

Hinter ihnen wurden Geräusche von Verfolgung laut. Neben ihnen bohrte sich ein Speer in den Grund, doch folgten keine weiteren. Unheilverkündender waren die Geräusche nachsetzender Kaidaws, und die kehligen Anfeuerungsrufe ihrer Reiter. Auf ebenem Gelände konnte ein Kaidaw jeden Hoxner einholen. Am Hang zwischen den niedrigen Bäumen waren die weniger wendigen Kaidaws benachteiligt, doch so sehr die Flüchtlinge ihre Reittiere auch antrieben, sie konnten die Verfolger nicht abschütteln. Bald fluchten er und Eline Tal um die Wette, und schwitzten nicht weniger als ihre Tiere.

Sie erreichten einen offenen Flecken, wo ein schmutziggelber Wasserlauf durch eine Rinne zu Tal schäumte. Aoz Roon sah sich um. Zwei der zottigen Ungetüme auf ihren zähen Reittieren kämpften sich hinter ihnen den Hang herauf, dicke Arme zum Schutz gegen die peitschenden nassen Zweige vor den Köpfen erhoben. In den freien Händen hielten sie Speere gegen die Flanken der Kaidaws gedrückt, die sie mit Knien und hornigen Zehen lenkten. Die unberittenen Phagoren kamen weit zurück zu Fuß den Hang herauf und waren keine Bedrohung.

»Die Teufel geben nie auf«, schnaufte Aoz Roon. »Vorwärts, Grau, mach schon!«

Sie mühten sich weiter, aber die Phagoren holten dennoch auf.

Der Regen ließ nach, um bald darauf noch heftiger einzusetzen. Es machte keinen Unterschied. Die Bäume überschütteten die Vorbeireitenden mit Wasser. Der Boden war jetzt besser, aber die Blöcke wurden zahlreicher.

Nun waren die zwei berittenen Phagoren in Wurfweite ihrer Speere.

Aoz Roon erhob sich in den Steigbügeln und beschirmte die Augen gegen den Regen. Weiter zur Linken schien der Jungwald weniger dicht. Mit einem Ruf zu Eline Tal schwenkte er nach links, und für eine Weile verloren sie die Phagoren hinter mächtigem Blockwerk, das durch die Regenvorhänge zu flimmern schien, aus den Augen.

Sie stießen auf eine Art Wildwechsel und folgten ihm dankbar. Noch immer ging es aufwärts, aber der Baumbewuchs wurde spärlicher. Weiter voraus wurde das Terrain ebener und senkte sich dann in schlammigen, von Wasserläufen durchzogenen Flächen. Als die beiden Reiter den breiten Rücken erreichten und, abermals die Richtung ändernd, seinem Verlauf folgten, brachen die Phagoren aus dem Jungwald hervor und machten die aufkeimenden Hoffnungen der Flüchtigen zunichte. Aoz Roon schüttelte ihnen die Faust zu und beugte sich über Graus Mähne. Der große gelbe Hund hielt neben ihm Schritt, und dichtauf folgte Eline Tal.

Der Rücken senkte sich allmählich, und auf festem, mit kiesartigem feinen Geröll bedecktem Boden kamen sie rasch voran. Vor ihnen breitete sich eine melancholische Landschaft, bestanden mit vereinzelten Rajabaralen und Lärchen zwischen Buschinseln und Dorngestrüpp. Die kräftigen Vertikalen der Stämme fanden ihr Gegengewicht in der breiten Horizontalen bleigrauen Wassers. Duch die Regenvorhänge zeigte sich alle Vegetation in düsterem Graugrün.

Durch die Mitte dieser Landschaft wand sich ein angeschwollener gelbbrauner Fluß, der an vielen Stellen über seine Ufer getreten war und weite Flächen überschwemmt hatte. Weiter in der Ferne erhoben sich die dunklen Silhouetten von Baumreihen, bis Himmel und Erde in Nebel und Regengrau eins wurden. Die ineinander verbissenen Wachtposten waren hinter der tief herabhängenden Wolkendecke verborgen.

Aoz Roon wischte sich Regenwasser aus den Augen. Er sah sofort, wo die größte Sicherheit lag. Im Fluß war eine Insel, steinig und bedeckt mit schwarzem Wald. Wenn es ihnen gelänge, hinüberzukommen – und sie schien nicht allzu fern vom Flußufer –, würden sie vor den Verfolgern sicher sein.

Mit einem heiseren Schrei wies er nach vorn.

Zur gleichen Zeit bemerkte er, daß er allein ritt. Er wandte sich im Sattel, um nach Eline Tal zu sehen.

Als erstes fiel sein Blick auf den reiterlosen Hengst, der zur Linken ziellos querfeldein galoppierte.

Weiter zurück lag Eline Tal auf dem kahlen Höhenrücken, umkreist von den zwei zottigen Kriegern. Einer sprang von seinem Kaidaw. Eline Tal versuchte sich seiner mit Fußtritten zu erwehren, aber der Phagor packte ihn und hob ihn mit einer enormen Kraftleistung auf. Aoz Roon konnte trotz der Entfernung und des Regens sehen, daß die rechte Körperhälfte seines Freundes, von der Schulter ausgehend blutüberströmt war; sie hatten ihn mit einem Speer aus dem Sattel geholt. Er wehrte sich schwächlich; der Phagor senkte die Hörner und schickte sich an, ihm den Todesstoß zu versetzen.

Der andere Phagor wartete das Ende nicht ab. Er drehte sein Reittier auf der Hinterhand und setzte Aoz Roon nach, den Speer in der erhobenen Rechten.

Der Verfolgte warf sich im Sattel herum und trieb Grau vorwärts. Es gab nichts, was er für seinen unglücklichen Freund noch tun konnte. Er beugte sich über Graus Hals, tätschelte ihn und feuerte ihn an, um das Letzte aus dem erschöpften Tier herauszuholen.

Der Phagor hatte den Vorteil auf seiner Seite. In freiem Gelände konnte der Kaidaw seine überlegene Schnelligkeit ausspielen, so willig der ausgepumpte Grau auch galoppierte.

Aoz Roons rotbrauner Umhang flatterte im Wind, als er auf das Flußufer zuhielt. So nahe schon, und immer näher! Die wirbelnden gelbbraunen Wassermassen, das nasse Laubwerk der Sträucher entlang dem Ufer, der regenverhangene Horizont aus schwarzem Wald und kahlen Hügelkuppen, ein Nagetier, das vor dem heranstürmenden Reiter durch das Gras davonsauste – seine Augen nahmen alles mit einer unnatürlichen Genauigkeit und Detailschärfe auf. Er wußte, daß er es nicht mehr schaffen konnte. Seine Rückenhaut zwischen den Schulterblättern prickelte in Erwartung des tödlichen Speerstoßes.

Ein rascher Blick über die Schulter. Der Phagor hatte ihn fast erreicht, die Sehnen und Muskeln am vorgestreckten Hals des Kaidaw traten in dicken Strängen hervor. Ein paar Atemzüge noch, dann würde der Phagor in Stoßweite sein. Offenbar wollte er sichergehen, daß er tötete, der verdammte Teufel. Seine Augen funkelten.

Mochte er auch alt sein, Aoz Roons Reaktionen waren noch immer schneller als die eines Phagoren.

Er lehnte sich im Sattel zurück und zog mit wilder Kraft an den Zügeln, daß Grau mitten im Lauf den Kopf hochwarf und herumgerissen wurde. Im selben Augenblick sprang er aus dem Sattel, rollte über den schwammigen Boden, kam wieder auf die Beine und sprang seinen Gegner an.

Mit einer Bewegung riß er sich den durchnäßten Umhang von den Schultern und schlug damit nach dem zustoßenden Speer. Der rauhe Stoff wickelte sich um den ausgestreckten Arm und die Hand des Reiters. Aoz Roon sprang zurück und zog.

Der Phagor verlor das Gleichgewicht, versuchte sich in der Mähne des Kaidaw festzuhalten, aber Aoz Roon hing an seinem anderen Arm und trat den Kaidaw mit dem Stiefel in den Bauch, so daß das Tier weiterrannte. Ein Ruck, und der Phagor stürzte seitwärts zu Boden.

Der ekelerregende Gestank nach saurer Milch stieg Aoz Roon in die Nase. Er stand über dem gestürzten Gegner und blickte unschlüssig umher. Grau war davongaloppiert. Nicht allzu weit hinter ihm kamen die anderen Phagoren gerannt, ihrem Freund zu helfen. Seine Lage war nicht weniger verzweifelt als zuvor.

Er rief Curd, aber der Hund kauerte zitternd im Gras und wollte nicht kommen.

Als der Phagor sich erhob, nahm Aoz Roon den Speer an sich und rannte zum Fluß. Er konnte zur Insel hinüberschwimmen – sie stellte seine einzige Hoffnung dar.

Ehe er noch das Ufer erreichte, sah er die Gefährlichkeit seines Vorhabens. Die reißende lehmbraune Flut führte Holztrümmer, Äste und halb untergetauchte Baumstrünke mit sich, gegen die ein Schwimmer würde ankämpfen müssen.

Er zögerte. Und im nächsten Augenblick war der Phagor über ihm.

Aoz Roon erinnerte sich unwillkürlich seines Zweikampfes mit einem dieser zottigen Ungetüme vor langer Zeit, ehe ihn das beschämende Fieber überwältigt hatte. Jener Gegner war verwundet gewesen. Aber dieser hier – dies war kein kraftvoller junger Krieger, das fühlte er instinktiv, als er ihn abwehrend beim Arm packte und mit dem Stiefel trat. Diesen konnte er in den Fluß werfen, bevor die anderen zur Stelle waren.

Aber es war nicht so einfach. Der andere, mochte er auch alt sein, besaß noch immer enorme Kräfte. Aoz Roon konnte weder den Speer einsetzen noch an sein Jagdmesser kommen. Sie rangen Brust an Brust, keuchend und schwitzend, und jeder versuchte, den anderen zurückzudrängen, um freizukommen und mit den Hörnern oder mit dem Messer zuzustoßen.

Aoz Roon brüllte vor Schmerz, als es dem Phagor gelang, ihm einen Arm zu verrenken. Er ließ den Speer fallen. Aber als sein Gegner den Griff wechseln wollte, bekam er einen Ellbogen frei und stieß ihn dem anderen hart unter das Kinn. Sie taumelten ein paar Schritte rückwärts, platschten bis zu den Knien im Überschwemmungswasser. Verzweifelt rief er den Hund zu Hilfe, aber Curd sprang am höheren Ufer hin und her und versuchte, die drei zu Fuß näherkommenden Phagoren mit wildem Gebell fernzuhalten.

Ein großer Baum trieb in der Strömung daher, tauchte auf und nieder und drehte sich um seine Achse. Ein Ast tauchte wie ein triefender Arm aus dem lehmbraunen Wasser, streifte die Ringenden und riß sie mit. Sie fielen, erfaßt von unwiderstehlichen Kräften, und wurden unter die strudelnde Oberfläche gezogen. Ein weiterer Ast hob sich aus der Flut, dann versank auch er wieder in gelben Wirbeln.

Vier Stunden lang benagte Batalix die Flanke Freyrs wie der Hund einen Knochen. Erst dann war das hellere Licht ganz verschlungen. Während des frühen Nachmittags lag

stählerner Schatten auf dem Land. Nicht ein Insekt regte sich.

Drei Stunden war Freyr von der Welt verschwunden. Vom Taghimmel gestohlen.

Gegen Sonnenuntergang war er erst teilweise wieder zum Vorschein gekommen. Niemand konnte garantieren, daß er jemals wieder ganz sein würde. Schwere Wolken zogen auf und füllten den Himmel von Horizont zu Horizont. So ging der Tag zur Neige, und es war ein beunruhigender Tag gewesen. Ob Kind oder Erwachsener, jedes Menschenwesen in Oldorando legte sich in einem Zustand banger Erwartung und Anspannung schlafen.

Später kam ein Wind auf, vertrieb den Regen und vermehrte die Ängstlichkeit mit seinem hohlen Seufzen und Ächzen.

Im alten Dorf hatte es drei Tote gegeben, einen davon durch Selbstmord, und einige kleinere Gebäude waren abgebrannt oder brannten noch. Nur der heftige Regen hatte schlimmere Gewalttat verhindert.

Ein Widerschein der vom Wind wieder angefachten Feuer spiegelte sich in einer Pfütze vor dem großen Turm und malte wabernde Muster an die Decke des Raumes, wo Oyre schlaflos auf ihren Fellen lag. Der Wind brauste um die Türme, ein Fensterladen schlug, Funken flogen in den Rauchfang der Nacht.

Oyre wartete, geplagt von Stechmücken; sie waren vor kurzem erst nach Oldorando zurückgekehrt. Jede Woche brachte etwas Neues, worauf niemand vorbereitet war.

Der flackernde Widerschein von draußen verschmolz mit den Flecken an der Decke und erzeugte in ihrer Vorstellung das Bild eines alten Mannes mit langem, strähnigem Haar, der in ein Gewand gehüllt war. Sie bildete sich ein, sein Gesicht nicht sehen zu können, weil der Kopf von einer erhobenen Schulter halb verdeckt war. Er tat etwas. Seine Beine bewegten sich mit den Riffeln, die der Wind über die Oberfläche der Pfütze trieb. Er ging stumm zwischen den Sternen.

Der Phantasien überdrüssig, schaute sie weg und machte sich Gedanken um ihren Vater. Als sie wieder hinsah, merkte sie, daß sie sich getäuscht hatte; der alte Mann spähte über die Schulter zu ihr herab. Sein Gesicht war fleckig und runzlig vom Alter. Er ging jetzt schneller, und der Fensterladen schlug im Rhythmus mit seinen Schritten. Er marschierte über die Welt auf sie zu. Sein Körper war mit giftigem Ausschlag bedeckt.

Oyre ermunterte sich und setzte sich auf. Eine Stechmücke summte mit feinem, durchdringendem Ton um ihren Kopf. Sie kratzte sich hinter dem Ohr und schaute hinüber zu Dol, die mühsam atmete.

»Wie geht es dir?«

»Die Wehen kommen rascher.«

Oyre kroch nackt zwischen den Fellen hervor, warf einen langen Umhang über und tappte zum Lager der Freundin, deren blasses Gesicht undeutlich aus der Dunkelheit aufblickte. »Soll ich Mutter Scantiom rufen lassen?«

»Noch nicht. Laß uns reden.« Dol streckte die Hand aus, und Oyre ergriff sie. »Du bist mir eine gute Freundin geworden, Oyre. Ich denke an so komische Sachen, wenn ich hier liege. Du und Vry ... Ich weiß, was ihr von mir denkt. Ihr seid beide nett, und doch seid ihr so verschieden ... Vry ist so unsicher, während du immer weißt, was du willst und warum du es willst ...«

»Ich glaube, das siehst du ganz verkehrt.«

»Nun ja, ich habe nie viel gewußt. Warum müssen die Menschen einander immer enttäuschen? Ich hoffe, ich muß meine Kinder nie enttäuschen. Deinen Vater habe ich enttäuscht, das weiß ich. Und nun hat er mich enttäuscht ... Stell dir vor, er treibt sich herum und ist nicht bei mir, ausgerechnet in dieser Nacht.«

Der hölzerne Laden schlug im Wind. Oyre kauerte bei

ihrer Freundin und befühlte den geschwollenen Bauch der Schwangeren.

»Ich bin überzeugt, daß er nicht mit Shay Tal fortgegangen ist, falls es das ist, was du befürchtest.«

Dol stützte sich auf die Ellbogen und sagte, ohne Oyre anzusehen: »Manchmal kann ich meine eigenen Gefühle nicht ertragen – dieser Schmerz ist im Vergleich damit willkommen. Ich weiß, daß ich dieser Frau nicht das Wasser reichen kann. Ich habe nicht halb soviel im Kopf wie sie. Aber ich sagte ja, und sie sagte nein, und das zählt. Ich habe immer ja gesagt, und doch ist er nicht hier bei mir ... ich glaube, er hat mich nie geliebt ...« Plötzlich fing sie so heftig an zu schluchzen, daß ihr ganzer Körper in zuckende Bewegung geriet. Oyre sah die Tränen im flackernden Widerschein glänzen, als Dol sich zu ihr wandte und das Gesicht an ihrer Schulter barg.

Der Laden schlug gegen die Wand, und der Wind heulte um den Turm.

»Laß mich nach Mutter Scantiom schicken, Dol«, sagte Oyre. Mutter Scantiom hatte die Pflichten der Hebamme übernommen, seit Dols Mutter zu hinfällig geworden war.

»Noch nicht, noch nicht ...« Nach und nach beruhigte sie sich. Sie seufzte tief. »Zeit genug. Zeit genug für alles.« Oyre stand auf, wickelte den Umhang um sich und tappte barfuß zum Fenster, um den Laden anzubringen. Feuchter, böiger Wind blies ihr ins Gesicht; er wehte von Süden und war warm; sie sog ihn dankbar ein. Irgendwo in der Dunkelheit schnatterten schläfrige Gänse. Der Wind trug ihr den bitteren Geruch von schwelendem Holz und durchnäßter Asche zu, während sie den Laden festband, eine Einnerung an den Massenwahn des Tages.

Als sie in den muffigen dunklen Raum zurückkehrte, hörte sie Dol stöhnen.

»Es wird nicht mehr lange dauern, Oyre«, murmelte sie

durch zusammengebissene Zähne. »Laß Mutter Scantiom jetzt kommen.«

Oyre beugte sich über sie und küßte sie leicht auf die Wange. Beide Frauen waren blaß und ängstlich. »Er wird bald zurückkommen. Männer sind so – unzuverlässig.«

Sie lief hinaus, um eine Sklavin zu rufen.

Der Wind, der mit dem Fensterladen klappte, kam von weit her und sollte seine Kraft erst zwischen den Kalksteingipfeln der Quzint-Berge erschöpfen. Sein Entstehungsgebiet waren die unermeßlichen Weiten der See, die von künftigen Seefahrern Ardentisches Meer genannt würde. Von dort zog er als Passatwind nördlich des Äquators westwärts, sammelte Feuchtigkeit und nahm an Mächtigkeit zu, bis er im Osten von Campannlat auf die gewaltige Barriere des Nktryhk stieß, wo er sich in zwei Luftströmungen teilte.

Die nördliche Luftströmung blies in den Golf von Chalce und erschöpfte sich über den Landmassen von Sibornal, wo sie die Schneeschmelze beschleunigte und den Frühjahrsnachtfrösten ein Ende machte. Die südliche Luftströmung bog um das Vorgebirge von Vallgas und folgte ungefähr dem Küstenverlauf bis in die Gegend zwischen Keevasien und Ottassol, aus deren Wildnis einst das mächtige Land Borlien entstehen würde, und seine noch immer kräftigen Ausläufer stießen über Oldorando bis ins Bergland vor, klapperten mit Fensterläden, fuhren rauschend durch die Baumwipfel und leckten den Schnee von hochgelegenen Hängen.

Dieser warme Wind trug Vögel und Insekten mit sich, aber auch Sporen, Pollen und Mikroorganismen. Als es Morgen wurde, hatte er sich schon wieder gelegt und war noch am gleichen Tag vergessen; nichtsdestoweniger spielte er seine Rolle in der Veränderung der Dinge, die gewesen waren.

Seine Wärme brachte einem Mann, der unbequem in

den Ästen eines Baumes saß, ein wenig Linderung. Der Baum wuchs auf einer Insel inmitten eines über die Ufer getretenen Nebenflusses des Takissa. Der Mann hatte ein verletztes Bein und litt Schmerzen.

Unter dem Baum hockte ein großer männlicher Phagor, vielleicht sammelte er Kräfte für einen Angriff, vielleicht wartete er, daß sein Gegner, vom Hunger gepeinigt, vom Baum herabsteigen werde. Von welcher Art seine Pläne auch waren, er verharrte ohne Bewegung und hätte tot sein können, wäre nicht ein gelegentliches Zucken des einen oder des anderen Ohres gewesen. Sein Kuhreiher saß auf einem Ast des Baumes, so weit von dem verletzten Mann entfernt, wie es ihm möglich war.

Mensch und Phagor waren halb ertrunken an das Ufer der Insel gespült worden. Der Mann hatte sich zu dem einen Zufluchtsort gerettet, den er in seinem verletzten Zustand hatte finden können.

Dem Phagor war der Wind zu warm. Nachdem er ihn lange ertragen hatte, stand er endlich auf und ging zwischen den Blöcken, die den größten Teil der schmalen Insel bedeckten, zur anderen Seite hinüber, ohne einen Blick zurückzuwerfen. Nachdem er seinen Wirt eine Weile mit schiefgelegtem Kopf beobachtet hatte, breitete der weiße Vogel die Schwingen aus und flog ihm nach.

Könnte ich diesen Vogel fangen und töten, dachte der Mann bei sich, würde es eine Art Sieg sein – und ich hätte zu essen.

Aber Aoz Roon hatte drängendere Probleme als den Hunger. Zunächst mußte er den Phagoren überwältigen. Durch das Laubwerk seines Baumes konnte er das Ufer sehen, von wo er herübergekommen war. Dort standen vier Phagoren am sumpfigen Rand der Überschwemmungsfläche, jeder mit seinem Kuhreiher auf der Schulter; einer hielt die Mähne eines Kaidaw. Sie standen dort schon seit Stunden, fast ohne Bewegung, und starrten zur Insel herüber.

Der Hund war in sicherer Entfernung von ihnen am Ufer und traute sich nicht ins Wasser. Er saß unruhig auf den Keulen, dann sprang er auf und winselte, lief am Ufer hin und her, blickte in die lehmbraunen, vorbeiwirbelnden Fluten.

Aoz Roon versuchte, auf seinem Ast weiterzurutschen, um den Rückzug seines unmittelbaren Gegners zu beobachten. Der Phagor bewegte sich langsam. Da es auf der Insel keinen Ort zu geben schien, der – zumindest für seine Begriffe – dem Platz unter seinem Baum vorzuziehen gewesen wäre, dachte er bei sich, daß das gehörnte Ungetüm lediglich einen Rundgang machen und zurückkommen werde; hätte er sich in besserer Verfassung befunden, würde er sich vielleicht eine unerfreuliche Überraschung für die Rückkehr des anderen ausgedacht haben.

Er blinzelte zum Himmel auf. Der warme Wind hatte die Regenwolken vertrieben, und Freyr war im Begriff, sich aus einem Geflecht aus Baumästen und Zweigen zu befreien, trotz seiner Erfahrungen des vergangenen Tages anscheinend unversehrt. Batalix, der bereits vorher aufgegangen war, hatte sich in Wolken gehüllt. Aoz Roon sehnte sich nach Schlaf, wagte aber kein Auge zu schließen. Der Phagor war vermutlich in einer ähnlichen Lage.

Es war nichts von ihm zu sehen und zu hören. Nur das Wasser rauschte und gurgelte auf seinem Weg nach Süden. Es war eisig kalt gewesen – daran erinnerte Aoz Roon sich gut. Sein Gegner mußte unter dem Bad mehr gelitten haben als er.

Es schien wahrscheinlich, daß der Phagor beschäftigt war, eine Falle zu stellen. Trotz seiner Schmerzen verspürte er einen Drang, vom Baum zu steigen und nachzusehen. Nachdem die Entscheidung getroffen war, wartete er noch eine Weile, um Kräfte zu sammeln. Er kratzte sich.

Jede Bewegung war schwierig. Seine Glieder waren steif von Nässe und Kälte. Sein dickes schwarzes Bärenfell war noch immer schwer von Wasser. Das Hauptproblem aber war sein linkes Bein; es war schmerzhaft angeschwollen und hart, und er konnte das Knie nicht abbiegen. Dennoch gelang es ihm, sich am Baum hinunterzulassen. Unten angelangt, stolperte er mit dem steifen linken Bein über eine Wurzel und schlug hin. Er lag eine Weile keuchend vor Schmerz, unfähig sich zu erheben, und erwartete, daß der Phagor jeden Augenblick aus einem Versteck springen und ihn töten werde.

Die Phagoren am anderen Ufer hatten seine Bewegung gesehen und riefen, doch waren ihre Stimmen, denen die volltönende Kraft einer menschlichen Stimme fehlte, über dem Rauschen des Wassers kaum hörbar. Auch Curd stimmte ein Geheul an.

Aoz Roon kam auf die Füße. Am Ufer fand er im angeschwemmten Treibgut einen geeigneten Ast, der, nachdem er ihn von einigen noch vorhandenen Zweigen befreit hatte, als Krücke dienen konnte. Furcht, Kälte, Schwäche wirbelten wie Flutwasser in ihm, und mehr als einmal war ihm, als müsse er ohnmächtig zusammenbrechen. Sein Körper war ihm eine Last, und in seinem Bein pochte es wie von einer Entzündung, dabei fröstelte ihn, so daß die Zähne aufeinanderschlugen. Er starrte mit trübem Blick umher, keuchend vor Anstrengung, in ständiger Erwartung eines Angriffs. Der Phagor war nirgends zu sehen.

»Ich krieg dich schon, du Teufel, und wenn es meine letzte Tat sein sollte ... Noch bin ich Herr von Embruddock ...«

Er wankte Schritt für Schritt vorwärts, das steinige Rückgrat der Insel zwischen sich und dem Ufer, von dem er herübergekommen war, so daß die dort Wache haltenden Phagoren ihn nicht sehen konnten. Zu seiner Rechten sanken Felsrippen, und teilweise von langem Gras überwuchertes Bruchgestein mit einer lehmigen, von Treibgut übersäten Uferzone zu den braunen Fluten ab, deren trügerische, von Wirbeln und Aufquellströmen bewegte Fläche das jenseitige Ufer unerreichbar scheinen ließ. Wattige Nebelbänke, Überreste des starken Regens, schwebten in allmählicher Auflösung vor der dunklen Waldkulisse. Dürftige Sträucher, ein Dickicht von jungen Schößlingen und ein lockerer Bestand älterer Bäume teilten sein Exil. Die Stämme der letzteren zeigten viele Narben früherer Überschwemmungen, wo sie von Treibholz und in der Strömung mitgeführten Blöcken verletzt worden waren. Diese kleine, wiederholt von Naturkatastrophen bedrohte und heimgesuchte Welt maß an ihrer breitesten Stelle kaum zwanzig Schritte; in ihrer Länge aber teilte sie die Flut wie das Rückgrat eines riesenhaften untergetauchten Urweltwesens auf nicht weniger als eine halbe Meile.

Wie ein verwundeter Bär humpelte er weiter, stets darauf bedacht, am Rand des Wassers zu bleiben und möglichst viel Raum zwischen sich und dem unübersichtlichen Rücken der Insel zu lassen, von wo ein möglicher Angriff kommen konnte.

Ein Hirsch, den Kopf hoch erhoben, die Augen rollend, brach vor ihm aus einem Dickicht aus Büschen und Farnen. Mit zwei langen Sätzen hatte er das Ufer erreicht und warf sich mit dem Mut der Verzweiflung in die Flut, bis nur noch der rotbraune Kopf mit den dreisprossigen Geweihstangen über die Oberfläche ragte. Mit einem dumpf klagenden Brüllen arbeitete er sich in die Strömung hinaus, wo sein kraftvoller Körper von der größeren Gewalt des Wassers ergriffen und mitgerissen wurde. Das Tier schien außerstande, das jenseitige Ufer zu gewinnen, und schwamm noch immer tapfer, als es außer Sicht kam.

Später, als er über einen umgestürzten Baum stieg, sichtete er wieder den Kuhreiher.

Der Vogel saß auf dem Dach einer Hütte und beobachtete ihn mit seinem kalten Reptilienauge. Die Wände der Hütte waren aus behauenem Stein, das Dach aus Steinplatten, die mit Grassonden bedeckt waren. Farnkraut, Schößlinge, Gräser und hängengebliebenes Treibholz hatten sich mit Erfolg bemüht, die Hütte in ein Naturobjekt zu verwandeln. Aoz Roon tappte vorsichtig weiter zur Vorderseite dieses Unterschlupfes, weil er folgerte, daß der Phagor im Inneren sein müsse.

Wo die Hütte stand, sank der Inselrücken ab und wurde vom Hochwasser überspült, das zwei Schritte vor dem Eingang an die steinige Böschung leckte. Ein Dutzend Schritte weiter stromaufwärts hob er sich wieder aus der trüben Flut, ein schmales Schiff mit einer Fracht von Steinen. Beide Teile der Insel waren voneinander getrennt durch eine Strecke seichten Stauwassers, in welchem Zweige und Gräser trieben und das kaum mehr als knietief sein konnte. Wenn er hinüberwatete, wäre besser für seine Sicherheit gesorgt. Der Phagor, der die Abneigung seiner Artgenossen gegen das Wasser gewiß teilte, würde ihm niemals folgen.

Die Kälte des Wassers durchdrang ihn sofort bis auf die Knochen. Er stöhnte laut, als er watend die Fortsetzung der Insel erreichte. Er stolperte und fiel zwischen die Steine, kam nicht mehr hoch und wandte Kopf und Oberkörper, um zu der Hütte zurückzublicken, während er mit versagenden Kräften aufzustehen versuchte. Der Gegner mußte dort drinnen stecken, vielleicht krank oder verletzt wie er selbst.

Endlich zog er sich an der Krücke hoch und humpelte über die Insel, tappte stumpfsinnig hierhin und dorthin, ohne recht zu wissen, was er suchte. Schließlich schnitt er mit dem Jagdmesser zwei feste Stöcke. Diese steckte er sich unter den Arm, humpelte mit Hilfe seiner Krücke durch das kalte Wasser zurück, so leise er konnte, und näherte sich vorsichtig der Hütte.

Als er sie fast erreicht hatte, nahm er unmittelbar über sich Flügelschläge und Bewegung wahr, und im nächsten Augenblick traf ihn der scharfe Schnabel des Kuhreihers an der Schläfe und schlitzte sie auf. Er ließ Krücke und Stöcke fallen und stieß mit dem Jagdmesser nach seinem Angreifer, aber der hatte sich schon wieder emporgeschwungen. Als er das nächstemal auf ihn herabstieß, gelang es Aoz Roon, ihm den Flügel zu verletzen. Der Vogel fiel flatternd zu Boden und hüpfte auf einen Block, blutgesprenkelte Federn zurücklassend.

Aoz Roon hob die Stöcke auf, hinkte zur Tür der Hütte und klemmte sie dort fest, einen unter die Klinke, den anderen unter das obere Scharnier der Tür. Sofort erbebte die Tür unter schweren Stößen. Gehämmer und dumpfes Gebrüll folgten, als der Phagor sich zu befreien suchte. Die Stöcke hielten fest.

Aoz Roon hob die Krücke auf. Als er sich zum Rückzug wandte, fiel sein Blick auf den Vogel. Er hüpfte zwischen den Felsbrocken herum und ließ einen Flügel hängen. Ein Schlag mit der Krücke machte seinem Leben ein Ende.

Aoz Roon ergriff den Vogel beim Hals, steckte sich die Krücke unter die Achsel und humpelte ein drittes Mal durch das eiskalte Wasser.

Auf der anderen Seite ließ er sich ins Gras sinken und verschnaufte. Er verfluchte den lähmenden Schmerz in seinem Bein. Das Gehämmer und die Stöße gegen die Hüttentür dauerte an. Früher oder später würde einer der Stöcke herausfallen, aber einstweilen war der Phagor gefangen, und der Herr von Embruddock triumphierte.

Den Kuhreiher nachschleifend, kroch Aoz Roon zwischen zwei Bäume, die nahe beisammen wuchsen, und schichtete Steinbrocken zu einer Art Brustwehr um sich. Die Schwäche überkam ihn in Wellen. Er schlief ein, das Gesicht im noch warmen Brustgefieder des Vogels.

Kälte und Erstarrung weckte ihn. Freyr hing tief am Westhimmel, ertrank in goldenem Dunst. Er wälzte sich in seiner Nische herum und hob den Kopf. Die Phagoren warteten noch immer am Ufer. Hinter ihnen erhob sich in einiger

Entfernung der breite Höhenrücken, und Aoz Roon konnte die Stelle ausmachen, wo Eline Tal gefallen war. Über dem Höhenrücken stand Batalix am Himmel, eingehüllt in Wolkenschleier. Von Curd war nichts zu sehen.

Das Bein schmerzte nicht mehr so stark. Er kroch aus seinem Versteck, den toten Vogel mitschleifend, und stand auf.

Der Phagor stand nur ein Dutzend Schritte entfernt am anderen Ufer. Die Tür der Hütte hinter ihm war noch intakt, aber das Dach war aufgebrochen, die Steinplatten und Grassoden beiseite geschoben; dort war der Phagor entkommen.

Jetzt wandte er den Kopf schnaubend von einer Seite zur anderen, so daß seine Hörner bei der rätselhaften Geste abwechselnd in der Sonne glänzten. Im übrigen bot er mit seinem naßverklebten Fell einen traurigen Anblick.

Er schleuderte einen behelfsmäßigen Speer, als Aoz Roon ihm ein volles Ziel bot, doch ging das Geschoß weit daneben. Aoz Roon, der zu steif war, als daß er gewandt hätte ausweichen können, sah, daß es eines der Hölzer war, die er zum Blockieren der Tür geschnitten hatte. Vielleicht bedeutete der mißlungene Wurf, daß der Phagor sich den Arm verletzt hatte.

Aoz Roon schüttelte die Faust hinüber. Bald würde es dunkel sein, wenn auch nicht für lange, und der Instinkt drängte ihn, ein Feuer anzuzünden. Er machte sich an die Arbeit und dankte Wutra, daß er sich kräftiger fühlte, war jedoch beunruhigt über Gliederschmerzen und Schwindel. Vielleicht war es der Hunger, sagte er sich; und dem konnte abgeholfen werden, sobald er ein Feuer hätte.

Nachdem er dürre Zweige und morsches, trockenes Holz gesammelt und einen geschützten Platz zwischen den Steinen geschaffen hatte, machte er es wie ein guter Jäger und quirlte einen Stab zwischen den Handflächen, bis das morsche Holz, in welchem der Stab gequirlt wurde, zu schwelen begann. Das Wunder geschah, und eine kleine Flamme sprang auf. Aoz Roon blies vorsichtig hinein und nährte sie mit trockenem Laub und kleinen Zweigen, bis ein helles Feuer brannte. Der Phagor stand an seinem Ufer und sah mit unbewegter Miene zu.

»Sohn von Freyr, du machen warm«, rief er.

Aoz Roon blickte auf und sah seinen Gegner nur als Silhouette vor dem Rotgold des Westhimmels.

»Ich mache warm, und außerdem werde ich deinen Vogel braten und essen, alter Teufel.«

»Du geben mir einen Teil Vogel.«

»In einem oder zwei Tagen wird das Wasser fallen. Dann können wir beide nach Hause gehen. Bleib du einstweilen, wo du bist.«

Die Aussprache des Phagoren war undeutlich. Er sagte etwas, was Aoz Roon nicht verstand. Der letztere ließ sich bei seinem Feuer nieder, hielt es in Gang und spähte über das dunkle Wasser zum Gegner, dessen Umrisse nun mit der allgemeinen Silhouette der Bäume und Hügel verschmolz, schwarz unter dem späten Sonnenuntergang. Während er auszumachen versuchte, was der Phagor tat, fuhr er mit den Händen unter seine Felle und kratzte sich zwanghaft. Eine neue Welle von Schwindelgefühl überkam ihn, und er schwankte mit dem Oberkörper vor und zurück.

»Du, Sohn von Freyr, sein krank und werden sterben in der Nacht.« Er hatte Schwierigkeiten das ›s‹ auszusprechen, das er gewaltsam hervorstoßen mußte, so daß es wie ein stark betontes ›z‹ klang.

»Krank? Ja, ich bin krank, aber noch bin ich Herr von Embruddock.«

Er begann den Hund zu rufen, aber keine Antwort kam. Am Boden war es inzwischen zu dunkel, um zu erkennen, ob die Gruppe der Phagoren weiterhin drüben am Flußufer wartete. Die ganze Welt ertrank in der Dunkelheit, wurde zu einem unheimlichen Schattenspiel im Umkreis seines Feuerscheins.

Furchtsam in seiner Schwäche, argwöhnte er, daß der Phagor ihn mit Felsbrocken steinigen oder mit Hilfe eines Astes sich über das Wasser zu ihm herüberschnellen möchte. Er schüttelte die Faust ins Dunkel. »Bleib du in deiner Welt, dann bleibe ich in meiner.«

Das bloße Hervorbringen der Worte erschöpfte ihn. Er stützte den Kopf in die Hände und keuchte wie sein Hund nach anstrengender Jagd.

Der Phagor blieb lange still, als versuche er die Bemerkung des Menschen zu überdenken, und endlich kam er zu dem Schluß, daß er sie zurückweisen müsse. »Wir leben und sterben in gleiche Welt, gleiche Welt. Darum wir müssen kämpfen.«

Die Worte kamen klar über das Wasser, aber Aoz Roon konnte ihren Sinn nicht verstehen. Er erinnerte sich nur, daß er Shay Tal zugerufen hatte, sie würden durch Einheit überleben. Nun war er verwirrt. Es war typisch für sie, daß sie nicht zur Stelle war, wenn er sie brauchte.

Er wandte sich dem Feuer zu, schob weitere Zweige und Aststücke in die Glut und machte sich an das blutige Geschäft, den Vogel auszuweiden. Er riß eine der Keulen ab, von der Sehnen baumelten, und spießte sie auf einen Stock. Er wollte sie über das Feuer halten, als er merkte, daß der quälende Ausschlag seiner Haut bis auf die Knochen ging; es war, als brenne er inwendig. Schwäche und Übelkeit überwältigten ihn. Der Gedanke an Essen war auf einmal abstoßend.

Er taumelte auf die Füße, wankte um sein Feuer, tappte hinein, taumelte vorwärts ins Wasser, bewegte sich ächzend und lallend im Kreis, die blutige Vogelkeule in der Hand. Das Rauschen des Wassers war laut in seinen Ohren. Es schien ihm, daß der Fluß zu strömen aufgehört habe; die Insel war ein schmales Boot, das schnell über die Oberfläche eines Sees dahinglitt; er konnte es nicht steuern; der See aber war endlos und setzte sich in einer gewaltigen schwarzen Höhle bis in die Ewigkeit fort.

Die Öffnung der Höhle schloß sich und verschluckte ihn.

»Du haben das Knochenfieber«, sagte der Phagor. Er hieß Yhamm-Whrrmar. Er war kein Krieger. Er und seine Freunde waren wandernde Jäger und Sammler, die mit getrockneten Pilzen und Schwämmen Handel trieben. Ihre Kaidaws waren gestohlen. Als zwei Söhne Freyrs in ihrer Mitte erschienen waren, hatten sie lediglich ihre Pflicht getan, mit dem Ergebnis, daß Yhamm-Whrrmar sich nun in einer mißlichen Lage befand.

Die Pilzhändler waren von einer Verkettung widriger Umstände nach Westen abgedrängt worden. Sie waren in der entgegengesetzten Richtung unterwegs gewesen und günstigen Luft-Oktaven gefolgt, als sie auf bescheidene Sammler ihrer eigenen Art gestoßen waren, die von einem gewaltigen Heerzug gesprochen hatten, der in dieser Richtung vorrückte und alles vernichtete, was ihm in den Weg komme. Obschon von dieser Botschaft in Unruhe versetzt, hatten die Pilzhändler dennoch ihre Wanderung fortgesetzt, um kühlere Gebiete zu finden, waren jedoch in ein langes Tal geraten, wo die Luft-Oktaven verderblich gewesen waren. Regen und Überschwemmungen hatten sie zum Rückzug gezwungen. Die Ungunst der Verhältnisse und der Luft-Oktaven bedrückte und verwirrte sie.

Der Phagor stand bewegungslos am Rand des Wassers und erwartete den Tod des üblen seminalen Wesens, Freyr. Sein Verschwinden in Dunkelheit brachte ihm Erleichterung. Er regte sich und rieb sich den verletzten Arm. Die Nacht war willkommen.

In einiger Entfernung lag sein Feind ausgestreckt über einem Steinhaufen. Von ihm war kein weiterer Verdruß zu gewärtigen. Waren sie auch ein parasitärer Fluch, so mußte man die Söhne Freyrs doch bemitleiden: in der Gegenwart der ancipitalen Rasse wurden sie unweigerlich krank. Es war nicht mehr als recht und billig. Yhamm-Whrrmar stand bewegungslos und ließ die Stunden dahingehen. »Du sein krank, werden sterben«, rief er. Aber auch er fühlte schlechte Luft in sich. Mit der Hand seines unverletzten Armes kratzte er sich im Genick und überblickte die Umgebung. Die völlige Dunkelheit verging bereits. Irgendwo im Osten sandte Batalix, jener gute Soldat und Vater der ancipitalen Rasse, bereits blasse Vorboten seiner Gegenwart aus. Yhamm-Whrrmar zog sich in die Hütte zurück und legte sich nieder; seine roten Augen schlossen sich; er schlief traumlos und ohne Bewegung.

Über die weiten Wasserflächen des Überschwemmungsgebietes legte sich unmerklich und verstohlen ein matter Schimmer, der vom Osten ausging und den Batalixaufgang verhieß. Noch viele Male sollte Batalix auf- und untergehen, bevor die Überschwemmungen nachließen, denn sie wurden von den enormen Eis- und Schneemassen des entlegenen Nktryhk genährt, deren tiefer gelegene Teile abzuschmelzen begannen. Eine Zeit würde kommen, da die Flutwasser ihr neues breites Flußbett tiefer eingraben und aus dem Überschwemmungsgebiet zurückweichen würden. Und noch später würden Hebungen der Landmasse den Flußlauf in andere Richtungen ablenken. Wenn Freyr dann den Höhepunkt seiner Macht erreichte – bis dahin sollten noch viele Jahrhunderte vergehen –, würde dieses Land ausgedörrt liegen und einen Teil der Madura-Wüste bilden, durchzogen von Stämmen, die noch im Schoß einer ungeahnten Zukunft schlummerten.

Als Mensch und Phagor schliefen, konnten beide nicht ahnen, daß ihr kümmerlicher Inselstreifen noch für lange Zeit vom Hochwasser umspült bleiben sollte. Es war eine zeitweilige Überschwemmung; aber sie würde weitere zweihundert Batalixjahre andauern.

XIII
Herr des Geldes

In der Beobachtungsstation der Erde verstand man den Begriff »Knochenfieber« recht gut. Es war Teil eines komplexen Krankheitsbildes, das von dem Virus verursacht wurde, welches den gelehrten Familien der *Avernus* als das Helico-Virus bekannt war, und sie waren über seine Wirkungsweise besser unterrichtet als jene, die auf der Welt unter ihnen daran litten und starben.

Die Erforschung der helliconischen Mikrobiologie war hinreichend fortgeschritten, daß Ursachen und Auswirkungen der zweimaligen Manifestation des Virus im 1825 Jahre umfassenden Zyklus des helliconischen Großen Jahres bekannt waren. Wie unberechenbar und willkürlich sie den Einheimischen erscheinen mochten, diese Manifestationen waren nicht zufällig. Sie ereigneten sich unweigerlich während der Periode der zwanzig Eklipsen, welche den Beginn des wahren Frühlings markierte, und dann wieder während der Periode der sechs oder sieben Eklipsen, die später im Großen Jahr eintraten. Klimatische Veränderungen, die mit den Eklipsen zusammenfielen, wirkten als Auslöser für die Phasen viraler Hyperaktivität, die sozusagen Spiegelbilder ihrer selbst waren, weil ihre Auswirkungen gleich verheerend blieben, wenn sie auch in den verschiedenen Perioden von ganz unterschiedlicher Art waren.

Den Bewohnern der Welt erschienen die zwei Geißeln als getrennte Phänomene. Ihr Wüten lag mehr als fünf helliconische kleine Jahrhunderte (das heißt, etwas mehr als sieben irdische Jahrhunderte) auseinander. So trugen sie verschiedene Namen, das Kochenfieber und der fette Tod.

Der Krankheitsstrom des Virus beeinflußte die Geschichte aller Länder, die es gleich einer unwiderstehlichen Flutwelle überschwemmte. Doch ein einzelnes Virus war, wie ein einzelner Wassertropfen, völlig unbedeutend.

Ein Helico-Virus würde zehntausendfach vergrößert werden müssen, um dem menschlichen Auge sichtbar zu werden. Seine Größe betrug siebenundneunzig Millimikron. Es hatte eine Hülle von der Gestalt eines Ikosaeders und bestand aus Lipiden und Proteinen und enthielt RNS; in mancherlei Weise ähnelte es dem pleomorphen schraubenförmigen Virus, das als Erreger der Mumps identifiziert wurde.

Die Gelehrten der *Avernus* und auf der Erde hatten die Funktion dieses zerstörerischen Virus übereinstimmend gefolgert. Wie schon der alte Hindugott Schiwa verkörperte es die Prinzipien der Erhaltung und der Zerstörung. Es tötete, und Leben folgte ihm auf seiner mörderischen Bahn. Ohne das Vorhandensein des Helico-Virus wäre weder menschliches noch phagorisches Leben möglich gewesen.

Wegen seines Vorhandenseins konnte keine Person von der Erde ihren Fuß auf Helliconia setzen und überleben. Auf Helliconia herrschte das Helico-Virus und schuf einen *Cordon sanitaire,* den niemand zu durchbrechen wagte.

Noch hatte das Knochenfieber seinen Einzug in Embruddock nicht gehalten, doch näherte es sich so unwiderstehlich wie der Kreuzzug des jungen Kzahhn, Hrr-Brahl Yprt. Die Frage, die in diesen Zeiten die Gelehrten der *Avernus* am meisten bewegte, war, wer zuerst zuschlagen würde.

Andere Fragen beschäftigten diejenigen, welche in Embruddock lebten. Die Männer, die sich in Sichtweite des Gipfels der schwankenden Hierarchie befanden, beschäftigte vor allem die Frage, wie die Macht erlangt und, sobald dies geschehen, bewahrt werden könnte.

Es ist ein großes Glück für die Masse der Menschheit, daß

auf diese Frage noch niemals eine dauerhafte Antwort gefunden wurde. Aber Tanth Ein und Faralin Ferd, bestechliche und gutmütige Männer, hatten kein Interesse an der abstrakten Erörterung der Frage. Als die Zeit verging und ein weiteres Jahr – das verhängnisvolle Jahr 26 des neuen Kalenders – heraufzog, und Aoz Roons Abwesenheit schon länger als ein halbes Jahr währte, leiteten die zwei Stellvertreter die Regierungsgeschäfte noch immer in einer provisorischen Art und Weise von einem Tag zum anderen.

Dieser Zustand paßte ihnen. Er paßte Raynil Layan weniger. Dieser hatte bei den zwei Regenten und dem Rat wachsenden Einfluß gewonnen und erkannte, daß in Oldorando die Einführung eines völlig neuen Systems überfällig war; indem er es einführte, würde er Macht von jener nicht gewaltsamen Art erringen können, die seinem Wesen am besten entsprach.

Er wollte den Anschein erwecken, daß er dem Druck von seiten der Händler nachgebe, und Geld einführen, das die Stelle des uralten Tauschhandels einnehmen sollte.

Von nun an sollte in Oldorando nichts mehr umsonst sein.

Für Brot würde man mit seiner Münze bezahlen müssen.

Nachdem er ihnen glaubhaft versichert hatte, daß sie ihren Anteil bekommen würden, stimmten Tanth Ein und Faralin Ferd dem Plan des schlauen Zunftmeisters zu. Die Stadt wuchs von Tag zu Tag. Der Handel ließ sich nicht länger in die Außenbezirke verbannen; er wurde zum Mittelpunkt des Lebens, und so erschien er auch im Mittelpunkt. Und er konnte unter Raynil Layans erfinderischem Denken leicht besteuert werden.

»Nahrungsmittel kaufen ist nicht recht. Nahrung sollte frei sein, wie die Luft.«

»Aber wir werden Geld bekommen, um sie damit zu kaufen.«

»Es gefällt mir nicht. Raynil Layan wird dabei fett werden«, sagte Dathka.

Er und sein Freund, der zweite Herr der Westlichen Ebene, schlenderten zu Oyres Turm und nahmen unterwegs einige ihrer Verantwortlichkeiten wahr. Diese Verantwortlichkeiten wuchsen mit Oldorandos Ausdehnung. Überall sahen sie neue Gesichter. Gelehrte Mitglieder des Rates schätzten – nicht ohne Händeringen und bedenkliche Mienen –, daß wenig mehr als ein Viertel der gegenwärtigen Bevölkerung von einheimischer Geburt sei. Alle anderen waren Fremde, viele von ihnen nur vorübergehend im Ort. Oldorando lag im Schnittpunkt kontinentaler Handelswege, die gerade anfingen, regelmäßig begangen zu werden.

Wo vor wenigen Monaten noch offenes Land gewesen war, breitete sich nun ein Wirrwarr von Hütten und Zelten aus. Manche Veränderungen gingen tiefer. Die alte Herrschaft der Jagd, ein beständiges Schwanken zwischen Hunger und Überfluß, verschwand gleichsam über Nacht. Laintal Ay und Dathka hielten einen Sklaven, der ihre Hoxner fütterte und versorgte. Wild war selten geworden, Stungebags ganz verschwunden, und Wanderhirten brachten Vieh ins Land, das eine seßhaftere Lebensweise ankündigte.

Die Schmeicheleien des Basars hatten die Kameradschaft der Jagd zerstört. Dieselben Männer, die in den Tagen eines Aoz Roon ihr Glück darin gefunden hatten, wie der Wind über neu entdeckte Grasländer zu reiten, gaben sich nun damit zufrieden, in den Gassen herumzulungern, in Verkaufsständen Waren feilzuhalten, als Stallknechte oder Leibwächter zu dienen oder als Zuhälter Dirnen zu vermieten.

Die Herren der Westlichen Ebene waren nun verantwortlich für die Ordnung in dem wachsenden Stadtviertel, das westlich des Voral lag. Zu ihrer Unterstützung hatten sie Polizeidiener. Sklaven aus dem Süden, die geschickte Maurer waren, errichteten einen Turm, der ihnen als Wohnung dienen sollte. Der Steinbruch war im Tal der Brassimip. Der neue Turm imitierte die Form der alten; er sollte drei Stockwerke hoch werden und die Zelte und Hütten derer überblicken, die beherrscht und überwacht werden mußten.

Nachdem sie die Arbeit der Maurer inspiziert und mit dem Aufseher einen Scherz ausgetauscht hatten, lenkten Laintal Ay und Dathka ihre Schritte inmitten einer Pilgerschar zur alten Stadt. Mit derbem Stoff bespannte Verkaufsstände waren entlang des Weges errichtet worden, um die Bedürfnisse der Reisenden zu befriedigen. Jeder Verkaufsstand hatte eine Lizenz von Laintal Ays Behörde erworben und stellte seine Nummer auf einem runden Schild zur Schau.

Um die Pilger vorbeizulassen, trat Laintal Ay zur Seite und lehnte sich gegen eine neue Wand aus Sackleinen. Da gab die Erde unter seinen Fersen nach, er rutschte ab und fiel in ein Loch, das die Bespannung mit Sackleinwand verborgen hatte. Er rappelte sich auf und zog sein Schwert. Drei blasse junge Männer mit nackten Oberkörpern starrten ihn entsetzt an, als er ihnen mit der blanken Waffe entgegentrat.

Das Loch war zwei Klafter tief und hatte die Größe eines kleinen Raumes. Die Stirnen der jungen Männer waren mit zentralen Augen bemalt.

Dathka erschien auf der Seite, wo das stoffbespannte Gerüst endete, und blickte grinsend über das Mißgeschick des Freundes in die Grube.

»Was macht ihr hier?« fragte Laintal Ay die drei Männer.

Diese hatten sich von ihrer Bestürzung erholt und faßten Mut. Einer sagte: »Dies wird ein Heiligtum sein, das dem Akha des großen Naba geweiht sein wird, und ist darum heiliger Boden. Wir müssen dich bitten, ihn sofort zu verlassen.«

»Dieser Boden gehört mir«, sagte Laintal Ay. »Zeigt mir eure Lizenz, daß ihr die Stelle gemietet habt.«

Während die jungen Männer Blicke tauschten, versammelten sich oben Pilger um die Grube, blickten herab und murmelten untereinander. Alle trugen schwarze und weiße Gewänder.

»Wir haben keine Lizenz. Wir verkaufen nichts.«

»Woher kommt ihr?«

Ein großer Mann, dessen Kopf mit einem schwarzen Tuch umwunden war, erschien am Rand der Grube, begleitet von zwei älteren Frauen, die gemeinsam einen großen Gegenstand trugen. Mit salbungsvoller Stimme rief er herab: »Wir sind Anhänger vom Akha des großen Naba und ziehen nach Süden, um die Lehre zu verkünden. Wir wollen hier eine kleine Kapelle errichten und verlangen, daß du dein unwürdiges Selbst augenblicklich entfernst.«

»Mir gehört dieser Boden, jeder Spaten voll. Warum grabt ihr in die Tiefe, wenn ihr eine Kapelle aufbauen wollt? Könnt ihr Ausländer Luft nicht von Erde unterscheiden?«

Einer der jungen Ausgräber sagte entschuldigend: »Akha ist der Gott der Erde und des Untergrundes, und wir leben in seinen Adern. Wir werden seine frohe Botschaft in allen Landen verkünden. Wozu wären wir sonst Nehmer aus Pannoval?«

»Ihr nehmt diesen Platz nicht ohne Erlaubnis in Besitz!« brüllte Laintal Ay. »Hinaus mit euch! Verschwindet, alle miteinander!«

Der große salbungsvolle Mann begann sich aufzuplustern, aber Dathka zog sein Schwert, stieß zu und zog mit der Spitze das Tuch von dem Gegenstand, den die beiden älteren Frauen trugen. Unter dem Tuch kam eine unbeholfen kauernde Gestalt zum Vorschein, halb menschlich, mit blinden, stieren Froschaugen. Sie war aus schwarzem Stein gemeißelt.

»Welch eine Schönheit!« rief Dathka lachend. »Ihr habt recht; ein solches Scheusal muß zugedeckt sein!«

Die Pilger wurden wütend. Akha war beleidigt worden; niemals durfte Sonnenlicht Akhas Leib entweihen. Mehrere

Männer warfen sich auf Dathka, der Mühe hatte, sie sich mit der blanken Waffe vom Leib zu halten. Laintal Ay sprang ergrimmt aus der Grube und schlug mit der flachen Schwertklinge auf die Pilger ein. Der Lärm des Handgemenges lockte einen Aufseher und zwei mit Stöcken bewaffnete Polizeidiener zum Schauplatz der Auseinandersetzung, und binnen kurzem gerieten die Pilger derart in Bedrängnis, daß sie sich auf die Knie warfen und um Schonung baten: in Zukunft wollten sie die Gesetze beachten und sich untadelig benehmen.

Laintal Ay und Dathka gingen weiter zu Oyres neuen Räumen in Vrys Turm, der wiederhergestellt worden war. Oyre war zu ihr gezogen, weil der Dorfplatz vor dem großen Turm mit seinen hölzernen Verkaufsständen und Schenken zu geräuschvoll geworden war. Mit Oyre waren Dol mit ihren Kindern und ihrer alten Mutter umgezogen. Als Aoz Roons Abwesenheit sich immer mehr in die Länge zog, hatte Dol mehr und mehr um ihre Sicherheit in einem Haus gebangt, das auch die beiden zunehmend ungebärdigen Stellvertreter und derzeitigen Regenten Faralin Ferd und Tanth Ein beherbergte.

Am Eingang des Turmes, der noch immer von allen Shay Tals Turm genannt wurde, hielten vier stämmige junge Freigelassene aus Borlien Wache. Diese Sicherheitsvorkehrung war Laintal Ays Werk. Er erwiderte ihren Salut, als er mit Dathka eintrat.

»Wie geht es Oyre?« fragte er, schon mit einem Fuß auf der Stiege.

»Sie erholt sich.«

Er fand sie auf ihrem Lager, umringt von Vry, Dol und Rol Sakil. Er beugte sich über sie, und sie legte ihm die Arme um den Nacken.

»Oh, Laintal Ay, es war so schrecklich. Ich habe mich so gefürchtet.« Sie blickte in seine Augen auf. Er sah die Müdigkeit in ihrem Gesicht, die feinen Linien um ihre

Augen. Alle, die in die Unterwelt gingen, um mit den Ahnen Umgang zu pflegen, waren durch die Erfahrung gealtert. »Ich dachte, ich würde nie zu dir zurückkommen, mein Lieber«, sagte sie. »Die Unterwelt wird schlimmer mit jedem Besuch, den du dort machst.«

Das Alter hatte Rol Sakil tief gebeugt. Langes weißes Haar bedeckte ihr Gesicht, so daß nur ihre knollige Nase zu sehen war. Sie saß neben dem Lager, hielt ihren Enkel, Rastil Roon Den, auf dem Schoß, und sagte: »Nur die Alten kehren nicht von dort zurück, Oyre.«

Oyre richtete sich auf und klammerte sich fester an Laintal Ay. Er fühlte ihr Frösteln. »Diesmal schien es doppelt schrecklich, eine Welt ohne Sonne, ohne Licht. Die Unterwelt ist das Gegenteil der unsrigen, und der Urblock ist wie eine Sonne unter allem, schwarz, und strahlt schwarzes Licht aus. Alle die toten Geister hängen wie Sterne dort – nicht in Luft, sondern in schwarzem Glas. Alles wird langsam hinabgesogen in das schwarze Loch des Urblocks ... Sie sind so bösartig, sie hassen die Lebenden.«

»Es ist wahr«, pflichtete ihr Dol bei. »Sie hassen uns und würden uns aufessen, wenn sie könnten.«

»Ja, sie schnappen nach dir, wenn du vorbeigehst.«

»Ihre Augen sind voll von bösem Staub.«

»Auch ihre Münder ...«

»Aber dein Vater?« fragte Laintal Ay behutsam, um sie auf den Grund zurückzuführen, der ihr Anlaß gegeben hatte, die Unterwelt aufzusuchen.

»Ich begegnete meiner Mutter in der Welt dort unten ...« Oyre konnte für eine Weile nichts mehr sagen. Obgleich sie Laintal Ay mit den Armen umschlang, schien ihr die Welt der Luft, zu der er gehörte, noch weniger wirklich als diejenige, die sie verlassen hatte. Nicht ein gutes Wort hatte ihre Mutter für sie gehabt, nur Schmähungen und Vorwürfe, und eine Tiefe des Hasses, die ein Lebender kaum jemals zu enthüllen wagte.

»Sie sagte, ich hätte ihren Namen entehrt, sie noch im Grab in Schande gebracht. Ich hätte sie getötet, sei verantwortlich für ihren Tod, sie habe mich verabscheut, seit sie meine erste Regung in ihrem Leib verspürte... Alle die Unarten, die ich als Kind hatte... meine hilflose Selbstbeschmutzung als Säugling... Oh, ich kann es dir nicht sagen...«

Sie begann sodann zu schluchzen, daß ihre Schultern zuckten.

Vry kam zu ihr und hielt sie mit Laintal Ay umarmt. »Es ist nicht wahr, Oyre, es ist alles Einbildung.« Aber sie wurde von ihrer weinenden Freundin weggestoßen.

Alle waren zu irgendeiner Zeit in Pauk gewesen. Alle schauten in traurigem Mitgefühl zu, verloren in ihren eigenen Erinnerungen und Gedanken.

»Aber dein Vater«, sagte Laintal Ay wieder. »Bist du ihm begegnet?«

Sie erholte sich soweit, daß sie ihn auf Armeslänge halten und aus geröteten Augen betrachten konnte. Ihr Gesicht glänzte von Tränen und Nasenschleim.

»Er war nicht dort, Wutra sei Dank, er war nicht dort. Die Zeit ist noch nicht gekommen, wenn er in die Unterwelt eingehen muß.«

Auf diese Nachricht hin blickten sie einander erstaunt an. Um die Furcht zu überdecken, daß Aoz Roon womöglich doch mit Shay Tal fortgezogen sei, fuhr Oyre rasch fort: »Sicherlich wird er nicht diese Art von böser Geist, sicherlich hat er ein Leben geführt, das hinreichend erfüllt war, um nicht zu einem solchen Bündel von Bösartigkeit zu werden! Wenigstens ist ihm dieses Schicksal noch eine Weile erspart geblieben. Aber wo ist er, seit all diesen langen Wochen?«

Dol begann durch Ansteckung zu schluchzen, nahm ihrer Mutter den Kleinen weg, wiegte ihn in den Armen und winselte: »Ob er noch am Leben ist? Wo mag er sein?

Er war kein schlechter Mann, um ehrlich zu sein ... Bist du gewiß, daß er nicht unten war?«

»Ich sage dir, er war nicht dort. Laintal Ay, Dathka, er ist noch immer irgendwo in dieser Welt, dessen können wir gewiß sein. Aber nur Wutra weiß, wo er ist.«

Nun, da ihre Bewegungen nicht mehr durch den Säugling behindert waren, wiegte die alte Rol Sakil sich vor und zurück und begann zu jammern und zu klagen.

»Wir müssen alle zu jenem furchtbaren Ort hinuntersteigen, früher oder später. Dol, Dol, die nächste wird deine arme alte Mutter sein ... Versprich mir, daß du kommen und mich besuchen wirst, versprich es mir, und ich verspreche, daß ich kein Wort gegen dich sagen werde. Ich werde dir nie vorwerfen, daß du dich mit diesem schrecklichen Mann eingelassen hast, der uns unser Lebtag betrübt und geplagt hat ...«

Wie Dol ihre Mutter, so versuchte Laintal Ay Oyre zu trösten, aber plötzlich stieß sie ihn fort und stand vom Lager auf. Sie wischte sich das Gesicht mit dem Unterarm und atmete tief. »Rühr mich nicht an – ich stinke nach der Unterwelt. Ich will mich waschen.«

Während dieses Wehklagens hatte Dathka mit dem Rücken an der rauh gemauerten Wand gestanden, ohne eine Miene zu verziehen. Nun trat er in den Raum.

»Seid jetzt still und versucht nachzudenken. Wir sind in Gefahr und müssen diese Nachricht zu unserem Vorteil wenden. Wenn Aoz Roon am Leben ist, dann brauchen wir einen Plan, nach dem wir bis zu seiner Rückkehr verfahren können – wenn er zurückkehren kann. Vielleicht haben Phagoren ihn gefangen.

Ich warne euch: Faralin Ferd und Tanth Ein haben die Absicht, die Herrschaft über Oldorando endgültig an sich zu bringen. Als erstes wollen sie eine Münze errichten, welche diesem Wurm Raynil Layan unterstehen soll.« Sein Blick wanderte zu Vry und wieder fort zu den anderen. »Raynil

Layan hat die Metallmacher bereits beauftragt, nach seinem Entwurf einen Prägestock zu gravieren und Münzen zu schlagen. Sobald sie die Münzstätte beherrschen und ihre Männer mit Geld bezahlen, werden sie allmächtig sein. Sie werden Aoz Roon sicherlich töten, wenn er zurückkehrt.«

»Woher willst du das wissen?« fragte Vry. »Faralin Ferd und Tanth Ein sind seine ältesten Freunde.«

»Was das angeht ...«, sagte Dathka und lachte. »Eis ist fest, bis es schmilzt.«

Er blickte rasch in die Runde und ließ seinen Blick dann auf Laintal Ay ruhen.

»Jetzt müssen wir unseren wirklichen Wert erweisen. Wir sagen niemandem, daß Aoz Roon noch am Leben ist. Keinem Menschen. Es ist besser, wenn darüber Ungewißheit herrscht. Laßt alle im Zweifel. Oyres Neuigkeit würde die Stellvertreter verleiten, sofort die Macht an sich zu reißen. Sie würden handeln, um vollendete Tatsachen zu schaffen, bevor er zurückkäme.«

»Ich glaube nicht ...«, fing Laintal Ay an, aber Dathka, der auf einmal zur Beredsamkeit gefunden hatte, unterbrach ihn.

»Wer hat den ersten Anspruch auf die Herrschaft, wenn Aoz Roon tot ist? Du, Laintal Ay. Und du, Oyre. Loilanuns Sohn und Aoz Roons Tochter. Dols Säugling hier ist ein gefährliches Gegenargument, das der Rat sich zunutze machen könnte. Laintal Ay und Oyre, ihr müßt ohne weiteren Aufschub vereint sein. Es ist genug getändelt worden. Wir werden für die Zeremonie ein Dutzend Priester aus Borlien herbeirufen, und du wirst verkünden, daß der alte Herr von Oldorando tot ist, und daß ihr zwei an seiner Statt als seine rechtmäßigen Nachfolger regieren werdet. Das Volk wird euch hochleben lassen.«

»Und Faralin Ferd und Tanth Ein?«

»Um die beiden können wir uns kümmern«, sagte Dathka

grimmig. »Und um Raynil Layan. Sie genießen nicht die allgemeine Unterstützung, wie du es tust.«

Sie alle sahen einander ernüchtert an. Schließlich ergriff Laintal Ay das Wort.

»Ich werde nicht die Herrschaft usurpieren, solange Aoz Roon am Leben ist. Ich weiß deine Schläue zu schätzen, Dathka, aber ich werde deinen Plan nicht ausführen.«

Dathka stemmte die Fäuste in die Hüften und lächelte höhnisch. »Ich verstehe. Also ist es dir geich, ob die Stellvertreter die Macht an sich reißen? Sobald sie sich offiziell zu Aoz Roons Nachfolgern erklären, wirst du der erste sein, den sie töten – und ich der zweite.«

»Das glaube ich nicht.«

»Du kannst glauben, was du willst, aber sie werden dich gewiß töten. Und Oyre, und Dol und dieses Kind. Vielleicht auch Vry. Erwache aus deinen Träumen! Es sind harte Männer, und sie müssen bald handeln. Die Blindheiten, Gerüchte vom Knochenfieber – sie werden handeln, während du dasitzt und den Kopf hängen läßt.«

»Es wäre besser, meinen Vater zurückzubekommen«, sagte Oyre, zu Dathka gewandt. »Wenn die Dinge in Bewegung geraten, brauchen wir einen wirklich starken Herrscher.«

Dathka lachte verdrießlich über ihre Bemerkung und beobachtete ihre Wirkung auf Laintal Ay, ohne etwas zu erwidern.

Es wurde still im Raum. Schließlich sagte Laintal Ay unbeholfen: »Was immer die Stellvertreter tun oder lassen, ich werde nicht um die Macht kämpfen. Es würde nur entzweien.«

»Entzweien?« sagte Dathka. »Die Stadt ist entzweit, sie gleitet ins Chaos, mit all den Ausländern, die wir hier haben. Du bist ein Dummkopf, wenn du Aoz Roons Unsinn über Einigkeit jemals glaubtest.«

Während dieses Wortwechsels hatte Vry unauffällig mit

verschränkten Armen an der Wand gelehnt. Ohne ihren Platz zu verlassen, sagte sie: »Indem ihr nur an irdische Dinge denkt, begeht ihr einen Fehler.« Sie deutete zum Säugling. »Als Rastil Roon geboren wurde, war sein Vater gerade verschwunden. Das ist vor einem dreiviertel Jahr gewesen. Die Zeit des doppelten Sonnenuntergangs ist vorüber. Auch die Zeit der letzten Eklipse, oder der letzten Blindheit, falls ihr den alten Begriff vorzieht.

»Ich muß euch warnen, daß eine weitere Verfinsterung herannaht. Oyre und ich haben unsere Berechnungen gemacht ...«

Dols betagte Mutter hob ihre brüchige Stimme zu winselndem Gejammer: »In den alten Tagen hatten wir diese Heimsuchungen nie – was haben wir getan, daß sie jetzt über uns kommen? Noch eine Blindheit, und alle werden dahingerafft.«

»Ich kann die Ursache nicht erklären; ich bin gerade erst im Begriff, die Zusammenhänge zu lernen«, sagte Vry mit einem mitleidigen Blick zu der alten Frau. »Und wenn ich recht habe, dann wird die nächste Sonnenfinsternis von viel längerer Dauer sein, als die letzte: Freyr wird für mehr als fünfeinhalb Stunden völlig verborgen sein, und das am hellichten Tag, kurz nach dem Aufgang der Sonnen. Ihr könnt euch vorstellen, zu welch einer Panik das führen mag.«

Rol Sakil und Dol fingen an zu jammern und zu heulen. Dathka befahl ihnen, still zu sein, und sagte: »Eine Eklipse, die fast einen Tag dauert? Wenn das so weitergeht, werden wir in ein paar Jahren nichts als Verfinsterungen und überhaupt keinen Freyr mehr haben, falls du recht hast. Warum stellst du solche Behauptungen auf, Vry?«

Sie blickte forschend in sein dunkles Antlitz. Und da sie fürchtete, was sie darin sah, antwortete sie vorsätzlich in Begriffen, die er, wie sie wußte, nicht akzeptieren würde. »Weil das Universum nicht willkürlich ist. Es ist eine

Maschine. Darum kann man seine Bewegungen erkennen.«

Eine derart revolutionäre Behauptung war in Oldorando seit Jahrhunderten nicht vernommen worden. Sie überstieg Dathkas Begriffsvermögen.

»Wenn du dessen sicher bist, müssen wir versuchen, uns durch Opfer zu schützen.«

Ohne darauf einzugehen, wandte sich Vry zu den anderen und sagte: »Die Verfinsterungen werden nicht für immer andauern. Sie werden zwanzig Jahre lang auftreten und nach den ersten elf kürzer werden. Nach der zwanzigsten werden sie nicht wiederkehren.«

Ihre Worte waren als Ermutigung gedacht, aber ihre Mienen verrieten den Schmerz ihrer innersten Gedanken: in zwanzig Jahren würde wahrscheinlich niemand von ihnen mehr am Leben sein.

»Wie kannst du wissen, was in der Zukunft geschehen wird, Vry? Selbst Shay Tal konnte das nicht«, sagte Laintal Ay staunend.

»Es ist eine Sache der Beobachtung und des Sammelns alter Tatsachen, des Erkennens von Zusammenhängen. Es kommt darauf an, zu verstehen, was wir sehen. Freyr und Batalix sind weit voneinander entfernt, selbst wenn sie uns nahe scheinen. Jeder balanciert am Rand einer großen runden Platte. Die Platten sind ein wenig geneigt. Wo sie sich überschneiden, ereignen sich diese Eklipsen, weil unsere Welt in einer Linie mit Freyr ist und Batalix dazwischen. Verstehst du das?«

Dathka schritt ungeduldig auf und ab. »Hör zu, Vry«, sagte er mit eigentümlich gepreßter Stimme, »ich verbiete dir, solche verrückten Ideen in der Öffentlichkeit zu erörtern! Die Leute werden dich noch umbringen. Das ist, wohin die Akademie dich gebracht hat! Ich werde mir das nicht mehr anhören.«

Er warf ihr einen finsteren Blick zu, der bei aller Bitterkeit etwas seltsam Flehentliches hatte. Sie stand wie erstarrt. Dathka verließ den Raum ohne ein weiteres Wort. Zurück blieb betretenes Schweigen.

Er war kaum eine Minute gegangen, als draußen auf der Gasse Unruhe entstand. Laintal Ay lief hinunter, um zu sehen, was geschah. Er verdächtigte Dathka, etwas angezettelt zu haben, aber sein Freund war verschwunden. Ein Mann war von seinem Reittier gefallen und rief um Hilfe – ein Ausländer, nach seiner Kleidung zu urteilen. Eine kleine Menschenmenge sammelte sich um ihn, darunter Gesichter, die Laintal Ay kannte, aber keiner trat näher, um dem Reisenden aufzuhelfen.

»Es ist die Seuche«, sagte ein Mann. »Jeder, der diesem armen Teufel zu Hilfe käme, würde morgen selbst krank sein.«

Zwei Sklaven wurden geholt, und sie schleppten den Kranken zum Siechenhaus.

Dies war das erste Auftreten des Knochenfiebers in Oldorando.

Als Laintal Ay in Oyres Raum zurückkehrte, hatte sie ihre Fellkleidung abgelegt und wusch sich über einer Schüssel. Ein Vorhang trennte sie und Dol von Vry, mit denen sie sich während der Wäsche weiter unterhielt.

Dols Gesicht zeigte ausnahmsweise einen Ausdruck von Unruhe und wacher Teilnahme. Sie nahm Rastil Roon von der Brust und gab ihn ihrer Mutter mit den Worten: »Hör zu, Laintal Ay, du mußt handeln! Laß die Leute zusammenkommen und sprich zu ihnen! Erkläre ihnen, was ist! Kümmere dich nicht um Dathka und seine Pläne!«

»Das solltest du wirklich tun, Laintal Ay«, rief Oyre hinter dem Vorhang. »Erinnere alle daran, wie Aoz Roon Oldorando aufgebaut und groß gemacht hat, und daß du sein treuer Gefolgsmann warst. Folge nicht Dathkas Einflüsterungen. Versichere allen, daß Aoz Roon nicht tot ist und bald zurückkehren wird.«

»Richtig«, sagte Dol. »Erinnere die Leute an die Furcht, die sie vor ihm verspürten, und an die Tatkraft, mit der er regierte, und die Brücke baute. Auf dich werden sie hören.«

»Ihr habt euch von eurem Kummer beraten lassen«, sagte Laintal Ay, »aber ihr irrt euch. Aoz Roon ist zu lange fort. Die Hälfte der Bevölkerung hier kennt kaum seinen Namen. Es sind Fremde, durchziehende Händler. Geh hinunter zum Pauk und frag den erstbesten Mann, den du triffst, wer Aoz Roon ist – er wird es dir nicht sagen können. Das ist der Grund, warum die Machtfrage offen ist.«

Dol schüttelte die Faust nach ihm. »Das wagst du zu sagen! Es sind Lügen! Wenn er zurückkommt, wird er wie vorher herrschen. Ich werde dafür sorgen, daß er Faralin Ferd und Tanth Ein hinauswirft. Dieses Reptil Raynil Layan nicht zu vergessen.«

»Vielleicht, vielleicht nicht, Dol. Die Sache ist die: er ist nicht hier. Nun, wie steht es mit Shay Tal? Sie ist genauso lange fort. Wer spricht heutzutage noch von ihr? Du magst sie noch vermissen, Vry, aber andere tun es nicht.«

Vry schüttelte den Kopf. »Wenn du die Wahrheit hören willst, ich vermisse weder Shay Tal noch Aoz Roon«, sagte sie ruhig. »Ich glaube, sie hatten einen schädlichen Einfluß auf unser Leben. Ich glaube weiter, daß Shay Tal meine innere Entwicklung behinderte... ich weiß, es klingt undankbar, und ich verdanke ihr viel, bin ich doch nur die Tochter einer Sklavin. Aber ich folgte Shay Tal mit allzu großer Ergebenheit.«

»So ist es«, krächzte die alte Rol Sakil, den Säugling in den Armen. »Sie war ein schlechtes Beispiel für dich, Vry – zu altjüngferlich. Du bist genauso geworden. Du mußt jetzt fünfzehn sein, schon nahe den mittleren Jahren, und immer noch ohne einen Mann. Mach dich daran, bevor es zu spät ist!«

»Mutter hat recht, Vry«, sagte Dol. »Du hast gesehen, wie Dathka wütend hier hinausmarschierte, weil du über Dinge mit ihm redetest, die er nicht verstand. Er liebt dich, das ist es. Sei unterwürfiger, das ist, was ein Mann von seiner Frau erwartet, nicht? Leg deine Arme um ihn, und er wird dir geben, was du willst. Ich kann mir vorstellen, daß er recht lebhaft sein würde.«

»Leg deine Beine um ihn, nicht die Arme, das ist mein Rat«, sagte Rol Sakil mit krakelndem Gelächter. »Heutzutage sieht man manch schöne Frau durch Oldorando ziehen – es ist nicht mehr wie damals, als wir alle jung waren und ein Mann sich anstrengen mußte, wenn er eine Frau finden wollte. Was sie heutzutage im Basar treiben! Kein Wunder, daß sie Münzen prägen wollen. Ich weiß, wo sie die hineinstecken werden ...«

»Das ist genug!« rief Vry mit hochroten Wangen. »Ich werde mir mein Leben ohne deinen vulgären Rat einrichten. Ich respektiere Dathka, aber ich habe ihn durchaus nicht so gern, daß ich ihn zum Mann möchte. Reden wir über etwas anderes.«

Laintal Ay legte die Hand beruhigend auf ihren Arm, und so standen sie, als Oyre hinter dem Vorhang herauskam, das Haar auf dem Kopf zusammengesteckt. Sie hatte ihre Hoxnerfelle abgelegt, die nun unter den jüngeren Leuten Oldorandos als etwas unmodisch galten. Statt ihrer trug sie ein grünwollenes Kleid, das fast bis zum Boden reichte.

»Man rät Vry, sich bald einen Mann zu nehmen«, sagte Laintal Ay zu ihr. »Genau wie man es dir rät.«

»Dathka ist wenigstens reif und weiß, was er will.«

Laintal Ay verdroß diese Bemerkung. Er kehrte Oyre den Rücken und sagte zu Vry: »Erkläre mir das mit den zwanzig Eklipsen. Ich verstand nicht, was du sagtest. Inwiefern ist das Universum eine Maschine?«

»Wir haben schon öfter darüber gesprochen, aber du wolltest nicht zuhören«, antwortete sie nach kurzem Zögern. »Du mußt bereit sein zu glauben, daß die Welt seltsamer beschaffen ist, als du bisher gedacht hast. Ich werde versuchen, es so einfach wie nur möglich zu erklären.

Stell dir vor, daß die Land-Oktaven sich hoch über uns in die Luft erstrecken, wie sie auch in den Erdboden hinabreichen. Stell dir vor, daß diese Welt, die von den Phagoren Hrl-Ichor genannt wird, regelmäßig ihrer eigenen Oktave folgt. Tatsächlich führt ihre Oktave immer im Kreis um Batalix herum. Hrl-Ichor umkreist Batalix einmal in vierhundertachtzig Tagen – daher unser Jahr, wie du weißt. Batalix bewegt sich nicht, wir sind es, die in Bewegung sind.«

»Was geschieht, wenn Batalix jeden Abend untergeht?«

»Batalix ist bewegungslos am Himmel. Wir sind in Bewegung.«

Laintal Ay lachte. »Und das Fest des Doppelten Sonnenuntergangs? Welche Kräfte bewegen sie?«

»Dieselben. Wir sind in Bewegung. Batalix und Freyr bleiben an Ort und Stelle. Wenn du das nicht glaubst, kann ich nicht weiter erklären.«

»Wir haben alle gesehen, meine liebe Vry, wie die Wachtposten sich bewegen, jeden Tag unseres Lebens. Was folgt also, angenommen, ich glaube, daß beide sich in Eis verwandelt haben.«

»Nun«, sagte sie nachdenklich, »bei genauerem Hinsehen wird alles komplizierter, als es auf den ersten Blick scheint. So ist es auch hier. Tatsächlich sind auch Batalix und Freyr in Bewegung, was wir daraus erkennen können, daß Freyr im Laufe der Zeit heller wird.«

»Komm – zuerst willst du mich glauben machen, daß sie sich nicht bewegen, dann, daß sie sich bewegen. Hör auf, Vry – ich werde an deine Eklipsen glauben, wenn sie eintreten, nicht vorher.«

Mit einer Geste zorniger Ungeduld warf sie die Hände hoch. »Oh, ihr seid solche Dummköpfe! Laß Embruddock fallen, was für einen Unterschied würde es machen? Ihr könnt das Einfachste nicht begreifen.«

Noch zorniger als Dathka, verließ sie den Raum.

»Es gibt einfache Dinge, die auch sie nicht begreift«, sagte Rol Sakil und wiegte den kleinen Jungen.

Vrys alter Raum zeigte die Veränderung, die über Oldorando gekommen war. Er war nicht mehr so armselig und kahl wie noch vor einem Jahr. Gegenstände und Zierat von hier und dort schmückten Wände und Einrichtung. Sie hatte einige von Shay Tals Besitztümern geerbt, die vorher Loilanun gehört hatten. Einzelne Gegenstände hatte sie im Basar erworben. Nahe dem Fenster hing eine von ihr selbst verfertigte Sternenkarte, auf der die Bahnbewegungen und Ekliptiken der beiden Sonnen eingetragen waren. An einer anderen Wand hing eine uralte Karte, die ihr ein neuer Bewunderer gegeben hatte. Sie war mit Farben auf Pergament gemalt. Dieses Prachtstück war die Ottassol-Karte, die zu bestaunen sie niemals müde wurde. Die Karte zeigte eine Darstellung der ganzen Welt, die als rund abgebildet war, mit Landmassen und Ozeanen, die sie umgaben. Sie ruhte auf dem Urblock, der größer war als die Welt und dem sie entsprungen oder entwachsen war. Die einfachen Umrisse der Landmassen waren mit Namen bezeichnet: Sibornal oben, darunter Campannlat, und getrennt von diesen Hespagorat am unteren Kartenrand. Auch einige Inseln waren eingezeichnet. Die einzige eingetragene Stadt war Ottassol im Mittelpunkt der Karte.

Sie überlegte, wie weit man entfernt sein müßte, um die wirkliche Welt in dieser Weise zu sehen. Batalix und Freyr waren zwei andere runde Welten, wie sie durchaus verstand. Aber sie waren nicht von Urblöcken gestützt, die unter ihnen lagen; warum benötigte dann diese Welt einen?

In einer Wandnische neben der Karte stand eine kleine Specksteinfigur, die Dathka ihr einmal gebracht hatte. Sie nahm sie jetzt aus der Nische und hielt sie geistesabwesend in der Hand. Die kleine Plastik stellte ein Paar dar, das sich in hockender Haltung dem Koitus hingab. Der weiche Stein, aus dem die Figuren geschnitten waren, mußte durch ungezählte Hände gegangen sein, welche die Plastik im Laufe langer Zeit so abgenutzt hatten, daß nur noch die gröbsten Merkmale erkennbar waren. Die plumpe Arbeit stellte den Akt absoluter Vereinigung dar, und Vry betrachtete sie sehnsüchtig, wie sie in ihrer Hand ruhte. »Das ist Einheit«, murmelte sie.

Bei aller Neckerei ihrer Freundinnen wünschte sie verzweifelt, was die Steinplastik darstellte. Sie erkannte aber auch wie Shay Tal vor ihr, daß der Pfad zur Erkenntnis ein einsamer war.

Bildete die Figur ein Paar wirklicher Liebender ab, deren Namen fern in der Vergangenheit verlorengegangen waren? Es war unmöglich, ein Urteil darüber zu geben.

In der Vergangenheit lagen die Antworten auf vieles, was die Zukunft verschleierte. Sie blickte hoffnungslos zu der astronomischen Uhr, die sie auf dem Tisch an ihrem schmalen Fenster aus Holz zu konstruieren versuchte. Sie war nicht nur als Holzschnitzerin ungeübt, sondern hatte noch nicht einmal die Prinzipien begriffen, welche die drei wandernden Welten und die zwei Wachtposten in ihren Bahnen hielten.

Auf einmal wurde ihr klar, daß eine Einheit unter den Himmelskörpern existierte – sie waren alle aus einem Material, wie die Figuren der Liebenden aus einem Stück Speckstein. Und es gab eine Kraft, so stark wie das sexuelle Bedürfnis, die sie alle auf geheimnisvolle Weise vereinte und ihre Bewegungen vorschrieb.

Sie setzte sich an den Tisch und machte sich daran, die Stäbe und Ringe auseinanderzuziehen und in einer neuen Anordnung wieder zusammenzufügen.

Mit dieser Arbeit war sie noch beschäftigt, als an die Tür geklopft wurde. Raynil Layan schob sich seitwärts herein und vergewisserte sich mit schnellen Blicken in die Runde, daß niemand sonst anwesend war.

Er sah sie eingerahmt im blaßblauen Rechteck des Fensters, das einfallende Licht auf ihrem Profil. Sie hielt eine hölzerne Kugel in einer Hand. Bei seinem Eintreten erhob sie sich halb von ihrem Schemel, und er bemerkte – denn er beobachtete die Menschen genau – daß ihre gewohnheitsmäßige Zurückhaltung sie diesmal verlassen hatte. Sie lächelte nervös und strich glättend über ihr Hoxnerfell, als sei ihr an einer vorteilhaften Erscheinung gelegen. Er stieß die Tür hinter sich zu.

Der Zunftmeister der Gerber und Kürschner hatte es zu Ansehen und Vornehmheit gebracht. Sein gegabelter Bart war in einer Art und Weise, die er von Ausländern übernommen hatte, von zwei Bändern umwickelt, und er trug seidene Hosen. Er beehrte Vry seit einiger Zeit mit seiner Aufmerksamkeit, hatte ihr Gegenstände wie die kostbare, in Pauk erworbene Ottassol-Weltkarte geschenkt und aufmerksam ihren Theorien gelauscht. Sie fand dies alles schmeichelhaft und irgendwie erregend. Obgleich sie seinen gewandten Manieren mißtraute, empfand sie sie gegenüber dem ungehobelten Benehmen der meisten anderen Männer als wohltuend, und sein Interesse an ihrem Denken und Tun beglückte sie geradezu, obwohl sie es sich nicht eingestand.

»Du arbeitest zu angestrengt, Vry«, sagte er mit hochgezogenen Augenbrauen und drohte ihr scherzhaft mit dem Finger. »Mehr Zeit im Freien verbracht, würde wieder Farbe in diese hübschen Wangen bringen.«

»Du weißt, wie beschäftigt ich bin, habe ich doch neben meiner eigenen Arbeit die Akademie zu leiten, seit Amin Lin mit Shay Tal fortgezogen ist.«

Die Akademie blühte wie nie zuvor. Sie hatte ihr eigenes Gebäude und wurde größtenteils von Vrys Assistentinnen geleitet. Sie engagierten gelehrte Männer für Vorträge;

jeder, der Oldorando auf der Durchreise besuchte, wurde angesprochen. In den Werkstätten unter dem Vorlesungsraum wurden viele Ideen in praktisches Tun umgesetzt. Raynil Layan verfolgte alles, was dort geschah, mit wachem Interesse.

Seinem Auge entging nichts. Er sah die Specksteinfigur zwischen den Gegenständen auf ihrem unordentlichen Arbeitstisch, nahm sie auf und betrachtete sie von allen Seiten. Vry errötete.

»Es ist sehr alt.«

»Und immer noch sehr beliebt.«

Sie kicherte. »Ich meinte den Gegenstand selbst.«

»Ich meinte seine Bedeutung.« Er stellte ihn zurück, schaute Vry schlau an und lehnte sich so gegen die Tischkante, daß ihre Beine einander berührten.

Vry biß sich auf die Lippe und schlug den Blick nieder. Sie hatte ihre erotischen Phantasien über diesen Mann, den sie nicht sonderlich mochte, und diese drängten jetzt zurück in ihr Bewußtsein.

Aber Raynil Layan hatte, wie es seine niemals aufdringliche Art war, schon die Richtung gewechselt. Nach einem Augenblick des Stillschweigens verlagerte er sein Gewicht, zog das Bein zurück, räusperte sich und sagte ernst: »Vry, unter den Pilgern, die gerade aus Pannoval eingetroffen sind, ist ein Mann, der von seiner Religion nicht geblendet ist, wie die anderen seiner Landsleute. Er macht Uhren und versteht es, sie präzise bis in die kleinsten Teile aus Metall zu arbeiten. Holz ist nicht gut für deinen Zweck. Laß mich diesen kunstfertigen Mann zu dir bringen, dann kannst du ihn instruieren und dein Modell fachmännisch von ihm bauen lassen.«

»Mein Modell ist keine bloße Uhr, Raynil Layan«, sagte sie. Sie blickte zu ihm auf und überlegte, ob sie und er in irgendeiner Weise aus demselben Stein gemacht angesehen werden könnten.

»Das ist mir klar. Du instruierst den Mann über deine Maschine. Ich werde ihn mit Geld bezahlen. Ich werde bald einen wichtigen Posten übernehmen, mit Befehlsgewalt soviel ich will.«

Sie stand auf, um seine Reaktionen besser einschätzen zu können.

»Ich höre, du willst in Oldorando Münzen prägen.«

Er musterte sie aus verengten Augen, halb lächelnd und halb ungehalten. »Wer hat dir das gesagt?«

»Du weißt, wie rasch Neuigkeiten sich herumsprechen.«

»Faralin Ferd hat wieder unbedacht geplappert.«

»Du hältst nicht allzuviel von ihm oder von Tanth Ein, nicht wahr?«

Er winkte ab und ergriff ihre Hände. »Ich denke die ganze Zeit an dich. Ich werde Macht haben, und im Gegensatz zu diesen anderen Dummköpfen – und anders auch als Aoz Roon – glaube ich, daß Wissen mit Macht vereint sein kann, um sie zu stärken ... Sei meine Frau, und du sollst haben, was du willst. Du wirst besser leben. Wir werden alles entdecken. Wir werden die Pyramide öffnen, was meinem Vorgänger Datnil Skar bei all seiner Geschwätzigkeit nie gelungen ist.«

Sie schlug den Blick nieder, dann entzog sie ihre Handgelenke seinem Grilff und trat zurück. Ihre Hände flogen wie Vögel an ihr Gesicht, um die Bewegung zu verbergen, die sie fühlte.

»Spiel nicht mit mir, versuche mich nicht.«

»Man muß dich in Versuchung führen, mein Reh.«

Er machte eine geheimnisvolle Miene, öffnete die Börse an seinem Gürtel und brachte ein paar glänzende Münzen zum Vorschein. Diese streckte er ihr hin wie ein Jäger, der einen wilden Hoxner mit Futter anzulocken hofft. Sie trat vorsichtig näher, die Münzen zu betrachten.

»Die neue Währung, Vry. Geld. Nimm es. Es wird Oldorando verwandeln.«

Die drei Münzen waren unvollkommen gerundet und grob geprägt. Es gab eine kleine Bronzemünze mit der Prägung »Ein Halber Roon« eine größere Kupfermünze mit der Prägung »Ein Roon«, und eine kleine Goldmünze mit der Prägung »Fünf Roons«. In der Mitte einer jeden Münze war die Aufschrift zu lesen:

O L D
ORAN
D O

Vry lachte in kindischer Erregung, als sie die Münzen zwischen den Fingern drehte und betrachtete. Irgendwie verkörperten sie Macht, Modernität, Wissen. »Roons!« rief sie aus. »Das ist prachtvoll.«

»Der Schlüssel zum Reichtum.«

Sie legte die Münzen auf ihren abgenutzten Tisch. »Ich werde deine Intelligenz mit ihnen auf die Probe stellen, Raynil Layan.«

»Welch eine Art, einen Mann für sich zu gewinnen!« lachte er, sah ihr jedoch an, daß sie es ernst meinte.

»Laß den halben Roon unsere Welt sein, Hrl-Ichor. Das große Ein-Roon-Stück ist Batalix. Dieses kleine goldene ist Freyr.« Mit dem Zeigefinger schob sie den halben Roon um den Roon. »So bewegen wir uns. Ein Kreis ist ein Jahr – in dieser Zeit hat der halbe Roon sich wie ein Ball vierhundertachtzigmal um sich selbst gedreht. Siehst du? Wenn wir denken, wir sähen den Roon in Bewegung, sind in Wahrheit wir es, die sich mit dem halben Roon bewegen. Dennoch steht auch der Roon nicht still. Es handelt sich um ein allgemeines Prinzip, das der Liebe ähnelt. Wie ein Kind sich um seine Mutter dreht, so dreht sich der Halbe Roon um den Roon – und so dreht sich auch der Roon, das glaube ich jedenfalls, um die fünf Roons.«

»Das vermutest du? Oder hast du es errechnet?«

»Nein. Einfache Beobachtung. Aber keine Beobachtung, so einfach sie auch ist, kann von Leuten gemacht werden, die nicht von sich aus dazu geneigt sind. Zwischen der Winter- und der Frühjahrssonnenwende legt der Halbe Roon diese Strecke um den Roon zurück.« Sie demonstrierte die Bahnbewegung. »Stell dir vor, daß es hinter den Fünf Roons eine Anzahl winziger Lichter gibt, die die unbeweglichen Sterne darstellen. Und dann stell dir vor, du stehst du auf dem Halben Roon. Kannst du dir das vorstellen?«

»Mehr noch, ich kann mir vorstellen, daß du dort mit mir stehst.«

Wie rasch doch seine Auffassungsgabe ist, dachte sie, und ihre Stimme bebte ein wenig, als sie sagte: »Da stehen wir also, und der Halbe Roon befindet sich erst auf dieser Seite des Roon, dann auf der anderen ... Was beobachten wir? Nun, wir beobachten, daß die Fünf Roons sich gegenüber den festen Sternen hinter ihm verschoben zu haben scheint.«

»Nur scheint?«

»In dieser Hinsicht, ja. Die Bewegung zeigt zum einen, daß Freyr verglichen mit den Sternen nahe ist, und zum anderen, daß wir es sind, die sich in Wirklichkeit bewegen, und nicht die Wachtposten.«

Raynil Layan betrachtete die ausgelegten Münzen.

»Aber du sagst, die zwei kleineren Werteinheiten bewegten sich um die Fünf Roons?«

»Du weißt, daß wir ein schuldbeladenes Geheimnis teilen. Ich meine die Sache mit deinem Vorgänger, der Shay Tal unerlaubt Wissen aus eurem Zunftbuch mitteilte ... Von der Datierung des Königs Denniss wissen wir, daß dies das Jahr ist, welches er 446 nennen würde. Das bezeichnet die Zahl der Jahre nach jemand ... Nadir ...«

»Ich hatte bessere Gelegenheit als du, diese Datierung auszurechnen, mein Reh, und andere Daten, die sich damit vergleichen lassen. Das Datum Null ist nach dem Denniss-Kalender ein Jahr maximaler Kälte und Dunkelheit.«

»Genau, was ich glaube!« sagte sie aufgeregt. »Es sind jetzt 446 Jahre, seit Freyr am schwächsten war. Batalix verändert nie seine Leuchtkraft. Freyr aber tut es, aus irgendeinem Grund. Früher meinte ich, er würde willkürlich hell oder trüb. Aber nun denke ich, daß das Universum so wenig willkürlich ist, wie ein Fluß. Es gibt Ursachen für die Erscheinungen, die wir beobachten; das Universum ist eine Maschine, wie diese artronomische Uhr, die es nachzuahmen sucht. Freyr wird heller, weil er näherkommt – nein, umgekehrt, weil wir Freyr näherkommen. Es ist schwierig, die alten Denkgewohnheiten abzuschütteln, wenn wir in die Sprache eingebettet sind. In der neuen Sprache, nähern sich der Halbe Roon und der Roon den Fünf Roons ...«

Er spielte mit den Bändern in seinem Bart. Vry beobachtete ihn erwartungsvoll, wie er ihre Erklärung überdachte.

»Warum ist die Annäherungstheorie der Trüb-Hell-Theorie vorzuziehen?«

Sie klatschte in ihre Hände. »Welch eine schlaue Frage! Wenn Batalix nicht von hell zu trüb wechselt, warum sollte Freyr es tun? Der Halbe Roon kreist immer um den Roon; genauso denke ich mir, daß der Roon die Fünf Roons umkreist – und den Halben Roon mit sich nimmt. Was uns zu den Eklipsen bringt.« Sie veränderte die Positionen der zwei geringerwertigen Münzen.

»Du siehst, daß der Halbe Roon jedes Jahr einen Punkt erreicht, wo Beobachter darauf – du und ich – die Fünf Roons nicht sehen können, weil der Roon dazwischenkommt? Das ist eine Eklipse.«

»Sehr gut gedacht, aber warum ist nicht jedes Jahr eine Eklipse? Es verdürbe deine ganze Theorie, wenn ein Teil sich als falsch herausstellen sollte, genauso wie ein Hoxner nicht mit drei Beinen laufen kann.«

Du bist klug, dachte sie – viel klüger als Dathka oder Laintal

Ay. Und ich mag kluge Männer, selbst wenn sie skrupellos sind.

»Ach, es gibt schon eine Ursache dafür, die ich aber nicht richtig demonstrieren kann. Deshalb versuche ich dieses Modell zu bauen. Bald werde ich es dir zeigen.«

Er lächelte und ergriff wieder ihre schmale Hand. Sie zitterte wie damals unten im Brassimipbaum.

»Du sollst diesen Handwerker morgen hier haben. Er wird in Gold nach deinen Angaben arbeiten. Aber ich möchte, daß du zustimmst, die Meine zu sein, und mich die Nachricht verbreiten läßt. Ich möchte dich bei mir haben – in meinem Bett.«

»Oh, du wirst warten müssen ... bitte ... bitte ...« Zitternd fiel sie in seine Arme, als er sie an sich zog. Seine Hände bewegten sich über ihren Körper, fühlten ihre schmalen Konturen. Er will mich wirklich, dachte sie in einem Wirbel von Empfindungen, er will mich in einer Weise, wie Dathka es nicht wagt. Er ist reifer, viel intelligenter. Er ist nicht halb so schlimm, wie sie ihn hinstellen. Shay Tal täuschte sich über ihn. Sie täuschte sich in vielem. Außerdem sind die Sitten in Oldorando heutzutage anders, und wenn er mich will, soll er mich haben ...

»Komm«, keuchte sie, an seinen Kleidern zerrend. »Schnell, ehe ich es mir anders überlege. Ich bin so zwiespältig ... Schnell, ich bin bereit.«

»Oh, meine Hose, sei vorsichtig ...« Aber er war erfreut von ihrer Hast. Sie fühlte und sah seine wachsende Erregung, als er seinen massigen Leib auf ihren senkte. Sie stöhnte und er lachte, als sie sich vereinten. Sie hatte eine Vision, wie sie beide zwischen den Sternen wirbelten, ein Fleisch im Griff einer großen allumfassenden Macht, anonym und ewig.

Das Siechenhaus war neu und noch unfertig. Es stand am Rand des alten Ortskerns und stellte Anbau und Erweiterung dessen dar, was in den alten Tagen Prassts Turm genannt worden war. Hierher kamen die Reisenden, die auf ihrer Wanderschaft erkrankt waren, ebenso wie alleinstehende, pflegebedürftige Bewohner Oldorandos. Auf der anderen Seite der Gasse war das Stallgebäude eines Veterinärs und Chirurgen, der kranke Tiere behandelte.

Siechenhaus und Veterinäranstalt hatten einen schlechten Ruf – es wurde behauptet, daß die Werkzeuge und Instrumente der Heilkundigen auswechselbar seien und tatsächlich einmal hier und einmal dort gebraucht würden; aber das Siechenhaus wurde sachkundig von der ersten weiblichen Angehörigen der Apothekerzunft geleitet, einer Hebamme und Lehrerin der Akademie, die allen als Mutter Scantiom bekannt war.

Ein Sklave brachte Laintal Ay zu ihr. Sie war eine große, stämmige Person mittleren Alters, mit einem fülligen Busen und einem freundlichen Gesicht. Eine ihrer Tanten war Nahkris Frau gewesen. Sie und Laintal Ay standen seit vielen Jahren auf gutem Fuß miteinander.

»Ich habe zwei Patienten in einem abgeschlossenen Raum, die ich dir zeigen möchte«, sagte sie. Sie hatte die Hoxnerfelle zugunsten eines langen safrangelben Wollkleides abgelegt, das nur ihre Füße freiließ.

Mutter Scantiom sperrte eine feste Holztür an der Rückseite ihres Amtszimmers auf, und sie gingen in den alten Turm und kletterten die Stiegen hinauf, bis sie ins oberste Geschoß kamen.

Von unten drangen die Töne einer Clove herauf, gespielt von einem genesenden Patienten. Laintal Ay erkannte die Melodie: »Halt ein, halt ein, großer Fluß.« Der Rhythmus war nicht zu langsam, doch haftete dem Lied eine Melancholie an, die den nutzlosen Anrufungen des Chores angemessen war. Der Fluß strömte und ließ sich nicht aufhalten, nicht mit Bitten und nicht um alles in der Welt...

Jedes Stockwerk im Turm war mit Bretterwänden in Kammern unterteilt, jede mit einer eigenen Tür, in die ein vergittertes Fenster eingelassen war. Mutter Scantiom klappte wortlos den hölzernen Laden von einem der Türfenster zurück und bedeutete Laintal Ay, hineinzuschauen.

In der Kammer standen zwei primitiv aus Brettern gefertigte Lagerstätten mit Strohsäcken. Auf jedem lag ein Mann, und beide waren fast nackt. Sie lagen starr und steif, aber nicht ganz still. Der Mann, welcher der Tür am nächsten lag und eine dicke Mähne schwarzen Haares hatte, lag mit durchgedrücktem Kreuz, die Hände über den Kopf ineinandergekrampft. Dabei rieb er die Knöchel mahlend an dem rauhen Mauerwerk der Wand, daß Blut in dünnen Rinnsalen über seine bleichen Arme lief. Sein Kopf war halb zur Seite und in den Nacken gedreht. Er sah Laintal Ays Gesicht hinter der vergitterten Öffnung, und es schien, daß er versuchte, seinen Blick auf ihn zu fixieren, aber die Augen rollten in ihren Höhlen, unkontrollierbar. Adern und Sehnen an seinem Hals traten wie Stricke heraus. Der andere Patient lag unter dem Fenster und hatte die Arme fest um seinen Oberkörper geschlungen und zog sich immer wieder unter Magenkrämpfen zusammen, um gleich darauf die Beine auszustrecken und die Zehen zu spreizen, daß die kleinen Knochen aus den Gelenkpfannen zu springen drohten. Sein gequälter Blick ging zwischen Boden und Decke auf und nieder. Laintal Ay erkannte in ihm den Mann, der auf der Straße zusammengebrochen war.

Beide Patienten waren totenblaß und glänzten von Schweiß, dessen stechender Geruch durch die Türöffnung aus der Zelle drang. Es war, als lägen sie im Kampf mit unsichtbaren Angreifern. Laintal Ay trat zurück und schloß die Klappe.

»Das Knochenfieber«, sagte er. Er spähte im Halbdunkel in ihr Gesicht, um seinen Ausdruck auszumachen.

Sie nickte bloß. Er folgte ihr die Stiegen hinunter.

Die Clove spielte noch immer ihre melancholische Weise.

»Sag, was eilst du so dahin?
O nimm meine Sehnsucht mit dir,
Oder schlag sie mir aus dem Sinn ...«

»Der erste wurde vor zwei Tagen gebracht«, sagte Mutter Scantiom über die Schulter. »Ich hätte dich gestern schon benachrichtigen sollen. Sie hungern sich selbst zu Tode; man bringt sie kaum dazu, Wasser zu trinken. Es ist wie ein andauernder Muskelkrampf. Es wirkt auch auf ihren Geist.«

»Die beiden müssen sterben?«

»Nur etwa die Hälfte der Kranken überlebt das Knochenfieber. Manchmal, wenn sie schon ein Drittel des Körpergewichts verloren haben, rappeln sie sich einfach durch. Dann normalisieren sie sich bei ihrem neuen Gewicht. Andere werden verrückt und sterben, als stiege ihnen das Fieber in den Kopf.«

Laintal Ay schluckte, spürte eine Beengung in der Kehle. In ihr Arbeitszimmer zurückgekehrt, steckte er die Nase in einen Blumenstrauß am Fensterbrett und inhalierte den Duft, um seine Nase vom Krankheitsgestank zu reinigen. Die Wände waren weiß getüncht.

»Wer sind die Männer? Händler?«

»Sie sind beide aus dem Osten gekommen und haben mit verschiedenen Gruppen von Madis Umgang gehabt. Der eine ist Händler, der andere ein Barde. Beide haben Phagorensklaven bei sich, die gegenwärtig drüben in der Veterinäranstalt sind. Du weißt wahrscheinlich, daß Knochenfieber sich sehr rasch ausbreiten und eine schlimme Seuche werden kann. Ich will diese Patienten aus dem Haus haben. Wir brauchen irgendeine Unterbringung außerhalb der Stadt, wo wir sie isolieren können. Sie werden nicht die einzigen Fälle bleiben.«

»Hast du mit Faralin Ferd darüber gesprochen?«

Sie zog die Brauen zusammen. »Vollkommen unnütz. Zuerst sagten er und Tanth Ein, die Kranken dürften nicht von hier entfernt werden. Dann schlugen sie vor, die beiden zu töten und die Leichen dann in den Fluß zu werfen.

»Ich werde sehen, was ich tun kann. Ich kenne einen verfallenen Turm, ungefähr zwei Stunden von hier. Vielleicht würde der geeignet sein.«

»Ich wußte, daß du helfen würdest.« Sie legte ihm die Hand auf den Ärmel und lächelte. Doch schon im nächsten Augenblick gewann ihre sorgenvolle Miene wieder die Oberhand. »Irgend etwas schleppt die Krankheit ein. Ich habe die Abschrift eines sehr alten Berichts aus Borlien gelesen. Darin ist die Seuche beschrieben, wie sie vor mehreren hundert Jahren dort gewütet hat. Unter günstigen Bedingungen kann sie sich wie ein Feuer ausbreiten. Die Hälfte der Bevölkerung würde sterben. Wir kennen kein Heilmittel. Ich glaube, daß diese schmutzigen Phagoren die Krankheit bringen. Vielleicht ist es der Geruch ihrer Felle. Heute nacht gibt es zwei Stunden Dunkelheit; in dieser Zeit werde ich die zwei Phagoren in der Veterinäranstalt töten und verscharren lassen. Ich wollte es jemandem sagen, der Autorität besitzt, also sage ich es dir. Ich wußte, daß du auf meiner Seite sein würdest.«

»Du meinst, die Phagoren würden das Knochenfieber weiterverbreiten?«

»Ich weiß es nicht. Ich möchte nur keine Risiken eingehen. Es mag eine völlig andere Ursache geben – die Blindheit vielleicht. Oder Wutra schickt uns die Seuche.«

Er nickte. »Laß sie tief eingraben, wo die Hunde sie nicht wieder hervorscharren können. Ich werde mir den verfallenen Turm ansehen und dir wieder Bescheid geben.« Er zögerte. »Erwartest du bald weitere Fälle?«

Sie sah ihn beinahe erstaunt an. »Natürlich.«

Als er ging, spielte die Clove noch immer ihre klagende Melodie, fern in den Tiefen des Gebäudes.

Laintal Ay dachte nicht daran, sich bei Mutter Scantiom zu beklagen, obwohl er sich für die zwei Stunden Dunkelheit andere Pläne zurechtgelegt hatte.

Die Reden, die Dathka am Morgen geführt hatte, als Oyre von ihrem Trance-Besuch in der Unterwelt zurückgekehrt war, beunruhigten ihn zutiefst. Er sah die Überzeugungskraft des Arguments, daß er und Oyre zusammen einen unleugbaren Anspruch auf die Führerschaft von Oldorando verkörperten. Und im allgemeinen wollte er wie jeder andere, was ihm von Rechts wegen zustand. Und ganz gewiß wollte er Oyre. Aber wollte er die Herrschaft über Oldorando?

Es schien, daß Dathkas Worte die Situation verändert hatten. Vielleicht konnte er Oyre nur gewinnen, indem er die Macht ergriff.

Diese Gedanken gingen ihm durch den Kopf, als er in Mutter Scantioms Geschäften, die jedermanns Geschäft waren, unterwegs war. Das Knochenfieber war nicht mehr als eine Legende, doch machte der Umstand, daß niemand die Realität erfahren hatte, diese Legende um so bedrohlicher. Alle Menschen mußten sterben, aber eine Seuche war ein wie durch Tollheit verstärkter natürlicher Prozeß.

So arbeitete er ohne Klage, wobei er sich Goija Hins Hilfe versicherte. Gemeinsam holten Laintal Ay und der Sklavenmeister die zwei Phagoren, die den Fieberopfern gehörten, aus der Veterinäranstalt und führten sie in Prassts Turm, wo die Kranken lagen. Dort mußten die Phagoren ihre fiebernden Herren in Schilfmatten rollen aus aus dem Siechenheim forttragen. Die unauffällig aussehenden zusammengerollten Matten erregten kein Aufsehen.

Die kleine Gruppe zog mit ihren Lasten aus der Stadt zu dem verfallenen Turm, den Laintal Ay kannte. Mit ihnen ging der alte Phagorsklave Myk, dem es oblag, die beiden Träger streckenweise abzulösen. Diese Regelung sollte das Verfahren beschleunigen, aber Myk war so alt geworden, daß der Trupp nur langsam vorankam.

Goija Hin, der auch vom Alter gebeugt war und dessen Haar so lang und schmutzigsteif über seine Schultern wuchs, daß er einem seiner elenden Gefangenen glich, schlug erbarmungslos auf Myk ein. Weder Peitschenhiebe noch Flüche konnten den beladenen alten Sklaven zu schnellerer Gangart bewegen. Er stapfte schwankend und ohne Protest weiter, obwohl seine Beine über den Fesseln von den Peitschenhieben wund waren.

Mein Fehler ist, dachte Laintal Ay bei sich, daß ich die Peitsche weder schwingen noch fühlen möchte. Die Überlegung ließ eine weitere Gedankenschicht in sein Bewußtsein steigen, wo sie sich wie Dunst an einem stillen Morgen ausbreitete. Er gestand sich ein, daß ihm gewisse Qualitäten abgingen. Zu diesen gehörte auch der Ehrgeiz. Es gab wenig, was er sich wünschte; er war zufrieden mit den Tagen, wie sie dahingingen.

Vielleicht bin ich allzu zufrieden gewesen. Es war mir genug, zu wissen, daß Oyre mich liebte, und in ihren Armen zu liegen. Es war mir genug, daß Aoz Roon einst beinahe wie ein Vater zu mir war. Es war mir genug, daß das Klima warm wurde, daß Wutra seinen Wachtposten befahl, ihren Platz am Himmel zu behalten.

Nun hat Wutra seine Wachtposten streunen lassen. Aoz Roon ist fort. Und was war diese schneidende Bemerkung gewesen, die Oyre am Morgen gemacht hatte – daß Dathka reif sei. Damit deutete sie an, daß ich es nicht sei, oder? Oh, mein schweigsamer Freund, soll das Reife sein, von früh bis spät eine Menge schlauer Pläne im Kopf zu wälzen? War Zufriedenheit nicht Reife genug?

Es war zuviel von seinem Großvater, dem Kleinen Yuli, in ihm, und zu wenig von Yuli dem Priester. Und zum ersten

Mal seit langer Zeit erinnerte er sich der Bezauberung seines sanften Großvaters durch Loil Bry, und wie sie glücklich zusammen in dem Raum mit dem Alabasterfenster geblieben waren. Es war ein anderes Zeitalter gewesen. Alles war damals einfacher gewesen. Die Leute hatten sich mit so wenig zufrieden gegeben.

Er war nicht bereit, jetzt zu sterben. Nicht bereit, sich von den Stellvertretern abschlachten zu lassen, wenn sie ihn in Dathkas Pläne verstrickt glaubten. Und nicht bereit, am Knochenfieber zu sterben, das er sich womöglich von diesen zwei armen Teufeln, die sie aus der Stadt wegtrugen, zuziehen würde. Es waren noch drei Meilen zu dem alten Turm, an den er gedacht hatte.

Er hielt an. Die Phagoren und Goija Hin schleppten sich mühsam mit ihren gefährlichen Lasten weiter. Wieder tat er gutmütig, was man von ihm erbeten. Es gab keinen vernünftigen Grund dafür. Seine törichte Gewohnheit zu gehorchen mußte gebrochen werden.

Er rief den Phagoren zu. Sie hielten an, blieben stehen, wo sie waren, ohne eine weitere Bewegung. Nur die Lasten auf ihren Schultern knarrten ein wenig.

Die Gruppe stand auf einer schmalen Wegspur zwischen Dickichten von Hartriegel und Schwarzdorn. Hier in der Nähe war einige Tage zuvor ein Kind getötet und aufgefressen worden; Indizien deuteten darauf hin, daß eine Säbelzunge der Täter gewesen war; nun, da wilde Hoxner selten geworden waren, wagten die Raubtiere sich nahe an die Siedlungen heran. Die Folge davon war, daß niemand aus der Stadt in die Wildnis ging, wenn er keine triftigen Gründe dafür hatte. Die Gegend war menschenleer.

Laintal Ay bahnte sich einen Weg zwischen den Sträuchern und bedeutete den Phagoren, ihm zu folgen. Ein gutes Stück abseits vom Weg befahl er den Trägern, ihre kranken Herren abzulegen, und die Phagoren taten es so unachtsam, daß die Männer aus ihren Schilfmatten auf den

Boden rollten, noch immer in ihren verkrampften Stellungen.

Ihre Lippen waren blau und in Qualen zurückgezogen, so daß man die gelben Zähne und das fahle Zahnfleisch sehen konnte. Ihre Glieder waren wie verrenkt, ihr Knochen knirschten. Sie mußten sich in einer Weise ihrer Lage bewußt sein, waren jedoch unfähig, einer beständigen motorischen Bewegung Einhalt zu gebieten, die ihre Hände herumfahren und ihre Augäpfel schrecklich in der gespannten Geischtshaut rollen ließ.

»Du weißt, was mit diesen Männern ist?« fragte Laintal Ay.

Goija Hin nickte und lächelte unheilvoll, um seine Meisterschaft um das menschliche Wissen zu zeigen. »Krank sind sie«, sagte er.

Laintal Ay hatte das Fieber nicht vergessen, das er sich einst von einem Phagor zugezogen.

»Töte die Männer! Die Phagoren sollen mit ihren Händen Gräber ausscharren. Mach es kurz!«

»Ich verstehe.« Der Sklavenmeister trat schwerfällig vor.

Laintal Ay stand an einem Strauch, das Gezweig im Rücken, und sah zu, wie der dicke alte Mann tat, wie ihm geheißen. Goija Hin hatte immer getan, was man von ihm verlangt hatte. In jeder Phase des Geschehens gab Laintal Ay einen Befehl, und er wurde ausgeführt. Er fühlte sich voll verantwortlich für alles, was hier geschah, und erlaubte sich nicht, auch nur einen Augenblick lang wegzusehen. Goija Hin zog ein kurzes Schwert und stieß es zweimal durch die Herzen der Kranken. Die Phagoren scharrten mit ihren hornigen Händen Gräber – zwei weiße Phagoren und Myk, der so fettleibig war wie sein Meister und gesprenkelt mit den schwarzen Haaren des Alters und sehr langsam bei der Arbeit.

Alle Phagoren waren an den Beinen mit Fußschellen und Ketten gefesselt. Sie wälzten die Leichen in ihre Gräber und bedeckten sie mit dem Aushub, dann standen sie bewegungslos, wie es ihre Art war, und erwarteten den nächsten Befehl. Sie wurden angewiesen, drei weitere Gräber unter den Büschen zu scharren. Dies taten sie, stumm und gehorsam wie Tiere. Goija Hin trieb den beiden fremden Phagoren sein Schwert durch die Leiber, und danach wischte er das dickflüssige gelbe Blut an ihren zottigen Fellen ab, um die Klinge zu reinigen.

Myk mußte sie in ihre Gräber stoßen und mit Erde bedecken.

Nach getaner Arbeit richtete er sich auf, wandte sich zu Laintal Ay und leckte sich mit blasser Zunge die geschlitzten Nüstern.

»Nicht töten Myk jetzt, Meister. Mir abnehmen Ketten und erlauben, daß gehen fort zu sterben.«

»Was, dich laufenlassen, du alter Halunke, nach all den Jahren?« sagte Goija Hin zornig und hob das Schwert, um es ihm in den Leib zu stoßen.

Laintal Ay hielt ihn zurück und sah den alten Phagoren an. Myk hatte ihn auf dem Rücken reiten lassen, als er ein kleiner Junge gewesen war. Es rührte ihn, daß Myk nicht versuchte, ihn daran zu erinnern. Es gab keinen schwächlichen Appell an das Gefühl. Statt dessen stand er in stoischer Ruhe und erwartete, was immer ihm beschieden sein sollte.

»Wie alt bist du, Myk?« Gefühl, dachte er, meine Gefühlsduselei. Du könntest es nicht ertragen, den notwendigen Befehl zu seiner Tötung zu geben.

»Ich Gefangener, nicht zählen Jahre.« Die Zischlaute summten wie Bienen aus seiner Kehle. »Einst wir Ancipitalen herrschen über Embruddock und ihre Söhne von Freyr waren unsere Sklaven. Mutter Shay Tal – sie wissen. Fragen sie.«

»Sie hat es mir gesagt. Und ihr tötetet uns, wie wir euch töten.«

Die roten Augen zwinkerten einmal. Myk hob den Kopf und sagte mit undeutlich grollender Stimme: »Wir bewahren euch lebendig durch die Jahrhunderte, wenn Freyr krank waren. Viel töricht. Nun ihr Söhne alle sterben. Du nehmen weg meine Ketten, lassen mich gehen und sterben in Entstofflichung.«

Laintal Ay wies auf das offene Grab. »Töte ihn!« befahl er Goija Hin.

Myk setzte sich nicht zur Wehr. Goija Hin stieß ihm das Schwert in den Leib, wälzte den mächtigen Körper in die Grube und schob den Erdaushub mit den Stiefeln über ihn. Dann stand er zwischen den Gräbern und Sträuchern Laintal Ay gegenüber, leckte sich die Lippen und blickte unbehaglich.

»Ich kannte dich schon, als du ein kleiner Junge warst, Laintal Ay. Ich war immer gut zu dir. Was mich angeht, ich habe immer gesagt, daß du Herr von Embruddock sein solltest. Frag meine Freunde, ob es nicht so ist.«

Er unternahm keinen Versuch, sich mit dem Schwert zu verteidigen. Es fiel ihm aus den Händen, und er warf sich mit dumpfem Schluchzen auf die Knie und neigte den haarigen Schädel.

»Myk hat wahrscheinlich recht«, sagte Laintal Ay. »Vermutlich haben wir die Seuche schon in uns. Ich fürchte, es ist schon zu spät.« Ohne einen weiteren Blick ließ er Goija Hin, wo er war, und wanderte zurück zu der menschengefüllten Stadt, zerfallen mit sich selbst, weil er ihm den Todesstoß nicht gegeben hatte.

Es war spät, als er seinen Raum betrat. Er blickte umher, ohne seinen Ausdruck düsterer Anspannung zu verlieren. Waagerecht einfallende Strahlen von Freyrlicht erhellten den Winkel gegenüber mit unwirklich gelbem Schein und tauchte den Rest des Raumes in ein weiches Halbdunkel.

Er wusch Gesicht und Hände im Becken, nahm das kühle Wasser mit den hohlen Händen und ließ es über Stirn, Augenlider und Wangen rinnen, immer wieder, wobei er tief atmete und allmählich die Hitze weichen fühlte. Die

Selbstanklage aber blieb. Als er sein Gesicht abtrocknete, bemerkte er mit Befriedigung, daß seine Hände aufgehört hatten zu zittern.

Der Lichtschein in der Ecke glitt langsam weiter über die Wand und verblaßte zu einem mattorangen Rechteck. Er ging im Raum umher und nahm einige Gegenstände an sich, die er mitnehmen wollte, ohne der Sache besondere Aufmerksamkeit zu schenken.

Es klopfte an die Tür. Oyre schaute herein. Als spüre sie augenblicklich die Spannung im Raum, blieb sie auf der Schwelle stehen.

»Laintal Ay – wo bist du gewesen? Ich habe auf dich gewartet.«

»Ich hatte etwas zu erledigen.«

Sie beobachtete ihn und ließ einen leisen Seufzer vernehmen; die Hand hatte sie noch auf dem hölzernen Riegel liegen. Da das Licht hinter Laintal Ay war, konnte sie seine Züge im Halbdunkel kaum erkennen. Aber sein kurz angebundener Tonfall war ihr nicht entgangen.

»Ist etwas geschehen, Laintal Ay?«

Er stopfte seine alte Schlafdecke in einen Reisesack und stellte diesen neben sich nieder.

»Ich verlasse Oldorando.«

»Du verläßt ...? Wohin gehst du?«

»Oh ... sagen wir, daß ich gehe, um Aoz Roon zu suchen.« Bitter fügte er hinzu: »Ich habe an ... an allem hier das Interesse verloren.«

»Sei nicht albern.« Sie tat einen Schritt auf ihn zu, um ihn besser zu sehen, und dachte, wie groß er in dem niedrigen Raum wirkte. »Wie willst du ihn nach so langer Zeit in der Wildnis suchen?«

Er wandte sich zu ihr, schwang den Reisesack über die Schulter. »Meinst du, es sei törichter, ihn in der wirklichen Welt zu suchen, statt hinunter zu den Totengeistern zu gehen und dort nach ihm zu forschen, wie du es tust? Du hast mir immer gesagt, ich müsse etwas Großes tun. Nichts konnte dich zufriedenstellen … Nun, jetzt gehe ich, es zu tun oder zu sterben. Ist das nicht etwas Großes?«

Sie lachte schwächlich und sagte: »Ich will nicht, daß du gehst. Ich möchte …«

»Ich weiß, was du möchtest. Du denkst, Dathka sei reif, und ich sei es nicht. Nun, zum Teufel damit! Ich habe genug. Ich gehe, wie ich es mir immer gewünscht habe. Versuch dein Glück mit Dathka.«

»Ich liebe dich, Laintal Ay. Jetzt benimmst du dich wie Aoz Roon.«

Er legte die Arme um sie. »Hör auf, mich mit anderen Leuten zu vergleichen! Vielleicht bist du nicht so klug, wie ich dachte, oder du hättest gemerkt, wann du mich verletztest. Ich liebe dich auch, aber ich gehe …«

»Warum bist du so brutal?« schrie sie.

»Ich habe lange genug unter brutalen Menschen gelebt. Hör auf, törichte Fragen zu stellen!«

Er zog sie an sich und küßte sie hart auf den Mund, daß ihre Lippen zurückgezwungen wurden und ihre Zähne gegeneinander stießen. »Ich hoffe zurückzukehren«, sagte er. Er lachte über die Dummheit seiner eigenen Bemerkung. Mit einem letzten Blick ging er und warf die Tür hinter sich zu. Sie blieb im leeren Raum zurück. Der mattgoldene Widerschein an der Wand war zu Asche geworden. Es war beinahe dunkel. Draußen auf der Gasse sah sie die Lichter vereinzelter Fackeln.

»Ach nein, nein«, rief sie aus. »Daß dich der Teufel – und mich auch!«

Dann faßte sie sich, lief zur Tür, riß sie auf und rief ihm nach. Laintal Ay war schon am Fuß der Stiege und antwortete nicht. Sie eilte ihm nach, holte ihn ein und faßte ihn am Ärmel.

»Laintal Ay, du Idiot, wohin willst du?«

»Ich werde Gold satteln.«

Er sagte es so zornig und wischte sich dabei den Mund mit dem Handrücken, daß sie ihn losließ und zurückblieb. Dann kam ihr der Gedanke, daß sie sofort Dathka verständigen müsse. Der würde wissen, wie man mit der Verrücktheit seines Freundes fertigwerden konnte.

In den letzten Tagen war Dathka schwer faßbar gewesen. Manchmal schlief er in dem unfertigen Gebäude jenseits des Voral, bisweilen in dem einen oder dem anderen Turm der Stadt, manchmal in einem der zweifelhaften neuen Häuser, die vor den Toren aus dem Boden schossen. In dieser Stunde fiel ihr nichts ein als zu Shay Tals Turm zu laufen und nachzusehen, ob er vielleicht bei Vry sei. Glücklicherweise war er da. Er und Vry waren mitten in einem Streit; ihre Wange brannte feuerrot, und sie duckte sich so, daß der Eindruck entstand, Dathka habe sie geschlagen. Er war bleich vor Zorn, aber Oyre kümmerte sich nicht um die Auseinandersetzung der beiden und platzte mit ihrer Geschichte heraus. Dathka ließ ein ersticktes Ächzen hören.

»Wir können ihn jetzt nicht gehen lassen, gerade wenn alles auseinanderfällt.«

Mit einem tödlichen Blick zu Vry rannte er hinaus. Er lief ohne Aufenthalt zu den Stallungen und langte rechtzeitig dort an, um Laintal Ay einzuholen, der gerade den Stall verließ, Gold am Zügel führend. Sie standen einander gegenüber.

»Du bist völlig verrückt, Freund – komm zur Vernunft! Niemand will, daß du gehst. Komm zur Besinnung und nimm dich deiner eigenen Interessen an!«

»Ich habe es satt, zu tun, was andere von mir wollen. Du willst mich hier haben, weil du mich brauchst; ich habe in deinen Plänen eine Rolle zu spielen.«

»Wir brauchen dich, um zu verhindern, daß Tanth Ein und sein Kumpan und diese schleimige Kröte Raynil Layan die Herrschaft über alles an sich reißen.«

»Du hast keine Chance. Ich werde Aoz Roon suchen.«

»Du bist verrückt«, sagte Dathka in bitterem Hohn. »Niemand weiß, wo er ist.«

»Ich glaube, er ging zu Shay Tal nach Sibornal.«

»Dummkopf! Vergiß Aoz Roon – sein Stern ist gesunken, er ist alt. Jetzt sind wir an der Reihe. Du verschwindest aus Oldorando, weil du dich fürchtest, nicht wahr? Wie es sich trifft, habe ich noch ein paar Freunde, die mich nicht verraten haben, darunter einen im Siechenhaus.«

»Was soll das heißen?«

»Ich weiß soviel wie du. Du suchst das Weite, weil du die Seuche fürchtest.«

Hinterher wiederholte Laintal Ay zu sich selbst bis zur Besessenheit die zornigen Worte, die gewechselt worden waren, und es wurde ihm zusehends klarer, daß Dathka nicht sein gewohntes, ziemlich gefühlloses Selbst gewesen war. Damals, an Ort und Stelle, handelte er wie im Reflex. Er riß die offene rechte Hand hoch und schlug seinem Freund die Handkante mit aller Kraft schräg aufwärts unter die Nase. Er hörte das Nasenbein brechen.

Dathka taumelte zurück, beide Hände vor dem Gesicht. Blut floß und tropfte ihm von den Knöcheln. Laintal Ay schwang sich in den Sattel, stieß Gold die Absätze in die Weichen und trieb ihn durch die sich rasch ansammelnde Menge. Plappernd vor Neugierde und Aufregung, umdrängten die Leute den Verletzten, der fluchend und gekrümmt vor Schmerzen umherwankte.

Durchtobt von Empfindungen des Zornes und einer grimmigen Befriedigung, ritt Laintal Ay aus der Stadt. Er hatte nur wenige von den Dingen bei sich, die er hatte mitnehmen wollen. In seiner gegenwärtigen Stimmung war es ein gutes Gefühl, die Heimat mit wenig mehr als seinem Schwert und einer Decke zu verlassen.

Im Reiten durchsuchte er seine Taschen und brachte einen kleinen geschnitzten Gegenstand zum Vorschein. Im

Dämmerlicht konnte er dessen Form kaum ausmachen, aber er war ihm seit Kindheitstagen vertraut. Es war ein Hund, der die Kinnlade auf und zu klappte, wenn sein Schwanz bewegt wurde. Seit dem Todestag seines Großvaters hatte er die kleine Figur stets bei sich getragen.

Nun warf er sie in den nächstbesten Busch.

XIV
Durch das Nadelöhr

Die Menschheit fürchtete den Biß des Phagoren, aber der Biß einer Phagorenzecke war mehr zu fürchten.

Der Biß dieser Zecke verursacht einem Phagor außer leichtem Juckreiz keine weiteren Beschwerden, und einem Menschen nicht viel mehr. Seine Mundwerkzeuge haben sich in Jahrmillionen der Aufgabe angepaßt, Hautgewebe mit einem Minimum an Schaden zu durchbohren und schmerzlos für den Wirt die flüssige Nahrung zu saugen, die sie zur Vollendung ihres eigenen komplexen Reproduktionszyklus' benötigt.

Die Zecke besitzt ausgeprägte Fortpflanzungsorgane, aber keinen Kopf. Ihre Mundwerkzeuge sind in zwei Paare geteilt. Ein Paar besteht aus umgbildeten Scheren, welche die Haut durchbohren und dem Fleisch eine Flüssigkeit injizieren, welche aus schmerzbetäubenden und gerinnungshemmenden Stoffen besteht; das andere aus Sinnesorganen um einen schwertförmigen, mit Widerhaken besetzten Saugrüssel, der die Zecke zur Nahrungsaufnahme an ihrem Wirt verankert.

So haftet die Zecke fest in der Haut und widersteht jedem Versuch, sie durch Kratzen zu entfernen. Erst wenn sie ihren sackförmigen Leib gefüllt hat und auf ein Mehrfaches ihrer ursprünglichen Größe angeschwollen ist, läßt sie sich abfallen – es sei denn, der forschende Schnabel eines gefiederten Polizisten entdeckt und verschlingt sie als Delikatesse.

Die Körperzellen der Zecken liefern dem Helico-Virus eine Vielzahl von Embruddocks. Und dort verharrt das Virus in Leblosigkeit und wartet auf eine bestimmte Harmonie, die es aus seiner Erstarrung in das Orchester des Lebens zieht. Nur zweimal im Zyklus des Großen helliconischen Jahres löst diese Harmonie die aktive Phase des Virus aus.

Dann tritt eine Kette von Ereignissen ein, die im weiteren Verlauf über das Schicksal ganzer Nationen entscheiden werden. Wutra, so könnte der philosophisch Denkende behaupten, ist ein Helico-Virus.

Dem äußeren Signal gehorchend, tritt das Virus in seine aktive Phase ein, verbreitet sich durch die Körperzellen der Zecke und gelangt über ihre Mundwerkzeuge in den Körper eines menschlichen Wirts, wo er sich über den Blutkreislauf weiter verbreitet. Als folgte sie ihren eigenen Luft-Oktaven, dringt die Angriffsstreitmacht durch den Körper vor, bis sie das Stammhirn des neuen Wirts erreicht und sich im Hypothalamus massiert, was eine schwere Hirnentzündung und häufig den Tod zur Folge hat.

Einmal im Stammhirn angelangt, diesem uralten Zentrum des Bewußtseins, dem Sitz von Zorn und Lust und Emotion, vermehrt sich das Virus mit einer unglaublichen Reproduktionsrate.

Die Invasion der menschlichen Körperzelle ist der Vorstoß eines genetischen Systems in die Bereiche eines anderen; die befallene Zelle kapituliert und wird praktisch eine neue biologische Einheit, die dem eingedrungenen Virus und seiner Vermehrung dient, ähnlich einer Stadt, die im Verlauf eines Krieges den Besitzer wechselt.

Invasion, Vermehrung: dann die äußeren Zeichen dieser Ereignisse. Das Opfer zeigt jene Versteifung und Verkrampfung der Muskulatur, die Laintal Ay im Siechenhaus beobachtet hatte – und viele Menschen vor ihm. Im ganzen gesehen hinterließen jene, die Zeugen der Krankheitssymptome wurden, aus begreiflichen Gründen keine Aufzeichnungen.

Diese Fakten waren durch geduldige Beobachtung und scharfsinnige Schlußfolgerungen erhärtet worden. Die gelehrten Familien der *Avernus* waren in solchen Dingen ausgebildet und verfügten über die vollkommensten Instrumente. So konnte die Unmöglichkeit eines Besuchs der planetarischen Oberfläche bis zu einem gewissen Grade ausgeglichen werden.

Aber ihre Gefangenschaft an Bord der *Avernus* hatte neben den offensichtlichen psychologischen noch andere Nachteile. Hypothesen konnten nicht durch Untersuchungen an Ort und Stelle verifiziert werden.

Ihr Verständnis von den Vorstößen des sogenannten Knochenfiebers war unlängst durch neue Erkenntnisse verwirrt worden. Die Situation war wieder offen für die wissenschaftliche Diskussion. Denn die Familie Pin hatte darauf hingewiesen, daß zur Zeit der zwanzig Eklipsen und der Ausbreitung des Virus zumindest in Oldorando ein bedeutsamer Wandel in den Eßgewohnheiten der Menschen stattfand. Rathel war außer Gebrauch gekommen. Die vitaminreiche Brassimipnahrung, welche die Gemeinschaft durch Jahrhunderte des Winters am Leben und gesund erhalten hatte, hatte ihre einstige Beliebtheit eingebüßt. War es möglich, überlegten die Pins, daß dieser Diätwechsel die Menschen empfänglicher für den Biß der Zecke machte, oder anfälliger gegen den Parasiten der Zecke, das Virus? Die Frage war Gegenstand oft hitziger Diskussion. Und wieder gab es Hitzköpfe, die für eine illegale Expedition zur helliconischen Oberfläche stimmten, ungeachtet der damit verbundenen Gefahren.

Nicht alle, die sich das Knochenfieber zuzogen, starben daran. Es wurde beobachtet, daß die Symptome bei Ausbruch der Krankheit in zwei sehr verschiedenen Formen auftraten. Manche Leute waren sich ihrer Erkrankung bewußt und hatten Zeit, Ängste auszustehen oder ihren

Frieden mit Wutra zu machen, je nach ihrer Anlage; andere brachen mitten in einer Beschäftigung zusammen, ohne vorherige Anzeichen einer Erkrankung zu zeigen – während sie mit Freunden sprachen, auf dem Feld arbeiteten, bei Tisch saßen oder sogar in der Liebesumarmung lagen. Weder die allmähliche noch die plötzliche Erkrankung bot irgendeine Gewähr für das Überleben. In welcher Gestalt die Seuche sie auch befiel, nur jeder zweite genas. Was den Rest anging, so konnte die arme Seele sich glücklich schätzen, die ihre sterbliche Hülle in ein flaches Grab verscharrt sah; in der allgemeinen Furcht, die sich wie Meltau über jede von der Seuche betroffene Gemeinde legte, blieben viele als Aas liegen, wo sie gestorben waren, und ganze Bevölkerungen flohen von ihren Wohnorten ins Ungewisse, nur um der Seuche auf den Wegen und Straßen in die Arme zu laufen.

So war es auf Helliconia seit Menschengedenken gewesen. Die Überlebenden der Epidemie verloren ein Drittel ihres normalen Körpergewichts – obgleich »normal« hier ein relativer Begriff war. Niemals erlangten sie das verlorene Gewicht zurück, noch taten es ihre Kinder und Kindeskinder. Endlich war der Frühling gekommen, der Sommer stand vor der Tür – wenn Anpassung im Ektomorphismus liegen mußte. Die schlankere Gestalt hielt sich durch viele Generationen, wenn auch allmählich mit weniger ausgeprägter Wirkung, da sich wieder subkutane Fettablagerungen bildeten. Während dieser Folgeperiode blieb die Krankheit latent und wurde in den Nervenzellen der Überlebenden weitergetragen.

Dieser Zustand dauerte an bis zum Spätsommer des Großen Jahres. Dann schlug der fette Tod zu.

Wie um einen Ausgleich für solch extreme dimorphe Gegensätze zu schaffen, waren die beiden Geschlechter auf Helliconia in Körpergröße, Gewicht und Schädelvolumen ganz ähnlich. Beide Geschlechter erreichten ein durchschnittliches Gewicht von zwölf Steinen, um die alte oldoranische Maßeinheit zu gebrauchen. Überlebten sie das Knochenfieber, so erhoben sie sich abgemagert zu einem Gewicht von acht Steinen oder weniger vom Krankenlager. Die nächste Generation war diesem neuen morphologischen Erscheinungsbild angepaßt. Erst nach vielen weiteren Generationen setzte wieder eine langsame Zunahme des durchschnittlichen Körpergewichts ein – bis die Verheerungen des abscheulichen fetten Todes eine weitere dramatische Veränderung hervorbrachten.

Aoz Roon gehörte zu denjenigen, die den ersten Ansturm dieser zyklischen Epidemie überlebten. Mit ihm und nach ihm war es vielen hunderttausend Menschen bestimmt, zu leiden und zu sterben oder durchzukommen. In entlegenen Winkeln der Wildniswelt gab es kleine Bevölkerungssplitter, die von der Seuche ganz verschont blieben. Aber ihre Nachkommen würden in einer neuen Welt benachteiligt sein, als andersartige Außenseiter behandelt werden und wenig Aussicht auf ein Fortbestehen haben. Die zwei großen Krankheiten, an denen die Phagorenzecke entscheidend beteiligt war, stellten in Wirklichkeit eine Krankheit dar: und diese eine Krankheit, dieser Schiwa der Krankheiten, dieser Zerstörer und Erlöser, brachte unter den außergewöhnlichen Bedingungen dieser Welt mit dem blutbesudelten Schwert das Überleben für die Menschheit.

Zweimal in zweieinhalbtausend Erdenjahren mußte die helliconische Menschheit durch das Nadelöhr, eingefädelt von der Phagorenzecke. Es war der Preis, den sie für ihr Überleben, ihre Weiterentwicklung zahlen mußte. Hinter der scheinbaren Disharmonie des Massensterbens erhob sich eine tiefere Harmonie, als ob sich inmitten der Todesschreie aus den Urgründen des Seins ein beruhigendes Gemurmel erhöbe, daß alles unaussprechlich gut sei.

Nur wer glauben konnte, war bereit, solche Beruhigung als tröstlich zu empfinden.

Als das Knirschen der Muskeln nachließ, wehte eine seltsame, wäßrige Musik ins Bewußtsein. Über den Einöden des Schmerzes entwickelte sich ein Prinzip von Flüssigkeit, das sich zuerst Aoz Roons Gehör mitteilte. Was sich seinem wiederkehrenden Sehvermögen darbot, war eine Ansammlung rundlicher, gefleckter oder gestreifter Formen. Sie hatten keinen Sinn, noch suchte er nach einer Bedeutung. Er blieb einfach, wo er war, den Rücken durchgedrückt, den Mund aufgesperrt, und wartete, bis das schreckliche Augenrollen aufhörte und er wieder klare Umrisse sehen konnte.

Die flüssigen Harmonien förderten seine Rückkehr zur Bewußtheit. Obschon außerstande, seine Körperbewegungen zu koordinieren, wurde er sich bewußt, daß seine Arme in irgendeiner Weise gefangen waren. Zufällige Gedanken gingen ihm in willkürlicher Folge durch den Sinn: Er sah ein Hirschrudel fliehen, sich selbst laufen und springen; eine Frau lachte, er saß im Sattel, Sonnenschein blitzte durch das Laub von Bäumen. Seine Muskeln zuckten mit den vorgestellten Ereignissen wie diejenigen eines alten Jagdhundes, der an einem Kaminfeuer träumt.

Die rundlichen Formen erwiesen sich als Felsblöcke. Er war zwischen ihnen eingekeilt, als wäre er selbst anorganisch. Ein junger Baum, flußaufwärts entwurzelt und auf dem Transport seiner Rinde beraubt, lag unentwirrbar zwischen und unter Felsblöcken und Schwemmsand; er lag daneben, ähnlich verstrickt, die Hände irgendwo über dem Kopf.

Mit schmerzhafter Behutsamkeit bewegte er seine Glieder, zog die Beine und Arme an und richtete sich nach einer Weile zu sitzender Haltung auf. Sein Blick fiel als erstes auf den reißenden vorüberströmenden Fluß und verweilte lange auf ihm. Eine tiefe Freude schwoll in ihm auf, während er dem Wasserrauschen lauschte. Er kroch auf allen vieren zu einem Streifen Sand am Ufer, der nicht breiter war als seine Hand. Das Bärenfell hing lose um seinen abgemagerten Körper. Mit gedankenleerer Dankbarkeit blickte er in die unaufhörlich vorbeiziehende Flut. Es wurde dunkel. Er lag mit dem Gesicht auf Kieseln.

Der Morgen kam. Das Licht von zwei Sonnen schien auf ihn herab. Ihm wurde warm, er stand auf und hielt sich an einem hochragenden Ast.

Er drehte den zottigen Kopf, erfreut über die Leichtigkeit, mit der er die Bewegung ausführen konnte. Einige Schritte entfernt, getrennt von ihm durch eine schmale Wasserfläche, stand der Phagor und beobachtete ihn.

»So du wieder lebendig«, sagte er.

In früheren Jahren und Zyklen, die jetzt in ferne Vergangenheit entrückt waren, war es in vielen Teilen Helliconias und insbesondere in Campannlat der Brauch gewesen, den Stammeskönig zu töten, der Zeichen des Alters zeigte; Kriterien und Methoden freilich waren bei den einzelnen Stämmen verschieden gewesen. Obwohl man glaubte, daß Könige von Akha oder Wutra eingesetzt seien, um über ihre Stämme zu regieren, wurde ihrem Leben, hatte es eine bestimmte Dauer erreicht, ein abruptes Ende bereitet. Sobald er graues Haar zeigte oder unfähig wurde, einem Mann den Kopf mit einem Streich vom Rumpf zu trennen oder einen bestimmten Bach oder Abgrund zu überspringen, oder wenn es ihm nicht mehr gelang, das sexuelle Verlangen seiner Frauen zu befriedigen oder was immer das Kriterium des betreffenden Stammes gewesen sein mochte – sobald dieser Zeitpunkt eingetreten war, wurde der König erdrosselt, bekam einen Giftbecher oder wurde durch andere Methoden ums Leben gebracht.

In gleicher Weise wurden Stammesmitglieder, die Seuchensymptome zeigten, sich also zu strecken und zu stöhnen begannen, unverzüglich getötet. In früheren Zeiten gab es keine Gnade. Häufig war der Feuertod ihr Schicksal, da man an die heilende, reinigende Kraft der Flamme glaubte, und mit dem Kranken mußte seine Familie und der gesamte Besitz auf den Scheiterhaufen. Dieser wilde Reinigungsritus war selten geeignet, den Ansturm einer Epidemie abzuwehren, so daß die Schreie der Verbrennenden häufig in Ohren drangen, worin schon die erste Ankündigung der Krankheit summte.

Trotz aller Widrigkeiten wurden die Generationen der Menschen langsam zivilisierter. Dies zeigte sich vor allem im Aufkommen jener ersten Merkmale einer Zivilisation, ohne die kein Zusammenleben vieler Menschen möglich ist und verzweifelte Anarchie vorherrscht: organisiertes Mitgefühl, tätige Hilfsbereitschaft und verständnisvolle Wärme für die Fehler der Mitmenschen. So entstanden Hospitäler, begannen Heilkundige und Priester zu wirken – alle bemüht, das Leiden zu lindern, statt es brutal zu beenden.

Aoz Roon hatte sich ohne solche Hilfe erholt. Vielleicht half ihm seine robuste Konstitution. Nach einem vagen Blick über das Wasser zu dem Phagor wankte er zum Ufer, bückte sich langsam über die braungelbe Flut und schöpfte mit den hohlen Händen Wasser, um zu trinken.

Etwas von dem Wasser tropfte ihm von den Fingern und rann von seinen Lippen in den Bart, wo der Wind es herausschüttelte und in blitzenden Tropfen in den Fluß zurückblies. Diese verspritzten Tropfen wurden in ihrem Fall beobachtet. Millionen von Augen sahen ihre winzigen Spuren im rasch vorbeiziehenden, strudelnden Wasser sich auflösen. Millionen Augen folgten jeder Bewegung Aoz Roons, als er sich wieder aufrichtete, keuchte, sich den nassen Mund wischte und darauf zu seiner schmalen Insel umwandte.

Reihen von Monitoren der Beobachtungsstation *Avernus* hielten viele Dinge, Personen und Geschehnisse unter ständiger genauer Beobachtung, darunter auch den Herrn von

Embruddock. Es war die Aufgabe der *Avernus*, alle von der helliconischen Oberfläche empfangenen Signale dem Helliconischen Institut zu übermitteln.

Der Empfänger des Helliconischen Instituts befand sich auf Plutos Mond Charon, am äußersten Rand des Sonnensystems. Die Finanzierung des Instituts erfolgte zum größten Teil über den Kanal für bildende Unterhaltung, der eine fortlaufende Reportage in der Art einer Saga der helliconischen Ereignisse für das Publikum auf der Erde ausstrahlte. Große Vorführungssäle standen in jeder Großstadt, in jeder Provinz; jeder hatte Raum für Zehntausende von Zuschauern. Ihre Antennenmasten reckten sich in die Himmel, aus denen der Kanal für bildende Unterhaltung seine Programme ausstrahlte.

Es kam vor, daß diese Vorführungssäle jahrelang beinahe verlassen standen oder für andere Zwecke genutzt wurden. Dann, in Reaktion auf irgendeine neue Entwicklung auf der fernen Welt, begannen die Zuschauerzahlen wieder zu wachsen. Dann kamen die Menschen wie Pilger von weit her, um das Programm zu sehen. Helliconia war die letzte große Kunstform der Erde. Kein Mensch auf Erden, von den Herrschern bis zu den Straßenkehrern, war unvertraut mit den Aspekten helliconischen Lebens. Die Namen Aoz Roon, Shay Tal, Vry und Laintal Ay waren in aller Munde. Seit die irdischen Götter gestorben waren, gab es neue Gestalten, die ihren Platz einnahmen. Das Publikum nahm Aoz Roon als einen Zeitgenossen auf, lediglich in eine andere Sphäre entrückt, wie ein platonisches Ideal, das seinen Schatten auf die riesigen Projektionshöhlungen der Vorführungssäle warfen, die sich nun wieder zu füllen begannen. Gerüchte über die bevorstehenden Seuchen, über die Eklipsen, breiteten sich auf Erden mit Windeseile aus, wie sie es um Oldorando taten, und lockten Tausende an, deren Leben durch ihre Teilnahme und ihre Empfindungen für die Bewohner Helliconias verwandelt wurden.

Einige dieser Pilger, die das Programm sahen, dachten über das Paradoxon nach, das ihnen von der Größe des Universums aufgedrängt wurde. Die acht gelehrten Familien an Bord der *Avernus* lebten gleichzeitig mit den Helliconiern. Ihr Leben war zeitgenössisch in jedem Sinne, obgleich das Helico-Virus vorschrieb, daß sie auf immer von der erdähnlichen Welt getrennt sein mußten, die sie studierten.

Um wieviel tiefer aber war die Trennung der acht Familien von jener entfernten Welt, die sie als ihre Heimat betrachteten! Sie sendeten Signale zu einer Erde zurück, wo noch nicht ein Vorführungssaal errichtet, wo die Architekten dieser Säle noch nicht einmal geboren waren. Die Signale benötigten tausend Jahre um den Raum zwischen den zwei Systemen zu durchqueren. In diesem Jahrtausend hatte sich nicht allein Helliconia verändert.

Und jene, die jetzt wortlos im Vorführungssaal saßen, sahen die riesige Gestalt Aoz Roons in der dreidimensionalen holographischen Wiedergabe, sahen ihn Wasser aus den Händen trinken und Tropfen ins Wasser zurückfallen, wie es vor tausend Jahren wirklich geschehen war, tausend Lichtjahre entfernt.

Was sie sahen, war das gefangene Licht, und selbst das Leben, das sie führten, war ein technologisches Wunderding, eine physikalische Konstruktion. Und nur ein metaphysischer Denker mit allgegenwärtigem Verstehen könnte sagen, wer in dem Augenblick lebte, da die Tropfen in den Fluß zurückfielen: Aoz Roon oder sein Publikum. Doch bedurfte es keiner großen Spitzfindigkeit, um zu folgern, daß Makrokosmos und Mikrokosmos trotz aller durch die Begrenzung der Sicht erzwungenen Ungewißheiten eng zusammenhingen, verknüpft durch Phänomene wie das Helico-Virus, dessen Wirkungen letztlich universal waren, wenn ihre Wahrnehmbarkeit auch auf das Phänomen des Bewußtseins beschränkt war, das Nadelöhr, durch welches

Makrokosmos und Mikrokosmos tatsächlich zur Einheit wurden. Verständnis in einem göttlichen Maßstab wäre vielleicht imstande, die Trennwände zwischen den unendlichen Ordnungen des Seins aufzulösen; menschliches Verständnis war es, das Vergangenheit und Gegenwart in ihre seltsame Verschwisterung zwang.

Die Vorstellungskraft arbeitete; das Virus war nur eine Funktion.

Die zwei Yelke trotteten rasch dahin, die Hälse vorgereckt. Ihre Nüstern waren geweitet, und sie schnauften hörbar, denn sie waren seit geraumer Zeit unterwegs. Dunkle Schweißflecken verfärbten das Fell ihrer Flanken.

Ihre Reiter trugen hohe Stulpenstiefel und lange Umhänge aus grauem Stoff. Ihre Gesichter waren scharf geschnitten und hellhäutig, geschmückt mit kleinen Kinnbärten. Niemand hätte sie für etwas anderes als Sibornalier gehalten.

Der steinige Pfad, dem sie folgten, lag im Schatten einer mächtigen, steil aufragenden Bergschulter. Das regelmäßige Klopfen der Yelkhufe war in der von Bachläufen durchzogenen und mit Bäumen locker bestandenen Wildnis weithin hörbar.

Die Männer waren Kundschafter, die zu den Streitkräften des Kriegerpriesters Festibariyatid gehörten. Sie erfreuten sich ihres Rittes, atmeten mit Behagen die frische Luft, wechselten nur gelegentlich ein paar Worte und hielten im übrigen nach Feinden Ausschau.

Eine halbe Stunde hinter ihnen folgten andere Sibornalier zu Fuß, die eine Gruppe gefangener Protognostiker mit sich führten.

Die Wegspur wand sich hinab zu einem Fluß, hinter dem das Gelände zu einem felsigen Vorgebirge anstieg. Seine steilen Hänge bestanden aus verwitterten Sedimentschichten, von Auffaltungsprozessen beinahe in die Senkrechte verschoben und bewachsen mit wetterzerzausten Bäumen. Hier war die Siedlung, über die Festibariyatid herrschte.

Die Kundschafter durchritten den Fluß an einer Furt. Wo der Pfad, steil in eine ausgewitterte Schicht weicheren Gesteins getreten, aufwärtsführte, setzten die Yelke vorsichtig einen Huf vor den anderen; sie waren Tiere der nördlichen Ebenen und fühlten sich in gebirgigem Gelände nicht wohl. Sie und andere ihrer Artgenossen waren mit der jährlichen Zuwanderung von Kolonisten aus dem nördlichen Kontinent nach Chalce und die an Pannoval grenzenden Länder nach Süden gekommen; daher die Anwesenheit von Yelken so weit außerhalb ihres Lebensbereiches.

Der Haupttrupp erschien auf dem Pfad. Seine vier Mitglieder waren mit Speeren bewaffnet und eskortierten in ihrer Mitte die glücklosen Protognostiker, die sie auf ihrer Patrouille gefangen hatten. Den Abschluß bildete eine Nachhut von zwei Bewaffneten. Unter den Gefangenen stapften Cathcaarnit-er und Cathcaarnit-sie mühsam einher. Sie waren seit Wochen als Gefangene unterwegs, aber noch immer mußten sie sich kratzen.

Von Speerspitzen ermuntert, wateten sie durch den seichten Fluß und erstiegen im Gänsemarsch den steilen Pfad zur Höhe des Vorgebirges, vorbei an den nach Yelk riechenden Pferchen und einem Wachtposten, und endlich durch die Befestigung in eine Siedlung namens Neu-Aschkitosch.

Zu dieser Furt und in diese Siedlung kam viele Wochen später Laintal Ay. Es war ein Laintal Ay, den selbst seine engsten Freunde nicht ohne Zögern würden wiedererkannt haben. Er hatte ein Drittel seines Körpergewichts verloren und war zum Skelett abgemagert, mit bleicher Haut und einem veränderten Ausdruck in den Augen. Vor allem aber bewegte er seinen Körper in einer anderen Art. Er war am Knochenfieber erkrankt und hatte es überlebt. Beim Verlassen Oldorandos hatte er eine nordöstliche Richtung eingeschlagen, durch Wald und ein Gebiet, das später als Roons Moor bekannt wurde, weil dies die Richtung war, die Shay Tal und ihr Gefolge genommen hatte. Schon nach wenigen Stunden hatte er die von Vegetation überwucherte Pfadspur verloren. Er kannte das Land seit seiner frühesten Jugend, als es schneebedeckt gewesen war und den Himmeln ein offenes Gesicht gezeigt hatte, aber nun war es unter einem grünen Dickicht verschwunden.

Was einst Einsamkeit und Weite gewesen waren, wurde nun bevölkert von Gefahr. Wiederholt vernahm er Geräusche, die nicht jedesmal von flüchtigen Tieren herrührten, sondern allem Anschein nach von menschlichen, halbmenschlichen und ancipitalen Wesen. Alle schienen vom Gezeitenwechsel des Klimas in Bewegung geraten zu sein. Wiederholt glaubte er feindselige junge Gesichter auszumachen, die aus dem Dickicht spähten. Jeder Strauch hatte nicht nur Blätter, sondern auch Ohren.

Gold war im unübersichtlichen Waldgebiet unruhig, denn Hoxner waren Tiere der freien Steppenlandschaft. Er wurde zunehmend halsstarriger, blieb stehen und wollte nicht weiter, bis Laintal Ay verdrießlich absaß und das Tier am Zaumzeug führte.

Endlich sah er sich bei einem alten steinernen Turm, zu welchem er durch einen scheinbar endlosen Wald aus Birken und Farndickicht aufgestiegen war. Er band den Hoxner an einen Baum, bevor er rekognoszieren ging. Alles war still. Er betrat den Turm, wo er auszuruhen beschloß, da er sich matt fühlte. Als er zum obersten Geschoß hinaufgestiegen war, erkannte er seine Umgebung wieder; er hatte diesen Turm bei seinen sorglosen Wanderungen mehr als einmal aufgesucht und von der Stelle, wo er jetzt stand, zu öden Horizonten hinausgeblickt.

Voll Beunruhigung und Müdigkeit verließ er den Turm. Er sank erschöpft zu Boden, streckte sich und fand, daß er außerstande war, seine Arme herunterzubringen. Krämpfe schüttelten ihn, und er krümmte sich mit durchgedrücktem Kreuz rückwärts, als wollte er sich selbst die Wirbelsäule brechen. Gleichzeitig kam das Fieber über ihn, und er versank im Delirium.

Kleine dunkle Männer und Frauen kamen aus ihren Verstecken hervor, schlichen verstohlen näher und betrachteten ihn. Sie waren Protognostiker vom Stamm der Nondaden, haarige Geschöpfe, die Laintal Ay kaum bis zum Nabel reichten. Ihre Hände waren achtfingrig, aber weitgehend verborgen unter dichtem sandfarbenen Haar, das gleich Manschetten von ihren Handgelenken fiel. Ihre Gesichter ähnelten jenen von Asokins, und ihre vorspringenden Affenschnauzen verliehen ihnen im Verein mit den großen dunklen Augen den wehmütigen, sehnsüchtigen Ausdruck der Madis.

Ihre Sprache war ein Gemisch von Pfiffen, Grunz- und Schnalzlauten und in keiner Weise dem Olonet ähnlich, obgleich einige Aneignungen aus der alten Sprache stattgefunden hatten. Sie berieten untereinander und beschlossen dann, den Freyrer wegzutragen, da seine persönliche Oktave gut war.

Auf dem Höhenrücken hinter dem Turm wuchs eine Reihe stolzer Rajabarale, deren Stämme hinter den raschwüchsigen Birken kaum noch zu sehen waren. An der Basis eines solchen Stammes hatten die Nondaden den Eingang zu ihrer Erde, und sie schleiften den von Krämpfen geschüttelten Laintal Ay mit sich, schnaufend und glucksend über ihre eigene Mühsal. Der Hoxner wieherte und zerrte am Zügel, doch vergebens – sein Herr verschwand.

Unter den Wurzeln des gewaltigen Baumes hatten die Nondaden ihr sicheres Heim. Sie selbst nannten es die Achtzig Dunkelheiten. Sie schliefen auf Lagern aus Farnkraut, um die Nagetiere abzuwehren, welche die Erde mit ihnen teilten.

All ihr Tun wurde von Bräuchen beherrscht. Es war ihr

Brauch, Könige und Krieger schon bei der Geburt auszuwählen, damit sie später über sie herrschten und sie beschützten. Diese Herrscher und Krieger wurden zur Wildheit erzogen, und in den Achtzig Dunkelheiten fanden erbitterte Kämpfe bis zum Tod statt. Aber die Könige dienten dem Rest des Stammes als Surrogate, die ihre innewohnenden Aggressionen für sie auslebten, so daß die Masse der einfachen Stammesangehörigen bescheiden und liebevoll war, fürsorglich zusammenhielt und kein starkes Bewußtsein eigener Individualität entwickelte. Dafür hatten sie eine starke angeborene Neigung zum Eheleben; auch Laintal Ay bedurfte der Pflege und liebevollen Fürsorge einer Partnerin, obgleich sie ihn im Falle seines Todes bis zum letzten Fingerknöchel verschlungen hätten. Das war der Brauch.

Eine der Frauen wurde Snoktruix für Laintal Ay, legte sich zu ihm, liebkoste und streichelte ihn, suchte sein Fieber zu lindern. In seinen Delirien begann es von Tieren zu wimmeln, klein wie Mäuse, groß wie Berge. Wenn er in der Dunkelheit erwachte, fand er, daß er eine fremdartige Gefährtin nahe wie das Leben bei sich hatte, die alles zu tun bereit war, um ihn zu retten und wieder ganz zu machen. Darauf vermeinte er, ein Totengeist in der Unterwelt zu sein, und er gab sich willig dieser neuen Art des Seins hin, in welcher Himmel und Hölle in einer und derselben Umarmung lagen.

Soweit er das Wort je verstehen lernte, bedeutete Snoktruix eine Art von Heiler: auch Stehler, Geber und vor allem Fühler.

Er lag in augenrollendem Starrkrampf im Dunkeln, die Glieder verrenkt, und schwitzte seine Substanz aus. Das Virus wütete unkontrollierbar und zwang ihn durch Schiwas schreckliches Nadelöhr. Er wurde eine Landschaft von Sehnen und Knochen, über welche die Armeen des Schmerzes zogen und ihre Schlachten schlugen. Doch die geheimnisvolle Snoktruix war immer da, gab ihm von ihrer Gegenwart; er war nicht völlig verlassen. Ihr Geschenk war heilend.

Mit der Zeit zogen die Armeen des Schmerzes sich zurück. Die Stimmen in den Achtzig Dunkelheiten machten sich allmählich verständlich, und er begann unklar zu begreifen, was ihm geschehen war. Die außerordentliche Sprache der Nondaden hatte keine Worte für Essen, Trinken, Liebe, Hunger, Kälte, Wärme, Haß, Hoffnung und Verzweiflung, doch schien es, daß die Könige und Krieger, die in der fernen Dunkelheit kämpften, diese Worte kannten. Der Rest des Stammes widmete seine freien Stunden, deren es viele gab, ausgedehnten Diskussionen über die letzten Gründe. Die Notwendigkeiten des Lebens blieben wortlos, weil verächtlich. Die letzten Gründe waren es, auf die es ankam.

Unter der erstickenden Zuwendung seines Sukkubus gelang es Laintal Ay niemals, die Sprache hinreichend zu meistern, um die letzten Gründe zu begreifen. Aber es schien, daß die Hauptrichtung der Debatte – die auch ein Brauch war, der durch viele Generationen weitergetragen wurde – auf die Entscheidung zielte, ob alle ihre Identität in einen Seinszustand innerhalb des großen Gottes der Dunkelheit, Withram, verschmelzen, oder ob sie einen davon verschiedenen Zustand pflegen sollten.

Lang waren die Gespräche über diesen verschiedenen Zustand, und sie wurden nicht einmal unterbrochen, wenn die Nondaden aßen. Daß sie seinen Hoxner aßen, den treuen Gold, kam Laintal Ay nie zu Bewußtsein. Sein Appetit war dahin. Meditationen über den verschiedenen Zustand durchströmten ihn wie Wasser.

Dieser verschiedene Zustand wurde irgendwie mit vielen Dingen gleichgesetzt, manchen, die außerordentlich unangenehm waren, wie etwa Licht und Kampf; es war der Zustand, der den Königen und Kriegern aufgezwungen war und vereinfacht als Individualität übersetzt werden konnte. Individualität widersetzte sich Withrams Willen. Aber in irgendeiner Weise, so schien die Diskussion zu ergeben, die so verwickelt war wie die Wurzeln, zwischen denen sie ausgetragen wurde, bedeutete der Widerstand gegen Withrams Willen zugleich, ihn zu befolgen.

Alles war sehr verwirrend, besonders, wenn einem eine kleine haarige Snoktruix in den Armen lag.

Sie war nicht die erste, die sterben sollte. Sie starben alle still und ohne Aufhebens, krochen in die Dunkelheit davon. Zuerst merkte er nur, daß weniger Stimmen an den Harmonien der Diskussion teilnahmen. Dann wurde auch die Snoktruix starr. Er drückte sie fest an sich, in einem angstvollen Schmerz, dessen er sich nicht für fähig gehalten hätte. Aber die Nondaden hatten keine Abwehrmittel gegen die Krankheit, die Laintal Ay in ihre Erde herabgebracht hatte; Krankheit und Gesundung war nicht der Brauch.

Nach kurzer Zeit war auch sie tot. Laintal Ay saß und weinte. Er hatte ihr Gesicht nie gesehen, obwohl seine ärmlichen kleinen Konturen, hinter denen so viel Reichtum zu wohnen schien, seinen Fingerspitzen vertraut waren.

Die Diskussion um die letzten Gründe kam zu einem Ende. Das letzte Schnalzen, Grunzen, Pfeifen löste sich in Stille und Dunkelheit auf. Nichts war entschieden. Selbst der Tod hatte sich in der Sache unschlüssig gezeigt; er war zugleich individuell und kollektiv gewesen. Withram allein konnte sagen, ob er erfreut war, und wie es die Art der Götter ist, wahrte Withram sein Schweigen in der Sache.

Überwältigt von Schrecken und Trauer, dauerte es lange, ehe Laintal Ay zur Besinnung fand und an zielgerichtetes Handeln denken konnte. Auf allen vieren kroch er über die Leichen seiner Retter und hielt nach einer Fluchtmöglichkeit Ausschau. Die schreckliche Majestät der unterirdischen Finsternis lastete auf ihm.

In einem Bemühen, die Diskussion weiterzuführen, sagte er zu sich selbst: »Ich habe Individualität, welche Probleme meine lieben Freunde, die Nondaden, auch damit gehabt haben mochten. Ich weiß, daß ich ich bin, ich kann mir selbst nicht entgehen. Darum muß ich im Frieden mit mir sein. Ich muß mich nicht dieser immerwährenden Diskussion unterziehen, die sie führten. Das ist in meinem Fall alles geregelt. Was mir auch zustoßen mag, ich weiß wenigstens das: ich bin mein eigen. Ob ich lebe oder sterbe, ich kann mich danach verhalten. Es ist vergeblich, Aoz Roon zu suchen, er ist nicht mein Herr; ich bin es. Noch hat Oyre soviel Macht über mich, daß ich ein Flüchtling werden muß. Verpflichtungen sind nicht Sklaverei ...«

Und so weiter, bis die Worte nicht einmal für ihn selbst noch einen Sinn ergaben. Das Labyrinth zwischen den Wurzeln schien ohne Ausgang zu sein. Viele Male kam es vor, daß er hoffnungsvoll durch eine enge Röhre aufwärtskroch, nur um in einer Sackgasse zu enden, einem engen Kessel, wo ein zusammengekrümmter Leichnam lag, über dessen Eingeweide die Nagetiere ihre eigene Art von Diskussion führten.

Als er durch eine geräumigere Kammer ging, stolperte er über einen König. In der Dunkelheit hatte Größe weniger Bedeutung als im Licht. Der König schien gewaltig, als er sich brüllend und mit zweiunddreißig scharfen Krallen auf ihn stürzte. Laintal Ay wälzte sich zur Seite, stieß mit den Knien, schrie, versuchte seinen Dolch zu ziehen, und das schreckliche Ungeheuer biß und kratzte sich zu seiner Kehle. Er warf sich herum, versuchte, den Angreifer unter sich zu begraben, doch ohne Erfolg. Ein Ellbogen ins Auge gestoßen, nahm dem anderen momentan die Angriffslust. Laintal Ay zog den Dolch, aber der wurde ihm aus der Hand geschlagen, als die Balgerei von neuem begann. Seine suchenden Finger fanden eine Wurzel. Er arbeitete sich näher heran und zog einen der Arme des Königs hinter ihr durch, hielt ihn fest und bearbeitete den scharfzahnigen Kopf mit Faustschlägen. Dann war der tobende Kobold wieder frei und stürzte sich mit unverminderter Wut auf Laintal Ay. Die beiden im Haß ineinander verkrallten Gestalten warfen sich hierhin und dorthin und schlugen Erde, Schmutz und krabbelnde, huschende Tiere von Wänden und Decke der Höhle.

Geschwächt von den Verwüstungen des Knochenfiebers und seinem langen Fasten, fühlte Laintal Ay seinen Kampfeswillen erlahmen. Scharfe Krallen rissen ihm die Seite auf. Plötzlich prallte etwas auf ihre Körper. Wildes Brüllen und Schnalzen erfüllte die Luft. So vollkommen war Laintal Ays Verwirrung, daß er die Ankunft des zweiten Angreifers mit einiger Verspätung begriff. Es mußte einer der Nondadenkrieger sein. Glücklicherweise konzentrierte er den größten Teil seiner Wut auf den König. Es war wie in einem Käfig zwischen zwei ergrimmten Stachelschweinen.

Zappelnd und sich herumwälzend, brachte Laintal Ay durch Zufall seinen Dolch wieder an sich, kämpfte sich aus dem Handgemenge und schleppte sich blutend in einen Winkel. Als er die Beine anzog, um Körper und Gesicht mit Schienbeinen und Knien gegen einen Frontalangriff zu schützen, fand er über seinem Kopf einen engen Röhrengang. Vorsichtig schob er sich hinauf und durch eine Röhre, die kaum weiter war als sein Körper. Vor dem Fieber hätte er sich niemals durchzwängen können; nun gelang es ihm, mit schlangengleichen Windungen in einen runden kleinen Kessel zu gelangen. Unter seinen tastenden Händen war trockenes Laub. Er blieb keuchend liegen und lauschte ängstlich den nahen Kampfgeräuschen.

»Licht, bei Wutra!« hauchte er. Ein schwaches Grau wie feiner Dunst durchdrang den Kessel. Er war zum Rand des Labyrinths der Achtzig Dunkelheiten gekommen.

Die Furcht trieb ihn trotz seiner Schwäche, dem Licht zu folgen. Er wand sich ins Freie und stand zitternd neben der nackten konkaven Flanke eines Rajabarals. Das Licht ergoß sich in Kaskaden durch helles Birkenlaub.

Lange Zeit blieb er an den Stamm gelehnt stehen, atmete tief, wischte sich Blut und Erde vom Gesicht. Er blickte zur Öffnung der Röhre, aus der er gekrochen war. Ein wildes Frettchengesicht starrte zu ihm auf, verschwand. Er hatte das Reich der Nondaden verlassen, und sein Aufenthalt hatte die meisten von ihnen tot zurückgelassen.

Seine Gedanken verweilten schmerzlich in der Erinnerung an seine Snoktruix. Trauer erfüllte ihn, und Verwunderung und Dankbarkeit.

Einer der Wachtposten war über ihm. Nahe dem Horizont war der andere, Batalix, dessen Strahlen beinahe waagerecht durch den weiten stillen Wald einfielen und seinem Blättermeer eine melancholische Schönheit verlieh.

Seine Fellkleidung ging in Fetzen. Lange Schwielen, aus denen Blut sickerte, durchzogen seine Haut, wo die Krallen des Königs ihn bearbeitet hatten.

Zwar blickte er umher und rief einmal nach Gold, doch geschah es ohne Hoffnung. Er erwartete nicht, seinen Hoxner wiederzusehen. Sein Jagdinstinkt warnte ihn, daß er nicht länger bleiben dürfe, wo er war; die Gefahr war groß, daß er einem vierbeinigen oder zweibeinigen Feind zum Opfer fiele, wenn er nicht in Bewegung blieb, und er fühlte sich zu schwach, um einen weiteren Kampf zu bestehen.

Er lauschte am Stamm des Rajabarals. Etwas in seinem Inneren rumpelte. Die Nondaden hatten die Bäume, unter dessen Wurzeln sie lebten, sehr hoch geschätzt; es hieß, daß Withram oben im Stamm des Rajabarals lebe und gelegentlich in Zorn über eine Welt ausbreche, die zu den Protognostikern so ungerecht war. Was würde Withram tun, überlegte er, wenn alle Nondaden stürben? Selbst Withram wäre gezwungen, sich eine neue Individualität zu suchen.

»Wach auf!« sagte er laut, mißmutig über seine Tagträumerei. Er sah kein Zeichen von dem verfallenen Turm, der ihm hätte zur Orientierung verhelfen können. So kehrte er Batalix den Rücken und begann zwischen den weiß und schwarz gesprenkelten Stämmen des Birkenwaldes nach Osten zu wandern. Körper und Gliedmaßen fühlten sich angenehm schwerelos.

Tage vergingen. Er verbarg sich vor Gruppen von Phagoren und anderen Feinden. Hunger verspürte er nicht; die Krankheit hatte ihn ohne Appetit, aber mit einem klaren Kopf zurückgelassen. Seine Gedanken beschäftigten sich wie von selbst mit Dingen, die Vry zu ihm gesagt hatte, und Shay Tal, und seine Mutter und Großmutter; wieviel war den Frauen zu verdanken – und der Snoktruix ... Dinge, die sich auf die Welt als einen Ort bezogen, der als eine Welt unter vielen zu verstehen war, ein Ort, wo er dank seines außerordentlichen Glücks leben durfte, wo das Unerwartete jeden Tag geschah, und der Atem seine Lungen wie eine Flutwelle füllte. Er wußte im tiefsten Inneren seines Wesens, daß er gesegnet war. Unerschöpfliche Welten lagen eine innerhalb der anderen.

So kam er mit leichtem Schritt zu der Furt nahe der Siedlung Neu-Aschkitosch der Sibornalier.

Neu-Aschkitosch war in einem Zustand ständiger Erregung. Den Kolonisten gefiel es so. Die Siedlung deckte eine weite Fläche. Sie war kreisförmig angelegt, soweit das Terrain es erlaubte. Entlang ihrem Umfang standen Hütten und Zäune, dazwischen Wachttürme. Im Inneren dieses Ringes lagen Äcker und Weiden, unterteilt durch Pfade, die wie Radspeichen vom Zentrum zur äußeren Grenzlinie führten. In der Mitte befand sich eine Ansammlung eng verschachtelter und zusammengedrängter Gebäude und Werkstätten, dazu die Pferche, in denen Gefangene festgehalten wurden. Alles das war um den Mittelpunkt der Siedlung angeordnet, die aus einem kreisrunden Tempel bestand, der Kirche des Furchtbaren Friedens.

Männer und Frauen kamen und gingen in zielbewußter Geschäftigkeit. Herumbummeln war nicht erlaubt. Es gab Feinde im Inneren und draußen; Sibornal hatte immer Feinde.

Der äußere Feind war jeder und alles, was nicht aus Sibornal war. Nicht, daß die Sibornalier feindselig gewesen wären, aber ihre Religion lehrte sie, wachsam zu sein. Und besonders wachsam gegenüber jedem, der aus Pannoval kam, oder der Phagorenrasse angehörte.

Jenseits der Siedlung durchstreiften berittene Kundschafter das Land. Sie brachten stündlich Nachrichten über den Vormarsch zerstreuter Phagorentrupps, die aus dem Bergland herabkamen, gefolgt von einer ganzen Armee der Ancipitalen.

Die Nachrichten verursachten gemäßigte Unruhe. Alles war in Alarmbereitschaft. Es gab keine Panik. Obwohl die Kolonisten aus Sibornal den gehörnten Eindringlingen feindlich gesinnt waren, was durchaus auf Gegenseitigkeit beruhte, hatten sie eine unbehagliche Allianz entwickelt, die Konflikte auf ein Minimum beschränkte. Anders als die Leute von Embruddock, kämpfte kein Sibornalier jemals aus freien Stücken gegen Phagoren.

Statt dessen trieben sie Handel. Die Kolonisten waren sich ihrer gefährdeten Lage bewußt, und dies um so mehr, als ein Rückzug nach Sibornal nicht möglich war. Da sie als Rebellen und Häretiker galten, würde man sie dort mit Feuer und Schwert willkommen heißen. Ihre Handelsware waren Arbeitskräfte, menschliche oder halbmenschliche.

Selbst in guten Zeiten waren die Kolonisten ständig vom Hunger bedroht. Diese Kolonie war vegetarisch, und jeder Mann war ein geschickter und erfahrener Landwirt. Was sie anbauten, gedieh. Doch wurde der größte Teil ihrer Ernte zur Fütterung der Reittiere benötigt, die sie brauchten. Eine enorme Zahl von Yelken, Hoxnern, Pferden und Kaidaws (die letzteren waren Geschenke von Phagoren und Zeichen guten Willens) mußten durchgefüttert werden, um das Überleben der Gemeinschaft zu sichern.

Denn Kundschafter patrouillierten ständig die umliegenden Landstriche, unterrichteten die Siedlung über alles, was anderswo geschah, und fingen alles, was ihnen in die Quere kam. Die Pferche waren wohlversehen mit einer zeitweiligen Bevölkerung von Gefangenen.

Ein Teil der Gefangenen leistete Sklavenarbeit für die Kolonisten, der Rest wurde den Phagoren als Tribut übergeben. Dafür ließen die Phagoren die Siedlung unbehelligt. Dies wurde ihnen dadurch leichter gemacht, daß der Kriegerpriester Festibariyatid die Festung mit schlauer Berechnung auf einer falschen Oktave gegründet hatte; kein Phagor war geneigt, dort einzudringen.

Aber es blieb der Feind im Inneren des Lagers. Zwei Protognostiker, die ihre Namen mit Cathcaarnit-er und Cathcaarnit-sie angegeben hatten, waren bei der Ankunft erkrankt und bald darauf gestorben. Der Aufseher hatte einen Priesterarzt gerufen, der die Symptome des Knochenfiebers festgestellt hatte. Das Fieber griff von Woche zu Woche weiter um sich. An diesem Morgen fand man einen Kundschafter im Quartier der unverheirateten Männer, die Glieder verkrampft, augenrollend, schweißüberströmt.

Unglücklicherweise geschah das Unheil zu einer Zeit, als die Kolonisten bemüht waren, einen Vorrat an Gefangenen zu schaffen, um ihn der herannahenden Phagorenarmee zum Geschenk zu machen. Sie hatten sich bereits über den Namen des ancipitalen Kriegerpriesters informiert, der kein Geringerer war als Kzahhn Hrr-Brahl Yprt. Eine große Zahl von Todesfällen würde den Tribut entwerten. Auf Befehl des Hohen Festibariyatid wurden zusätzliche Gebete gesungen.

Laintal Ay hörte die Gesänge mit Empfindungen der Verwunderung und Freude, als er in die Siedlung kam. Mit wachem Interesse blickte er umher, ohne den zwei Bewaffneten sonderliche Beachtung zu schenken, die ihn zu einem zentralen Wachlokal eskortierten, vor dem Gefangene Dung aufhäuften.

Der Hauptmann der Wache war überrascht, einen Menschen zu sehen, der nicht aus Sibornal war und doch freiwillig in die Siedlung gekommen war. Nachdem er eine Weile mit Laintal Ay gesprochen und einige Einschüchterungsversuche unternommen hatte, schickte er einen Untergebenen, daß er einen Kriegerpriester hole.

Unterdessen mußte Laintal Ay sich an den Umstand gewöhnen, daß jeder, der nicht die Seuche überstanden hatte, seinen neuen Augen unangenehm fett erschien. Der Kriegerpriester sah unangenehm fett aus. Er pflanzte sich herausfordernd vor Laintal Ay auf und stellte, was er für schlaue Fragen hielt.

»Ich geriet in Schwierigkeiten«, sagte Laintal Ay. »Ich kam hierher, weil ich hoffte, Zuflucht zu finden. Ich brauche Kleider. In den Wäldern treibt sich mehr Gesindel herum, als mir lieb ist. Ich brauche ein Reittier, vorzugsweise einen Hoxner, und bin bereit, dafür zu arbeiten. Dann werde ich mich auf den Heimweg machen.«

»Was für ein Mensch bist du? Bist du vom fernen Hespagorat? Warum bist du so dünn?«

»Ich habe das Knochenfieber gehabt.«

Der Kriegerpriester befingerte seine Unterlippe. »Bist du ein Kämpfer?«

»Kürzlich tötete ich einen ganzen Stamm von anderen, den Nondaden.«

»Also fürchtest du die Protognostiker nicht?«

»Nicht im geringsten.«

Er bekam die Aufgabe, die Gefangenenpferche zu bewachen und ihre elenden Insassen zu füttern. Im Austausch erhielt er Stiefel und Kleidung aus grauer Wolle. Die Überlegung des Kriegerpriesters war einfach. Einer, der das Fieber überstanden hatte, konnte sich um die Gefangenen kümmern, ohne zu sterben oder die Epidemie weiterzuverbreiten.

Dennoch gingen mehr Kolonisten und Gefangene an der Geißel zugrunde. Laintal Ay bemerkte, daß die Gebete in der Kirche des Furchtbaren Friedens inbrünstiger wurden. Gleichzeitig schlossen die Leute sich mehr gegen ihre Mitmenschen ab und isolierten sich in der Hoffnung, so von Ansteckung frei zu bleiben. Er konnte gehen, wohin er wollte, und niemand hielt ihn auf. Er spürte, daß er irgendwie gefeit war. Jeder Tag war ein Geschenk.

Die Kundschafter verwahrten ihre Reittiere in Ställen, hinter denen umzäunte Freigehege waren, die ihnen Auslauf boten. Laintal Ay hatte eine Gruppe von Gefangenen unter sich, deren Aufgabe es war, Heu und anderes Futter zu den Tieren in die Ställe zu schaffen. Hier lag das große Futterproblem der Siedlung. Ein Morgen Weideland konnte zehn Tiere für einen Tag ernähren. Die Siedlung besaß fünfzig Reittiere, die zum Durchstreifen eines immer größeren Gebietes gebraucht wurden; sie konsumierten ein Äquivalent von 24000 Morgen pro Jahr, was sich in der Praxis freilich nicht ganz so dramatisch ausnahm, da sie auch jenseits der Siedlungsgrenzen auf die Weide gebracht wurden und die Weideflächen innerhalb dieser ausgebauten und bewachten Einfriedung mehrere Male im Jahr abgeweidet oder gemäht werden konnten. Gleichwohl blieb der hohe Futterbedarf ein ernstes Problem und erklärte, daß Neu-Aschkitosch voll von halbverhungerten Einwohnern war – ein seltenes Phänomen, selbst auf Helliconia.

Laintal Ay weigerte sich, die Gefangenen anzubrüllen; sie arbeiteten gut genug, zog man ihre elenden Lebensumstände in Betracht. Auch die Wachtposten hielten sich zurück, wenngleich aus anderen Gründen; seit dem Ausbruch der Seuche wahrten sie vorsichtig Distanz zu den Gefangenen. Während sie unter einem Dach standen und die Köpfe hängen ließen, bewegte sich Laintal Ay als einziger unbekümmert unter den Gefangenen. Als leichter Regen einsetzte und die Gewähr zu bieten schien, daß niemand ihm nachgehen würde, begab er sich in die Pferche hinter den Stallungen, um sich die Reittiere anzusehen. Sie umdrängten ihn, stießen ihn mit den weichen Mäulern an und schnaubten sanft in Erwartung eines Leckerbissens. Die Zeit rückte näher, da er ein Tier auswählen und die Flucht ergreifen würde; noch ein paar Tage und die Wache würde angesichts der um sich greifenden Seuche hinreichend desorganisiert sein.

Er wurde auf eine der Hoxnerstuten aufmerksam, zog eine Handvoll Hafer aus der Tasche und ging langsam auf sie zu. Das Tier war vom Kopf bis zum Schwanz rotbraun und dunkelgrau gestreift.

»Treue?«

Die Stute spitzte die Ohren, nahm den Hafer und steckte dann die Nase unter seinen Arm. Er kraulte sie hinter den Ohren und klopfte ihr den Hals.

»Wo hast du Shay Tal gelassen?« fragte er.

Aber die Antwort war offensichtlich. Die Sibornalier hatten sie gefangen und den Phagoren übergeben. Sie würde niemals nach Sibornal gelangen. Inzwischen mußte Shay Tal ein Geist sein. Sie und ihre kleine Gruppe, eins mit der Zeit.

Der Hauptmann der Wache hieß Skitosherill. Zwischen ihm und Laintal Ay entwickelte sich eine vorsichtige Freundschaft. Laintal Ay konnte sehen, daß Skitosherill sich fürchtete; er rührte niemanden an und führte stets ein stark duftendes Büschel getrockneter heilkräftiger Kräuter mit sich, in welchem seine lange Nase häufig Zuflucht suchte, um ihren Eigentümer vor der Seuche zu bewahren.

»Verehrt ihr Oldorander einen Gott?« fragt er.

»Nein. Wir können selbst für uns sorgen. Wir sprechen mit Ehrfurcht von Wutra, das ist wahr, aber wir haben alle seine Priester vor mehreren Generationen aus Embruddock hinausgeworfen. Ihr solltet in Neu-Aschkitosch das gleiche tun, dann hättet ihr ein leichteres Leben.«

»Barbarisches Benehmen! Weil Gott euch zürnte, schickte er euch die Seuche.«

»Neun Gefangene sind gestern gestorben, und sechs von euren Leuten. Du siehst daran, daß Beten auch nicht viel hilft.«

Skitosherill machte ein zorniges Gesicht. Sie standen im Freien, und eine Brise spielte mit ihren Umhängen. Die Gesänge der Betenden in der Kirche wehten zu ihnen herüber.

»Bewunderst du unsere Kirche nicht? Wir sind nur eine einfache Bauerngemeinde, aber wir haben eine feine Kirche. In Oldorando gibt es nichts dergleichen, möchte ich wetten.«

»Sie ist ein Gefängnis.«

Aber als er das sagte, hörte er eine getragen-feierliche Melodie aus der Kirche dringen, die ihn geheimnisvoll anrührte. Erhobene Stimmen fielen in den Klang der Instrumente ein.

»Sag das nicht – dafür könnte ich dich durchprügeln lassen. In der Kirche ist das Leben. Das Große Rad von Kharnabhar, der heilige Mittelpunkt unseres Glaubens. Wäre nicht das Große Rad, so würden wir noch immer in der Umklammerung von Schnee und Eis stecken.« Während er sprach, machte er mit dem Zeigefinger einen Kreis auf seine Stirn.

»Wieso?«

»Das Rad ist es, das uns die ganze Zeit näher zu Freyr bewegt. Wußtest du das nicht? Als Kind wurde ich zu einer Pilgerfahrt mitgenommen, um es zu besuchen, in die Berge von Shivenink. Du bist kein echter Sibornalier, wenn du diese Pilgerfahrt nicht gemacht hast.«

Der folgende Tag brachte weitere sieben Todesfälle. Skitosherill beaufsichtigte die Totengräber, allesamt gefangene Madis, die kaum fähig waren, Gräber auszuheben.

Laintal Ay sagte: »Ich hatte eine liebe Freundin, die von euren Leuten gefangen wurde. Sie wünschte eine Pilgerfahrt nach Sibornal zu machen und die Priester eures Großen Rades zu befragen. Sie meinte, diese Priester möchten die Quelle aller Weisheit sein. Statt dessen machtet ihr sie zur Gefangenen und verkauftet sie an die stinkenden Phagoren. Ist das die Art, wie ihr Menschen behandelt?«

Skitosherill zuckte die Achseln. »Gib nicht mir die Schuld daran. Wahrscheinlich hielt man sie irrtümlich für eine Spionin aus Pannoval.«

»Wie könnte das möglich gewesen sein? Sie und die Mitglieder ihrer Reisegruppe ritten Hoxner. Haben die Leute von Pannoval Hoxner? Ich habe nie derartiges gehört. Sie war eine wunderbare Frau, und ihr Briganten habt sie den Phagoren ausgeliefert.«

»Wir sind keine Briganten. Wir wollen nichts als uns hier in Frieden niederlassen und weiterziehen, wenn der Boden aufgebraucht ist.«

»Du meinst, wenn ihr die einheimische Bevölkerung aufgebraucht habt. Man muß sich das vorstellen: ihr tauscht Frauen und harmlose Reisende, die ihr auf den Wegen zusammenfangt, gegen eure Sicherheit.«

Der Sibornalier grinste unbehaglich, kratzte sich im Nacken und sagte: »Ihr Barbaren von Campannlat wißt eure Frauen nicht zu schätzen.«

»Wir schätzen sie hoch.«

»Herrschen sie?«

»Frauen herrschen nicht.«

»In einigen Ländern von Sibornal tun sie es. Du siehst, wie wir hier in dieser Siedlung für unsere Frauen sorgen. Wir haben Priesterinnen.«

»Ich habe keine gesehen.«

»Das ist, weil wir uns um sie kümmern.« Er beugte sich

näher. »Hör zu, Laintal Ay, ich habe gesehen, daß du kein schlechter Kerl bist, alles in allem. Ich will dir vertrauen. Ich kenne den Stand der Dinge hier. Ich weiß, wieviele Kundschafter ausgezogen und nicht zurückgekehrt sind. Sie sind in irgendeinem elenden Dickicht an der Seuche zugrunde gegangen und hatten kein Begräbnis; ihre Leichen wurden wahrscheinlich von Vögeln und anderen gefressen. Es wird noch schlimmer werden. Ich bin ein religiöser Mensch und glaube an die Macht des Gebetes; aber das Knochenfieber ist so stark, daß selbst Gebete nichts gegen es vermögen. Ich habe eine Frau, die mir von Herzen lieb ist. Ich möchte einen Handel mit dir machen.«

Die beiden standen auf einer niedrigen Erhebung und blickten hinab zu einem Stück Land, das sich zu einem Bach senkte; Gesträuch und niedrige Dornbäume säumten die Ufer. Am mäßig geneigten, steinigen Hang hoben die Gefangenen ein Gemeinschaftsgrab aus, während sieben Leichen – die in Laken eingehüllten toten Sibornalier – aufgereiht danebenlagen und auf ihr Begräbnis warteten. Ich kann verstehen, dachte er bei sich, daß dieser plumpe Mensch zu entkommen wünscht, aber was bedeutet er mir? Nicht mehr als Shay Tal, Amin Lin und die anderen ihm bedeuteten.

»Von welcher Art ist dein Handel?«

»Vier Yelke, gut gefüttert. Ich, meine Frau, ihre Dienerin, du. Wir reiten zusammen fort – mich wird man ohne weiteres durch die Linien lassen. Wir reiten mit dir zurück nach Oldorando. Du kennst den Weg, ich beschütze dich, sorge dafür, daß du ein gutes Reittier bekommst. Andernfalls würdest du niemals die Erlaubnis erhalten, von hier fortzugehen, schon gar nicht, wenn die Verhältnisse sich weiter verschlechtern – du bist zu wertvoll. Habe ich dein Einverständnis?«

»Wann willst du abreisen?«

Skitosherill steckte die Nase in sein Kräuterbüschel und

blickte forschend zu Laintal Ay auf. »Ein Wort über dieses Gespräch zu irgendwem, und ich bringe dich um. Paß auf, der Heerzug des Phagorenkzahhn Hrr-Brahl Yprt wird nach den Meldungen unserer Kundschafter vor Freyruntergang hier eintreffen und vorbeiziehen. Dieser Vorbeizug wird sicherlich einen bis zwei Tage in Anspruch nehmen. Wir vier werden nachher folgen. Die Phagoren werden uns nicht angreifen, wenn wir in gebührendem Abstand hinter ihnen sind. Der Heerzug mag gehen, wohin er will; wir werden nach Oldorando reiten.«

»Hast du die Absicht, in einem solch barbarischen Ort zu leben?« fragte Laintal Ay.

»Wir werden sehen müssen, wie barbarisch er ist, bevor ich darauf antworte. Versuche nicht, deinen Vorgesetzten mit Ironie zu begegnen. Bist du einverstanden?«

»Ich würde lieber einen Hoxner reiten, als einen Yelk, und das Tier selbst auswählen. Ich habe nie auf einem Yelk gesessen. Und ich möchte ein Schwert, aus weißem Metall, nicht Bronze.«

»Sehr gut. Dann bist du einverstanden?«

»Besiegeln wir die Abmachung mit einem Handschlag?«

»Ich berühre niemandes Hände. Verbale Zustimmung ist genug. Gut. Ich bin ein gottesfürchtiger Mann, ich werde dich nicht verraten; sieh zu, daß du mich nicht verrätst. Nun, ich habe noch anderes zu tun; laß diese Leichen begraben und bring dann die Gefangenen zurück in den Pferch!«

Nachdem der hochgewachsene, massige Sibornalier gegangen war, rief Laintal Ay den Gefangenen zu, daß sie die Arbeit einstellen sollten.

»Ich bin nicht euer Herr, ich bin ein Gefangener wie ihr. Ich hasse die Sibornalier. Werft die Leichen ins Wasser und deckt sie mit Steinen zu – das wird euch Mühe sparen! Wascht euch hinterher die Hände!«

Statt ihm zu danken, warfen sie ihm mißtrauische Blicke

zu, ihm in seinen grauwollenen Kleidern, ein Artgenosse der Sibornalier, der über ihnen am Hang stand und sie beaufsichtigte; ihm, der mit dem sibornalischen Hauptmann von gleich zu gleich verkehrte. Er spürte ihren Haß und blieb unbewegt. Das Leben war billig, wenn Shay Tals Leben billig war. Als sie zwischen den Leichen herumstiegen, streiften sie das Laken von einem der Toten, so daß Laintal Ay das aschfahle Gesicht darunter sehen konnte, erstarrt in Angst und Qual. Dann hatten sie den Körper bei Füßen und Schultern gepackt, schleppten ihn zum Ufer und warfen ihn kurzerhand ins Wasser, das heißhungrig das Laken ergriff und um die Leiche schlug, die von der Strömung ergriffen und ohne Umstände flußab befördert wurde.

Der kleinere Flußlauf markierte die Grenze des zu Neu-Aschkitosch gehörenden Landes; am anderen Ufer begann Niemandsland.

Nach getaner Arbeit diskutierten die Madis untereinander die Erfolgsaussichten einer Flucht. Manche waren für das Wagnis, standen am Ufer und winkten ihren Schicksalsgefährten zu. Sie riefen, der Fluß könne mit Leichtigkeit durchschwommen oder gar durchwatet werden. Die ängstlicheren aber blieben bei der ausgehobenen Grube am Hang zurück, gestikulierten und warnten vor unbekannten Gefahren. Alle blickten immer wieder besorgt zu Laintal Ay, der mit verschränkten Armen an seinem Platz stehenblieb. Sie waren außerstande, sich zu entschließen, ob sie einzeln oder kollektiv handeln sollten, mit dem Ergebnis, daß sie unaufhörlich redeten, aber nichts taten. Dabei schickten sie sich mehrmals an, den Hang hinauf- oder ins Wasser hineinzusteigen, kehrten aber immer wieder zu einem gemeinsamen Zentrum der Unentschlossenheit zurück.

Es gab Gründe für ihr Zögern. Das Gelände jenseits des Flusses belebte sich mit Gestalten, die westwärts zogen. Aufgescheuchte Vögel flatterten vor ihnen auf, kreisten in der

Luft und ließen sich anderswo nieder, um auch dort bald wieder aufzuflattern.

Das Land stieg in der mittleren Entfernung zu einem niedrigen Horizont an, wo einige alte Rajabarale standen, deren Kronen Dampf entließen. Jenseits von ihnen entwickelte sich die Landschaft in einer großartigen Skala, zeigte Höhenzüge, die sich fern und lockend in dunstigem Licht verloren. Hier und dort ragten steinerne Megalithen auf, die unlesbar verwitterte Meißelspuren aufwiesen und die Linien der Land- und Luft-Oktaven markierten.

Die westwärts ziehenden Flüchtlinge wandten die Gesichter von Neu-Aschkitosch ab, als fürchteten sie, in den Bann seines üblen Rufes zu geraten, wenn sie hinüberschauten. Manche wanderten allein, häufiger aber kamen sie in Gruppen, die bisweilen zahlreich waren. Viele von ihnen trieben Tiere vor sich her oder hatten Phagoren bei sich. Bisweilen hatten die Phagoren den Befehl.

Die Wanderung ging nicht immer ohne Aufenthalt vonstatten. Eine große Gruppe machte an einem Hang halt, ungefähr eine Meile von Laintal Ays Standort entfernt. Sein scharfes Auge machte Bewegungen aus, die er als Wehklagen deutete: die Gestalten beugten sich abwechselnd zum Boden nieder oder reckten die Arme zum Himmel empor. Andere Gruppen zogen vorbei; Leute liefen zwischen den Gruppen hin und her. Die Seuche reiste mit ihnen.

Er wandte den Kopf und suchte mit seinen Blicken die entfernteren Teile der Landschaft nach Anzeichen dessen ab, vor dem die Leute flohen. Er bildete sich ein, eine schneebedeckte Kuppe über einer Einsenkung zwischen zwei Hügeln zu sehen. Die Qualität des Lichts auf dieser Kuppe wechselte ständig, als tummelten sich auf ihren oberen Hängen schattenhafte Wesen. Abergläubische Furcht bemächtigte sich seiner und verlor sich erst wieder, als er erkannte, daß er nicht einen fernen Berg sah, sondern etwas Näheres und sehr viel weniger Dauerhaftes: einen großen Schwarm weißer Vögel, die sich zwischen den Hügeln enger zusammengeschlossen hatten.

Laintal Ay kehrte den Protognostikern, die noch immer bei ihrer Grube stritten, den Rücken und ging zurück zum Wachlokal.

Es war ihm klar, daß diese Flüchtlinge, von denen viele bereits von der Seuche infiziert waren, über Oldorando hereinbrechen würden. Er mußte so bald wie möglich zurückkehren und Dathka und die Stellvertreter warnen; andernfalls würde Oldorando unter einer Flutwelle kranker Menschen und Nichtmenschen zugrundegehen. Sorge um Oyre regte sich; seit den Tagen seiner Snoktruix hatte er zu wenig an sie gedacht.

Beide Sonnen schienen vom Himmel und wärmten ihm den Rücken. Im Angesicht der Entscheidungen, die er zu treffen hatte, fühlte er sich einsam und isoliert, aber dafür gab es gegenwärtig keine Abhilfe.

Er schaute ins Wachlokal, das leer war, und lauschte nach Musik aus der Kirche, doch aus der Richtung kam nur Stille. Da er nicht wußte, in welchem Teil der Siedlung Skitosherill und seine Frau lebten, konnte er nur auf die Rückkehr des Hauptmanns warten. Das Warten aber vermehrte seine schlimmen Vorahnungen.

Drei Kundschafter kamen zu Fuß den Weg vom Tor herauf. Sie hatten zwei Gefangene bei sich, von denen einer zusammenbrach, kaum daß sie vor dem Wachlokal angelangt waren. Die Kundschafter waren erschöpft und sahen krank aus. Ohne Laintal Ay einen Blick zu gönnen, wankten sie ins Wachlokal. Laintal Ay musterte gleichgültig den zweiten Gefangenen, der stehengeblieben war; Gefangene waren nicht mehr seine Sorge. Dann sah er genauer hin.

Der Gefangene stand mit gespreizten Beinen in einer Haltung da, die man hätte trotzig nennen können, wenn er nicht den Kopf hätte hängen lassen. Er war groß, und seine magere Gestalt ließ darauf schließen, daß auch er das Knochenfieber überlebt hatte. Er trug schmutzige schwarze Fellkleidung, die ihn lose umschlotterte.

Laintal Ay steckte den Kopf in die Wachstube, wo die eben eingetroffenen Kundschafter am Tisch saßen und Rübenbier tranken.

»Ich nehme den Gefangenen da draußen mit zur Arbeit – er wird gebraucht.«

Er zog sich zurück, ehe sie antworten konnten.

Mit einem kurzen Befehl, ihm zu folgen, führte Laintal Ay den Mann zur Kirche des Furchtbaren Friedens. Am zentralen Altar waren Priester, aber Laintal Ay führte den Gefangenen zu einem Sitz an der Wand, wo das Licht schlecht war. Der Gefangene ließ sich dankbar nieder und sank in sich zusammen wie ein Sack voll Knochen.

Es war Aoz Roon. Sein Gesicht war abgezehrt und von Furchen durchzogen, von Hals und Kinn hing ihm schlaffe Haut wie ein Kehllappen; sein Bart war ergraut; aber seine Stirnfalte, der Blick seiner Augen und die Linien des Mundes verrieten unverkennbar den Herrn von Embruddock. Zuerst wollte er in dem mageren Mann in der Kleidung des Sibornaliers nicht Laintal Ay erkennen. Als dann das Wiedererkennen kam, ließ er den Kopf an Laintal Ays Schulter sinken, legte die Arme um ihn und schluchzte, daß sein ganzer Körper bebte.

Nach einer Weile war er imstande, Laintal Ay zu berichten, was ihm widerfahren war, und wie er inmitten eines Überschwemmungsgebietes auf einer kleinen Insel gestrandet war. Als er sich von seinem Fieber erholte, wurde ihm klar, daß der mit ihm gestrandete Phagor langsam verhungerte. Dieser Phagor war kein Krieger, sondern ein bescheidener Pilzsammler mit Namen Yhamm-Whrrmar, der von einer schrecklichen Furcht vor dem Wasser beseelt und infolgedessen unfähig oder unwillig war, Fisch zu essen. In der Appetitlosigkeit, die alle diejenigen überkam, die sich vom Fieber erholten, benötigte Aoz Roon selber beinahe nichts. Die zwei hatten sich über das Wasser hinweg im Gespräch gefunden, und schließlich war Aoz Roon zur größeren der zwei Inseln hinübergewatet, um ein Bündnis mit seinem früheren Feind zu schließen.

Von Zeit zu Zeit sahen sie Menschen und Phagoren am nahen Flußufer, aber keiner mochte das reißende Wasser durchschwimmen, um ihnen zu helfen. Gemeinsam versuchten sie, ohne Werkzeug ein Boot zu bauen, was viele mühsame Wochen in Anspruch nahm. Ihre ersten Versuche waren vergeblich. Indem sie Zweige ineinanderflochten und mit getrocknetem Lehm verschmierten, gelang ihnen schließlich die Konstruktion eines Fahrzeuges, das schwimmen konnte. Yhamm-Whrrmar ließ sich überreden, hineinzusteigen, sprang in seiner Angst aber wieder heraus, ehe sie vom Ufer abstießen. Nach langem Hin und Her stakte Aoz Roon das Boot allein in die Strömung hinaus. In der Mitte des Flusses aber löste sich der Lehm auf, und das Flechtboot sank. Aoz Roon schwamm zu einer Sandbank flußab und kletterte an Land.

Er hatte die Absicht, ein Seil aufzutreiben und zurückzukehren, um Yhamm-Whrrmar zu retten, aber die Lebewesen, denen er begegnete, waren entweder feindselig oder flohen vor ihm. Nach langem Umherwandern war er von den sibornalischen Kundschaftern gefangen und nach Neu-Aschkitosch geschleppt worden.

»Wir werden zusammen nach Embruddock zurückkehren«, sagte Laintal Ay. »Oyre wird sich sicherlich freuen, dich lebendig wiederzusehen.«

Aoz Roon antwortete nicht gleich.

»Ich kann nicht zurück ... ich kann nicht ... Ich kann Yhamm-Whrrmar nicht im Stich lassen ... Du kannst es nicht verstehen.« Er rieb die Hände an den Knien.

»Du bist noch immer Herr von Embruddock.«

Aoz Roon ließ den Kopf hängen und seufzte. Er war geschlagen, hatte versagt. Alles, was er für sich erhoffte, war ein friedlicher Zufluchtsort. Wieder die ungewisse Bewegung der Hände an den Knien, über schäbiges Bärenfell.

»Es gibt keine friedlichen Zufluchtsorte«, sagte Laintal Ay. »Alles verändert sich. Wir werden zusammen nach Embruddock zurückkehren. Sobald wir können.«

Da Aoz Roons Willenskraft gebrochen schien, mußte er die Entscheidungen für ihn treffen. Er konnte im Wachlokal sibornalische Kleidung und Stiefel an sich bringen; so verkleidet, könnte Aoz Roon sich Skitosherills Gruppe anschließen. Enttäuscht trennte er sich von Aoz Roon. Dies war nicht, was er erwartet hatte.

Vor der Kirche erwartete ihn eine weitere Überraschung. Jenseits der verschachtelten Holzhäuser, die den Rundtempel umgaben, versammelten sich die Einwohner des Dorfes. Schweigend blickten sie über das Tal hin, anonym in ihrem einheitlichen Grau.

Der Heerzug des jungen Phagorenkzahhn mußte in den nächsten Stunden auf der anderen Seite des Tals vorbeimarschieren.

Die Flucht vor dem heranrückenden Heer dauerte noch an. Da und dort liefen versprengte Hirsche zwischen den Gruppen der Menschen und Protognostiker und Anderen hin und her. Es kam vor, daß die Flüchtlinge parallel zu Phagorentrupps dahinzogen, die bereits zur Vorhut von Hrr-Brahl Yprts Armee gehörten. Es war etwas von der Blindheit einer Naturgewalt an diesem Vormarsch. Er war eindrucksvoll eher durch seine Zahl als durch seine Disziplin.

Scheinbar willkürlich, tatsächlich aber gelenkt von ihren Luft-Oktaven, bedeckten Phagorentrupps ungezählte Morgen Land. Überall marschierten sie mit ihrem bedächtigen, unaufhaltsamen Schritt dahin. Sie kannten keine Hast.

Der Weg von den beinahe stratosphärischen Höhen des Nktryhk durch Gebirgsland und Täler hinab zu den Ebenen um Oldorando war dreieinhalbtausend Meilen weit. Wie jede menschliche Armee, die zu Fuß über schwieriges

Gelände vorrückt, legten die Kreuzzügler selten mehr als elf Meilen am Tag zurück.

Und selten marschierte die Armee mehr als einen Tag von zehn. Die meiste Zeit wurde mit den gewohnten Zerstreuungen großer Armeen hingebracht: Ausplünderung des Landes durch Furagieren und Ausruhen.

Um sich zu versorgen, hatte das Heer mehrere mächtige Gebirgsorte belagern müssen, die nahe am Weg lagen, und so hatten sie sich mit den Felsen und Schluchten verbündet und gewartet, daß die Söhne Freyrs ihre Waffen niederlegen und die Tore öffnen würden. Sie hatten nomadisierende Stämme an der Schwelle zum Menschsein verfolgt, die noch in Unkenntnis des Ackerbaus lebten und daher zu einem Leben immerwährender Wanderschaft verdammt waren; diesen waren sie auf gefahrvollen Gebirgspfaden nachgestiegen, um ein paar magere Arangs für den Bratspieß zu gewinnen. Am Anfang waren sie von Schneefällen und zuletzt von gewaltigen Überschwemmungen aufgehalten worden, die genährt wurden von den Schmelzwassermassen des schrumpfenden Hhryggt.

Auch hatte das Heer unter Krankheiten, Unfällen, Desertion und Überfällen von Stämmen gelitten, durch deren Territorium es gezogen war.

Nun war die Luftwende 446 nach dem modernen Kalender. In den ewigkeitsbewußten Gehirnen der ancipitalen Rasse war es auch das Jahr 367 nach der Kleinen Apotheose, oder das Große Jahr 5 634 000 seit der Katastrophe. Dreizehn Luftwenden waren vergangen, seit das Stungebaghorn zum erstenmal über die eisigen Weiten des heimatlichen Gletschers gedröhnt hatte. Batalix und der finster drohende Freyr standen dicht beisammen und tief am Westhimmel, als der Kreuzzug sich dahinwälzte, dem nicht mehr fernen Ziel entgegen.

Verglichen mit den Hochländern von Mordriat, die sie bereits durchzogen hatten, war dieses Land weich wie der

Schoß einer Frau, und sprach weniger unverhüllt vom Wirken erbarmungsloser Naturgewalten. Dennoch waren seine Formen von eben diesen Gewalten rundgeschliffen und eingeebnet worden. Gewiß, die Jahreszeit hatte sie mit Grün überzogen und Bäume wachsen lassen, deren Blätter sich mancherorts zu einem Laubdach vereinten, aber alles das vermochte nicht die gewaltige geologische Anatomie darunter zu verbergen; diese Anatomie war allzu unlängst noch von Jahrhunderten in Frost und Eis geprägt worden. Es war ein Land, geeignet, die ruhelose Seele des Lebens zu tragen, ohne sie zu erhalten, in welche Gestalt diese Seele auch immer gegossen war. Es stellte das unveröffentlichte Manuskript von Wutras großer Geschichte dar. Die stämmigen Körper der Phagorenkrieger waren autochthone Manifestationen der Gegend.

Verglichen mit ihnen, waren die grau gekleideten Bewohner der Siedlung Schattengestalten, vergänglicher als jene, die an ihren Grenzen vorbeizogen.

Laintal Ay ging durch die gebogene Gasse zwischen der Kirche und den umliegenden Häusern und Läden. Über dem Arm trug er eine Garnitur Kleider für Aoz Roon. Im Gehen konnte er durch die Lücken zwischen den Gebäuden flüchtige Blicke in die Ferne tun. Alle Einwohner von Neu-Aschkitosch hatten sich versammelt, um dem Vorbeimarsch des Heerzuges zuzusehen. Er fragte sich, ob sie dort aus Furcht warteten, um eine Bedrohung rechtzeitig zu erkennen, oder um zu sehen, ob der Tribut, den sie der ancipitalen Macht entrichtet hatten, wirklich ihre Sicherheit gewährleistete.

Die schweigenden weißen Gestalten zogen jenseits des Flusses vorüber. Nur wenige blickten zur Siedlung, die meisten starrten gleichmütig geradeaus. Viele waren mager und im Haarwechsel begriffen; die zottigen weißen Felle hingen in Fetzen und ließen die nackt aussehenden Köpfe im Kontrast dazu enorm groß erscheinen. Über ihnen flogen die

Kuhreiher und erfüllten die Luft mit ihrem krächzenden Geschrei. Viele schwenkten ab, um auf die Dunghaufen herabzustoßen, die rings um die Siedlung lagen, und dort mit Geschrei und Flügelschlägen um genießbare Brocken zu streiten.

Als müßten sie sich gegenüber dem Lärm der Vögel Gehör verschaffen, ließen die Bewohner der Siedlung ihre eigenen Stimmen erschallen. Als Laintal Ay aus der Kirche trat, vernahm er das An- und Abschwellen ihres Gesanges. Die Worte waren nicht Olonet; sie hatten einen rauhen, doch lyrischen Klang, der mit der machtvollen Melodie harmonierte. Als er lauschte, hatte er das Gefühl, daß der Gesang eine eigentümliche Zwiespältigkeit zwischen Trotz und Unterwürfigkeit ausdrückte. Die Frauenstimmen schwebten klar über denen der Männer, die nach der Art des basso continuo eine eher gleichförmige Grundstimme sangen, über die sich die eigentliche Melodie emporschwang.

Nun waren in der zerlumpt aussehenden Armee einige Phagoren auszumachen, die auf Kaidaws ritten. Es waren nicht mehr so viele Reittiere, wie es am Anfang des Kreuzzuges gegeben hatte, doch genug, um Eindruck zu machen. In der Mitte einer ziemlich geordneten Phalanx schritt Rukk-Ggrl einher, den roten Kopf hoch erhoben, den jungen Kzahhn auf dem Rücken. Hinter dem Kzahhn kamen seine Generale, dann seine persönlichen Fillocks, von denen nur zwei überlebt hatten, sie waren jetzt hochmütige Gillots. Menschliche Sklaven, mit Lasten schwer beladen, zogen in der Kolonne mit.

Hrr-Brahl Yprt hielt den Kopf hoch erhoben, so daß seine Gesichtskrone im Licht glänzte. Zzhrrk flatterte wie ein Banner über ihm. Der Kzahhn geruhte nicht, die menschliche Siedlung, die ihm Tribut zahlte, durch einen Blick zu ehren, doch mußte der vielstimmige kehlige Gesang, der zu seiner Begrüßung über das Tal hin an sein Ohr drang, irgendeine

Empfindung in ihm wachrufen, denn als er eine Stelle erreichte, die ungefähr querab von der Kirche des Furchtbaren Friedens war, ob er das Schwert mit der Rechten hoch über den Kopf – ob als Gruß oder Drohung, blieb ungeklärt. Ohne Aufenthalt setzte er seine Reise fort.

Als er sah, daß Aoz Roon sich an seiner Seite hielt, führte Laintal Ay ihn zum Wachlokal. Dort warteten sie bis zum Abend auf Skitosherill. Als dieser endlich kam, brachte er seine Frau und eine mit Gepäck beladene Dienerin mit.

»Wer ist das?« fragte er und zeigte auf Aoz Roon. »Wir sind noch nicht fort, und schon brichst du unsere Abmachung, Barbar?«

»Er ist ein Freund von mir, laß es damit genug sein. Wohin ziehen eure Phagorenfreunde?«

Der Sibornalier hob eine Schulter, als rechtfertigte die Beantwortung der Frage nicht das Heben beider.

»Wie sollte ich das wissen? Halt sie an und frag sie selbst, wenn du so neugierig bist!«

»Sie ziehen nach Oldorando. Weißt du das nicht? Ihr Briganten, auf freundschaftlichem Fuß mit den Unholden, bringt ihrem Anführer noch ein Ständchen.«

»Wenn ich wüßte, wo jedes kleine Barbarennest in der Wildnis liegt, würde ich mich kaum auf dich verlassen, daß du mir den Weg zu einem davon zeigst.«

Sie standen einander zornig gegenüber, als Skitosherills Frau vortrat und sagte: »Warum streitest du mit dem Mann, Barbu? Sieh zu, daß wir endlich weiterkommen. Wenn er sagt, daß er uns nach Oldorando führen kann, dann hör auf zu zanken und ermutige ihn, es zu tun.«

»Natürlich, Liebes«, antwortete Skitosherill und sandte ein starres Lächeln in ihre Richtung. Nach einem finsteren Blick zu Laintal Ay stapfte er davon, um bald mit einem Kundschafter zurückzukehren, der mehrere Yelke führte. Unterdessen gab seine Frau sich damit zufrieden, Laintal Ay und Aoz Roon in schweigender Geringschätzung zu mustern.

Sie war eine kräftige Frau, beinahe so groß wie ihr Mann und wohlgestaltet, soweit die formlose graue Kleidung ein Urteil zuließ. Was sie in Laintal Ays Augen bemerkenswert machte, das war ihr glattes blondes Haar und die hellblauen Augen; trotz ihres hochmütigen Ausdrucks hatten sie eine angenehme Wirkung auf ihn. Er wandte sich zu ihr und sagte freundlich: »Ich werde euch sicher nach Oldorando führen. Unsere Stadt ist schön und aufregend, sie besitzt steinerne Türme und Geysire. Der Stundenheuler wird euch verblüffen. Ihr werdet bewundern müssen, was ihr seht.«

»Ich muß überhaupt nichts bewundern«, erwiderte sie streng, doch dann schien sie die Unfreundlichkeit ihrer Antwort zu bedauern und erkundigte sich nach seinem Namen.

Skitosherill kam mit den Tieren zurück. »Brechen wir auf, es wird bald dunkel«, sagte er munter. »Ihr zwei Barbaren werdet Yelke reiten – Hoxner sind nicht verfügbar. Und dieser Kundschafter wird uns begleiten. Er hat Anweisung, energisch gegen Aufsässigkeit vorzugehen.«

»Gegen jede Art von Aufsässigkeit«, ergänzte der Kundschafter unter seiner Kapuze hervor.

Als Freyr den Horizont berührte, brachen sie auf, sechs Reiter mit einem Tragtier für Gepäck. Sie passierten die Posten am westlichen Tor der Siedlung ohne Zwischenfall. Die Wächter standen gleichgültig da, schattenhaft im abnehmenden Licht, und starrten dumpf vor sich hin.

Im letzten Licht erreichte der kleine Trupp die Furt durch den Fluß, gewann das andere Ufer und folgte der zottigen Armee des Kzahhn. Der Boden war morastig, von den ungezählten Füßen des Heeres zertrampelt.

Laintal Ay ritt an der Spitze und führte die anderen. Er ignorierte die Unbequemlichkeiten des Yelksattels ebenso wie den schaukelnden Paßgang des Tieres. Ein erdrückendes Gewicht legte sich auf sein Gemüt, wenn er an die wilde Phagorenarmee dachte, die sich vor ihm durch das Land wälzte; mit wachsender Gewißheit glaubte er, daß sie auf ihrem Weg Oldorando überrennen werde, was immer ihr letztes Ziel sein mochte. Es war an ihm, den kleinen Trupp so rasch wie möglich zurückzuführen, den Heerzug zu überholen und die Stadt zu warnen. Er stieß dem Yelk die Fersen in die Rippen, versuchte ihm von der vorwärtsdrängenden Kraft seines Geistes mitzuteilen.

Oyre und ihre lächelnden Augen verkörperten ihm alles, was ihm an der Stadt lieb und wert war. Seine lange Abwesenheit bedauerte er nicht, hatte sie ihm doch ein neues Verständnis seiner selbst und neuen Respekt vor ihrer Einsicht gebracht; sie hatte seine mangelnde Reife gesehen, seine Abhängigkeit von anderen, und hatte ihm Besseres gewünscht, vielleicht ohne in der Lage zu sein, diesen Wunsch zu artikulieren. Seine Rückkehr würde ihr wenigstens etwas von diesen notwendigen Qualitäten bringen. Vorausgesetzt, er erreichte Oldorando noch rechtzeitig.

Sie drangen in düsteres Waldgelände ein, durch den eine schwache Fährte glomm, gelegt von Batalix, der eben in goldenem Glanz unterging. Die Bäume waren noch jung und wie Unkraut aufgeschossen. Ihre Kronen verzweigten sich dicht über den Köpfen der Reiter und streiften sie mit ihren Zweigen. Phantome bewegten sich in der Nähe. Eine schmale Fährte von Protognostikern nahm ihren Weg nach Osten; indem sie sich an ihre eigene geheimnisvolle Oktave gehalten hatten, war es ihnen irgendwie gelungen, dem Kzahhn auszuweichen und ihren Weg durch die Reihen seines Heeres zu suchen. Magere Gesichter bewegten sich blaß zwischen den im Dunkel verschwimmenden Stämmen.

Er wandte sich im Sattel um und blickte zurück. Der Kundschafter und Aoz Roon bildeten den Schluß, kaum noch erkennbar im Dämmerlicht. Aoz Roon ritt mit gesenktem Kopf; er wirkte leblos und gebrochen. Dann kam die

Dienerin mit dem Lasttier. Unmittelbar hinter Laintal Ay ritten Skitosherill und seine Frau, graue Kapuzen über die Köpfe gezogen. Sein Blick suchte das blasse Gesicht der Frau. Ihre blauen Augen glänzten, aber etwas Starres in ihrem Ausdruck ängstigte ihn. Hatte der Tod bereits die Klauen nach ihr ausgestreckt?

Wieder stieß er dem langsamen Yelk die Fersen in die Seiten und trieb ihn vorwärts, den Gefahren entgegen, die sie erwarteten.

XV
Brandgeruch

Stille lag über Oldorando. Wenige Leute belebten die Gassen. Die meisten von denen, die man sah, trugen ein zauberkräftiges Amulett oder ein anderes Geheimmittel bei sich. Besonderer Wertschätzung erfreuten sich getrocknete heilkräftige Kräuter, die manche sich mit einer Binde vor Mund und Nase befestigten. Sie wehrten die Seuche ab, aber auch Fliegen, den Gestank des Räucherwerks und der Reinigungsfeuer, die allenthalben zur Bekämpfung der Seuche abgebrannt wurden.

Hoch über den Gebäuden schienen die zwei Wachtposten wie Augen vom Himmel herab, nur durch eine Haaresbreite voneinander getrennt. Unter den Dächern aus Stroh und Schiefer warteten die Menschen. Was Organisation vermochte, war getan. Nun konnten sie nur noch warten.

Die Seuche sprang von einem Stadtviertel zum anderen. In einer Woche ereigneten sich die meisten Todesfälle im südlichen Viertel, dem sogenannten Pauk, und der Rest der Stadt atmete auf. Dann befiel die Krankheit den Bezirk jenseits des Voral – zur Erleichterung der anderen Gegenden. Aber wenige Tage später brach die Seuche von neuem in Vierteln aus, die sie zuvor schon heimgesucht hatte, und Wehklagen füllte Gassen und Häuser, wo man ähnliches Jammergeschrei erst vor allzu kurzer Zeit vernommen hatte.

Tanth Ein und Faralin Ferd, die vorläufigen Herrscher von Embruddock, hatten zusammen mit Raynil Layan, dem Herrscher der Münze, und Dathka, dem Herrn der Westlichen Ebene, einen Seuchenausschuß gebildet, in den sie erfahrene und kenntnisreiche Bürger wie Mutter Scantiom vom Siechenhaus aufgenommen hatten. Unterstützt von den Pilgern aus Pannoval, den Nehmern, die in Oldorando geblieben waren, um gegen die nach ihrer Meinung dort herrschende Unmoral zu predigen, waren mit dem Ziel, der verheerenden demoralisierenden Wirkung der Seuche zu begegnen, Gesetze erlassen worden. Die Einhaltung dieser Gesetze wurde von einer besonderen Polizeitruppe überwacht.

In allen Straßen und Gassen sah man Anschläge, in denen darauf hingewiesen wurde, daß auf das Verbergen von Seuchentoten und Plünderung die Todesstrafe stand: durch Phagorenbiß. Das war eine primitive Hinrichtungsart, die den reichen zugewanderten Kaufleuten Schauer über den Rücken jagte. An den Zugangswegen außerhalb der Stadt waren Schilder angebracht, die alle Reisenden warnten, daß in der Stadt die Seuche herrsche. Kaum einer von den Flüchtlingen aus dem Osten war leichtfertig genug, die Warnung zu mißachten: die meisten malten sich mit dem Zeigefinger das Zeichen des Ringes auf die Stirn und umgingen die Stadt. Es war allerdings zweifelhaft, ob die Warnungen wirksamen Schutz gegen jene bieten würden, die mit bösen Absichten kamen.

Die ersten Karren, die man in Oldorando je gesehen hatte, schwerfällige Gefährte mit zwei Scheibenrädern, gezogen von Hoxnern, rumpelten regelmäßig durch die Gassen. Sie nahmen die tägliche Ernte an Toten auf, von denen manche eingehüllt vor den Türen niedergelegt wurden, andere kurzerhand aus Eingängen geworfen oder nackt aus den Fenstern oberer Stockwerke gestürzt wurden. Mütter, Väter und Kinder, wie sehr sie zu Lebzeiten auch geliebt worden waren, verursachten im Sterben und erst recht im Tod nur Ekel und Furcht.

Obgleich die Ursachen des Fiebers nicht bekannt waren, gab es viele Theorien. Jeder glaubte, daß die Krankheit ansteckend sei. Einige gingen so weit, zu glauben, daß der bloße Anblick eines Seuchentoten ausreichend sei, um einen in den gleichen Zustand zu bringen. Andere hatten der Botschaft Nabas gelauscht, des Propheten Akhas, die plötzlich zu überzeugender Macht gelangt war, und glaubten, daß die Seuche durch den Geschlechtsgenuß verbreitet werde.

Von welcher Art ihr Glaube auch war, alle stimmten darin überein, daß das reinigende Feuer die einzige Antwort sei. Die Leichen wurden mit Karren auf ein Feld außerhalb der Stadt gebracht und dort auf Scheiterhaufen verbrannt. Sklaven schleppten tagein tagaus Brennholz herbei und sorgten dafür, daß die Feuer nicht erloschen. Ihr Qualm, der Gestank von verbranntem Fleisch und Fett trieb durch die Gassen, drang durch die Läden der verschlossenen Fenster und mahnte die Bewohner unaufhörlich an ihre Verwundbarkeit. Die Folge war ein allgemeiner Fatalismus; die noch nicht von der Seuche Befallenen gaben sich dem einen oder dem anderen und manchmal beiden Extremen von Selbstkasteiung und zügelloser Unzucht hin.

Noch glaubte niemand, daß die Seuche ihren Höhepunkt überschritten habe und daß es nicht schlimmer kommen könne. Dieser lähmenden Furcht wirkte eine Hoffnung entgegen, an die viele sich klammerten, denn es gab eine wachsende Zahl von Menschen, vorwiegend jungen Leuten, die das Knochenfieber überlebten und geschwächt und abgemagert, aber voller Zuversicht einhergingen. Unter ihnen war Oyre.

Die Krankheit hatte sie auf der Gasse ereilt. Als Dol Sakil sie gefunden und in ihre Obhut genommen hatten, war Oyre schon starr verkrampft und unfähig gewesen, auf Fragen oder Berührungen zu reagieren. Dol nahm sich ihrer an, ohne um sich selbst zu fürchten, aber mit jener lustlosen Gleichgültigkeit, die für sie charakteristisch war. Entgegen den düsteren Vorhersagen von Freunden und Bekannten wurde sie selbst nicht krank und hatte die Befriedigung, zu erleben, wie Oyre durch das Nadelöhr kam, wenn auch zum Skelett abgemagert. Als einzige Vorsichtsmaßnahme hatte Dol ihre beiden Kinder zu Amin Lins Mann und seinem Kind gegeben. Nun waren sie wieder da.

Die beiden Frauen und die Kinder verbrachten die meiste Zeit zu Hause. Das Gefühl des Wartens, das Bewußtsein, in der Geborgenheit der eigenen vier Wände katastrophale Umwälzungen mitzuerleben, war nicht ohne eigenen Reiz. Die Langeweile kannte viele Träume. Sie spielten mit den Kindern, einfache Spiele, die sie in ihre eigene Kindheit zurückführten. Einmal oder zweimal kam Vry zu ihnen, aber sie war in dieser Zeit unaufmerksam und zerstreut. Wenn sie sprach, erzählte sie von ihrer Arbeit und von allem, was sie zu erreichen hoffte. Bei einer Gelegenheit brach aus ihr hervor, was sie seit langem beschäftigt haben mußte, und sie bekannte in leidenschaftlicher Rede ihr Verhältnis mit Raynil Layan, über den sie zuvor kein gutes Wort gesagt hatte. Die Affäre ärgerte sie; häufig verabscheute sie sich selbst; sie haßte den Mann, wenn er nicht da war; erschien er aber, gab sie sich ihm zügellos hin.

»Wir alle haben das gleiche erlebt, Vry«, bemerkte Dol. »Es ist bloß, daß du ein bißchen spät dazu gekommen bist, daher schmerzt es dich mehr.«

»Wir haben nicht alle genug davon erlebt«, sagte Oyre ruhig. »Ich habe kein Verlangen mehr; er hat mich verlassen ... Was ich wünsche, ist Verlangen. Vielleicht kehrt es erst zurück, wenn Laintal Ay zurückkehrt.« Sie blickte aus dem Fenster zum blauen Himmel auf.

»Aber ich bin so zwiespältig, so zerrissen«, sagte Vry, unwillig, sich von ihren eigenen Schwierigkeiten ablenken zu lassen. »Nie bin ich ruhig, wie ich es früher war. Ich kenne mich selbst nicht mehr.«

In ihrem Ausbruch sagte Vry nichts von Dathka, und die anderen Frauen übergingen diesen Punkt mit rücksichtsvollem Schweigen. Vielleicht hätte ihr die Liebe mehr Ausgeglichenheit beschert, wenn sie sich nicht Dathkas wegen Sorgen gemacht hätte; er belastete nicht nur ihr Gewissen, sondern hatte die Gewohnheit angenommen, ihr nachzugehen, als sei er von einer fixen Idee besessen. Sie befürchtete Schlimmes und hatte den nervösen Raynil Layan ohne große Mühe überredet, daß sie in einem geheimen Raum zusammenkamen, statt in ihrer oder seiner Wohnung. In diesem geheimen Raum hatten sie und ihr gabelbärtiger Liebhaber täglich Stelldicheins, während die Stadt unter der Krankheit ächzte und das Trappeln von Hufen und Knarren von Lederzeug von der Straße zum offenen Fenster hereindrang.

Raynil Layan wünschte den Fensterladen zu schließen, aber sie wollte nichts davon wissen. »Vielleicht wird die Krankheit von den Tieren übertragen«, versuchte er sie zu überzeugen. »Laß uns von hier fortziehen, mein Reh, laß uns der Stadt den Rücken kehren – fort von der Pest und allem anderen, das uns Sorgen macht.«

»Wie würden wir überleben? Dies ist unsere Heimat. Hier in dieser Stadt sind wir zu Hause, und in unseren Armen.«

Er lächelte unbehaglich. »Und angenommen, wir infizieren einander mit der Seuche?«

Sie warf sich auf das Bett zurück, daß ihre Brüste hüpften, und spreizte die Beine. »Dann sterben wir gemeinsam, in der Vereinigung! Du darfst den Mut nicht verlieren, Raynil Layan! Sieh mich an, ich habe keine Angst. Komm und ergieß dich in mich – wieder und immer wieder!« Sie streichelte mit der Hand die Innenseite seiner haarigen Oberschenkel und legte ein Bein um sein Kreuz.

»Du gierige Sau«, sagte er bewundernd, wälzte sich schnaufend auf sie und suchte sich seinen Weg zwischen ihren Beinen.

Dathka saß auf seinem Lager, den Kopf in die Hände gestützt. Er sagte nichts, und das Mädchen neben ihm sagte nichts; es hatte sich von ihm abgewandt und unter der Decke die Knie angezogen.

Erst als er aufstand und sich mit den abrupten Bewegungen eines Mannes ankleidete, der einen plötzlichen Entschluß gefaßt hat, sagte sie mit halblauter Stimme: »Ich bin nicht krank, weißt du.«

Er warf ihr einen bitteren Blick zu, sagte aber nichts und fuhr eilig mit dem Ankleiden fort.

Sie drehte sich zu ihm um und streifte sich langes Haar aus dem Gesicht. »Was ist dann mit dir, Dathka?«

»Nichts.«

»Bist du eigentlich ein Mann?«

Er zog sich die Stiefel an, scheinbar mehr mit ihnen beschäftigt als mit ihr.

»Daß dich die Fäulnis ... Ich will dich nicht, verstehst du? Du bist nicht diejenige, die ich will. Klopf dir das in deinen Schädel und verschwinde von hier!«

Aus einem Wandschrank nahm er einen feingearbeiteten Krummdolch. Das blitzende Metall in der gefetteten Lederscheide konstrastierte mit dem wurmstichigen, abgenutzten Holz der Schranktür. Er steckte den Dolch in den Gürtel. Sie fragte, wohin er wolle, aber er schenkte ihr keine Beachtung mehr, warf die Tür hinter sich zu und polterte die Stiege hinunter.

Er hatte die letzten bitteren Wochen seit Laintal Ays Weggang und seiner Entdeckung dessen, was er als Vrys Verrat an ihm betrachtete, nicht vergeudet. Einen großen Teil der Zeit hatte er damit verbracht, unter der Jugend Oldorandos Anhänger um sich zu sammeln, seine Position ausbauend, Verbündete unter jenen ausländischen Elementen zu suchen, die sich an den Beschränkungen stießen, welche Oldorando auferlegte, und denjenigen sein Mitgefühl zu bezeigen, deren gewohnte Lebensweise von mühseligen Arbeitsleistungen zerstört worden war, zu denen die Einführung des Geldsystems sie gezwungen hatte – und ihrer waren viele. Der Meister der Münze, Raynil Layan, war eine häufig verwendete Zielscheibe seiner Kritik.

Als er in die Gasse kam, war alles still und außer seinem bezahlten Türhüter niemand zu sehen. Auf dem Markt herrschte mehr Leben, da die Notwendigkeit der täglichen Bedarfsdeckung hierher führte. Der kleine Verkaufsstand des Apothekers, mit den imponierend aufgereihten Tongefäßen, machte gute Geschäfte. Es gab noch immer Kaufleute in prächtiger Kleidung, die kunstvoll arangierte Waren feilboten. Aber es gab auch Menschen, die mit Traglasten auf dem Rücken vorbeizogen und die bedrohte Stadt eiligst verließen, ehe es noch schlimmer wurde.

Dathka sah nichts von alledem. Er bewegte sich mechanisch, den Blick starr geradeaus gerichtet. Die Spannung in der Stadt war eins mit seiner persönlichen Spannung. Er hatte einen Punkt erreicht, wo er sie nicht länger ertragen konnte. Er mußte Raynil Layan töten, und Vry mit ihm, wenn es sein mußte, um der Qual ein Ende zu machen. Seine Lippen zogen sich zurück und entblößten die Zähne, als er sich immer wieder den Augenblick des tödlichen Dolchstoßes ausmalte. Passanten schreckten vor ihm zurück, da sie sich seinen starren Blick als den Vorboten des Fiebers erklärten.

Er wußte, wo Vry ihren geheimen Raum hatte; seine Spione hielten ihn auf dem laufenden. Wenn ich hier herrschte, dachte er bei sich, würde ich die Akademie endgültig schließen. Niemand hatte je den Mut, diese Entscheidung zu treffen. Ich hätte ihn. Jetzt ist die Zeit zum Zuschlagen, unter dem Vorwand, daß die Zusammenkünfte in der Akademie zur Ausbreitung der Seuche führen. Das würde sie ins Herz treffen.

»Besinne dich, Bruder, und du wirst zur Einsicht gelangen! Bete mit den Nehmern, daß du verschont bleiben mögest, höre das Wort des großen Naba, der Akhas Prophet ist ...«

Er ließ den Straßenprediger stehen. Wenn er herrschte, würde er Sorge tragen, daß diese Dummköpfe von der Straße verschwanden.

Nahe den Stallungen wurde er von einem Mann aufgehalten, den er kannte, einem Söldner und Tierhändler.

»Nun?«

»Er ist jetzt da oben.« Der Mann signalisierte mit Blick und hochgezogenen Brauen zu dem Fenster eines der hölzernen Gebäude gegenüber von den Ställen. Diese Gebäude waren vorwiegend Herbergen, Schenken und Gasthäuser, die als wohlanständige Fassaden für die hinter ihnen aufgereihten Glücksspielhöhlen und Freudenhäuser dienten.

Dathka nickte kurz.

Er streifte einen Kettenvorhang zurück, in den frische Kräuter gebunden waren, und betrat eine der Schenken. Der niedrige dunkle Raum war leer. Tierschädel grinsten trocken von den Wänden. Der Eigentümer stand mit verschränkten Armen an der Theke und blickte ins Leere. Bereits eingeweiht, neigte er lediglich den Kopf, so daß sein Doppelkinn sich auf der Brust ausbreitete, für Dathka ein Zeichen, daß er tun möge, was immer er wünsche. Dathka nickte ihm zu und stieg die Treppe hinauf.

Schale Gerüche von halbverfaultem Gemüse und Schlimmerem begrüßten ihn, als er ins Obergeschoß kam. Obwohl er sich an der Wand entlang bewegte, knarrten die Dielenbretter. An der letzten Tür lauschte er und hörte Stimmen. Als ein vorsichtiger und nervöser Mann würde Raynil Layan nicht unterlassen haben, die Tür zu verriegeln. Dathka klopfte an das gesprungene Holz.

»Eine Botschaft, Herr«, sagte er mit verstellter Stimme. »Dringend, von der Münze.«

Dann wartete er mit einem häßlichen Lächeln und hörte,

wie drinnen die Riegel zurückgezogen wurden. Sobald die Tür einen Spalt breit geöffnet wurde, stieß er sie auf und platzte in den Raum. Raynil Lyan wich mit einem Schreckensschrei zurück. Beim Anblick des Dolches stürzte er zum Fenster und rief einmal um Hilfe. Dathka packte ihn beim Genick und warf ihn gegen das Bett.

»Dathka!« Vry setzte sich im Bett auf, zog ein Laken über ihre Blöße. »Mach, daß du wegkommst, du schnüffelnde Ratte!«

Statt einer Antwort schloß er die Tür mit einem Fußtritt. Dann ging er auf Raynil Layan zu, der mit geweiteten Augen auf die blitzende Dolchklinge starrte.

»Ich weiß, du willst mich töten, ich sehe es dir an«, sagte der Meister der Münze und streckte eine zitternde Hand abwehrend aus. »Verschone mich, bitte! Ich bin nicht dein Feind. Ich kann dir helfen.«

»Ich werde dich mit soviel Mitleid töten, wie du es für den alten Meister Datnil übrig hattest.«

Raynil Layan bedeckte sein nacktes Geschlecht mit einer Hand, hielt die andere abwehrend erhoben und beobachtete seinen Angreifer mit ängstlicher Aufmerksamkeit. »Das habe ich nicht getan. Das war nicht mein Werk. Aoz Roon ordnete seine Hinrichtung an. Es war legal, wirklich. Das Gesetz war gebrochen worden. Mich zu töten, ist nicht legal, sag es ihm, Vry. Paß auf, Dathka – Meister Datnil verriet Zunftgeheimnisse, er zeigte Shay Tal das geheime Hauptbuch unserer Zunft. Nicht alles davon, nicht das Schlimmste. Du solltest darüber Bescheid wissen.«

Dathka hielt inne. »Die alte Welt ist tot, all dieses Zunftgetue. Du weißt, was ich von den Zünften halte. Zum Teufel mit der Vergangenheit, sie ist so tot wie du es bald sein wirst.«

Sein Zögern war Vry nicht entgangen. Sie faßte wieder Mut.

»Hör zu, Dathka! Laß mich die Situation erklären! Wir können dir helfen, er und ich. Es gibt Dinge in diesem

Zunftbuch, die Meister Datnil nicht einmal Shay Tal zu enthüllen wagte. Es sind Ereignisse, die weit zurückliegen, aber die Vergangenheit ist noch unter uns, wie sehr wir auch wünschen möchten, daß es nicht so sei.«

»Wenn das so wäre, dann hättest du mich genommen. Solange mich nach dir verlangte.«

Raynil Layan zog seinen pelzbesetzten Talar um sich und sagte, neuen Mut fassend: »Dein Streit ist mit mir, nicht mit Vry. In den verschiedenen Zunftbüchern sind Aufzeichnungen, aus denen hervorgeht, wie es in vergangenen Zeiten um Embruddock stand. Die Aufzeichnungen beweisen, daß dies einst eine Phagorenstadt war. Möglicherweise haben Phagoren sie erbaut – die Aufzeichnungen sind nicht vollständig. Ganz gewiß aber beherrschten sie die Stadt, und die Zünfte und die Bewohner in ihr. Sie hielten die Menschen als Sklaven.«

Dathka stand da und blickte finster von Raynil Layan zu Vry und zurück. Wir alle sind Sklaven, dachte er, und es war der einzige Gedanke, der ihm im Kopf umging. Es war töricht.

»Wenn ihnen Embruddock gehörte, wer tötete sie? Wer gewann diese Stadt zurück? König Denniss?«

»Dies geschah nach Denniss' Zeit. Das geheime Buch sagt wenig darüber; es verzeichnet historische Ereignisse nur beiläufig. Soweit wir den Aufzeichnungen entnehmen können, gaben die Phagoren den Ort einfach auf.«

»Sie wurden nicht besiegt?«

Vry sagte: »Du weißt, wie wenig wir die Phagoren verstehen. Vielleicht änderten sich ihre Luft-Oktaven, und sie zogen alle fort. Aber sie müssen in großer Zahl gewesen sein. Hättest du dir jemals die Mühe gemacht, das Gemälde von Wutra im alten Tempel genauer anzusehen, würdest du das wissen. Wutra ist als Phagorenkönig dargestellt.«

Dathka fuhr sich mit dem Handrücken über die Stirn. »Wutra, ein Phagor? Das kann nicht sein. Du gehst zu weit.

Diese verdammte Gelehrsamkeit – sie kann aus Weiß Schwarz machen. All dieser Unsinn rührt von der Akademie her. Wenn ich die Macht hätte, würde ich alledem ein Ende machen.«

»Wenn du die Macht willst, werde ich mich auf deine Seite stellen«, sagte Raynil Layan.

»Ich will dich nicht auf meiner Seite.«

»Nun, natürlich ...« Er zuckte frustriert die Achseln, zupfte an seinen Bartspitzen. »Du siehst, wir haben ein Rätsel zu lösen. Denn es scheint, daß die Phagoren zurückkehren. Vielleicht werden sie ihre alte Stadt wieder beanspruchen. Das ist jedenfalls meine Vermutung.«

»Was meinst du damit?«

»Es ist ganz einfach. Du mußt die Gerüchte vernommen haben. Sie schwirren in ganz Oldorando herum. Eine große Phagorenstreitmacht nähert sich der Stadt. Geh und frag die Menschen, die außerhalb der Stadt vorbeiziehen! Die Schwierigkeit ist, daß Tanth Ein und Faralin Ferd die Stadt nicht schützen werden, da sie zu tief in ihre privaten Interessen verstrickt sind. Sie sind deine Feinde, nicht ich. Wenn eine starke Persönlichkeit die Stellvertreter töten und die Herrschaft über die Stadt an sich reißen würde, könnte er sie retten. Das ist nur meine persönliche Meinung.«

Er beobachtete sein Gegenüber aufmerksam und sah das Spiel der Emotionen in seinen Zügen. Er gestattete sich ein ermunterndes Lächeln, denn nun gab es keinen Zweifel mehr, daß es ihm gelungen war, Dathka das Mordvorhaben auszureden.

»Ich würde helfen«, sagte er. »Ich bin auf deiner Seite.«

Und Vry sagte: »Ich bin auch auf deiner Seite, Dathka.«

Er schoß ihr einen finster blitzenden Blick zu. »Du würdest nie auf meiner Seite sein. Nicht, wenn ich ganz Embruddock gewänne und dir zu Füßen legte.«

Faralin Ferd und Tanth Ein tranken zusammen in der ›Doppelseitigen Kanne‹. Mit ihnen waren Frauen, Freunde und Speichellecker, und alle erfreuten sich des Abends. Die ›Doppelseitige Kanne‹ war einer der wenigen Orte, wo man heutzutage Gelächter hören konnte. Die Schenke war Teil eines neuen Verwaltungsgebäudes, das auch die neue Münze beherbergte. Das Gebäude war hauptsächlich von reichen Handelsleuten bezahlt worden, von denen einige mit ihren Frauen zugegen waren. Die Gaststube prunkte mit Mobiliar, das noch bis vor kurzem in Oldorando unbekannt gewesen war – runde Tische, gepolsterte Ruhebänke und Armsessel, Anrichten, kunstvoll gewebte Wandteppiche. Importierte Getränke flossen, und schöne ausländische Jugend spielte die Leier.

Die Fenster waren geschlossen, um die kühle Nachtluft und den Geruch von Holzrauch und verbranntem Fleisch fernzuhalten, der die Gassen durchzog. Auf dem mittleren Tisch brannten Öllampen inmitten der Schüsseln und Platten voll ausgewählter Speisen. Einer der Kaufleute erzählte eine lange Geschichte von Mord, Verrat und gefahrvollen Reisen.

Faralin Ferd trug eine Samtjacke mit Pelzbesatz, darunter ein wollenes Hemd. Er hatte die Ellbogen auf dem Tisch und lauschte nur mit halbem Ohr der langatmigen Erzählung, während er den Blick durch den Raum schweifen ließ.

Tanth Eins Frau, Farayl Musk, ging leise umher, vorgeblich, um sich zu vergewissern, daß der Sklave die Fensterläden richtig verriegelt hatte. Farayl Musk war eine entfernte Verwandte sowohl von Tanth Ein wie auch von Faralin Ferd, da sie vom großen Wall Ein Den abstammte. Wenn sie auch nicht gerade eine Schönheit war, so hatte sie doch Witz und Charakter, was sie einigen Leuten zuteil werden ließ und anderen nicht. Sie trug eine Kerze in einem Leuchter, deren Flamme sie mit einer Hand gegen die Zugluft ihrer Fortbewegung abschirmte.

Der Kerzenschein ließ ihr Gesicht leuchten, warf unerwartete Schatten auf seine Konturen und verlieh ihr etwas Geheimnisvolles. Sie spürte Faralin Ferds Blick auf sich, versagte sich aber, ihn zu erwidern, da sie den Wert gespielter Gleichgültigkeit kannte.

Nicht zum erstenmal dachte er darüber nach, daß er statt seiner eigenen Frau, die ihn langweilte, von rechts wegen Farayl Musk verdiente. Trotz der damit verbundenen Gefahren hatte er bereits mehrere Male mit ihr geschlafen. Nun war die Zeit knapp. In ein paar Tagen mochten sie alle tot sein; der Alkohol konnte diese Erkenntnis nicht ertränken. Faralin Ferd gelüstete es wieder nach ihr.

Er stand auf und verließ leicht schwankend den Raum, nachdem er einen bedeutsamen Blick in ihre Richtung gesandt hatte. Die lange Geschichte des Kaufmanns erreichte einen ihrer periodischen Höhepunkte, in diesem Fall das Ersticken eines prominenten Mannes mit dem Kadaver eines seiner eigenen Schafe. Gelächter erhob sich um den Tisch. Nichtsdestoweniger sahen wachsame Augen Faralin Ferd hinausgehen – und die Frau seines Mitregenten nach einer diskreten Pause folgen.

»Ich dachte, du würdest es nicht wagen.«

»Neugierde ist stärker als Feigheit. Wir haben nur einen Augenblick.«

»Wenn ich dich sehe, wird mir warm, Farayl Musk. Laß es uns hier machen, unter der Treppe. In dieser Ecke hier.«

»Im Stehen, Faralin Ferd?«

»Fühl nur, Frau, wenn du schon von Stehen sprichst!« sagte er und öffnete die Hose.

Sie lehnte sich seufzend an ihn und packte mit beiden Händen, was er ihr darbot. Er erinnerte sich von früheren Anlässen, wie süß der Atem dieser Frau war.

»Dann komm!«

Sie stellte den Kerzenleuchter auf den Boden. Als sie sich

aufrichtete, öffnete sie mit raschem Griff ihr Mieder und enthüllte ihm die majestätischen Brüste. Er legte einen Arm um sie und drängte sie in die Ecke, küßte sie aufgeregt, während sie die Röcke hob und seinem Glied Einlaß verschaffte.

Dort wurden sie überrascht, als ein Trupp von zwolf Männern unter Dathkas Führung mit brennenden Fackeln und blanken Schwertern von der Straße hereinkam.

Trotz ihrer Proteste wurden Farayl Musk und Faralin Ferd aus dem Winkel hervorgeholt. Sie hatten kaum Zeit, ihre Kleider zu ordnen, bevor sie in die Gaststube gestoßen wurden, wo Tanth Ein und seine Freunde sich bereits von gezückten Schwertern konfrontiert sahen.

»Dies alles ist gesetzlich«, sagte Dathka und beäugte sie wie ein Wolf eine Schar junger Schafe. »Ich nehme die Regierung von Embruddock in meine Hände, bis der rechtmäßige Herr der Stadt, Aoz Roon, zurückkehrt. Ich bin sein abgesetzter, aber am längsten im Amt befindlicher Stellvertreter. Ich beabsichtige die Versäumnisse der Vergangenheit gutzumachen und dafür zu sorgen, daß die Stadt bewacht und in verteidigungsfähigen Zustand versetzt wird.«

Hinter ihm stand Raynil Layan, das Schwert in der Scheide. Er sagte mit lauter Stimme: »Und ich unterstütze Dathka Den. Heil, Dathka Den, Herr von Embruddock!«

Dathka hatte Tanth Ein ins Auge gefaßt, der nicht mit den anderen aufgesprungen war. Er saß ruhig auf seinem Platz am Kopf des Tisches, die Arme auf den Lehnen des Sessels.

»Du wagst es, mir zu trotzen?« rief Dathka und drang mit erhobenem Schwert auf ihn ein, um den Sitzenden zu einer Reaktion zu zwingen. »Steh auf, du Hund!«

Tanth Ein rührte sich nicht, aber eine rasch erstarrende schmerzliche Grimasse ging über sein Gesicht, und er sank gegen die Lehne zurück. Er verdrehte die Augen, daß bald nur noch das Weiße darin zu sehen war. Als Dathka gegen den Sessel trat, fiel Tanth Ein steif zu Boden, ohne einen Versuch, den Aufprall abzufangen.

»Das Knochenfieber!« rief jemand. »Es ist unter uns!«

Farayl Musk fing an zu schreien.

Als der Morgen graute, waren zwei weitere Menschenleben zu beklagen, und der Gestank von Holzrauch und verbranntem Fleisch legte sich ein weiteres Mal über den Ort und seine Gassen. Tanth Ein lag unter Mutter Scantioms mutiger Obhut im Siechenhaus.

Trotz der verbreiteten Furcht vor Ansteckung hatte sich auf der Uferstraße eine große Menschenmenge versammelt, um Dathkas öffentliche Proklamation seiner Herrschaft zu hören. Früher hatten solche Versammlungen auf dem Platz vor dem großen Turm stattgefunden. Diese Zeiten waren vorbei. Die Uferstraße war breiter und ansehnlicher. Auf einer Seite sah man das Flußufer und ein paar kleine Verkaufsstände, auf der anderen Seite erhob sich eine Reihe neuer Gebäude, hinter denen die alten steinernen Türme aufragten. Auch die Gänse stolzierten im Bewußtsein ihrer uralten Rechte noch allenthalben umher. Auf dieser Straße, die so breit war, daß sechs Reiter nebeneinander Platz hatten, stand eine Tribüne.

Auf dieser stand Raynil Layan und verlagerte nervös das Gewicht von einem Fuß auf den anderen und wieder zurück. Ferner sah man Faralin Ferd, dem die Arme auf den Rücken gebunden waren, und sechs junge Krieger aus Dathkas Gefolge, bewaffnet mit Schwertern und Speeren, grimmig in die Menge blickend. Verkäufer von Sträußen getrockneter Heilkräuter schlängeten sich durch die Menge der Neugierigen und priesen die wundertätige Wirkung ihrer Kräuter an. Auch die Nehmer-Missionare aus Pannoval waren zugegen, gekleidet in ihre auffallend schwarz-weißen Gewänder, hielten Bußfahnen und forderten zur Einkehr und Reue auf. Kinder spielten am Rand der Menge und kicherten über das Verhalten ihrer Eltern.

Als der Stundenheuler blies, bestieg Dathka die Tribüne und richtete ohne Einleitung das Wort an die Menge.

»Ich nehme die Bürde der Autorität auf mich, um der Stadt zu dienen«, sagte er. Es schien, daß seine alte Schweigsamkeit von ihm gewichen war. Er sprach mit Beredsamkeit, doch stand er beinahe bewegungslos, ohne seinen Worten durch Gesten oder schwungvolle Körperbewegungen Nachdruck zu verleihen, als ob die Gewohnheit des Schweigens nur seine Zunge und nichts sonst verlassen hätte. »Ich habe nicht vor, den wahren Herrscher von Embruddock, Aoz Roon, zu verdrängen. Wenn er zurückkehrt – falls er zurückkehrt –, wird ihm zurückgegeben werden, was von rechts wegen sein ist. Ich bin sein gesetzlicher Stellvertreter. Diejenigen, die er als Befehlshaber zurückließ, haben seine Macht mißbraucht, haben sie in den Schmutz gezogen. Ich konnte nicht dastehen und es mitansehen. Wir wollen in diesen schlimmen Zeiten wenigstens Anstand und Ehre bewahren.«

»Warum steht Raynil Layan dann neben dir, Dathka?« rief eine Stimme aus der Menge, und es gab andere Bemerkungen, die Dathka zu übertönen versuchte.

»Ich weiß, ihr habt Beschwerden. Ich werde sie mir nachher anhören – hört jetzt ihr auf mich! Urteilt selbst über Aoz Roons selbsternannte Nachfolger! Eline Tal hatte den Mut, mit seinem Herrn in die Wildnis zu ziehen. Die anderen beiden Kreaturen blieben zu Hause. Tanth Ein hat zum Lohn das Fieber bekommen. Hier steht der dritte von ihnen, der schlimmste, Faralin Ferd. Seht nur, wie er zittert! Wann hat er je das Wort an euch gerichtet? Er war zu beschäftigt mit Völlerei und Unzucht.

Ich bin Jäger, wie ihr wißt. Laintal Ay und ich zähmten die Hoxner und gewannen die westlichen Ebenen. Faralin Ferd wird an der Seuche sterben wie sein Kumpan Tanth Ein.

Wollt ihr von Leichen regiert sein? Ich werde die Seuche nicht bekommen. Sie wird durch Geschlechtsverkehr weitergegeben, und ich bin frei davon.

Meine erste Handlung wird die Aufstellung von Wachen rings um Embruddock und die Ausbildung einer Armee sein. Wie unser gegenwärtiger Zustand ist, sind wir reif, jedem Feind, dem es einfällt, uns anzugreifen, wie eine reife Frucht in den Schoß zu fallen. Es ist besser, im Kampf zu sterben, als im Bett.«

Diese letztere Bemerkung verursachte eine allgemeine Regung von Unbehagen. Dathka machte eine Pause und blickte finster auf die Menge herab. Oyre und Dol standen unter den Leuten, Dol mit Rastil Roon auf dem Arm und der kleinen Tochter Dazzel neben sich. Als Dathka schwieg, rief Oyre mit lauter Stimme: »Du bist ein Usurpator! Wie willst du besser sein als Tanth Ein oder Raynil Layan?«

Dathka trat an den Rand des Podiums.

»Ich stehle nichts. Ich habe aufgehoben, was vernachlässigt wurde und gefallen ist.« Er zeigte auf Oyre. »Ausgerechnet du, Oyre, als die natürliche Tochter Aoz Roons, solltest wissen, daß ich deinem Vater zurückgeben werde, was sein ist, wenn er wiederkommt. Er würde wollen, daß ich so handle.«

»Du kannst nicht für ihn sprechen, solange er fort ist.«

»Ich kann es, und ich tue es.«

»Dann sprichst du falsch.«

Andere, denen diese Auseinandersetzung wenig bedeutete und denen wenig an Aoz Roon gelegen war, begannen auch zu rufen und Beschwerden vorzubringen. Jemand warf eine überreife Frucht. Die Wachen drängten die Menge zurück, doch ohne Erfolg. Dathka erbleichte. Er reckte in leidenschaftlicher Bewegung die Faust zum Himmel.

»Sehr gut, ihr Gesindel, dann will ich euch öffentlich sagen, was immer verschwiegen worden ist. Ich fürchte mich nicht. Ihr haltet so viel von Aoz Roon, ihr meint, er sei so bewundernswert. Nun, ich will euch sagen, was für ein Mann er war. Er war ein Mörder. Schlimmer noch, er war ein Doppelmörder.«

Die Menge verstummte. Alle Gesichter blickten in gespannter Erwartung zu ihm auf.

Im Bewußtsein dessen, was er angefangen hatte, bebte er vor Erregung. »Wie, meint ihr, erlangte Aoz Roon die Macht? Durch Mord, blutigen, nächtlichen Mord! Es gibt viele unter euch hier, die sich aus längst vergangenen Tagen an Nahkri und Klils erinnern werden, die Söhne des alten Dresyl. Nahkri und Klils regierten, als Embruddock nicht mehr war als ein kleines Dorf im Schnee. In einer dunklen Nacht stürzte Aoz Roon, damals ein junger Mann, die beiden Brüder vom großen Turm, als sie betrunken waren. Ein schändlicher Doppelmord. Und wer war als Zeuge dort, wer sah es alles? Ich war dabei – und sie auch, seine natürliche Tochter.« Er zeigte anklagend hinab auf Oyres schmale Gestalt, die sich entsetzt an Dol klammerte.

»Er ist verrückt!« rief ein Junge am Rand der Menge. »Dathka ist verrückt!« Leute liefen davon, andere kamen geeilt, angelockt vom Lärm. Allgemeine Verwirrung brach aus, und an einer Stelle im Gedränge entwickelte sich eine Schlägerei.

Raynil Layan versuchte die Menge wieder um die Plattform zu scharen. Er trat neben Dathka, damit seine massige Erscheinung besser zur Geltung kam, und rief mit mächtiger Stimme: »Unterstützt uns, und wir werden euch unterstützen. Wir werden über Oldorando wachen.«

Die ganze Zeit hatte Faralin Ferd schweigend auf dem rückwärtigen Teil der Plattform gestanden, die Arme auf den Rücken gebunden und von einem Wächter gehalten. Nun sah er seinen Augenblick gekommen.

»Werft Dathka hinaus!« brüllte er. »Er hatte niemals Aoz Roons Zustimmung, und so soll er auch die unsrige nicht haben!«

Dathka fuhr mit der Schnelligkeit des Jägers herum und zog gleichzeitig seinen Krummdolch. Mit einem Satz warf er sich auf den Stellvertreter. Ein spitzer Schrei kam von Farayl Musk, die irgendwo unter den Zuschauern stand, und im nächsten Augenblick nahmen mehrere Stimmen den Ruf auf: »Werft Dathka hinaus!«

Sie verstummten gleich wieder, durch Dathkas jähe Tat zur Bewegungslosigkeit erstarrt. Rauch von den Scheiterhaufen wurde vom Wind in lichten Wolken über die Menge hin getragen. Niemand rührte sich. Dathka stand vor seinem Opfer, dem Publikum den Rücken zukehrend. Einen Atem lang blieb auch Faralin Ferd still. Dann krümmte er sich, warf den Kopf zurück und stieß einen gurgelnden Schrei aus. Ein Blutschwall brach aus seinem Mund. Er sackte in sich zusammen, und sein Wächter ließ ihn vor Dathkas Füße fallen.

Ein Aufruhr brach los. Das Blut gab der Menge die Stimme zurück.

»Du Dummkopf, sie werden uns abschlachten!« rief Raynil Layan. Er eilte zur Rückseite der Plattform und sprang hinunter. Ehe jemand ihn daran hindern konnte, verschwand er durch eine Seitengasse.

Die Wächter rannten durcheinander und ignorierten Dathkas Befehle, als die Menge gegen die Plattform anbrandete. Farayl Musk kreischte nach Dathkas Verhaftung. Als er sah, daß alles verloren war, sprang auch er von der Plattform und floh.

Hinter der Menge, bei den Verkaufsständen, sprangen die kleinen Jungen auf und nieder und klatschten aufgeregt in die Hände. Die Menge rottete sich zum Aufruhr zusammen. Dathka blieb nichts übrig, als schmählich die Flucht zu ergreifen. Er rannte schnaufend und keuchend durch die menschenleeren Gassen, unzusammenhängende Worte hervorstoßend, während seine drei Schatten – Halbschatten, Schatten, Halbschatten – zu seinen Füßen ihre Anordnung änderten. Seine quälend durcheinanderdrängenden Gedanken dehnten sich und schrumpften ähnlich, als er versuchte, der Erkenntnis seiner Niederlage auszuweichen und das Bewußtsein des Unheils, das kalt und schwer in ihm lag, auszuspeien.

Fremde begegneten ihm, die ihre Habseligkeiten auf einen archaischen Schlitten geladen hatten. Ein alter Mann, der ein Kind an der Hand führte, rief ihm zu: »Die Phagoren kommen!«

Hinter ihm wurden Rufe laut, das Klatschen rennender Füße – die rächende Menge. Es gab einen Ort, wo er Zuflucht finden konnte, eine Person, eine Hoffnung. Während er sie verwünschte, rannte er zu Vry.

Sie war wieder in ihrem alten Turm und saß dort in einer Art Wachtraum, geängstigt von ihrem Bewußtsein, daß Embruddock einer Krise entgegenging. Als er an ihre Tür hämmerte, ließ sie ihn beinahe mit Erleichterung ein. Dann stand sie da und sah ohne Mitleid noch Spott, wie Dathka sich weinend auf ihr Lager warf.

»Es ist ein Durcheinander«, sagte sie. »Wo ist Raynil Layan?«

Er antwortete nicht und schluchzte, schlug mit der Faust auf die Decken.

»Laß das!« sagte sie ruhig. Sie ging im Raum auf und ab und blickte zur morschen Balkendecke auf. »Unser Leben ist ein solches Durcheinander. Ich wünschte, ich wäre frei von Emotion. Menschen sind so wirr ... Wir waren besser, als der Schnee uns umfing, als wir froren und keine Hoffnung hatten! Ich wünschte, es gäbe nur Wissen, reines Wissen, ohne Emotion.«

Er richtete sich auf. »Vry ...«

»Sprich nicht zu mir! Du hast nichts für mich und hattest es niemals, damit mußt du dich abfinden. Ich will nicht hören, was du zu sagen hast. Ich will nicht wissen, was du getan hast.«

Unten am Fluß erhoben die Gänse ein gewaltiges Geschrei und Geschnatter.

Er saß auf dem Lager, schniefte und betrachtete sie mit einem Ausdruck mißmutiger Abneigung. »Du bist bloß eine halbe Frau. Du bist kalt. Ich habe es immer gewußt, wenn ich auch nichts gegen die Gefühle vermochte, die ich für dich hatte ...«

»Ich, kalt? Du Dummkopf, ich dampfe wie ein Rajabaral.«

Draußen näherte sich Lärm und wurde bald laut genug, daß sie einzelne Stimmen heraushören konnten. Dathka sprang auf und trat zum Fenster.

Wo steckten seine Männer? Die Leute, die aus den anliegenden Gassen zum Turm herdrängten, waren ihm allesamt Fremde. Er konnte nicht ein einziges vertrautes Gesicht ausmachen – keinen von seinen Leuten, keinen Raynil Layan, was ihn freilich nicht überraschte – nicht einmal einen Bewohner der Stadt, den er identifizieren konnte. Einst war ihm jedes Gesicht bekannt gewesen. Diese Fremden riefen nach seinem Blut. Tiefe Furcht erfüllte sein Herz, als wäre es sein einziger Ehrgeiz gewesen, von der Hand eines Freundes zu sterben. Von diesen Fremden gehaßt zu werden ... es war unerträglich. Er beugte sich aus dem Fenster und schüttelte ihnen trotzig die Faust hinunter, verfluchte sie.

Die Gesichter blickten herauf, und fast alle Münder öffneten sich gleichzeitig. Sie brüllten und johlten.

Vor diesem Lärm ließ er die Faust sinken und wich zurück, eingeschüchtert gegen seinen Willen. Er lehnte an der Wand und starrte auf seine rauhen Finger, in deren Nagelbetten das Blut noch feucht war.

Erst als er Vrys Stimme von unten hörte, merkte er, daß sie hinausgegangen war. Sie hatte die Eingangstür aufgestoßen und stand auf der Schwelle, der Menge gegenüber. Diese brandete vorwärts, als die Leute weiter hinten herandrängten, um zu hören, was sie sagte. Einige machten spöttische Zwischenrufe, wurden aber von anderen zum Schweigen gebracht. Vrys Stimme, klar und scharf, flog hell über die ungekämmten Haarschöpfe hin.

»Warum überlegt ihr euch nicht, was ihr tut? Ihr seid keine Tiere. Versucht vernünftig zu sein! Wenn wir sterben müssen, dann laßt uns mit Würde sterben, nicht mit den Händen an den Gurgeln unserer Mitmenschen.

Ihr wißt, daß ihr leidet. Das Bewußtsein des Leidens ist ein Zeichen eurer Menschlichkeit. Seid stolz darauf, und wenn es ans Sterben geht, dann sterbt mit diesem Bewußtsein! Erinnert euch der wartenden Unterwelt der Geister, wo es nur Zähneknirschen gibt, weil die Toten Abscheu gegen ihr eigenes Leben empfinden. Ist das nicht etwas Schreckliches? Findet ihr es nicht schrecklich, Abscheu - Abscheu und Verachtung - gegen euer eigenes Leben zu empfinden? Verwandelt euer Leben von innen heraus! Kümmert euch nicht um das äußere Wetter, ob es schneit oder regnet oder die Sonnen scheinen, nehmt es hin wie es ist, aber arbeitet an der Verwandlung eures inneren Selbst! Schafft Ruhe in eurer Seele! Denkt nach! Würde Dathka oder seine Ermordung die Macht haben, euer persönliches Los zum Besseren zu wenden? Nur ihr habt diese Macht.

Ihr meint, es stehe schlecht um uns und Oldorando. Ich muß euch warnen, daß uns noch mehr Herausforderungen erwarten. Ich sage euch dies nicht aus Leichtfertigkeit, sondern mit dem ganzen Gewicht der Akademie hinter mir. Morgen mittag wird die dritte und schlimmste der Zwanzig Blindheiten über uns kommen. Nichts kann sie aufhalten. Die Menschheit hat keine Macht über die Himmel. Was wollt ihr dann tun? Wollt ihr wie die Besessenen durch die Gassen laufen, Kehlen durchschneiden, Dinge zerschlagen, in Brand setzen, was eure Eltern erbaut haben - als ob ihr schlimmer wärt als Phagoren? Entscheidet jetzt, wie niedrig und gemein ihr morgen sein wollt!«

Sie sahen einander an und murmelten. Niemand schrie. Sie wartete, bis sie instinktiv den rechten Augenblick gekommen sah, ihrer Ansprache eine neue Richtung zu geben.

»Vor Jahren hielt die Zauberin Shay Tal eine Rede an die Einwohner von Oldorando. Ich erinnere mich deutlich ihrer Worte, denn ich verehrte alles, was sie sagte. Sie bot uns den Schatz des Wissens. Dieser Schatz kann euch gehören, wenn ihr euch zur Bescheidenheit bereitfindet und die geringe Mühe auf euch nehmt, die Hände danach auszustrecken.

Hört, was ich euch sage! Die Blindheit des morgigen Tages ist kein übernatürliches Ereignis. Was ist sie? Nun, die zwei Wachtposten, diese beiden Sonnen, die ihr seit eurer Geburt kennt, bewegen sich aneinander vorbei. Diese Welt, auf der wir leben, ist so rund, wie sie rund sind. Stellt euch vor, ein welch großer Ball unsere Welt sein muß, daß wir nicht herunterfallen – dennoch ist sie klein, verglichen mit den Wachtposten. Diese sehen nur klein aus, weil sie so weit entfernt sind.

Shay Tal meinte, daß es in der Vergangenheit ein Unheil gegeben habe, eine Katastrophe. Ich glaube, das war nicht der Fall. Wir haben unser Wissen seither erweitert. Wutra hat diese Welt so eingerichtet, daß alles durch ständige Veränderung in allen Teilen wirkt. Das Haar wächst auf euren Köpfen wie die Sonnen auf- und untergehen. Dies sind in Wutras Augen keine separaten Veränderungen, sondern ein und dieselbe. Unsere Welt wandert in einem Kreis um Batalix, und es gibt andere Welten wie die unsrige, die sich genauso verhalten. Gleichzeitig wandert Batalix in einem größeren Kreis um Freyr. Ihr müßt euch damit abfinden, daß unser Acker nicht im Mittelpunkt des Universums ist.«

Ein Protestgemurmel erhob sich. Vry übertönte es mit ihrer hellen Stimme.

»Versteht ihr das? Verstehen ist schwieriger als Kehlen durchschneiden, nicht wahr? Um ganz zu begreifen, was ich euch sage, müßt ihr zuerst verstehen und das Verstehen dann mit eurer Phantasie erfassen, damit die Tatsachen lebendig werden. Unser Jahr ist vierhundertachtzig Tage lang, das wissen wir. Das ist die Zeit, die wir auf Hrl-Ichor benötigen, um einen vollständigen Kreis um Batalix zu machen. Aber es gibt einen weiteren Kreis zu machen, den Kreis von Batalix und unserer Welt um Freyr. Seid ihr bereit, die Botschaft zu hören? Diesen Kreis zu vollenden, erfordert achtzehnhundertfünfundzwanzig kleine Jahre ... Stellt euch dieses große Jahr vor!«

Sie waren jetzt alle still und starrten sie an, die neue Zauberin.

»Bis in unsere Tage konnten sich nur wenige das vorstellen! Jeder von uns kann nur mit einer Lebenszeit von vierzig Jahren rechnen. Fünfundvierzig von unseren Lebenszeiten wären nötig, um einen ganzen Kreis dieser Welt um Freyr mitzuerleben. Viele von unseren Leben bleiben ohne Echo, doch sind sie Teil dieses größeren Prozesses. Darum ist solches Wissen schwierig zu begreifen und in Zeiten der Not und Unruhen leicht zu verlieren.«

Sie fühlte sich mitgerissen von ihrer neuen Macht, verführt von der eigenen Beredsamkeit.

»Welches ist das Unheil, welches ist diese Katastrophe, von der Shay Tal uns erzählte und die so groß gewesen sein mußte, daß wir solch wichtiges Wissen vergaßen? Nun, einfach die, daß das Licht Freyrs nach der Zeit des Großen Jahres verschieden stark ist. Wir sind durch viele Generationen schwachen Lichts gekommen, durch den Winter des Großen Jahres, als das Land tot unter dem Schnee lag. Morgen solltet ihr jubeln, wenn die Eklipse kommt, die Blindheit, wenn der ferne Freyr hinter Batalix gleitet –, denn es ist ein Zeichen, daß wir uns auf der Bahn des Großen Jahres Freyrs hellem Licht nähern ... Wir treten in den Frühling des neuen Großen Jahres. Freut euch! Habt die Vernunft und das Wissen, euch zu freuen! Werft die Verwirrung und

Verblendung eurer Leben von euch, die von Unwissenheit verursacht sind, und frohlockt! Bessere Zeiten kommen für uns alle.«

Das doppelt mannshohe Gras brachte sie vom Kurs ab. Als sie in tiefer gelegenes Gelände gekommen waren, hatte es zuerst inselförmige kleine Bestände gebildet. Aus diesen waren Dickichte geworden. Nun suchten die Flüchtlinge den Weg durch eine Gegend, die völlig davon überwuchert war.

Die Vegetation reichte ihnen weit über den Kopf. Sie war nur unterbrochen von vereinzelten Schotterhügeln, welche die zurückweichende Eisdecke hinterlassen hatte und die ihrer Unfruchtbarkeit wegen nur spärlich bewachsen waren. Erstieg man diese Hügel, so boten ihre langgezogenen Rücken einen Überblick über das Gelände und erleichterten die Orientierung. Zwischen den harten Rohrstämmen des Shoatapraxigrases rankten sich Brombeeren, die das Vorankommen schwierig und schmerzhaft machten. Die Phagorenarmee hatte eine andere Route genommen und sie waren nun gezwungen, den eher willkürlich sich dahinschlängelnden Wildwechseln zu folgen, und für die Yelke blieb das Vorwärtskommen schwierig. Das Dickicht des hochaufgeschossenen, scharf riechenden Grases machte sie nervös, ihre ausladenden Geweihstangen verfingen sich ständig zwischen den biegsamen Stämmen, und die Dornen der Brombeerranken rissen an ihrem Fell und stachen in die weiche Haut zwischen den Schalen der Hufe. So blieb den Reitern schließlich nichts übrig als abzusitzen und ihre widerstrebenden Tiere am Zaumzeug zu führen.

»Wie weit noch, Barbar?« fragte Skitosherill.

»Nicht weit«, erwiderte Laintal Ay. Es war seine unvermeidliche Antwort auf die unvermeidliche Frage. Sie hatten eine unbequeme Nachtruhe im Wald verbracht, und als sie im Morgengrauen aufgebrochen waren, hatte feiner Reif ihre Kleider überzogen. Er fühlte sich erfrischt und erfreute sich noch immer an seiner leichteren, beweglicheren Gestalt, sah jedoch, wie müde die anderen wurden. Aoz Roon war ein Schatten seiner selbst; in der Nacht hatte er im Schlaf in einer fremden Sprache gerufen.

Sie gelangten in sumpfiges Gelände, wo das Grasdickicht zu jedermanns Erleichterung lichter wurde und bald ganz verschwand. Nachdem sie sich vergewissert hatten, daß alles ruhig war, zogen sie weiter, hie und da kleine Vogelschwärme aufscheuchend. Voraus öffnete sich ein Tal zwischen weich gerundeten Hügeln. Wegen ihrer Ermüdung hielten sie darauf zu, statt in gerader Linie durch höheres Gelände weiterzumarschieren; sobald sie aber in das Tal eingedrungen waren, fiel sie ein kalter Wind an, der wie ein Tier an ihren grauen Umhängen zerrte und ihnen bis auf die Knochen zu dringen schien. Sie mühten sich grimmig weiter, vornübergeneigt, die Köpfe zwischen die Schultern eingezogen. Der Wind brachte Nebel. Die weißen Schwaden zogen dicht über den Boden hin und wirbelten um ihre Körper, doch die Köpfe blieben darüber. Laintal Ay kannte diesen Wind, und er wußte auch, daß eine dünne Kaltluftschicht wie Wasser von den entfernten Bergen zur Linken über die vorgelagerten Hügel ins Tal herabfloß. Es war ein örtlich begrenzter Wind; je eher sie sich seiner auskühlenden Wirkung entzogen, desto besser.

Skitosherills Frau machte mit einem matten Ausruf halt, lehnte sich gegen ihren Yelk und barg das Gesicht im Ärmel.

Skitosherill kehrte besorgt zu ihr zurück und legte den Arm um sie. Die eisige Luft ließ den Umhang gegen seine Beine klatschen. Nach einer kleinen Weile wandte er besorgt den Kopf zu Laintal Ay.

»Sie kann nicht mehr weiter.«

»Wenn wir hierbleiben, werden wir sterben.«

Er blinzelte die Tränen weg, die der beißende Wind in seine Augen hatte treten lassen, und spähte voraus. In ein paar Stunden würde das Tal warm und harmlos sein, aber gegenwärtig war es eine Todesfalle. Sie waren im Schatten. Das Licht der zwei Sonnen fiel schräg über die linksseitigen Talhänge; eine Gruppe mächtiger Rajabarale auf dem Kamm zerteilte das Licht mit balkenförmigen Schatten. Die Bäume dampften bereits in der Morgensonne.

Er kannte diese Gegend. Ihre Strukturen waren ihm vertraut gewesen, als dicker Schnee sie bedeckt hatte. Sie war immer ein angenehmer, ja verheißungsvoller Ort gewesen – die letzte Paßhöhe, bevor die heimkehrenden Jäger in die wellige Ebene hinausgelangten, die sich allmählich nach Oldorando absenkte. Jetzt war er zu durchgefroren, um auch nur zu zittern; der Wind sog die Körperwärme aus ihm heraus. Sie konnten nicht weiter. Skitosherills Frau lehnte ermattet an der Flanke ihres Yelk; nachdem sie nachgegeben hatte, fühlte sich nun auch ihre Dienerin berechtigt, ihrem Elend Luft zu machen und stand jammernd und weinend, den Rücken der kalten Luftströmung zugekehrt.

»Wir steigen zu den Rajabaralen auf«, rief Laintal Ay in Skitosherills Ohr. Der nickte, noch immer mit seiner Frau beschäftigt, der er in den Sattel zu helfen suchte.

»Steigt alle auf!« rief Laintal Ay. »Wir reiten.«

Als er sich umsah, fiel sein Blick auf eine weißaufblitzende Bewegung.

Über den Talhängen zu ihrer Rechten segelten Kuhreiher im Aufwind, schneeig weiß im Morgenlicht. Unter den Vögeln war eine Reihe von Phagoren. Sie waren Krieger, mit Speeren bewaffnet. Sie besetzten die Höhen zur Rechten, um sich dort wie Wachtposten aufzustellen, unbeweglich wie Felsblöcke. Sie mußten die Menschen gesehen haben, die sich unten in der Senke durch den Kältenebel mühten.

»Schnell, schnell hinauf, bevor wir angegriffen werden!« rief Laintal Ay. Er sah Aoz Roon zu den Phagoren hinaufstarren, ausdruckslos, ohne sich von der Stelle zu bewegen. Er rannte zu ihm und schlug ihm auf den Rücken.

»Sitz auf! Wir müssen von hier fort.«

Aoz Roon sagte etwas Rasselndes tief aus seiner Kehle.

»Du bist verhext, Mann, du hast ihre verfluchte Sprache gelernt, und das hat dich ihnen ausgeliefert.«

Gewaltsam hob er seinen Freund in den Sattel. Der Kundschafter tat das gleiche mit der Dienerin, die vor Entsetzen schluchzte. »Den Hang hinauf zu den Rajabaralen!« rief Laintal Ay. Er schlug Aoz Roons Reittier auf das Hinterteil, dann rannte er zurück, um selbst aufzusitzen. Widerwillig begannen die Tiere den Hang zu ersteigen. Auf Fersenstöße gegen die Rippen reagierten sie kaum; ein Hoxner wäre leichter und schneller gewesen.

»Sie werden uns nicht angreifen«, sagte der Sibornalier. »Sollte es Verdruß geben, werden wir ihnen die Dienerin überlassen.«

»Aber unsere Reittiere. Schon ihretwegen werden sie uns umbringen. Entweder um sie zu reiten, oder um sie zu schlachten. Wenn du es willst, kannst du zurückbleiben und mit ihnen feilschen.«

Skitosherill schüttelte den Kopf und trieb sein Tier vorwärts. Er übernahm die Spitze und führte den Yelk seiner Frau am Zügel. Der Kundschafter und die Dienerin folgten dichtauf. Aoz Roon ritt lustlos in einigem Abstand hinterdrein und erlaubte seinem Yelk, vom Weg der anderen abzuweichen, obwohl Laintal Ay immer wieder rief, sie sollten beisammenbleiben. Er bildete mit dem Tragtier den Schluß; sein Blick ging häufig zurück zu den Hügeln der anderen Talseite.

Die Phagoren rührten sich nicht. Es konnte nicht der kalte Wind sein, der sie störte; wo sie standen, mußte es vergleichsweise warm sein, und außerdem waren sie

Geschöpfe der Kälte. Ihre Regungslosigkeit deutete nicht notwendig auf einen Entschluß hin. Es war unmöglich, sich in ihre Denkart hineinzuversetzen.

So erstiegen sie den Hang. Schon nach kurzer Zeit waren sie zu ihrer großen Erleichterung aus dem Wind und trieben die Tiere mit Schnalzen, Hackenstößen und Schlägen zur Eile an.

Als sie die Höhe erreichten, schien ihnen blendendes Sonnenlicht in die Augen. Beide Sonnen, nahe genug beieinander, um in ihrer blendenden Helligkeit wie verschmolzen auszusehen, blitzten zwischen den Stämmen der gewaltigen Bäume. Wenige Herzschläge lang sah man dort tanzende Gestalten im blendenden Gegenlicht leichtfüßig und wie schwebend – Andere bei einer geheimnisvollen Festlichkeit; dann verschwanden sie, als hätte das strahlende Licht sie unerklärlich aufgelöst. Die Gruppe erreichte den Schutz der glatten Stämme, noch ausgekühlt vom Wind. Der Dampf, der hoch über ihnen den Stämmen entströmte und sich zu einem wallenden Dach vereinigte, ließ den Eindruck aufkommen, als hätten sie eine Halle der Götter betreten. Es mußten etwa dreißig der mächtigen Bäume sein. Jenseits von ihnen senkte sich das Land sanft abwärts zur Ebene von Oldorando.

Die Phagorenabteilung setzte sich in Bewegung. Von vollständiger Bewegungslosigkeit gingen sie augenblicklich in volle Aktion über. In langer Reihe galoppierten sie die Anhöhe herab, auf der sie gewartet hatten. Nur einer von ihnen saß auf einem Kaidaw. Er führte den Trupp. Die weißen Vögel kreisten kreischend über dem Tal.

Laintal Ay hielt verzweifelt nach einem Zufluchtsort Umschau. Es gab keinen außer dem, den die Rajabarale boten. Diese ließen tief aus ihrem Inneren ein dumpfes Grollen und Rumpeln vernehmen. Er zog sein Schwert und ritt an die Seite des Sibornaliers, der eben im Begriff war, seiner Frau aus dem Sattel zu helfen.

»Wir werden uns verteidigen müssen. Bist du darauf vorbereitet? Sie werden bald heran sein.«

Skitosherill blickte gequält zu ihm auf. Sein Mund war in einer Grimasse von Angst und Erbitterung verzerrt.

»Sie hat das Knochenfieber, sie wird sterben«, sagte er.

Die Augen seiner Frau waren glasig, ihr Körper steif und wie verrenkt.

Mit einer ungeduldig abwinkenden Geste wandte sich Laintal Ay zum Kundschafter und rief: »Dann sind es wir zwei. Gib acht – da kommen sie!«

Statt einer Antwort schenkte der Kundschafter ihm ein schurkisches Grinsen und machte mit dem Finger die Geste des Halsabschneidens. Laintal Ay war grimmig ermutigt.

Er lief von einem Baum zum anderen und hielt Ausschau nach Erdlöchern, in denen die Anderen verschwunden waren: vielleicht bot sich hier irgendwo in der Nähe eine Zuflucht – Zuflucht und eine Snoktruix; aber niemals seine Snoktruix, nie wieder.

Trotz ihres plötzlichen Verschwindens hatten die Anderen keine Spur hinterlassen. Nun, dann gab es keine Alternative zum Verzweiflungskampf. Der Tod war ihnen sicher, aber er war entschlossen, bis zum letzten Atemzug zu kämpfen.

Mit dem Kundschafter ging er zur Talseite des Hügelrückens, um dem Feind entgegenzutreten, sobald er auftauchte.

Das Rumpeln in den Rajabaralen hinter ihm wurde lauter. Die mächtigen Bäume hatten aufgehört, Dampf zu verströmen, und machten ein Geräusch wie Donner. Zu seinen Füßen hatten die ersten schrägen Strahlen der vereinten Sonnen beinahe den Talboden erreicht. Dort durchquerten die Phagoren eben die Nebelfurt, und er sah deutlich, wie der Wind in die steifen langen Haare ihrer Felle fuhr und sie zerzauste. Die Nebelschwaden wogten um ihre stämmigen Körper. Sie blickten herauf und stießen ein dumpfes und rauhes Geschrei aus, als sie der beiden Menschen ansichtig wurden. Sie begannen in breiter Front den Hang zu ersteigen.

Dieses Ereignis wurde von der Beobachtungsstation *Avernus* aufgenommen und tausend Jahre später von all jenen gesehen, die mit Sandalen an den Füßen in die großen Vorführungssäle auf der Erde strömten. Diese Säle waren nun besser gefüllt, als sie es während des letzten Jahrhunderts zu irgendeiner Zeit gewesen waren. Betrachter dieser gewaltigen elektronischen Nachschöpfung einer Wirklichkeit, die seit Jahrhunderten nicht mehr wirklich war, wünschten in ihren Herzen, daß die Menschen, deren Leben sie verfolgt hatten, überleben würden; und stets gebrauchten sie die Zukunftsform, selbst für Ereignisse wie dieses, das in so ferner Vergangenheit stattgefunden hatte.

Aus ihrer umfassenden Perspektive sahen sie über den Schauplatz des unmittelbaren Geschehens bei den Rajabaralen weit über die wellige Ebene, wo der Fischsee einst seine erschreckenden Statuen in einen Schrein aus Eis eingeschlossen hatte, bis hin nach Oldorando.

Und diese ganze Landschaft war gesprenkelt mit Gestalten. Der junge Kzahhn schickte sich an, über die Stadt herzufallen, die seinem ruhmvollen Großstallun einst Leben und Entstofflichung geraubt hatte. Er erwartete nur noch das Zeichen. Obgleich seine Streitmacht in keiner genau geplanten militärischen Ordnung aufmarschiert war, sondern eher wie eine Anzahl von Viehherden, die nicht immer zur Front hin ausgerichtet waren, war sie allein durch ihre Zahl furchteinflößend. Sie würde sich unaufhaltsam über das alte Embruddock hinwälzen und dann erbarmungslos weiterfluten, bis zu den südwestlichen Küsten des Kontinents von Campannlat, wo er mit steilen Klippen in den östlichen Teil des Ozeans von Climent abfiel, um womöglich diesen zu überqueren und nach Pagovin in

Hespagorat zu gelangen, den felsigen Heimatländern der Vorfahren.

Wegen dieser ungeordneten Form des Phagorenaufmarsches war es Reisenden – hauptsächlich Flüchtlingen – noch immer möglich, unbehelligt zwischen den verschiedenen Herden und Komponenten ihrer Wege zu gehen. Die meisten von ihnen eilten in die Richtung, aus der der Kreuzzug gekommen war, und in fast allen Fällen wurden diese ängstlichen Gruppen von Madis geführt, die ein ausgeprägtes Gespür für die Luft-Oktaven besaßen, die von den zottigen Ungetümen unter Hrr-Brahl Yprts Banner gemieden wurden. Eine solche Gruppe hatte der gabelbärtige Raynil Layan zusammengestellt und führte sie nun an, geleitet von einem furchtsamen Madi. Die Gruppe zog in der Nähe des jungen Kzahhn vorüber, aber dieser, bewegungslos neben seinem Kaidaw stehend, schenkte ihr keine Beachtung.

Der junge Kzahhn stand an der eingesunkenen Flanke Rukk-Ggrls und kommunizierte mit jenen, die in der Entstofflichung waren, seinem Vater und seinem Urgroßstallun, und lauschte abermals ihrem Rat und ihren Anweisungen. Hinter ihm standen seine Generale und seine zwei überlebenden Gillots. Er hatte sie selten bedient, doch würde sich, ein günstiges Gelingen des Feldzuges vorausgesetzt, wieder eine Gelegenheit ergeben. Zuerst mußten die zwei zukünftigen Oktaven von Sieg oder Tod enträtselt werden; reiste er unter der Siegesoktave, würde es das Zeichen zur Paarung sein. Er wartete ohne Bewegung; dann und wann kam seine lange blasse Zunge zum Vorschein und leckte über die Schlitze seiner Nüstern unter dem schwarzborstigen Fell der Schnauze. Das Zeichen würde am Himmel sichtbar sein, wenn die Luft-Oktaven sich zu einem Knoten zusammenzögen, und er wie auch diejenigen, welche er befehligte, würden auf dieses Signal hin vorwärtsbranden, um jene verfluchte Stadt niederzubrennen, die einst das alte Hrrm-Bhhrd Ydok gewesen war.

Am Rand dieses urzeitlichen Schlachtfeldes, wo Menschen und Phagoren öfter aufeinandergestoßen waren, als jede der beiden Seiten wußte, standen Laintal Ay und der sibornalische Kundschafter mit gezückten Schwertern, um die ersten Phagoren, die den Hang heraufkämen, gebührend zu begrüßen. Das Geräusch der Rajabarale hinter ihnen war wie Donner. Aoz Roon und die Dienerin kauerten an einem der Stämme und erwarteten in untätiger Ergebenheit, was das Schicksal für sie bereithielt. Skitosherill legte den steifen Körper seiner Frau zärtlich nieder, so daß ihr Gesicht gegen das blendende Licht der doppelten Sonne geschützt war, die langsam höher in den Himmel stieg. Dann zog auch er sein Schwert und gesellte sich zu seinen beiden Reisegefährten.

Der Aufstieg hatte die Reihe der Phagoren auseinandergezogen; die tüchtigsten langten zuerst oben an. Als der Anführer in Sicht kam, lief Laintal Ay ihm entgegen. Ihre einzige Hoffnung lag darin, daß es ihnen gelang, ihre Gegner nacheinander einzeln zu erledigen. Er hatte fünfunddreißig oder mehr Phagoren gezählt und weigerte sich, das hoffnungslose Zahlenverhältnis in Rechnung zu stellen.

Der Phagor schwang den Speer und holte zum Wurf aus. Sein Arm bog sich dabei in einem für Lintal Ay verwirrenden Winkel rückwärts, doch ehe der Phagor zum Wurf kam, hatte Laintal Ay den Speer unterlaufen und rannte dem Angreifer das Schwert in den Leib. Gelbes Blut quoll aus der Wunde, und Laintal Ay kam die alte Jägergeschichte in den Sinn, daß die Eingeweide der Phagoren oberhalb der Lungen lägen; er selbst hatte die Wahrheit der Geschichte erwiesen, als er den Phagoren abgehäutet hatte, um seinen Kaidaw zu täuschen.

Der Phagor warf den langen knochigen Schädel zurück und bleckte die gelben Zähne in seiner Todesqual. Dann brach er zusammen und rollte den Hang hinunter, um an einem Felsblock hängenzubleiben.

Aber die anderen Phagoren hatten jetzt die Höhe erreicht und drangen auf die Verteidiger ein. Der sibornalische Kundschafter wehrte sich tapfer seiner Haut und begleitete seine Ausfälle mit Flüchen in seinem Heimatdialekt. Laintal Ay sprang zwischen ihn und Skitosherill, und Rücken an Rücken versuchten sich die drei der Übermacht zu erwehren.

Augenblicke später explodierte die Welt.

Der Knall war so scharf und so nahe, daß der Kampf augenblicklich aufhörte. Eine zweite Explosion folgte. Schwarze Steine flogen in den Himmel und prasselten in weitem Umkreis auf den Erdboden herab. Ein wahres Pandämonium brach los.

Jeder folgte seinem Instinkt: die Phagoren erstarrten in Bewegungslosigkeit, die Menschen warfen sich flach zu Boden.

Sie taten es keinen Augenblick zu früh. Weitere Explosionen krachten, und die schwarzen Steine flogen überall. Einige trafen Phagoren und schleuderten ihre zerschmetterten Körper wie nasse Lappen zu Boden. Die übrigen ergriffen die Flucht und versuchten sich rennend und stolpernd ins Tal zu retten. Die weißen Vögel flatterten krächzend am Himmel.

Laintal Ay blieb liegen, wo er war, die Hände gegen die Ohren gepreßt. Als er den Kopf seitwärts drehte und aus den Augenwinkeln zu den Rajabaralen spähte, stockte ihm der Atem. Die gewaltigen Bäume platzten von oben nach unten auf, sprangen wie explodierende Hülsen auseinander. Im Herbst des letzten Großen Jahres hatten sie ihre enormen fruchttragenden Äste in die oberen Stämme zurückgezogen und die Krone bis zum nächsten Frühling mit einer Harzkappe versiegelt. Während der Winterjahrhunderte hatten die Bäume durch das Wurzelsystem erwärmte Luft aus der Tiefe des Untergrundes aufsteigen lassen und sich auf diese mächtige Explosion vorbereitet.

Der Baum über Laintal Ay barst mit einem gewaltigen Knall. Am Boden liegend, den schützend mit beiden Händen bedeckten Kopf auf die Seite gelegt, konnte Laintal Ay beobachten, wie die Samen ausgestoßen wurden. Manche flogen aufwärts, die meisten wurden wie Geschosse nach allen Seiten fortgeschleudert. So groß war die Gewalt des Ausbruches, daß die kopfgroßen schwarzen Geschosse bis eine halbe Meile weit geschleudert wurden. Überall brodelte Dampf.

Als es still wurde, waren elf der Bäume explodiert. Aus den geborstenen, zerfaserten Resten ihrer Stämme reckten sich zuvor im Inneren verborgene schlankere Kronen, weißlich wie Spargel, doch an den Spitzen bereits grün.

Diesem Grün war es vorbestimmt, sich auszubreiten, bis die Baumgruppe, die bisher lediglich aus den glatten Säulen der Stämme bestanden hatte, sich mit einem weit verzweigten, leuchtendgrünen Laubdach schmückte, welches Erdreich und Wurzeln vor der Austrocknung durch das gnadenlos heiße Sonnenlicht späterer Zeiten schützen sollte, wenn Helliconia näher an Freyr heranrückte – zu nahe für das Wohlbefinden von Mensch, Tier und Pflanzenwelt. Wer immer in ihrem Schatten lebte oder starb, die Rajabarale hatten ihre eigene Lebensform zu schützen. Diese Rajabarale gehörten zur Vegetation der neuen Welt, der Welt, die sich entwickelte, nachdem Freyr in den wolkigen Himmeln Helliconias erschienen war. Zusammen mit den neuen Tieren befanden sie sich in einem unausgesetzten ökologischen Wettstreit mit den Ordnungen der alten Welt, die von Batalix allein regiert worden war. Das binäre System hatte eine binäre Biologie geschaffen.

Die schwarzfleckigen Samenkapseln ähnelten großen Kokosnüssen. Manche hatten den Umfang menschlicher Köpfe. Im Laufe der nächsten sechshunderttausend Tage würden einige überleben und zu großen Bäumen heranwachsen.

Laintal Ay stieß eine der Kapseln achtlos beiseite und lief zum Kundschafter, der stöhnend am Boden lag. Wie sich zeigte, war er von einem scharfen Phagorenhorn durchbohrt worden. Skitosherill und Laintal Ay halfen ihm zurück zu der Stelle, wo Aoz Roon und die Dienerin standen. Der Mann war in schlechter Verfassung und blutete stark. Hilflos kauerten sie um ihn, während sein Leben aus ihm rann.

Skitosherill kniete zu Häupten des Sterbenden nieder, hieß die Dienerin, desgleichen zu tun, und hob an mit einem umständlichen religiösen Ritual.

Nachdem er eine Weile gewartet hatte, sprang Laintal Ay ungeduldig auf. »Wir müssen so rasch wie möglich nach Embruddock, verstehst du? Laß den Mann hier bei deiner Frau! Die Dienerin kann für beide sorgen. Du aber reite mit mir und Aoz Roon weiter! Die Zeit läuft ab.«

Skitosherill wies auf den Sterbenden vor sich. »Ich bin ihm dies schuldig. Es wird eine Weile dauern, muß aber nach den Vorschriften des Glaubens getan werden.«

»Die Phagoren könnten zurückkommen. Sie kriegen es nicht leicht mit der Angst, und wir können kaum auf einen weiteren Glücksfall wie den letzten hoffen. Ich werde mit Aoz Roon weiterreiten.«

»Du hast deine Sache gut gemacht, Barbar. Geh deiner Wege, und vielleicht werden wir einander wieder begegnen.«

Als Laintal Ay sich zum Gehen wandte, hielt er inne und blickte zurück. »Es tut mir leid, daß es so kommen mußte. Ich hoffe, deine Frau wird das Fieber überstehen.«

Aoz Roon war so vernünftig gewesen, zwei von den Yelken festzuhalten, als die Rajabarale explodierten. Die anderen Tiere waren in Panik davongaloppiert.

»Kannst du reiten?«

»Ja, es wird gehen. Hilf mir, Laintal Ay, dann werde ich mich erholen! Die Sprache der Phagoren lernen, heißt, die Welt anders sehen. Ich werde mich erholen.«

»Steig auf und laß uns reiten! Ich fürchte, daß wir zu spät kommen könnten, um Embruddock zu warnen.«

Sie saßen auf und ritten davon, einer hinter dem anderen, so schnell die Tiere gehen wollten. Zurück blieb die Gruppe der zerspellten Riesenstämme, wo der graue Sibornalier im Gebet kniete.

Die zwei Yelke trotteten gleichmäßig dahin, den Kopf mit den herausquellenden, ausdruckslos stierenden Augen gerade vorgestreckt. Wenn sie im Laufen Kot fallen ließen, kamen Käfer aus der Erde hervor und wälzten den Schatz gemeinsam zu unterirdischen Höhlungen, womit sie unwissentlich die Saat künftiger Wälder pflanzten.

Die Sicht wurde schlecht, sobald die Reiter die wellige Ebene erreichten, wo ein Höhenzug auf den anderen folgte. Steinerne Monumente erhoben sich über die Landschaft verstreut, Relikte einer grauen Vorzeit, so zerfressen vom Wetter und überzogen von Steinflechten, daß die eingemeißelten kreisförmigen Zeichen kaum noch zu erkennen waren. Laintal Ay drängte vorwärts, stets gefaßt auf Feinde, immer wieder im Sattel sich umwendend, um Aoz Roon zur Eile anzutreiben.

Wiederholt sichtete Laintal Ay in der Ferne Gruppen von Kriegern oder Flüchtlingen, die in verschiedene Richtungen zogen, ging ihnen aber aus dem Weg, so gut er es vermochte. Sie passierten frische Skelette, an denen bisweilen noch Fleischfetzen und Kleider hingen; vollgefressene Aasvögel saßen träge bei diesen Denkmälern des Lebens, und einmal sahen sie eine durchs Dickicht schleichende Säbelzunge.

Hinter ihren Schultern im Norden und Osten erhob sich die Wetterwand einer Kaltfront wie ein schwarzgraues Tuch. Wo der Himmel klar blieb, hingen Freyr und Batalix aneinander, die Scheiben berets miteinander verschmolzen. Sie erreichten die Einsenkung, die einst den Fischsee enthalten hatte und wo ein Steinhaufen errichtet worden war, um des vor vielen Wintern von Shay Tal gewirkten Wunders zu gedenken; die Yelke erstiegen einen der ermüdenden Höhenrücken, als heftiger Wind aufkam. Das Licht begann sich zu verändern.

Laintal Ay saß ab und beruhigte seinen Yelk, indem er ihm die samtweiche Schnauze streichelte. Aoz roon blieb in mutloser Resignation im Sattel sitzen.

Die Verfinsterung setzte ein. Wieder schnitt Batalix, genau wie Vry es vorausgesagt hatte, einen Biß aus der grellweiß strahlenden Scheibe Freyrs. Der Prozeß war langsam und unerbittlich und würde Freyr schließlich für fünfeinhalb Stunden ganz verschwinden lassen. Ein paar Meilen entfernt hatte der Kzahhn sein erwartetes Zeichen.

Die Sonnen verschluckten ihr eigenes Licht. Eine schreckliche Furcht überkam Laintal Ay und ballte sich in seinen Eingeweiden zu einem eisigen Klumpen zusammen. Am Taghimmel erschienen einzelne helle Sterne. Er schloß die Augen, hielt sich am Yelk fest und vergrub sein Gesicht im rostfarbenen Fell. Die Zwanzig Blindheiten waren über ihm, und in seinem Herzen flehte er zu Wutra, er möchte diesen Krieg in seinen Himmeln gewinnen.

Aber Aoz Roon blickte zum Himmel auf, und während Ehrfurcht seine abgemagerten Züge abstumpfte, rief er aus: »Nun wird Hrrm-Bhhrd Ydok untergehen!«

Die Zeit schien aufzuhören. Langsam glitt das hellere Licht hinter das stumpfere. Das Land schien von grauen Schleiern überzogen.

Laintal Ay überwand seine Furcht, verließ den Yelk und trat zu Aoz Roon. Er faßte ihn bei der zum Skelett abgemagerten Schulter und blickte forschend in das vertraute, aber verwandelte Antlitz. »Was sagtest du eben?«

Aoz Roon schüttelte wie in Benommenheit den Kopf. »Es wird schon wieder«, murmelte er. »Ich werde wieder sein, der ich war.«

»Ich fragte dich, was du sagtest.«

»Ja ... Du weißt, wie dieser Gestank von ihnen, dieser milchige Geruch, an allem haften bleibt. Genauso ist es mit ihrer Sprache. Sie macht alles anders. Ich war eine halbe Luftwende mit Yhamm-Whrrmar und sprach mit ihm. Über viele Dinge. Über Dinge, denen mein Olonet sprechender Verstand keinen Sinn abgewinnen kann.«

»Laß gut sein! Was sagtest du über Embruddock?«

»Es ist etwas, das Yhamm-Whrrmar wußte. Er wußte, daß es geschehen würde, so sicher, als ob es Vergangenheit und nicht Zukunft wäre. Daß Phagoren Embruddock zerstören werden ...«

»Ich muß weiter. Reite mir nach, wenn du willst! Ich muß in die Stadt und alle warnen. Oyre – Dathka ...«

Aoz Roon ergriff rasch seinen Arm mit unerwarteter Kraft.

»Warte, Laintal Ay! Ein Augenblick, und ich werde wieder der alte sein. Ich hatte das Knochenfieber. Ich lag im Delirium. Kälte durchnadelte mein Herz.«

»Du hast niemals Ausflüchte von anderen geduldet. Jetzt machst du selbst Ausflüchte.«

Etwas von den alten Qualitäten kehrte in Aoz Roons Züge zurück, als er Laintal Ay anstarrte. »Du bist einer der guten Männer, du trägst mein Zeichen, ich bin dein Herr gewesen. Gib acht! Ich sage nur, worüber ich niemals nachdachte, bis ich eine halbe Luftwende lang auf jener Insel war. Die Generationen werden geboren und gehen ihren Weg, und dann sinken sie in die Unterwelt hinab. Davor gibt es kein Entkommen. Man kann nur hoffen, daß jemand ein gutes Wort sagt, nachdem alles vorbei ist.«

»Ich werde gut von dir sprechen, aber du bist noch nicht tot.«

»Die ancipitale Rasse weiß, daß ihre Zeit um ist. Für die Menschen aber kommen bessere Zeiten. Sonnenschein, Blumen, weiche Dinge. Nachdem wir in Vergessenheit geraten sein werden. Bis Hrl-Ichor Yhars Rahmen ganz leer ist.«

Laintal Ay stieß ihn mit einer Verwünschung von sich, ohne zu verstehen, was Aoz Roon sagte.

»Kümmere dich nicht um morgen und alles das! Die Welt hängt am Jetzt. Ich reite nach Embruddock.«

Er ging zu seinem Reittier, schwang sich in den Sattel und trieb es mit ungeduldigen Fersenhieben vorwärts. Aoz Roon folgte ihm mit den lethargischen Bewegungen eines Mannes, der aus einem tiefen Traum erwacht.

Die grauen Schleier schienen sich zu verdichten, als sei in der Luft ein Fermentationsprozeß in Gang gekommen. Eine halbe Stunde später war Freyr zur Hälfte verschlungen, und die seltsame Stille, die über dem Land lag, wurde noch fühlbarer. Die beiden Reiter passierten Gruppen, die wie versteinert auf den Knien lagen und nicht aufzublicken wagten.

Einige Zeit später erblickten sie einen Mann, der sich zu Fuß näherte. Er war beleibt und lief langsam und stampfend, aber gleichmäßig, mit schwerfälligen Bewegungen der Arme und Beine. Auf einem Höhenrücken blieb er stehen und starrte in angespannter Fluchtbereitschaft herüber. Laintal Ay ließ die rechte Hand an den Schwertknauf sinken.

Trotz des ungewissen Lichts war die beleibte Gestalt nicht zu verkennen. Dieser Löwenkopf mit dem gegabelten Bart, durchzogen von grauen Strähnen, konnte nur einem gehören. Laintal Ay rief ihn beim Namen und trieb sein Reittier vorwärts.

Es dauerte eine Weile, bis Raynil Layan von Laintal Ays Identität überzeugt war, und noch länger brauchte er, um den skeletthaften Aoz Roon mit den erloschenen Augen wiederzuerkennen. Vorsichtig ging er um die vorgebogenen Geweihstangen des Yelk, um Laintal Ays Handgelenk mit schweißfeuchten Fingern zu ergreifen.

»Ich werde eins mit unseren Vorvätern sein, wenn ich einen weiteren Schritt tue. Ihr habt beide das Knochenfieber durchgemacht und überlebt. Ich werde kaum soviel Glück haben. Anstrengung erhöht die Gefahr, heißt es – sexuelle Anstrengung ebenso wie andere.« Er brach schnaufend ab und hielt sich die Brust. »Oldorando ist an der Seuche verfault. Ich habe es versäumt, rechtzeitig zu entkommen, Tor, der ich bin. Das ist es, was diese schrecklichen Zeichen am Himmel bedeuten. Ich habe gesündigt – wenn ich auch keineswegs so schlecht bin wie du, Aoz Roon. Diese Pilger aus Pannoval sprechen die Wahrheit. Die Totengeister erwarten mich.«

Er ließ sich ächzend am Boden nieder, stützte einen Ellbogen auf das Bündel, das er getragen hatte, und hielt sich den Kopf in verzweifeltem Jammer.

»Erzähl mir, welche Neuigkeiten es in der Stadt gibt«, sagte Laintal Ay ungeduldig.

»Frag mich nichts, laß mich sein ... Laß mich sterben!«

Laintal Ay stieg ab und trat dem Herrn der Münze ins Hinterteil.

»Wie ist es in der Stadt – außer der Seuche?«

Raynil Layan hob sein gerötetes Gesicht. »Feinde im Inneren ... Als ob die Heimsuchungen des Fiebers nicht genug wären, hat dein ehrenwerter Freund, der andere Herr der Westlichen Ebene, einen Versuch unternommen, Aoz Roons Position zu usurpieren. Ich verzweifle an der menschlichen Natur.«

Er steckte zwei Finger in einen Lederbeutel an seinem Gürtel und brachte ein paar glänzende Goldmünzen zum Vorschein, frisch geprägte Roons aus seiner Münze.

»Verkauf mir deinen Yelk, Laintal Ay. Du bist kaum eine Wegstunde von zu Hause und brauchst ihn kaum noch. Ich aber brauche ihn ...«

»Daß dich der Teufel ... Erzähl mir mehr! Was ist mit Dathka, ist er tot?«

»Wer weiß? Wahrscheinlich ist er es mittlerweile – ich verließ die Stadt gestern abend.«

»Und die Phagorenabteilungen voraus? Wie bist du durchgekommen? Hast du ihnen Geld gegeben?«

Raynil Layan gestikulierte mit einer Hand, während er mit der anderen das Geld einsteckte. »Viele von ihnen sind zwischen uns und der Stadt. Ich hatte einen Madi als Führer, der ihnen auswich. Aber ein weiter Umweg war nötig. Wer kann sagen, was sie vorhaben, diese Unholde?« Als fiele ihm plötzlich etwas ein, fügte er hinzu: »Versteht mich recht, ich verließ die Stadt natürlich nicht um meiner selbst willen, sondern denen zuliebe, die zu schützen meine Pflicht war. Andere von meiner Gruppe sind hinter mir her. Bald nach unserem gestrigen Aufbruch wurden wir unserer Hoxner beraubt, und so kamen wir nur langsam voran ...«

Laintal Ay knurrte vor Ungeduld wie ein Tier. Er packte den andern beim Ärmel und zog ihn hoch.

»Andere? Wer ist mit dir gekommen? Vor wem läufst du weg, du Schweinsblase? Ist Vry dort?«

Raynil Layan befreite sich von Laintal Ays Zugriff und maß ihn mit einem halb zornigen, halb ängstlichen Blick. »Sprich nicht in diesem Ton zu mir, Hitzkopf! Nein, Vry zieht ihre Astronomie vor, was ich bedaure. Sie ist noch in der Stadt. Du hast allen Grund, mir dankbar zu sein, Laintal Ay, denn ich habe diejenigen gerettet, welche dir und Aoz Roon am nächsten stehen. Also gib mir deinen unausstehlichen Yelk ...«

»Darüber reden wir später.« Er ließ Raynil Layan stehen, sprang in den Sattel und spornte das Tier an. Er überwand die Bodenwelle, ritt durch die Senke und die nächste Anhöhe hinauf.

Am jenseitigen Abhang fand er eine eng zusammengekauerte kleine Gruppe. Ein Madi, offenbar der Führer, lag bäuchlings im Gras, das Gesicht gegen die Böschung gedrückt, überwältigt von den Zeichen am Himmel. Neben ihm kauerten Dol und Oyre mit den beiden kleinen Kindern. Der Säugling weinte. Die beiden Frauen starrten entsetzt zu Laintal Ay auf, als er über ihnen auf dem Hügelrücken erschien und den Hang herab auf sie zukam. Erst als er absaß und sie bei ihren Namen rief, erkannten sie ihn.

Auch Oyre war durch das Nadelöhr des Fiebers gegangen. Sie standen und betrachteten einander und lachten, und jeder wunderte sich über die Magerkeit des anderen. Dann fielen sie einander lachend und weinend in die Arme, und Oyre schmiegte sich an ihn. Während sie so beisammenstanden, kam auch Aoz Roon zu ihnen und umarmte Dol und die Kinder. Tränen rannen ihm über das abgezehrte, alt gewordene Gesicht.

Die Frauen berichteten über die letzte schwere Zeit in Oldorando; Oyre erzählte von Dathkas erfolglosem Versuch, die Herrschaft an sich zu reißen. Dathka war noch in der Stadt, zusammen mit vielen anderen. Als Raynil Layan zu Oyre und Dol gekommen war und sich erbötig gemacht hatte, sie in Sicherheit zu bringen, hatten sie sein Angebot angenommen. Obwohl sie argwöhnten, daß er in Wahrheit floh, um seine eigene Haut zu retten, fürchteten sie so sehr, daß die Kinder an der Seuche erkranken könnten, worauf sie nur das Notwendigste mitgenommen und hastig mit ihm die Stadt verlassen hatten. Wegen ihrer Unerfahrenheit waren ihre Reittiere und ihr Gepäck schon kurz nach Antritt der Reise von borlienischen Briganten geraubt worden.

»Und die Phagoren? Werden sie die Stadt angreifen?«

Die Frauen konnten darauf nur sagen, daß die Stadt noch stünde, trotz der chaotischen Zusammenhänge innerhalb ihrer Mauern. Und auf ihrer Flucht hatten sie in der Tat Massen von den schrecklichen Ungetümen vor der Stadt gesehen, verteilt auf verschiedene Trupps oder Abteilungen.

»Ich werde in die Stadt gehen müssen.«

»Dann kehre ich mit dir zurück – ich werde dich nicht wieder verlassen, Laintal Ay«, sagte Oyre. »Raynil Layan mag tun, was ihm gefällt. Dol und die Kinder können bei Aoz Roon bleiben.«

Während sie beisammenstanden und sprachen und einander umarmten, wehte von Westen her Rauch über die Ebenen. Sie waren zu glücklich, zu sehr mit sich selbst beschäftigt, um es zu bemerken.

»Der Anblick meiner Kinder gibt mir neues Leben«, sagte Aoz Roon, der die Tochter auf dem Arm hatte und sich die Augen am Ärmel trocknete. »Dol, wenn du die Vergangenheit ruhen lassen kannst, will ich von nun an ein besserer Mann sein.«

»Du sprichst Worte des Bedauerns, Vater«, sagte Oyre. »Ich aber sollte die erste sein, die das tut. Ich weiß jetzt, wie mutwillig ich mich zu Laintal Ay benommen habe, und daß ich ihn darüber beinahe verloren hätte.«

Als er die Tränen in ihren Augen sah, mußte Laintal Ay unwillkürlich an seine Snoktruix in der Erde unter den Rajabaralen denken, und er sah, daß sie sich jetzt nur hatten finden können, weil Oyre ihn beinahe verloren hatte. Er umfing sie von neuem mit beiden Armen, aber sie riß sich mit den Worten los: »Vergib mir, ich will dir gehören – und nicht mehr eigensinnig sein, das schwöre ich.«

Er nahm sie bei den Händen und lächelte. »Behalte deinen Willen, er wird gebraucht. Wir haben viel zu lernen und müssen uns mit den Zeiten ändern. Ich bin dir dankbar, weil du mich verstanden hast, als du mich zum Handeln zwangst.«

Und wieder fielen sie einander um den Hals, drückten die abgemagerten Körper gegeneinander und küßten sich.

Der Madi begann zur Besinnung zu kommen. Er stand auf und rief nach Raynil Layan, aber der Meister der Münze war geflohen. Die Rauchwolken waren jetzt dichter und fügten dem fahlen Himmel ihre Asche hinzu.

Aoz Roon hatte angefangen, Dol von seinen Erlebnissen auf der Insel zu berichten, wurde jedoch von Laintal Ay unterbrochen.

»Wir sind wieder vereint, und das ist wie ein Wunder. Aber Oyre und ich müssen in aller Eile nach Embruddock zurückkehren. Sicherlich werden wir dort gebraucht.«

Die zwei Wachtposten verbargen sich hinter Wolken. Ein Wind kam auf und strich über die Ebene. Er kam aus der Richtung von Embruddock und trug Brandgeruch mit sich. Der Rauch verdichtete sich weiter und wurde zu einem dunkel wallenden Bahrtuch, das sich über die Ebene breitete und die Lebewesen dort, ob Freund oder Feind, in düsteres Zwielicht hüllte. Aschenteilchen regneten herab. Ein Schwarm Gänse zog trompetend über sie hin nach Osten.

Die verlorenen menschlichen Gestalten bei den zwei geweihtragenden Tieren verkörperten die drei lebenden Generationen. Sie setzten sich langsam in Bewegung und kamen unter den wallenden Rauchschwaden außer Sicht. Sie sollten am Leben bleiben, während alle anderen Bewohner Embruddocks zugrunde gingen und der Kzahhn triumphierte, denn das war es, was sich zutrug.

In den Flammen, die Embruddock verzehrten, wurden bereits neue Strukturen geboren. Hinter der ancipitalen Maske Wutras war Schiwa, Gott der Zerstörung und Wiedergeburt, mit Ungestüm am Werk.

Die Verfinsterung war jetzt total.

… anderseits mag man glauben, daß all diese Dinge vorher existierten, daß aber die menschliche Rasse durch einen Ausbruch feuriger Hitze ausgetilgt oder ihre Städte von einer gewaltigen Umwälzung der Erde in Trümmer gelegt oder von gefräßigen Flüssen verschlungen wurden, welche anhaltender Regen hatte über die Ufer treten lassen. Um so mehr Ursache, die Triftigkeit meiner Überlegung einzusehen und zuzugeben, daß Erde und Himmel ein Ende nehmen werden. Wurde die Welt tatsächlich von solchen Heimsuchungen und Gefahren erschüttert, dann bedarf sie nur eines heftigeren Stoßes, um in universalem Ruin zusammenzustürzen.

Lukrez: *De rerum natura*
55 v. Chr.

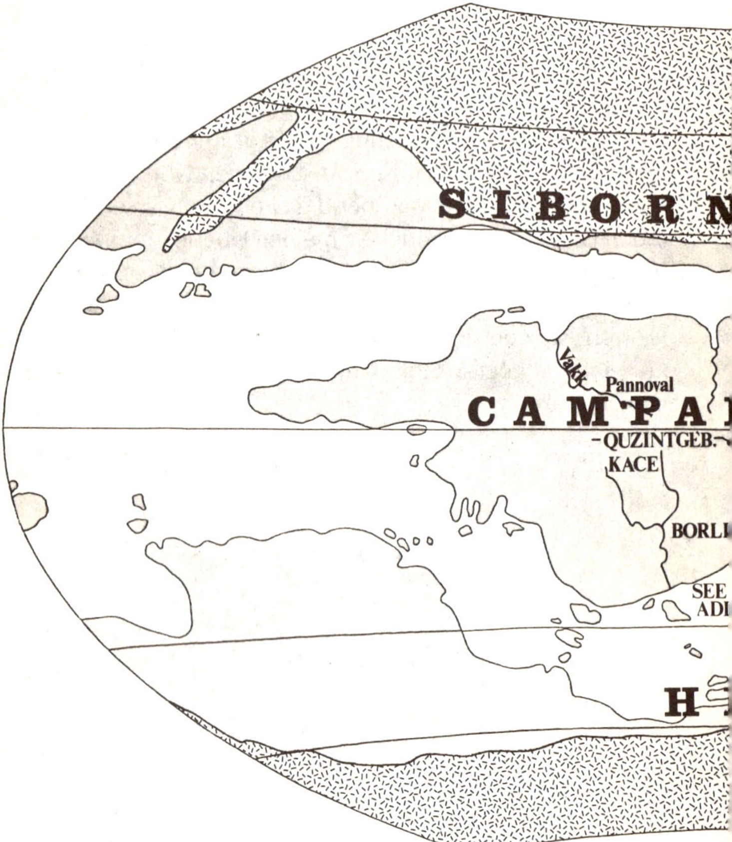
SIBORN
Vakk
Pannoval
CAMPA
QUZINTGEB.
KACE
BORL
SEE
ADI
H

POLITISCH

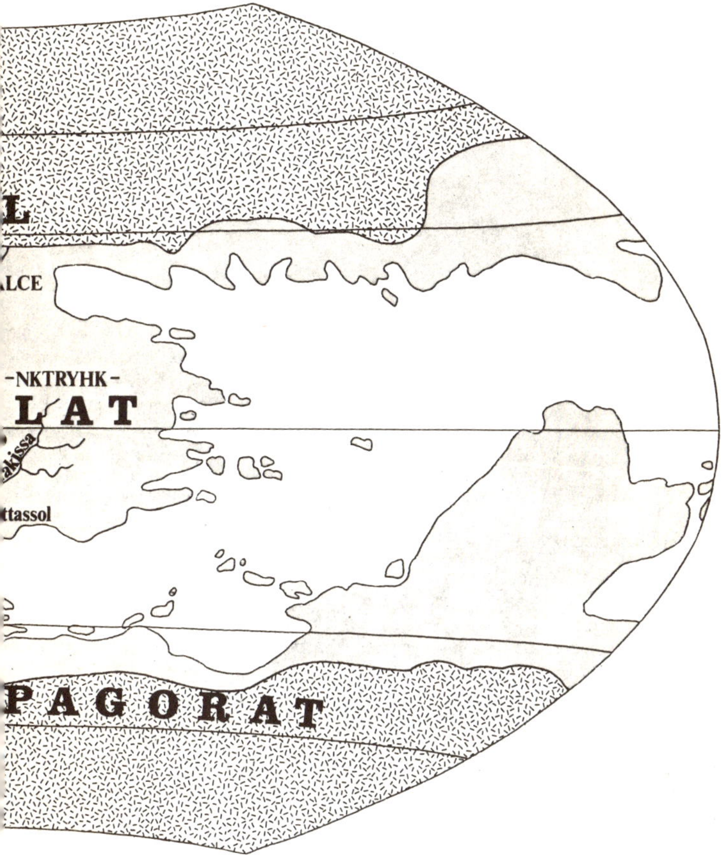

HELLICONIA

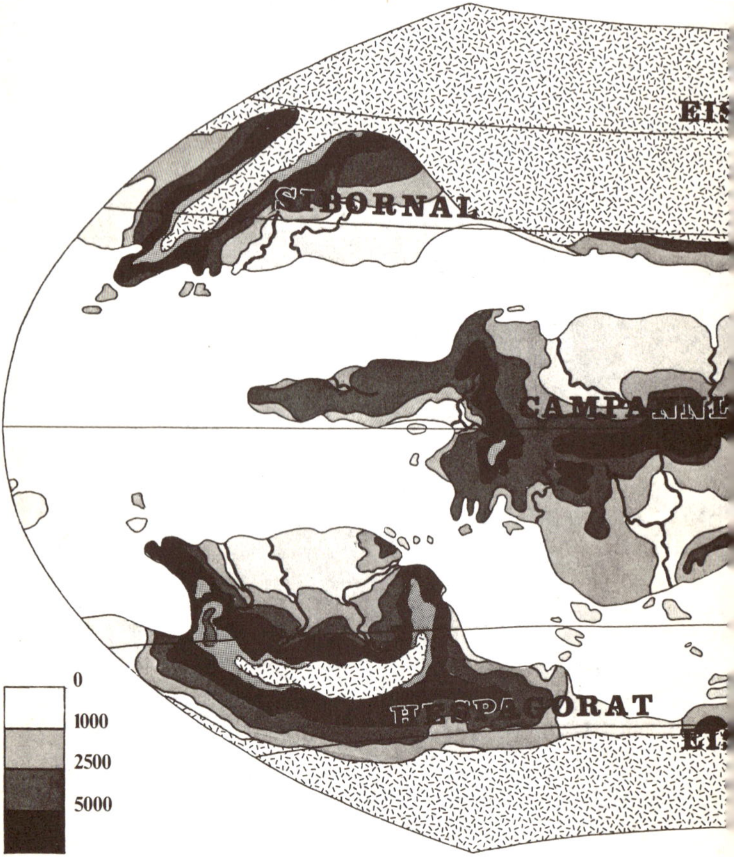

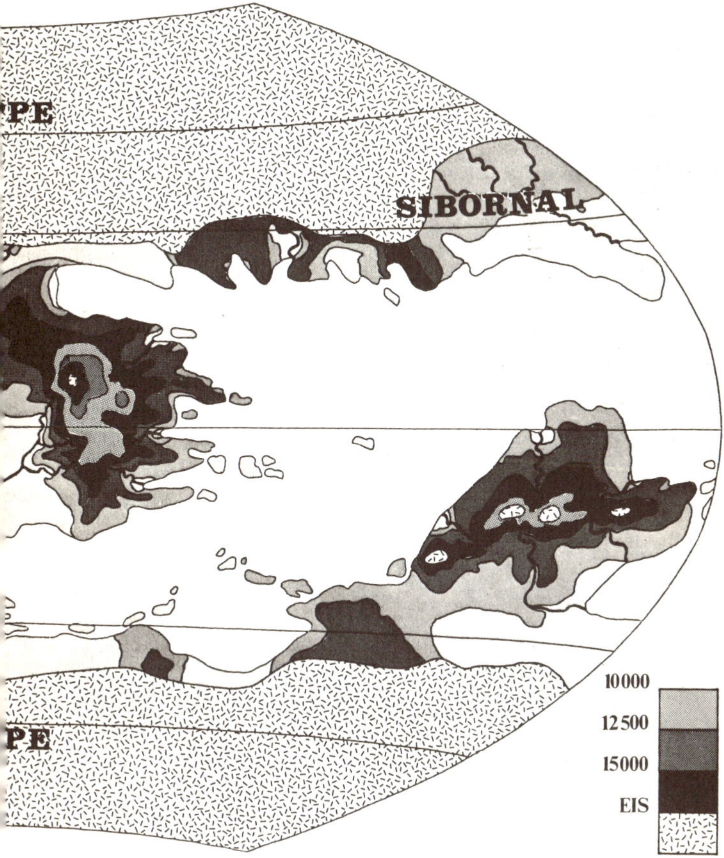
PE
SIBORNAL
PE
10000
12500
15000
EIS

ANHANG

1. Das Doppelsternsystem Freyr/Batalix

Die Entstehung:

Ursprünglich wurde Stern A (Freyr) von Stern C begleitet. Vor 8 Millionen Erdjahren geriet Stern B (Batalix) in den Anziehungsbereich von Freyr. In den darauf folgenden Bahnstörungen entwich Stern C, während Batalix mit seinen Planeten – darunter Helliconia – eingefangen wurde. Bei dieser Gelegenheit kam auch der Mond T'Sehn-Hrr, welcher bis dahin Helliconia umkreist hatte, von seiner Bahn ab und wurde von den Gravitationskräften der sich annähernden Sterne aus dem Schwerkraftbereich der Planeten geworfen.

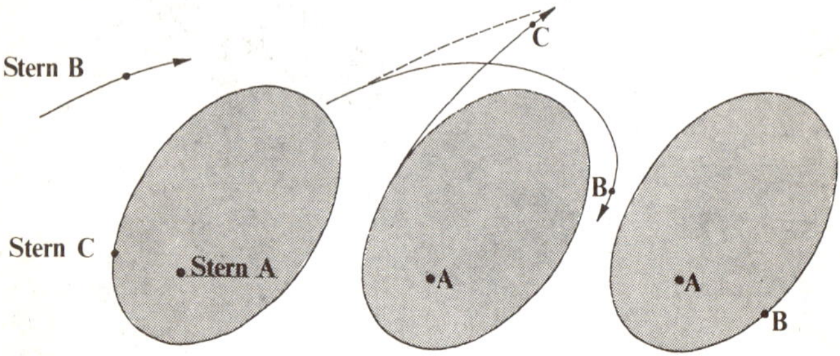

Abb. 1

Der Aufbau, die Bahnbewegungen und damit verbundene Klimaänderungen:

Das Batalixsystem umkreist Freyr während eines Großen Jahres, das 2592 Erdjahren oder 1825 Helliconiajahren entspricht.

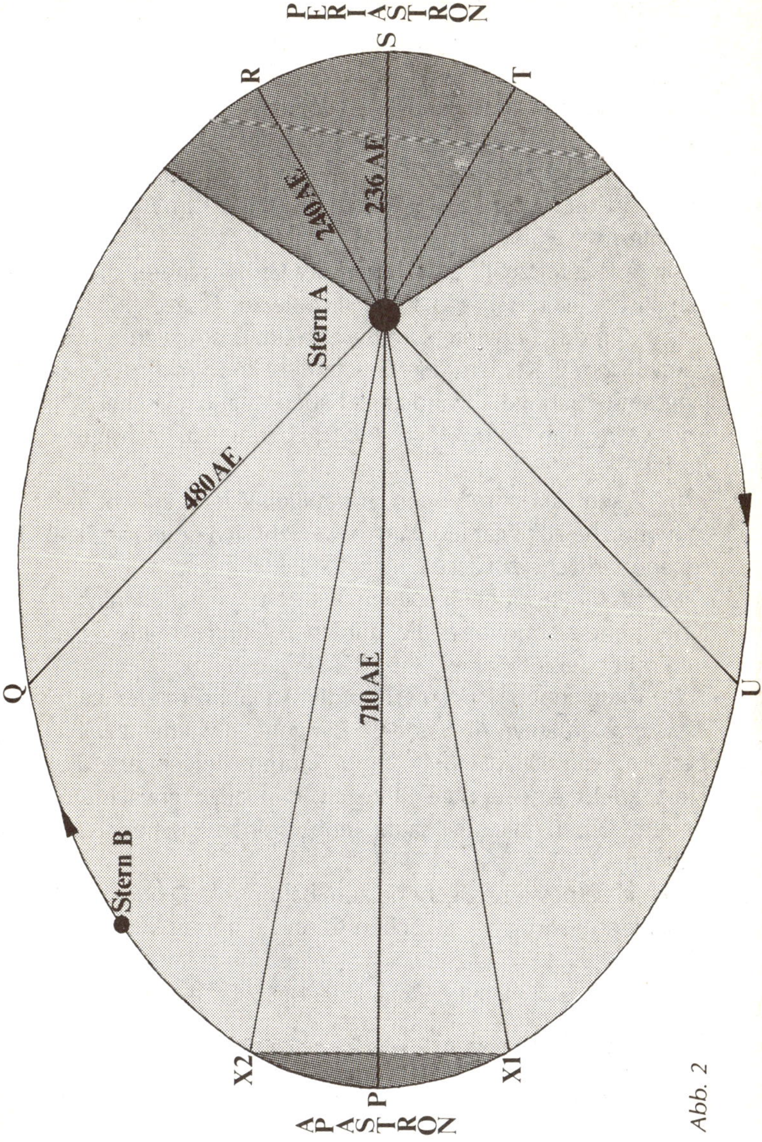
PERIASTRON
R
S
T
240 AE
236 AE
Stern A
480 AE
Q
710 AE
U
Stern B
X2
P
X1
APASTRON

Abb. 2

Die Bahn von Batalix (Stern B), eines schwach leuchtenden alten Sterns um den hellen heißen Stern A (Freyr), der zwar sehr weit entfernt, aber von großer Masse und von außerordentlich starker Leuchtkraft ist, verläuft sehr stark exzentrisch.

Sie schwankt zwischen 236 AE (Astronomische Einheiten*) im Periastron (sternnächster Punkt) und 710 AE im Apastron (sternfernster Punkt).

Diese Exzentrizität hat während des Großen Jahres starke klimatische Unterschiede auf Helliconia zur Folge.

Die Zeit des Tiefwinters im Bereich um das Apastron (wo gemäß dem 2. Keplerschen Gesetz die Himmelskörper die langsamste Bahngeschwindigkeit haben**, also zwischen X1 und X2 [in Abb. 2 dunkel schattiert]), beträgt ca. 5 Jahrhunderte.

In diesem 500 Jahre langen, grimmigen Winter erlischt die menschliche Aktivität fast ganz bzw. zieht sich unter die Planetenoberfläche zurück.

Selbst die tropischen Zonen werden von gnadenloser Kälte beherrscht, wobei die jährlichen Durchschnittswerte unter 10° Celsius sinken.

Dann beginnen sich, aufgrund der Annäherung des Batalixsystems an Freyr, die Lebensbedingungen wieder zu verbessern; die Durchschnittstemperaturen steigen an, die Flora erlebt eine üppige Blütezeit, die Fauna erwacht zu neuem Leben, die Zivilisation erlebt einen raschen Aufschwung.

Diese Verbesserung geht bis zum Bahnpunkt Q noch relativ langsam, wird aber zwischen Q und R immer schneller.

---

* 1 AE = mittlere Entfernung Sonne–Erde: 149 597 892,3 km oder knapp 8,5 Lichtminuten.

** Keplers 2. Gesetz besagt, daß die Fläche zwischen zwei Bahnpunkten eines Planeten und einem Brennpunkt der Ellipse (der Sonne) bei gleichen Zeitabständen der beiden Bahnpunkte immer gleich groß ist.

Es folgt ein »kurzer«, sehr heißer Sommer (so sind zum Beispiel die Tropen ein unbehaglicher Ort mit Durchschnittstemperaturen um 40° C), der 238 Erdjahre dauert.

Danach kommt ein langer milder Herbst, in dem die menschliche Zivilisation auf Helliconia ihren Höhepunkt erreicht.

Die klimatisch günstigste Zeit, die zwischen den Bahnpunkten Q und U liegt, umfaßt insgesamt 918 Erdjahre – ein knappes Jahrtausend. Dann verlangsamt sich die Bahngeschwindigkeit des Batalixsystems immer stärker und die Entfernung zum lebens- und wärmespendenden Stern A wird immer größer. Nach U wird das Klima wechselhaft und kalt. Der grimmige Winter und damit die Zeit der Phagoren, naht. Mehr als 16 Jahrhunderte braucht das Batalixsystem, um den Bahnbereich zwischen U und Q zu durchlaufen.

P–P = 2592 Erdjahre	Q–R = 340 Erdjahre
P–S = 1296 Erdjahre	R–T = 238 Erdjahre
P–Q = 837 Erdjahre	T–U = 340 Erdjahre
P–R = 1177 Erdjahre	U–P = 837 Erdjahre
P–U = 1755 Erdjahre	

Die Sonnen:

Freyr:

Masse	14,8 Sonnenmassen
Temperatur	10700° Celsius
Radius	65 Sonnenradien
Spektraltyp	Überriese vom A-Typ
Farbe	Weiß
Alter	zwischen 10 und 11 Millionen Jahre
Lichtstärke	60000fache Sonnenlichtstärke

Obwohl Freyr erst 10 bis 11 Millionen Jahre alt ist, hat sie sich bereits aus der Hauptreihe der Sterne fortentwickelt und einen großen Teil seiner Energie verbraucht.

Batalix:

Masse	0,96 Sonnenmassen
Temperatur	5330° Celsius
Radius	0,96 Sonnenradien
Spektraltyp	G4
Farbe	Gelb
Alter	5 Milliarden Jahre
Lichtstärke	0,8fache Sonnenlichtstärke

Erdsonne (zum Vergleich):

Masse	$1{,}98 \times 10^{33}$ g = 333 000 Erdmassen
Temperatur	5512° Celsius
Radius	696 000 km = 109 Erdradien
Spektraltyp	G2
Farbe	Gelb
Alter	etwa 4,7 Milliarden Jahre

Das Batalixsystem und seine Planeten:

Batalix wird von 4 Planeten umkreist, die sich gemeinsam mit ihr in 1825 helliconischen Jahren (= 2592 Erdjahre) um Freyr bewegen.

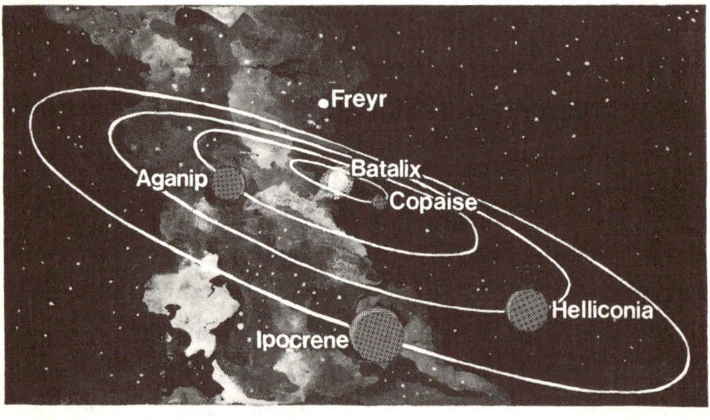

Abb. 3

Die Abstände zur Zentralsonne Batalix betragen:

Copaise:	0,31 AE	Helliconia:	1,26 AE
Aganip:	0,82 AE	Ipocrene:	1,53 AE

Die Himmelssphäre Helliconias:

Betrachtet ein helliconischer Beobachter das Doppelsternsystem Freyr/Batalix, so sieht er seine Welt im Mittelpunkt des Himmelsgewölbes.

Stern A und Stern B bewegen sich zum Hintergrund der Fixsterne scheinbar über den Himmel.

Dabei vollendet B seinen Umlauf in einem helliconischen Jahr und A seinen in 1825 Helliconiajahren.

Die scheinbaren Bahnbewegungen (Ekliptiken) von Stern A und Stern B sind um einen Winkel von 10° zueinander geneigt, so daß sich Ekliptik A und Ekliptik B bei X und Y kreuzen, bei V und W hingegen am weitesten voneinander entfernt sind (Θ = 10°). Vor Punkt X (644 nA*) befindet sich Stern A unter der Ekliptik von Stern B. Nach Punkt X bis zu Punkt Y über der Ekliptik von Stern B.

Abb. 4

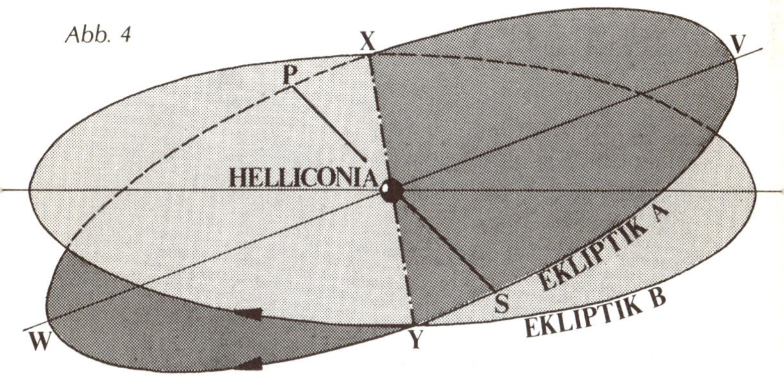

* nA = nach Apastron

Nach Punkt W beginnt eine, zuerst kaum wahrnehmbare Abnahme der Entfernung zur Ekliptik B, die bei Annäherung an Punkt X immer rascher vor sich geht. Am helliconischen Himmel kommt Stern A, zum Hintergrund der Fixsterne, von unten immer näher an Stern B heran, um nach Bahnpunkt X seine Bahn über B zu ziehen und umgekehrt bei Punkt Y.

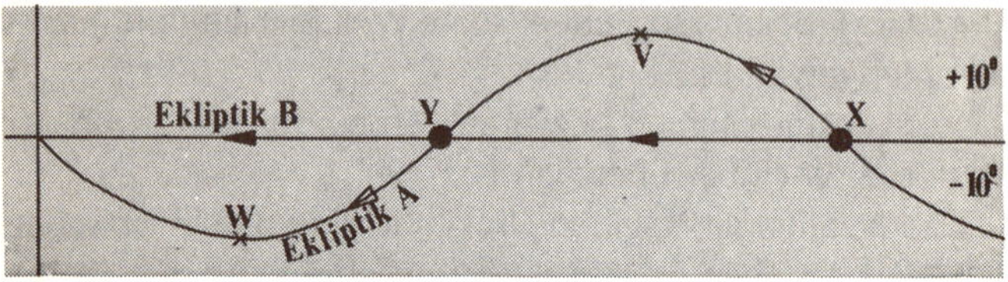

Abb. 5

Stern B, der seinen scheinbaren Umlauf in einem Helliconiajahr vollendet, überholt den im Vergleich zu den Fixsternen sehr langsamen Stern A jedes Jahr einmal. Bei diesem Zusammentreffen kommen sie einander am nächsten.

Befindet sich das Batalixsystem dabei in der Nähe der Punkte X bzw. Y, kommt es zu jährlichen Sonnenfinsternissen (Eklipsen). (Siehe Abb. 6.)

Wenn, wie in Abb. 7 gezeigt, Θ (= der Stern A und Stern B bei größter Annäherung trennende Winkel – gemessen von Mittelpunkt zu Mittelpunkt) kleiner ist als der Winkelhalbmesser von Stern B plus dem Winkelhalbmesser von Stern A, kommt es zu partiellen bzw. totalen Sonnenfinsternissen.

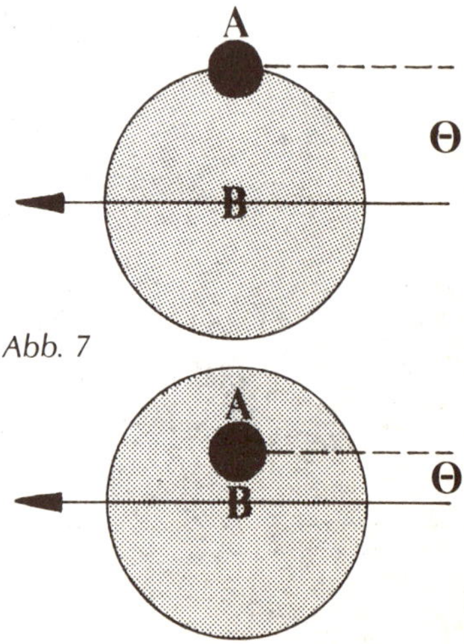

Abb. 7

Abb. 6

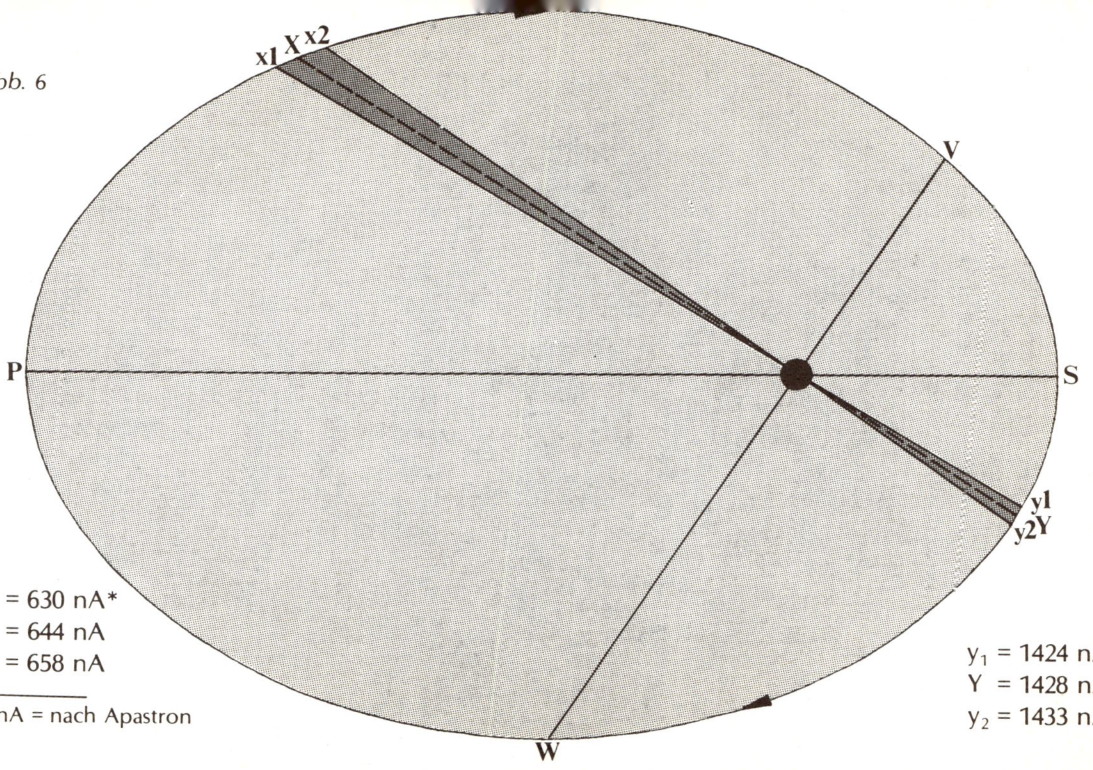

x_1 = 630 nA*
X = 644 nA
x_2 = 658 nA

y_1 = 1424 nA
Y = 1428 nA
y_2 = 1433 nA

---

* nA = nach Apastron

Abb. 8 (nicht maßstabsgetreu) zeigt Stern A und Stern B bei Bahnpunkt X und nahe X.

Jeder kleine Kreis auf Bahn A stellt die veränderten Positionen von Stern A in aufeinanderfolgenden Jahren, im Vergleich zu dem jährlich einmal den Punkt X passierenden Stern B, am helliconischen Himmel dar.

Solange Stern A sich zwischen den beiden gestrichelten Linien befindet, kommt es einmal im Jahr zu einer totalen Sonnenfinsternis.

Bei Punkt X sind das 20.

Die maximale Dauer einer Sonnenfinsternis beträgt bei X etwa 7 Stunden und bei Y etwa 10 Stunden.

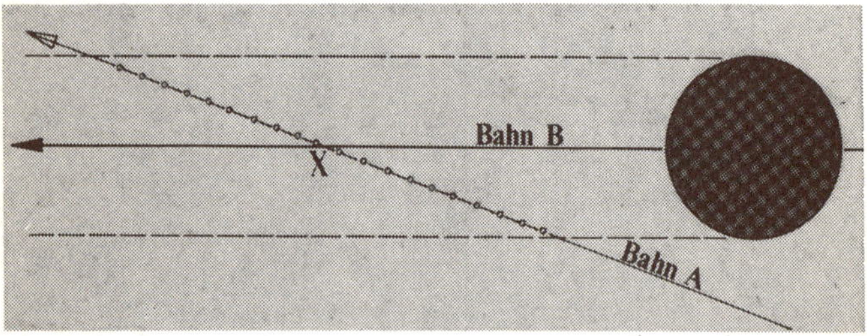

Abb. 8

2. Helliconia

Querschnitt:

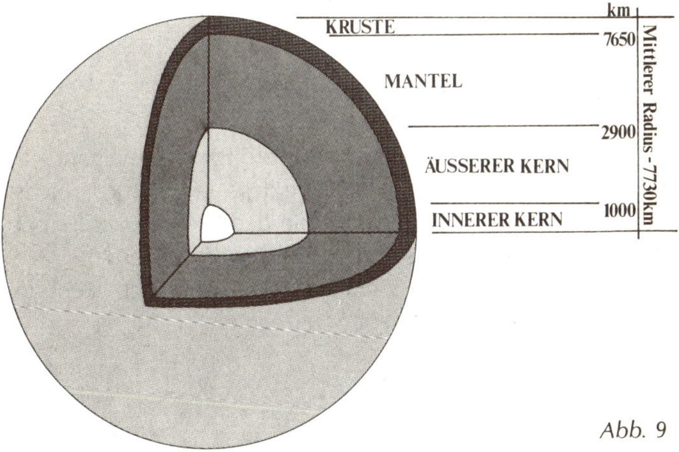

Abb. 9

Zusammensetzung:

Kruste: Ihre Dicke schwankt zwischen 80 km in Kontinentalgebieten und 10 km unter dem Meeresboden. Sie baut sich hauptsächlich aus basaltischen Ergußgesteinen und Granit auf. Ihre mittlere Dichte beträgt ca. 3,0

Mantel: Diese von der Kruste bis in etwa 4750 km Tiefe reichende Schicht ist vorwiegend aus Serpentin aufgebaut. Mittlere Dichte ca. 3,9

Äußerer Kern: Hauptsächlich aus Eisensulfid bestehend reicht er bei einer Dichte von 8,0 bis in eine Tiefe von ca. 6730 km

Innerer Kern: Der gewaltige Druck hält die Materie in dieser Zone in einer dichten Kugel zusammen. Er enthält metallisches Eisen, legiert mit Nickel.
Die Mittlere Dichte des Inneren Kerns beträgt 10,1, die des gesamten Planeten 4,09.

Helliconias Rotationsachse (Drehachse):

Sie ist um 35° gegen die Senkrechte zur Bahnebene geneigt. Daraus ergibt sich eine Erweiterung des Temperaturbereichs innerhalb der Klimazonen, die von den Wendekreisen (bei 35°) und den Polarkreisen (bei 55°) begrenzt werden.

Zum Vergleich. Die Rotationsachse der Erde steht in einem Winkel von 23,5° zur Senkrechten.

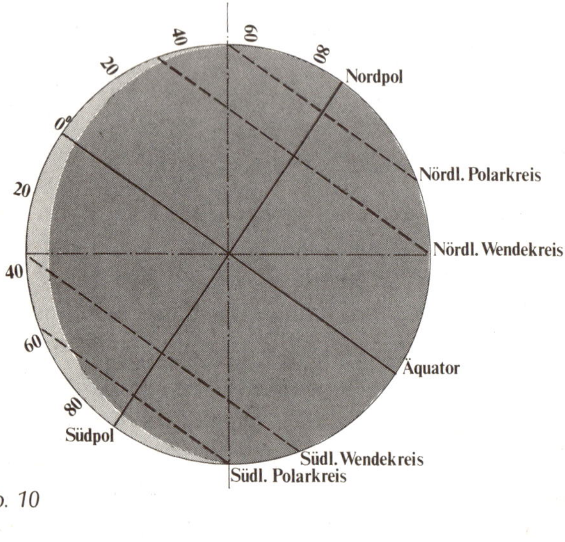

Abb. 10

3. Der Einfluß der Sonnen auf Helliconia

Abb. 11 zeigt die scheinbaren Bahnen von Batalix zur Zeit der südlichen und nördlichen Sonnenwende sowie zur Tag und Nachtgleiche.

Zusätzlich ist jeweils eine Bahn von Freyr (gestrichelt) während einer bestimmten Lage des Batalixsystems auf seinem Umlauf dargestellt.

In Abb. 11a liegt die Horizontebene auf der Höhe des Äquators, in Abb. 11b liegt sie auf 40° südlicher Breite.

Batalix vollendet seinen Bahnzyklus von Wendekreis zu Wendekreis und wieder zurück in einem Helliconiajahr.

Freyr benötigt dazu 1825 Helliconiajahre. Die Wendekreise von Freyr und Batalix sind nicht identisch, liegen aber relativ nahe beieinander. Die durch die Achsenneigung von Helliconia entstehenden Jahreszeiten kommen im Laufe des Großen Jahres aufgrund der dominierenden Rolle von Freyr und der starken Exzentrität der Umlaufbahn kaum zur Geltung.

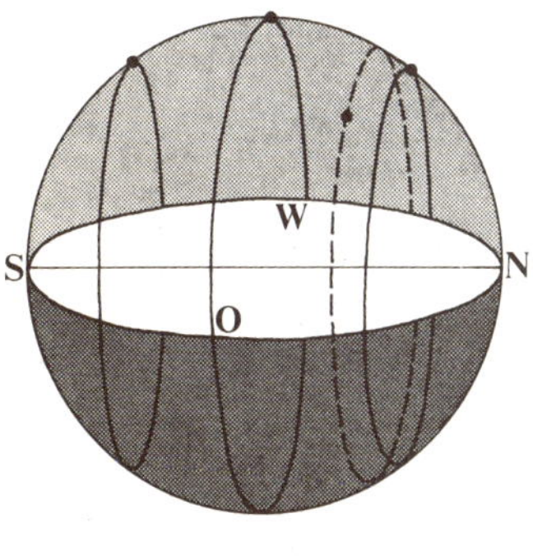

Abb. 11a

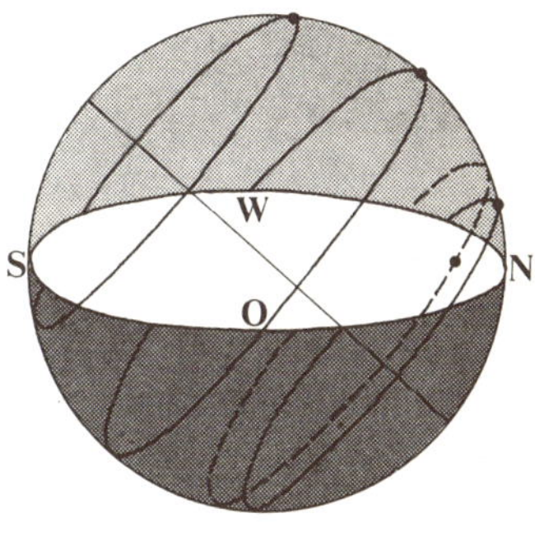

Abb. 11b

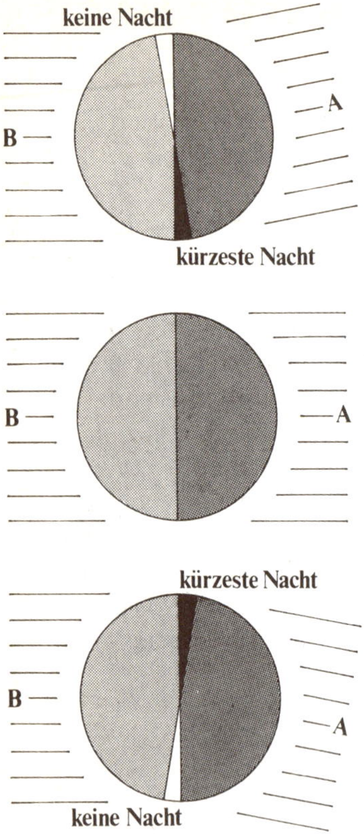

Während des jährlichen Zusammentreffens von Freyr und Batalix herrscht auf Helliconia die längste Nacht. Dann nimmt die Länge der Nacht immer mehr ab, bis sich beide Sonnen genau gegenüberstehen. Aufgrund der Neigung von 10° zwischen Ekliptik A und Ekliptik B kommt es nun entweder auf der Nord- oder Südhalbkugel zu gar keiner Nacht bzw. zur »Kürzesten Nacht«. Die Länge dieser »Kürzesten Nacht«, bzw. ob es sie auf der Nord- oder Südhalbkugel gibt, ändert sich mit der Lage des Batalixsystems auf seiner Umlaufbahn um Freyr.

Abb. 12, a, b, c

Auf den Bahnpunkten X und Y gibt es, da die Strahlen von Freyr und Batalix im gleichen Winkel auftreffen, für kurze Zeit auf ganz Helliconia keine Nacht (Abb. 12b). Befindet sich das Batalixsystem zwischen den Punkten X und Y so gibt es auf der Südhalbkugel, auch wenn sich Freyr und Batalix genau gegenüberstehen, noch immer eine Kurze Nacht (Abb. 12 a).

Bei Bahnpunkt V ist diese »Kürzeste Nacht« am längsten.

Entsprechend umgekehrt geschieht dasselbe zwischen den Punkten Y und X (Abb. 12c).

Die scheinbare Helligkeit von Batalix im helliconischen Himmel beträgt, verglichen mit der Erdsonne, 0,6 (60%). Bei Freyr liegt sie, wieder im Vergleich mit unserer Sonne, im Apastron bei 0,13 (13%) und im Periastron bei 0,81 (81%).

Batalix und Freyr zusammen, wenn sie beide am Himmel zu sehen sind, haben im Apastron 0,73 (73%) und im Periastron 1,41 (141%) der scheinbaren Helligkeit der Erdsonne.

Die Phase um das Periastron, in der Freyr eine größere scheinbare Helligkeit als Batalix hat, ist in Abb. 2 dunkel schattiert.

4. Das Helico-Virus

Das Helico-Virus ist ein plemorpher schraubenförmiger Virus, der dem irdischen Mumpserreger ähnelt. Es hat eine Hülle von der Gestalt eines Ikosaeders und besteht aus Lipiden und Proteinen und enthält die Nukleinsäure RNS. Seine Größe beträgt 97 Millimikron.

Die Übertragung erfolgt durch Zecken.

Die Phagoren als wichtigster Wirt der Zecken wirken als Ausbreitungsreservoir des Virus, werden aber selbst nicht von ihm geschädigt. Die Zecke geht bereitwillig vom Phagoren auf den Menschen über. Die Gewohnheit der Menschen, Phagoren als Sklaven zu halten, sichert das Überleben von Zecke und Virus innerhalb der menschlichen Bevölke-

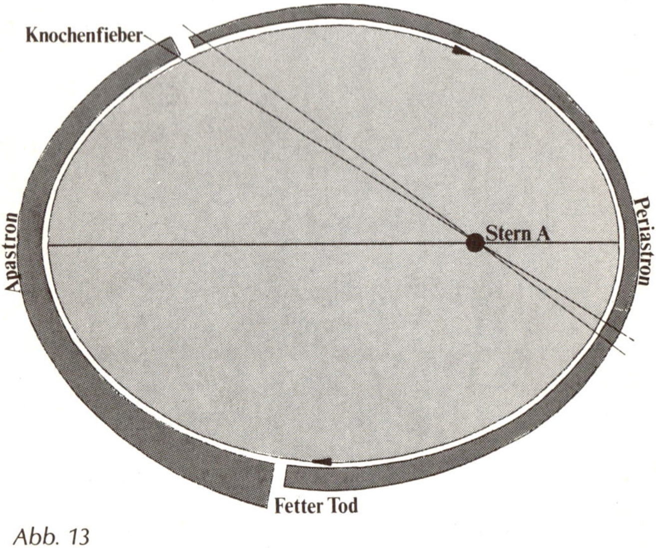

Abb. 13

rung. So schwer und oftmals tödlich die durch das Helico-Virus ausgelösten Erkrankungen sind, so stellen sie doch eine Überlebensnotwendigkeit für die menschliche Art als Ganzes dar, die sie durch gewaltsame Anpassung zum Bestehen der Krisensituationen – des jahrhundertelangen Winters und des heißen Sommers – befähigt.

Das Helico-Virus ist zweimal im Großen Jahr endemisch: ungefähr sechshundert Erdjahre nach dem Apastron, wenn das Klima sich zu bessern beginnt (zusammenfallend mit der großen Kette der Sonnenfinsternisse); und im Herbst, wenn es zum Apastron geht und die Klimaverschlechterung einsetzt.

Die beiden seuchenhaften Ausbreitungsphasen werden von der Bevölkerung »Knochenfieber« beziehungsweise »Fetter Tod« genannt. Sie werden nicht als Erscheinungsformen derselben Krankheit begriffen.

Vor den beiden Seuchenphasen tendieren die Menschen Helliconias zu einer mittleren Konstitution (Abb. 14B). Im Krankheitsverlauf werden etwa 50% des normalen Körpergewichts eingebüßt bzw. gewonnen, weil Fettgewebe entweder aufgebaut oder abgebaut wird.

Haben sie den Fetten Tod überlebt, so erscheinen sie breitwüchsig und gedrungen (Abb. 14A), während sie nach überstandenem Knochenfieber eine Annäherung an den schlankwüchsig-leptosomen Typ zeigen (Abb. 14C).

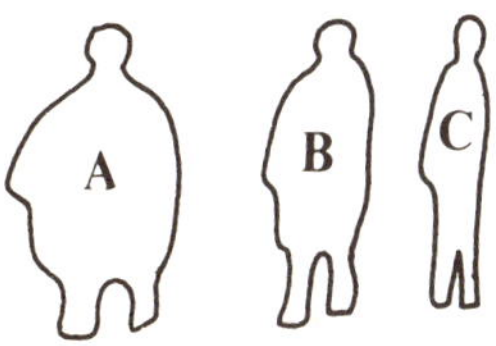

Die Extremgewichte der Überlebenden werden im Laufe einiger Generationen allmählich wieder abgebaut. Mit diesem Prozeß verliert sich dann auch die Immunität gegen neuerliche Infektion.

In jeder der beiden Epidemien sterben bis zu 50% der menschlichen Bevölkerung.

Im Falle des Fetten Todes zeigt sich bei den Erkrankten schwere Geistesverwirrung, verbunden mit krankhafter Freßgier. In diesem Stadium stopfen sie alles in sich hinein, dessen sie habhaft werden können - Stoff, Papier, Holz, Kot. Sie fallen sogar über die eigenen Kinder und Angehörigen her.

Opfer des Knochenfiebers leiden unter Magersucht. Sie hungern und bringen nur mit äußerstem Widerwillen Wasser über die Lippen. Das Helico-Virus, das den Hypothalamus befällt, verursacht außer den beschriebenen Symptomen auch Gehirnhautentzündung.